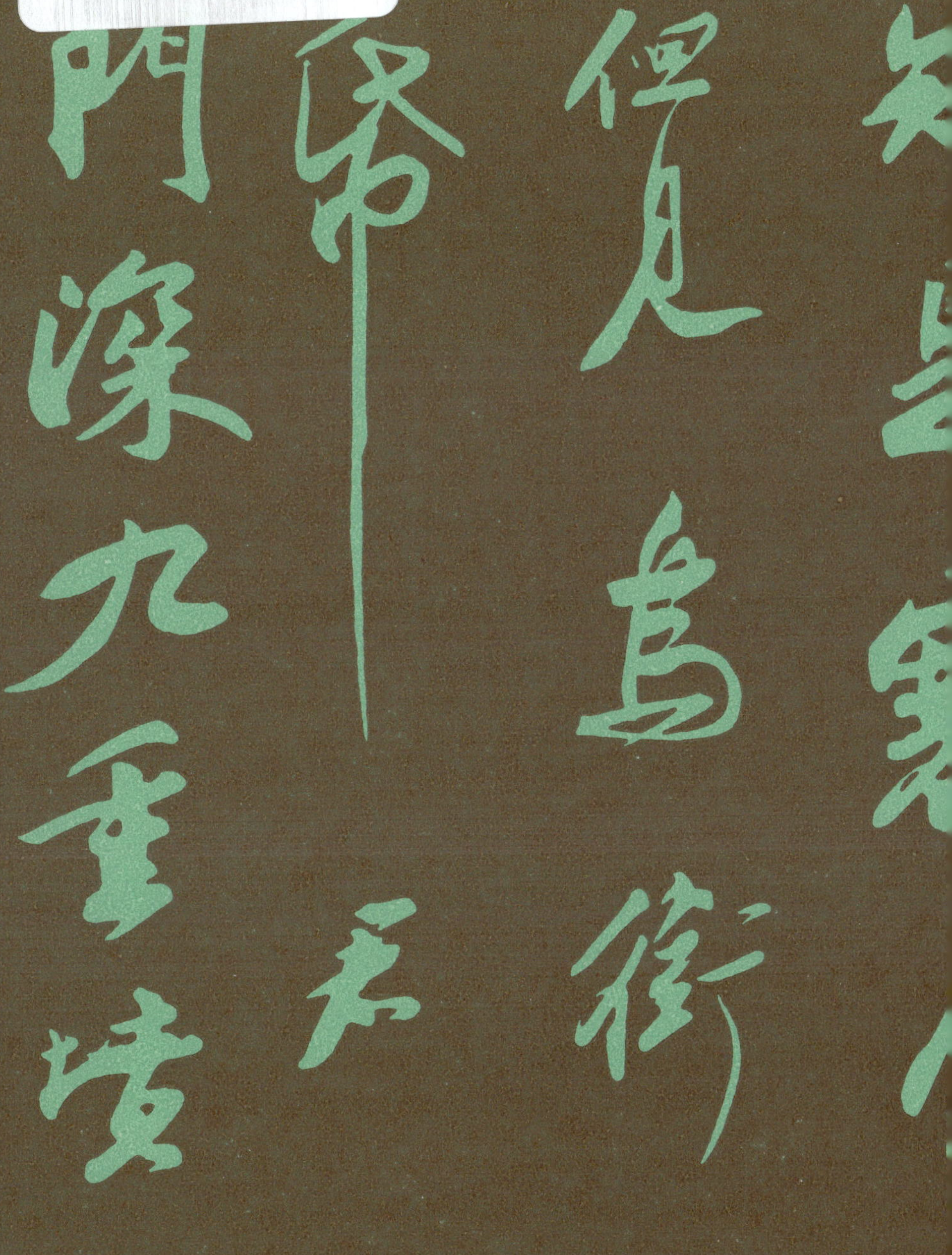

全宋詩

北京大學古文獻研究所編
傅璇琮　倪其心　許逸民
孫欽善　陳　新　主編

第三七册

北京大學出版社

全國高等院校古籍整理
研究工作委員會重點項目

編纂委員會顧問

王　起　周　林　周紹良　啟　功　程千帆

鄧廣銘　錢仲聯　繆　鉞

編纂委員會

孔凡禮　王　嵐　王麗萍　安平秋　李致忠

李　更　宋祥瑞　吴　鷗　金開誠　馬秀娟

高秀芳　孫欽善　陳　新　陳　捷　陳曉蘭

倪其心　許紅霞　許逸民　張弘泓　張躍明

傅璇琮　楊　忠　漆永祥　裴汝誠　趙　前

劉　瑛　嚴紹璗　羅　琳　欒貴明

本册資料人員

朱寶模　孟憲忠　姚兆寧　徐永强　崔　岩

崔庚昌　劉　雯

參加本册整理者

王　嵐　王德保　王麗萍　孔繁敏　吕滇雯

李　更　吴　鷗　岳仁堂　孟憲忠　馬秀娟

徐永强　徐　進　徐　規　康笑菲　崔統華

陳曉蘭　許紅霞　虞　行　聞　賢　寧德偉

漆永祥　劉　瑛　劉　雯　劉　寧

參加本册補遺者

虞　行

本册責任編委

劉　瑛

（以上均以姓氏筆劃為序）

第三七册詩人總目

第三七册目次

全宋詩卷二〇四四

全宋詩卷二〇四五

全宋詩卷二〇四六

全宋詩卷二〇四七

全宋詩卷二〇四八

全宋詩卷二〇四九

全宋詩卷二〇五〇

全宋詩卷二〇五三

全宋詩卷二〇五四

全宋詩卷二〇五五

全宋詩卷二〇五六

全宋詩卷二〇五七

全宋詩卷二〇五八

全宋詩卷二〇五九

全宋詩卷二〇六〇

全宋詩卷二〇六一

全宋詩卷二〇六二

全宋詩卷二〇六三

全宋詩卷二一〇六四

全宋詩卷二一〇六五

全宋詩卷二〇六六

全宋詩卷二〇六七

全宋詩卷二〇六八

全宋詩卷二〇六九

全宋詩卷二〇七〇

全宋詩卷二〇七一

鄧深二

全宋詩卷二〇七四

全宋詩卷二〇七五

全宋詩卷二〇七八

全宋詩卷二〇七九

全宋詩卷二〇八〇

全宋詩卷二〇八一

全宋詩卷二〇八二

全宋詩卷二〇八三

全宋詩卷二〇八四

全宋詩卷二〇八五

全宋詩卷二〇八六

洪　适一二

全宋詩卷二〇四四

林之奇

林之奇（一一一二—一一七六），字少穎，自號拙齋，學者稱三山先生（《拙齋文集》附録《行實》），福州侯官（今福建福州）人。從吕本中學。高宗紹興二十一年（一一五一）進士，調莆田主簿、長汀尉。二十六年，爲秘書省正字。二十九年，守校書郎（《建炎以來繫年要録》卷一七四、一八二）。以疾由大宗正丞提舉福建路市舶司。遂以祠禄家居。孝宗淳熙三年卒，年六十五。有《拙齋文集》二十卷（《直齋書録解題》卷一八作二十二卷）等。《宋史》卷四三三有傳。

林之奇詩，以影印文淵閣《四庫全書·拙齋文集》爲底本，與從他書輯得之集外詩合編一卷。

示張直温

築山必使高，鑿井必使深。百正戒淺近，盛德羞浮沉。焉有尺寸枝，能棲垂天禽。焉有升斗泉，能容横江鱘。借兹論物理，足以開君心。嗌在容不足，弱在力不任。大道如路然，固無古與今。

朝乘

朝乘日車出，暮載星影還。顛冥朝暮中，出入咫尺間。已覺素志非，更知人理艱。小利專欲速，大德不踰閑。

田漏

古星昏曉中，寒暑已不疑。田家更置漏，寸晷亦欲知。汗與水俱滴，身隨陰屢移。誰當哀此勞，往往奪其時。

雜詠

懷王自墮馬，賈傅至死悲。古人事一職，豈敢苟然為。哭死非為生，吾心良不欺。滔滔聲利間，絳灌亦何知。

看白雲愛而成詩

秋風吹白雲，觸處自何谷。初猶半洞門，欻出遍巖腹。零落依水湄，片段掛枯木。餘影透微白，滅跡混空緑。煙蘿自翳島，溆荇徒縈曲。安知蒼梧野，下覆猿鳥哭。誰能久徘徊，返顧視黄鵠。

舉舉媚學子

舉舉媚學子，居曰不吾知。知而有不能，無乃失於欺。不知未為患，不欺浩難期。咄哉天下懷，何以天下為。

呼雞

雞呼雞來前，犬嗾犬至止。夫豈必可召，役以食乃爾。今吾曷為悲，人而雞犬為。自計無自存，西山謝夷齊。

秋懷

槭槭庭樹葉，朝零非昔稠。呦呦草蟲鳴，暮急曉未休。爾蟲無不平，豈亦有哀憂。胡為勞呻吟，與士感傷投。壯士亦何者，哀哦與蟲酬。所抱不列陳，調苦難謠謳。極目有遠見，直懷羞曲求。蒿藜襲久安，功名忘前收。日月忽未幾，天地今復秋。少壯負所懷，老大安能謀。生無及人功，死骨埋泉羞。胡為不奮飛，徒與寒餓讎。

四　事

會有四不赴，時有四不出。無貴亦無賤，無固亦無必。里閈閒過從，身安心自逸。如此三十年，幸逢太平日。

高　竹

高竹碧相倚，自能發餘清。時時微風來，萬葉同一聲。道污得夷理，物虚含遠情。階前閒步人，意思何清平。

村　居　按：此詩亦見文同《丹淵集》卷四，《全宋詩》卷四三四已收。

日影滿松窗，雲開雨初止。晴林梨栗熟，曉巷兒童喜。牛羊深澗下，鳧雁寒塘裹。田父酒新成，瓶甕饋鄰里。

新晴山月　按：此詩亦見《丹淵集》卷一一，《全宋詩》卷四四一已收。

高松漏疎月，落影如畫地。徘徊愛其平，夜久不能寐。怯風池荷卷，病雨山果墜。誰伴予苦吟，滿林啼絡緯。

屬疾梧軒　按：此詩亦見《丹淵集》卷一五，《全宋詩》卷四四五已收。

高梧覆新葉，滿院發華滋。白日一何永，清陰閒自移。暖蟲垂到地，晴鳥語多時。病肘倚枯几，泊然忘所思。

謝公定和二范秋懷

西風一葉脱，迹已不可掃。巷有白馬生，朝回焚諫草。誰云事君難，是亦父子間。所要功補袞，不言能犯顔。

宿舊彭澤懷陶令

潛魚願深渺，淵明無由逃。彭澤當此時，沉冥一世豪。司馬寒如灰，禮樂卯金刀。□□□□，□□□元亮。凄其望諸葛，骯髒猶漢相。時無益州牧，指撝用諸將。平生本朝心，歲月閲江浪。空餘詩語工，落筆九天上。向來非無人，此友獨可尚。屬余剛制酒，無用酌杯盎。欲招千載魂，斯文或宜當。

題宛陵張待舉曲肱亭

仲蔚蓬蒿宅，宜城詩句中。人賢忘巷陋，境勝失途窮。寒葅書萬卷，零亂剛直胸。偃蹇勳業外，嘯歌山水重。晨雞催不起，擁被聽松風。

春日雜書

昨日為雨備，今晨天乃風。障風謹自保，通夕雪迷空。備一常失計，盡備力不供。因之置不為，拱手受禍凶。當為不可讓，任彼萬變攻。築室如金石，何勞計春冬。此道簡且安，古來家國同。

賀雨拜表

羣雲雨事畢，振旅不復陣。掃天無一塵，千里還緑潤。晨朝大明賀，沙路萬蹄印。朝元泛翠瓦，佳氣去人近。頗聞避斧扆，侑膳徹龍筍。願君愛物心，從此至堯舜。

雨後出城馬上作

既雨天氣佳，微雲淡如掃。欲尋煙際鐘，騎馬河邊草。紫椹飽黃鸝，人家夏蠶老。田婦踏繅車，隔籬語音好。嗟我一何愚，讀書浪枯槁。不及此中人，終年客長道。

江月圖

冥冥一月輕，不知水與天。獨於顥氣中，仰見素璧圓。超然狂道士，起視清夜闌。自拈白玉笛，吹此江月寒。想當萬籟息，逸響流空煙。我從江海來，形留意先還。何當買漁篷，追此水墨仙。

送葛都官南歸

不羡新為赤縣尹，惟羡暫向江南歸。江南羃羃梅雨時，風帆差差并鳥飛。罾竿夾岸長若桅，水籠畜魚鮮且肥。家在千山古溪上，先應喜鵲噪門扉。

滄洲亭懷古

瀟水悠悠天際來，夾江古木抱山回。柵中人物不滿把，日晏市散多蒼苔。九疑巉天古雲埋，遥想帝子龍車迴。心哀目極何可望，九歌寂寂令人哀。

縱步湘西

今朝不易得天晴，閒過江西取意行。忽然林外見山色，又向橋邊聞水聲。緑竹長松間桃李，天然翠幰圍羅綺。日暮歸舟醉不知，晚風吹過湘江水。

謁　客

入門投謁吏翩翩，我非欲見禮則然。異哉賓主兩無語，客起疾如走避燃。我已不恭愧昔賢，忍使泥塗朝衣冠。人生暫聚鴻集川，春風吹飛何後先。

墨染絲

繅絲自喜如霜白，輸入官家吏嫌黑。手持退印競傳呼，倏見長條染深墨。墨絲歸織家人衣，別買輸官吏嗔遲。寄言敵國與三軍，汝得豐衣民苦辛。

豫章別李元中宣德

舊聞諸李隱龍眠，伯時已老元中少。一行作吏各天涯，故人落落疎星曉。西山影裏識君面，碧照草江眸子瞭。向來問道渉多岐，只今領略歸玄妙。老鳳垂頭噤不語，古木查牙噪春鳥。身在幕府心江湖，左胥右律但坐嘯。第愁一葉釣漁舟，不容七尺堂堂表。我今歸卧翠谷雲，君應紫禁鶯花繞。相思有夢到茅齋，細雨青燈坐林杪。

聞徐師川自京師還豫章

九衢塵裏無停舟，君居陋巷不出遊。滿城惡少弋梟雁，對面故人風馬牛。別後天寒燈火夜，歸來眠冷江湖秋。馮驩老大食不飽，起視八荒徒蒯緱。

早春偶題

寒風淅瀝鳴枯葦，小鴨睡殘猶未起。更教細雨結輕寒，坐聽蕭蕭打窗紙。石盆養蒲已抽翠，雕斛栽花先生紫。擁爐閉閤賦幽香，未怕春冰生硯水。

夢訪友生

少年結客長安城，妄喜縱酒一章程。支離老去一茅屋，枕書卧聞長短更。友生相望止百里，寒夜寥闃無微聲。夢中乘興輒見戴，剡溪聊爾扁舟行。覺來蘧蘧一榻上，不用僮僕爭籬迎。吹燈弄筆欲書寄，窗前

白月方亭亭。　以上《拙齋文集》卷三

承天潛師畫贊

金剛圈裏翻身過，栗棘蓬莢滿口吞。領得楊歧端的句，却嫌蒸餅大餺飥。

西禪此庵净老真贊

眼碧眉厖，足趺肩髀。此庵様子，元來恁麽。當年唱箇無生曲，火冷雲深從寡和。如今口作掛壁閑，獨説宗乘鬧浩浩。

延福可老真贊

渾沌鑿開無限事，逍遥游後更何疑。饒伊齊得鵬并鷃，不似當年作蝶時。

觀音畫贊

稽首補陀聞思修，千手千眼普供應。世人兩手及兩眼，眼見手捉各隨心。多一手眼無用處，即與駢拇枝指等。菩薩照用一時行，應以千心為主宰。相彼方寸湛然地，不容二念那復千。我謂菩薩如水月，一水一月同照曜。方員大小雖不同，舉手見月等無二。我今續此妙色相，以為正念皈依處。於一身心起多想，而作千手千眼見。普願大員鏡智中，知我此念無間斷。所求皆應如谷聲，請無不從亦如是。

泗州畫贊

稽首泗州普照王，曩以寶塔接群品。塔今敗壞成微塵，隨意分身無不在。我觀世間有為法，無常遷變同一空。假饒建塔如恒沙，未有不歸幻滅者。豈惟淮塔有興廢，阿育王造亦非堅。菩薩應感常現世，不隨寶塔俱存亡。耕雨穫晴長淮風，普為衆生作饒益。我今繪此應感象，常以正念為皈依。於此員光一尋

中，而興七級浮屠想。正念皈依無間斷，普願菩薩常感通。洪鍾小大隨叩鳴，所求所請皆如意。以上同上書卷一七

題雪峰如藏主水月圖

千江有月一一同，一月普現千江影。謂一為月影非實，影既非實月何有。是一即千千即一，水月究竟無實相。隨見有月月在水，亦無究竟非實者。譬如觀音妙色身，對物而見千臂眼。於是千臂千眼中，何者為正何獨非。菩薩一體作一用，千體同是無剩法。此水此月亦復然，照用齊行一無欠。俯不見月仰亦無，千月闕一固不可。上人此庵憩瓶錫，終日宴坐常湛然。散一為千彌六虛，攝千歸一不盈寸。我知上人環堵中，能廣能狹能方圓。空諸所有何必然，作是見者名邪見。同上書卷二〇

和洪教菊

陶令遺世情，尚餘愛菊念。菊亦有可愛，愛之苦不厭。我觀傲霜枝，真金赴烈焰。道韻輕園綺，孤標敵鍼奄。配以靖節名，萬古不為忝。况兹中央色，獨許此君占。凝然端正姿，不受紅紫艷。草木吾味同，世情那得染。璀璨歸來辭，斯言了無玷。原按：全文於此有四韻，今節之。偶亦愛此花，秋來朝暮饜。富貴兩浮雲，天地一旅店。是中論饑飽，本自無贏欠。便擬學淵明，奈此才不贍。菊資三徑荒，酒須十分灧。待讀悠然句，乃無雍徹僭。但論廣文詩，瘧愈不須砭。宋史鑄《百菊集譜補遺》

和王龜齡不欺堂二首

心外何曾別有天，吾心和處即昭然。昭然莫向穹蒼覓，帝所清都在目前。

地上空虛總是天，此中那復計中邊。好將天體為心體，體得純全自浩然。

燈二首

自從失道人多岐，擿植冥行信所之。昨夜忽然尋得路，孤燈一點是吾師。

月明方始覺星稀，燭照還知燈力微。若使世間無聖哲，草根螢爝總光輝。　以上宋金履祥《濂洛風雅》卷五

癸未冬至

塵勞終日謾區區，竟是乾坤一腐儒。半世飽知榮與辱，新冬頓覺我為吾。關防向後存心誤，檢點從前制行粗。理欲從今罷研究，無工夫處是工夫。　同上書卷六

句

耿耿一寸心，不能去庭闈。　《拙齋文集·附録·行實》

（李更整理）

全宋詩卷二〇四五

鄒定

鄒定（一一一二—一一七〇），字應可，奉新（今屬江西）人。高宗紹興十五年（一一四五）進士，調臨江軍司户參軍。歷知湘鄉縣、隨縣。孝宗乾道六年卒，年五十九。事見《誠齋集》卷一二六《鄒應可墓誌銘》。

過杜工部祠

疇昔哦詩憶耒陽，兹因捧檄過祠堂。一生忠義孤吟裏，千載凄凉古道旁。自是風霜侵病骨，非干牛酒涴詩腸。明朝解纜秋江上，問訊先生一瓣香。宋魏慶之《詩人玉屑》卷一九

（王德保整理）

蕭之敏

蕭之敏（一一一二—一一七七），字敏中，九江（今屬江西）人。固子。高宗紹興十二年（一一四二）進士。二十年，知歸州秭歸縣，二十七年，調建康府觀察推官。孝宗隆興間知建寧府建陽縣。乾道五年（一一六九），除監察御史。八年，拜殿中侍御史，出提點江東刑獄。淳熙二年（一一七五），遷國子祭酒。三年，提點浙西刑獄，除湖南轉運副使。四年卒，年六十六。事見《周文忠集》卷三三《秘閣修撰湖南轉運使蕭公之敏墓誌銘》。今録詩四首。

滴翠樓并序

乾道五年三月十八日，過堪村，逆旅主人肅客甚恭。問之，徐其姓，季登其字也。飲予小樓之上，且求樓名於予。予曰：亂山滴翠衣裘濕，此東坡昌化之詩也，請以滴翠名之，可乎？季登曰：唯唯。賦兩絶以志之。

一溪流水漾殘春，上有高樓碧瓦新。溪路晝陰元不雨，却愁空翠染衣巾。

我愛東坡句法遒，治平雙澗昔經游。曾吟滴翠衣裘濕，請借佳名榜畫樓。按：《江西詩徵》卷一六録此詩第二首作「樓頭烟翠鎖重重，上有白雲終日封。對面溪山堪破寂，炊烟斷處一聲鐘。」宋潛説友《咸淳臨安志》卷八六

天池聖燈

俯仰區區類桔槔，訪幽尋勝自忘勞。雲峰一握天還近，雪徑千盤地最高。支杖緩行真野逸，擁爐端坐或禪逃。幽人未厭看遊客，爛煮園蔬飯老饕。

細如珠顆大如盃，照夜浮空去復來。神物戲人安可料，密移星斗下巖限。明《永樂大典》卷六六九九

（劉瑛整理）

施士衡

施士衡，字德求，歸安（今浙江湖州）人。高宗紹興十二年（一一四二）進士，爲宣州簽幕。有《同庵集》一卷，已佚。清同治《湖州府志》卷七四有傳。今録詩二首。

挽于湖

湧泉詞筆坐中驚，天付斯文以道鳴。獨步蟾宫丹桂選，濡毫綸閣紫微清。絶絃慟哭人琴喪，埋玉凄凉柱石傾。一見那知成永别，重來天路問騎鯨。

復挽

十年帥鉞倦馳驅，適意方謀一壑居。賈誼有才終太傅，薛收無壽處中書。傷心風月江心古，過眼光陰夢幻虛。紅紫飄零春色盡，後凋松柏獨蕭疎。以上宋張孝祥《于湖集》附録

（劉雯整理）

王伯廣

王伯廣，字師德，常熟（今屬江蘇）人。高宗紹興十二年（一一四二）進士，調湖州德清尉。歷温州教授，移常州教授，未赴而卒，年五十。有《聽雨集》，已佚。《琴川志》卷八有傳。今録詩二首。

頂山栗

黄籬抱中實，紫苞發外彩。寄蹤蜂窠垂，藏頭蝟皮隘。詎堪鼯鼠竊，更復猿猱采。心憐使民畏，時須徇兒愛。荆山破金璞，驪珠掩微纇。縝密文自保，滋味身乃碎。筠籠貢厥珍，不在柤梨外。羅籩加其儀，顧與菱芡對。易飽屏膏肉，餘功益肝肺。懸風當令堅，致濕忍使敗。晉地棗非偶，宣城蜜佳配。誰知麝香囊，可居天下最。

寶嚴寺

平湖鏡浄中，背貼青峰巒。去郭二十里，金碧輝波瀾。是曰寶華境，萬象鬱以盤。壯哉窣堵坡，一瞰天地寬。誰懷墮塵鞅，幾欲招飛鸞。我生眇何能，山水情所安。扁舟幾來斯，不為開愁端。意到自行樂，樽酒那追歡。何時結青蓮，超適心外觀。塵迹身兩忘，浩然天地間。以上宋孫應時《琴川志》卷一四

魏元若

魏元若，字順甫，江寧（今江蘇南京）人。高宗紹興十二年（一一四二）進士（《景定建康志》卷一八）。官著作郎（《金陵詩徵》卷七）。

謁顯應觀崔真君

磁州惠政澤流長，翊運於今有耿光。金甲護蹕馳白馬，絳衣誕聖擁紅羊。久勞宵旰籌中土，為祝英靈監下方。唾手幽燕應默相，彎弧萬里射天狼。　清宋緒曾《金陵詩徵》卷七

苗昌言

苗昌言，字禹俞，句容（今屬江蘇）人。高宗紹興十二年（一一四二）進士（《景定建康志》卷三二）。官撫州教授。事見清乾隆《句容縣志》卷八。

唐孝子張常洧義臺

義臺屹立尚千秋，褒詔曾宣李鄴侯。古碣不教蒼蘚蝕，高原惟見夕陽流。耕夫鋤自將芝護，野客衣還伴鶴游。一樣荒墳偏起敬，孝思耿耿至今留。　《金陵詩徵》卷七

薛珩

薛珩，字景行，莆田（今屬福建）人。高宗紹興十二年（一一四二）進士。歷廣東、湖北提點刑獄

檢法官，官終知梅州。事見《莆陽文獻傳》卷二二。

瑞雲潭

一派寒潭闞碧虚，閒雲自有卷還舒。夜來數仞祥光起，早去溪頭聽詔書。元陳世隆《宋詩拾遺》卷四

蔡　兹

蔡兹，字光烈，永春（今屬福建）人。高宗紹興十二年（一一四二）進士。曾主建州貢舉，選拔朱熹。官至知南安軍，秩滿歸隱，築室名燕堂（清乾隆《永春州志》卷一〇）。

燕堂詩 原注：初名燕堂，後改曰長春。

世情日淺道情深，悔不林泉早脱簪。一世簡編貽後葉，百年香火奉先心。詩緣好句須親録，酒到濃時輒倩斟。於此更無關意事，時携諸幼步花陰。清顔璹乾隆《永春州志》卷一四

（以上劉瑛整理）

林　栗

林栗，字黄中，福清（今屬福建）人。高宗紹興十二年（一一四二）進士，調崇安尉，教授南安軍。二十八年，召爲太學正（《建炎以來繫年要録》卷一七九）。孝宗即位，遷屯田員外郎、恭王府直講。因進言得罪權貴，出知江州。召還，爲吏部員外郎兼慶王府直講，遷太常少卿。除直寶文閣，出知湖州、興化軍，移南劍州，除夔路提點刑獄，改知夔州。淳熙九年（一一八二），夔州屬郡施州豪强譚

汝翼與知恩州田汝弼交惡，聚兵攻戰，栗坐受田氏金，奪職罷歸（《宋會要輯稿》職官七二之三五）。旋復直寶文閣，除廣南西路轉運判官，就改提點刑獄，又改知潭州、知隆興府。十五年，召對，除兵部侍郎。會朱熹召爲兵部郎官，二人論學不合，遂劾熹本無學術，妄自尊大。太常博士葉適上書辨之，侍御史胡晋臣乃劾栗，因出知泉州，改明州，奉祠以卒，謚簡肅。《宋史》卷三九四有傳。今録詩四首。

高宗皇帝挽詞

倉猝扶宗社，艱危啟聖神。英雄歸駕御，狂狡願和親。泛掃妖氛净，恢張治化新。倦勤三紀外，頭白盡遺民。

周漢中興勝，唐虞内禪高。髀消從馬腹，屣脱等鴻毛。弓劍悲長在，羹牆慕轉勞。龍髯攀莫及，四海共呼咷。

兼愛無南北，全能冠古今。典墳供夜覽，烽火自宵沉。睿藻成章焕，宸鈞寓意深。萬年垂琬琰，誰識至仁心。

宋魏齊賢、葉棻《聖宋名賢五百家播芳大全文粹》卷九二

石井詩一首 並序

鉛山道傍距鵝湖寺數里有寺，曰資福。寺後有泉，曰井。余數過其門，莫有告者。今夏自豫章易地四明，謁告燎黄而後之官，復經是邑，步屐登山，捨杖憩寺，忽然見之，不覺駭嘆，信乎天下之奇觀也。其氣汪汪，澹然清徹，殆非今之君子所可比德。睠焉樂之，徘徊不能去。因觀泉上所立洪駒父碑，取《易》之所謂「井谷」者。《易》言井谷，即坎井也，鮒之所射，敝漏之甕所汲也，顧不入兹井耶？為之慨然賦詩。

石井靈蹤信不凡，一泓巖下碧深潭。誰磨皎潔青銅鏡，更琢玲瓏碧玉龕。濯去衣巾無限垢，漱來齒頰有

餘甘。懸知坎谷非佳井，寄語詩人莫恨疑當作浪談。自注：洪駒父有詩名。明笪繼良《鉛書》卷五

句

定王遺築覽長沙，城郭山川四面佳。定王臺

千年依舊長安土，萬里思歸帝子家。又　以上《永樂大典》卷五七七〇

（吴鷗整理）

楊邦弼

楊邦弼，字良佐，億四世孫。其先建寧浦城人，從王蘋學，徙家震澤（今江蘇吴江西南）。高宗紹興十二年（一一四二）進士，爲太學博士。逾年，通判信州，遷湖南轉運使。官終中書舍人。事見《王著作集》卷五。今録詩二首。

挽王信伯先生

伊洛親聞道，淵微賴發揚。東吴賢望重，西觀舊書藏。吾黨將安放，斯文豈遂亡。堂堂寧復見，門士慟新岡。

梁木俄摧壞，嗟吁喪大賢。典刑看肖子，道學付誰傳。一代風流盡，千年物論先。師言猶在耳，身敢墜周旋。宋王蘋《王著作集》卷五挽詩

嚴焕

嚴焕，字子文，常熟（今屬江蘇）人。高宗紹興十二年（一一四二）進士。調徽州、臨安教官。孝

宗乾道三年（一一六七），通判建康府（《景定建康志》卷二四）。遷知江陰軍。淳熙二年（一一七五），在太常丞任上以言者論罷（《宋會要輯稿》職官七二之一），出監福建市舶。事見《琴川志》卷八。今録詩二首。

五言戲贈吕神童行

自我諏人物，天涯實眇然。晚觀童子意，早拍病夫肩。凛凛神鋒異，琅琅腹笥傳。晴温武林道，光怪吕家船。

鄉人吕正之教三子連中童子科盛哉前此無有也推原所以啓其意者繇今大漕顥謨公乃不遠數百里來致感激余與之釃酒道舊歡甚匆匆欲歸賦詩以留之

千秋萬歲聖賢話，盡挂諸郎齒頰閒。發縱指南知有自，昂霄聳壑定非艱。靈椿挺挺元未老，珠樹樅樅孰可攀。過我朝陽語中曲，且停煙櫂置家山。以上宋龔昱《崑山雜詠》卷下

陳晉錫

陳晉錫，明州（今浙江寧波）人。高宗紹興十二年（一一四二）進士（《乾道四明圖經》卷一二）。

和潘良貴三江亭

神襟百慮不容侵，勝概乘閒偶訪尋。趺坐豈無觀水術，臨流應有濟川心。斂將蓬島溶溶氣，散作陽春字字金。郢曲調高人寡和，微生何敢綴雄吟。宋張津《乾道四明圖經》卷八

陳賓

陳賓，字賓玉，福安（今屬福建）人。高宗紹興十二年（一一四二）進士。官武平令（清光緒《福安縣志》卷一九）。

醒心亭 在楓亭驛

亭以醒心名，心與亭何與。物各有感通，此理貴深喻。峴山峙豐碑，見者皆墮淚。推類盡其餘，庶表名亭義。我昨發莆陽，春光正明媚。肩輿撼頓間，思慮雜勞勩。行行復行行，至此若沾醉。振衣躡斯亭，四顧足清致。芳樹布繁陰，晴山薦空翠。時有幽禽來，且無俗駕至。物我方兩忘，情景亦相會。天君始泰然，萬境絶纖翳。後樂與先憂，虛靈良不昧。揭扁端在兹，夫豈無所試。尚期知我者，他時來作記。

清乾隆葉和侃《僊遊縣志》卷五〇

（以上劉瑛整理）

全宋詩卷二〇四六

劉望之

劉望之（？—一一五九），字夷叔，號觀堂，瀘州（今屬四川）人，一説成都人（《建炎以來繫年要録》卷一七六）。高宗紹興十二年（一一四二）進士（《南宋館閣録》卷八）。二十七年，由達州教授召爲國子正。二十八年，行秘書省正字。二十九年卒（《建炎以來繫年要録》卷一七六、一七九、一八二）。有《觀堂集》，已佚。事見《桯史》卷五。今録詩十七首。

龍多山

金船載山知有無，大千浮空佛所書。何人夜斷海山臂，一手挈置西南隅。白虹發晴涪水現，翠鳳下曉巴山趨。亮哉何邦實有此，但恐□舞皆凡姝。已從上頭收浩蕩，更著幽處藏縈紆。馮僊觀中柏摩月，静老巖下泉跳珠。霜荷千樹小雨暗，野竹萬箇秋風□。石困□不了歲事，丹竈肯為凡人鑪。惜無數桃出山崦，來藉芳草開春壺。從來山僧野道士，畏客誓不荒榛蕪。問誰結屋據雄會，邑中令君秦大夫。此郎平生眼如鶻，視此亦足知遠圖。挽衣留客來置酒，要看碧浪摧天吴。我亦為渠脚力輕，拄杖插到青雲孤。酒酣撫檻叫落日，共閱此世真區區。真須舉臂游汗漫，莫向人間墮履舄。自注：予書與詩皆不□，夢授强欲得之歸刻山中，大似不相愛，然恐因此與山少結異日之緣，亦一利也，乃為之書。紹興二十七年四月十五日，許下劉望之夷叔書。《北京圖書館藏中國歷代石刻拓本匯編》宋代分册

沱　江

尚勝三年謫，終慚萬里馴。極知行路澀，可忍在家貧。歲晚沱江緑，雲深錦樹新。相思肯如月，夜夜只隨人。

草堂

宋扈仲榮《成都文類》卷三

風月藏詩骨，流離賦病骸。不禁一飽死，空遺百生懷。樹秀天通隴，山嬌客語淮。壁間無半偈，無乃望君崖。

子雲故居

殺却王章愛孔光，舉朝誰復説興亡。未能免俗歌新美，豈不懷歸念楚狂。斗酒只今猶寂寞，小池無舊已荒凉。秋風細雨催人去，似恐徘徊費感傷。

新都驛遠平軒

霜晴木落送歸鞍，袖手微吟此慰顔。勝欲憑欄招白鳥，更煩翦樹出青山。晚悲薄禄非三釜，賴許清詩見一斑。自注：軒有外氏周次元帥蜀時詩。看到遠平纔得恨，我寧歸卧尺椽間。以上同上書卷八

古柏并序

雙流縣保國觀古柏，其大連九臂乃合，較孔明廟中柏正一倍也。異時震霆焚其一幹，人以為異人伏丹其下，歲久丹飛去云耳。蓋嘗有雙鶴棲其上云。

草木長生亦偶然，不須聞此便談仙。燒枝競説丹飛日，舉世寧知手種年。雙鶴不歸秋自冷，萬牛回首句空傳。相逢一飲清陰下，與子前生定有緣。自注：坐客四人。同上書卷一一

出游

漫有游隨意，何曾語展眉。琴臺悲犬子，江路憶熊兒。修竹蕭蕭寺，平蕪淺淺陂。年來底事業，訪古但饒詩。

發成都 三首

落拓平生載酒行，如今憔悴鬢絲生。無金得買青樓笑，空負閑愁出錦城。

欲洗羈愁只自醒，郫筒酒好信虚名。江陽春色論千户，價比西州却未輕。

一夜孤舟浪打頭，不容客夢到滄洲。誰言江上煙波急，未抵歸心一半流。

以上同上書卷一四

久留少城

好去相羊烏角巾，却來躪踏軟紅塵。酒因覓睡方成醉，金為收書更覺貧。屢入草堂難下語，少留藥市恐逢人。可憐弔古凄凉意，只向揚家往返頻。自注：子雲故居，不復來遊矣。

荔　枝

瀘戎瘴癘窟，閩粤山水鄉。如何産此物，爛然照炎荒。

宋王象之《輿地紀勝》卷一五三《潼川府路·瀘州》

海　棠

平山堂下花無數，看到海棠春好處。東君用意惱風光，遲日放開陰勒住。

同上書卷一六一《潼川府路·昌州》

詩二首

歸計墮何許，出溪仍泝流。夢回牛瀃路，行到馬湖秋。

孤舟未晚泊，煙火傍人家。小市常憂虎，空城不見花。

同上書卷一六三《潼川府路·敘州》

題三學山

棲賢古招提，十里巨松陰。棟宇自隋氏，悠悠歲月深。唐人范生畫，風雨欲剥侵。相傳金仙趾，玉質存至今。星黑夜正午，異物為華燈。　同上書卷一六四《潼川府路·懷安軍》

讀和議成赦文作

一紙盟書换戰塵，萬方呼舞却霑巾。崇陵訪沈空遺恨，鄖國憐懷若有人。收拾金繒煩廟算，安排鐘鼎頌宗臣。小儒何敢知機事，終望君王赦奉春。　宋岳珂《桯史》卷五

句

鳳林秋晚見日落，鹿門事遠無人傳。　龐德公諸葛亮孟浩然詩　《輿地紀勝》卷八二《京西南路·襄陽府》

地連巴楚峰巒見，節近清明柳色知。　塞樂園

山盤四十八面險，雲暗三百六旬秋。　四十八面山

剩破朱紅供短髮，南荒來校世間書。　秋試寓直雜興

海山無瘴八蠻清。

莫道南州居井底，請來此處望川原。

南縣燒畬早，西溪落漲初。　夜雨

聞説南州異，寒來正月並。

山遶郡樓秋過雨，月臨池樹晚生煙。　雲山堂

便作稽山看，犀湖五月凉。　題李氏犀湖　以上同上書卷一八〇《夔州路·南川軍》

（李更整理）

陳知柔

陳知柔（？——一一八四），字體仁，號休齋，永春（今屬福建）人。高宗紹興十二年（一一四二）進士，調台州判官。歷建州、汀州教授，知循州、賀州。以不附秦檜解官，主管冲祐觀。孝宗淳熙十一年卒。有《詩聲譜》二卷、《休齋詩話》五卷等，已佚。事見《晦庵集》卷八七《祭陳休齋文》，清乾隆《永春州志》卷九有傳。今録詩十六首。

題山石

山花有空相，江月多清暉。野意寫不盡，微吟浩忘歸。宋魏慶之《詩人玉屑》卷六引《休齋詩話》

題石橋

巨石横空豈偶然，萬雷奔壑有飛泉。好山雄壓三千界，幽處常栖五百仙。雲際樓臺深夜見，雨中鐘鼓隔溪傳。我來不作聲聞想，聊試茶甌一味禪。宋林表民《天台續集别編》卷二

登巾山

司馬胸中著雲夢，杜陵眼底蓋乾坤。吾衰不復論兹事，飽看孤帆落遠村。

天台遊山

煙蘿穿幾重，柴車倦驅駕。忽尋鐘磬音，山腰得僧舍。主僧聞我來，曳杖出相迓。揖我坐虚閣，登臨欠臺榭。老屋數椽餘，風物自閑暇。古木出雲杪，遥岑來竹罅。下臨一泓水，涵光冷相射。但能了此生，未遽慚大厦。我本山中人，偶失學圃稼。為米聊復留，兩同僧過夏。得舟家可浮，遇竹宅便借。是處皆

南山，何必東籬下。悠悠去忘歸，寧畏長官罵。松月苦留客，徘徊度清夜。明朝過桃溪，溪女莫相詫。

次海上長亭村

行到山窮處，微茫島嶼青。百年多逆旅，萬事一長亭。風雨晚潮急，魚蝦曉市腥。平生誦佳句，今見海冥冥。自注：老杜台州地闊海冥冥。

宿天台萬年寺

古寺來投宿，雲巖第幾層。有詩堪供佛，無事且依僧。小閣泉喧枕，修廊雨暗燈。好峰看未足，夢繞碧崚嶒。《天台山志》作幽夢幾回登　以上同上書卷五

題洪景伯通判清閟堂

別乘清名滿世間，却來堂下植檀欒。已無俗物敗人意，且與此君同歲寒。夜月半庭金影碎，秋風一枕玉聲殘。雁行吏退鈴齋静，想見巍冠獨倚闌。同上書卷六

謁韓祠

斯文何罪竄南荒，來謁孤祠淚數行。恐有遺書藏壞壁，豈無哀賦吊沅湘。精神不受氛煙蔽，道義長涵日月光。四壁蕭蕭香火冷，何人能與作堂皇。

韓木

層江波静鰐如掃，一畝寒陰禽自呼。莫把甘棠比韓木，令人灑涕共長吁。

讀潮本韓集

康成迹寄書帶草，玄德祥標羽葆桑。名與此山俱不朽，何如煙杪鬱蒼蒼。

大雅寥寥不復還，如公幾得古人全。格高枯淡復志賦，意到渾淪原道篇。趙子遺編今復亂，歐公校本孰能傳。古音祕矣尤難識，聊與磨鉛一究研。　以上《永樂大典》卷五三四五

蓮花峰

多病登臺今古情，菊花摇蕩午凉生。山前木落石巖出，海上潮來秋渚平。野興已隨芳草還，歸鞭更傍落霞明。愧無十丈開花句，獨卧禪房心自清。

題秦隱君祠次鄧經略韻

人境初無車馬喧，卜居原得近姜村。山圍古寺苔生砌，花落前汀潮打門。已許揭身如日月，不妨為客任乾坤。清詩海内流傳久，亭下空餘石硯存。

謁姜相墳次鄧經略韻

欲將興廢問洪鈞，來謁孤墳獨愴神。千載高風餘凛凛，一池秋水自粼粼。門前帆影來天際，林杪鐘聲落海濱。此道寥寥今復振，不應漁水是東鄰。　以上清郝玉麟乾隆《福建通志》卷七七

環翠亭

當年把臂入龍山，猶記相逢醉夢間。君似孤雲了無礙，我如倦翼早知還。茅簷負日真成算，竹榻論詩整破顔。欲問太平真氣象，夜來風月到松關。

涵清閣

追憶唯菴真可人，詩成咳唾筆如神。使登是閣一快掃，當有銀鈎鐵畫新。　以上清顔璹乾隆《永春州志》卷一四

句

木落洞庭秋。《詩人玉屑》卷六引《休齋詩話》

（劉瑛整理）

黄端

黄端，字秉彝，莆田（今屬福建）人。高宗紹興十二年（一一四二）進士，知安溪縣。事見《閩詩録》丙集卷八。

詩一首

虎脊初終梟獍飛，龍髯半落鬼神疑。行人二月登廬嶺，點點驪珠欲灑碑。清鄭傑《閩詩録》丙集卷八

黄然

黄然，分寧（今江西修水）人，庭堅孫（《建炎以來繫年要録》卷一六三）。高宗紹興十二年（一一四二），以右儒林郎爲删定官（《宋會要輯稿》刑法一之四二）。二十二年，遷軍器監丞（同上書食貨一七之四〇）。二十五年，爲江南東路提點刑獄（《建炎以來繫年要録》卷一六九）。孝宗隆興二年（一一六四），以右朝請郎權知台州（《嘉定赤城志》卷九）。乾道二年（一一六六），因事降兩官（《宋會要輯稿》職官七一之一五）。

題涪翁亭

清音妙絶東坡老，方響名高太史公。水遶烏尤談笑外，江連洪雅畫圖中。《輿地紀勝》卷一四六《成都府路·嘉定府》

（以上陳曉蘭整理）

王予可

王予可（？—一一七二），字南雲，吉州（今江西吉安）人。南渡後居上蔡、遂平、郾城間。早年隸軍籍，三十歲左右時大病後忽發狂，愈後能把筆作詩文，作品中多避宋諱，遂以詩文名，佯狂玩世。金大定十二年兵亂，亂兵將領知其名，欲挈之北去，未幾即病卒。事見《中州集》卷九，《金史》卷一二七有傳。今録詩八首。

題靈隱寺

遊山無處浣塵埃，出郭尋幽入翠苔。衆水盡從雙澗去，一峰元自五天來。行春人散題名在，坐夏僧閒聽講回。清磬一聲猿鳥寂，石楠花落滿經臺。宋周密《浩然齋雅談》卷中

宫詞

水曲朱門漪漾漫，一簾花雨月波寒。金閨背襯鴛鴦冷，春困秋千立畫干。

南園湖石

翠雀銜雲墮翠蕪，砥峰倒影卧平湖。飛花不到穿簾月，高倚晴天一劍孤。

馴鶴圖

原注：張伯玉家畫幀，宫人徐行以手整釵，一鶴後隨，謂之馴鶴圖。伯玉請賦詩，欽叔常苦其作詩多不用韻，限以釵來苔三字。

寢處粧鉛未捲釵，孤雲花帶月邊來。六宫簾幕金鸞冷，露濕晨烟啄翠苔。

雜詩二首

白露沙灘浸緑湄，小舟艤岸尚依稀。山回屏曲江連樹，春鎖人家深處歸。
暗悲秋色素團團，一雨飄零颸霽寒。天浄長空烟斂處，彩虹金挂樹頭山。

宫體 二首

紅葉鋪霜撼御階，繡蓮塵蹴襯羅鞋。袖沾鶯翅調簧語，墮却銜翹入鬢釵。
驕馬金籠藉草歸，翠鸞屏曲染紅霏。凭欄山色春風裏，唤得鶯兒燕子飛。

以上金元好問《中州集》卷九

句

石裂雯華漬月秋。嵩山石淙
壺樹苔波月漬皺。蔡州北懸壺觀仙榆
一壺天地醒眠小。醉後
萬叠雲山飛小雁。宫體
風色偃貂裘。射虎
唾尖絨舌淡紅甜。樂府
金盆水不暖，翠雀啄晴苔。和太白宫詞
鳳蹴瑶華散，龍啣桂子香。又
一片冷截潭底月，六彎斜卷隴頭雲。西瓜
簾捲緑陰花外月，玉山冰雪醉扶翁。烹茶
啼鳥倒啣金羽舞，驚蛇斜傍玉簾飛。凌霄花

鳳環捧席帶香屏，原校：疑作憑鯨杯倚伎和雲捲。威錦堂樂府　以上《中州集》卷九王予可小傳引

李子遷

李子遷，宋室南渡後留居中原，與王予可有唱和。

句

石鼎夜聯詩筆健，布囊春醉酒錢粗。贈王南雲　《中州集》卷九王予可小傳引

（以上虞行整理）

王秬

王秬（？—一一七三），字嘉叟，安中孫。高宗紹興十九年（一一四九），以右宣教郎幹辦行在諸軍審計司（《建炎以來繫年要録》卷一五九）。二十五年，爲淮南轉運判官（同上書卷一七〇）。歷知撫州、江州（同上書卷一八四、一八五），通判洪州（《劍南詩稿》卷一有送行詩）。孝宗乾道四年（一一六八），爲江東轉運副使（《景定建康志》卷二六）。入爲權刑部侍郎兼權詳定一司敕令。七年，知饒州（《周文忠集》卷一〇〇《王秬除集賢殿修撰知饒州制》）。九年卒（《劍南詩稿》卷四《聞王嘉叟訃報有作》）。有《復齋詩集》十五卷（《鶴山集》卷五四《王侍郎復齋詩集序》）、《復齋制表》二卷（《直齋書録解題》卷一八），已佚。今録詩五首。

題王龜齡詹事祠堂

當時孤論偶相同，終始知心每愧公。纔見安車延綺季，遽嗟石室祀文翁。百年公議分明在，一餉紛華究

竟空。白髮舊交衰甚矣，尚能留面對高風。自注：始予與龜齡别，嘗謂吾輩會合不可常，但令常留面目，異時可復相見。龜齡再三擊節。後一見，必誦此言。　宋張端義《貴耳集》卷下

題不欺室張魏公爲王龜齡書也何子應賦詩

君不見開元名相張九齡，歲寒松柏森蒼鱗。胡塵澒洞言始驗，世間回首思忠臣。堂堂魏公忠貫日，志欲平戎獎王室。歸來無地展經綸，餘事文章揮健筆。玉節朱轓兩君子，不以交情變生死。共將新句紀遺編，留與山林續詩史。　影印《詩淵》册四頁三〇〇〇

登歷下古城員外新亭二首 按：原署王嘉□，當奪叟字

新亭結構罷，隱見清湖陰。跡籍臺觀舊，氣溟海岳深。圓荷想自昔，遺堞感至今。芳宴此時具，哀絲千古心。主稱壽尊客，筵秩宴北林。不阻蓬蓽興，得兼梁甫吟。

吾宗固神秀，體物寫謀長。形制開古跡，曾冰延樂方。太山雄地理，巨壑眇雲莊。高興泊煩促，永懷清典常。含弘知四大，出入見三光。負郭喜粳稻，安時歌吉祥。　同上書册五頁三四七五

登綺霞亭

危亭臨霽景，金碧迴紛紛。天映中原氣，山横萬古雲。夕陽寒未斂，孤鶩遠猶聞。俯仰懷前哲，清樽爲苾芬。　同上書頁三四七六

句

何時五畝成歸計，來作鄰翁伴藝林。　宋王十朋《梅溪後集》卷八《嘉叟和詩至七篇……》引

柳色知春淺，鐘聲覺寺深。

避虎連村静，分魚一市腥。以上宋劉克莊《後村詩話》前集卷二

羊角洞開風浩蕩。《永樂大典》卷一〇九五〇

（陳曉蘭整理）

釋子深

釋子深（？—一一七三），主池州貴池縣妙因寺。孝宗乾道九年九月，其友柯伯詹過之，留飲數杯，書偈擲筆而逝。事見《夷堅志·支庚》卷二。

臨終偈

衲僧日日是好日，要行便行無固必。虚空天子夜行船，摩訶般若波羅蜜。宋洪邁《夷堅志·支庚》卷二

（許紅霞整理）

黄補

黄補，字季全，號吾軒，莆田（今屬福建）人。端子。高宗紹興中從父宦游惠州，得永嘉陳鵬飛師友之。已而以其學教授於鄉，及門者數百人。時林光朝講學城南，補在城東，幾與齊名。官至高要尉。《宋元學案》卷四四有傳。

韓木

先生來潮南，先生一時屋。潮南得先生，潮南千載足。嗚呼潮南俗亦淳，先生遺樹今猶存。春山二月春鳥響，遊人樹底羅酒尊。尊殘倚樹初不語，暗覺山翁淚如雨。山翁之淚良可憐，我生不及元和前。元和萬事已塵土，惟有喦邊留此樹。樹本於人果何識，為是先生手親植。先生一去今幾秋，喦頭滿樹春風浮。

風從昨夜何劉慓，儼似當年祛鰐色。鰐魚東遁不回頭，一帶寒江遶郡流。郡人向晚争歸舟，樹與江波相對愁。《永樂大典》卷五三四五引《圖經志》

（徐永强整理）

全宋詩卷二一〇四七

曾協一

曾協（？—一一七三），字同季，號雲莊，南豐（今屬江西）人。肇孫。早年應試不第，以蔭入仕，歷長興、嵊縣丞，鎮江、臨安通判。孝宗乾道七年（一一七一），知吉州，改撫州（《宋會要輯稿》職官六一之五四、五五），終知永州。九年卒。有集二十卷，已佚。清四庫館臣據《永樂大典》輯爲《雲莊集》五卷。事見本集有關詩文及所附傅伯壽序。

曾協詩，以影印文淵閣《四庫全書·雲莊集》爲底本，參校《永樂大典》殘本及《豫章叢書》本（簡稱豫章本）。新輯集外詩附于卷末。

擬古六首

濯濯春月柳，低映金張宅。風光到飛絮，枝頭少顔色。榮華豈不好，歲晚負賞識。堅貞自中心，君看松與柏。

幽窗射明月，寂寞閑素琴。朱絃不改調，撫弄無好音。文衣襲緑綺，明徽鈿黄金。君恩一朝異，對此千恨深。

憶昨初離别，羞容不成歌。長袖未曾舞，塵埃生綺羅。君恩一言足，歲月豈在多。澤國多悲風，江湖易濤波。遊子久行役，歲晏今若何。迢迢朱樓夜，數起瞻明河。不如長江月，素影常相過。

迢迢千尺松，下有緑髮龜。流膏穿厚地，配此凌雲姿。隱見雖若殊，雪霜俱不移。置身苟得地，共保千歲期。

孤峰鬱嵯峨，千古常峻峙。下有迴環水，流浪無定止。如何深遠意，盡寄七絃裏。妾意極高山，君心甚流水。

日月無時停，飄忽成隆冬。烟雲慘不舒，暮雪陵飈風。永懷皸瘃憂，藉此衣褐重。蟄蟲逐微煖，地底度歲窮。飲啄却外物，一氣常自充。人貌肖天地，不能保微躬。

擬結客少年場

結客少年場，定交杯酒間。相傾在意氣，握手出肺肝。倉皇夜扣門，然諾曾不難。所至足賓客，後乘車班班。鄠杜走馬歸，百萬供一餐。路人側目視，仇家骨常寒。紅塵一箭飛，大索喧長安。可笑愚儒生，相逢話辛酸。

和唐使君秬古風二首

宦遊非所安，舉足常徊徨。官事似馬曹，自謂真漫郎。猶慚上官前，簪裳久低昂。歸輒痛掃溉，草木有幽香。但令眼中青，不問眉間黄。何期逢故侯，一見心清凉。揚袂指鄉國，矯翼西南翔。危言氣峥嶸，高懷涕淋浪。更憐凡草木，欲置桃李場。作詩借光輝，此意寧可忘。

志士身許國，夫豈慕高爵。感慨九重恩，領受千里託。安邊志獲就，解印良亦樂。厚禄棄千鍾，壯氣横六幕。造朝吐奇論，投合期契鑰。終焉謾喋喋，遠意誰領略。琳館返高卧，鈴齋休畫諾。擬尋一畝宫，未辦千金槖。松楸已在眼，阡陌想交錯。迴頭長安日，傾心比葵藿。

送汪汝馮沿檄造朝

春風扇微和，散入桃李場。枯枿受披拂，處處生輝光。有客事行役，起柁凌官塘。浮家入烟浪，琴書粲成行。旁有玉頰人，妙指出宫商。主人志超俗，心胸瑩琳琅。但使秋月明，豈慮浮雲翔。富貴恐不免，賦予元有常。善保萬金璧，毋遺輕毀傷。豈無山徑蹊，徐步遵康莊。

陳晞顔獲玉兔甚奇邀予賦詩晞顔名從古

一氣散萬有，飛潛異形姿。烏鵲自昔然，羽翼不可移。穎也衣褐徒，斕斑廼其宜。今兹獨何事，皓皓涅不淄。毳毛玉雪如，整整機上絲。無乃真得僊，傳載非詭辭。騎蟾入廣寒，成此一段奇。長生侣素娥，不受塵土羈。祇應得得來，隱見必其時。往牒紀創見，奕奕登瑞旗。退之號崛强，雄誇見文詞。君俟過人行，精神動皇祇。屢供平反笑，長詠南陔詩。異物自來馴，不起山林思。霜月照庭户，晴雲點階墀。致此非好玩，於焉卜期頤。上堂問起居，秀色增兩眉。

鄧器先北窗

今人競圖南，朗朗百間屋。夫子胡不然，嚮晦一窗足。北窗吾亦愛，嘗謂所樂獨。豈知交游中，昌歜或同欲。光澄窮永晝，風遠宜三伏。誦書音和平，高卧夢清熟。吟詩與作賦，未覺環堵蹙。心安爾許寬，六合寄一粟。閑聽飛雨灑，静看游蜂觸。一笑知莫逆，排闥不待速。

次韻李粹伯登鎮江倅廳富覽亭粹伯名處全

酒餘共逍遥，散步升高岡。萬物困霜雪，歲晏俱老蒼。江山一臨眺，志欲凌八荒。青霞儻見分，誰能束冠裳。自注：韓退之云乞君青霞珮，與我高頡頏。

題李粹伯晦菴

天道有消息，物理兼屈伸。鳥匿定將擊，龍蟄以存身。卷舒雖不同，為用常相因。老聃晞髮時，慹然似非人。肢體尚可墮，外物真埃塵。信知猶龍姿，涵養知幾春。寂寥千載下，裔孫豈其倫。磊落感意氣，峥嵘富精神。廼以晦自居，悠然返天真。漁樵欲争席，鷗鳥行相親。形諜不可掩，眉端已津津。風雲一朝便，垂天起潛鱗。

王炎弼安吉丞廳真清軒和沈文伯韻 炎弼名彦融，文伯名長卿

青山如君子，臭味我族類。向來傲官府，正自惡俗吏。主人清且賢，菽水無虚偽。胸次塵滓盡，端可肖人意。軒窗自羅列，獻此重叠翠。公餘一隱几，舉目窮幽事。昔為幕中賓，妙語了同異。孰堪畏棲遲，勝境配高義。要從孺子濯，不逐衆人醉。吟哦坐書叢，袖手太阿利。沈侯負能名，二絶一言蔽。聊同座右銘，此語君莫墜。

江梅

北風號喬林，萬象無容姿。高標自有時，正與冰雪宜。老幹儼枯木，疎花粲横枝。刻玉費天巧，不為俗眼窺。託質在空谷，清高終見知。論功鼎鼐間，枝頭子離離。

蠟梅

小樹列仙質，翛然道家裝。雪帔掛淺絳，銖衣曳微黄。清風一披拂，芝蘭讓幽香。老子專鼻觀，此花正《永樂大典》卷二八一一作巧相當。就令困霜《永樂大典》作露雪，肯受泥塗傷。題評得名字，詩人惜輝光。雖無調鼎實，不作時世粧。

章季子携所作樂府來以詩謝之

平生尚幽僻，塵務百不省。屢從松竹遊，身閑愛官冷。何知事大繆，窮日厭鞭打。抽身對佳客，屣倒冠不整。吏徒環顧人，為我忍俄頃。匆匆上馬揖，語略意已領。新詩滿懷袖，璀璨吐光景。歸來坐明月，萬象入清境。風林起驚鵲，閑窗散花影。吟哦不成寐，盡此良夜永。

題大兒新安官舍三樂齋

吾先聖人徒，游夏同淵源。孝友與忠信，入道先本根。下視晉楚富，商歌滿乾坤。一唯了萬事，伋軻繼師尊。至今百世後，家法要不煩。近數高曾來，潔身等璵璠。當時天下士，白首稱曾門。自注：陳後山自謂曾門一老。世掇太常第，自致冕與軒。養祿到北堂，孝哉無間言。猶悲鯉庭空，遺恨終自吞。至我壯無成，浪使歲月奔。文科始不嗣，媿此朱兩轓。賴汝念祖烈，先登倡諸孫。寂寥四十載，重拜雨露恩。吾年獨天假，將雛見飛翻。覥顔幸一洗，積德慚九原。三年作尉歸，橫經處侯藩。孤城山水稠，草木霜不蕃。官閒身無事，舊書可重繙。故職在六經，緒業勤討論。避堂舍翁嫗，齒在髮未髡。不憂俸酸寒，羅列奉晨飧。公釁沸絃誦，私室合篪塤。氣完萬物輕，始驗中所存。結屋將樂此，不換鐘鼓喧。愛汝此樂地，老蒼離童昏。朱金了無慕，况廼紈綺繁。真趣出自然，盎盎如春温。名齋憐汝志，可使薄俗敦。此樂吾家無，詩之勸仍昆。

飲沈氏園得僻字

會心足勝侶，暇日訪春色。慵尋剡溪榜，厭曳永嘉屐。名園可徘徊，勝概在咫尺。峰巒起平地，村落墮城壁。梅橫前嶺峻，柳列長堤直。最愛臨水亭，欲背依山石。沉沉想潛鱗，錚錚聽仙弈。初無杖履勞，具享山林適。一尊供笑語，四座列豪逸。規摹西洛舊，髣髴香山昔。自注：是日會者九人。愛酒太白狂，耽詩少陵僻。始静姑縱談，中喧或争席。殘鐘咽林際，新月掛簷隙。飲散興未厭，人歸境愈寂。何必記昔游，虚空了無迹。

送鄧器先赴羅田尉五首

我始來相居，談公口瀾翻。平生驚人句，筆力正始間。古人不可作，因君見班班。矍然起懦庸，褰裳撼詩關。

吾鄉盱江西，流轉半天下。夢為故國遊，流涕指丘社。漂萍偶同止，風力巧相借。感君聲氣似，剪燭對清夜。

之子抱奇器，彈冠始兹年。邑人望風度，夫豈南昌仙。樂土風俗淳，吠犬申旦眠。弓刀無可試，斑衣日蹁躚。

古郡有奇觀，祖祖燈相傳。子來後往哲，青山古依然。紛紛簿領中，深觀常安然。但使内外盡，饑餐困須眠。

君齒餘四十，見推十年兄。驚呼昔安在，相逢太晚生。坐語未及盡，風帆忽遐征。願君懷此都，吾廬始經營。

送趙德莊右司赴江東漕八首德莊名彦端

往年際風雲，濯濯春月柳。俊氣横九天，下筆蛟龍走。歲晚收其實，落落堅且久。澹然松檜質，不為霜雪朽。

軒蓋事朝謁，閶闔方晨趨。霜露懷松楸，慨然賦歸歟。確志感清衷，載以使者車。往宣問事條，勿但安田廬。正色立公府，嘉謀贊巖廊。材華動人主，咫尺鴛鷺行。掉頭不肯住，清宵夢滄浪。丈夫貴勇決，養此百鍊剛。行邁未為遠，兩州東西都。中天敞華闕，魚鑰黄金鋪。山川儼形勢，貔貅凛戈殳。正須埋輪手，先聲震江吴。建業一都會，由來帝王畿。曠哉懷古心，陳迹猶依依。當年王謝家，青紫滿烏衣。萬事一丘土，簡策徒是非。飽學兼内外，超然悟空無。是身任東西，乾坤一蘧廬。目前謾紛紜，一致總萬殊。良欲行世間，不效山澤癯。鄉來遠門牆，引睇想光輝。宦游偶相值，間闊得因依。都門送星軺，依然寸心違。勿為賈胡留，速書季子歸。我公廊廟姿，當為濟時霖。生材必有用，應物初無心。異時百僚上，金貂耀華簪。富貴恐不免，易退其自今。

賦趙有翼仇池石次沈正卿用蘇翰林韻有翼名師嚴，正卿名清臣

貪夫居奇貨，什襲藏結緑。寧知十五城，不救卞和足。豈如嗜石人，丘壑在胸腹。不知連城價，但賞數峰蹙。長公仙去後，兵豫章本作朔馬遂南牧。尤物落何許，心知委溝瀆。何期超世賢，愛石不愛玉。夜半

負之走，包裹隨竄伏。一朝返窗几，時清端可卜。李虎初平羊，案上紛相逐。峥嵘幸無恙，不問牛馬谷。趙侯天機異，閱世輕嗜欲。好奇與嗜利，達觀均一曲。正恐便棄置，就賞君宜速。

送趙有翼通守吴興

江南雨無時，桃李迹已陳。有客念江湖，别乘陪朱輪。明德先九族，恩殊在廷臣。惟公真龍種，眉宇猶津津。不受膏粱昏，辭章動楓宸。合著玉笋班，冠冕朝大昕。去丞股肱郡，要此骨肉親。蕭蕭霅水鄉，溪山繞城闉。空光纈紋亂，倒影圖畫新。金石富文墨，烟波多隱淪。坐想賢使君，迎笑均憑茵。席間荀陳俱，會此主與賓。陳榻對清夜，潘輿行莫春。拄頰愛爽氣，揮毫詠風蘋。遠近入題品，蒼翠生精神。我忘鷗鳥盟，低徊踐香塵。因子動歸興，詰旦車當巾。

寄題蘭陵郡齋梅露堂

蘭陵為郡更齊梁，地望卓犖聞四方。清班詵詵儲材良，相踵往佩太守章。憲公遺愛初未忘，當時瑞露今名堂。於兹遼遼幾星霜，此邦復得尚書郎。政似古人天降祥，揭榜華屋遥相望。使君燕寢東西廂，嶺梅林林分兩傍。春事已退墮渺茫，調羹有實升廟廊。葉間奇葩忽芬芳，縹白異狀中有香。襞績千葉成花房，天公好善善必彰。故出瑞物非其常，此花顔色見未嘗。浴以沆瀣宵瀼瀼，炯如珠璣綴琳琅。蜂房割蜜蔗流漿，邦人歡呼走且僵。我公中心念丁黄，撫摩凋瘵還耕桑。天錫嘉瑞不肯當，盡掇鉅美歸聖皇。公豈我留返鵷行，但有盛事存甘棠。

送趙有翼監丞造朝供職

君侯昂然百夫雄，近之和氣如春風。揚眉高論多折衷，衆人斂衽稱名通。發為詩章燦璧琮，氣豪筆健敏且工。口占欲使十手供，春雲容與朝霞烘。肯如空階號秋蟲，槁項巖穴甘老窮。是將織文裨衮龍，潤色造化分天功。奏之清廟流笙鏞，宜使正笏趨槐楓。發舒平生學古胸，時吐奇論驚羣公。久矣高門映衰宗，金蘭投分自諸翁。我嘗聯曹愧凡庸，竭蹶道上昔所同。朔雪撲面花蒙茸，六龍先路如雲從。重來苕溪奉從容，好若膠漆始且終。先後唱和如歌鐘，君還清班朝九重。我將轂下居治中，他時涉筆朱墨叢。已見矯翼凌長空，一笑道舊雙頰紅。

次翁士秀喜雪長詠士秀名擢

陰陽持權或贏縮，運氣循環更剥復。忽驚寒凛襲重裘，元是祥霙散平陸。登山不覺屐齒折，索酒仍催葛巾漉。蕭條貧居馬為二，瑟縮凍坐龜藏六。揮毫謾詫句中眼，對案常逢食無肉。未謀南畝五百弓，浪說朱輪三十輻。且欣膏潤入郊原，為拯黔黎出溝瀆。敢將固陋測帝心，概想生靈皆子育。將春欲放草木葉，成歲先須天地肅。伊余平生貪静勝，有此一廛從穆卜。應憐此地久憔悴，端向吾廬增煜煜。巧隨高下綴琪樹，任逐横斜落雲屋。塵緣頓覺一羽輕，詩句但驚翻水速。坐令歡意盪愁思，仍遣時寒破常燠。嵇康醉狀聳危石，衛玠羸姿立修竹。排來一一盡連璧，環立詵詵皆冠玉。晚風徐韻仍佩環，枯木無心亦冠服。曉連青女增粲粲，夜映金波兼穆穆。遮藏春色失斕斑，漏泄梅花有芬馥。掀髯一笑萬事空，細讀君詩倒醽醁。

次韻翁士秀雪再作

尚記東郊千頃白，夜不聞聲曉盈尺。飄洒速若赴敵兵，密陣横空誰督責。且從膏澤落田疇，不厭寒威凌枕席。竭來重見凍雲凝，似欲飛花襲遺跡。起尋藜杖行東皋，麥隴芊芊净摇碧。平生殷雷轉空腸，此日准擬千倉積。老農甚喜天破慳，尊酒相携慰疲劇。土膏滲漉入鋤犂，丁寧孫子耕須力。勸農使君軟語多，莫待官儂費鞭策。人言回天古所難，坐變樂歲須臾間。丈夫行志自其所，會作一朝黄鵠舉。

和裘父姪季貍竹夫人歌

我家門户瀟灑侯，渭川千畝封君儔。自應秀氣到兒女，骨格凛凛含清秋。向來玉立蹄輪道，已解使人除熱惱。事君為取冰雪清，豈是與君相媚好。人生用捨元有時，秋堂掛壁何足悲。不是短檠長棄置，會與夏簟還相宜。

周知和以蘇陳倡和韻賦水仙江梅蠟梅三種花謹次韻知和名郯

天工着意初放花，三英凛凛真一家。鏤冰點酥更團蠟，始信功深解生物。臨風却嗅心自知，粲兮粲兮哦古詩。幾年刻玉但成葉，一笑真同長康絶。得非仙種來神山，為伴老子終朝眠。歲寒得友不忍去，且對衆香勤覓句。鼎分風月俱可人，如陳竇劉人所君。自注：三君事見東漢。詩場戰罷戢干越，盡掃色塵歌一鉢。

周知和李粹伯一再和鉢字韻詩益工勉繼元韻

道人鍾情獨此花，封植絶類富貴家。毋令攀折强封蠟，精神頓減非生物。五陵少年那得知，氣豫章本作驅使造化須新詩。春工未遍裁雲葉，但賦貢金品皆絶。公家甥舅如玉山，清夜秉燭愁花眠。一朝奉節公馳去，又疊陽關斷腸句。誰專此花蔣徑人，公自無愧面覲君。來詩聲調轉清越，謬對霜鐘扣銅鉢。

次韻翁士秀病起

一間何闊昔未有，擬遣蒼頭問安否。果然示疾毗耶城，静看醫方出吾肘。平生豪氣干青雲，客疾來侵豈能久。已知筋力却几杖，復見精神照窗牖。花時倏忽風雨過，無語酬春愧顔厚。管城端復束高閣，公不自倡誰為首。俄驚肆筆出大篇，聊示作家三昧手。我今方覺疾病嬰，豈是同生值陽九。自注：翁與余同歲生。鏡中華髮略相似，材具超人定非偶。公今闊步躡中朝，顧我一麾方出守。如何江湖大國楚，笑謂曹鄶言地醜。似矜斷木欲青黄，寧有長松生培塿。

暮春雜詠八首

曲徑穿深樾，支流旁小亭。鳥將雲共遠，天與樹俱青。水色清堪掇，風聲静可聽。壁間餘地在，落筆記曾經。

蓮沼瓊瑶墮，萱庭錦繡張。静聞人語好，閑愛水風凉。藜杖休行樂，蒲團且坐忘。沙禽相識慣，趯趯近胡床。

晝永常支枕，賓來旋整冠。日篩槐影細，風撼竹聲乾。壤沃耘耕少，人閒賦斂寬。近知田舍樂，不記昔為官。

客路清溪好，人家緑樹間。凄凉何縣雨，想像别州山。馴雀飛還下，遊魚去自還。兒曹了官事，天地一身閑。

目斷江頭樹，襟披海上風。荷鋤偕婦子，擲釣共兒童。晚笙關心碧，秋蓮滿意紅。歌聲何處起，舞手為年豐。

信使頻驅傳，元戎罷枕戈。茅茨隨處有，禾稼望中多。寓客時吴語，豐年半楚歌。泰然真樂土，誰為挽天河。

楚甸三千里，旌麾列大邦。渺瀰連沃野，隱轔抱長江。此際藩王室，何人擁將幢。向來稱下邑，國士有無雙。

隔岸連平野，鄰家背短城。海風無日息，楚水照人清。有子能干禄，全家可代耕。飯餘無一事，更覺勝平生。

蓬户

野客何為户，編非茅即蓬。松堅難闔闢，竹瘦謾牢籠。疎密殊無準，粗纖任不同。我常知善閉，寧向此矜功。

王叔武示忠州張使君德遠近詩次韻三首 叔武名珌

垂紳立朝著，智略勝吾丘。列載分名郡，兒童説細侯。卷舒誰罣礙，中外且嬉遊。聞説淮南守，天邊又拜州。

妙理居言外，高懷見酒邊。無心千里奉，有意一燈傳。柏樹誰能指，虚空莫問年。爐香聊閉閤，何處覓心田。

安心今得法，問道舊名庵。雅致追龐老，高風數泐潭。遠公容入社，彌勒本同龕。寄語邦人道，叢林始罷參。

倪文舉寺簿挽詩三首 文舉名偁

盛德逾人遠，高談造理深。保身元有道，應世了無心。别日更寒暑，交情隔古今。紙窗風雪夜，猶記掉頭吟。

學植春同富，詞源海樣寬。細聽朝士説，宜著侍臣冠。泉壤歸何遽，容臺席未安。蒼旻如可問，不遺淚河乾。

水國相從日，文場並進時。駑材元有限，逸駕自難追。方指青雲路，俄聞薤露詩。鵬程千萬里，却付稱家兒。

和韓子文子文名彦質

寄迹驚殊縣，論詩得勝流。更容參往返，不恨此淹留。絶唱終三疊，長謡擬四愁。同遊有陶謝，莫賦仲宣樓。

以上《雲莊集》卷一

全宋詩卷二〇四八

曾協二

送李秀叔吏部拜命赴闕二首

此地詳聞月旦評，精神英發氣和平。胸蟠七澤波瀾闊，骨鬭九秋風露清。窮巷蕭條從我老，半生懷抱向君傾。忽聞來促朝天騎，應記當年曳履聲。

君王念舊數星霜，驛騎風馳詔濕黃。闊步入趨天北極，舊班聯踐漢中郎。好行素志應須力，穩上青雲不用忙。異日相從話功業，知無愧色沮剛腸。

李懋之壺中齋請賦詩懋之名勸

山川吞盡一壺中，未見先生芥蔕胸。要識廣輸原作論，據《永樂大典》卷二五四〇改藏粟粒，且將談笑舉針鋒。橘中載酒初無礙，花裏行車足有容。可但大千歸眼界，網塵從此現重重。

次韻翁士秀見贈二首

川原積歲阻交情，佳客常思置驛迎。花縣論心尊俎樂，竹宫識面歲時驚。久知書作征南癖，更覺詩同東野清。却斂櫜鞬真退舍，君才屹立五言城。

興來躡履便追隨，共約乘風汗漫期。述作正須陶令手，利名不上紫芝眉。名高似斗誰能挹，量大如淵不可窺。老去故交今絶少，高情傾蓋樂新知。

再次前韻二首呈士秀

相逢此日勝平生，不厭擔笻數送迎。欒地共欣三徑就，詩壇仍見一軍驚。風飄柳線曾經染，雪著梅梢分外清。光景喚人無計奈，剩煩佳句破愁城。

錦囊惠我句增奇，賞會應須得子期。萬頃淵深連渤澥，千尋巉刻對峨眉。心游舊簡幾忘食，家有名園不暇窺。誰報詩人春到了，屋山應有候禽知。

次韻汪汝馮見贈

身閑官冷巧相如，草舍柴扉況並居。刮目尚為三日別，論心真勝十年書。屢煩折簡催嬴馬，知有新粧出綺疏。興發會須携短策，要看風味慰逃虛。

次趙有翼簡徐聖可元韻聖可名行簡

已向幽居賦晚晴，欲經絶壁訪神清。不憂五柳荒松菊，敢嘆三閭帶杜蘅。媿無風月三千首，賴有絲桐一再行。誰似孔庭能父子，繼揮高韻思如傾。

喜　晴

詩翁高興動新晴，未踏湖山句已清。領略風光初入眼，指麾泉石欲盱衡。屢傳黼扆方圖舊，應有鋒車便趣行。莫向苕溪戀行樂，葵心元向太陽傾。

李粹伯對月見懷次韻

初收雨脚萬絲懸，妙手誰人補漏天。佳月素華迷夜旦，好詩餘味滿中邊。自注：佛書吾説如蜜，中邊皆甜。裴徊無奈謝希逸，齁鮯總輸邊孝先。見説百篇酬一斗，高門重見酒中仙。

王叔武示和人雪詩次韻二首

天上瓊花次第垂，且教微霰向塵飛。玉糅重見嬌飛燕，鶴舞初疑老令威。農事預知三徑樂，釣舟遥憶五湖歸。夢迴陡覺衾裯薄，應是迷空一尺圍。

迴瞻一色暮雲垂，癡雀相看凍不飛。地闢爛銀窺佛界，班連萬玉想天威。輕明照日千山静，寒碧浮江一棹歸。見説孤吟清到骨，知君不羨妓成圍。

送薛士昭

邂逅江干得勝流，襟懷冰玉氣横秋。相逢便及平生事，欲去知難苦死留。殘漏寒燈催别酒，淡雲微雨送行舟。虎頭自是封侯骨，穩上青雲莫倦游。

沈正卿示探梅詩次韻

數點微明已露奇，解顔相見却先知。携壺擬醉無窮樹，走馬來看第一枝。照水意閑真我輩，釀寒雲重正花時。自從親識春風面，不信良工畫有詩。

再次沈韻

獨將春信報天涯，豈是無情定有知。巧占歲寒憐韻勝，冥搜詩句愧辭枝。松篁有約成三友，桃李争功彼一時。珍重休文三昧手，盡回佳處入清詩。

正卿借韻招同社候雨霽訪梅次韻

看梅常擬到參横，最愛微霜墮太清。輕棹幽探煩結約，繁花亂點要晴明。直須香裏同扶杖，莫問尊前幾舉觥。誰向詩盟最先歃，定知一座自公傾。

總司官餞董少卿

蚤聞天詔下江津，元是君王自賞音。闊步穩登霄漢路，借留難副士民心。緩歌共有留連意，别酒休辭瀲灩斟。三節踵來公去後，空餘離恨一江深。

謝翁子履子進惠詩二首子履名履之，子進名升之

聯翩連璧扣柴荆，剥啄初聞屐履迎。華衮借褒知不稱，纍珠入手見須驚。長篇勢欲傾三峽，古調聲堪被四清。聊遣世人知句法，君家元有謝宣城。

偶結茅茨一水湄，便從佳士得心期。可堪大老留青眼，更向諸郎識白眉。驥足方求千里附，豹文先許一斑窺。鶴鳴子和君家事，此樂外人那得知。

次韻謝鄭仲南惠詩二首仲南名寀

毫端萬態鬬森嚴，山比崇高粟比纖。學博自應前輩似，才多真可萬人兼。心傳家法書仍在，腹有成章筆未拈。雄辯縱横皆正論，却羞季子尚飛箝。

腰組歸來且打乖，闔廬纔可着吾儕。可堪佳客尋衰迹，更著新詩起壯懷。枉對青山記排闥，好當紅藥詠翻階。一從悟得驚人句，自悔枚皐賦似俳。

謝翁子亨惠詩子亨名泰之

為愛高門足鳳麟，恂恂濟濟燕雙親。和聲自得壎篪樂，巧思争裁錦繡新。句裏直須希鮑謝，客來今復見荀陳。要知家法傳無盡，更到垂髫總過人。

謝蜀人侯君惠詩

我曾魂夢到西南，翠碧相圍遠近山。睡覺不知身許遠，神遊却悔便求還。自注：丙子歲夢至蜀道，濃翠周匝可愛。求還二字，用《列子》化人事。國家舊數兩川最，人物尤勝二漢間。笑讀君詩生羽翼，便如舉目對孱顔。

送向兄荆父帥維揚二首 荆父名均

寵數頻煩色愈温，耐官丞相克家孫。川原迤邐提封闊，旌纛森嚴上將尊。心識古人風節似，望知前輩典刑存。春風草緑長淮净，眼看頻流雨露恩。

大父曾開刺史天，固應陳迹尚依然。邦人却怪家風在，故老今推宅相賢。仗鉞秉旄仍置使，輕裘緩帶更安邊。須知此日分憂重，更覺光榮掩後前。

和陳晞顔春盡思歸二首

坐閲榮枯鳥過空，青冥誰解指行蹤。自注：佛書如虚空鳥跡。柳邊初見鶯調舌，樹底俄驚鹿養茸。稱副閑身清晝永，裝添静境緑陰濃。宫桃正倚東風醉，也逐迴溝出九重。

小白長紅幾番自注：去聲。飛，清詩端為解愁圍。莫貪藉草尋幽事，須念留花苦待歸。自注：意屬陳文。杜酒政須常在手，沈腰元自不勝衣。織成春恨無窮盡，誰遣天孫不下機。

夜飲枕流次日以詩記陳迹

水軒幽會六人同，自注：李粹伯、汪汝馮、蔡清宇、王景文、柴鵬舉與余六人。夜色蒼茫蠟炬紅。淅淅好風天似水，紛紛高論氣如虹。罰籌蝟起觴無算，醉骨山頹榼屢空。却坐胡床看月上，對人樓殿有無中。

再飲枕流和王景文韻

乞得微官本為閒，生憎簿領積如山。鼎來佳客無陶謝，向後微言到孔顔。自注：飲將散，諸丈談道。安得朱絃起秋思，預愁清淚落陽關。壯懷醉裏依然在，不信蕭蕭兩鬢斑。

昔先君子與司直兄相知文字間諸孤懸隔各未相聞一旦袠父姪惠然見訪共道家庭舊好撫今念昔慨然傷懷因成小詩呈袠父

傳業懸知臭味同，許時蹤跡馬牛風。莫誇今夕為何夕，不見吾翁對若翁。道舊幾驚心欲折，問年俱恨鬢成蓬。只應飽學非同調，滿篋新詩字字工。

袠父見和復次韻

郢質由來迥不同，曾當巧匠運斤風。肯過異縣尋癡叔，聊遣高談慰病翁。骯髒吾甘老苕霅，飛騰君合上崑蓬。衹今已恨成名晚，好把文章問化工。

和袠父見贈二首

平生傳業志詩書，常恥朱門衒綺襦。作意文場旋閣筆，强顔宦路亦分符。駸駸春意回平野，戛戛籃輿入畫圖。但恐相思勞小阮，想從煙際望重湖。

鄉關重見慰餘年，踉蹡迎門喜欲顛。先遣好詩陳曲折，更搜餘論盡中邊。尚勤葯石論臣佐，莫向杯觴近聖賢。杜口不言窮達事，知君客疾不難痊。

俞義仲輓詩

適意平生水竹居，雌黄在手為藏書。久看英子聲名早，常恐良朋過往疎。方喜安輿迎綵袖，忽驚平陌走喪車。青松翠柏新阡路，常使行人淚滿裾。

邵袞臣挽詩二首袞臣名希仲、

軒冕初期咳唾收，一官白首歎淹留。已嗟遊宦騫騰晚，遽遣功名取次休。中壽不令周甲子，遺編曾擬傳春秋。未應埋没隨黄壤，定作騎鯨汗漫遊。

幼年耆舊識東牀，自注：衮臣，王子雲司諫婿。壯歲名喧翰墨場。老去里閭推聞望，向來士子誦文章。芊綿宿草悲春盡，牢落佳城怨夜長。賴有集賢多故舊，筆端三絶刻琳瑯。

寒食雨霽

亂雲將雨趁狂風，掃漑氛埃瞬息中。指點山川開净緑，按行花草失欹紅。槐榆改火年年事，簫鼓迎神處處同。自是平生觀物化，不因春去始知空。

湖山堂

自從幽處得官居，不向良工覓畫圖。青繞簾帷山極望，冷侵庭户水平鋪。漁歌歷歷來天外，帆影飛飛入坐隅。俸粟有餘公事少，卧聽風雨落江湖。

衛公堂二首

衛公精爽故依然，陳迹凄凉不記年。亭遠謾傳曾起草，樓高無復見籌邊。新銘初勒風煙上，舊觀都忘歲月遷。從此南徐矜勝概，美談留與後生傳。

寥寥相望兩邦君，冰雪襟懷錦繡文。身見共誇新令尹，名高猶榜故將軍。神交頓覺千年近，心遠初無一間分。只有玄談探佛海，坐傾端復掩前聞。自注：今太守鄭公窮探妙道，與衛公小異耳。

送張忠州使君八兄二首

邂逅江干不自期，坐傾談屑看霏霏。豈無清禁摛華地，只得名城衣錦歸。惜别定知雙鬢换，問詩常恨寸心違。目窮千里蒼茫際，惟有檣烏向北飛。

東閣如公不挽留，又飄征袖入西州。四方謾説多奇士，千騎纔教占上頭。那得長繩縈去棹，不堪淋雨助離愁。長江自古常東注，莫遣仙舟得泝流。

題陳倅升卿芝草圖二首

別駕陰功草木知，一朝變化出神奇。乍驚蓂莢還同長，更羡卿雲向下垂。文筆分明傳異狀，畫圖次第記當時。嘉祥創見輕千古，信宿曾看十樣芝。自注：《圖記》云兩日之間，十變其狀。

高義從來蓋里閭，枌榆社底得新居。萱堂秀骨松難老，蘭砌清才玉不如。天産寶芝彰瑞應，地靈妙相紀生初。定知繼展調元手，不負平生萬卷書。

沈正卿重梅次韻

恰占春工一倍奇，休言造化總無私。香羅翦透因稠疊，瑴玉裁成却附離。愛玩枝頭無限思，題評筆下若為辭。開時縱晚春猶早，底事遊蜂聖原作便，據《永樂大典》卷二八一〇改得知。

和俞幾先喜雨二首幾先名長吉

萬人望歲正艱難，坐對盤餐泚在顔。沿泝謾談舟楫利，圃畦未放桔槔閑。歡呼甘雨今朝足，准擬豐年舊觀還。眼裏塵氛掃除盡，撲人空翠繞西山。

自嗤宦況局寒蟬，已覺歸心决大川。勿使山靈長謝客，幸餘溪友舊忘年。無心欲羡千鍾禄，有意初謀二頃田。雨足年豐無一事，春蠶將老只思眠。

和蔣子尚子尚名志祖

偶隨舶趠上淮州，忽見霜凝尚此留。屢指雲天談故國，幾從煙水理歸舟。自知客子驚殘歲，賴有斯人破旅愁。他日西窗剪銀燭，巴山却話夢中遊。

和王雅州見贈

懷人俄復幾春秋，三舍相望見末由。千騎前驅催首路，九重側席納嘉謀。茅茨至陋何堪顧，蘋藻雖微尚可羞。准擬掃除迎上客，玉蕤陰底列觥籌。自注：謂酴醾盛開。

陳晞顏董漕湖南過零陵用簡齋韻見贈次韻謝之又賦一篇述懷

筆到鍾王意有餘，詩章高古過黄初。班行未上論思地，遠使聊宣寬大書。乞與豐年均飽煖，更申嚴令絶侵漁。肯迂使節存支郡，咫尺猶嫌會面疎。

平生志不在嬴餘，久擬揮毫賦遂初。莫問倚牆空甑石，但令盈几足琴書。幸存茅屋幽堪隱，況有清溪近可漁。賸欲抽簪訪松菊，要憑突兀看扶疎。

都漕適至作詩相慶次韻

邂逅江干倍驩然，喜公彊健過前年。筆端電掃三千字，言下冰消十二緣。傳業有人吾免矣，擊鮮溷汝古同然。自今擬棄人間事，總把傳家付阿圓。

和李粹伯

萬事知公一髮輕，尚憐花草唤愁生。酒邊意氣來酣戰，筆下文章要主盟。絶唱共驚神有助，擅場將見敵無争。總輸老子工藏拙，飽食安眠百不營。

寄題陳晞顏敦復齋

一入虚齋百慮沉，箇中何待覓知音。雪收未起龍蛇蟄，境静初窺天地心。五里霧中藏豹穩，九重淵底得珠深。自從占斷寬閒野，寂寞虚空無古今。

趙有翼招同社出遊次韻

總道無情却有情，撩人幽事不勝清。擬同騷僕從長吉，不遣橘奴覓李衡。四山濃淡要題品，百卉後先宜按行。登覽不憂風雨迫，揮戈須駐日西傾。

諸公出遊有翼有詩和者盈軸次日飲正卿家出以示余走筆繼韻

可堪俗事苦相留，不許聯翩李郭舟。酒興定知鯨浪吸，詞源聊看峽江流。名如原作高，據《永樂大典》卷八八四四改北斗誰能挹，價重連城未易酬。恰似西都數人物，校書中秘讓諸劉。

有翼有詩督真率第二會次韻

滿眼春光處處山，妨人行樂幾多端。絶憐玄圃一步地，便勝香山八節灘。莫放賞心閑裏過，擬將物化静中觀。未開桃李留春事，可是芳苞不耐寒。

送裘父姪還鄉二首

氣吐長虹一世豪，尚憐花草助風騷。正須重碧澆胸次，不遣輕霜上鬢毛。浪説清時敞東閣，誰捐好語到西曹。江神却解歸歟興，賸放潮頭百尺高。

塵外情懷得自由，便携琴鶴上歸舟。露寒月白闌心夜，山瘦江清滿意秋。却背京城無眷戀，去尋古迹有遲留。奚奴莫厭詩囊滿，重紀山川爛漫遊。

代常州請平江鄭侍郎

接壤西東似犬牙，一時迎送使君車。應憐壯歲棠陰在，未覺神京驛路賒。飛觀慣看涼月挂，層樓將見瑞雲遮。當筵莫訴盃行速，兩地春光作一家。

代人上平江徐侍郎五首

秋到人間斂麴塵，于門初見喬星辰。須知宇内風雲合，況是天邊雨露新。盛德可容窺底藴，殊功端自見經綸。不應久袖安邦手，運指從教轉大鈞。

漢朝法從讓嚴徐，却數羣公總不如。千載流芳傳竹簡，一言偃革見囊書。由來東海傳高閣，復見甘泉載後車。富貴功名兩相似，崑丘元自産璠璵。

雙旌來自日華邊，帝遣銜恩下九天。膏澤已周家十萬，道途不歎驛三千。封疆舊占江湖闊，驩頌新從里巷傳。可是聖朝私此地，教將和氣作豐年。

巍峨冠冕聳精神，好傍軒墀對紫宸。一德擬推黄帝筴，紀年還數絳人旬。懸知紫詔馳三節，肯使朱轓駐兩輪。聞説邦人稱壽處，香雲低覆玉嶙峋。

峨詩獻壽信知難，門館材多不可攀。敢曳長裾居客右，祗容濫吹列行間。為陵便恐輕深谷，若礪還應誓泰山。千載通明宫殿裏，常看冠珮壓清班。

紫巖雜咏

飛　瀑

欲作銀河落，支筇仰面看。會須雷電散，已覺逼人寒。

坳　池

峭絶崩雲處，泓澄忽此逢。寧知一勺水，清潤入千峰。

留煙

暝色蒼然至，浮煙漫不分。小留巖竇底，為伴宿簷雲。

濺石

淅瀝排炎暑，潺湲弄晚晴。不知來遠近，常作對床聲。

送王炎弼赴山陽守以兵衛森畫戟宴寢凝清香爲韻十首

盛世須材傑，高名動聖明。一麾淮海去，青旆擁千兵。

別兄今幾時，邦人指難弟。莫誦海沂康，兩馮如魯衛。

公材如武庫，劍槊方森森。亦復擅風流，坐繼正始音。

詩成嘯諾餘，謀出壺觴暇。却整進賢冠，麒麟要圖畫。

公家西州烈，武事冠方册。祖孫世有人，要足門三戟。

平生功名心，不肯事酣宴。向來話淮南，山川眼中見。

楚國尚勇力，秉羽而甘寢。雖無倒載名，勝飲懷安鴆。

疆事須長算，朝家得實能。坐來酬萬務，心地自虛凝。

復旦風雲合，丹心日月明。江神迴朗照，霽色向來清。

壺矢新油幕，春蕪舊戰場。候亭閒夜柝，歸袖着天香。

山雲

自聳干霄勢，應憐望歲心。試將膚寸澤，來作濟時霖。

小山叢桂

暗緑團團樹，浮蒼淺淺山。不須吟些些，幽韻已班班。

題留煙亭

漠漠縈空漫不收，只應此地占清幽。雲煙本是無心物，亦為山人重挽留。

題零陵郡治環翠亭

鈴索無聲訟牒稀，雨餘四野競扶犂。小亭獨坐心無事，滿地緑陰山鳥啼。

醒心亭

主人誰與解春酲，百斛香醪一小亭。兀兀泠泠俱可樂，醒來還醉醉還醒。

荻華渚

摇摇小渚荻初成，遠意渾疑接洞庭。准擬秋來看積雪，更和風雨醉時聽。

睡足軒

落盡庭花日未西，枝間栩栩定為誰。遥知城市紛紛際，正是幽人睡足時。

潔　泉

絶愛泓然一鑑渟，肯教塵土犯清泠。祇緣較德先生似，不為争名陸羽經。

清富庵

一衲纏身便有餘，亂山深處卜幽居。舉頭物物皆呈露，試問金多得似無。

薝蔔林

可人濃翠護微黄，寳樹森森自着行。居士飯餘無一事，坐來還印寂然香。

凝香逕

白葛烏紗一逕長，心清草木自成香。何須爐裹煙成縷，不用衣間紫作囊。

野菊澗

泠泠清漲濯秋芳，採擷堪供九日觴。為乞曉瓶真沆瀣，不應眉壽獨南陽。

遊罨畫溪有序

春深欲至畫溪，堆案相仍，不果往。四月十八日，舟行溪中，已有後時之歎。舟人見告，往年藤花甚盛，今雖花時亦無幾矣，蓋盡於斧斤云。感之為賦。

春去無蹤緑滿堤，空移征棹過漣漪。自驚朱墨抽身晚，不及青紅倒影時。

罨畫溪頭事已空，桑條都逐運斤風。東君緑遍當時岸，只欠低垂照水紅。

罨畫聲名遠近知，水光花影巧相宜。不知此去幾多日，重見斕斑似舊時。

芭　蕉

炎蒸誰解换《全芳備祖》後集卷一三作唤清凉，扇影揺揺上竹窗。準擬小軒添睡美，夢成風雨夜翻江。

西溪冬夜

並堤松柏與雲齊，月夜青山一望低。山鳥不驚人迹絶，步隨流水到前溪。

偶作二首

身閒贏得閉齋房，不向塵中染色香。静處試尋真面目，光陰非短亦非長。

世人言語盡君房，一一班聯玉殿香。解識逍遥渾一致，水鳧非短鶴非長。

和史侍郎遊澹巖韻六首

底歎茲巖省見稀，慣居故國看山圍。應緣此日慰岑寂，聊遣清詩為發揮。

瀟湘少駐便經年，自信孤忠莫問天。果為冕旒勤注想，不容泉石得高眠。

隱士洪崖可拍肩，尚留陳迹此山巔。祇應千古人如在，陵谷高深却變遷。

九重温詔下江邊，應覽甘泉舊奏篇。却背煙嵐理歸棹，曉猿夜鶴總凄然。

我公得入如來室，心鏡常明不用磨。好倚懸崖結趺座，任從來者問云何。

眼看巖石千尋起，面對爐煙一縷輕。頓覺世緣無染著，箇中消息有誰明。

督幾先畫

北固江山自有餘，不分清景到繩樞。憑君筆底真三昧，幻出雲煙入坐隅。

李粹伯命賦枕流已讀佳篇不容着語戲書二伽陀問之

六尺玲瓏日日開，箇中那解着纖埃。主人無耳誰求洗，試問聲從何處來。

水軒宴坐死灰同，一息呼號萬竅風。縱有溪流清似鏡，不知何處洗虚空。

和剡宰二首

緑陰匼匝欲周阿，正午庭空雀可羅。更許瘦筇支病骨，玉山影裏聽絃歌。

點數詩流一唯阿，胸中星斗想森羅。新篇莫浪傳紅粉，堪與朱絃薦詠歌。自注：來詩云一時分付雪兒歌。

月夜再和

月當亭午憩織阿，擬逐香風到大羅。急作新詩報天上，更憑阿監一聲歌。

和韓子文五首

密雲閣雨靳春晴，不放芒鞋取次行。却坐蒲團政無賴，好詩端為破愁城。

雪痕尚使石泉潤，山色不堪煙雨昏。見説樹頭春意動，從頭花柳看村村。

與君聯轡聽冬瓏，下馬荀陳列座中。南北東西鄉國異，笑談天與一尊同。

誰人解遺醉時醒，始變鳴禽第一聲。似向幽人催蠟屐，水邊沙際看春生。

寒淺定知春已至，意閑仍覺日初長。已諳榮謝如空幻，一室蕭然且坐忘。

和翁士秀瑞香水仙二首

蝶遶蜂團碧玉叢，紫羅囊小透香風。自從鼻觀銷煩惱，疑在維摩丈室中。

正白深黄態自濃，不將紅粉作華容。却疑洛浦波心見，合向瑶臺月下逢。

上平江徐侍郎十絶句

露華先遺麴塵收，要産英豪奠九州。織女槎迴逢八月，老人星見恰中秋。

聲華奕世擅江南，誰似公家伯仲間。想見當年育英物，高秋爽氣滿西山。

盛德由來自邈綿，偃王功德至今傳。朱弓赤矢符嘉瑞，留得陰功不計年。

並列西京侍從多，吾丘司馬豈同科。孤忠祇有囊書在，獨見丁寧為偃戈。

五湖城郭帶重樓，幕府初開第一州。燕寢香凝了無事，四郊禾穗自盈疇。

繞郭舊稱家十萬，朝天常恨驛三千。自注：並見唐人詩。而今已是繁華倍，更覺旌麾近日邊。

不但寬平似有功，筆端重睹建安風。邦人競勸金鍾釂，願見君侯聖一中。

雅歌字字巧安排，争頌君王治道諧。好把扶猊奔驥手，大書深刻著懸崖。

擁麾仗節往來頻，撫字澄清處處新。想見兹辰介眉壽，遥應驩動幾州人。

槐鼎虚班側席求，已應難遂寇恂留。不如黄髮貂蟬底，長占青雲最上頭。

老農十首

雨帶好風匀浄緑，雲開暖日染嬌黄。今年不識農家苦，總把陰晴屬上蒼。

荷笠腰鐮醉裏回，和衣卧處息如雷。定無門外催租吏，贏得柴荆日晏開。

朝家寬詔年年下，天上秋陽日日明。租税入官公事了，壤歌遞與子孫賡。

聞説邊隅長草萊，漢家膚使漠南迴。黍苗正自歸倉廩，不怕西風卷地來。

田疇總是十分苗，處處逢人意氣驕。不問神祠賽簫鼓，君臣有道四時調。

敢將體足憚霑塗，日日高原帶雨鋤。乞與豐年酬作苦，也知天意解乘除。

歸牛將犢茅簷晚，饑鳥窺人稻圃秋。准擬明年大作社，鷄豚須養秫須留。

飽食豐年酒不空，水村山崦老於農。囷倉在眼心無事，鄰里經過樂歲窮。

兒孫力作莫辭勤，仁政如天四海春。盡説干湯功已就，澤流莘野並耕人。

淮上營屯盡偃戈，官軍從此罷經過。且書太史豐年瑞，不數周公異畝禾。

和叔武逢梅二首

愛花不厭百迴看，細數香鬚定若干。莫怨東風消息早，為憑佳句喚司寒。
愁中相對病中看，喜愠都忘非意干。從此定交形迹外，只羞冰玉照人寒。

再和前韻三首

騷人豈作腐儒酸，逸氣清霄坐可干。東閣只今詩興動，韓豪元不似郊寒。
幽姿健骨兩相看，二絶真成聚莫干。自注：莫邪、干將。好學紉蘭供楚佩，瓊琚端可勝金寒。
猛士相逢亦破顔，恰如組練壯師干。誰令野宿三更月，綴鐵成衣徹骨寒。

春至無梅追用前韻一首

為覓梢頭一點酸，縹枝紅萼謾闌干。東君已誤當時約，猶歛幽芳待歲寒。

和粹伯七夕韻

常時淚雨久漣洳，准擬晴窗叫勃姑。報答月華思善畫，便和風露入新圖。自注：今年六月、七月皆無雨。
天上相逢絶點塵，莫將世態測高真。深閨兒女傳聞誤，見説秋期便妬人。
誰紀天孫謫墮時，浪言能致古宣尼。自注：事見《異聞録》。只今天上秋宵短，莫近鶏星聽喔咿。以上《雲莊集》卷二

和史志道侍郎正志遊朝陽巖三首

經行犖确看嶙峋，曳履枝笻躡後塵。自是高懷元落落，向來喜色見津津。宜搜今古風流遠，得助江山句法新。好逐秋風上霄漢，却留盛事付州人。
簿書堆案阻尋幽，想像高人物外遊。自昔品題多北客，故知物象勝中州。雲經亂石餘膏潤，煙過懸崖自

去留。暫俯澄潭倚蒼壁，已疑身世在鼇頭。興來小渡喚方舟，霽色天教足勝游。但覺賞心追昔事，不知飛詔下皇州。班行便覺九天近，登覽何辭一日留。懸想他時百僚上，亦思清景幾回頭。《永樂大典》卷九七六三

（李更整理）

嵊縣令

嵊縣令，失名。高宗紹興間知嵊縣，與縣丞曾協有唱和。

句

一時分付雪兒歌。宋曾協《雲莊集》卷二《和剡宰二首》注引

（虞行整理）

全宋詩卷二一〇四九

釋　玿

釋玿，號石庵。歷住白雲寺、鼓山寺。爲南嶽下十七世，蒙庵思岳禪師法嗣。有《石庵玿和尚語》，收入《續古尊宿語要》卷五。事見本《語録》。今録詩四十首。

偈頌九首

鵲既鳴鵲鵲，鴉則鳴鴉鴉。禾山四打鼓，趙州三喫茶。春來花處處，雲散月家家。達磨當年無板齒，祇應特地過流沙。

五五二十五，乖龍不為雨。沙石欲生煙，稻麻將槁死。山僧有箇七字頂輪王陀羅尼，能破龍宫，開蟄户，斥雷師，驅電母，布慈雲而洒甘露。唵囌嚕㗭唎囌嚕。祈雨

雲山偶爾遭攧，臂痛不可勝言。府教揮金辦供，殷勤咨請談禪。禪禪，不在拈槌竪拂，亦非作用周旋。不在揚眉瞬目，亦非文字語言。祇據現成公案，自然七方八圓。在雲門得之，則曰一句三句。在法眼得之，則曰惟心法門。在溈仰得之，則曰父慈子孝。在臨濟得之，則曰三要三玄。在曹洞得之，則有偏正回互。在天下老和尚得之，則有問答機緣。在雲山得之，則全提正令於人天之上。在府教學士得之，則致吾君於堯舜之前。在現前大衆得之，則隨宜應用。在太孺人黄氏得之，則生於忉利諸天。禪禪，綿綿密密，密密綿綿。渡水胡僧無膝褲，東村王老屋頭穿。拈來一一中的，不妨似箭離絃。脱或躊躇擬議，迢迢十

萬八千。葛教授請追薦

語是謗，寂是誑。不語不寂，轉增虚妄。春風吹落桃李花，淡煙疎雨籠青嶂。

向來雲岫訪雷峰，朔風吹雪落長松。今日雷峰訪雲岫，無限春光滿巖竇。機鋒互換主賓分，八兩元來重半斤。謝幽巖和尚

墾土誅茆作佛宫，栽田博飯與君同。夢中十載因緣盡，又拄烏藤過别峰。臨岐一句如何説，此去平分江上月。千里同風事宛然，雲山雖别何曾别。别不别，鷺鷥飛入寒江雪。受鼓山請辭衆

與麽文彩，甚生標格。直下承當，迥超言默。拈疏示衆

休卜度，世間那有揚州鶴。一身與世等委蛇，萬事隨緣即安樂。無意來時却宛然，有心用處還應錯。錯錯，莫莫莫，近日秋林多葉落。鐵牛飛過洞庭湖，西山走入滕王閣。

一拳拳到黄鶴樓，一踢踢翻鸚鵡洲。玉麟掣斷黄金鎖，大丈夫兒得自由。宋師明《續古尊宿語要》卷五《石庵珸和尚語》

頌古三十一首

女子出定。

文死罔明休卜度，瞿曇女子謾鍼錐。推倒鐵山歸去也，縱横十字更由誰。

舍利弗入城，遥見月上女出城。弗心口思惟：此姊見佛，不知得忍不？我試問之。纔近便問：甚麽處去？女曰：如舍利弗與麽去。弗云：我方入城，汝當出城，云何言如舍利弗與麽去？女云：諸佛弟子既依大涅槃而住，而我如舍利弗與麽去。

相逢打鼓弄琵琶，須是還他兩會家。曲罷不知何處去，夕陽斜映暮天霞。以上宋法應、元普會《頌古聯珠通

集》卷三《圓覺經》：居一切時不起妄念，於諸妄心亦不息滅。住妄想境不加了知，於無了知不辨真實。

身世悠悠不繫舟，得隨流處且隨流。今朝有酒今朝醉，明日無錢明日愁。同上書卷五

罽賓國王秉劍於二十四祖師子尊者前曰：既離生死，可施我頭。祖曰：身非我有，何吝於頭。王即揮刃斷尊者首，涌白乳高數尺。王之右臂旋亦墮地。

夢中要渡深溪水，伎倆多般進不能。驀地覺來伎倆盡，牀頭山月已三更。同上書卷六

洪州百丈懷海大智禪師再參馬祖，祖於禪牀角取拂子示之。一日師謂衆曰：佛法不是小事，老僧昔日被馬大師一喝，直得三日耳聾眼黑。

喝聲絶處怒雷收，喪盡家風一不留。總是戰争收拾得，却因歌舞破除休。

百丈野狐。

大雄山下老狐精，千古叢林惱殺人。若遇金毛師子子，看伊無處著渾身。

南泉有時曰：文殊普賢昨夜三更每人與二十棒，趁出院也。趙州曰：和尚棒教誰喫？師曰：且道王老師在什麽處？趙州禮拜而出。

是賊識賊精識精，南泉無過强惺惺。趙州禮拜歸堂去，前箭猶輕後箭深。以上同上書卷一〇

池州魯祖山寶雲禪師尋常見僧來便面壁。南泉曰：我尋常向師僧道：向佛未出世時會取，尚不得一箇半箇，他恁麽驢年去。

家財喪盡没絲毫，祇箇一身猶恨多。却向池陽最深處，殺人空手不持刀。同上書卷一三

宣州刺史陸亘大夫問南泉：弟子家中有一片石，有時或坐或卧，如今擬鐫作一尊佛，還得麽？泉云：得。大夫云：莫不得麽？泉云：不得，不得。

前得得，後不得，一貫誰知兩五百。雨檜蕭蕭，風松瑟瑟。隔山人聽鷓鴣詞，錯認胡笳十八拍。　同上書卷一六

此兒活計口皮邊，點著風馳與電旋。謾説鎮州蘿蔔大，何曾親見老南泉。

趙州因僧問：承聞和尚親見南泉，是否？師曰：鎮州出大蘿蔔頭。

當機轉處不躊躇，琉璃盤裏走明珠。趙州老子村校書，一條拄杖兩人舁。

趙州因秀才問曰：佛不違衆生願，是否？師曰：是。曰：某甲欲覓和尚手中拄杖，得否？師曰：君子不奪人所好。曰：某甲非君子。師曰：我亦不是佛。　以上同上書卷一八

庭前柏樹子，一二三四五。竇八布衫穿，禾山解打鼓。

趙州因僧問：如何是祖師西來意？師曰：庭前柏樹子。

無直路，却縈紆。趙州東壁上，依舊挂葫蘆。有張公喫村酒，李公醉不醒。面南看北斗。

趙州因僧問：狗子還有佛性也無？師曰：無。又問：狗子還有佛性也無？師曰：有。曰：既有，為什麽入這皮袋裏來？師曰：知而故犯。

利刀截斷命根，跳出狐群狗隊。拈起萬煅蒺藜，鐵額銅頭粉碎。

趙州因僧問：狗子還有佛性也無？師曰：無。　以上同上書卷一九

摎到懸崖撒手時，七斤衫重有誰知。寒來暑往渾無用，挂在趙州東院西。

趙州因僧問：萬法歸一，一歸何所？師曰：老僧在青州作得一領布衫，重七斤。

明日大悲院裏齋，鐵圍山岳盡衝開。猪頭象鼻，烏觜魚腮。石人撫掌呵呵笑，寒山拾得在天台。

普化有齋。　以上

同上書卷二〇

益州大隨法真禪師因僧問：劫火洞然，大千俱壞，未審這箇壞不壞？

劫火光中共唱酬，隨波逐浪謾悠悠。剖盡衷腸人不會，草鞋拈取蓋龜休。 同上書卷二二

投子因僧問：月未圓時如何？師曰：吞却三箇四箇。曰：圓後如何？師曰：吐却七箇八箇。

投子投子，機輪無阻。要吞即吞，要吐即吐。若還殢齒粘牙，爭得超今邁古。 同上書卷二五

雲峰示衆曰：三世諸佛向火焰上轉大法輪。玄沙云：近日官令稍嚴。師曰：作麼生？沙云：不許人攙行奪市。師不覺吐舌。雲門云：火焰為三世諸佛說法，三世諸佛立地聽。

有是父兮有是子，同條生也同條死。三世如來烈焰堆，互換說法元如此。莫顛言，休倒語，截斷葛藤須薦取。 同上書卷二八

鎮州寶壽第二世禪師開堂，乃先寶壽遺囑三聖為作請主。開堂月師方升座，聖便推出一僧，師便打。聖曰：你恁麼為人，非瞎却這僧眼，瞎却鎮州一城人眼去在。師擲下拄杖，便下座，歸方丈。

塞北千人帳，江南萬斛船。菩提窩裏坐，總謂是虛傳。 同上書卷三一

撫州曹山慧霞禪師，僧問：佛未出時如何？師曰：曹山不如。曰：出世後如何？師曰：不如曹山。

曹山不如，花根本艷。不如曹山，虎體元班。江南地暖，塞北春寒。一把柳絲收不得，和烟搭在玉闌干。

潭州報慈藏嶼禪師，僧問：情生智隔，想變體殊。祇知情未生時如何？師曰：隔。曰：情未生時隔箇甚麼？師曰：這箇梢郎子，未遇人在。

隔，穿耳胡僧眼睛黑。東院西邊是趙州，觀音院裏安彌勒。 以上同上書卷三四

潭州北禪智賢禪師歲夜小參曰：年窮歲盡，無可與諸人分歲，老僧烹一頭露地白牛，炊黍米飯，煮野菜羹，燒榾柮火，大家喫了唱村田樂。何故？免見倚他門户傍他牆，剛被時人喚作郎。下座歸方丈。至夜深，維那入方丈問訊

曰：縣裏有公人到勾和尚。師曰：作甚麽？曰：道和尚宰牛不納皮角。師遂將下頭帽擲在地上，那便拾去。師下禪床，攔胸擒住叫曰：賊，賊。那將帽子覆師頂曰：天寒，且還和尚。師呵呵大笑。那便出去。時法昌遇為侍者，師顧昌曰：這公案作麽生？昌：潭州紙貴，一狀領過。

北禪夜分歲，特地巧安排。維那出隻手，線去又絲來。田郎催拍板，鮑老舞三臺。若教行正令，活作一坑埋。

大愚芝上堂曰：大家相聚喫莖虀，若唤作一莖虀，入地獄如箭。　同上書卷三七

苦中樂，樂中苦，大唐打鼓新羅舞。寒山燒火滿頭灰，却笑豐干倒騎虎。

舒州法華院全舉禪師到瑯琊覺和尚處，瑯問：近離甚處？師曰：兩浙。曰：船來陸來？師曰：船來。曰：船在甚處？師曰：步下。

有主有賓，有禮有樂。得失是非，如何摸索。纔摸索，無上醍醐成毒藥。君不見大鵬展翼蓋十洲，投窗之物空啾啾。

楊文公問廣慧：承和尚有言，一切罪業因財寳所生，勸人疏於財寳。而況閻浮提衆生以財為命，邦國以財聚人，教中有財法二施，何得勸人疏於財？慧曰：旛竿頭上鐵籠頭。公曰：海壇馬子似驢大。慧曰：楚雞不是丹山鳳。公曰：佛滅二千年，比丘少慚愧。

一人牙如劍樹，一人口似血盆。一拳還一踢，一踢報一拳。啞竪摩醯頂門眼，不妨親踏上頭關。

隆興府黄龍慧南禪師，室中常問僧曰：人人盡有生緣，上座生緣在何處？正當問答交鋒，却復伸手曰：我手何似佛手？又問諸方參請宗師所得，却復垂脚曰：我脚何似驢脚？三十餘年示此三問，學者莫有契其旨。脱有酬者，師未嘗可否。叢林目之為黄龍三關。

我手何似佛手，堪笑紫湖養狗。撞著焦尾大蟲，性命輸他一口。

我脚何似驢脚，擬議知君大錯。進前欲飲醍醐，已似遭他毒藥。

人人盡有生緣，且非夷狄中原。鎮府出大蘿蔔，趙州親見南泉。

佛手驢脚生緣，生緣驢脚佛手。李公醉倒街頭，元是張公喫酒。黄龍山裹老婆禪，恰似河陽新婦醜。

以上同上書卷三八

五祖演因僧問：一大藏教是箇切脚，未審切箇什麽字？師曰：鉢囉娘。

唇上必并班豹剥，舌頭當的帝都丁。且道是什麽字。自古上賢猶不識，造次凡流豈可明。

同上書卷三九

釋安永

釋安永（？—一一七三），號木庵，俗姓吴，閩縣（今福建福州）人。弱冠爲僧，未幾謁懶庵於雲門。懶庵徙怡山，命爲首座。後繼席。孝宗隆興二年（一一六四），居乾元，遷黄檗。又三年，移住福州鼓山寺。乾道九年卒。爲南嶽下十七世，西禪懶庵鼎需禪師法嗣。有《木庵永和尚語》，收入《續古尊宿語要》卷五。《嘉泰普燈録》卷二一、《五燈會元》卷二〇、《續燈正統》卷一〇有傳。今録詩四十六首。

偈頌十二首

經年不跨雲門路，逐浪隨波恁麽去。而今老大復癡憨，歸來且作村菴主。跨瞎驢，撾毒鼓，百戰場中偃文武。從教臨濟撥動煙塵，溈仰互為隊伍，列伍位鎗旗，布三玄戈弩。不消咳嗽一聲，直下一時敗露。住洋嶼庵升座

虎頭帶角人難措，石火電光休密布。中興天子展神鋒，萬象之中看獨露。慶御書妙喜庵額

海門鼓浪拍天飛，妙喜家風孰與知。今日風雲重借便，分明向上為全提。文彩未彰，消息已露。動地驚天，不容回互。雲漢昭回星斗垂，誰敢抬頭正眼覷。

枯木生花劫外春，馨香逼界古今聞。忽然樹倒歸何處，猿叫千山月滿船。鴈山枯木和尚遺書至

世出世間稱第一，誰敢當頭正眼覷。今日風雲欣慶會，九重深處現龍顏。會慶聖節升座

甚生標格，與麼奇特。甚生標格，如是富貴。未離兜率降王宮，天上人間無比類。萬國來朝仰聖明，南山又見添蒼翠。

解語非干舌，能言不在聲。非聲非舌用，還家罷問程。至雪峰請升座

擘開滄海取龍吞，五逆聞雷不許聞。翻笑波心遺劍客，區區空記刻舟痕。舉僧問五祖和尚：如何是臨濟下事？祖云：五逆聞雷。

茫茫人看中秋月，徒向閻浮記時節。不智明月向人圓，已是眼中重著屑。瞎了眼，降却屑，昨夜三更轉向西，驚起蒼龍拗角折。中秋

春深不放白牛閒，依舊隨羣入亂山。拽杷牽犁償宿債，尾巴再露與人看。在枕峰再受黃檗請

國師不跨石門句，舌頭未舉先分付。那堪覿面涉思惟，冲天鷂子新羅去。受鼓山請

少處減些多處添，白雲官路販私鹽。一條性命俱拋下，不怕當初王令嚴。

六祖

黃梅半夜錯分付，纔得星兒便亂做。大庾嶺頭屙一堆，後代兒孫遭點污。

黄檗

生緣不在北門村，行脚何曾參百丈。夢裏思歸黄檗山，無端平地堆青嶂。以上《續古尊宿語要》卷五

洋嶼菴造水覓

路遶懸崖萬仞頭，擔泉帶月幾時休。箇中撥轉通天竅，人自安閒水自流。

頌古三十一首

世尊一日陞座，大衆纔集定，文殊白槌云：諦觀法王法，法王法如是。世尊便下座。

道泰時清才子貴，家肥國富小兒嬌。不因紫陌花開早，爭見黄鶯下柳條。

殃崛摩羅既出家為沙門，因持鉢入城，至一長者家，值其婦産難，子母未分。遽返白佛，佛告曰：汝速去説：我自從賢聖法來未曾殺生。殃崛往告，其婦人聞之，當時分娩，母子平安。

不因一事，不長一智。不曾殺生，了無忌諱。傳言送語當風流，拈得口兮失却鼻。《頌古聯珠通集》卷二

傅大士頌云：空手把鋤頭，步行騎水牛。人從橋上過，橋流水不流。

魚行水濁，鳥飛毛落。大士横身，不受斧鑿。以上同上書卷三

西天初祖摩訶迦葉尊者，見世尊在靈山會上，拈起一枝華，以青蓮目普示大衆。百萬聖賢唯迦葉破顔微笑。世尊乃曰：吾有正法眼藏、涅槃妙心、實相無相、微妙解脱法門，付囑於汝，汝當護持流通，無令斷絶。

白日青天、開眼放尿。黄面瞿曇，一場漏逗。

罽賓國王秉劍於二十四祖師子尊者前曰：既離生死，可施我頭。祖曰：身非我有，何吝於頭。王即揮刃斷尊者首，涌白乳高數尺。王之右臂旋亦墮地。

覿面當機掣電飛，當機覿面誰能用。一劍分身定死生，君王萬古聲名重。

達磨面壁。

喪盡家財，無本可據。赤手殺人，彌天罪過。　以上同上書卷六

讓和尚因馬大師闡化江西，師問衆曰：道一為衆説法否？衆曰：已為衆説法。師曰：總未見人持箇消息來。衆無對。因遣一僧去，僧去一如師旨，回謂師曰：馬師云：自從胡亂後三十年，不曾缺鹽醬喫。師然之。

石火光中驗正邪，等閒拈却眼中沙。自從不曾少鹽醬，敢保渠儂未到家。　同上書卷九

洪州百丈懷海大智禪師再參馬祖，祖於禪床角取拂子示之。一日師謂衆曰：佛法不是小事，老僧昔日被馬大師一喝，直得三日耳聾眼黑。

世路風波不見君，愁腸暗寫共誰論。迅雷纔震清飈起，白日一天星斗分。　同上書卷一〇

南泉斬猫。

一刀兩段絶譊訛，天下禪和不奈何。頭戴草鞋重漏泄，知恩者少負恩多。

南泉示衆曰：王老師自小養一頭水牯牛，擬向溪東牧，不免食他國王水草，向溪西牧，亦不免食他國王水草。如今不免隨分納些些，總不見得。

不放溪東西，隨分納些兒。冷暖只自知，分明説向誰。　以上同上書卷一一

蒲州麻谷寶徹禪師持錫到章敬，繞禪床三匝，振錫一下，卓然而立。敬曰：是，是。又持錫到南泉，亦如是。泉曰：不是，不是。師曰：章敬道是，和尚為甚道不是？曰：章敬是是，汝不是，此是風力所轉，終成敗壞。雪竇拈兩處云：錯。

妙轉之機掣電飛，目前生殺盡交馳。明珠自有明珠價，休向籬邊彈雀兒。　同上書卷一二

船子囑夾山曰：汝向去直須藏身處没踪跡，没踪跡處莫藏身。吾二十年在藥山，祇明斯事。汝今既得，他後莫住城隍聚落，但向深山裏钁頭邊覓取一箇半箇接續，毋令斷絶。山乃辭行，頻頻回顧。師遂喚闍黎，山乃回首。師豎起

橈曰：汝將謂别有。乃覆船入水而逝。

臭口未開經萬劫，絲毫纔犯鐵輪隨。雨散雲收明月夜，反動江波説向誰。　同上書卷一七

趙州一日問南泉曰：知有底人向甚麽處去？泉曰：山前檀越家作一頭水牯牛去。師曰：謝師指示。泉曰：昨夜三更月到窗。

掣開金殿鎖，撞碎玉樓鐘。貪程未歸客，徒自覓行蹤。　同上書卷一八

鎮州臨濟義玄禪師初在黄檗，隨衆參侍。時堂中第一座勉令問話，師乃問：如何是祖師西來意？檗便打。如是三問，三遭打。

三度扣關轉不開，赤手迢迢空往來。忽然業鏡百雜碎，始覺從前滿面灰。　同上書卷一一

睦州陳尊宿，學者扣激，隨問遽答，詞語峻嶮，諸方歸慕。因見講僧，曰：擔板漢。

紅爐起浪拍天飛，疾焰過風孰敢窺。任是三頭并六臂，到此休誇第一機。

睦州見僧乃曰：見成公案放汝三十棒。曰：某甲如是。師曰：三門頭金剛為甚麽舉拳？曰：金剛尚乃如此。師便打，曰：這掠虚漢。

見成底事没商量，剔起眉毛未斷當。日暮碧天鴻鴈斷，海門斜去兩三行。

睦州因僧問：一氣還轉得一大藏教也無？師曰：有甚餺飥餡子快下將來。

快人一言，快馬一鞭。停囚長智，十萬八千。　以上同上書卷一二

福州靈雲志勤禪師初在溈山，因見桃花悟道，有偈。有僧舉似玄沙，沙云：諦當甚諦當，敢保老兄未徹在。衆疑此語。

乞兒拾得錫，暗地空寶惜。撞著明眼人，一文也不直。

德山因僧來參，便乃閉却門。僧打門，師曰：誰？曰：師子。師開門，僧纔入禮拜，師驀頭騎曰：者畜生，許多時向

甚麽處去來？

見兔放鷹，因邪打正。脚未跨門，直須猛省。　以上同上書卷二三

洞山因僧問：三身中那身不墮衆數？師曰：吾常於此切。

三人證龜喚作鼈，啞子得夢向誰説。電光影裏浪驅馳，踏破澄潭一輪月。　同上書卷二四

投子因僧問：一大藏教還有奇特事也無？師曰：演出大藏教。僧又問黄龍新：一大藏教還有奇特事也無？新曰：演入大藏教。

一出一入，半合半開。羸鶴翹寒木，狂猿嘯古臺。要知奇特事，當甚破草鞋。

投子因僧問：菩提煩惱是一是二？師曰：是二。僧便問：如何是菩提？師曰：且坐喫茶。曰：如何是煩惱？師曰：這僧聒噪人，出去。

入草親尋草裏人，重重有路掌中平。不遇大商空突曉，日高猶聽打三更。

仰山問潙山：大用現前，請師辨白。潙下座，歸方丈。師隨入，潙問：子適來問甚麽話？師再舉。潙曰：還記得吾答語否？師曰：記得。潙曰：你試舉看。師珍重出去，潙曰：錯。師回首曰：閑師弟若來，莫道某甲無語。

問處分明答處親，縱横有路慣反身。相如奪得連城璧，秦主安然致太平。　以上同上書卷二五

三聖到德山，纔展坐具，山曰：莫展炊巾，這裏無殘羹餿飯。師曰：縱有也無著處。山便打，師接住棒，推向禪床上。山大笑，師哭蒼天，便下參堂。

南北山相對，東西有路分。不經場陣裏，争見李將軍。

雲山和尚問僧：甚處來？曰：西京來。師曰：將得西京主人書來麽？曰：不敢通消息。師曰：作家師僧天然有在。曰：殘羹餿飯誰人肯喫？師曰：獨有闍黎不肯喫。僧便作吐勢。師唤侍者：扶出這病僧。

這僧掩耳偷鈴，雲山將錯就錯。若是碧眼胡兒，别有反身一著。　以上同上書卷二六

韶山因僧問：是非不到處，還有句也無？師曰：有。曰：是甚麽句？師曰：一片白雲不露醜。

獨向滄溟截衆流，等閒舞棹擲金鈎。白雲不露烟波闊，橫笛一聲天地秋。　同上書卷二七

鄂州巖頭全奯禪師一日參德山，方跨門便問：是凡是聖？山便喝。師禮拜。有人舉似洞山，山曰：若不是奯公，大難承當。師曰：洞山老人不識好惡，錯下名言，我當時一手抬一手搦。

前箭猶輕後箭深，無限平人被陸沉。箇裏豁開天地眼，吹毛拈起任橫行。　同上書卷二八

撫州疎山匡仁禪師聞福州大溈安和尚示衆曰：有句無句，如藤倚樹。師特入嶺，到彼值溈泥壁，便問：忽然樹倒藤枯，句歸何處？溈放下泥盤，呵呵大笑，歸方丈。溈囑曰：向後有獨眼龍為子點破在。後聞婺州明招謙和尚出世，徑往禮拜。師舉前話，招曰：溈山可謂頭正尾正，祇是不遇知音。師亦不省。復問：樹倒藤枯，句歸何處？招曰：却使溈山笑轉新。師於言下大悟，乃曰：溈山元來笑裏有刀。遥禮悔過。

掀翻海岳求知己，雪刃橫身立太平。野老不知堯舜力，鼕鼕打鼓祭江神。

南院上堂：赤肉團上壁立千仞。僧問：赤肉團上壁立千仞，豈不是和尚道？師曰：是。僧便掀倒禪床。師曰：這瞎驢亂作。僧擬議，師便打。

電光影裏，緇素區分。纖毫不犯，總教滅門。　以上同上書卷三〇

鼎州文殊應真禪師，僧問：萬法歸一，一歸何處？師曰：黄河九曲。

九曲那容眨眼看，操舟誰解別波瀾。文殊曾展回天手，直得朝宗萬派乾。

潭州雲蓋繼鵬禪師初謁雙泉雅禪師，泉令充侍者，示以芭蕉拄杖話，經久無省發。一日泉向火次，師侍立，泉忽問：拄杖子話試舉來，與子商量。師擬舉，泉拈火箸便摵，師豁然大悟。

擊碎髑髏，敲出骨節。明眼人前，自彰醜拙。　以上同上書卷三七

釋志清

釋志清，住福州天王寺。爲南嶽下十七世，西禪鼎需禪師法嗣。《五燈會元》卷二〇有傳。

偈

天不能蓋，地不能載。偏界偏空，成團成塊。宋普濟《五燈會元》卷二〇

（以上聞賢整理）

釋宗覺

釋宗覺，字無象，號西坡，俗姓鄭，樂清（今屬浙江）人。爲明慶院僧，善弈工詩，與王十朋有唱和。有《簫峰集》，已佚。明永樂《樂清縣志》卷八有傳。今録詩二首。

和王龜齡惠詩

少年詞賦客，昔與山翁游。暫抑驊騮姿，聊伴鹽車留。幽坡賞春色，明月同高秋。君才如鮑照，顧我非湯休。木桃時一投，瓊瑶三四酬。可憐横海鱗，尺水難沉浮。飄然拂袖去，形影那容求。早莫哦君詩，書空復搔頭。邇來三年餘，擬君薦經由。長篇忽見遺，頓覺驅煩愀。君馬何大駛，追蹤謫僊流。錦繡滿腸胃，詞人孰能儔。故將西子容，來貽嫫姆羞。行看復坐吟，終日如軥輈。安得君書齋，移來近前陬。論文與談笑，一釋老者憂。春禽晝聒聒，窗風夜颼颼。懷君不成寐，頻驚節物遒。君文已造妙，君德當慎修。謁帝明光宫，隨珠那暗投。宋王十朋《梅溪前集》卷二《寄僧覺無象》詩附

題濟川亭

高亭窺緑潤，古寺面蒼陰。聞有遺仙事，應容過客尋。路危山背迴，雲重洞天深。一鳥不飛去，時能弄

好音。　明永樂《樂清縣志》卷六

（許紅霞整理）

熊應亨

熊應亨，約與王十朋同時（見本詩）。

過多福寺次王龜齡壁間韻

七尺枯藤手自摩，閒過僧寺坐橫坡。花開曲徑霜前密，雲壓層城雨後多。田舍竹林分鷺嶺，山城蘆水漾魚波。禪床處處堆黄葉，獨剩寒松不改柯。　清陸心源《宋詩紀事補遺》卷五七引《九江府志》　按：查數種《九江府志》均未見此詩。

（孟憲忠整理）

全宋詩卷二〇五〇

釋行機

釋行機（一一一三—一一八〇），號簡堂，俗姓楊，台州仙居（今屬浙江）人。年二十五棄妻孥往顯慶寺圓顱受具，依國清光禪師。晚契證於此庵景元禪師。歷住莞山、江州圓通寺、太平州隱静寺、天台萬年寺。後住台州國清寺。孝宗淳熙七年卒，年六十八。爲南嶽下十六世，護國此庵景元禪師法嗣。《嘉泰普燈録》卷二〇、《五燈會元》卷二〇有傳。今録詩九首。

頌古四首

魯祖面壁。

葉落嵩頭一望長，幾莖喬木倚斜陽。曾經巴峻猿啼處，鐵打心肝寸斷腸。

嚴楞吾不見時。

隔林彷佛聞機杼，知有人家在翠微。及至入門親見了，元來只是小兒戲。

斬猫。

青蛇提起氣腥臊，幾箇男兒有痛毛。直下血流猶未覺，舉頭還見鐵山高。

夾山境話。

東西南北無門户，大地山河不覆藏。今夜碧天雲脚盡，一鈎月挂幾人腸。以上宋正受《嘉泰普燈録》卷二八

送僧造普同塔

珊珊玉骨本玲瓏，挂角羚羊不見蹤。特地作亭圖甚麽，為憐松竹引清風。

以上同上書卷二九

送育維那

克賓一字入公門，有理難伸笑殺人。隱静不行興化令，他年誰道棒頭親。

偈三首

地爐無火客囊空，雪似楊花落歲窮。拾得斷麻穿壞衲，不知身在寂寥中。

圓通不開生藥鋪，單單只賣死猫頭。不知那箇無思算，喫著通身冷汗流。

仲秋八月旦，庭户入新凉。不露風骨句，愁人知夜長。

宋普濟《五燈會元》卷二〇

（許紅霞整理）

張維

張維（一一一三——一一八一），字振綱，一字仲欽，劍浦（今福建南平）人。高宗紹興八年（一一三八）進士，調賀州司理參軍。歷汀州推官、龍溪丞、知閩縣。孝宗隆興初通判建康府，權知太平州。乾道元年（一一六五），擢廣南西路提點刑獄，二年，知静江府（清乾隆《廣西通志》卷五一）。七年，爲江南東路計度轉運副使（《景定建康志》卷二六）。召爲尚書左司郎中。淳熙八年卒，年六十九。事見《晦庵集》卷九三《左司張公墓志銘》。今録詩三首。

留守舍人張公安國聞維築亭爲題其榜曰朝陽既去而亭成復爲賦詩次韻

日邊清切以文鳴，立對朝陽欲問程。筆落生春變寒谷，詩來將喜破愁城。簷前水到乘槎便，天際山横與檻平。准擬公歸道過此，小留觴詠集簪纓。

宋馬光祖《景定建康志》卷二二

題張公洞

年來行樂與民同，探穴追蹤太史公。幽洞初開名易著，蒼崖新刻句難工。風驅俗駕松扉外，雲鎖仙丹石室中。付與山僧司管鑰，勿教勝地草蒙茸。　明張鳴鳳《桂勝》卷四

次韻同經略舍人登七星山

列岫凌虚滃翠嵐，龍泓澄澈七星涵。巖瞻好向西湖看，飛去何妨自嶺南。　清謝啟昆《粵西金石略》

（陳曉蘭整理）

陳俊卿

陳俊卿（一一一三—一一八六），字應求，莆田（今屬福建）人。高宗紹興八年（一一三八）進士，授泉州觀察推官。二十六年，召爲祕書省校書郎（《建炎以來繫年要録》卷一七五），累遷監察御史、殿中侍御史。三十一年，權兵部侍郎。孝宗即位，遷中書舍人，充江、淮宣撫判官兼權建康府事。隆興元年（一一六三），建都督府，除禮部侍郎參贊軍事，爲湯思退忌，出知泉州。乾道元年（一一六五）復召，又爲錢端禮所忌，出知漳州，改建寧府。三年，召爲同知樞密院事兼參知政事，四年，拜尚書右僕射、同中書門下平章事兼樞密使。與虞允文不協，出知福州，兼福建路安撫使。領祠禄。淳熙二年（一一七五），再命知福州。力求去，提舉臨安府洞霄宫。五年，起判建康府、江南東路安撫使兼行宫留守。九年，致仕，十三年卒，年七十四。謚正獻。有遺文二十卷、奏議二十卷，均佚。事見《晦庵集》卷九六《正獻陳公行狀》、《誠齋集》卷一二三《正獻陳公墓誌銘》，《宋史》卷三八三有傳。今録詩九首。

遊虎丘巖偶題壁韻叶因分字聯句 詩見黃公度《知稼翁集》卷上

贈林謙之

走筆題詩問起居，近來導引復何如。從教兩鬢霜無數，却要三田火有餘。示病想同摩詰病，讀書還著子雲書。梅霖十日宜高爽，試共登樓一豁舒。宋林光朝《艾軒集》卷一附

示二子

興來文字三杯酒，老去生涯萬卷書。遺汝子孫清白在，不須厦屋太渠渠。宋真德秀《西山文集》卷三六《跋陳正獻公詩集》引

哭林艾軒

出為嶺嶠澄清使，歸作甘泉侍從臣。百擔有書行李重，千《古今合璧事類備要》續集卷一九作十金無産槖中貧。經旬把臂言猶在，昨日題詩墨尚新。清曉訪君呼不起，寢門一慟淚沾巾。宋章定《名賢氏族言行類稿》卷三三

寄林子方

雙闕門高襲慶餘，相望再世擁軺車。清名益重先君子，遠俗争看行秘書。醫國十全姑小試，蠹民五瘴想先除。炎州莫作經年計，狗監傳聞誦子虚。原注：枅凡八任監司帥守。宋李俊甫《莆陽比事》卷二

《莆陽比事》：林孝澤字世傳，擢宣和第；子枅，字子方，擢紹興第。父子并漕廣東，直秘閣、漕本路，閩廣人榮之。初，枅在廣東，陳正獻寄詩云云。

共樂堂

共樂堂前花木深，登臨當暑豁塵襟。紅垂荔子千家熟，翠擁篔簹十畝陰。老退已尋居士服，清歡時伴醉

翁吟。憑欄四望豐年稼，差慰平生憂國心。　宋祝穆《方輿勝覽》卷一三

蔣山謝雨

農事春郊閔雨時，乞靈奔走寶公祠。鑪中沉水纔三祝，天外油雲已四垂。蔌蔌通宵茅屋冷，青青破曉麥田滋。更祈三日滂然澤，大作豐年遍海涯。　宋周應合《景定建康志》卷三七

修史堂《宋詩紀事》作題夾漈草堂

流水三間屋，明公半席分。帝嘗招此老，天未喪斯文。人去留青竹，山空鎖白雲。升堂時想像，金石恍然聞。　元陳世隆《宋詩拾遺》卷一六

林元美司户耕樂亭

天地秘絶景，雅屬幽人居。卜築俯清流，曠然心目舒。豈惟水澄碧，山色佳有餘。涼風左右來，竹柏相扶疎。亭中何所有，縹囊萬卷書。亭外何所有，青蒲映紅蕖。客來何所為，高論唐虞初。文字共發越，琴槩一以娱。冬寒飽霜蟹，秋思多鱸魚。良田自種秫，酒甕春浮蛆。無事時痛飲，有時還荷鋤。試問田家樂，田家此樂無。　清鄭傑《閩詩録》丙集卷七

句

吾方蹈孔孟，未暇師粲可。　宋朱熹《晦庵集》卷九六《正獻陳公行狀》引

病深老迫宜歸去，莫作留侯范蠡看。　去位　宋劉克莊《後村詩話》前集卷二

海國民皆興禮義，潢池盜已息干戈。　送葉守　元《群書通要》癸集

（吴鷗整理）

徐珩

徐珩，字公飾(《前賢小集拾遺》卷一)。生平不詳。《宋詩紀事補遺》以爲即清乾隆《福建通志》卷三四所載寧化人，孝宗隆興元年(一一六三)特奏名，曾官知上饒的徐衍，姑從之編次。今録詩五首。

醉歌

得誰釀法乃爾佳，連引數盃極口誇。須臾忘物亦忘我，是非榮辱不可加。兒童相隨拍手笑，阿翁醉也扶歸家。平生故人趙半刺，遣騎折送園中花。插花飲酒不待勸，夜如何其月欲斜。倒著接䍦自起舞，笛聲趁拍鼓三撾。陶陶兀兀意有得，小姬在傍雙髻丫。驅令磨墨具紙筆，滿幅大草飛龍蛇。婦云汝醉當止矣，明日酒醒不愧耶。

贈閤門潘舍人

清蹕聲中玉筍班，五雲光裏侍天顔。至尊端拱通明殿，上閤來從飯顆山。旄節行將千騎去，鬢鬚全未一根斑。朝迴兩袖香煙滿，應有詩留雉扇間。

和虞智父登金陵清谿閣

葉脱林梢處處秋，壯懷易感更登樓。日斜鍾阜煙凝碧，霜落秦淮水慢流。人似仲宣思故國，詩如杜老到夔州。十年前作金陵夢，重撫欄干説舊遊。

以水石菖蒲贈谷堂孫漕

菖蒲體柔弱，孤生幽澗傍。澗深水不滋，短葉疎而黄。物亦有不幸，仁者為悲傷。願因水石間，移植近

窗光。探丸起九死，焦捲復翠長。草木固無知，此心未能忘。以上宋陳起《前賢小集拾遺》卷一

日暮望涇水

導源經隴阪，屬汭貫嬴都。下瀨波常急，迴圻溜亦紆。毒流秦卒斃，泥糞漢田腴。獨有迷津客，懷歸軫暮途。宋祝穆《古今事文類聚前集》卷一六

（陳曉蘭整理）

劉天麟

劉天麟，晋江（今福建泉州）人。孝宗隆興元年（一一六三）特奏名（清乾隆《福建通志》卷三四）。

題黄子中南陂集

自歎苦吟詩不老，羡君詞氣凛横秋。争如兀坐茅簷下，得見凌雲五鳳樓。清黄任乾隆《泉州府志》卷五四

（李更整理）

詹羽

詹羽，字翔父，寧德（今屬福建）人。孝宗隆興元年（一一六三）特奏名，官主簿。事見明嘉靖《寧德縣志》卷三。

西陂

野渡扁舟自在浮，慣來江上不驚鷗。一竿釣破滄浪月，唤入蘆花不《閩詩録》丙集卷九作暗點頭。明閔文振嘉靖《寧德縣志》卷一

（陳曉蘭整理）

曹　績

曹績，高宗紹興十三年（一一四三）知寧德縣（清乾隆《寧德縣志》卷三）。

曹公泉

度嶺汗如濯，渴塵生客心。清泉隨念應，乞與滌煩襟。　清盧建其乾隆《寧德縣志》卷一

（王麗萍整理）

郭知虔

郭知虔，字孟始。高宗紹興十三年（一一四三）授迪功郎（《宋詩拾遺》卷一五）。

秋日憶次張弟

秋風吹落葉，獨客異鄉心。生計憐吾拙，窮愁念汝深。面經三載隔，老惜二毛侵。飄泊南飛雁，何時返故林。　元陳世隆《宋詩拾遺》卷一五

楊　筠

楊筠，高宗紹興十三年（一一四三）知仙居縣（《嘉定赤城志》卷一一）。今録詩二首。

題水弄山

曲曲溪流疊疊山，稻塍高下路回環。曉暾初射林霏落，一道炊煙紫翠間。　宋林表民《天台續集别編》卷二

題石藤二夫人廟

古藤陰鎖石粼粼，死骨猶香廟像新。世上男兒輕失節，何顔祠下拜夫人。同上書卷五

李益謙

李益謙，字相之（《天台續集别編》卷二），奉符（今山東泰安東南）人。南渡後僑寓臨海（今屬浙江）。擢子。孝宗乾道初爲户部員外郎（《盤洲文集》卷一九《李益謙户部員外郎制》）。官至吏部侍郎。事見《嘉定赤城志》卷三四《李擢傳》。今録詩四首。

景伯録示太守湖上唱酬舍弟既賦二章輒亦次韻

鷗鷺驚飛去又回，藕花初為使君開。千山急雨催詩筆，四面清波映酒罍。暫倚高旌留勝賞，有懷别乘約重來。銀鈎灑落傳新句，二妙端知共一臺。

紅塵擾擾倦追陪，獨向湖山襟抱開。每為清風携枕席，幾因狂醉倒瓶罍。叢書久伴天隨隱，五袴今逢叔度來。更待海沂歌詠達，同看給札漢家臺。

景伯正字招東郊觀梅晚集茶院秀遠堂舉之舍弟有詩景伯和章見簡同賦

十里寒梅欲鬭妍，東郊尋勝喜聯翩。漸看冰泮池塘外，又見春生島嶼邊。漁艇招招浮遠水，畲田漠漠起平川。惜無畫手王摩詰，只把君詩寫蜀牋。

青春垂地風頭惡，寒色侵肌雪意酣。路轉溪橋回馬足，行穿松逕得僧藍。聯裾正喜陪清賞，揮麈何妨共劇談。它日海邦傳盛事，詩仙曾此駐鸞驂。以上《天台續集别編》卷二

李益能

李益能，字舉之（《天台續集别編》卷二），奉符（今山東泰安東南）人，南渡後僑寓臨海（今屬浙江）。擢子，益謙弟。累官大宗正丞。事見《嘉定赤城志》卷三四《李擢傳》。

景伯正字按行外邑平遣繫囚既還出道中詩一編蔡丈有詩次韻

屬邑周行未覺勞，要觀鈚刃試豪曹。氣蘇犴獄歌謠滿，興挾江山句律高。緩駕海邦聊展驥，指期仙嶺看浮鼇。秋來賦詠傳宫掖，三絶行聞帝語褒。《天台續集别編》卷二

（以上陳曉蘭整理）

全宋詩卷二〇五一

孫文昭

孫文昭（一一一四—一一四五）（《宋詩紀事》卷五一作孫皜），字子尚，開封（今屬河南）人，南渡後僑居會稽。與王十朋多有唱和。高宗紹興十五年卒，年三十二。事見《梅溪前集》卷一八《祭孫子尚文昭》。

往浙西別王龜齡

中原回首尚胡塵，世事徒驚日月新。羈旅不堪頻作別，壯懷雖在已甘貧。南來求友傳三益，西去論心有幾人。別後夢魂何處是，祇應來往慎江濱。　宋王十朋《梅溪前集》卷二《懷劉方叔兼簡全之用前韻》跋引

惠迪

惠迪（一一一四—一一六七），字楙吉，宜興（今屬江蘇）人。高宗紹興二十四年（一一五四）賜同進士出身，授高郵縣主簿，未赴，薦爲臨安府教授。累遷大理司直、國子博士。孝宗乾道三年卒，年五十四。事見《鴻慶居士集》卷三九《宋故國子博士惠公墓誌》。今録詩二首。

婆餅焦

夢破一聲婆餅焦，吴音未穩帶春嬌。不禁風力遥飛去，却引餘音過別條。　宋陳起《前賢小集拾遺》卷一

送客

開懷有佳子，我別不忍別。連宵攬衣忙，就月歌數闋。歌長月欲落，酒盡情更切。凌晨□獨行，祖贈餘麴糵。昨語已如夢，今語無對説。待得歸來時，楊花滿天雪。　同上書卷四

句

小屋牽蘿補，高軒偃蓋過。和答孫仲益　宋孫覿《鴻慶居士集》卷三九《宋故國子博士惠公墓誌》引

（以上陳曉蘭整理）

釋法全

釋法全（一一一四—一一六九），號無庵，俗姓陳，姑蘇（今江蘇蘇州）人。先從道川出家，後依佛智。初説法於宜黄之臺山，移白楊西華。孝宗隆興元年（一一六三）居虎巖寺，後主湖州道場。乾道五年卒，年五十六。爲南嶽下十六世，丹霞佛智蓬庵端裕禪師法嗣。《嘉泰普燈録》卷一九、《五燈會元》卷二〇、元至正《崑山郡志》卷五有傳。今録詩二十首。

聞僧舉五祖頌趙州露刀劍作偈

鼓吹轟轟祖半肩，龍樓香噴益州船。有時赤脚弄明月，踏破五湖波底天。　宋普濟《五燈會元》卷二〇

頌古十九首

《圓覺經》：居一切時不起妄念，於諸妄心亦不息滅。住妄想境不加了知，於無了知不辨真實。

昨夜深沙鑄鐵券，阿那律陀來合伴。醉來相打見閻王，閻王握筆不能判。不能判，却相勸。彼此事同一家，更莫前思後算。　宋法應、元普會《頌古聯珠通集》卷五

南泉有時曰：文殊普賢，昨夜三更每人與二十棒，趁出院也。趙州曰：和尚棒教誰喫。師曰：且道王老師過在什麼處？趙州禮拜而出。

布鼓當軒為擊來，卧龍驚起出巖限。千峰秀色憑誰寫，一帶澄江古鏡開。　同上書卷一〇

潭州雲巖曇晟禪師因道吾問：大悲千手眼，那箇是正眼？師曰：如人夜間背手摸枕子。吾曰：我會也。師曰：作麼生會？吾曰：徧身是手眼。師曰：道也太煞道，祇道得八成。吾曰：師兄作麼生？師曰：通身是手眼。

偏身是，通身是，浄潔渾身涴却屎。拽來露出猛風吹，誰教背手摸枕子。　同上書卷一七

趙州上堂：至道無難，唯嫌揀擇。纔有語言是揀擇，是明白。這僧不在明白裏，護惜個甚麼？師曰：我亦不知。僧曰：和尚既不知，為甚麼不在明白裏？師曰：問事即得，禮拜了退。

亂撒明珠顆顆晶，走盤應不貴金聲。誰家女子能針線，一串穿來不剩星。

趙州因僧問：至道無難，唯嫌揀擇，是時人窠窟否？師曰：曾有人問我，老僧值得五年分疎不下。

天高地厚尋常事，海闊山重更要論。霹靂震摧山鬼窟，獨携霜劍定乾坤。

趙州因僧問：至道無難，唯嫌揀擇，如何是不揀擇？師曰：天上天下唯吾獨尊。曰：此猶是揀擇。師曰：田厙奴，甚處是揀擇？僧無語。

當門一脈透長安，遊子空嗟行路難。不是人前誇俏措，金鎚擊碎萬重關。

趙州因僧問：至道無難，唯嫌揀擇。纔有語言是揀擇，和尚如何為人？師曰：何不引盡此語？曰：某甲祇念得到這裏。師曰：至道無難，唯嫌揀擇。

日暖風和鶯囀新，柳垂金線繫東君。東君不惜無私力，一點花紅一點春。

趙州因僧問：狗子還有佛性也無？師曰：無。曰：上至諸佛下至螻蟻，皆有佛性，狗子為甚麼却無？師曰：為伊有業識性在。又問：狗子還有佛性也無？師曰：有。曰：既有，為甚麼入這皮袋裏來？師曰：知而故犯。

狗子佛性無，斫額路上逢子湖。業識性在遭一口，大地全無碧眼胡。狗子佛性有，春風吹動千株柳。知而故犯可憐生，一一面南看北斗。　以上同上書卷一九

趙州在東司上見遠侍者過，驀召文遠，遠應諾。師曰：東司上不可與汝説佛法。

東司上不説佛法，喚來與伊劈面踏。不用重論報佛恩，將此深心奉塵刹。　同上書卷二〇

巖頭值沙汰，於鄂渚邊作渡子，兩岸各掛一板。有人過渡，打板一下，師曰：阿誰？或曰：要過那邊去。師乃舞棹迎之。一日因一婆抱一孩兒來，乃曰：呈橈舞棹即不問，且道婆手中兒甚處得來？師便打。婆曰：婆生七子，六個不遇知音，秖這一個也不消得，便抛向水中。

相逢把手上高峰，四顧寥寥天宇空。一曲漁歌人不會，蘆花飛起渡頭風。　同上書卷二八

曹山問强上座曰：佛真法身猶若虚空，應物現形如水中月，作麽生説個應底道理？曰：如驢覷井。師曰：道則太煞道，秖道得八成。曰：和尚又如何？師曰：如井覷驢。

驢覷井，井覷驢，冬瓜葉上長葫蘆。會不得，莫踟躕，定盤星上絶錙銖。　同上書卷二九

雲門因僧問：如何是塵塵三昧？師曰：鉢裹飯，桶裹水。

鉢裹飯，桶裹水，狗子咬人不露齒。堪笑韶陽老古錐，倒地至今猶未起。　同上書卷三三

雲門上堂，因聞鐘聲，乃曰：世界與麽廣闊，為甚麽向鐘聲披七條？僧無語。師曰：七里灘頭多蛤子。

七里灘頭多蛤子，太陽一出口俱開。平生肝膽雖然露，狡鶻何曾逐臭來。　同上書卷三四

香林因僧問：如何是衲僧活計？師曰：耳裹種田。

耳裹種田，滿口含烟。鍾馗解舞十八拍，張老乘槎上九天。　同上書卷三五

天台蓮華峰祥菴主示寂日，拈拄杖示衆曰：古人到這裏為甚麽不肯住？衆無對。師乃曰：為它途路不得力。復曰：畢竟如何？以杖横肩曰：楖栗横擔不顧人，直入千峰萬峰去。言畢而逝。

石火光中爛熳遊，白拈臨濟未同儔。掀反華岳連天黑，幾箇知身在御樓。　同上書卷三七

慈明頌：黑黑黑，道道道，明明明，得得得。

八十翁翁著繡靴，踏開幽洞笑呵呵。傍人指點忘歸路，不覺腰間爛斧柯。　同上書卷三八

楊岐因僧問：少林面壁意旨如何？師曰：西天不會唐言。

西天人不會唐言，旱地雷聲徹大千。九年面壁無人會，玉兔金烏火裏旋。

楊岐因慈明上堂，師出問：幽鳥語喃喃，辭雲入亂峰時如何？明曰：我行荒草裏，汝又入深村。

馬轉牛回豈足誇，爛泥中刺當行家。霜刃一揮全意氣，坐令千載定龍蛇。

白雲上堂，見衆集，乃拈拄杖曰：大衆會麽？復卓拄杖曰：珊瑚枕上兩行淚，半是思君半恨君。

幾回霑水又拖泥，年老心孤不自知。遊子不歸空悵望，一溪流水落花隨。　以上同上書卷三九

（許紅霞整理）

任　續

任續（一一一四—一一七〇），字似之，潼川郪縣（今四川三台）人。高宗紹興七年（一一三七），以父蔭爲雒縣、永川縣尉。二十一年第進士，調澧州、開州教授。孝宗隆興元年（一一六三），遷夔州路轉運司主管文字。乾道二年（一一六六），知恭州。六年，卒，年五十七。著有《仙雲集》二十卷、《任氏春秋》十五卷等，已佚。事見《周文忠公集》卷三四《恭州太守任君續墓誌銘》。今録詩二首。

彭思王廟

背僊眠兮芳洲，蕩兩槳兮碧流。陟崔嵬兮拜神宫，跨汗漫兮俯文虹。浩唱兮擊鼓絲，陽阿兮屢舞。降神

焚兮百和，尊瑶觴兮緑醑。九闕闢兮杳雲旗，回風下兮帝子來。周覽兮故國，我與民兮相思。靈容兮有穆，笑燦然兮扁祥。風雨暘時兮歲事豐，厲鬼回兮畢方逐。包洞庭兮二江，扞崇山兮五嶽。揚靈兮報祀，與山川兮長久。

明鍾崇文隆慶《岳州府志》卷九

賦玩珠巖

山林自空闃，遊人事幽討。岫峴與雲闢，來跡可堪掃。艮維矗孤峰，玉簪倚天杪。桂水琉璃碧，洄洑下縈繞。谽谺巖穴深，虬龍雙夭矯。坤倪露幽秘，造化殫奇巧。勝概畜眼無，何方覓蓬島。悠悠世俗情，是非苦膠擾。水中蟹何罪，徒勞愠心悄。人厄困無妄，礫石埋深窈。風月幾年恨，山光慘蘿蔦。星郎太嶽孫，長城隱南表。戎旃整且暇，高情恣登眺。郊坰擁小隊，一見顔色愀。舊觀俄頃復，洞户天重曉。傷心日月遒，人世幾番老。山川不相似，歲久依然好。吕巖標强名，往事人能道。孟公謾驚座，子夏冠非小。桃符録餘慶，邲戰城濮兆。冥數今乃驗，常情定誰考。哦詩紀貞石，聊侑芳尊醥。

清陸耀遹《金石續編》卷一八

金梁之

金梁之（一一一四—一一七四），字彦隆，休寧（今屬安徽）人。以父蔭爲奉新尉，得狂惑疾，不滿秩棄歸。此後袒跣垢汙，棲止無常，動輒旬月不食，自稱野仙。時人信其預言多驗。孝宗淳熙元年卒，年六十一。事見《新安文獻志》卷一〇〇下《金野仙傳》。今録詩三首。

答郡守趙師虁

王侯門户懶開顔，斗酒千錢一笑間。無雪可欺青檜老，有天難管白雲閑。丹霄作客曾騎鶴，紫府為家不買山。京口相逢又相别，隻琴孤劍幾時還。

郡侯雪天開宴即席以填字韻索詩

昨夜嫦娥弄玉纖，也應掐月作花鈿。為嫌梅影太清瘦，幾片飛來疎處填。

贈郡士張夢錫赴南宫試按：此詩見《新安文獻志》卷五六，署金良之，題作絶句。

秧針刺水麥鋒齊，漠漠平沙白鷺飛。盡《新安文獻志》作莫道春光已歸去，清香猶有野薔薇。以上清厲鶚《宋詩紀事》卷九〇引《新安志》

句

寄語月溪朱逸士，他年同賞水仙花。贈朱德修　明程敏政《新安文獻志》卷一〇〇下《金野仙傳》

（以上陳曉蘭整理）

全宋詩卷二〇五二

林光朝

林光朝（一一一四—一一七八），字謙之，號艾軒，興化軍莆田（今屬福建）人。曾再試禮部不第，往從尹焞游。通六經百氏，從學者數百人，伊洛之學倡於東南自光朝始。孝宗隆興元年（一一六三）及進士第，調袁州司户參軍，知永福縣。召試館職。乾道五年（一一六九）爲祕書省正字兼國史院編修官、實録院檢討官。歷著作佐郎、著作郎、國子司業兼太子侍讀。九年，出爲廣南西路提點刑獄。淳熙元年（一一七四），改廣南東路。二年，因督捕茶寇有勞，召拜國子祭酒兼太子左諭德。四年，爲孝宗講解《中庸》稱善，除中書舍人。因封還謝廓然遷殿中侍御史詞頭，出知婺州，引疾奉祠。五年卒，年六十五。有《艾軒集》二十卷（本集宋劉克莊序），已佚。明正德十六年鄭岳據傳録本選刊爲十卷。事見《周文忠集》卷六三《林公神道碑》，《宋史》卷四三三有傳。

林光朝詩，以明鄭岳刊《艾軒集》（藏北京圖書館，其中詩一卷）爲底本。參校影印文淵閣《四庫全書》本（簡稱四庫本）。新輯集外詩附於卷末。

送别湖北漕李秘監仁甫

文字眇煙雲，過眼徒浩浩。所有未見書，惜哉吾已老。子雲客長安，陳迹如一掃。同叔向來人，我生苦不早。亦聞青城山，斯翁為有道。瞿塘不可上，秋夢長顛倒。白日來西崑，一見自應好。縱談百代前，至竟非枯槁。多為開口笑，明月生懷抱。黄鶴有高樓，恍如事幽討。攬轡逢道州，聽書下下考。周南勿留滯，掇拾供史藁。分手重酸辛，璠璵衆所寶。十日不得面，何為太草草。

送別姚國博知處州分韻得緑字

銅盤白露下，松桂净如沐。變彼菊花團，西風吹醽醁。長安多別離，此別苦不足。人物如使君，容易等潘陸。一自海東頭，清飈起謡俗。館下欲何言，聯翩如破竹。功名不徒爾，無乃相迫逐。雙日訪延英，行矣公勿卜。括蒼煙雨前，寒光貫巖腹。大叫出銀罌，邂逅聚百族。要携三月糧，所厭惟一掬。幸心忽開張，何曾畏笑僇。單父勿長吁，來者猶可續。道旁有抵璧，天下輕結緑。一夕洲渚言，令我沉心曲。

代陳季若上倉使

大塊始開鑿，媧皇為補天。天平雷雨正，后稷誨之田。大浸十二歲，流金復七年。幸哉堯湯民，以手摩撫然。徂丘虐焰起，秦俗相焚煎。官租奪以半，飽食何夤緣。自從漢道昌，敦樸乃其先。初開常平議，聚粟如源泉。年登縠價賤，散以大農錢。旱潦或艱食，用之如轉圜。悠悠百王心，皎皎三代前。井田日以壞，此法當磨鐫。公侯希世珍，秀色媚長川。官學有根株，誦詩三百篇。風土無隱情，是為大夫賢。搏飯哺赤子，當食長爾憐。江東百萬户，彫俗生春妍。持節閩嶺初，有如病者痊。劉晏取予術，夷吾輕重權。義倉有粟腐，物價敢喧闐。斯助阜民政，南風吹五絃。晝日公侯門，客車動百千。下吏走塵土，從容愧執鞭。豈不隨吹嘘，譬彼乘風船。長技非卓魯，主德奚由宣。松竹伴孤吟，敢懷歲月遷。終酬國士知，未甘長棄捐。

石渠行送別福建參議李著作器之

我來石渠五十六，雙鬢如蓬腰未曲。豈為健筆有徐庾，自數來時六十五。誰解辛苦續子虛，長安有客四十餘。已成老翁不肯去，青藜當户夜讀書。東觀丈人起遐想，無為歲月空踟躕。去作諸侯老賓客，可無緑水兼紅蕖。我家東下䰀百里，釣螺一曲清無滓。草堂為築荔枝斜，濯錦江頭有如是。子思子方道為尊，南國佳人如秋雲。不知公侯有朱箔，要問常州李著作。

資中行奉寄臨邛守宇文郎中 原注：看此老精博豪宕。

銅駝陌上生秋草，前者刻石今如掃。僧邊半紙半糢糊，下牀三日成悲惱。蒼史萌芽何可見，要從筆意生秦漢。欲將奇字問何人，所守一家如小篆。是中變幻隨形模，鐘鎛鼎鬲匜盤盂。如何兩京到魏晉，搜盡蒼崖惟此書。即今原隸見顛末，仍於畫上分錙銖。燕然有年固可紀，筆勢豈得先黄初。中郎袖手欲無作，正始不逮況其餘。幸哉一見俱抵掌，翩翩如反古石渠。且説金陵佛屋何年燈，晉分隋張猶青熒。忽聽荒雞還自起，資中之刻不徒爾。

鞭春行 原注：説到何處去。此老豈形骸能拘檢。

轆轤罥寒田雀饑，江梅落蛀兔脚肥。枯腸一夜轉雙轂，眼光吹上蝦蟆衣。巖腹新晴山鬼哭，女媧墳外春風歸。繭村紙簾大如席，拆拆藜杖金雀飛。

癡頑不識字歌許叔節來詩有此句因以名篇

平生讀書，如風過耳。歲月共流轉，如磨復如蟻。一如人嚼蠟，而不見其味。又如弄孤杵，連夜不成米。又如過羊腸，十步復一止。年頭月尾無一是，咄咄癡頑不識字。見君詩，舌如黐，愧我為人師。怪怪奇奇，如懸崖萬仞龍盤古樹枝。又如生馬不施鞚而馳，又如錦苔封漫峴山千年墮淚碑。又如玉關客，血上老犀衣。盧仝孟郊骨已朽，眼睛頭顱何人相傳授。與君往還歲月久，比來春風入我牖，便覺巖前草木件件有生意。跨蹇驢，出古寺，欲訪子雲問難字。

乞竹雞原注：自是豪深。

疏籬短短花枝闌，鳩婦不鳴天雨寒。鳩婦離家三百日，亦有姊妹依故山。黄糧不肯啄，欲去羽衣殘。主人一見一憐汝，抱取東家竹雞來戲聚。孤村落日不相識，各各哀鳴求其主。兩鳥勿驚遽，低頭聽我語。鳩婦入我家，必殺入我口。牀頭缾罌無餘粒，養汝一到十日後。東堂數竹夾新蹊，兒童牢落惟愛一竹雞。堂心有眢井，飢則哺其泥。主人緣四庫本作緑窗安浄几，丹碧相依安用此竹雞。竹雞慎勿傍人飛，我屋三間沉白蟻。

冬至

横枝凍雀昨夜死，水底黏魚吹不起。小伶切玉孤鳳愁，九寸之管傳生意。舞雩山下逢丈人，植杖無語空逡巡。再拜丈人欲識桑麻生長力，鬼蝶翻覆梅花春。我於萬物亦一物，何時春風到肌骨。空山鐵鏑年月深，一語不破天地心。

徐廣文生朝

盤古一笑鴻濛開，神馬負圖從天來。八卦旋轉六十四，黄鍾是為元氣胎。雷斧未動百泉縮，江上早見春風回。况當九日得陽數，太白之精隨斗魁。徐卿有子何絶奇，熊羆驚夢初得之。珠庭犀角照宇宙，清飆忽忽生桂枝。筆落猶如千鈞弩，異科暫失韓吏部。絳帳初隨吾道東，遂令小邦變齊魯。孔席豈是三年淹，蓬萊畫閣鋪牙籤。他年欲數中書考，再拜祝公長不老。

丞相特進觀文南陽公挽詞

一相頻虚位，千齡要實才。廟謨從此定，邊鎖未應開。東閣嘗先到，西州重一哀。傳家惟儉德，何處著樓臺。

吏部尚書林公梅卿挽詞

百紙梅花賦，聲名出渚東。向來惟李賀，勝處是揚雄。繞屋看書帶，逢人説刺桐。尚書舊時履，只合步春風。

挽桂林戴别乘敦常

杖履何年别，杉松古道旁。城山秋月盡，南嶺暮雲長。古調愁難合，孤根幸勿傷。欲將數行淚，重至鄭公鄉。

挽方天貺

長者雖云殁，流風尚爾存。宗盟修里巷，家法在兒孫。馬鬣迷新壟，鳩枝戀故園。年年春色好，錦障為誰翻。

東宫生日六首

壬　辰

北闕雲為堞，東明玉作宫。猗蘭迎曉日，仙掌倚晴空。笙律隨鳴鳳，朝儀趁彩虹。黄麾初入仗，青桂自成叢。冠履分前後，圖書考異同。商盤如目擊，羲畫自心通。慈燕來三殿，驩謡在九功。長秋傳夜飲，京兆報年豐。奕奕還嘉祐，綿綿想建隆。庶僚何所祝，再拜續維熊。

癸　巳

昭代璿源遠，高秋寳月前。神光浮蜀道，瑞氣貫秦川。銀榜應如舊，金莖若箇邊。龍樓清晝出，鶴禁彩雲連。妙選衣冠藪，旁開道德淵。重爻分九六，曲禮盡三千。歲閏緣長曆，霜清欲上弦。每看禖燕日，已入夢熊篇。沆瀣通三殿，笙鸞共一天。東明到西極，作頌自年年。

甲　午

仙掌秋容媚，銅樓曉色遲。猗蘭成漢殿，苞竹入周詩。鼎卜卿雲合，郊禖彩仗移。隆興乾道日，建武永平時。詹事開新府，長秋綴舊儀。禮經猶下問，易道本生知。世子家為法，文王我所師。誕彌重海潤，清賞一天慈。九月黄金蕊，千齡白玉巵。遥聞三殿喜，高頌走天涯。

乙　未原注：長律至數篇而出愈盛，是何等博洽。

應律隨豳雅，旋杓建戌方。前星迎霽色，重日麗晨光。笙管青霞外，宫庭碧玉傍。本支周道盛，羽翼漢圖昌。左右人皆正，刑名學未遑。編年聽司馬，説禮付高堂。天樂來三殿，人心繫八荒。黄華秋更媚，皓月閏偏長。清賞新奎壁，承華舊典章。維熊千歲祝，英略似君王。

丙　申

正氣來嵩岱，祥光集斗牛。青葱開玉宇，髣髴見銅樓。盤錯歸三輔，沉潛在九疇。有光文字館，仍繫帝王州。鐘鼓于胥樂，笙鸞獨上浮。清臺天似水，甲觀月如鈎。屢拜椒花夕，長逢桂葉秋。孝思維繼舜，家法要從周。賦為游麟作，官因洗馬留。願同眉壽祝，使者敢停輈。

丁　酉

僊掌晴煙外，龍樓曉日傍。漢圖元自定，周曆一何長。胄席緣三老，奎文在六章。高禖曾鬱鬱，喬桂自蒼蒼。冠屨來儲禁，規模出上方。名官分庶子，説禮繼高堂。變彼黄花月，依然碧玉牆。至尊飛壽斝，太上引天香。景運千齡協，先秋九日涼。銅扉供帳少，儉德似君王。

次韻奉酬趙校書子直

雁塔新題墨未乾，去年燈火向秋闌。趣看天禄青藜杖，怕着王孫紫綺冠。好在三山尋浩渺，何如一紙問平安。觚稜放月無人到，玉糝初成許共餐。

次韻呈胡侍郎邦衡并引

某竊覩侍講侍郎先生大書著作之庭，其形摹濫觴發於小篆，豈八分未出已有此書。又蒙傳示銀杏兼簡之什，謹次韻奉和。

聲教從今已遠覃，翩翩作者問誰堪。石經猶有中郎蔡，金匱曾誇太史談。至竟銀鈎并鐵畫，相傳海北到天南。諸生考古頭渾白，禹穴何時更許探。

九日同出真珠園再用前韻

來自清源葛已覃，君王問獵我猶堪。百年耆舊如重見，九日登臨得縱談。才子不知汾水上，仙人長在大江南。明珠照夜應無數，要是層波更好探。

送别傅郎中安道持節閩中

忽然鄉思若為收，莫到三茅最上頭。二月東甌看負弩，一天南蕩想行舟。過家上冢從今數，落絮飛花合晝游。料得甘泉來奏計，定應前席莫遲留。

八月十五日道出南昌寄龔帥實之兼呈程泰之劉文潛二漕

未應雙井即塵埃，似此衣冠得幾回。國子先生還並駕，洪都新府却重開。再三為問滕王閣，第一須登孺子臺。定向此中脩翫事，江邊不道故人來。

閏月九日登越王臺次韻經略敷文所寄詩

閑陪小隊出山椒，為有吴歌雜楚謡。縱道菊花如昨日，要看湯餅作三朝。千重嶺海供横槊，一帶風煙聽采樵。憑仗折衝如此好，不應東去更乘軺。

再次前韻

却趁秋旻别九韶，扶胥直下聽風謡。瀾翻對酒還終夕，火急催詩在詰朝。南國更逢陶令菊，西江莫扞楚人樵。自應幕下文書少，節制如今屬漢軺。

前歲過真陽初識子欽今道出曲江不忍遽分手偶成長句以志兩處山川人物之勝亦少慰别來耿耿耳

秋崖一夕卷炎蒸，那更揮斤為斲冰。碧落舊尋燒藥竈，白芒長對讀書燈。相期大庾何多日，似出浮屠向上層。縱有分張吾未老，定從臺閣看飛騰。

送别奉常林使君黄中易守延平

去時胡不到瓜時，上日多應柳絮飛。卧轍只緣滕壤少，懷章須要越人肥。三千儀禮非綿蕝，五十行春尚綵衣。莫愛傳經似齊魯，石渠長是待公歸。

枕疾逾旬蒙丞相訪問仍辱寵示名篇輒搜枯腸次嚴韻以塞來使

丞相嚴裝似燕居，為憐消渴到相如。病多得艾三年遠，歌雜成琴十日餘。緑野忽傳春草句，白頭還對朵雲書。若為追逐園林勝，百轉愁腸亦少舒。

次韻賀邱國鎮致仕

桃花流水是家鄉，洛下才名四十强。自有赤松堪辟穀，那能白首更為郎。案頭貝葉忘言久，江上蓴羹引興長。解后却成香火社，好將詩句細商量。

芹齋詩并引

往時從林刪定時隱為招提之集，語某以「吾於九仙作見一菴，邱壑之念未嘗一日去心」。比掛冠得請，又欣然相語曰：「吾將作屋數間，老於芹下。吾老矣，從此皆空閑日子，所未能忘書卷一事耳。」吴興别乘代者以期告，而公有是舉，壯矣哉。夾漈唱酬之什，皆一時顯者，于其最後也，作芹齋詩。

春風芹下足遲留，白鳥平田憶舊游。説盡軒裳還過眼，讀殘書卷復從頭。偶逢隱几何須問，不到投簪便擬休。平世聲名如皦日，欲將何地置巢由。

奉題游洋張明府流香亭時以薦章數下涉秋月馬首且欲西矣因以寄意云

封題青李數緋桃，處分園林意自豪。旋出篇章陪樂府，更憑花木續離騷。酴醿架下提春榼，薝蔔林中滴夜槽。却是秋風生馬耳，未應老大笑牛刀。

送别陳侍郎應求知泉州并引

某竊觀蔡公侍郎嘗大書於洛陽橋之上，侍郎過洛陽，當摩挲此石，彷彿為同日事也。某送别到惠安道中，因以賦詩云。

百片牙旗水面長，蔡邕題在刺桐鄉。十年杯酒開雲榭，一樣官銜過洛陽。我亦携家緣送客，誰能掃地自焚香。野橋衝臘寒梅白，莫要登臨憶侍郎。

傳使君安道再有治莆之命取道城外還泉南得來書云已出十里

何事風流舊使君，江邊聽説下朱旛。逢迎要問平津邸，準擬來呼埅澤門。竹馬已喧明月浦，籃輿却出杏花村。不知錦瑟流傳徧，欲愈頭風好細論。

挽李制幹子誠

千金治産似孫吴，珠箔銀鮿只自如。問我長風當夕起，數他極浦落帆初。自知汗簡今千軸，更説生犀有幾株。赤壁當年遇黄蓋，周郎何惜借吹嘘。

文字紛紛更問兵，秋燈束髮尚青熒。便令三子成門户，却許諸孫説典型。隔水忽傳朝露曲，行人長數夕陽亭。河東健筆惟諸薛，梅子崗邊為勒銘。

別方次雲

姑蘇臺上姑蘇館，共説南山竹火爐。湖上相逢又相別，不知何處説姑蘇。

代陳季若上張帥

原收三首，其二、三、六、七、八、九、十，據《永樂大典》卷一五一三八補

一樣官儀漢代新，乘時大手與經綸。東南自古衣冠地，桐柏山前淮水春。

峨峨雙闕畫煙横，玉籙金箱記姓名。況有曲江家舊渚，小虹橋外柳花輕。

晉公當日只平淮，何事都人尚爾懷。客有昌黎韓吏部，獨將大筆掃蒼苔。

長陪綵仗下蓬萊，萬歲聲中霽色開。自是北門須卧護，雙旌迢遞日邊來。

柳堤九曲暗青絲，畫戟叢中畫影遲。傳説姑蘇新樂府，只緣太守例能詩。

銅柱參天桂葉稠，公侯遺愛在南州。纚橋竹屋連溪曲，大貝明珠盡海頭。
駘蕩春風散百城，釣鼇江上棹歌聲。官軍不遣征徭少，燒盡柴爐説太平。
天邊草木舊知名，為道潢池莫弄兵。野市旋收黄犢去，明時火急趁春耕。
欲將玉律播平康，長見單于拜未央。相國正須如治郡，春風隨處有甘棠。
南牆鉅竹拂青煙，正在空齋簿領前。欲向韓門借餘潤，乞將白壁種藍田。

直甫見示次雲乞豫章集數詩偶成二小絶因以自喻

修水佳人白玉欄，四庫本作欄花前何似妾容顔。從來未省傷春意，猶自樓頭畫遠山。
莫怪騷人太頡頏，曾聞阿母語劉郎。神仙本自無言説，尸解由來最下方。

吴容州仲一挽詞

竹屋纚橋自有村，牛山簫笛不堪聞。碑前更問何年月，為借容州舊使君。

挽方通判良翰

樓櫓千重鐵作門，不堪聚米更重論。居延歲月那相似，一聽悲歌一斷魂。
得錢終日走燕寺，抱膝經年動越吟。想得長安西望眼，只應黄鵠見歸心。
達者淵明自挽歌，新墳數尺奈愁何。雞林賈客無從問，收拾篇章有幾多。
九死穹廬我未甘，後來勿使隴西慚。明時節義多傳述，柱下何人是老聃。

挽林通判德溥

豈為長者畏時名，梁楚何從得此聲。只隔螺江衣帶水，自應别駕舊廉平。

噫嗚雙柩出平川，五月黄梅欲雨天。長愧江南徐孺子，隻雞斗酒是何年。

哭徐删定德襄

修文巷裏莫春前，欲上旗亭問客船。忽有短牋無寄處，漁梁却在淚痕邊。

忽然白晝自生哀，立馬橋東唤不回。驚起河原作何，據四庫本改波理殘夢，十年燈火上心來。

哭伯兄鵲山處士蒿里曲

竊觀之近古葬顯者則歌《薤露》，又有《蒿里》之曲，施諸閭巷，乃取鵲山號哭之聲作是曲。

殘雲衰草趁人愁，生即團欒死便休。悲泣聲中裁此曲，雞啾山外鵲山頭。

長記藜牀發問初，翩翩出語自無餘。斯翁胸腹平如水，不在塵埃數卷書。

桐棺三寸更何疑，却取江楓短作碑。惟有一般蒿里曲，長簫欲斷更教吹。

以上《艾軒集》卷一

道桐廬有詩示成季

此是灘頭處士家，我從何日離天涯。木棉高長雲成絮，瞿麥平鋪雪作花。

宋林希逸《竹溪鬳齋十一藁續集》卷二八

答人問忠恕而已矣

南人偏識荔支奇，滋味難言只自知。剛被北人來借問，香甜兩字且酬伊。

答人問仁者安仁

千年古道萬年堤，老牯循循不解迷。牧子不知何處在，亂山荒草鷓鴣啼。

以上元劉壎《隱居通議》卷三

生女

貧家生一女，蟋蟀催寒杵。富家生一女，煖風來玉樹。富家生女纔及笄，阿官門前築新堤。貧家不生女，飯牛小兒安得妻。荆釵玉璫各隨分，醉中之天無高低。以上同上書卷一二

乞　猫

寧可時時被鼠煎，狂猫一夜不成眠。廣南六月官軍到，見説人家斷火煙。

同張明府遊國清湖

一夕湖頭春欲動，便從湖尾穿蒲弄。層波赤鯉不易得，縱有笭箵何所用。未應索句如索逋，昨者浮家仍有無。不然汗漫十日走重湖，更數大孤連小孤。自注：蒲弄，隔水一山也，向時得數椽之地，可以為晚歲棲遲頓足之處，每目之為蒲弄草堂云。《永樂大典》卷二二七一引《林艾軒集》

城山國清塘

燭龍醉倒不開眼，遮空萬里雲張繖。小舟塘外日溶溶，漁歌忽斷荷花風。倚巖僧舍扃深户，我來跋涉拳肩股。喘停更促短筇上，怪石周遭卧萬鼓。況是秋風到此山，惟有孤鴻時往還。勞勞百年共纏縛，不似青山長自閑。古人古人嗟已遠，長歌商頌歸來晚。明鄭岳《莆陽文獻》卷三

送夾漈先生赴召

别墅生涯富古今，凝流夢卜苦追尋。一封細札三家市，萬卷新書四海心。北闕龍吟清晝永，東皐猿嘯白雲深。滿懷經濟今休靳，聞道蒼生渴傅霖。同上書卷五

上何著作晉之

曾向東南識大名，幾年懷想浙濤聲。衆人欲殺定誰惜，與世不諧空自清。浩氣養成天地小，宦情都付羽

毛輕。三山依約誅茅日，頭白歸來笑李生。清鄭傑《閩詩録》卷九

（吴鷗整理）

全宋詩卷二〇五三

孫　介

孫介（一一一四—一一八八），字不朋，號雪齋野叟，餘姚（今屬浙江）人。應時父。幼從胡宗伋學。既冠，授書自給，不事科舉。孝宗淳熙十五年卒，年七十五。有《雪齋野語》數十卷，已佚。事見《燭湖集》附編卷下宋沈焕《承奉郎孫君行狀》、宋樓鑰《孫君墓銘》。今録詩二十首。

題張元鼎風雨齋

張侯好兄弟，韡韡棠棣芳。築室聽風雨，書史堆滿牀。牀前竹千挺，竹外花兩行。舉頭見青山，秀色臨我傍。客來具雞黍，亦復陳壺觴。坐與塵土隔，淡然風味長。我久倦行役，萬里歸故鄉。相過飯三日，笑語成清狂。百年幾别離，兩鬢各已蒼。此會苦難復，此歡不可忘。

欣欣篇

予生三子，自昔嚴訓，幼者方效一官，長仲分寓他館。然其所學，近皆日進，心以為喜。而仲男感慨興懷，乃用韓文公《齪齪》韻為《咄咄篇》以自警。故自作《欣欣篇》以次之，所謂美不忘箴也。

欣欣雪齋叟，年少本孤寒。愁懷厄羈寓，兀坐起長嘆。慷慨念前世，聖門真可觀。鄒人息邪説，吏部回狂瀾。鈍金須砥礪，曲木待繩彈。幸哉得三男，父子聊自歡。爛舌不令閉，濡毫無使乾。高天揭懸象，絶嶂飛流湍。取捨狥三益，行藏推四端。鶯友新擇木，鵷雛初放官。言辭凛冰雪，節操森琅玕。神祇儻終祐，騫翥亦何難。

雨涼夜坐口占

雨陣四五合，回風掃千軍。舉頭映微月，滿空行白雲。煩歊一洗盡，危坐清夜分。讀書意未已，悠然有餘欣。

丁未孟秋夜月明如中秋因思范公守南陽賞月及坡公赤壁之游皆七月望也作短歌記之

先生赤壁舟中賦，老子百花洲上歌。古人不負此明月，今我當如此月何。連宵風雨暑欲盡，碧玉萬里誰新磨。冰盤無聲出海底，蕩漾六合生金波。早秋便得許奇絶，探借八月清光多。天公賜我美無價，樽酒不設羞嫦娥。人生看月幾時足，百年寒暑如飛梭。兩公却與月長在，聲名萬古流江河。萝生羽翼不可逐，想象風景空吟哦。洞簫長笛亦何有，拂衣起舞聊婆娑。

用兒子應時宿龍泉寺遇雪詩韻

扁舟趨郡去，携手復同歸。款話僧宜訪，登山志欲飛。詩能歌白雪，心合念黄扉。莫作兒童語，豐凶有政機。

答僧道隆惠老融水墨一紙

破林霜後月，煙景夜微茫。妙寄筆墨外，静涵山水光。古融韻可想，老隆意所將。慚我無瓊琚，報以永不忘。

丁未仲夏賞月

頃予乾道三年丁亥五十四歲，仲吕望夕，居家小飲，曾賦《惜月》詩云：年止十二月，月唯十二圓。蟾輪嗟易缺，人事苦難全。貧病愁忙夜，風雲雨雪天。上逢冰鑑滿，得酒且邀延。今寓海陵，已七十四，適邑長官司馬父子合席諸飲，檢視前篇，正同此日，忽焉恰二十載。可謂事不偶然，殆若前定，賓主無不驚賞。因慶兩家三樂俱備，輒用元韻以述私喜，同座之人不可不賡和也。

詩成二十年，今夜月重圓。兩姓包三樂，同寮慶十全。笑談諧素願，賓主謝高天。莫逆無勞約，俱祈得永延。

夜坐偶成

墮甑誰能顧，虚舟進所如。無涯身世事，有味聖賢書。髮短猶禁櫛，園荒可廢鋤。萊衣幸無恙，何必問其餘。

送錢叔儀使君之南安

使君心事玉無瑕，游戲功名髮未華。要省文書緐貝葉，故從江嶺訪梅花。春風早趁人千里，勝日相思天一涯。唤取名郎著蘭省，不須留及兩年瓜。

偕同人登虞山乾元宫

塵囂咫尺愧山林，勝日追凉得共臨。千里江湖堪送目，一軒松竹更論心。清風便自生秋意，小酌何妨到夕陰。歸路蟬聲滿溪谷，為君倚蓋一微吟。

乾道乙酉鬻田訓子有作

顔回猶自給糜飦，蘇子初無二頃田。知慕聖師瞠若後，豈令恭嫂倨如前。筆耕得利寧分地，自注：俗人佃業則分地利。學禄中居總藉天。卜相既云隳祖業，請令同力奮雙拳。

仲子生日并序

雪齋老人訓迪兒輩，嘗謂孟子言君子三樂，其一係乎天賜，其二在乎身行，其三待乎人合。吾家素厄貧賤，今幸夫婦耆老，三子温凊。而幼者新任淮丞，盡室團圞，其樂無涯。仲子生朝，吟詩小酌以慶天賜，如其兄弟同賦尤妙也。

尋常得子要佳晨，何幸生朝在仲春。樂事賞心隨處處，仁風和氣似親親。天恩有庇容團聚，家訓無須旋卜鄰。杯酒獻酬更祝頌，不須黄老拱星辰。

縣作鹿鳴會屈致冷副端席半出詩侑一獻次其韻

早嘆朝陽一鳳鳴，幾多風奏動延英。只今故里誇閒適，得使諸生拜老成。妙句獨先歌白雪，歡顔親自酌烏程。鹿鳴故事雖榮觀，此段邦人分外榮。

壬寅正月幼子黄巖尉任將滿予與家衆先歸幼子獨留官舍三月作詩八句寄之

三年隨汝作初官，父子同知涉世難。饔禄粗欣便老懶，還家仍慮厄饑寒。生來賦分皆前定，天下何時得舉安。慈孝睽離懷問膳，試憑雙鯉祝加餐。

乙巳冬十月隨幼男赴海陵丞中途遇交代有開正視事之請既抵官舍有作

整棹姚江到海陵，稽徊四十日行程。相逢既諾交承約，少待何妨信義明。戚戚已無終歲慮，琅琅先有誦書聲。自注：謂男女諸孫也。夫妻白首皆天幸，三樂無慚好弟兄。

雨後

落日矯烏雲，疾風豗白浪。雨聲西南來，勢劇萬馬壯。

江上

灘頭鳴榔去，偃仰醉霜月。意倦早歸來，風波渺愁絶。

淳熙戊戌在家聚徒期以秋冬隨子赴任作詩二絶示諸生

為學須當及少年，莫言愚智盡由天。青春若不勤耕種，秋熟徒嗟有廢田。

此去相從有半年，分携恐在暮秋天。若能早夜思精進，他日生涯勝買田。

以上宋孫應時《燭湖集》附編卷上

雨後

呼童捲簾收架書，簷溜忽斷雲蕭疎。山光水影净如拭，一川秋意生芙蕖。

句

哭願吾皇不共天。聞徽廟崩　宋沈焕《承奉郎孫君行狀》引

（陳曉蘭整理）

劉鎮

劉鎮（一一一四—？），字方叔，一字子山（《紹興十八年同年小録》），樂清（今屬浙江）人。高宗紹興十八年（一一四八）進士（《梅溪前集》卷一）。歷隆興府司法，知長溪縣，隆興府通判。事見明永樂《樂清縣志》卷七。今録詩三首。

書王十朋述懷詩後

山北山南春雨足，漠漠柔桑秀如沃。儂家荆婦幾時歸，西疇獨自驅黄犢。　宋王十朋《梅溪前集》卷二《述懷》跋引

夜聽雙瀑聯句

蕭然山閣間，此興何悠哉。子晉不復見，月白空蕭臺。劉方叔　夜静雙瀑喧，遥聞疑雨來。澗壑生清風，襟宇捐纖埃。王十朋　飛鳴撼半空，暗想飄瓊瑰。前觀阻步屧，側耳成徘徊。毛虞卿

對月聯句

與君坐階除，遥望海上月。劉方叔　試舉太白杯，借問幾圓缺。王十朋　人生易分散，動作隔年別。劉方叔　今宵對嬋娟，莫放酣歌絶。王十朋　以上同上書卷二

句

須知失馬事，莫廢獲麟書。同上書卷二《懷劉方叔兼簡全之用前韵》跋引

（崔統華整理）

黄輔

黄輔，高宗紹興初爲衡州通判（民國《永泰縣志》卷一〇《盧榕傳》）。

句

許國一心如鐵勁，闔門百口等毛輕。哭盧榕父子　民國王紹沂《永泰縣志》卷一〇《盧榕傳》

《永泰縣志》：盧榕字叔材，初名郁。宣和中擢第，調安仁令。紹興初，劇寇曹成擁衆自江北掠湖南，榕乃躬率民兵轉戰而死。高宗嘉其忠，贈宣教郎，官其子沂，沂復與賊戰死。州倅黄輔有詩云云。

（陳曉蘭整理）

蔡清臣

蔡清臣，高宗朝爲義烏主簿。事見清嘉慶《義烏縣志》卷八。

廣惠寺

雲中老樹冷蕭蕭，溪上僧歸倚畫橈。誰為秋風乘興去，松窗先聽富陽潮。清黄鈺乾隆《蕭山縣志》卷三六

（徐永强整理）

高襲明

高襲明，高宗時爲台州寧海令（《宋詩紀事補遺》卷四七）。

瀛巖

温台萬丘壑，走遍成重胝。佳山落床頭，咫尺反不知。我聞野老説，山乃神所移。蓬萊本三峰，一峰今失之。上干雲霓秀，下壓鰲背欹。夜半見海日，紫暈開咸池。魑魅看老木，狂鼯向人啼。危亭無遺棟，絶壁無舊題。夫子勇我過，竦身敢獨躋。我病不能從，夢寐常追隨。秋風海上來，霜清鱸正肥。行尋越溪鞅，肅此塵外鞿。元陳世隆《宋詩拾遺》卷一五

戴之邵

戴之邵，字才美，吉州（今江西吉安）人。少貧，傭書於里中富豪。高宗時，知均州兼管内安撫。罷官歸，旋起知雷州。事見《夷堅志·支甲》卷八。

句

愁絶江梅開嶺岸，不知失脚到南塘。夢中詩　宋洪邁《夷堅志·支甲》卷八《戴之邵夢》

《夷堅志》：雷州居嶺外，有地名南塘。

張椿齡

張椿齡，字達道。道士，居三茅峰凝神庵。高宗曾數召見，孝宗亦賜詩。有《蒲衣集》，已佚。事見《周文忠公集》卷一六八《泛舟遊山録》乾道三年八月丁卯紀事。今録詩三首。

思高人

仙人昔是瑶池客，珮玉鳴鑾生羽翮。騎鯨千載説白雲，弱水三萬那可隔。蓬瀛深處乃其家，無限真仙衣絳霞。相呼酌醴勸蟠桃，安期大棗端如瓜。龍吟虎嘯衆樂奏，神芝瑞草生奇葩。願將此意踵太古，自然之道非特誇。《永樂大典》卷三〇〇四引《蒲衣集》

寄故人

浮生難百歲，能得幾日月。漸缺口中牙，將衰鬢邊髮。人情不久長，翻手成胡越。急急早歸來，從今好休歇。同上書卷三〇〇五引《蒲衣集》

思方外友

我聞仙人隱塵寰，帶索不整輕雲寒。練氣蕭蕭顔如丹，寫詩賦詠鏘琅玕。自言富貴無所待，一嘯萬古神情歡。嗟哉世故散淳樸，那識五體存真官。殘形滲漉虧靈藥，夙夕不愧精神單。仙芝混成生恍惚，道在此身端可觀。離明坎兑發變化，大似百瀆還海湍。光輝便可揖玄上，胡用木鑽鑽石盤。亘古虚無阡陌闊，從君跨鶴而乘鸞。同上書卷一二〇一八引《蒲衣集》

郭　昂

郭昂，字百二，寧都（今屬江西）人。高宗紹興十四年（一一四四）曾預解試，後爲國子監助教。事見《宋詩拾遺》卷二〇、明嘉靖《贛州府志》卷九。

坐黄岡廣福禪房

愛此禪栖静，清凉境自偏。詫人拳怪樹，留客笑幽蓮。草暖蛙喧夏，林昏鳥夢烟。風塵吾未免，兀坐愧安禪。《宋詩拾遺》卷二〇

（以上陳曉蘭整理）

吕愿中

吕愿中，一作愿忠（《輿地紀勝》卷四八），字叔恭，睢陽（今河南商丘）人。曾官通判和州。高宗紹興二十四年（一一五四）知静江府、兼廣西經略安撫使。諂附秦檜，二十五年詔赴臨安。檜卒，二十六年累貶果州團練副使、封州安置（《建炎以來繫年要録》卷一六七、一七一）。《兩宋名賢小集》中存有《撫松集》一卷。今録詩十六首。

環珠洞

朝野樂昇平，園林窮勝討。快雨洗塵埃，秋山浄如埽。游魚《金石續編》卷一八作儵聚江灣，飢鳥集木杪。羣芳《金石續編》作岫鬱峥嵘，一水翠繚繞。雲頭蒼狗變，龍蛇亂夭矯。巖洞真奇崛，造物逞天巧。近在堂奥間，超然類三島。暫舍簿書忙，何時脱紛擾。静聽黄鸝鳴，一聲還復悄。纚維《金石續編》作麗譙去咫尺，涉《金石續編》作跬步即幽窈。新岸暗蒼苔，《金石續編》作斷崖暗蒼蘚喬木蔽蘿蔦。山腹有遺祠，隱然見華表。筍輿訪崇

臺，空曠遊遐眺。八桂困樵蘇，歎息心為愀。任侯三蜀秀，冰壺湛春曉。有藥駐朱顔，可以長不老。雄篇頃刻成，舉座悉稱好。戛玉副鳴球，士夫善《金石續編》作喜傳道。五嶺類觀東，一覽衆山小。吕巖何興廢，事固有前兆。新詩刻翠珉，異日可稽考。玩珠紀勝遊，聊復醉清醥。

遊東觀

郊原同按轡，杖履陟青冥。山色混林樾，溪光照斗星。螺峰高插戟，兔徑曲穿庭。□□一聲遠，千巖特地青。

訪顔氏讀書巖

洞口微雲恣卷舒，石巖相對一蘧廬。賦才晉宋多夷曠，好景古今難貯儲。茗碗已驚浮雪浪，齋厨俄聽響鯨魚。子雲識字終何用，且讀人間未見書。

假守吕叔恭游中隱巖無名洞坐客鄱陽朱國輔云此洞未有名因公而題欲名曰吕公巖予未敢披襟而劉子思陳朝彦皆曰甚當戲書五十六字鑱於石壁間紹興甲戌季春七日

護田緑水轉山樊，滴翠羣峰列巨杉。洞外僧藍侵斗漢，澗邊人跡隔仙凡。深深雲谷春常在，寂寂松扉夜不緘。此處得名爰自我，要須題作吕公巖。

郡守吕叔恭以甲戌季春七日遊中隱岩山水膏肓之興未已後兩日再拉機宜劉子思監州朱國輔經屬陳朝彦同至新洞所見愈奇真所謂倒餐甘蔗聊書五十六字

爽塏虚明小洞天，巉巖垂乳類鋒銛。薰風習習來三面，夏雨蕭蕭欠一檐。指顧羣山勞應接，徘徊歸騎縱觀瞻。門前緑水泓澄浄，底處應須是谷簾。

華景洞

斯洞名華景，纍纍乳石懸。虚崖疑月窟，絶頂瞰江湍。巖底金仙寺，峰頭玉井蓮。地形居衆外，氣象偉無前。徙杖觀初日，原作月，據《北京圖書館藏中國歷代石刻拓本彙編》册四三詩刻真迹改歸輿觸暝烟。蔽林排翠幄，封徑簇花鈿。爽致資清賞，鎸題記昔年。猿啼聲應谷，雲破月侵筵。策蹇追華駟，鳴䳯指墜鳶。誰人能畫此，為倩老龍眠。

北牖洞

南窗聊寄傲，北牖有凉風。巖洞幽深處，結茅容老翁。

嘉蓮洞

冪冪烟雲鎖洞關，詩刻真迹作前旁開六户類連環。芙蓉未是仙家瑞，更約同登太華山。

朝陽洞

半世觀山鬢已皤，欲求釣艇老漁蓑。杖藜又過烟霞洞，聞説當年爛斧柯。

白雀洞

洞中石燕可長生，白雀何因浪得名。無限好山難買得，世間奚用孔方兄。

夕陽洞

怪底浮屠不宿桑，直搜巖竇意徜徉。洞中日月未嘗老，何事仙家有夕陽。

南華洞

亂崖深峭水淙幽，六夏來遊儼似秋。安得蘧蘧一覺夢，倚巖栩栩訪莊周。

假守睢陽吕愿中叔恭機宜祥符劉襄子思通守鄱陽朱良弼國輔經屬建安陳廷傑朝彦因祈晴乘興遊中隱巖留題以記勝游

坎止流行但信緣，嶠南風景異山川。偶因乘興穿山腹，始悟壺中别有天。

劉仙巖《粵西金石略》卷八題作《題仙迹巖》

平明原作湖，據《粵西金石略》卷八改小隊出郊墟，盡日登臨擁隼旟。聞道仙人尸解原作假，據同上書改去，尚應猶學世間書。

《粵西金石略》卷八：假守吕叔恭拉機宜劉子思、監州朱國輔、經屬陳朝彦。紹興甲戌季春七日來游。以上宋陳思《兩宋名賢小集》卷一五一《撫松集》

題元巖

崒嵂倚空蹲怪石，輪囷夾道卧長松。白龍應已冲天去，巖竇巋然有故蹤。

半湯泉

郡境水多沸，陳村泉類湯。人情尚冰炭，地脈亦炎凉。宋王象之《輿地紀勝》卷四八《淮南西路·和州》

（徐永强、崔統華整理）

慶書記

慶書記，高宗紹興間居泉州報恩寺。事見《夷堅志·乙志》卷一三。

句

人從曉月殘邊去，路入雲山瘦處行。《夷堅志·乙志》卷一三

（吕滇雯整理）

葉大年

葉大年，崑山（今江蘇昆山）人。高宗紹興初曾作挽王僖詩（《中吴紀聞》卷五、六）。今録詩二首。

挽王學正

書劍當年游上都，賢關蟲篆校諸儒。文華燦燦九苞鳳，俊氣駸駸千里駒。妙質競誰揮堊漫，白頭空此死樵蘇。遺編殘稿應猶在，搔首令人益嘆吁。

遺文膾炙在吾鄉，賦罷誰能少薦揚。聲跡有妻先蝶夢，行藏無子付洴方。雲蘿煙蔓新泉宅，秋月春花舊野堂。交倡絲牋真翰墨，幾人知為寶巾箱。宋龔明之《中吴紀聞》卷五

《中吴紀聞》卷五：王彦光察院之伯祖，諱僖，字康國，居太學有聲，鄉人謂之王學正，識與不識，皆尊敬之。有堂名逸野，以累試不利，日游適其中，以讀書自娱。葉大年挽之云云。

（劉寧整理）

釋了思

釋了思，零陵（今湖南永州）人。澹巖長老。高宗紹興八年（一一三八）州官禱雨有應，曾作偈稱頌。今録詩三首。

喜雨偈

熇熇炎威遍野飄，流金爍石土山焦。精誠不作軒雷轉，孰與人間濟槁苗。
救旱無方種種求，老龍誰識隱巖湫。茅山居士興慈願，一叱風雲四百原缺，據清嘉慶《零陵縣志》卷一四補州。
衲子相逢競喜忻，應期甘雨一番新。了知潤物無窮意，秪在維摩此念真。　清陸增祥《八瓊室金石補正》卷九六

紹興八年戊午，零陵夏旱，公私百種請求，而陽威益熾也。宫使徽猷一日避暑山□，□物焦勞，遂運慈心，飯僧持咒禱于巖中龍王。□期而應，槁苗再活，遠近忻幸，是知精誠感格非偶然也。了思山林野人，不量鄙陋，述偈三章，以勤稱慶。伏蒙召顧，曲垂光和，詞華墨妙，豈敢覆藏。謹刊崖壁，庶傳悠久。而了思之謬偈故無所取，抑且鎸于右尾，其猶蠅驥之附也。是年中秋日，住□□□了思題。

（顧永新整理）

張昭遠

張昭遠，號茅山居士。高宗紹興八年（一一三八）居零陵，與澹巖長老了思有交。事見《八瓊室金石補正》卷九六。今録詩三首。

喜雨詩

零陵不雨。澹巖長老思公率寺僧禱於巖中，獲應。喜甚賦頌，索僕為和之。

試將丹懇□青霄，還話田疇萬里焦。不是湫龍解興雨，元來滴滴自心苗。
禱旱何妨抵死求，分明在處有神湫。只消一念精誠格，立使風雷布九州。
幽谷從來分外清，那堪雨過月華新。行將高謝浮名事，卜築巖旁效子真。　《八瓊室金石補正》卷九六

朱賞

朱賞，高宗紹興二十四年（一一五四）官通直郎，寓臨安。休官後歸錢江。事見清同治《仙遊縣志》卷五三。

（劉瑛整理）

和題觀音石壁

今古相逢世所稀，神仙與我説天機。吾家後裔知消息，不落凡間笑白衣。清葉和侃同治《仙遊縣志》卷五三

《仙遊縣志》：通直郎朱賞，紹興二十四年遇卜者，授以《易》課，期於辛卯年再會錢江。錢江，賞所居處也。後休官歸，有道人請謁，賞晝卧，應門者不以告，乃書福禄二字於屏上，又題詩於門。應門者驚怪，入報，賞出迎，道人不知所之矣。數日，賞到雲林看牡丹，於觀音石壁上又有道人詩，賞和之云云。

（岳仁堂整理）

釋智嵩

釋智嵩，揚州大明寺僧。高宗爲康王日曾與聯句。事見《永樂大典》卷八二二一引《維揚志》。今録詩二首。

白菖蒲聯句

惟不識泥土，堆根抱玉泉。高宗　雖離巖谷伴，也則翠千年。智嵩

賦虹霓

水染青紅帶一條，和雲和雨繫天腰。玉皇為厭皇宮倦，故築空中萬丈橋。以上《永樂大典》卷八二二一引《維揚志》

志》

《永樂大典》：高宗為康王日，登平山，幸大明寺。見寺中白菖蒲一盆，高三尺許，甚異之，遂留題云云。令寺僧智嵩聯句，智嵩云云。帝顧智嵩曰：「若也能詩耶？」未幾，空中虹霓現，再令僧賦之云云。帝大稱賞。

（許紅霞整理）

紹興卜者

紹興卜者，與朱賞同時。事見朱賞詩及本事。今録詩二首。

題朱賞門

潤水涓涓繞洞崖，洞邊時有小桃開。四邊環合疑無路，為問東風何處來。

題觀音石壁

金紫玉青世所稀，牡丹花下探天機。仙遊秀水真消息，身傍御爐香滿衣。以上清同治《仙遊縣志》卷五三

紹興道人

紹興道人，高宗紹興間曾游南康。事見《夷堅志·乙志》卷三。

贈陽大明

陽君真確士，孝行動穹壤。皇上憐其艱，七夕遣回往。逡巡藥頑石，遺子為饋享。子既不我受，吾亦不汝强。風埃難少留，願子志勿爽。會當首鼠記，青雲看反掌。《夷堅志·乙志》卷三《陽大明》

《夷堅志·乙志》：南安軍南康縣民陽大明，葬父於黄公坑山下，結廬墓側。有道人至廬所見之，歎其純孝，題詩椽間

云云。時紹興十三年也。

錢氏

錢氏，姑蘇（今江蘇蘇州）人。夫朱横客死嶺南，高宗紹興二十四年（一一五四）携遺孤歸鄉。事見《醉翁談録》乙集卷二。

題壁

予吴人也。世本良家子。頃因喪亂，父母以妻里人朱横，時年未笄耳。宋高宗原作理宗，據後署年號改即位之二十二年，横因商于嶺右，妾兩偕過此。不幸去歲秋，横竟歿於瘴鄉。棲遲之蹤，無以自處，因携其遺孤以歸故鄉。在道路歷艱虞，僅四十日矣。昨暮抵此，以風急未能濟，艤舟城下，夜久不寐，有西風颯然而來，皓月皎然窺人。斯時也，況羈旅乎！曉登望湖亭，睹江山如故，不覺有所傷感然，因吐其胸中，書於壁間。好事君子，幸勿以婦人玩弄筆硯為誚。兹亦叙其略云。紹興甲戌中秋後三日，姑蘇錢氏記。

落日西風照楚關，斷魂殘魄弔衰顔。自從鴻鵠分飛後，無復鴛鴦並枕間。原作閑，據《宋詩略》卷一八改腕玉瘦寬金縷袖，鬢蟬慵掠翠雲鬟。秋天冬暮風雪寒，對鏡懶把金蟬簇。夢魂夜夜到君邊，覺來寂寞鴛衾獨。此時行坐閑紗窗，忍淚含情眉黛蹙。古人惜别日三秋，不知君去幾多宿。山高水闊三千里，名利使人復爾耳。昔年曾撥伯牙絃，未遇知音莫怨天。去年又奏相如賦，漢殿依前還不遇。時人不知雙字訛，平川倏忽風波起。當時南宫報罷音，教妾沉吟杵中心。為君滴下紅粉淚，紅羅帳裏濕鴛衾。憤憤調琴蟬鵲噪，默默吟詩怨桂林。千調萬撥不成曲，争奈胸中氣相搠。千思萬想不成詩，心如死灰誰得知。料得君心當此際，事國繁華閑田地。朝朝暮暮望君歸，日在東隅月在西。碧落翩翩飛雁過，青山切切子規啼。

望盡一月復一月，不見音容寸腸結。又聞君自河東來，夜夜不教紅燭滅。雞鳴犬吠側耳聽，寂寂不聞車馬音。自此知君無定止，一片情懷冷如水。既無黄耳寄家書，也合隨時寄雁魚。日月逡巡又一年，何事歸期竟杳然。鮫綃裛遍相思淚，眉黛無心畫遠山。　宋羅燁《醉翁談録》乙集卷二

連久道

連久道，字可久。道士。年十二能詩，其父携見熊曲肱（彦詩，宣和六年進士），賦《漁父詞》。事見《排韵增廣事類氏族大全》卷六。今録詩五首。

白雲歌贈白雲道人

君不見白雲萬頃還□去，來去誰能留得住。去處放他秋月明，來時寒破太虛路。等閑為雨復為晴，玄空一點元青青。道人何異白雲意，此心了然游杳冥。　影印《詩淵》册一頁四二〇

洞霄琳宫

玲瓏萬狀石欺玉，開闔千層秀結峰。尚有炎蒸疑夏日，未令新爽洗秋容。龍翔鳳舞來天目，水秀山明鞏帝封。新見錢塘王氣好，中原我欲指迷蹤。

棲真已得尋西洞，神應誰能辨雨鍾。水奏五音鳴玉鳳，山回九鎖踞蒼龍。古杉疑復天台去，怪石時從福地供。它日重游應更好，擬登天柱最高峰。　同上書册三頁一六二八

翠微亭

湧壁千尋古面顔，仰憑天柱俯仙關。松間琱鏤軒墀月，未許詩人見一□。

行迹年來酬□希，獨□巖壑有深期。□□道士能相屬，請和空山木落詩。

同上書册五頁三三七七

（以上岳仁堂整理）

全宋詩卷二〇五四

林憲

林憲，字景思，號雪巢，吴興（今浙江湖州）人。曾中特科，監西嶽廟（《嘉定赤城志》卷三四）。後棄官隨妻祖賀允中寓居天台（今屬浙江）。與尤袤、楊萬里、范成大爲友，以詩名。有《雪巢小集》，已佚。事見《梁溪遺稿》卷二《雪巢記》《雪巢小集序》、《誠齋集》卷八一《雪巢小集後序》、《攻媿集》卷五二《雪巢詩集序》，《宋史翼》卷三六有傳。

林憲詩，據《天台别集别編》等書所録，編爲一卷。

寓天台水南四首

小雨淒暮春，入夜寒更作。泠泠竹間風，振我衣袂薄。野田鳴流泉，密樹紛翠幄。躡屐徐我行，長懷付寥廓。

懷古不知寒，洗心忘百憂。怡然方寸地，得與賢聖遊。南澗兮泉甘，北山兮雲幽。彼紛兮何之，兹盤兮吾留。

春雨暗前山，春雲行遠林。月落雞犬静，誰聞梁甫吟。巍巍兮高山，泠泠兮好音。誰聞梁甫吟，惟恐山不深。

夔皋不著書，周召不决科。端坐廟堂上，四海臻泰和。此道固如是，後來文藝多。嗒然空山中，獨抱明良歌。

天台萬年山羅漢樹

羅漢嶺頭羅漢樹，開闢餘工所鍾聚。百圍直上摩紫霄，鐵剥犀空自無蠹。積年魔怪不敢棲，暫過鸞凰却回顧。初晴偃幹礙雲霓，欲雨蟠根起煙霧。聲回浪吼東海鯨，影落雲侵石橋路。氣陵太古化兒驚，勢壓羣材梓人懼。陽開陰閉資指南，地弼天承賴撐拄。凡斤俗斧遠遁逃，黛色蒼皮未須疏。巖靈樹異如相語，傑葉豪柯翠雲覆。冰霜坐閱無古今，合抱雲仍仰雄據。豈同凋梓與壑枏，未歷千年隨草腐。我來駭識天下奇，斗酒澆之共軒翥。行人莫擬明堂柱，險徑無來萬牛處。盛時要用真棟梁，宜使巇危可平騖。指呼刊鑿動六丁，匠氏仍煩修月户。輔隆廣厦蔽蒼生，何止增華萬年趣。懸崖黯慘陰風吐，振谷徘徊忽號怒。纖梢嘯舞山雨來，石走雷轟鬼神怖。未容造次搜奇句，五百尊師所呵護。

丹丘書懷

靈鳳山前花片飛，讀書窗下碧雲棲。斷崖流水春不盡，苦竹紋禽日夜啼。禽聲不歇日欲暮，一點青燈照環堵。鏌鋣挂壁龍影寒，默坐焚香聽春雨。

梅花二首台州郡圃作

凌晨汲山泉，盥洗甫云暇。徐行修竹間，小立疏梅罅。尖風耿薄日，色影寒相射。幽香定有無，紋禽踏花卸。

池邊石陂陀，水光上梅梢。石上古隸字，蘚剥風蕭騷。樹老花秀發，冰生香動摇。只恐字磨滅，不愁花寂寥。

台州兜率寺淳熙三年孟春作

一榻江色近，夜氣欲空濛。柔櫓晚潮上，寒燈深樹中。四山杳煙霧，月華忽陵空。我亦衆念息，簾影空玲瓏。

春江潑天明，蕭寺踞山塢。荒階下鳥雀，古木颯風雨。徐行石苔花，徙倚望江渚。日暮山更寒，簷頭鈴自語。

寺門闞南江，江勢浩相嚮。風雲互吞吐，山色豁林樷。潮頭捲飛煙，白雨挾春漲。中夜鵝鶩喧，誰家海船上。

月色半古寺，蟲聲雜疏鐘。江城繚山色，星斗摇空濛。徐行不自覺，徙倚樹影中。忽然變煙雨，江上東南風。

老樹半藤蘿，野色入窗户。空明浮屋梁，蕭爽發幽趣。晚凉進微風，平江瀉煙露。露久山月來，蟬聲發高樹。

使君沈虞卿宗丞命賦郡圃羅漢樹其樹葉如楊梅經冬不彫生子若羅漢然使君云奇特古怪前所未見也

參雲亭前羅漢樹，非檜非杉獨雄據。自注：天台萬年宴坐峰之大杉大檜，皆名羅漢樹，予嘗賦之。蒼皮剥落珊瑚寒，錯節輪囷海花蠹。修圓佛指葉沃光，刺歷蝦筒槎倒竪。銅柯不受鴟蝮穿，翠葆還容藤蔓附。藏牙斂翼方屈蟠，奮鬣張鱗忽馳騖。突如破浪六鼇迴，蜿若驚雷蟄蛟煦。摩空颼颼永夏凉，薄霧慘慘晚秋雨。白猨叫月時出没，紫鳳棲煙乍飛舉。自注：郡人相傳樹有白猨，出於月明之時。慶曆中有禽，若鸞鳳而紫色，棲於曉煙之中，故云。

開花瑣碎兒女笑，結子模糊羅漢具。威儀莊肅初入定，向背跏趺欣共住。蒙頭大似安禪時，瞑目還同摩頂處。得非天台五百仙，此地鉢提曾得度。偶然一念落樹石，不覺形骸成布露。何時收拾過石橋，未免根株伴龍顱。更疑地主屈將軍，開闢巖荒肇城宇。剪除魔怪迎道猷，飛錫半千此焉駐。神通墮在造化中，千載英靈飛不去。犀堅久矣耐風霆，樗散非徒免斤斧。盆山秀聳不足論，猊座婆娑通一路。峥嶸下笑桃李繁，奇怪應須鬼神護。使君自是名世才，善政報成多暇豫。悠然領客上參雲，篆隸傳觀酒深注。平生好古邱壑會，指樹軒渠命之賦。我無文章光燄長，搜攬經時乏佳趣。昨宵夢遊兹樹巔，環視谿山莽回互。上雲變幻舞龍鸞，下風清和寫韶濩。最高峰在樛枝底，方廣寺隨纖葉寓。一枝一葉一沙界，應供各談無義句。啟予一嘯誰劃然，八表泠泠樹掀翥。

台州郡治十二詩太守尤延之命賦

兩崖玉巉然，秀色真可餐。嵐煙落窗几，慘澹雲水閒。幽人美清夜，和月凭欄干。天空山影直，八表生晴寒。

右雙巖堂

孤雲不可攀，浩氣相與遥。著亭翠微頂，飛簷侵泬寥。紫麟迂遠駕，黄鵠回扶摇。雲收天籟息，亭影摩重霄。

右參雲亭

遠思八表外，澹然何所凝。蒼巖窅空闃，修竹風泠泠。秋老竹亦瘦，月上巖更清。手持玉如意，天豁河漢明。

右凝思堂

蜿蜒龍顧山，霄漢在人境。古亭壓虚無，雲氣倒天景。天澄碧芙蕖，一葉一亭影。凝然千葉上，有客動深省。

右玉霄亭

赤城在何處，明霞坐中起。大千無色界，向背五雲裏。羽人跨丹鳳，千載一來止。噍漱餐泰和，瓊田結珠蕊。

右霞起堂

兹堂雖不華，三面受山色。直東接溟海，雲霧時振翮。幾年蕪穢深，一日洞天折。悠然舒嘯中，自得仁所宅。

右樂山堂

天下本無事，智者欣有作。誰能此堂上，静坐對寥廓。魚游鳥翔回，千里受真樂。從渠錦繡腸，天壤自卜度。

右静鎮堂

千嶺隨指顧，一峰不可匿。如何超逸士，勘破造化跡。隱然胸中奇，盤礴巖煙碧。夜半秋月寒，人境俱峻極。

右匿峰亭

飲濁斯貴清，路險斯貴平。明明古君子，日用無非誠。寒潭寒徹底，坦道安無傾。日用儻如此，政化天與成。

右清平閣

古人不可逢，豈徒慕其名。兹堂號君子，想像勞我情。高山仰後世，作者追前聲。何處見文簡，堂虛風更清。

右君子堂

郡齋多勝覽，隨處山拱揖。一亭更留人，小立雲百級。峰巒方獻狀，霾霧且無集。是中頗空洞，不礙山色入。

右駐目亭

聖人定規模，用節民自愛。後來巧施為，民害深可慨。先生壽正脈，吾道燦然在。揭以榜屋梁，流風萬千載。

右節愛堂　以上宋林表民《天台續集别編》卷四

題國清寺清音亭

水從東塔來，却打西澗過。八萬四千偈，為我細説破。

困來石上眠，夢繞泉石閒。山鬼按玉徽，山靈鏗佩環。

浮江探梅

清游可以愈宿疾，梅花自能來好人。嗅花徐步沙磧裏，天風液液回三春。

梁源異松圖行爲台州趙别駕作

林憲

座中忽覺林樾幽，怪松墮前驚兩眸。孤根蟠錯湧鱗鬣，百幹奮躍紛戈矛。千歲之柯海波捲，十畝之陰嵐靄浮。上雲變幻舞鸞鵠，下風哮吼搏蛟虯。影入月窟兔縮距，聲撼水府鯨掉頭。初夏花黄醍醐結，四時芽茁紺緑抽。噓晴噀雨莽奇怪，摇山盪海寒颼飀。天開地闢何日種，陰慘陽舒謾神搜。鄉閭諷誦喜輒應，僧伽護愛訶不休。得非孔明廟前銅柯柏，元氣淋漓鍾此夫焉廋。得非道者庵邊隔世植萬本，倫魁飛來排斡予交轇。安得此松據此地，輪囷傲蹇無侣儔。我嘗兩賦羅漢樹，詩人許我不但楊與尤。一在天台匿峰千嶺頂，芘覆方廣之寺瀑布流。一與郡治參雲亭對峙，白猿啼躑忽驚紫鳳留。因知三台氣忠厚，何但當代人材優。至於樹木亦豪偉，歲寒動足光林丘。問諸故老考初始，或云五季方栽培。黄宋惡跡寺傍廟，野僧無知但包羞。又云道人梁君隱唐末，建立鼎竈結茅深巖陬。與二道伴王與白，赤鉛紫汞火候卦氣周。千日丹成各昇舉，捨庵為寺答應求。後人誕謾附名號，妄蹤狂躅何悠悠。當時丹氣蒸山一鄉植物茂，丹液入根獨此偃蓋稠。勢蟠形踞抱龍虎，梢圓葉厚綴球旒。芘民曾却白額虎，供桃時下青茸猴。四百餘年頗靈異，圖經不載記不收。賢哉趙公眼高遠，褒貶萬態如春秋。一見指呼韋偃輩，咄嗟而辦造化侔。竭囊底智老我語，搜攬造化正恐神鬼愁。以上同上書卷六

梅花

野梅空山中，正為照人開。如何緑窗底，疏映帶蒼苔。頗似古君子，無人自不諧。竹徑酒初醒，一信清香來。宋陳景沂《全芳備祖》前集卷一

芭蕉

芭蕉我所愛，明潔而中虚。禪房富靈根，頗似人清臞。同上書後集卷一三

讀陶詩作

吾觀淵明詩，了不在言賦。有如太和氣，周行不停駐。時與春為風，融夷物華布。而未見用力，萬物向榮處。時與秋為月，浩然無點注。江山滋清絶，宇宙靡纖汙。乃知淵明詩，本不在詩故。邂逅吐所有，氣象隨所寓。乞食不為拙，華軒不為慕。歸來不為高，折腰不為沮。羲皇平步超，無懷貞雅素。簡澹豈能盡，學者漫馳步。獨有無絃琴，明明一斑露。　宋劉克莊《後村詩話》續集卷二

天台道中

月色在野水，雲痕澹前林。籃輿轉松竹，襟袖翠靄深。燈火見仍隱，機杼有遺音。境静衆念息，泠然發微吟。

驕雲壓長郊，飛雹見林嶋。震霆挾回風，捲海過白雨。東皇發生意，萬物情可睹。門外小草色，嫩緑亦軒舞。　影印《詩淵》册三頁一九九九

姑蘇道中

理棹出盤門，蓬窗掛秋曉。蘆花一溪雨，淅瀝秋欲老。念世多閒愁，居山未為好。寒坐櫓不鳴，蛩聲亂衰草。

愁來雨聲悲，愁去雨聲好。忽然扣舷歌，雲霧生縹緲。日夕風雨寒，園林闃如掃。静坐觀物化，榮謝亦草草。　同上書頁二〇二六

雪巢即事

幽居閟古寺，隙地滋春緑。汲水延晚花，推窗數新竹。嘉蔬喜晨餐，小雨昨夜足。儻使多暇時，終甘食

無肉。同上書册五頁三〇八〇

雪巢三首

居閑我所願，謀拙人所慮。平淡固可嘉，飢來欲誰訴。八十日彭澤，四十年鄭圃。前賢去就意，三復成喜懼。

採蘭以紉佩，不久香消歇。何如深林中，歲寒自時節。清芳御微風，幽態含皎月。世或無騷人，寧甘伴冰雪。

凡草占眼界，鑿池松竹間。寒添一方月，香潤九畹蘭。蓼蘋稍自出，鷗鷺去亦還。水雲萬里趣，不待涉江山。同上書頁三〇八一

遊芮灣東山庵

晴曒上疏林，石徑鋪松影。挽衣涉寒澗，捫蘿過重嶺。閑花裊幽妍，冶葉發青炯。欲訪隱者居，雞聲出煙暝。同上書頁三六〇五

李才翁懶窩

鴞鳴夜沉沉，蛩語露泥泥。飛雲帶月來，投我襟袖裏。心自徹太虛，痱纇忽一洗。世念儻盡消，萬法亦聊爾。

幽人肯一杯，受用今夜月。携手步虛庭，履遍沙界雪。疏林寂無聲，細蟲吟自切。浩蕩天宇開，虛襟共明潔。

終日雲氣厚，寖寖雨將傾。如何纔入夜，月輪皎如冰。雲去露飛灑，星稀天熨平。正恐中秋節，未必如

許清。

山林日月長，城市炎涼急。方看夏太清，已覺秋淅瑟。因之念故山，鶴歸松露滴。收足否願餘，此舟徒役役。

風雨日蕭瑟，軒窗浸虛涼。清燈閃復定，寒漏為之長。老覺世念少，病須藥物良。晨興滌顫手，供此一瓣香。

長鑱長長柄，矮窗矮矮櫺。西風已踰月，胡能不淒清。晴空舞皓鶴，夜氣紛流螢。木葉不自覺，無風輒秋聲。

月華浴沆瀣，天容注琉璃。皎如大圓鏡，照徹清境暉。繁星斂芒曜，群動生霏微。塵世寧有此，玉虛樓觀低。

簷雀樂儔侶，砌蛩相叫吟。如何片雲外，一點征遥禽。望極杳無伴，細聽有遺音。遲遲去却返，啟我懷故林。　同上書頁三六一三、三六一四

兜率寺作

歸雲薄如霧，徐行江上山。徘徊印松竹，輕風約之還。悠然渡江去，餘影猶闌斑。白鳥更自在，幾點落遠灘。

句

月色到江上，角聲過山來。山城半緑樹，佳處仍樓臺。古屋翠微頂，疏簷宜晚開。隱几月入座，山長潮信回。　同上書頁三七二七

林憲

桃花飛後楊花飛，楊花飛後無可飛。

天空霜無影。　以上宋楊萬里《誠齋集》卷八一《雪巢小集後序》

一夜相思笑玉川。

絶無聲色動凡情。　以上宋李龏《梅花衲》

（吴鷗整理）

全宋詩卷二〇五五

釋印肅一

釋印肅（一一一五—一一六九），號普庵，俗姓余，袁州宜春（今屬江西）人。六歲從壽隆院賢和尚出家，年二十七落髮，高宗紹興十二年（一一四二），於袁州開元寺受戒。遊湖湘，謁大溈牧庵忠公，有省。十三年，歸壽隆。二十三年，主慈化寺。孝宗乾道二年（一一六六），始營梵宇。五年卒，年五十五。有《普庵印肅禪師語録》，收入《續藏經》。事見《語録》卷上《年譜》、《悟道因緣》、《塔銘》。

印肅詩，輯自《普庵印肅禪師語録》，編爲三卷。

偈頌三十首

捏不成團撥不開，何須南岳又天台。六根門首無人用，惹得胡僧特地來。悟《金剛經》

乍雨乍晴寶象明，東西南北亂雲深。失珠無限人遭劫，幻應權機為汝清。臨終書於方丈之西壁

三界唯心唯佛解，萬法唯識更誰知。迷悟本無權立化，恰如黄葉止兒啼。涅槃生死猶如夢，十聖三賢是阿誰。有物先天無相貌，言詮不及體阿彌。祇這阿彌是汝心，不勞逐相外邊尋。三僧祇劫隨時立，心心心即是如今。

邪法如冰霜，正道若太陽。杲日麗天無不照，冰霜仁消洋。佛説三乘十二部，會來只是一醫方。長年有

病不尋藥，五千餘卷枉施張。魔王眷屬成群隊，朝夕巴歌作道場。唯有普菴真實要，同音異口贊吾皇。稽首摩耶大肚皮，無憂樹下手攀枝。母子至今無覓處，落花啼鳥示全機。浴佛

普禮三身四智佛，一念阿僧祇劫中。身心一如遍法界，法身不滅壽無窮。一月六旬權準則，一年四會表參同。妄念不生無損益，五千連貫贈寰中。所得未嘗圖別用，共成進納續宗風。初法難傳憂不信，黄梅五百獨盧公。如今箇箇堪分付，報國資家理不窮。莫道祖師西土出，刹那自肯即心通。今日不知來日事，貪嗔癡愛度朝昏。披毛戴角更相互，豈識修真般若門。明朝遍入孤峰裏，是處尋求不見師。自古上賢難出手，為伊不肯淡工夫。垂經留教五千卷，迷人看著轉迷途。凡夫貪愛將為事，少得曹溪這老盧。

普菴真實不問錢，只要離塵脱業纏。一聞千悟方堪委，何須苦苦學神仙。與周君禮

佛法無多子，久長難得人。念念堅不退，堪作了事身。不消心外覓，堂堂本法靈。十方佛共證，更不費精神。普菴如是道，何患不圓成。與易仲能

若無一切心，何用一切法。佛説一切法，為除一切心。若人解實相，於中無虚誑。説與不説同，是即名最上。實相未全融，語默空花同。而復結空果，後進不能通。何故不能通，緣師指落空。依妄不歸實，師子墮邪宗。一一妄相依墮，帶累千萬箇。因一人道虚，萬類皆招禍。不了却自心，只管説他過。將謂佛法僧，也似陳行貨。倒牀喫不得，苦痛忍難過。曉夕無把捉，又見火輪磨。始悔我自錯，無福轉加禍。未得將為得，未證將為證。妄想一刹那，果招沙劫病。皆是自欺心，不依佛慧命。六度未能圓，五戒猶未定。口説一切無，貪嗔轉增盛。人問道如何，胡應全無性。此不見性種，三界魔民蟲。衆生若遭遇，萬劫墮貧窮。自壞他亦壞，自聾他亦聾。自墮彼亦墮，自空彼亦空。究竟還如佛，萬像一鏡中。若能如是

解，可表警凡籠。背塵合覺録

空花水月，一納無餘。迷時四生六道，悟時一顆明珠。布施二字又作麽生會

箇箇跨金毛獅子，人人騎獨步象王。文殊即是普賢，釋迦倒騎佛殿。羅漢不奈安身，普菴鼻孔遼天。笑時只道善財癡，百一十城在這裏。摩耶腹内造樓臺，一口吸盡西江水。試問參方知不知，靈光運用從何起。直須堅密處安身，釋迦寶殿真如理。修造法語

打折達磨西來脚，莫令有誤本來人。當處得心非向背，九年面壁寂光明。庭中立雪憨癡漢，海裏口乾渴愛津。如今大有心顛倒，夢寐胡諍學道人。且向自心中體究，於斯如實更證明。須觀古德皆如是，萬莫瞞心自發輕。誑謗定招無間業，未全本覺且依經。修行未了身依口，莫學提綱没量人。對病用醫須有意，指權歸實救迷情。迷悟不同誰解意，三乘猶尚未全明。不契一乘為外道，經生持戒不知。按：此句疑有缺字。徒勞南北與東西，滿口文章不合義。不曾親近正知見，色見聲聞弄識神。髑髏幾度皮消殞，林下追尋没一人。妄把玄詮為事會，五千救網變成塵。看經須用錢財雇，佛事全憑鐃鈸音。餕餡餅皮紗布絹，猪羊犬馬折經金。僧俗一同輪苦趣，辜負牟尼古佛心。致使類多賢行少，仁慈鮮矣足孤貧。榮華富貴千無一，菩薩神仙不降生。如麻似粟人頭面，殺盗貪嗔勝畜心。不管刹那沉劫海，且徒眼下樂精神。背善惡臨無解處，燒香合掌告觀音。大慈大悲來救苦，須臾命斷嘆悲深。一生不布纖毫善，悔懼雙交没主人。方知今死難思悔，黑業無邊我自成。寄語世間今未死，光陰莫負早迴心。何況出家親悟者，喃喃直指古同今。所以辦心供作務，將勤補拙助元靈。相逢來往無心見，大事未成戒行深。只欲心空如及第，迴頭救接未歸人。始合老師弘大願，先難後易嘆吟吟。十字街頭不見客，孤峰頂上目群生。助柴活計元如是，不負當時這老僧。助柴法語

衆生本是佛，悟了一體同。若人不達本，逐末走西東。君子當務本，本立佛性同。通一萬事畢，終不被塵籠。非塵體不動，本實理含融。先天唯此物，今古學無蹤。難了意在處，塞頑空色空。本無有指，妄言色空。若得妄消歇，真體者何窮。真體非形相，不離形相中。幻質皆虚偽，大智發於中。幻盡覺圓滿，心光寥廓通。此通無對待，天地在其中。森羅并萬像，影現一鏡中。鏡中實我體，寂湛印倥侗。若能同道者，與理本相同。唯守性清浄，眼耳若盲聾。情忘兼想盡，忽覺己身空。自了本無物，强以道言通。此法滯諸學，皆幻質相容。若離一切相，形體外靈通。左右逢其源，煩不入胸中。我尚不可得，非我何可得。眷屬猶如夢，非冤不遇逢。如今兒女者，皆再來祖宗。一根來復去，如觀桑葉同。本樹何曾動，凋葉有來冬。葉落明年發，根深不怕風。但能勤力護，勿使火兼蟲。毁壞本根者，萬劫墮貧窮。如今憂生死，猶如顛哭空。不知空本無，如翳生眼中。眼明雖説實，不可順盲聾。與醴陵真如居士

自從達解本心光，陳見解者希相許。今蒙大士墜名香，妙明寂照揮倫楮。清風匝地意何窮，自這賢儒誰伴侣。自傷嗟，憑誰語，若問吾男歸何處。普菴達本不曾生，水月空花無實據。不離當處常湛然，覓即知君不可取。此靈都是祖宗因，因果歷然隨誰聚。如今依舊復來生，何必自迷求解注。今古誰曾得久長，唯有法身鎮常住。不消追拔與看經，三界唯心須了義。與信士喪子法語

失却本來面目，箇箇日南長至。先祖時節苦臨，處處笙歌樂醉。也參禪，亦詳義，也貧窮，亦富貴。蒙頭塞耳有誰知，大地茫茫没巴鼻。智悲同運，野店横溪。頭頭物物，實理希奇。悟本誰悟，迷是誰迷。家家觀世音，户户禮牟尼。亨老總不知，都料斫木底。不因這三門，如何在這裏。老師本無節，世間如夢寐。我今夢中説，説者覺如義。若有未覺者，好蓋令飽睡。等待睡惺時，自己難迴避。恐彼少鹽醋，米麵并豆豉。我擊木童兒，汝定知來意。每人與一飽，大家要了利。冬日莫更歇，臘盡相將至。如人各上

山，努力争先勢。時節莫瞞心，早歸歡喜地。堅箇彌勒樓，露出真慈氏。了知生死即涅槃，自性如空包天地。試問空空空不知，不知知處法不二。冬節與湯亨老及都料法語

誰道凡情不作佛，咦，大丈夫，休分別，百億塵勞從此訣。今朝酒醒何處，楊柳岸曉風殘月。示易仲能

佛是西天之梵語，此土將覺義以同名。心迷不覺屬衆生，心轉覺時一切佛。佛開口處為言教，化導迷心轉覺心。衆生開口成寐語，沙魔群迷叫不醒。迷悟不同希達者，諸佛方便救迷情。情忘想盡明心者，海藏琅函不可輕。在在處處堪聞原校：疑開演，共祝吾皇亘古今。臣忠子孝那邊静，風雨調和物物成。是非一體元無二，佛與衆生不出心。我今圓滿如來藏，唯願衆生發信心。等與如來同受用，一聞千悟永瞻欽。這回針芥若不遇，刹那失足墜幽冥。閻公問汝將何答，未免刀山火燄林。地獄皆因心不悟，一十八界杳難尋。八萬四千城可畏，鐵圍無間苦呻吟。箇中不遇佛光照，萬劫無由得出輪。忉利諸天因業墜，後聞天鼓復超升。人生有限空花相，光陰迅速豈堪停。古人究道如救頭，後士無依豈不驚。一失人身難再復，榮華富貴苦來臨。如今自有非他事，性水澄清理甚深。海印森羅融萬象，湛然無古亦無今。化無所化知無二，自肯隨心了此經。化藏經語

化藏經語，結般若因，度有緣衆。一卷一千，共亦不共，纔出頭來，便得受用。此經無價，擬議不中。除非自肯，破塵了夢。見佛不空，塔成無縫。半偈捨身，古今尊重。劫火不燒，魔不能動。佛祖皆宗，天龍普供。萬莫放過，千億珍重。

如如方契色非空，若也解空空非色。十二部詮如説夢，百千萬佛若空花。涅槃生死杳無蹤，本來面目非非相。大開喜捨破微塵，了取功勛無盡藏。化藏經語

閑步遊南陌，惟便野興多。傍花看蝶舞，近柳聽鶯歌。

顯老明禪，入理深淵。文殊為體，妙用普賢。鳳山得旨，妙契南源。三株樹下，坐斷雲烟。金剛作眼，鼻孔遼天。言談諷詠，草木皆鮮。欽風久矣，偶睹惠然。如天甘露，沃我心田。希有希有，世外金仙。老婆心切，示我窺鞭。自知本有，久被塵纏。普光明殿，海印俱全。彌勒閣中，了了何言。常在不欠，觸目無邊。一毫頭上，妙絶偏圓。含融法界，本體現前。與顯首座

圓應牛，經劫没人收。若不遇人，虚度春秋。如今横穿鼻孔，水草皆休。有時放，有時收，隨分納些些，自性優游。獨奈何，勞別討，混跡應不迷流。不許犯他苗稼，也不犁他田丘。飽飲雪山肥膩，一頓更不他求。眉毛眼睫，動轉綢繆。試問溈山水牯牛，有甚風流。向左膊上書字，著甚來由。任你千般引□，不肯回頭。不如卧雲枕月，運氣常周。假使銀蹄金角，氣射斗牛，居吾腹内，不得出頭，吞底乃刀山劍樹，業到解散枯髏。誰知體如巨海，妄起浮漚。風擊漚生，漚滅何愁。湛然智海喻真牛，圓應頭頭豈用修。示圓應行者看牛

顛倒夢想忽然破，直入孤峰常獨坐。不曾相見與相親，祇麼巍巍迎達磨。東西露柱滿添湯，南北石頭快推磨。到與不到俱喫茶，萬里清風同唱和。快活快活也大哥，達磨達磨真老婆。多時尋覓覓不見，却來草裏念摩訶。幾年相伴急走過，新羅低頭覓不見，舉首又蹉過。今日無知知，不是强揚播。若有知知者，未免番成禍。四七二三不立形，歷劫三祇祇這箇。從古迄今食不餐，肚脹氣均常不餓。傷嗟捉月夜猿癡，往復疲勞多退墮。不知古佛只傳心，除了此心無別可。師子子，不消多，直下無心唱哩囉。拈却眼來作鼻孔，呵呵大笑探禪河。無量劫來風泡子，至今汩没和巴歌。稽首寶積佛，敬禮阿彌陀。普菴此來無箇事，大家相勸演若多。元來不識頭依舊，何須苦苦更波波。

善者多魔自古今，佛魔一體只空心。心迷不覺慳成賊，心悟回頭便捨金。莫怪迷心心怕賊，賊心對面也

難尋。三途地獄因斯得，奉報須防仁不仁。不是道人先注脚，免他來喜去沈吟。一年三百六十日，夢想顛倒不曾息。耳聞眼見善菴名，更莫邪言喧戲劇。思量生死大驚神，唯了本心稱第一。暫時忽聽本無心，解脱沉淪千萬億。寄語諸人莫蹈虚，勾闌不穩莫稍依。莫令墮入深坑下，未免先當説與伊。來往任觀心不住，聲香味觸且隨時。孤峰獨特誰為伴，塵世忙然我道奇。

離諸名色相，實見如來藏。能轉語成經，本心非榜樣。説有即是無，説無無伎倆。不會自轉經，依語成妄想。夢裏推木輪，信施誰酬償。不出牛馬羊，入他闌圈養。一文四箇字，還足連他喪。悟者發真機，迷者墮鐵網。佛教空無相，妙契合無上。天鼓解説經，懺悔罪無量。有無空不空，真實不虚誑。圓信六神通，不刻天龍像。只麼轉心經，箇中誰擬向。寶藏論

安執迷流不肯休，所以今生逐女流。如今眼界渾塵染，幾時安穩見來秋，莫誤前途成業網。目連成佛已綢繆，開心放曠依兒得，不著高峰見毗丘。與周氏脱塵警心

臘月三十夜，髑髏自相罵。閻老索飯錢，汝等怕不怕。龜毛敲兔角，五彩虚空畫。正當恁麼時，摩尼誰著價。大年初一日，道閑却成急。自拜夢中人，妄想從誰立。唯我知不知，今古希相識。張三李四歌，草木空祇揖。日月轉眼睛，歷劫不曾停。三賢與十聖，枉費苦精神。常思達磨老，九年守少林。如今意不盡，瓦礫即真金。除夜示衆

出家無易事，了道亦非難。各自要努力，如人擔上山。累劫負償命，此生莫等閑。遇時若不順，展轉落讎關。佛與人方便，度人及登山。布身而填險，為衆代艱難。荷擔如來者，莫道不當番。汝逆和尚順，明朝報愈艱。汝見有福者，擁從物如山。在處皆如是，因修得世間。若争人我相，不如快下山。若酬自已債，豈用學燒丹。相逢無別有，動不是風幡。前後都還却，獨坐大雄山。示普圓二字道友

時人須警覺，應道不癡顛。苦牛并急馬，也只少他錢。今生還不足，來生又喫鞭。道人雖無事，不忍哭蒼天。今古論如是，豈可向愚言。無我無錢質，此處静悄然。顯跡靈光在，驀然一炷烟。普菴何處去，分明在目前。須當如是體，可學老婆禪。莫住空花相，謗佛結深冤。以善能銷惡，以順和逆顛。以道資頑狠，以心助普賢。以師為心本，以念於無緣。以身如父母，以力報愚賢。出家為佛子，動静自光鮮。超凡并越聖，真實不堪言。曾經千萬劫，碎身報未圓。我今排次定，更莫聽胡喧。順我大家吉，逆我衆無緣。孤峰無覓處，三千遍大千。此時思一偈，虚空應不得。非是我做作，真如體自然。示普圓二字道友

以上輯自《普菴印肅禪師語録》卷上

釋印肅二

偈頌十四首

雪人通身却喫罵，兔角拄杖三十下。龜毛索子釣虛空，道理本來非晝夜。元不借□□，寶所誰知價。一道常光即我心，逼塞虛空無縫罅。普菴風水禪

大家同受用此且富貴，不妨普菴一穴真風水。乾坤巽，本無位。二十四向絶遮欄，非舌頭人云心地。也無賤，也無貴，眼耳鼻舌通身意。無限山人不識龍，從前總是虛勞費。千峰萬峰連不斷，左右逢源無別水。榮華富貴幾遭埋，益子蔭孫無變已。驀直下，無忌諱，司馬頭陀没意智。隨機設化謾留名，箇箇趁獐失即麂。更迷己，寒静清明争掛紙。豈知空界現圓融，不顧淺深撈水底。普菴風水禪

若得橋行心亦行，莫教孤負見貧僧。不因通濟何如此，暗室千年忽遇燈。造通濟橋信勉心齋及諸弟子

不因孤露妄難休，大□既成難悉婆。江烟梅雨却知音，□出頭人有何極。師子兒，無畏力。滿目相知不相識，枯木寒灰唯我知。浩浩資深源汲汲，翹松野鶴表吾師。吾師心兮心常寂，常寂光中饒益人。答心齋居士布橋

化彼三千七十士，唯恐迷流增嫉妬。不患寡而患不均，後代綿綿常貴富。我道無心粥飯緣，飢餐渴飲全無措。一家有事百家憂，心浄還如佛浄土。廬陵米價也尋常，一粒破時全體露。化齋糧語

實相無空無不空，將不空執尚違宗。一多無位誰分別，萬象森羅一鏡中。菴本非菴開不開，靈知自性即

如來。尋源窮處烟霞伴，南嶺風光近日回。上無片瓦下無錐，被喧卜静了無依。多求欲叩無心者，既了無心豈是非。若將色見普菴人，未免隨流不契津。千里無來同受用，縱横妙用自家珍。莫怪渠儂不出頭，了心非相永無求。相逢誰覺夢中夢，浪静閑乘般若舟。天龍巖寐語

君不見爛柯仙，一局知他幾度年。自出洞來誰作對，未曾學手早贏先。高不高，玄不玄，默然輕轉不能言。得失都盧無箇事，一時收拾華堂前。若人要問消息，落落真風印碧天。拈棋游戲三昧禪

老盧得法非僧相，龐老通明豈離家。大事未成俱業網，除非了本是生涯。行者圓通求法語

心月孤圓時，光非十五六。迷者以圓觀，智者應妙觸。印危崖，鑑川陸，一性圓通無委曲。了非心外逐塵緣，下坂不走天然速。誰道速，有佛之處不得住，無佛之處一時足。時來鐵解放光明，運至石頭成白玉。幸逢施主大開張，古佛慧命汝今續。行者圓通求法語

隴西達士重標立，萬行圓明道果成。舉目含靈俱是佛，應無所住得其心。袁州開元寺塑佛

驪珠一顆印千峰，越古騰今處處通。元禪道貫纖毫絶，方知佛法不曾窮。孤雲片片標心法，野鶴翘松表自容。千眼難觀誰解見，赤幡直下起清風。妙覺十方無影像，靈知三界絶行蹤。示彭昇伯

迷指不見月，兩處大誵訛。來叩普菴老，真心豈奈何。除非君自肯，陽春白雪歌。毛端如來識，言説用閑多。情忘并想盡，不斷這摩訶。示彭昇伯

一輪秋月映悲風，數和松音標此意。因緣究竟莫勞神，時節到來無不備。回瀏陽縣資福寺書

木匠休愁無酒肉，大家免得落群魔。但管來年了，應教不動波。隨心做箇殿，別事莫多羅。更有一般好，只箇阿彌陀。回瀏陽縣資福寺書

靈濟橋語

此渡若非橋，不放衆生過。過去現在佛，并西來達磨。皆是接群迷，直指人這箇。如今人不知，顛倒成患禍。堅執有為功，善惡争揚播。學道不識心，所以塵不破。若悟即本心，永劫無退墮。説法非干舌，山河大地和。行脚不曾移，舉步無空過。如斯妙性空，方與人擔荷。大用這無心，非福亦非禍。於中無妄作，不異阿彌陀。法界無别物，一菩提為座。修橋布路為含靈，轉凡成聖如行貨。遊戲菩提誰得知，只恐迷情却放過。大丈夫，莫放過，提起眉毛來繼和。大家拍手渡橋來，方笑普菴只這箇。咄，開口全音只我聞，桃花含笑亂紛紛。心非遍界真成妄，意浄情忘法法真。

造袁州浮橋語

普菴教化修浮橋，信心自肯大豐饒。解脱皆因不思議，度人無量永逍遥。秀江千古源何極，非干今日與明朝。一生補處誰知有，萬德咸歡寂體寥。蚊子眼中藏刹土，紅燈焰裏熱眉毛。毫髮虚空全不漏，海山相擊浪滔滔。石牛喫盡張公粟，木女垂絲釣巨鼇。新羅國打西川鼓，東震旦抛北越刀。孔自孔，毛自毛，針劄不入大雄豪。妄想顛倒蘇公盛，未解撑船弄竹篙。豈在文言多卜度，德山拄杖不敲槽。

萬載縣橋疏

萬載洪機一發，直得耳聾眼瞎。放身通濟仁心，度盡微塵佛刹。勸英賢，須特達，百億龍天齊鑒察。大開寶藏施珠珍，箇裏無私一毫髮。

修城東合浦橋

自性圓融不礙為，浮雲枯木任風吹。莫怪道人無伎倆，猶如浮木歇盲龜。應化非真不逆心，有無俱遣道須成。相逢便肯無空過，合浦橋邊驗果因。

加頌蜀僧雪頌并序

蜀僧道存於紹興十九年七月謁疎山得悟，特往愍道者處印證，遍歷諸方求友，其人希有。後辛巳冬月節，忽到南泉，與普菴契合，祖道説見，無有二解。各以無相三昧，重相詰問。直得心心相印，法法融通，針芥相投，毫氂不隔。忽有行者請益，蜀僧乃指雪書頌一首，普菴隨後一句加三句，遂成八頌。游戲法喜禪悦，二人相笑，不覺到這裏敗闕一場。

庭前雪子落紛紛，妙觸靈明應普門。不是藥山無用處，權令龐老警兒孫。

總是吾家入道門，無説説中聞不聞。步步透關田地穩，須彌踔跳撞崑崙。

行人到此宜迴首，此物元來處處有。除非自己肯承當，方信境緣無好醜。

免使從前業浪奔，直入圓音普眼門。賓主歷然誰委悉，不是通方莫與論。

三世諸佛同此路，天無門兮地無户。森羅萬象一光吞，歷劫不曾少鹽醋。

百千方便一乾坤，得者還須皂白分。珠體未明成五色，舉頭鷂子過羅村。

净人若信平常事，穿過髑髏連孔鼻。多中一了一中多，城東老母難迴避。

自有山翁様子存，家傳祖代没分文。南北東西無別有，光明遍照獨為尊。

頌三門

古寺香華迴寂寥，焚修報國化迷流。英賢到此須迴首，撥草瞻風笑點頭。從其文殊門入者，大地山河，助汝發光。

此舍絶邊無壁落，充虚露地真寥廓。往來只道主人寬，争似永嘉一宿覺。從其觀音門入者，蝦蟆蚯蚓，助汝發

光

道人活計若虛空，應物無心世豈同。假立化城標寶所，暫時指客懷寰中。從其普菴門入者，不動步而到

釋達空空遍覺華，到無高下淡渾茶。和雲假宿烟霞榻，明日東西處處家。既到這裏，方知往來悉皆不異

化無盡曆

化城立有誰知意，普雨調和潤萬機。大根枝節全體露，何殊彌勒降生時。石兒拍掌連雲指，木女含笙和水吹。試問燈籠誰解舞，知無我者快拈鎚。

萍鄉縣丞求頌

杜門終日不通書，得意忘言總不拘。舉向世間人不會，妄談生死事區區。信香不昧和光爇，禍福皆心豈有殊。心本全真含萬有，只緣六處起諸愚。眼耳舌鼻身意静，箇中何物礙明珠。照天照地元不壞，非心貪妄命須臾。天命五旬當見覺，從其耳順縱心如。老人百出光無變，休將庚申叩文殊。了道即心含法界，心無應物合菩提。但勸諸人心莫怕，豈勞心上外求諸。為君一念真空體，肯信無心道不虛。

謝藏安撫書院額

普菴以此香，回向大居士。幻盡覺圓者，妙意難遮覆。惠我二筆端，三昧非迷悟。世間豈識知，何處尋門户。六字光慈化，千古人欽慕。象出普菴名，天龍常守護。法本付賢侯，利益何窮數。傷嗟逐末流，忙忙失元路。千里萬里體無間，世出世間非我所。謝安撫，雲軒密布巴陵時，願垂青眸垂一顧。

題三門

玄之又玄，衆妙之門。空之又空，一法常存。要見本來真面目，除非直入這三門。

無門為法門，無入是真入。君禮信佛心，有為皆不及。舍財離相契無生，天耳廓通塵不立。

同輪歌

原注：師乾道四年佛生之月，書于東井，以益參徒之知而不昧也。

應機互換不空同，任運隨時轉此公。豈用千尋麻索拽，指端輕撥滿寰中。活潑潑，耀玲瓏，相繼聯綿不斷窮。誰識那邊關捩子，閑摇取笑各西東。能應也資慵，無求不得此輪中。墜石此時猶拙計，力多功淺衆難供。斯用寡，意豐濃，八萬塵勞一點融。飢渴永銷從此脱，兒孫代代得昌隆。不費力，實從容，超彼迷流擁井中。莫令綆斷沉泥底，手脚茫然杳絶蹤。謾道同輪歌表裏，到來觀者莫儱侗。知道本來無可説，屈伸俯仰示宗風。

讚三十六祖頌

師子體無二，拈花應笑時。然燈從此焰，不斷至今輝。第一迦葉尊者

誰易阿誰難，多聞不透關。忽解空無我，内海更藏山。第二阿難尊者

無事商那和，翛然了義多。是法不可説，轉念摩嚕陀。第三商那和修尊者

優波耶鞠多，三昧力降魔。法傳香種子，意氣尚周羅。第四優婆鞠多尊者

提多迦初生，光超日月燈。山頂泉迸涌，此路少人行。第五提多迦尊者

大士彌遮迦，憶昔阿私陀。邪正通一道，無法不調和。第六彌遮迦尊者

針劄不入婆須密，正念何勞多氣力。往劫親獻如來座，襄王國裏逢知識。第七婆須密尊者

佛陀阿難提，放光從肉髻。逢師論義，此句當奪一字得入三摩地。第八佛陀難提尊者

伏馱密多惺惺，父母與佛非親。五十不行不語，一見本人清淨。第九伏馱密多尊者

脇本號難生，泥牛入海耕。隨機千萬轉，無上原校：疑止亦無行。第十脇尊者

咄哉瞿曇氏，唯富那夜奢。不拘有無種，遍地法蓮華。第十一富那夜奢尊者

馬鳴分身百億，論數玄詮無極。六通三昧降魔，不用色聲氣力。第十二馬鳴尊者

迦毗摩羅師，外道成正真。了斯第一義，非故亦非新。第十三迦毗摩羅尊者

龍樹非形相，獨現圓月體。説法如虚空，非舌談真理。第十四龍樹尊者

迦那提婆針投鉢，深契無相心解脱。辨因木耳再來人，巧幻不虧於毫末。第十五迦那提婆尊者

過去娑婆樹，如是羅睺羅。師子同坐食，付般若摩訶。第十六羅睺羅多尊者

莊嚴聖王子，僧迦號難提。棄國避世榮，便入三摩底。第十七僧迦難提尊者

伽耶舍多人再來，常持圓鑑離塵埃。風鈴非響我心應，一返常光更不回。第十八伽耶舍多尊者

降生月氏國，名鳩摩羅多。宿乘尊者記，不二阿彌陀。第十九鳩摩羅多尊者

闍夜多因地，昔為自在天。一契無作性，大用得言前。第二十闍夜多尊者

婆修盤頭尊，曾禮大光明。以杖畫佛面，悔過復天真。第二十一婆修盤頭尊者

國名常自在，王子摩拏羅。化鶴成菩薩，動止湧禪河。第二十二摩拏羅尊者

鶴勒那有智，光大包天地。五道貫色，此句當奪一字日月時親禮。第二十三鶴勒那尊者

真師子法身，究竟無頭尾。賺當盲眼人，華空疑不是。第二十四師子尊者

斯多婆舍擔板，重鍊出金剛眼。正法不動纖毫，越祖超師無間。第二十五婆舍斯多尊者

德勝王太子，號不如密多。指山還梵志，魔群不奈何。第二十六不如蜜多尊者

般若多羅法，非廣亦非狹。翠竹與黃華，長松并短柏。第二十七般若多羅尊者

菩提達磨大醫王，全持正法度南方。粉骨碎身應未報，至今不離此心光。第二十八菩提達磨尊者

直截猛利，立雪斷臂。千古萬古，丈夫意氣。第二十九慧可大祖禪師

精通無説説，本地亦無生。無生花滿地，本傳無盡燈。第三十僧璨鑑智禪師

破頭山下起清波，流注黄梅不奈何。四度敕宣端不動，尊威妙湛灌娑婆。第三十一道信大醫禪師

百鳥銜花未足奇，直須透過始方知。五百衆中誰委悉，碓頭私許老盧錐。第三十二弘忍大滿禪師

曹溪一滴水，周匝無餘欠。孤峰絶頂浪滔天，大洋海裏金剛焰。第三十三慧能大鑑禪師

馬駒踏殺天下人，且有什麽相交涉。雲作枝竿雲疑當作雪作花，妙光圓寂含空劫。南嶽懷讓大慧禪師

一口吸盡西江水，子細思量未足奇。身含無盡之虚空，箇事元來非擬議。非心非佛又較些，即心即佛猶寐語。馬祖道一大寂禪師

十方諸佛入其中，十波羅蜜一光同。十世古今無間隔，十身千億法身通。温州永嘉玄覺無相大師

百寶光明

青黄赤白異塵寰，知音希得似寒山。豐干未辨争饒舌，光明不遍道應難。

一一光明

日月燈光未足奇，若逢肉眼轉迷癡。恒沙眷屬光無二，萬億龍天守護持。

皆遍示現

春有百花冬有雪，夏有凉風秋有月。若無一事掛心頭，箇裏無私真廓徹。

十恒河沙

塵塵刹刹號南無，末後收來付老盧。結果傳燈周法界，誰人肯辨此工夫。

金剛密迹

牙如劍樹目如燈，電爍妖魔法不生。千聖出頭難插足，普菴也道我無能。

擎山持杵

擎山抱岳疾如風，持杵拈槌解脱空。世間有相非身大，須彌總納一塵中。

遍虚空界

和風周匝萬花開，春霧濛濛鎖緑苔。世人寐語不知意，黄鶴樓前不賞梅。

大衆仰觀

多身一體少人知，不體無空自執迷。除非妙達斯三昧，箇裏圓觀始不疑。

畏愛兼抱

南山有條鱉鼻蛇，雪峰往日鎮常誇。喪身失命知多少，滿地如今號菜花。

求佛哀祐

母子相逢幾萬年，夕陽夢斷豈堪言。多時不隔如今見，趙州勘破老婆禪。

一心聽佛

不聞聞了絶狐疑，三界浮囂總不知。泥牛入海通消息，木馬横嘶貫紫微。

無見頂相

無影樹下誰相識，瑠璃殿内絶形名。千巖色□祥光現，萬壑松風和没人。

放光如來

主伴重重絶世倫，今朝即是舊時人。迷悟是誰堪話會，姚黄魏紫一般春。

宣説神咒

癡人著色又扣聲，豈解圓音不可聽。自古迄今宣不斷，到家方覺少知音。

題寶塔

塔本無縫，真如不動。説此經處，涌出虚空。釋迦多寶，聽説如夢。東西無二，見見不同。無刹不收，無色不融。層層落落，光影重重。恒河沙劫，盡入其中。三世諸佛，一法身通。針劄不入，壽量無窮。目連舍利，常隱於中。阿育王像，妙色金容。天龍八部，萬億靈通。擎山持杵，遍滿虚空。護持禮塔，摧滅魔蹤。顯正寶塔，八面玲瓏。水火不壞，障毗嵐風。衆生見者，永脱樊籠。信者施者，功德不空。無住布施，福德無窮。住相布施，猶滯途中。諸佛子等，無功之功。成如是塔，標指宗風。空劫壞時，此塔不鎔。劫火洞然，體若虚空。究竟涅槃，應時體用。逗機應化，無法不同。皇圖永固，舜雨堯風。郡邑宰僚，禄位高崇。萬民快樂，五穀盈豐。狼烟自息，瑞氣和濃。性相平等，含靈體同。世出世間，色不異空。稽首和南，禮塔事終。乾道四年，戊子季冬。南泉慈化，肅老遺風。法界有情，一切珍重。

題經樓語

般若貫華嚴，涅槃通寶積。迷則龍宫海藏，悟則一字不識。教演三伯餘會，度人無數百億。如今滿目放光明，十二部經詮不及。崔田彭族祖墳林，無欠無餘樓獨立。大千沙界納其中，無説無聞真利益。遠祖近宗無不超，得意生身乘此力。現存一族福綿綿，世出世間福何極。

李總幹遺詩十四句師於一句之下加頌七句

僧家起大屋，枉費他金穀。不是明眼人，真如大地獄。黃葉止孩啼，只要免啼哭。不犯一滴酒，不動一片肉。

簷楝如翬飛，世間那得知。不是風旛動，如如應好機。青青是翠竹，孤雲無性馳。頭頭垂示處，子細好明知。

殿堂何所有，夢幻非堅久。竹木從何來，箇箇人空手。石人解綵畫，木女添燈油。此事誰得知，真實泥牛吼。

塑箇泥佛兒，肚裏藏深機。聚沙為佛塔，猶尚獲菩提。父見諸子劣，且教令讀書。一日成名後，天下總皆知。

朝朝去禮拜，誰識丹霞在。打倒木佛燒，院主反招罪。得相而無相，參方會不會。如來非大身，老盧快踏碓。

便道福相隨，生天果未遲。力盡箇還墜，來生不如意。假施滿七寶，不如發真歸。布施有為者，觀來真自迷。

問他怎如此，日輪正當午。鼻孔廓遼天，我道無門户。唯佛與佛知，有為無作做。若問如何道，瞪目不相顧。

我要警昏迷，迷人愈見癡。九年面壁坐，不露一毫釐。法說無可說，機陳不二機。箇中若不會，學取須菩提。

昏迷曾未警，勞我箇眼睛。絲毫全不漏，雲月事猶新。達士知幾者，常看無字經。打動禾山鼓，舞起道吾神。

自家先已癡，逢迷實不迷。能令石人舞，解使木哥吹。寂寂孤雲裏，逍遥勿我知。萬億恒沙佛，皆同一性齊。

不如茆蓋頭，裏箇大枯髏。鬼窟作活計，閻公未肯休。佛以法為身，不可以相求。一念無心者，法界刹那周。

静坐取片時，妄想自家知。心口兩不同，修行不透機。明朝與後日，作箇野狐狸。因果全不落，百丈一言迷。

有人來問我，如何向他道。喪身失命處，世人怕死到。三界唯一心，萬法唯心造。不悟生死者，輪劫空招報。

山僧總不知，知不知實奇。空知未達本，不免墮頑機。世尊拈華處，天人豈辨知。迦葉破微笑，古今信無疑。

詩一首

普菴見一箇蝦蟆，度日常吞鱉鼻蛇。獨立卓然真可畏，身和雲月粲星花。太公一見便收釣，謝三得意號玄沙。幾多獨獸無藏隱，不斷聲孤問水涯。

頌四賓主并序

彭李二丈，一日閑訪普菴，三人覿面，直得無言可説，無理可伸。是知主客淵默同空，一更無三，身非别體，言説强名。摸到這裏，學海乾，見解盡，獨露本源光迥迥。臨行聊舉四賓主，大地衆生無性命。唯有資深與國英，拈得老僧杓子柄。如今杓柄在手，本分事又作麽生？此話放行，三十年後好舉。却較些子珍重。次日，資深出示四賓主頌，老僧熟覽，顯然句意皆到，若不遇上上之智，聰明達士，祖道正當末法，孰能顯露，拯救迷途。老僧再歎奇哉，不勝悲感。故知君達在不言之理，用轉凡流，未離離微，誠當努力。古德云：學道如鑽火，逢烟切莫休。直得金星現，歸家始到頭。如今放散，向後難尋。大悟方知，一切不著，更問什麽龐老裴休、達磨古佛成現。只今更無别法，老僧向雪上加霜，於君妙意重頌。正因無勞執滯之心，但貫一門之用也。普菴寐語。

賓中賓，借錢沽酒設狂人。常常負債無依倚，謗教虚招地獄因。
六道四生同一輪，見他生滅未為真。直須打破獼猴鏡，識取光中弄影人。
試聽無言童子説，未徹還同第二月。妙機普印絶思心，六月炎天鋪大雪。
直須認得本來真，智識心知外道人。眹迹不留無對待，乾坤無不是吾身。
賓中主，日久帝家頻得書。幾回客夢經秋雨，直至而今賃屋居。
賊是小人君記取，好手白拈猶未許。坐斷聖凡絶見聞，揚眉且勝拈華舉。
一揮凜凜劍鋒寒，函蓋乾坤絶自觀。堪笑天龍無可説，示人祇在指頭端。
直下無君回避處，聲色全彰第一義。取相凡夫承不知，頓悟圓音方了利。
主中賓，近日門風革故新。相見相聞俱不謬，時時笑覺夢中神。
大地山河眼裏塵，自古至今强立名。祇箇絶邊無縫塔，不曾來往逐人情。
要會箇中真活計，釋迦老子不蓋被。更尋祖意外馳求，管取下梢落魔魅。
騰騰師子露全身，吞却森羅萬象形。頭尾也無常獨步，眼光不眨大驚人。

主中主，無相光中施法雨。醍醐一味灌群機，皆入無爲涅槃宇。

活卓自由把不住，正令當行無本據。除非北斗裏藏身，杳杳冥冥没住處。

無邊無表實希奇，虚空爲鼓須彌槌。輕輕敲著作金聲，試問同參知不知。

何處更容絲髮許，脱體無依誰會舉。玄玄玄了説玄玄，究竟談玄猶寐語。

賓主互用，動亦非動。佛祖機關，不妨重弄。法共不共，十八何用。一相無相，自知輕重。信手拈來，得時不會。龜毛作過，兔角受罪。山河俱動，此義失宗。宗非山河，俱動是夢。動亦不動，收來無用。這回捉敗，永不費功。賓亦無賓，道孰可名。今父逃逝，契悟方親。主得真主，佛祖共舉。認賊爲子，不敢相許。萬國來親，唯一佛身。血脈不斷，得者忻忻。更下注脚，盲人摸索。見中求見，病消求藥。和光同塵，没量智人。有誰相識，資深資深。

彭心齋諱逢源自作頌呈師師於一句下加三句

妙哉心齋，淺入深埋。欲識神通并妙用，何妨運水及搬柴。

光大深淵，匝地周天。常憶江南三月裏，鷓鴣啼處百花鮮。

中有居士，吞光飲露。無相光中有相身，無明路上無生路。

左右逢源，大目犍連。猿抱子歸青嶂裏，鳥銜花落碧巖前。

三昧諸頌

佛共衆生只此心，悟迷不間古同今。千名萬字何交涉，達法圓光許一針。心

出生入死足通神，全體三生父母靈。不是如來知見力，舍身財命卒難昇。神

千光一合圓如鏡，萬象森羅影現中。此光大用如如體，道了橋成風月同。和

空色無邊際，離垢摩尼圓。能依實相用，助發有龍天。浦

神光遍界，體若金剛。威神力固，邪宗銷亡。神

裏許若無這箇，何為古佛傳心。我體不空無住，用時越古超今。會看木人牽鋸，始令石女穿針。佛

百納骨董袋，一切皆我入。一切莫能入，達此妙縱横，三世佛佛佛。

大虛塗毒鼓，有病聞皆愈。無病聞皆死，死了却甦來，誰會辜負你。

無底瑠璃井，忽爾墮其中。勝修萬劫功，跳出跳不出，瘖瘂又盲聾。

分明無背面，相逢不相見。年年桃花面，臨州下水船，梢公力方便。

獨脚老虎，暗時暗殺人。不識是眼睛，與君無著力，溪雲罩古城。

無根樹子，混甿非出入。頭尾應皆急，妙了過這邊，渡海何曾濕。

香積厨法語

咦，好辨心，以此三法為三昧，無量無邊世不會。我今修供佛衆生，萬聖千賢悉同共。摩訶般若味真如，十波羅蜜同受用。大家著力要精專，一粒微塵不許動。為報龍天并八部，莫入厨中乾打閧，監齋使者在眼前，守護普菴無罅縫。針劄不入起馨香，十八元來佛不共。

贊護教

給孤施地，慈化為尊。護人成佛，功德奚論。土地

仰山顯迹，契會宗師。一法性身，利物宏慈。二王

以南權正，無心應物。威德標宗，不可輕忽。南嶽靖王

困權反正，辨道玉泉。無相無空，義足先天。關王

契那一通，方全六用。護持般若，法身不動。五通

卓立奇功，回光識性。宇宙恢彰，一身清浄。梵王

一成一切成，一壞一切壞。法身無二相，總別無罣礙。凡聖本自無，性天真常在。寄語住山人，伊作麽生會。又普賢

移五瘟出市心

助佛揚名化俗徒，遣邪歸正沃心枯。國風雅泰民歡樂，只這和瘟大丈夫。

頌證道歌并引

過去諸如來，斯門已成就。現在諸菩薩，今各入圓明。未來修學人，當依如是法。諸仁者，斯門圓明，究竟如是，且作麽生會？我道釋迦掩室於摩竭，子長家成；達磨面壁於少林，老婆心切。佛祖未生法不剩，佛祖入滅法不欠。永嘉識破叩曹溪，表夢再三留一宿。嗟，盲參者，卜度邪因，皆道一宿聞言。熏天炙地，如斯見解，道遠邪深。掣電之機，何勞擬議。如大王路，新舊齊登。作者忘機，達人無證。永嘉大師《證道歌》者，釋十二分教為標指，證百千妙門成現前。我等忻逢，重加頌贊，大歲甲申，隆興二年七月晦日，普菴老人序。

證道歌

普韻連天風月和，大千沙界一音聞，妙契非聲能幾箇。

君不見，日面金仙如月面。見非是見見無能，霜天月映瑠璃殿。

絶學無為閑道人，不曾禮拜不看經。不動遍周塵刹海，卓爾孤身混白雲。

不除妄想不求真，大開寶藏施珠珍。窮士未諳門外立，黄金窟裏作貧人。
無明實性即佛性，心净還同佛土净。水鳥樹林聲色中，殊無毫髮來争競。
幻化空身即法身，且無分别與緣情。青青翠竹無非相，鬱鬱黄花搭地靈。
法身覺了無一物，入滅降生非出没。觀身實相亦如然，究竟何曾離兜率。
本元自性天真佛，一體無邊含萬物。迷時只道有西天，悟來當甚乾蘿蔔。
五陰浮雲空去來，自是凡夫眼不開。爛煮堅冰充午膳，熟煎雪塊作油䭔。
三毒水泡虚出没，將無作有埋深窟。洛浦曾將喻色身，誰人解語依靈物。
證實相，無人法，不用尺刀并寸甲。魔軍盡總證菩提，大地須彌一芥納。
刹那滅却阿鼻業，閻羅共我休分别。洋銅鐵汁即醍醐，火輪便是禪心月。
若將妄語誑衆生，永劫不來世上行。無縫塔中非相貌，劈頭坐却老盧能。
自招拔舌塵沙劫，沙界彌綸唯我舌。未曾停歇説真經，惟願含靈皆廓徹。
頓覺了，如來禪，豈獨東方與竺乾。充塞虚空無空缺，一毛孔裏現三千。
六度萬行體中圓，從斯更不少油鹽。一條山杖挑心月，逢人只好哭蒼天。
夢裏明明有六趣，驢胎馬腹甚滋味。負鞍銜鐵償他錢，何以今生早歇去。
覺後空空無大千，今年不離舊時天。春夏秋冬花木節，皆標實相耀心源。
無罪福，無損益，不消更念波羅蜜。念來年久却成魔，返謗修行無聖力。
寂滅性中莫問覓，恰似他鄉迷路客。東西南北總無知，祇箇無知大奇特。
比來塵鏡未曾磨，多口雪峰大老婆。漏泄天機光覿面，癡猿猶自漉清波。

今日分明須剖析，天臨日照融光碧。擔板玄沙不許名，從古至今無影跡。

誰無念，誰無生，過現未來心不停。一念不生無我所，即是彌陀親老兄。

若實無生無不生，將無生更覓無生。太似揚聲欲止響，太陽餤裏點孤燈。

唤取機關木人問，觸目菩提誰辨論。亡僧可喻木人機，玄沙直指何勞頓。

求佛施功早晚成，一念無心道自明。枯木寒灰渠自在，無功用智等空平。

放四大，莫把捉，本無毫髮堪依托。地水火風亦假名，十二緣生如兔角。

寂滅性中隨飲啄，渴飲飢餐無住著。不患寡而患不均，衆生和悦因斯樂。

諸行無常一切空，一切空處合元宗。如如莫作身邊見，法界無他一性同。

即是如來大圓覺，切忌將心重卜度。鳥窠拈起布毛吹，未透玄津休摸索。

决定説，表真僧，處處和光勿自能。有時鼻孔撩天笑，箇箇衆生目患盲。

有人不肯任情徵，大地山河發問情。一指頭端無兩樣，普天匝地一時明。

直截根源佛所印，三界虚生失性命。印泥印水印虚空，盲參佩印成心病。

摘葉尋枝我不能，和根拔出示衆生。只這菩提本無樹，撩天映岳碧層層。

摩尼珠，人不識，師祖隨聲心未息。南泉虚設一輪光，千古萬古空相憶。

如來藏裏親收得，隨時影現青黄白。珠體元無一色同，無端也被溈山索。

六般神通空不空，眼耳鼻舌身意同。無皮鼓子教誰打，古今分付與雷公。

一顆圓光色非色，記劍何勞舟上刻。色即是空空不空，取相凡夫當面隔。

净五眼，得五力，五通曾告瞿曇覓。證知見覺不相干，因邪打正連天碧。

唯證乃知難可測，莫逐文章名利客。聰明不敵死生關，五蘊皆空何苦厄。
鏡裏看形見不難，徒勞渡水與登山。演若達多頭不失，狂怖自歇快平生。
水中捉月争拈得，渠應不苟諸顔色。吴道僧繇畫不成，癡猿徹夜空拏搦。
常獨行，常獨步，步步不離佛國土。不曾見有一衆生，皆入無餘涅槃户。
達者同遊涅槃路，箇箇無衫并没袴。一燈相續百千燈，傳燈録上名無數。
調古神清風自高，忘榮傲世性堅牢。示一往還無箇事，見人摇手莫忉忉。
貌悴骨剛人不顧，唯駕一乘稱廣度。誰人肯上此蓮舟，獨暢清風明月賦。
窮釋子，口稱貧，雪曲高歌和没人。往來問道無言説，月在青天水在缾。
實是身貧道不貧，七斤衫裏不容針。摇頭只許無心得，入水元來不動冰。
貧則身常披縷褐，教化衆生求解脱。衆生愈把綵紅纏，見我如斯嗔咄咄。
道則心藏無價珍，十方諸佛我同身。一切諸法皆無相，萬法無非是我心。
無價珍，用無盡，刹刹塵塵光迥迥。超騰今古絶形名，四七二三宗慧命。
利物應機終不吝，毗耶假説衆生病。衆生了病即通光，領取舊持元本柄。
三身四智體中圓，猶説三千及大千。八萬法門從此出，咄哉王子去求仙。
八解六通心地印，晃晃恢恢非遠近。六通八解者全彰，念彼勞生提後進。
上士一決一切了，十二時中常皎皎。擲劍揮空大丈夫，回頭自覺無邊表。
中下多聞多不信，文章學解增心病。閻公未肯便饒伊，碓搗磨磨終不静。
但自懷中解垢衣，威音王佛汝須知。已前妙得猶為二，何況今時説是非。

誰能向外誇精進，五千退席聞無信。我寧速入於涅槃，莫教墮落聲聞性。
從他謗，任他非，體若虛空物物齊。無異孩童争瓦礫，更加黄葉止伊啼。
把火燒天徒自疲，堅持十力助他非。煩惱息時全體是，速令直下發菩提。
我聞恰似飲甘露，非自非他誰作做。累生未了此真身，致使同他入夢户。
銷融頓入不思議，子細推詳我不是。無相光中古佛傳，盡被真空穿却鼻。
觀惡言，是功德，妙明豈假旃檀刻。一言一喝徹圓音，不用耳聞須得得。
此即成吾善知識，道有説無真利益。眉下縱横放白光，不動分身千百億。
不因訕謗起冤親，斬却猫兒不作聲。尤賴趙州收得橛，草鞋搭腦笑忻忻。
何表無生慈忍力，洞庭撞倒虛空喫。不留絲髮與人知，摩訶般若波羅蜜。
宗亦通，説亦通，兩處由來劍刃鋒。八還要義漫天訣，七處徵心理一同。
定慧圓明不滯空，黄幡直下起清風。當時不得印宗老，盧能有過且無功。
非但我今獨達了，萬古宗心應不少。皆從非相入無餘，未離形名終莫曉。
河沙諸佛體皆同，如今端坐大雄峰。森羅萬象無藏隱，元來只在一塵中。
師子吼，無畏説，巍巍不動威光攝。十方法界現全身，且無伴侶相交涉。
百獸聞之皆腦裂，穿山透石魔群折。夜來依舊卓長空，飽清風，漱明月。
香象奔波失却威，木女來呼叫阿誰。普賢露地空彈指，一場敗闕少人知。
天龍寂聽生欣悦，來散仙花巖畔列。解空没量道無能，動地雨華重漏泄。
游江海，涉山川，披雲帶雨足連天。道得亦來叉下死，三千里外為君傳。

尋師訪道為參禪，先將鼻孔與人穿。大喝一聲三日困，塵原校：疑塵毛猶掛曲牀邊。

自從認得曹溪路，鳥道征空步坦途。攫霧拏雲風亦怕，降魔事畢念蘇盧。

了知生死不相關，却把虛空作鼓鞔。打者甚多聞者少，禾山老漢實無端。

行亦禪，坐亦禪，面壁淹淹過九年。失錢遭罪神光駭，分皮分髓過西天。

語默動靜體安然，謝三抛下釣魚船。剛道參方不出嶺，癡人猶尚走如烟。

縱遇鋒刀常坦坦，只因得隻金剛眼。一相光中無二形，劫火洞然無退返。

假饒毒藥也閑閑，一吸西江尚不難。達磨曾經無損缺，後遺隻履葬熊山。

我師得見然燈佛，歷劫有為從此没。心心相印了無生，為君幾下蒼龍窟。

多劫曾為忍辱仙，未曾頓悟此心源。遭人活剥如斯苦，學者當同救腦然。

幾迴生，幾迴死，汩没海中如泡子。猛風擊浪了無休，風静源平非我所。

生死悠悠無定止，改頭换面嗔復喜。何如識取本來人，只這喜嗔全是你。

自從頓悟了無生，動寂無非共佛行。人問正因無可表，揚眉之外更無能。

於諸榮辱何憂喜，金輪寶位瞿曇棄。舍草負金永不窮，大地生靈扶不起。

入深山，住蘭若，離色離聲無晝夜。撞鐘擊鼓不知鳴，地轉天回全不怕。

岑崟幽邃長松下，月朗風高寒溜瀉。潺潺古韻實希奇，賣向人前誰著價。

優游静坐野僧家，懶出廛中露爪牙。莫怪道人無可有，清風横點白雲茶。

閴寂安居實瀟洒，拄杖撐天猶嬾把。興雲布雨濟含生，試問乾坤誰濁者。

覺即了，不施功，遶旋三匝叩盧公。雖留一宿非他得，自己靈光本廓通。

一切有為法不同，百鍊精金勝赤銅。自持自用應無盡，濟老憐貧透日紅。
住相布施生天福，不用鑽龜并買卜。分毫不賺自家修，如影隨形皆具足。
猶如仰箭射虚空，力盡無功到底空。如何得似三平老，聊聞看箭劈開胸。
勢力盡，箭還墜，依前六道無回避。升沉不離法身中，自是頑癡無智慧。
招得來生不如意，得少為多兒子戲。廣大門庭不肯游，銜鐵拖犁泥裏睡。
爭似無為實相門，朝歌暮拍整乾坤。東邊打著西邊響，到頭只用一光吞。
一超直入如來地，自是衆生不了利。行住坐卧總皆真，逐末興心成執滯。
但得本，莫愁末，遠遠尋師多賺脱。君子務本道須生，不用牽麻并拽葛。
如浄瑠璃含寶月，昔時未悟今皆徹。只有此心更没心，不覽邪師文字訣。
我今解此如意珠，貧兒衣裏燦光輝。行行到處不曾失，再逢親友始無疑。
自利利他終不竭，一華五葉□分别。森羅萬象影居中，自古至今無漏泄。
江月照，松風吹，不是渠儂更是誰。參禪學道波波走，豈知自有顆明珠。
永夜清宵何所為，遼天寶月共相輝。泥牛入海無消息，一聲木馬大陽隨。
佛性戒珠心地印，婬坊酒肆光迴迴。寶壽見他打一拳，從斯脱却勞生病。
霧露雲霞體上衣，何必緣塵百衲披。大庾嶺頭拈不起，盧公冷笑秀公癡。
降龍鉢，解虎錫，也是如來隨事立。顯權就實化衆生，究竟皆從定慧出。
兩鈷金鐶鳴歷歷，大似簷頭雨滴滴。試問參方什麼聲，迷心未達菩提力。
不是標形虚事持，釋迦老子要人知。拈來放去非他物，運水搬柴事事宜。

如來寶杖親蹤跡，莫比世間閑戲劇。有時喚作没絃琴，忽然又道無孔笛。
不求真，不斷妄，自古迄今無兩樣。真妄猶如六月霜，杲日炎天唯妙相。
了知二法空無相，泥塑金裝為佛像。日日香華夜夜燈，誰知在一毛頭上。
無相無空無不空，拈槌豎拂警盲聾。解道狗子無佛性，焉知全體與空同。
即是如來真實相，鬧市卓牌標榜樣。子湖狗子咬三關，未透玄機招業障。
心鏡明，鑑無礙，十方剎土無邊背。打破鏡來相見伊，祇這圓光會不會。
廓然瑩徹周沙界，言語難詮無可解。別傳一句了非言，妙契圓通觀自在。
萬象森羅影現中，無頭無尾耀玲瓏。常光運運從何起，始覺渾身赤揵窮。
一顆圓光非內外，鎮海明珠今尚在。仰山不敢自埋藏，問著靈知當不昧。
豁達空，撥因果，不著片衣愛向火。見他富貴便嗔嫌，業海深深何處殫。
莽莽蕩蕩招殃禍，佛寶金輪翻鐵磨。十波羅蜜變洋銅，飽喫多餐應不餓。
棄有著空病亦然，却將陰入定安禪。阿賴耶識崑崙藏，萬劫頑癡被業纏。
還如避溺而投火，兩處未明令法墮。速須親近正知人，如常處此菩提座。
舍妄心，取真理，猛火聚中求冷水。勝熱婆羅請上山，須臾便入三摩底。
取舍之心成巧偽，夜枕髑髏渾説寐。與他南面樂非輕，不知自己無心地。
學人不了用修行，只應步步踏陰坑。大光普照盲無識，非時不共野狐争。
深成認賊將為子，可惜祖宗田共土。如今敗缺卒難收，浪死虛生長劫苦。
損法財，滅功德，寧作常貧岐路客。身雖能觸不能知，只為前因無準則。

莫不由斯心意識，三尸六賊空相逼。一似龜毛縛猛風，凡夫不體無消息。
是以禪門了却心，心心心外别無心。如今只是舊時底，不換源機放曠吟。
頓入無生知見力，不問晴乾并雨濕。逢場作戲弄心花，彼自紛紛非我急。
大丈夫，秉慧劍，一掃邪魔如掣電。金剛三昧獨威雄，不是觀音誰得見。
般若鋒兮金剛燄，無説無聞非頓漸。倚天長放白毫光，祈雨祈晴無不驗。
非但空摧外道心，人天歸仰□至今。求男乞女頭頭應，動樂歌歡用我聲。
早曾落却天魔膽，添不添兮減不減。凍死不著賤人裩，餓死不喫鬚邊糝。
震法雷，擊法鼓，針鋒剔發千鈞弩。大地山河失却威，獨坐雄峰孤眼普。
布慈雲兮洒甘露，潤物沛生無伴侶。廬陵米價没人酬，窈窕冥冥自相許。
龍象蹴踏潤無邊，騰雲駕霧謁諸天。帝釋驚惶無處避，尋光燭理扣金仙。
三乘五性皆醒悟，方知自有珍珠庫。臨時分付與兒孫，不勞更倚他門户。
雪山肥膩更無雜，純一摩尼相間夾。珍珠寶網影重重，頂禮歸依無縫塔。
純出醍醐我常納，露地中兒標白法。潦倒溈山獨自騎，暫借鷺歌胡蝶拍。
一性圓通一切性，觀君莫犯西天令。至道無難嫌簡擇，杜口毗耶元不證。
一法遍含一切法，風飄飄兮雨颯颯。一聲漁笛晃春光，浪打孤舟聲自拍。
一月普現一切水，四處分舟同一體。多中一了一中多，莫學癡猿撈沼底。
一切水月一月攝，翳眼盲夫胡指决。都盧只這一心光，年年來叫桃花月。
諸佛法身入我性，狀似千燈含一鏡。重重無盡意重重，絶待靈明無可證。

我性同共如來合，莫怪山僧情義薄。與君相見不相知，自脱方能解彼縛。
一切原校：疑地具足一切地，凡夫不了争名利。名利何曾得到頭，空能夜蛩勞闗閉。
非色非心非行業，休指黄花并緑葉。説時似有證時無，從此家邦大安貼。
彈指圓成八萬門，有無無有豈堪論。假設千經并萬論，直應迦葉不聞聞。
刹那滅却三祇劫，更無絲髮相交涉。無名天地亦非先，有名萬物光重疊。
一切數句非數句，□你玄言并好注。靈明烜赫塞虚空，不住色聲光布施。
與吾靈覺何交涉，雲門有客三機接。語論千春不昧真，深明此性無時劫。
不可毁，不可讚，邇古迄今光燦爛。鎮州蘿蔔大三斤，桶裏水兮鉢裏飯。
體若虚空勿涯岸，通身是口説得半。三種病人也會醫，燈籠露柱常相伴。
不離當處常湛然，神光也不往西天。德山話墮龍潭笑，忍氣吞聲更不言。
覓即知君不可見，穿過髑髏無不遍。舉頭鷂子過新羅，失却桃花秋月面。
取不得，舍不得，自是眼盲心裏黑。居大洋海口焦乾，兩手問人覓水喫。
不可得中祇麽得，更無魔黨相欺嚇。狂怖自歇即菩提，真浄妙明無間隔。
默時説，説時默，佛祖妙機無法則。除非親到此門中，棒頭取正參方客。
大施門開無擁塞，何須遠劫方修得。只要無心直下休，一顆圓光非異色。
有人問我解何宗，只堪摇手報伊聾。靈利衲僧須瞥地，何勞更説五家宗。
報道摩訶般若力，是境是心全不識。凌原校：疑靈雲謾道見桃花，月面依然言不及。
或是或非人不識，是非不到休疑憶。他真不若自家真，推倒繩牀何損益。

逆行順行天莫測，鄧隱峰破禪規則。叢林動念幾千般，倒立歸真誰勝得。
吾早曾經多劫修，大通智勝本因周。因何佛法不現前，為伊不薦混迷流。
不是等閑相誑惑，一失人身難再得。善根微細惡因多，地獄阿鼻無間隔。
建法幢，立宗旨，語默風雲處處是。莫言止道有曹溪，失汝元常何益利。
明明佛敕曹溪是，曹溪一滴周天備。法海澄濟潤古今，飛空著地誰知貴。
第一迦葉首傳燈，百萬人天聳耳聽。金色頭陀聞不會，拈花起處笑尖新。
二十八代西天記，祖祖相傳無別智。唐朝八定四空禪，有為不達真空位。
歷江海，入此土，萬水千山同一路。來時無物去時空，稽首牟尼悉加護。
菩提達磨為初祖，梁王未契如聾瞽。廓然無聖尚求名，拂袖魏邦無處所。
六代傳衣天下聞，參禪學道□紛紛。争似丹霞燒木佛，傍觀赤爛墮幽昏。
後人得道何窮數，萬別千差同此路。成人者少敗人多，達理契經無作做。
真不立，妄本空，勸君賊過莫施弓。越古超今無可有，纖毫窒礙不能通。
有無俱遣不空空，空本無空針不容。阿彌陀佛真金色，相好無邊我等同。
二十空門元不著，三乘五教都拈却。指頭消息甚分明，病痛何須重點藥。
一性如來體自同，聲聞執相有西東。忽然撞出來時路，九萬鵬程頃刻通。
心是根，法是塵，根塵睹對轉迷情。以火救火方為妙，燒却從前業識心。
兩種猶如鏡上痕，直達□取嶺南能。便顯秀公無跳脱，徒勞四句語言争。
痕垢盡除光始現，照見不似娘生面。無頭無尾一般般，千眼大悲也不見。

心法雙忘性即真，夜來夢見一天星。南曹北斗無藏隱，箇箇含光映法身。
嗟末法，惡時世，心若利刀稱善慧。却來林下鬧喧天，反謗初師全不是。
衆生薄福難調制，度日争名□覓利。千萬之中没一人，且道乘誰光出世。
去聖遠兮邪見深，祖師肚裏覓知音。兩箇禪僧相借問，舊時佛法不如今。
魔强法弱多怨害，跣足頭陀□頂蓋。舍身求雨赤天晴，凡情見此生輕退。
聞説如來頓教門，便將毒藥與他吞。老胡被折當門齒，任彼魔多體自存。
恨不滅除令瓦碎，百計千方來逞怪。熙怡端坐古峰頭，設若歸依還自拜。
依在心，殃在身，汝身非與我同真。臭爛腥臊無用處，識神沈劫墮迷津。
不須怨訴更尤人，動是洋銅鐵汁淋。更入火輪并剉碓，牛頭獄卒嚮肝心。
欲得不招無間業，對境無心心自歇。何須苦苦外馳求，靈光獨耀如明月。
莫謗如來正法輪，我師累劫究方成。然燈王佛親傳受，後代兒孫萬莫輕。
旃檀林，無雜樹，庭前柏子非相戲。小中用大一時平，大中用小無邊際。
鬱密森沉師子住，野干狐狗難逃駐。横吞碧漢體堂堂，無位真人何處去。
境静林間獨自遊，端威無動體皆周。元來不管他人事，任彼橋流水不流。
走獸飛禽皆遠去，知道本來無住處。空無鳥跡地無蹤，碧眼胡僧面壁覷。
獅子兒，衆隨後，何異趁麞諸獵狗。掛角羚羊何處尋，莫教回首連天吼。
三歲便能大哮吼，文殊也道難征鬬。逴逴權託羸賓牽，如今脱體無人守。
若是野干逐法王，未曾舉步早郎當。貴價精神賤價用，渠露全身汝急忙。

百年妖怪虚開口，五伯生親狐兔走。百丈峰前一句新，不昧光中猶未了。
圓頓教，没人情，集雲峰下四藤根。天下大禪誰識得，荒茅野地少人耕。
有疑不决直須争，强把磚磨馬祖前。牛行不在車心打，當時鼻孔廓遼天。
不是山僧逞人我，此事元來無兩箇。教詮十八不共法，共不共時是什麼。
修行恐落斷常坑，説有説無只管争。教體未全言句落，意識心隨聲色行。
非不非，是不是，是非不入三摩地。一念普觀無量劫，無去無來亦無住。
差之毫釐失千里，掣電之機休擬議。不在低頭與别思，普光即是無師智。
是則龍女頓成佛，一顆明珠非外物。南方無垢息光□，親見靈山分皂白。
非則善星生陷墜，廣説不明宗正理。名聞利養接群機，業滿生沉無間底。
吾早年來積學問，衝風冒雨多迷悶。一到曹溪更不疑，方知往昔虚勞頓。
亦曾討疏尋經論，永夜清霄習見聞。只道多聞便是真，誰知萬法皆方寸。
分别名相不知休，陽燄空花豈可求。龍舟舊閣閑田地，一度贏來方始休。
入海算沙徒自困，無本隨商過海門。眼睹千珍并萬寶，歸來不得一文分。
却被如來苦訶責，爾我真心何間隔。貪忙只欲外邊尋，直至如今連眼塞。
數他珍寶有何益，倚門傍户癡心急。被伊輕賤且無言，衣裏明珠猶未識。
從來蹭蹬覺虚行，不辭山遠與深坑。一擔須彌難放下，愛觀峰頂秀崚嶒。
多年枉作風塵客，不問東西與南北。只應好住便安身，聞舉汝身心似墨。
種性邪，錯知解，不體玄機持五戒。行行坐坐執空觀，見境見塵增鬼怪。

不達如來圓頓制，丈六金身即我是。離知名相更無知，日夜燒香空自禮。
二乘精進勿道心，南宗北祖亂紛紜。雖是善因招惡果，幾時解得見天真。
外道聰明無智慧，養生只欲貪名利。燒丹鍊藥學神仙，有為不了終歸墜。
亦愚癡，亦小騃，五百三百成團塊。太公發願乳香燒，蛇行鼠步終須壞。
空拳指上生實解，巡行數墨看經快。圓蟾光體指俱迷，枉入三途虛受罪。
執指為月枉施功，一處明時兩處通。月形兼指無交涉，十方刹海性含融。
根境法中虛捏怪，見說是師便禮拜。汝從甚處到其間，且作街坊兼化菜。
不見一法即如來，萬機頓絶笑哈哈。將軍戰馬今何在，野草閑花滿地開。
方得名為觀自在，豁達靈光非内外。野橋村店混塵流，乞我一文充布袋。
了即業障本來空，兔角拄丈擊狂風。龜毛索子穿雲鼻，理會乾坤空不空。
未了還須償宿債，這箇冤家何日解。得休休去且休休，莫入他家饒了賣。
飢逢王膳不能餐，百品千般耀目間。將謂君家親用底，誰知益我自生難。
病遇醫王争得瘥，盧醫體貌殊嚴怪。我見堂堂心膽驚，不領仙丹從此壞。
在欲行禪知見力，活計千般全不識。十波羅蜜鎮長存，龐公老漢通消息。
火裏生蓮終不壞，念念勞生不自在。彼既丈夫我亦然，舍短從長無罣礙。
勇施犯重悟無生，挑起三衣即便行。逢人指出無心物，當下迴光似不曾。
早時成佛于今在，缾傾不出周沙界。妙音遐暢廣宣揚，念者念兮拜者拜。
獅子吼，無畏說，直言恰似翻成拙。問渠何處住居家，遥指前坡無處訣。

深嗟懞懂頑皮靼，只道無人來剔撥。我今年少或龍鍾，胡亂度生管廣撻。
祇知犯重障菩提，彼者堪修我不宜。龍女化身來警世，畜生驢馬我同伊。
不見如來開祕訣，過現未來冤重疊。罪性如空法亦然，罪法俱忘心瑩徹。
有二比丘犯婬殺，自嗟自怨無覺察。遠棲林野望成真，自業茫茫誰擺脱。
波離螢光增罪結，却把小乘文句説。疑心到此轉懷惶，莫怪經非人自拙。
維摩大士頓除疑，離四句兮絶百非。實相門中非我所，一輪心月鎮光輝。
猶如赫日消霜雪，逡巡業海皆枯竭。露出毗盧體不分，别無藝解堪施設。
不思議，解脱力，不是思量心外得。一句當天八萬門，野橋金柳依依色。
妙用恒沙也無極，豈吝參方來問詰。何勞舉指與言詮，杖頭一眼明如日。
四事供養敢辭勞，自有摩尼價最高。任君寶滿三千界，性無利益漫豐豪。
萬兩黄金也消得，道人有甚相交涉。家中祖代没分文，廣度河沙三界客。
粉骨碎身未足酬，念渠多劫力勤修。如今分付無人要，放體閑眠百草頭。
一句了然超百億，如如不動纖毫力。普眼當觀如□□，春晴曉霧連天碧。
法中王，最高勝，一微塵裏光無盡。無邊身相入微塵，轉大法輪常普應。
河沙如來同共證，光光相徹無餘剩。各申右手摩其頂，龍天萬億咸歸命。
我今解此如意珠，不論貧富灌頭舒。出没往來無欠缺，四生六道入無餘。
信受之者皆相應，不落有無凡與聖。八面清風宇宙寬，日月從他渾自性。
了了見，無一物，唯有天真一如佛。普賢腹裏接觀音，善財稽首稱奇特。

亦無人，亦無佛，廣大樓臺彌勒宅。豁開門户接群生，一念無心全用得。大千沙界海中漚，何必春風更點頭。雪夜一枝渾漏泄，速傳驛馬進王侯。一切賢聖如電拂，智尊不動瑠璃色。紫金光聚没遮攔，説甚寒山并拾得。假使鐵輪頂上旋，萬里神光體自然。邪魔似雪飛湯裏，安能驚動老婆禪。定慧圓明終不失，天迴地轉光澄寂。劫火洞然轉轉新，箇事如如誰委悉。日可冷，月可熱，凡夫倒用成磨滅。大道圓明一性通，春夏秋冬誰辨别。衆魔不能壞真説，真説無言光廓徹。包含萬有不曾生，天地亡鋒并結舌。象駕峥嶸謾進途，氣冲牛斗耀昏衢。日月失光誰敢顧，萬邪冰爍絶名模。誰見螳螂能拒轍，螢蟲七夕吞明月。織女心寬不作聲，牽牛一棒和空折。大象不遊於兔徑，針鋒頭上禮觀音。百尺竿頭猶進步，十方沙界現全身。大悟不拘於小節，猛燄爐中撈霰雪。石頭垂足示長髭，修行有甚相交涉。莫將管見謗蒼蒼，井底蛙牛逞巨江。乾坤大地一隻眼，用來還似一毫芒。未了吾今為君决，一字不留無可説。耀古騰今徹底輝，不離當體常光潔。

普菴歌

祇箇普菴純寶貝，妙慧莊嚴真暢快。無門為户到人稀，萬里神光圓頂蓋。非相身，無不在，體露堂堂聲色外。世間夢幻曷能隨，超出世間那肯愛。絶意識，無眼界，净名卧疾瞿曇解。指權就實度衆生，勿謂古賢來捏怪。悟普菴，本無壞，空劫有窮渠自在。四生六道豈相干，物我兼忘心唯最。無有無，内非内，海印發光誰敢對。森羅萬象普菴收，絶待靈明全體會。忘能所，勿知解，瓦礫真金誰敢買。若還不是老胡來，覿面難逢輪劫肯。雪齊腰，求教誨，得旨忘言轉不退。百鍊金剛無孔鎚，要斷龜毛兔角罪。如意珠，我今解，刹刹塵塵鋪障昧。一毫端量大千輝，爍破無明生死袋。

顯元歌

不識本家元寶貝，汩没緣塵生死快。阿賴耶識藏無明，十八界纏繒網蓋。貪嗔癡，常在在，心鏡空花分内外。不知四大假成軀，妄執六塵增渴愛。迷此心，有三界，大地茫茫誰曉解。依師戒定學看經，聞通真空即生怪。世間物，無不壞，唯獨法身鎮長在。毛吞巨海有誰知，芥納須彌實奇最。本無外，亦非内，心法無形無可對。假施七寶滿三千，道眼未開心不會。莫説知，休談解，自驪珠，不著買。用無盡處示衆生，識不破人還□□。聽語言，為教誨，不脱聲聞生進退。刹那一念入魔群，萬劫虚招無間罪。本無傳，莫求解，衹這靈光終不昧。大無邊表細無塵，圓覺一輪如意袋。

摩尼歌

一顆摩尼非玉貝，不動隨機方便快。無邊無表實先天，亘古迄今無覆蓋。六和同，心不在，放蕩汪洋塵世外。箇中無可表真如，不滅不生誰不愛。卓頑空，立世界，非界非空有誰解。返己迴觀一物無，光大圓融含百怪。珠體堅，吉怪壞，幻化元空靈本在。三十年看水牯牛，衹箇溈山實奇最。華林子，通非内，蹋倒浄缾絶待對。天上天下獨玄靈，直至如今少人會。老南泉，逞見解，提起猫兒人不買。一刀兩斷不曾分，主伴重重元不背。了非言，聞妙海，鑽火逢烟莫放退。忽然杲日爍冰霜，不立微塵誰受罪。天網恢，非結解，遍布彌漫這三昧。堪笑衡陽没量人，彌勒光中拖布袋。

十二時歌

誌公大士遺《十二時歌》，警二乘著相馳求，提沉空滯寂不了。普菴老人，於斯誠言，百匝千迴，絶妙在無言之説，得意成無盡之意。往往玄通，斯人鮮矣哉。誠既夢覽之為美，不妨寐語續其宗，須還鼻孔遼天底，點首知空，與我同志。歌曰：

平旦寅，鷄鳴犬吠足圓音。衹這圓音無二聽，何勞妄想別求真。擊鍾皷，了無聲，了本無聲真好聽。聲鎗無體門前客，體合聲空箇裏人。

日出卯，齋粥無□心覺飽。鉢盂洗了自閑閑，方信趙州機便巧。師子兒，全牙爪，驚殺百年老虎豹。捏怪文殊劈腦騎，二乘皆道莊嚴好。

食時辰，金牛作舞笑忻忻。漆桶漆桶喫來□，參方誰識老婆心。佛祖意，只如今，且無自己及他人。雪峰指作一面鏡，輪劫獼猴佩苦辛。

禺中巳，報君學道無門户。佛語諸經標此心，此心現時寂滅度。本無迷，曷有悟，真我非身誰作做。貪嗔癡愛屬衆生，達者無非涅槃路。

日南午，大地元來没寸土。天上天下獨為尊，耀目連睛無可睹。石鞏癡，逢馬祖，自己如空誰射弩。三平了道劈開胸，不拄箭鋒徒自苦。

日昳未，擔板玄沙愛驚鼻。喪身失命幾多人，張口送睛何處避。不通宗，渾寐語，業識茫茫無本據。盲參不體弄蛇人，常被弄蛇穿却鼻。

晡時申，衙鼓鼕鼕妙意新。括地該天人不會，如飄野馬入迷津。不取相，勿疎親，露體堂堂絶翳塵。屠兒一念無諸業，龍女逡巡作佛身。

日入酉，萬户千家無别有。相呼相唤去還來，誰識一身非妍醜。也無頭，也無手，劫火洞然渠不朽。猪羊牛馬化為真，毫髪不留無可守。

黄昏戌，更點分明黑如漆。一道常光絶世倫，來往不通金密積。知不知，識不識，自古至今非外覓。木女清宵何所為，混月閑吹無孔笛。

人定亥，墜石癡人猶擣碓。忽然春出古菱花，照地照天無向背。今時人，會不會，未了先須除渴愛。情忘想盡至無依，體若虚空非内外。

夜半子，萬事無心誰到此。一毛頭上了偏圓，永劫不遭邪魅使。昇高臺，撾大鼓，努目摇頭如老虎。猪羊咬盡更傷人，自己不真長劫苦。

鷄鳴丑，飛空著地波波走。演若達多再得頭，依前不换舊時首。無不無，有不有，有無不到休開口。拈槌竪拂有誰知，逐跡尋臊真獵狗。

頌石頭和尚草菴歌

石頭和尚草菴歌，試問參方會也麽。千萬莫將茅瓦比，離鈎三寸綽清波。

吾結草菴無寶貝，日劫相陪誰曉會。只緣窮子不歸家，未免出頭來捏怪。

飯了從容圖睡快，杲日麗天無可曬。薄剌輕霧没虚空，飽塞虚空全不奈。

成時初見茅草新，權披百衲强看經。賴得藥山重决破，别傳一句醒人心。

破後還將茅草蓋，雨過風吹無罣礙。垢衣那肯便抛遺，切恐衆生難理會。

住菴人，體露堂堂非故新。毫髪有差魔道種，一塵不立妙通真。

鎮長在，不是坐禪并禮拜。實相元來豈用修，越古超今含法界。

不屬中間與內外，獨卧孤峰誰作對。龍天百萬有誰知，金色頭陀笑裏會。

世人住處我不住，布施生天終陷墜。靈光獨耀更無餘，未達凡夫開眼睡。

世人愛處我不愛，樂是苦因宜早退。六道四生何日休，唯大丈夫能氣概。

菴雖小，寂寂寥寥勿邊表。於中獨有一天真，透色融聲常皎皎。

含法界，大地須彌藏一芥。外道聲聞永不傳，究竟不如心自解。

方丈老人相體解，一默全包無小大。曼殊贊歎實希奇，問疾不任知自敗。

上乘菩薩信無疑，為法忘軀世所希。粉骨碎身應未報，聲聞小果卒難知。

中下聞之必生怪，泥有著無生死快。改頭換面者還來，歷劫茫茫虛受罪。

問此菴，有誰直下肯承當。不假良材并巧匠，重重帝網妙嚴莊。

壞不壞，百鍊金剛充法界。微塵不立似虛空，始得名為觀自在。

壞與不壞主元在，得未拳拳應不昧。婬坊酒肆轉光明，絶類離倫何窒礙。

不居南北與東西，萬法無生何所疑。巖樹庭莎標妙相，猿啼鵲噪應真機。

基址堅牢以為最，百億輪鎚擊不開。定慧圓明非我所，方知達磨不曾來。

青松下，珊珊遍地誰知價。無限聰明只道空，問說真空没命怕。

明窗內，晃晃絶塵無覆草。指作菩提却不真，白頂門開全領會。

玉殿瓊樓未為對，引慈衆生增渴愛。放出溈山水牯牛，熒熒露地難遮蓋。

衲被蒙頭萬事休，九年面壁為迷流。神光斷臂何希有，薩埵投崖飼虎求。

此時山僧都不會，猶若太虛無内外。臨時應化即非真，□取馳求還自背。
住此菴，不曾焚爇有為香。終日示君君不見，更無餘事可思量。
休作解，衆妙玄玄無管帶。文殊仗劍逼如來，五百聲聞心豁解。
誰誇鋪席圖人買，不用文章兼學解。打破虛空歸去來，離世界兮入法界。
回光返照便歸來，鼻孔遼天眼豁開。元來佛法無多子，連擪三拳打自獃。
廓達靈根非向背，不關南岳與天台。父母未生前一著，香嚴擊竹始迷開。
遇祖師，不契玄機道愈疎。靈知不是目前法，目前無法可名模。
親訓誨，鈍斧開山百雜碎。不求諸聖入玄宗，雪點紅爐方稱對。
結草為菴莫生退，百鳥銜花也不來。花開還被風吹落，不得春風花不開。
百年抛却任縱横，隻履西歸表不生。來往本無常湛寂，心心相印號傳燈。
擺手便行且無罪，汝等參方莫錯會。千古萬古一光明，不動遍周塵刹海。
千種言，修多羅教没蹄筌。魚兔得時非在説，商人到岸不須船。
萬般解，筆寫石鐫處處賣。不將一字與人依，露迥迥兮赤灑灑。
只要教君長不昧，觸目無邊無對待。行住坐卧是誰來，提却蔓菁覓菘菜。
欲識菴中不死人，幾迴昏暗又天明。明暗不來渠不動，周天匝地等空平。
豈離而今這皮袋，心法無形如大海。汪洋不宿死屍骸，萬古騰輝無變改。

活人歌

大聖靈驗普菴圓，廣施含靈遇有緣。信心清凈通靈感，萬病俱銷釋業愆。文殊體，用普賢，活人歌裏現金仙。藥王藥上非他術，扁鵲孫真共一言。分三服，凈水煎，莫將血味污心田。萬物有形皆我體，但行慈德解讎冤。内無想，外無緣，何必神方肘後傳。身心本是金剛體，不解觀心被業纏。藥病銷，心月圓，信時佛豈獨西天。在在處處人皆有，世間無比這靈源。除罪垢，脱百冤，解使昏□朗義天。信知非我誰為病，大士維摩笑裏眠。衆生病，我不顛，體没衆生我病痊。不二法門誰敢道，金毛師子露身全。速投藥，解塵緣，莫學群迷眼似聖。隨機應感非難易，信手拈來不用錢。

洪鍾歌 因李昭文施財鑄鍾作

昭文昭文施一鍾，懸空隨叩警盲聾。圓音不斷周沙界，純體金剛空不空。雖含響，擊即通，十方諸佛應聲中。天龍八部生忻悦，外道魔軍失却蹤。此圓器，大神功，上祝皇王壽不窮。日月長輝邦國静，臣忠子孝續堯風。昏者醒，愚者聰，民歌鼓腹意和濃。地水火風同一性，刹塵無間體含融。包聲印頑空，鳥樹巖巒風月同。秦時何必驅山鐸，大振金鈴總脱空。時節至，自相逢，肯信無心達本宗。和同一族輸金玉，回向南泉鑄此鍾。黄昏裏，五更中，下下無空徹底通。近祖遠宗迷識解，聞歸凈土禮金容。涅槃侶，契心同，箇箇全音讚此功。顯理揚真無二聽，含靈蠢動一時通。受者法，施者空，且無地獄與洋銅。孝子順孫光遠慶，昭文千古振家風。

開鍾示衆法語

總中有別異中同，成壞非干這一鍾。收拾油鐺并火鏉，圓鎔法器隮盲聾。

學無學頌一十五首

嘗聞學道不依形，道不依形不離形。不離不依猶寐語，尋思寐語本天真。
休道這邊與那邊，得時何更有枯偏。有為皆是夢，夢中明白體如然。
莫向人前説是非，是非不到實希奇。假饒講得天花墜，大地山河總不知。
戴起枯髏撞眼睛，燒香設拜甚精勤。一盲引衆誰人會，賺誤世間多少人。
病在己而過在師，脱師離己悶胡蘆。從前學解皆忘却，撞頭磕腦愈心粗。
實見菩提説甚禪，大家打開過殘年。相逢道伴何言語，無價真珠不用錢。
達磨西來腦搭披，少林久坐若頑癡。如斯顯赫非今古，唐土生靈誰得知。
老盧得了不傳衣，後代兒孫切莫疑。衣法親傳兩不是，心心心印了無知。
五家示派亂縱横，未到玄門語默争。誑謗自招無間業，直須全體墜深坑。
奪下生機不作聲，耳聾眼瞎妙明生。隨流只欲傳心印，豈是緣情粥飯僧。
昨夜三更日卓中，滿天星斗雨濛濛。三門佛殿相携手，要去西天路不通。
翠竹山茶映落霞，猿啼鵲噪道誰誇。一葉墜時秋遍界，春風微動一時花。
悟人寂寂心寥廓，迷者忙忙到處錯。普觀迷悟實無因，祇這如來大圓覺。
周歲孩兒八十翁，若觀老少絶宗風。衆生世界本無有，妙在當人一性中。
十方世界口相吞，不斷圓音説普門。唯有普菴知説處，一箇窮人不著裩。

頌十玄談并序

至人無己，神人無功。雖無己而無形不己，雖無功而萬化皆通。道法自然，唯靈獨用。用則非用，通則全通。若未全通，疑心未盡。心外餘絲髮，祖道豈能全。夾山聊顧存師德，絶勝華亭下水船。如今要問西來意，深知寐語落頑禪。同安大察禪師遺《十玄談》詩於世，嘗睹處處開彰，往往究其味者，斯人鮮矣。可謂字字透宗不留跡，言言見諦以無私，同世迴潤之言談，入俗轉機之撮要。不遺平側，韻對無枯，文章不立，事理皆無。十題豈似於世間紙墨，不傳於耳目。除非見解可覽金章，多學強聞伊渠無間者，方信普菴老人寐語非虛，唯心自肯。今於一句之下，加頌之三，今古混融，成八十首。頌既已畢，猶恐學者未察，於題二十字，為十法界三因八十句，為八解脱之藥。病因藥瘥，敢問其方。救未來之衆生，起河沙之妙慧，是故先題而後誦，從本而顯末。本末雙彰，唯其察禪師也。普菴向頭上安頭，須還知之，不知者即道如如。頌題。

心心，非不心，未得印時生死侵。除非一搭無纖翳，六道皆標我相形。心印也

祖祖，如鍾鼓，未擊有意周天普。虛幻形聲本自無，如如不動亘今古。祖意也

玄玄，不用言，機鋒相拄箭頭連。達道無機玄不滿，儱侗真如有萬千。玄機也

塵塵，背覺勞生地獄因。鏡寫異形分皂白，合元一性自天真。塵異也

演演，莫執文書案上展。教人戒定慧堅牢，知見解脱堂堂顯。演教也

還還，不消下水及登山。左右逢源名實相，從斯周匝卧雲閑。還源也

達達，遍滿河沙微塵剎。本來無語似陽春，雨過花枝連夜發。達本也

迴迴，目擊心通處處開。機深體淺無人會，滿天風道我如來。迴機也

轉轉，兩頭不著中心選。無位真人是阿誰，佛祖鼻孔穿成串。轉位也

一一，恰似太虛經鳥跡。色即是空空不空，度日長吹無孔笛。一色也

心印

問君心印作何顏，影現千潭印萬山。夜靜畫樓吹玉管，聲聲相應絶遮欄。

心印何人敢授傳，無師弟子佛衆生。幾多妄想成怪覺，執境迷心拜衲僧。
歷劫坦然無異色，東西何立誰南北。若言别有一靈光，認子不真元是賊。
呼為心印早虚言，滿目真如自現前。十二時中無不應，金鶯頻道柳含烟。
雖知體自虚空性，如理深淵融一鏡。萬象森羅没處藏，摩尼離垢當清浄。
將喻紅爐火裏蓮，精金百煆轉光鮮。居塵不染隨宜用，始覺松風解説禪。
勿謂無心云是道，龜毛兔角非堅實。頑空作境是誰安，不體十方源浩浩。
無心猶隔一重關，滯寂沉空也大難。啼問阿娘誰是母，閑雲溪水笑潺潺。

祖意

祖意如空不是空，鵬程九萬力唯風。若非風體空何用，體得無空道自通。
靈機争墮有無功，色空猶未達空空。空色本無權立號，無名全體露金風。
三賢尚未明斯旨，羊鹿牛車孩子戲。數墨巡行枉用功，假立名為乾慧地。
十聖那能達此宗，要須歷劫道方通。飢寒不認燈為火，空守門前草屋中。
透網金鱗猶滯水，識神照覺非知己。肯心烏道即菩提，三文買竭廬陵米。
迴途石馬出紗籠，嘶起寰中雨後風。吹散暮雲孤月朗，危巒烟寺一聲鍾。
慇懃為説西來意，得意忘言真不二。昨夜三更穿市過，只聞米賤油鹽貴。
莫問西來及與東，焉知佛祖一空同。四維上下皆如是，争奈凡愚執相容。

玄機

迢迢空劫勿能收，非相非名觸處周。罔象無心珠自現，何勞汨没外馳求。
豈與塵機作繫留，有為何日得功周。除非無我無人見，體用全通得自由。
妙體本來無處所，超聲越色非今古。詮題不及議難思，莫怪道吾頻作舞。
通身何更有蹤由，三十年看水牯牛。鼻孔無邊難摸索，醍醐常納混春秋。
靈然一句超群象，不落聖凡無伎倆。長笑一聲烟霧寬，含虚寂照亡思想。
迴出三乘不假修，别傳一句普天收。揚眉早是相輕忽，妙得無心了便休。
撒手那邊千聖外，見知不與凡同會。高峰絶頂棹孤舟，海裏爐焚烟自在。
迴程堪作火中牛，一葉纔凋萬國秋。月朗浪平無别事，此心只在朝竿頭。

塵異

濁者自濁清自清，一輪堅白不容塵。鏡中妍醜誰分别，水月融光浄法身。
菩提煩惱等空平，色裏膠青用始精。鹽入水中尋不見，□舌輕點笑欣欣。
誰言卞璧無人鑒，但辨肯心終不賺。燎却眉毛尚不知，詢岐欲往西天探。
我道驪珠到處晶，包含萬有獨明靈。同光索價遭人問，兩手張開帽帶陳。
萬法泯時全體現，大似金剛經百鍊。定光鎔爍絶纖埃，隻眼圓明何用見。
三乘分别强安名，愍念群生習氣深。寶所到時城假化，何曾動步早觀音。
丈夫自有冲天志，不著形名非與是。交徹輝光意氣濃，金毛師子真堪畏。
莫向如來行處行，一身墮落萬尋坑。人神百億扶難起，耳不聞聲目似盲。

演教

三乘次第演金言，義體周天應自連。黄葉止啼兒不叫，方知累劫困如眠。

三世如來共所宣，至今不斷少人傳。塞鴻非是人驚起，風擊蘆鳴寫碧天。

初説有空人盡執，未明理事虚勞力。念來年久轉迷情，心不負人徒面赤。

後談空有衆皆捐，字字無空透色鮮。八萬法門從此入，如今唤作老婆禪。

龍宫滿藏醫方義，藥病相當除五味。攪草耆婆也大癡，胡言亂拔莖莖是。

鶴樹終談理未玄，口中吐露白如蓮。一花五葉親分付，只恐衆生眼著攣。

真浄界中纔一念，未離學地終須欠。今生努力絶名言，永劫不遭塵垢玷。

閻浮早已八千年，朝夕忙忙被業牽。一夢不驚塵劫苦，何如領取現光前。

達本

匆於中路事空王，鑚火還須金色光。燒却三千并世界，死中得活也無方。

策杖還須遠本鄉，未曾舉足見娘娘。多時不隔如今面，子母連天笑一場。

雲水隔時君莫住，横呑碧漢包天地。任他物變景推遷，獨我真如全定慧。

雪山深處我非忘，百一十城印普光。彌勒樓開通線道，方知臘雪似春霜。

堪嗟去日顔如玉，常和白雲空裏宿。千迴萬匝只如然，寥寥獨唱無生曲。

却歎迴時鬢似霜，眉毛眼睫放毫光。從前無理今皆道，笑指泥途七寶裝。

撒手到家人不識，明朝更不分南北。逢場作戲弄孔魂，反指牛兒是彌勒。

更無一物獻尊堂，剔出銀盆耀雪霜。箭既離絃無退轉，洞山收悔不思量。

還　源

返本還源事已差，輕羅不著外尋麻。勞慮即真猶未信，忽然解道見桃花。
本來無住不名家，唯有西乾路不賒。三度他心通敗闕，國師猶釣死蝦蟆。
萬年松徑雪深覆，水泄不通無入路。解脱門開一步周，喃喃寐語分緇素。
一帶峰巒雲更遮，倒騎鐵馬過流沙。東西南北中央佛，共飲乾坤一椀茶。
賓主穆時全是妄，相逢迎送分階巷。老胡不識警梁王，寶積摩尼歡喜藏。
君臣合處正中邪，名相和同體似差。一二不成三不是，八還要顯我無瑕。
還鄉曲調如何唱，蝶拍鶯歌大道場。唯有禾山解打鼓，金牛作舞也尋常。
明月堂前枯梅華，太陽門下雪交加。寶樓閣裏多怪敗，達哩摩尼吽嚩吒。

迴　機

涅槃城裏尚猶危，親到靈山未足奇。見佛忘知無我所，六根常動轉阿彌。
陌路相逢没定期，蛇婆來命怪誰知。四十八人成鼈鼻，急喚頑禪草裏歸。
權掛垢衣云是佛，釋迦也似偷空賊。忽然捉敗不相饒，丹霞火裏純金色。
却裝珍御復名誰，更展琅函耀木輝。了道不除□權立，一切元體是無餘。
木人夜半穿靴去，得意生身無住處。妙用難傳妄想心，知君未解通方句。
石女天明戴帽歸，一身渾著六銖衣。喃喃解説非聲舌，生得兒來叫阿姨。

萬古碧潭空界原校：别本作海月，猿啼徹夜何曾歇。幾炙孤負一輪光，唯我同輝誰辨别。

再三撈摝始方知，捉影逃形也太癡。千眼大悲分得半，維摩老漢始全提。

轉位

披毛戴角入廛來，水底桃花幾度開。世界未生唯此性，任他遷變豈輪迴。

優鉢羅花火裏開，方知達磨不虚來。夜來一霎清明雨，萬卉千葩勝剪裁。

煩惱海中為雨露，窮坑變作珍珠庫。可憐不識夜明簾，打破畫餅無作做。

無明山中作雲雷，閃電霞光燦不開。霹靂一聲山嶽震，曼拏大士笑哈哈。

鑊湯爐炭吹教滅，一日三餐飽便歇。獄卒牛頭惡夜叉，同氣連枝應不别。

劍樹刀山喝使摧，十波羅蜜印靈臺。光輪無盡奚邊表，不是貪嗔根得來。

金鎖玄關留不住，穿雲透石充寰宇。四時不語信寥寥，萬劫超然希伴侣。

行於異路且輪迴，百億分身撥不開。地獄天堂非别有，相呼相唤隱天台。

一色

枯木巖前差路多，不行鳥道轉誵訛。狐狸引入豪猪窟，不久成團被死魔。

行人到此盡蹉跎，一指頭端不奈何。毫髮有差千萬里，溈山撫掌笑呵呵。

鷺鷥立雪非同色，鏡裏色空誰間隔。不是青黄黑白紅，上下東西及南北。

明月蘆花不似他，於中一氣逼天羅。涅槃影裏無相識，鼻孔遼天笑大哥。

了了了時無可了，乾坤道我無邊表。僦摩宫裏混金風，兜率殿中明皎皎。

玄玄玄處亦須呵，喝斷烏江返碧波。寄語東吴諸父老，不如聞早念彌陀。
慇懃為唱玄中曲，澗水相和音韻足。唯有伯牙欲露機，斷絃深意無人續。
空裏蟾光撮得麽，待風列子已蹉跎。須彌無縫徒伸手，任是先天不奈何。

化米

當關擊破黄金鎖，佛與衆生無兩箇。全提吞盡十方空，萬億龍天為護佐。雪歌獨唱古峰頭，風月溪山同讚和。從來弘闡在當人，密賴知音共揚播。共揚播，非彼我，一鉢千家崇善果。直叩維摩不二門，狹路相逢休放過。

買油

三百六十斤油，何須苦苦問他求。心光廓徹燈何用，水草無心若畫牛。五味舌頭無足日，煎熬煮炙幾時休。功辨斯成無點染，西江一口絶纖流。

行童搬土

童子聚沙為佛塔，而今搬土豈無功。忽然覺後知非土，當處回頭識本宗。老僧念你善根微，所以教伊不失時。朝歌暮擊三摩地，不久迷開解我機。

普請道友搬瓦

當時驢覷井，如今井覷驢。酒醒溪邊思往昔，至今方覺彼區區。空花解弄□兒路，蝶引癡蜂入網蛛。誰是那頭能警叱，回光返照越賢愚。雲蓋瓦鋪須子細，筆端有口顯文殊。

鐵竹歌

普菴和尚鐵竹歌，十聖三賢不奈何。九節玲瓏通法界，不由簻筍自嘍囉。從百鍊，已經磨，能障狂風止海波。惡龍攝毒皆由我，猛虎歸降豈是佗。世出世間無可比，非凡非聖力摩訶。莫耶劍，比天戈，生滅勞形費氣多。只這一條剛不壞，撑天拄地應三摩。身瑩浄，意曼陀，非眼耳鼻六通和。肉眼那能堪作見，二乘天眼尚誵訛。德山老漢却老婆，横竪宗風般若多。罕遇其人難措手，至今獨卓立巍峨。君不見，莫蹉跎，點石為金也是他。即栗横肩千萬箇，解吞鐵竹可相過。未動口時百雜碎，豈同狐族唱巴歌。順天助道功非細，只欲令人脱死魔。喃喃解語非關舌，入水何曾動碧波。鐵竹自歌如是唱，海潮音徹笑呵呵。

數珠歌

如是數珠祇一顆，離垢摩尼光不破。佛説刹説衆生説，三世一切説這個。未了人，休將過，成佛人希念佛多。却將妄念數如麻，念來年久却成魔。假慈悲，當什麽，順時吉，逆時禍。行住坐卧似風牽，誑謗佛法如行貨。木槵子，麻穿過，假名一百單八箇。和酒和肉耀心光，誰覺死來連汝墮。心念肉，口波波，業識如是怎奈何。靈府未清徒念佛，身心浄土自彌陀。旃檀成，來惠我，拈起連天笑一和。自家不比這般人，黄葉止啼元是我。聰明人，猶較可，二乘聞説心如火。幾百劫中用數珠，今日教人都抉破。善男子，不恁麽，法無斷滅言無過。一人道假百千虚，何不學西來達磨。不立文字無唱和，寂滅光中神護佐。九年面壁没人知，直指人心少林坐。雪齊腰，割臂墮，猶自惺惺不放過。徵詰神光勿得心，忽然解悟方擔荷。報參玄，休懡㦬，决擇身心是什麽。虚空何物可相當，體得一如閑打坐。十方諸佛念珠同，法界圓明無兩個。

示弟子彭資深心齋居士

靈山話月，曹溪指月，禪可禪而成大過。一念頓超没量人，六月雪哥向猛火。參方侶，休打坐，學至無學得什麽。自從打破趙州關，收放縱横句不墮。這雪曲，誰解和，舉意萬機無兩個。拈題頌古若河沙，須是金毛師子子。這資深，被誰苦，夢中踢發千鈞弩。射過山河石壁空，枯髏爍盡無纖阻。希奇希奇誰得知，心空及第心齋子。古賢無限學無為，罕遇明心輪劫苦。聞不聞，豈小補，識破天下老婆子。箭鋒相拄道應難，針芥相投萬事閑。不如佛祖只談心，悲愍盲參往別山。没絃琴，誰會彈，盧公便就指風幡。直饒不是風幡動，不識真心轉見難。我意無盡非言説，離百非兮四句絶。首觀梁武夢胡僧，未達修山龍濟决。一百一十四重玄，大冶爐中撈片雪。生不生，滅不滅，萬法千機誰透徹。普菴不舍一微塵，本末雙彰□無説。肯將法界作紅心，一箭虚空渾漏泄。

達理歌

普菴識心達理，不是胡言亂語。教化三千大千，箇箇透泥入水。應無所住生心，更不祭神拜鬼。時中浄念法身，何假燒錢化紙。不被邪魔所惑，各各盡淘真理。亦非夜聚曉散，亦不遠尋山水。亦不發願燒香，亦不棄離妻子。不咍衆生血味，便敬六親九祖。誓不飲酒猖狂，不入牢獄苦楚。見利便不干心，處處如欽父母。你争無明人我，我自無可作做。修橋補路隨緣，身作山河國土。供養大地含靈，上願皇圖永固。時時風調雨順，日日民歌樂舞。皆因自性天真，永不入他門户。如今一物無求，不著邪魔袪使。不離當處湛然，運水搬柴佛事。何須打鐃擊鈸，豈用槌鐘擊鼓。饒舌合掌歸依，早被參方取怒。只心普遍蓮花，何異西方浄土。自古本自無迷，今本何曾有悟。設有三乘五教，也似添鹽和醋。生死涅槃如夢，佛説無所作做。更問達磨西來，他亦别無門路。直指人心是佛，不可更移一步。纔有絲髮是非，便入魔家邪户。

死中得活之人，諸佛龍天守護。斬釘截鐵丈夫，這箇凡夫了事。如今人贊神欽，萬劫群靈仰慕。到此若不回心，豈識摩尼寶庫。自利利他不竭，經劫且無怕怖。披雲嘯月吟古風，透石穿山談正法。只個心如巧畫師，只個身如無縫塔。東村老婆是我娘，爺是南門張大伯。

以上輯自《普菴印肅禪師語録》卷中

釋印肅三

偈頌五首

應目未嘗離左右，扣宗差別風馬牛。遲速不停俱滯學，個裏還須自肯休。回彭居士書

議得無心達有心，識心三界自平沉。可憐迷望無心者，只道無心境不侵。回彭居士書

有無俱不到，生滅豈相干。得者隨機應，未達莫顢頇。回彭居士書

體得寰中物，忘機自葆光。老莊言不及，佛祖句難藏。槁木非成道，灰心豈離忙。資深無欠少，本有不須忘。答彭資深

南山北嶺如父母，張三李四皆佛祖。隨時只個無著相，許你住山一鈯斧。又答前人

紙被歌訓行童

一片白雲掛在身，披時不許染紅塵。輕羅細想應難比，重錦尋思未可親。豈非顏色白如玉，成現都盧只一幅。紅窗妖艷見低頭，六賊三尸盡降伏。日充衣，夜得蓋，不長不短也不大。世人問我何處尋，蔡倫弟子將來賣。買得將來披，不許邪魔罔兩知。解向市廛遮雲雨，要與閑人隔是非。縱顛狂，任落魄，披入村中人惡惡。直饒紫綬與金章，我也未肯輕輕博。

皂袖寒袍入體儀，霞光閃爍遶身飛。或行或坐頻頻看，或卧或眠每每披。幾度入山游勝境，數迴海上覓

龍騎。假饒千兩黄金貴，難買山僧這個衣。

大圓智鏡

普菴非相亦非名，達本忘情不見人。孤月全收無意識，桂輪獨耀絶纖塵。三祇一念湯消雪，萬行須臾火爍冰。到此何勞聲色問，共君本自鏡圓明。若將銅器作天真，背黑面青賺學人。本性如空含萬物，妙明寂照豈容塵。山河石壁三春霧，空色全彰六月冰。智自圓明非我所，不拘日月定光明。

與參徒辨事

仲元亨老，慇懃圓净。此中大事，雪曲高歌。騎白牛兒，漫空唱唱囉。這家也舂米，那畔争打禾。且道乘誰力，天真大老婆。近日南方諸道友，斬釘截鐵自降魔。運水搬柴無不是，神通妙用顯摩訶。一人辦力諸天供，一會修來争奈何。移根拔樹非邪作，翻有為無萬事和。樓閣忽然横碧漢，人人功德無空過。香積味憑知道者，須教不少亦非多。個裏不消重委囑，分明只是這彌陀。

因道友説陳摶打睡警之

日當午，有巴鼻，莫似這漢打瞌睡。精魄沉滯識神牽，墮入三途難出離。我這裏，不如是，眼若不睡諸夢除。端然静坐没牽纏，縱横自在無縈繫。學道人，生慚愧，普菴萬劫眼不閉。鼻孔連天叫大哥，海納細流通大意。勸君修，休退志，坐斷乾坤無别義。一條脊骨鍊純剛，撑天拄地更無二。這光明，全體是，充滿山河崇富貴。明月堂堂皎碧天，絶待靈明撒手去。一事無心了便休，祖門一句普天取。離相非空無别是，無聲之樂響啾啾。

李光遠宅糴米

堪笑南泉老古錐，住山情況了無依。解使木人來買米，和光風月正先知。奇奇，柳眼桃腮總是機。寸草不生千萬里，出門春色共依依。癡癡，三千不惜換驪珠。若問普菴來意處，光明遍匝體如如。

與湯亨老居士

香積厨中烹五味，脚踏天兮頭頂地。雖然頭角各分張，未得箇人都了利。不然亨老大慈悲，一日無私和衆議。南方道友不偏枯，到裏許人皆具備。直教塞口併咽喉，消息出門無不是。

贊三寶

圓光應現無心物，大地山河恰似無。驪珠一顆非非相，信者權將作畫圖。

直指人心親見佛，何勞打瓦作龜爻。一片白雲横谷口，幾多歸鳥盡迷巢。

迷悟本同光，信時無隱藏。幻空如夢體，三昧覺華王。

贊達磨

妙契觸目菩提，誰觀達磨西歸。只是老胡揑怪，好與三十竹篦。試問參方知不知，狂書早自落便宜。

贊須菩提

仗倆全無始解空，雨花動地泄機鋒。欲求静坐無方所，獨步寥寥宇宙中。

信士畫真請贊

非迷非悟，誰强名模。無相三昧，不受塗糊。越色超聲無箇事，連聲不斷念蘇盧。眉芒動處千光含，自肯除非大丈夫。持心應不失，謀事便忘真。誰識元明寶，虚勞幾度春。因見普菴老，示我體皆純。但依無著性，性幻在逡巡。

普因乾坤非外物，周聞法界祇圓音。含靈人我身毛孔，非相非名何處尋。寶陀觸目無人見，妙體端嚴不壞金。如鐘含響隨緣應，見我方知識自心。釋迦佛，普菴光，不二如來體不藏。香花供養誰知有，只在衆生心印堂。

此法身，無變壞，鼻孔裏許藏三界。水月空花點不成，非相光中常自在。

法空為座，金剛為體，板如癡脱空無底。信心無二，吞山納水。

蒼天蒼天。悟無生法，談不説禪。開兩片皮，括地該天。如何是佛，十萬八千。

易盡世間顔色，普菴頂相奚為。等大虚空一體，霧露雲霞表衣。眼觀不見，耳聽不知。惺惺不昧，了了何虧。自解拈花知起處，冷笑達磨更西歸。用晦隱顯無勞失，亘古亘今也大奇。

示衆法語

鑛去金存百鍊周，自從索價没人酬。騰今耀古非聲色，曾共溈山作牯牛。身若浮雲心若風，居常不定在虚空。忽然風捲雲無跡，誰人解識主人公。

大隱居廛小隱山，了心無事没多般。休緣到此磨塵垢，絶愛終須耐歲寒。百草上參多寶佛，钁頭邊勘趙州關。莫教一擊連天地，震動坤維頃刻間。

示楊仲質

誰識一微塵，於中藏本佛。時時常放光，照燭一切物。只許信心人，在處無輕忽。這回如未應，不離金剛骨。逢本分鉗鎚，煆成非外物。

和光讀金剛經以頌示之

道人看經不識字，剎那須轉千億部。恒沙諸佛入微塵，達本契經無作做。

何叔宜求頌

十力功高誰履踐，叔宜重叩普菴門。玄玄衆妙靈知有，自肯唯心聞不聞。時信金剛通佛慧，情忘想盡合乾坤。夜月曉風消息滿，希夷獨步道常存。

破屋頌示衆

一箇閑身穿破屋，風吹雨滴轉光明。燈籠露柱時時舉，只道以平報不平。瑠璃殿上鞭金馬，追風不及三脚驢。

衲衣示衆

一箇閑身包萬有，不能自把著針縫。衆緣聚衲須微細，妙相莊嚴一大通。下下針鋒無不實，條條線貫不空空。連天鋪地山和水，一合圓成始脱籠。更有一般奇特處，巖前枯木笑春風。

示　徒

我有陀羅名解脱，在在處處和塵撥。莫令撥著箇凡夫，何用剃頭并展鉢。咦，連妻帶子龐居士，一時成佛都包括。妄心不滅禍難除，任向祈求卜大虛。了道不消多語話，當軒自有顆明珠。半夜三更莫費油，澄潭捉月幾時休。冬年莫惹紅塵客，家道安然體自周。寄語門徒諸弟子，得心安樂外何求。未得塵勞息，須依善知識。若肯慈悲學，發願施心力。入泥并入水，莫作閑戲劇。揚眉動目庭，法身無窮極。於中習懶者，管取没飯喫。趁隊只□飽，披毛無了日。不信佛乘經，逐末本却失。咄哉大丈夫，你乘誰氣力。當本無我人，貪忙有何益。何似歇無明，聽吹無孔笛。五音六律全，皓月悲風寂。一聲宇宙寬，箇中聞的實。和同為智身，無物堪遮窒。奉勸草木影，閑時急收拾。

與夏國舅

白日上昇非偶爾，刹那成佛亦如然。個中迥超聲色外，恩光滿目意連天。好明廓徹非思量，一受皇書遍普賢。江西風月光無盡，帝里真如萬法圓。當處飲吞無不足，護持秘密不休年。

與王巡檢號懶翁

佛法從來付宰臣，今朝已遇大心人。透明幻住超生滅，鑒物無私佑聖庭。達磨非為後，瞿曇未是先。當來無量劫，懶翁得自然。

與廖維高

精通三教越禪機，語默同風和者希。匝地周天居士眼，元來只在一毫釐。

資深和光求頌

同心實步叩南泉，雲節空巖廓杳然。一室清風千古意，自非聲色問玄玄。

示行者

絶頂無人處，融會亦非難。獨步依無住，圓心豈往還。深深妙在無言説，莫教閑指動風幡。大事徹頭須進步，白雲千里故鄉關。

睹弟子作頌題窗乃續韻警之

饒舌刀，刀不透，臨窗一語更離披。儂家自有同風事，千里無來却肯伊。石人擊鼓木人吹，露柱親聞腦搭披。如是圓音無用處，閻公未肯便饒伊。

鼻孔遼天是阿誰，權將雲霧作衣披。迷悟本無唯一性，你全是我我無伊。

普菴三頌自連拈，寄與提綱本手鉗。爐鞴穩時無鈍鐵，何妨矢上更加尖。

四字書窗以印實相

得正無非離一安，印空圓足寶瀰漫。天魔外道從何有，體若虛空世豈干。止

佳乘兩口草標頭，共見同看水牯牛。昨夜牧人無被蓋，今朝猶笑道無求。觀

實離貫穿理不俱，一人直下體同渠。久停頑坐邪思起，返謗如來正覺虛。定

田頭十字路堂堂，鉗口收心便厮當。領得摩尼真寶藏，却來警夢表提綱。慧

普菴老人於一微塵中，出此止觀定慧。若人會得，於此寐語有什麽交涉，許他一隻眼。若人不會，亦許他一隻眼。吽吽，且顧污邊獨脚橋子，好好好去，蒼天蒼天。

頌

一輪心月耀昏衢，夢幻吞侵誰得知。幸遇知音重為舉，息心回念理元輝。

一句當天正信希，欲談詞喪懶投機。高峰既遠休尋訪，不惜眉毛為發揮。

一身清浄本無瑕，了了歸家勝出家。紅葉舞風須早覺，莫將有限逐虛華。

一心圓持種種心，信心諸境絶追尋。此中無分應難到，便好回光免陸沉。

頌斷𥺌餅

心法無斷滅，踢倒一浄餅。華林不奈何，不脱聲色名。真如俱是戲，心境一等平。不落有無用，三昧本空清。

重陽日頌

去歲逢重九，風流主得賓。黄花談般若，白法樂天真。今夕當良會，高峰没四鄰。孤筇挑日月，何道不通津。

百丈先令慶上座禮拜求頌

西川慶上人，本來没弟兄。須知自性如空體，水月之中未解真。個事不傳聲色句，元來心法獨靈明。

送米與百丈頌

百丈孤雲入道林，真如不動意難尋。道人相見非來往，語默全彰亘古今。近日廬陵親得價，一時分付老婆心。

行者妙曉求頌

頭頭相應人希會，物物皆真體不殊。但辦肯心終不賺，情忘想盡入無餘。自是出家無眼目，只言苦行落空虚。甘贄在俗猶通理，妙曉無求自得珠。

紹椿行者求頌

假使八千五百歲，紹椿松鶴未為奇。不若紹明光不變，此中實應出家時。念道何憂衣食事，千光影裏聽鶯啼。聞聲一囀渾消息，滿目蓮花不見枝。

陳達獻菊花求頌

滿地風光未足奇，霜前秋後吐金枝。靈山親舉唯迦葉，今日陳來衆共知。不獨陶生時節用，轉為華藏供阿彌。閒見定歸依彼岸，方知此日獻花時。

行住坐卧三十二頌

普目不拘開合眼，意光何必待天明。衆人未起我周布，行益資他腹自膨。卯粥

瀾渾湯水熟淘沙，不著油鹽醬醋茶。飢渴隨時餐少許，只思因甚悟桃花。辰齋

割愛辭親如是行，豈求衣食及為僧。步步澄輝無別想，卓然獨立妙明生。行住

夜静風悲人悄悄，衆緣事辦寂寥寥。趺坐結跏雲漢定，誰知卧月忽明朝。坐禪

生老病死苦相煎，唯我能知速棄捐。十二時中常念佛，聞師一舉耳無邊。習聽

聞道真空不著言，信心清浄在拳拳。只將此性光明遍，語默行藏豈離禪。受持

了身如幻向誰言，運水搬柴化有緣。忽遇浴堂人指水，輕清妙觸轉光鮮。澡浴

雲凍風彌鳥絶蹤，洞山只道没西東。等閑目擊誰相委，賴遇丹霞作炭紅。向火

將勤補拙入厨中，不問青泥事事充。拾得寒山明此意，如今成佛滿虚空。飯頭

恒河沙劫奉如來，功未全時眼不開。自知本有靈光物，香燈不絶警癡獃。香燈

不虧掃地與煎茶，門户開關用法華。雲跡雨蹤來不住，箇中誰肯速還家。知客

心地光明浄土圓，一切人見我無言。只拈掃帚東西撥，震動三千及大千。掃地

百里千鄉信未圓，到來空爇一尋烟。我今朝夕時聞見，粉骨碎身報未全。侍師

主賓交接未開言，便過茶湯應口邊。察理聆音非外物，結他歡喜萬千年。茶湯

護浄燒湯不離坑，慈和三昧益群盲。十方諸佛皆如是，豈效披毛業報生。浄頭

衆生垢重汨塵緣，豈自收心向覺源。挈水拾薪時節至，三通鼓罷物皆鮮。浴頭

千年枯木老縱横，鬼怕神疑夜叉燈。不是道人誰敢動，如斯應不是衆生。柴頭

火出木燼灰烟滅，黑白無纖可作師。喻若春風融臘雪，普令冷暖□偏枯。炭頭

幾番舒卷濟羣迷，馬祖陞堂百丈知。由是那時通一線，而今收放莫令遲。席頭

引領搬徒訪萬山，深明下手處艱難。圓成滿目蓮宫現，風鐸聲清意自閑。幹木

緑節閑雲問古風，茂林濃處没西東。子猷消息無人問，鸞鳳飛來足印空。幹竹

和泥合水實辛勤，不遇明師事不成。今已連天鋪滿地，順緣無漏必通津。幹瓦

密跡彌綸不露塵，天龍八部喜還驚。劫火洞然無變朽，此中人轉普門經。幹磚

歷劫塵沙積寶巖，十方諸佛共同參。多寶聞經親涌現，故非柏梓與松杉。幹石

扁鵲盧醫速退邊，大家飽喫普菴圓。解冤釋結消諸病，感應無方不用錢。合藥

如今無縫古稜層，透石穿雲度有生。普納衆緣無住著，狀如一室百千燈。塔頭

黄金布地非為富，白玉横街惹寇徒。心地平堅塵不入，修羅萬億手難摸。幹街

直截無根樹子鋪，超凡越聖大心粗。忘軀為法方如此，擔板真如大丈夫。幹橋

轟雷吼電警昏蒙，雨歇風清似脱空。佛教衆生弘大道，資家報國續宗風。填路

千百年前老古錐，鋤山钁圃示箴規。蛇兒挑起無人會，直截横拋更勿疑。園頭

靈源車輸顯來由，一粒穿時快疾收。莫待廬陵高索價，臨機下口卒難酬。米頭

摩尼無價汝當收，金玉浮財誓莫求。戴角披毛從此入，百千萬劫作驢牛。庫司

右具足三十二頌，以法報化，普資衆行，勤誠奉佛，而求最上乘。因成正因，果必正果，永劫不墮其宗，過現未來普應。普菴老人，如是書示。爾時百花萬柳，蝶拍鶯歌，共證此事，無漏無餘，直得三門佛殿，一切相許。露柱燈籠，和

南稽首。末後一句，作麽生道，珍重。

造塔示衆

求人不如求自己，自己肯時無不成。如今寶塔所將圓，諸人盡發一輪心。氣急殺人因悟道，靈山會上没閑人。大小不拘皆拽石，高低齊轉普菴經。山林巖谷皆微笑，此是如來最上因。若有癡頑撥不轉，猪樓羊棬好安身。老僧拄杖頭有眼，不打披毛戴角倫。如是斬釘并截鐵，一人了事萬緣新。

金剛隨機無盡頌并序

夫道用隨機，等虚空於縫罅；言談無盡，吞萬有於毫端。除非到裏許，人方信得及。我佛以金剛喻衆生之性，無可變壞，一體圓明，凝然湛寂，解空請問，誘進未聞。而凡夫迷悶，背覺合塵，習氣采深，不能自悟，若□而契證者，鮮矣。偶睹賢士訪次，出示前住木平亮禪師為頌卅四首，標云《金剛隨分頌》，五言四韻八句。或以古詩，貫玄機而非異；或彰事理，總法界以圓融。字字歸宗，言言見諦。且道梁昭明太子具什麽眼，便解如是分開歷落，耀古騰今。若還不得木平老，也是一場虚設。於中不見有卅一分、卅二分、兩頌，往往寫傳遺落，無因尋究。印肅不昧管見，無離實相，隨經補之，圓成卅二頌。仍於一句之下，不違其韻，加以三句，聯成一頌，總成二百八十八頌，題曰《隨機無盡頌》。本無言説，所以隨機；法身非相，故稱無盡。是故此經離一切相，則名為佛。若人離文字語言，及思量馳求而得者，便解於中一為無量，無量為一，色空不異，真俗一如。萬法千門，同歸方寸。唤有作無，將虚為實，動静語笑，隨處明了，更無少欠。用處不换機，心外無别法。盡顯諸佛之妙道，皆談不二之圓音。唯信及者同途，豈非心者能會。成現而須圓至道，弘闡而全在當人矣。時隆興癸未十月望日，慈化普菴印肅稽首謹述。

啟唱真乘

稽首一切智，圓通十方慧。無上兩足尊，法體含三世。歸命萬德師，與慈啟大悲。溥度恒沙衆，願力難思□。解空無比量，世出世間上。了義修多羅，圓明真實相。慧命久住持，阿僧歷劫祇。如今言下會，碎體報難齊。我欲窮真法，法則非非法。雖法非正固，要會無法法。隨文偈贊之，標宗立妙機。通方聞便喜，聲聞應皺眉。紅露穿碧海，是汝心非綵。不是風幡動，如如無變改。白日繞須彌，只今是阿誰。共君一夜話，勝讀十年書。

標經題目

般若真微妙，無相為宗要。無住元為體，十方皆昭耀。研窮理趣長，堆卷積山岡。言言不及，一口吸西江。方言稱智慧，真人本無位。出入面門間，參方還了利。喻法比金剛，萬邪豈可當。不壞超今古，日久共行藏。彼岸波羅蜜，清光穿白日。鏡中不亂光，虛空無鳥迹。經文華貫行，破有作法王。連年心苦念，不悟枉時光。誰知遠烟浪，孤帆一片張。穿却虛空鼻，不著更參詳。别有好思量，滿目足風光。釣船依舊放，不見謝三郎。

法會因由分第一

舍衛多精舍，常光非晝夜。波斯擁出世，摩尼不知價。
祇園境最幽，太子施功周。本心無住著，顯法有來由。
聖凡同遺日，盡講波羅蜜。□唯解空知，更不勞心力。
法會起因出，平地起波流。含靈同佛性，忙忙不肯休。
食乞王城罷，説箇無生話。是法皆平□，本自無高下。
齋餘衣鉢收，心外更無求。法王灌頂子，離相性優游。

欲窮千里目，野干渾狐族。大家歸去來，莫道盆光覆。
更上一層樓，清風似餌鈎。纖鱗吞不得，莫怪釣竿頭。

善現起請分第二

善吉言初有，樂欲聞初首。不墮往來機，中間無所有。
慈尊護念因，曠大劫相親。衆生皆我子，豈獨出家人。
菩提無相貌，凡夫多變豹。不落墮野狐，不昧猶成罩。
降伏在何人，能言不能聲。解語非關舌，廓然風月清。
如是真如是，無□不心地。觸目應菩提，名標法身義。
諦聽須諦聽，要□靈山令。迦葉以心聞，達士宗禪定。
一堂風冷澹，翠竹籠軒檻。夜静松聲清，蟾光凝湛湛。
千古意分明，萬國賀昇平。昨夜泥牛吼，今早木鷄鳴。

大乘正宗分第三

欲説宗乘正，不落凡兼聖。有無俱不到，截斷邪師柄。
宗乘正若何，未了説誵訛。要知三十棒，趙州勘老婆。
四生空鳥迹，六道無見覓。十二假因緣，了幻元無識。
三界蜃樓歌，龍女念摩訶。驪珠將獻佛，無垢越娑婆。
諸法元非相，示法明心量。於一微塵中，森羅及萬象。

無餘任滅磨，應不唱巴歌。真如法界内，無自也無他。
富嫌千口少，煩惱何時了。地獄與天堂，歷歷無人曉。
貧恨一心原校：疑身多，此心却老婆。打破關南鼓，和起德山歌。

妙行無住分第四

妙行無拘執，三界非出入。相對且無言，巍巍獨足立。
諸塵勿易難，那箇別歸關。可憐迷妄者，横錫步雲山。
虚空無限量，普光明殿量。百千三昧門，在一毛頭上。
福德絶遮欄，生死不相關。不住心布施，越彼煉凡丹。
月浸巖松冷，唯此身心肯。衆生即佛性，佛與衆生等。
霜凌溪竹寒，雲外疊峰巒。誰人知此意，獨坐且深觀。
只聞風擊響，圓通銷妄想。旋汝倒聞機，直下分斤兩。
知是幾年竿，細察早顛頂。一聲無孔笛，寥寥天地寬。

如理實見分第五

達得真如理，三界唯心起。如今心地也原校：疑剩無，六道憑誰擬。
方明實見身，見身非是身。法身無所得，非相本來人。
如來非所説，要解無説説。將無聞為聞，方達西來訣。
凡有即虚名，恰似曉天雲。日高風一掃，萬里廓然明。

赤水珠難隱，無限人撈摝。罔象性無求，得了何憑准。
華胥夢易惺，盡屬髑髏精。却將夢說夢，何日得超升。
誰知席帽下，今日猶疑怕。獨有裴相知，鼻孔遼天跨。
元是昔愁人，昔愁元本真。迷己為物者，淪却受辛勤。

正信希有分第六

戒福修持衆，罕得無心用。衆生肉為菜，講論喧天鬨。
於中正信希，悟了始方知。見聞如幻翳，拈來總是機。
善根經遠劫，一念還迦葉。微笑領玄宗，了本無交涉。
取相便成非，窮子不曾歸。寧自抛家業，甘受野狐欺。
綉谷花争發，黄鳥聲清滑。傷嗟今古人，錯七更錯八。
櫻林鳥共飛，一道轉光輝。癡人隨物轉，悟者發真機。
青山無限好，自是人顛倒。四時匆變遷，不著從人討。
猶道不如歸，歸道不如如。道本無象法，無念契無為。

無得無説分第七

菩提無定法，一體常周匝。箇裏了無言，圓成無縫塔。
如來有說耶，聲聞未辨邪。返成非謗罪，却業雲遮□。
聖賢皆一道，十方常浩浩。當體即如來，何須苦脩造。

優劣見千差，迷繩謂是蛇。一輪明皎潔，光分幾萬家。
朝菌榮非速，一念無延促。超過數量心，智寶非荆玉。
溟鯤運不賒，大地一微沙。更有九萬里，依舊入蘆花。
南泉中水草，古錐更老倒。放却鼻頭繩，四天無處討。
隨處納些些，騎牛已到家。堂前無影木，雪夜忽開花。

依法出生分第八

寶施三千界，住相終成壞。離相達無餘，此是空知解。
難齊四句功，五蘊未曾空。半夜作天曉，不識日頭紅。
徧觀諸佛法，不與群情雜。聲色外威儀，透過魔軍甲。
皆出此經中，無法不通同。夜來得一夢，今日又相逢。
柳眼窺波緑，豈是人彰目。思量也大奇，響應如虚空。
桃腮笑日紅，蝴蝶趁遊蜂。好個歸期意，争似竺文公。
不能延數日，盡屬天功力。時節自推遷，此性無拘執。
開亦是春風，未免一場空。明明分五葉，結果自然同。

一相無相分第九

不與諸塵入，雨洒何曾濕。八風吹不動，卓然獨存立。
方能預聖流，常在更何求。迥然超彼岸，莫戀涯頭舟。

一來兼不返，我道也擔板。超凡越聖時，腦後方開眼。
三昧共優游，何處不風流。見色心無二，無二也休留。
離欲心無苦，藥病皆拈却。眼耳有觀音，豈用安手脚。
蘭那行自周，空手把鉏頭。人從橋上過，橋流水不流。
牧童真可樂，摘草吹畫角。撒手撫牛身，鼻孔難摸索。
歸去倒騎牛，乾坤得自由。知道江山闊，圓成六不收。

莊嚴淨土分第十

昔日然燈所，見聞非我語。方成授記因，達道超今古。
曾無一法侵，心外更無心。月冷空當午，松寒露滿襟。
莊嚴諸佛土，我道無門户。清淨表莊嚴，未達人多悮。
清淨自生心，心生三界沈。若心生住相，依舊入稠林。
無住真難見，見見非是見。見不能及時，頭頭隨物現。
非身大莫尋，日落隔天陰。露柱侵雲漢，井是丈三深。
山雲昨夜雨，簷頭滴滴舉。寒山拾得知，雙雙為伴侶。
溪水曉來深，片光萬物新。相識滿天下，知心能幾人。

無為福勝分第十一

四句難談説，修多羅指月。□若復見時，珍重了真歇。

持經不自誇，白玉本無瑕。若還更道會，碓觜却生花。
施心超剎寶，晴空日杲杲。幽獨迴無私，至今漫百草。
得福勝河沙，這裏又勾加。亦無所得故，菩提薩埵耶。
萬物陣芻狗，靈鑑無能守。我尚不可得，非我何可有。
諸緣眼病花，長安幾萬家。露地白牛穩，休誇鹿牛車。
因游樵子徑，底事因緣定。不唱葛藤歌，打個直截令。
誤入葛洪家，説盡天涯話。爾我無自性，常光徧天下。

尊重正教分第十二

正教堪尊重，一法共不共。十八不共時，滅却南柯夢。
人天幸指迷，初機但受持。菴園無滴漏，天曉始方知。
脩羅皆供養，天人咸戴仰。不離此經中，念念來還往。
塔廟比摩尼，覺了不修持。身中真舍利，只恐自狐疑。
隨説功尤博，何況精心覺。□□無學人，即是大圓覺。
能持行不低，天龍守護伊。中塗生告別，拔苦與耕犁。
龍宮盈海藏，金口親宣唱。字字不違賢，個中絶名相。
但是此筌蹄，少室老狐癡。九年面壁守，梁王不透機。

如法受持分第十三

善現重伸請，妙悟心清醒。實扣此經名，豈欲談虛境。
當何奉此經，直千金□□。諸佛從此出，十地尚魂驚。
金剛真般若，默契非談寫。教外別傳人，世間希得者。
名字假宗乘，宗乘豈立名。得兔忘蹄去，通方萬里平。
既剖塵中卷，三千及大千。□□□□，鼓衆看喧天。
休擎日下燈，髑髏照路行。一日皮相離，零落撒荒坑。
欲知親切處，必定無本據。忽然言不會，勘破面壁覷。
庚嶺問南能，踏碓到三更。誰知憨俗漢，紹祖列傳燈。

離相寂滅分第十四

慧命聞深義，五體如山禮。學海一時乾，心空方及第。
忻悲淚濕巾，憶昔枉精神。今朝聞道矣，夕死也甘心。
金佛曾忍辱，樂處巖菴宿。忽睹歌利王，將直拗作曲。
支解不生嗔，語默自忻忻。深知無相貌，木石表虛形。
道大言無妄，佛誠說非誑。如是接群生，生滅心說謗。
心空行亦純，轉不退機輪。鄉關無異路，花發洞中春。
千峰消積雪，巖溜聲清切。回首睹梅開，疑是梅花裂。
萬木自回春，向道無故新。勸君休取相，拈起轉光鱗。

持經功德分第十五

功德無邊量，不及如回向。回向理不如，妄想顛倒誑。
持經力荷擔，忘機越聖凡。深心奉塵刹，古佛共同參。
施身空造作，欲求無上覺。勤苦歷僧祇，對面還失却。
小法勿貪婪，無二亦無三。唯此一事實，何用廣言談。
室内交珍寶，方悔初顛倒。白日上雲霄，帝里風光好。
門前廢草菴，平常不離方。失却菴中主，猶是雅郎當。
信心纔不逆，心外非他覓。一體更無餘，無餘也不識。
當處即瞿曇，骨董兩頭擔。頭長三尺二，身著七斤衫。

能浄業障分第十六

持誦心無輟，不事閑言説。夜夜禮觀音，水裏撈明月。
為人受困窮，真金喚作銅。棄之尋鈍鐵，攬外鑊頭空。
信知先世業，淪苦於塵劫。今日受持經，我相漸休歇。
惡道自銷鎔，因明智慧通。久客還元舍，不離舊家風。
冰泮春池日，野岸花狼藉。傷嗟今古人，幾個知恩力。
花殘晚壑風，烟寺一聲鐘。若能從此人，直下悟心宗。
君看蓮出水，萬物安堪比。居塵不染塵，欲界行禪理。

根在淤泥中，花開麗日紅。潔精無玷汙，明月却相融。

究竟無我分第十七

菩提真無我，圓知見可可。若言更不會，丙丁來求火。
當生如是心，絶待本靈明。迦葉門庭廣，直是不容針。
衆生非滅度，説滅度成誤。真如法界中，你我何門户。
承佛記堪任，情忘境自沉。解吹無孔笛，彈得没絃琴。
為山牛加字，鼻孔皆相似。牧人執杖看，免惹閑公事。
雙林髻插簪，實志共同參。梁王宣命處，一拍令通三。
經行誰得見，假相天真現。不得誌公時，也是深秋扇。
半夜老猿吟，驚起木觀音。捞著虚空背，相打到天明。

一體同觀分第十八

國土河沙數，廣論無遮護。窮閑一個人，無裩又没袴。
衆生種性深，安可類圓心。妄迷塵數業，三界自漂沉。
直須全五眼，私業無家産。天地也不知，莫怪渠儂懶。
不可得三心，圓光得一尋。成就一切義，無古亦無今。
室内千燈晃，佛有何形狀。如浄瑠璃中，内現真金相。
潭容萬像沉，識水悟心深。堂堂空界月，癡猿徹夜尋。

落花隨流水，劉阮曾拈起。喫了入桃源，未是真如理。

明月尚孤吟，松風似海音。海枯終見底，人死不知心。

法界通化分第十九

福德元無實，本光常湛寂。圓明法界內，杳廓無窮極。

方云福德多，多數尚誵訛。法身超數量，菩提薩婆訶。

大千堆七寶，不及黄頭老。刹刹等微塵，當□日杲杲。

法界是檀那，人天福德魔。力盡箭還墜，依前入愛河。

樵唱牽漁唱，川陸無間障。兩個且無聲，佛在舌頭上。

田歌答郢歌，露柱中心和。田郢本自無，露柱是什麽。

不辭山路遠，要見唐朝面。對面也不識，誰知者方便。

蹈雪也須過，不是聽巴歌。□見本來人，雪曲應難和。

離色離相分第二十

色相因緣離，須明真智慧。古鏡復重磨，照天更照地。

頭頭見佛身，元是本來人。棒打不回頭，照靈非故新。

如來言具足，切莫外馳逐。當體即無餘，曹溪留一宿。

非相即能仁，莫錯認金輪。行圓三十二，慈悲普濟人。

榮辱空中響，迷真逐妄想。觀其所由來，盡屬虚撈攘。

山河鏡上塵，獼猴背苦辛。參玄識得鏡，了了見方親。
烟村三月雨，物物皆相許。只欠自承當，顯露堂堂底。
別是一家春，豈俱日月輪。諸法不相到，閑身混白雲。

非說所說分第二十一

無說名真說，唯有□迦葉。無聞而聞聞，四七當頭別。
真聞信不猜，無去亦無來。聲聞無見解，人天幾萬回。
若言佛有說，執指為真月。月指兩俱迷，昧修多羅□。
即自謗如來，何因得辯才。和風三二月，花發為誰開。
貝葉非文字，决擇世間事。義理妙難通，假立多門路。
琅函訓小孩，得了笑哈哈。欲求天外事，須棄世間財。
一條榔㮽杖，兩頭光晃晃。打破須彌山，掛在眉頭上。
南嶽與天台，皆入鼻孔内。試問野狐精，你作麽生會。

無法可得分第二十二

佛得菩提法，然燈默不答。無法可得耶，妙理還周匝。
為無所得耶，窮理絶纖瑕。不可得中得，無礙亦無遮。
信知如是是，如是是非是。真如無是非，咄哉休瞌睡。
如是□些些，翠竹與黄花。打鼓弄琵琶，還我一會家。

迦葉金襴外，多少人不會。應以色求我，不妨淪劫背。
相如玉片瑕，翳眼有空花。投機不施笏，定動豈能差。
只知聞信馬，髑髏偏天下。是他無不知，忙忙渾晝夜。
不覺誤隨車，迷己為他家。指南却作北，妄意繞天涯。

淨心行善分第二十三

是法無高下，純一非晝夜。無故亦無新，非真亦非假。
菩提元等平，摩尼一顆明。非色非非色，了自本無名。
我人消息盡，忘軀失却命。參方不遇人，却乃成心病。
善道自然生，萬里體中行。慈悲兼惠施，念念我無能。
暖律潛消凍，萬國春風動。柳上一聲鶯，喚醒輪迴夢。
春池夜長萍，浮生豈暫停。解説千古事，到老也無成。
但知行好事，好事不如無。金剛元是鐵，秋至雁銜蘆。
莫要問前程，何方不現成。動用語默處，不欠一微針。

福智無比分第二十四

世界須彌主，法身徧寰宇。拄地復撑天，切忌知人舉。
三千等大千，佛化進程言。恒河沙衆義，會底豈勞詮。
皆為七寶聚，布施心所住。人天小果因，争得入佛位。

廣施布無邊，終不了心源。於性無利益，福盡果還偏。
未抵如來智，通明成大慧。用處不換機，隱顯頭頭是。
無為福勝田，頓覺如來禪。阿鼻刹那滅，八萬及四千。
海門風静夜，滿月遼天掛。除非知不知，實相憑誰話。
天際月輪圓，澄澄湛覺源。無風休覓浪，説甚老婆禪。

化無所化分第二十五

調御無他念，萬行俱無欠。只是老婆心，三乘分頓漸。
凡夫有我儂，貪嗔百種凶。佛説多方便，令歸此法中。
群情非外物，萬莫生輕忽。皆是自家心，外心無餘佛。
不宰是真功，色不異於空。起時唯法起，眼瞎耳兼聾。
飯湧維摩鉢，聞香即解脱。後來香積人，到被他輪撥。
盃涵落廣弓，疑蛇病腹中。一切著眼壞，誰肯學真空。
世間多少事，千門并萬户。乞晴便得晴，祈雨便應副。
總在不言中，一默絶狐蹤。若不是文殊，維摩枉費工。

法身非相分第二十六

法界全身量，在一毫頭上。西天牛喫禾，東土馬腹脹。
如來一念周，無盡意風流。豐干騎老虎，溈山跨水牛。

欲觀調御體，窮源須到底。不墮有無空，何處不是你。
莫作轉輪儔，用識不勞偹。眼前鑑覺破，華亭覆釣舟。
色見終難見，就裏明須現。迴頭徹見時，不離娘生面。
聲求不可求，見迹不尋牛。迹在牛還在，不求何自休。
臨崖看滸眼，滸即是你眼。眼裏有真心，真心非滸眼。
特地一場愁，角聲吹畫樓。不因勉道者，洎合一生休。

無斷無滅分第二十七

趣向菩提道，可道非常道。無名天地先，十方源浩浩。
當無斷滅心，休將聞見尋。一念無思體，圓通妙智音。
法身元具足，東君無私曲。有木便開花，有笋便抽竹。
境上絶追尋，見境便生心。踢倒浄瓶了，溈山創佛林。
芥納須彌内，萬卷詩書在。須彌納芥子，一字也不會。
毛吞巨海深，一頓飽忻忻。曹溪一滴水，猶尚帶辛勤。
驢鳴并犬吠，皆標第一義。幪頭都不知，一體包天地。
何日不觀音，六窗一晃明。十方俱擊鼓，一處一時鳴。

不受不貪分第二十八

法法知無我，坐却聖凡個。德山拄杖親，要打劉鐵磨。

心心忍最玄，無中絕二邊。南山燒起火，北山得翠烟。
不應貪福德，强接無生客。聞聲恰似聾，見聲非外色。
隨處示威權，㮚棘金剛圈。世人吞得者，萬古入燈傳。
緣岸嚴陵釣，半夜守天曉。及至日頭紅，未免隨他照。
平湖范蠡舡，空恨萬波前。不觀天上月，徒撈水間天。
古今人易老，無異霜凋草。本根依舊青，不解尋元討。
片月下伊川，豈是别人源。若還識得水，性海量無邊。

威儀寂静分第二十九

無所從來去，法身非住處。充滿十方空，言說非本據。
方稱調御師，大願力弘慈。含靈皆一體，滅度行無私。
欲明三界主，莫信邪師語。說有有無時，道在未相許。
莫認四威儀，行住坐卧知。念念皆相應，珍重任時宜。
伯雪徒擊目，失錢遭罪辱。安心畢竟空，一念無延促。
陶潛謾皺眉，猶道得歸遲。争似龐居士，心空及第歸。
一株庭際柏，青青無變色。不逐四時凋，權指南標格。
千古任風吹，明月最相宜。寒鴻雲外叫，此意有誰知。

一合相理分第三十

世界元無實，空劫那安石。空由迷妄生，大智安無識。
因緣本自虛，六道渾如醉。一翳滿空花，便落思量句。
有為皆幻夢，無為常不動。可惜這圓光，把與髑髏弄。
貪著是凡夫，不著是老盧。老盧今古在，迷背自塗糊。
剎剎波搖影，那箇明心鏡。大海一浮漚，漚破方消醒。
塵塵井覰驢，莫怪目區區。妄迷爭瓦礫，不識夜明珠。
若能與麼解，無買亦無賣。問著不做聲，咄他云作怪。
方得契如如，倒騎三脚驢。踏翻毗盧頂，露出一文殊。

知見不生分第三十一

真見實不見，當臺鏡中面。元是本來人，不著求方便。
真如實不如，萬法了無依。鐘中無鼓響，不墮往來機。
如來重舉問，不是等閑論。衆生習氣深，免墮三乘分。
慮恐後來迷，黄葉止孩啼。依前不是息，閑且伸眉□。
法應如是解，其餘休捏怪。六臂任三頭，一心無變壞。
有解却成非，猶未盡離微。一體含法界，無知無不知。
洪鐘渾鐵鑄，懸樓插雲勢。摇杵一擊時，此聲振天地。
鼓是兩頭皮，禾山打不迷。道吾聞舉笏，能有幾人知。

應化非真分第三十二

應化即非真，高山水底行。有情皆是妄，無妄勝南能。
有為皆夢形，顛倒執三生。善財不費力，百城一念登。
如如皆合道，休向外邊討。大地作纖塵，萬里無莖草。
七寶豈齊經，福多不離心。心心心是佛，何處更堪尋。
說時不取相，相說却成誑。不誑不謗時，如如真金像。
無相中為人，天鼓發音聲。汝等諸天人，昔為地獄身。
易開終始口，會理休分剖。照鏡失却頭，引惹波波走。
難保歲寒心，至道只如今。知命愁難入，無私禍不侵。

歎仰流通

釋梵龍天衆，憍尸加敬重。悟佛了無生，悟與含靈共。
欽聞如是經，偏吉示知音。天上及地下，盡屬法王心。
同心咸信受，萬行俱圓就。一道灌衆生，誓願弘慈救。
共喜免竛竮，超越生死名。將虛却作實，以平報不平。
緑綺霜前奏，妙音無不透。凡夫入耳通，禪家為有漏。
焦琴月下聽，露柱却知音。世人應不會，側耳立松陰。
曲終人不見，惟日面月面。盡是龜毛布，漫却琉璃殿。

江上數峰青，露出卷心經。明明没個字，向道祇如今。

結實分主

建業蕭梁子，歷劫宗心祖。誌公一會人，顯道騰今古。
能執般若鋒，發信力難窮。豈羡金輪位，只樂佛心通。
劈開三十二，金點琉璢器。爍爛爍光輝，誰解分明契。
削去百千重，字字括歸宗。達佛真知見，不離此心中。
義寫非臺鏡，廓照圓融浄。當頭底是誰，不識方稱定。
心傳静夜鐘，意在九霄中。佇聽鐘聲響，為人萬劫窮。
青山藏不得，走殺參禪客。拶破洛浦珠，面前光烜赫。
明月却相容，獨坐大雄峰。三身與四智，妙在一塵中。

頌古九十八首

舉菩提達磨大師，梁武帝問：如何是聖諦第一義？師曰：廓然無聖。帝曰：對朕者誰？師曰：不識。

周匝無餘不著言，未離竺國意光圓。廓然無聖誰饒舌，萬古騰輝世莫傳。

舉菩提達磨大師，神光斷臂，立雪而問：諸佛法印，可得聞乎？師曰：諸佛法印，匪從人得。光曰：我心未寧，乞師與安。師曰：將心來，與汝安。光曰：覓心了不可得。師曰：與汝安心竟。

迷悟是誰先起立，忘軀失命老婆心。東西豈離摩耶腹，南北彌綸針不任。

舉三祖僧璨大師，四祖道信禮師曰：願和尚慈悲，乞與解脱法門。師曰：誰縛汝？信曰：無人縛。師曰：何更求解脱乎？信乃言下大悟。

一念心開解脱門，倒騎鐵馬逺昆侖。一條脊骨純金打，傳與人間𡰝子孫。

舉江西馬祖道一大師，有僧於師前作四畫，上一長，下三短。問云：不得道一長三短，離此四字外，請和尚答。師乃畫地一畫云：不得道長短，答汝了也。忠國師别云：何不問老僧？

不奈何，不奈何，一長三短大誵訛。當時不是江西老，一口横吞起碧波。

舉杉山智堅禪師一日普請擇蕨菜，南泉拈起一莖云：這箇大好供養。師云：非但這箇，百味珍羞，他亦不顧。泉云：雖然如此，箇箇須嘗他始得。玄覺云：是相是語，不是相是語。

徹見無私欲度人，如張羅網罩飛禽。千萬之中不得一，好申供養老婆心。

舉百丈惟政禪師，有老宿見日影透窗，問師曰：惟復窗就日，日就窗？師曰：長老房内有客，歸去好。師問南泉曰：諸方善知識，還有不説似人底法也無？泉云：有。師云：作麽生是不説似人底法？泉云：不是心，不是佛，不是物。師云：恁麽則説似人了也。泉云：某甲只恁麽説，師伯作麽生説？師云：我又不是善知識，争知有説不説底法？泉云：某甲不會，請師伯説。師云：我大殺為汝説了也。

未解空時決定疑，速教歸去莫令遲。諸方罕辯無聲句，師子還生師子兒。

舉江西馬大師，有講師來問云：莫是師子兒不？僧云：不敢。師作嘘嘘聲。僧云：此是法。師云：是什麽法？僧云：師子出窟法。師乃默然。僧云：此亦是法。師云：是什麽法？僧云：師子在窟法。師云：不出不入，是什麽法？僧無對。百丈代云：見麽？

潦倒禪和足指天，被玄懸得到連顛。隨聲逐色非明眼，覿面全包更没言。

舉石鞏惠藏禪師，師問西堂：還解捉得虚空麽？西堂云：捉得。師云：作麽生捉？堂以手撮虚空。師云：作麽生恁麽捉虚空？堂却問：師兄作麽生捉？師把住西堂鼻孔拽，西堂作忍痛聲云：大殺拽人鼻孔，直得脱去。師云：直須恁麽捉虚空始得。

教人夢裏撮虚空，要顯盲參離相通。色即是空空是色，色空不異體還同。

舉紫玉山道通禪師，于頔相公問：如何是黑風吹其船舫，漂墮羅刹鬼國？師云：于頔客作漢，問與麼事作麼？于公失色。師指云：這箇便是漂墮羅刹鬼國。于公又問：如何是佛？師喚于頔，頔應喏。師云：更莫別求。有僧舉似藥山，山云：縛殺這漢也。僧云：和尚如何？藥山亦喚云：某甲。僧應喏。藥山云：是作麼？

自昧靈光怕黑風，向他直道轉盲聾。聲中露體希人會，藥山紫玉意和同。

舉百丈惟政禪師，師因入京，路逢官人，命喫飯，忽見驢鳴，官人召云：頭陀。師舉頭，官人却指驢，師却指官人。法眼别云：但作驢鳴。

驢嘶馬唤不回頭，古佛光中未肯休。解道探機無別物，相逢聊示指端頭。

舉朗州中邑洪恩禪師，仰山問：如何得見性？師云：譬如有屋，屋有六窗，外有一獮猴，東邊唤山山，山山應，如是六窗，俱唤俱應。仰山禮謝，起云：所蒙和尚譬喻，無不了知，更有一事，只如内獮猴困睡時，外獮猴欲與相見時如何？師下繩牀，執仰山手作舞云：山山與汝相見了。譬如蟭螟在蚊子眼睫上作窠，向十字街頭叫唤云：土曠人希，相逢者少。

舉得分明和得親，通方豈欲自瞞人。只要真底無絲隔，狀若千燈一室明。

舉馬大師翫月次，師云：正恁麼時如何？西堂藏云：正好供養。百丈云：正好修行。南泉拂袖便去。師云：經入藏，禪歸海，唯有普願獨超物外。

經入藏，禪歸海，普願靈，正常在。除非道滿月圓人，共話同知非向背。

舉教云：佛説刹説衆生説，三世一時説。

一音圓徧未嘗停，苦樂同資不得名。敢借海潮千里韻，與君助發没絃琴。

舉百丈懷海禪師，師與溈山作務次，師問云：有火也無？溈山云：有。師云：在什麼處？溈山把一枝柴，吹三兩氣，過與師。師云：如蟲蝕木。師謂衆云：有一人長不喫飯不道飢，有一人終日喫飯不道飽。衆皆無對。

百丈澄潭徹底，妙高峰湧洪波。溈山應不胡吹，飢飽莫令放過。

舉教云：關閉一切諸惡趣門，而生五道，以現其身。

一中解無量，無量中解一。三千大千衆，一箇也不識。啼笑成梵音，敲磕通消息。色空明暗中，摩訶般若力。

舉百丈懷海禪師，馬祖上堂，大衆雲集，方升座良久，師乃捲却面前禮拜席，祖便下堂。師再參，馬祖見師來，取禪牀角頭拂子豎起，師云：即此用離此用。祖掛拂子於舊處。師良久，祖云：你已後開兩片皮，將何為人？師遂取拂子豎起。祖云：即此用離此用。師掛拂子於舊處。祖便喝，師直得三日耳聾。

臨時舒卷事幽微，人天交集有誰知。用處無心非即離，一聲雷震動須彌。

舉僧問馬祖：請和尚離四句，絶百非，直指某甲西來意。祖云：我今日無心情，去問取智藏。其僧乃問，智藏云：汝何不問和尚？僧云：和尚令某甲來問上座。藏以手摩頭云：今日頭痛，汝去問取海兄。其僧又去問海，海云：我到這裏却不會。僧乃舉似馬祖，祖云：藏頭白，海頭黑。

若不離四句，如何絶百非。直指西來意，西來意是□。權教參智藏，黑白轉狐疑。妙得無非物，如如道不知。

舉章敬惲禪師，有僧來，繞師三匝，振錫而立。師云：是是。其僧又到南泉，亦繞南泉三匝，振錫而立。南泉云：不是不是。此是風力所轉，始終成壞。僧云：章敬道是，和尚為什麽道不是？南泉云：章敬則是，是汝不是。

通宗透説，魂飛識滅。呈見無體，如水中月。金毛師子，説無説説。若人不會，弄巧成拙。

舉鵝湖大義禪師，唐憲宗皇帝詔入麟德殿論義，有法師問：欲界無禪，禪居欲界，此土憑何而立禪？師云：法師只知欲界無禪，不知禪界無欲。法師云：如何是禪？師以手點空，法師無對。帝云：法師講無數經論，只這一點，尚不奈何。

古鏡當堂不動光，自是揩磨不得方。一點□明含法衆，森羅萬象不能藏。

舉鹽官齊安禪師喚侍者，將犀牛扇子來。侍者云：扇子破也。師云：扇子破，還我犀牛兒來。侍者無對。投子代云：不辭將出，恐頭角不全。資福代作圓相，中心書牛字。石霜云：若還和尚，即無也。保福云：和尚年尊，别請人好。

團團如月畫難成，頭角完全鼻没繩。非是學人藏隱物，雖然識破未通真。

舉教云：當知虚空，生汝心内，猶如片雲，點太清裏。

本自一身光大，妄認虚空揑怪。智者無欠無餘，愚者輪劫還債。

舉鵝湖大義禪師麟德殿説法次，問諸碩德曰：行住坐卧，畢竟以何為道？對曰：知者是道。師曰：不可以智知，不可以識識，安得知者是道乎？有對曰：無分别是道。師曰：善能分别諸法相，於第一義而不動，安得無分别是道乎？有對曰：四禪八定是道。師云：佛身無為，不墮諸數，安在四禪八定是道也？衆皆杜口。

麟德殿光充六合，君臣和會少知音。老婆饒舌重重舉，杜口難開意氣深。

舉芙蓉山大毓禪師一日因行食與龐居士，居士接食次，師云：生心受施，净名早訶，去此一機，居士還甘否？居士云：當時善現，豈不作家？師云：非關他事。居士云：食到口邊，被他奪却。師乃下食，居士云：不消一句。

净名也好喫棒，愛弄心肝五臟。除非到裏脱頑機，不消一句超無量。

舉鹽官齊安禪師，僧問：如何是本身盧舍那？師云：與我將那箇净瓶來。僧即取净瓶來，師云：却送本處安置。其僧送净瓶本處，再徵前語，師云：古佛過去久矣。

本身盧舍意光周，碧雲間舉幾千秋。被人叩詰無私答，山自青青水自流。

舉歸宗智常禪師問新到僧：什麽處來？僧云：鳳翔來。師云：還將得那箇來否？僧云：將得來。師云：在什麽處？僧以手從頂擎捧呈之，師即舉手作接勢，抛向背後。僧無語，師云：這野狐精。

披雲帶雨鳳翔來，住色依聲眼不開。那個不曾通線縫，徒奔南嶽往天台。

舉南泉普願禪師示衆云：道個如如，早是變也。今時師僧須向異類中行始得。歸宗云：雖行畜生行，不得畜生報。師云：孟八郎，又與麽去也。

化身千百億，不得箇相識。傷嗟今古人，誰是知恩力。

舉鹽官齊安禪師一日謂衆曰：虚空為鼓，須彌為槌，什麽打得？衆無對。有僧舉似南泉，泉云：王老師不打這破鼓。法眼别云：王老師不打。

一擊聞中宇宙寬，東西南北是誰鞔。須彌無縫槌相應，塵刹無空别骨䦨。

舉歸宗智常禪師，僧問：初心如何得個入處？師敲鼎蓋三下，問：還聞否？僧云：聞。師云：我何不聞？師又敲三下，問：還聞否？僧云：聞。師云：我何以聞？僧無語。師云：觀音妙智力，能救世間苦。

初心入處不為難，迷源逐境萬重山。觀音妙智慈悲力，連擊三聲體自閑。□去今何處去，悠悠空鎖白雲關。

舉五臺山鄧隱峰禪師一日石頭和尚剗草次，師在左邊，叉手而立。石頭飛剗子，向師面前剗一株草。師云：和尚只剗得這個，不剗得那個。石頭提起剗子，師接得剗子，乃作剗勢，石頭云：汝只剗得那個，不剗得這個。師無對，洞山代云：還有堆阜麽？

仰之彌高，鑽之彌堅。瞻之在後，忽然在前。石頭重舉，隱峰無言。若更不會，三千大千。

舉歸宗智常禪師，刺史李渤問曰：教中言須彌納芥子，渤即不疑，芥子納須彌，莫不是妄談否？師曰：人傳使君讀萬卷書籍，是否？李曰：然。師曰：摩頂至踵如椰子樹大，萬卷書向何處著？李俛首而已。又問：大藏教明得箇什麽邊事？師舉拳示之云：還會麽？李曰：不會。師曰：遮措大，拳頭也不識。

萬卷詩書難却易，片衣口飯易却難。説甚須彌和芥子，堂堂體露指風旛。

舉南泉普願禪師因東西兩堂争猫兒，師提起猫兒云：道得即救取猫兒，道不得即斬却也。衆無對，師斬之。趙州自外歸，師舉前話，趙州乃脱草鞋，戴頭上而出。師曰：汝若在，即救得猫兒。

臨事全提少作家，雲堂徒自卧烟霞。趙州一塞無餘欠，萬古彌堅應落花。

舉鄧隱峰禪師一日推車次，馬大師展脚在路上坐，師云：請師收足。大師云：已展不收。師云：已進不退。乃推車碾過，大師脚損，歸法堂，執斧子云：適來碾損老僧脚底出來。師便出，於大師前引頸，大師乃置斧。

無相光中罕遇人，恐參未徹滯疑情。横推直截何干礙，碾出靈明耀日新。

舉南泉普願禪師，陸亘大夫問曰：弟子家中有一片石，或時坐，或時卧，如今擬鎸作佛，還得否？師云：得。大夫云：莫不得否？師云：不得不得。雲巖云：坐即佛，不坐即非佛。洞山云：不坐即佛，坐即非佛。

箇中須得意，□□又生疑。本不假脩造，識破現圓如。

舉百靈和尚，一日龐居士路次相逢，師云：昔日居士南嶽得意句，還曾舉向人也未？居士云：曾舉來。師云：舉向什麽人？居士以手指云：龐公。師云：直是妙德空生，也歎居士不及。居士却問：師得力句是誰知？師便戴笠子而去。居士云：善為道途。師一去更不回首。

直入孤峰意甚深，相逢道伴少知音。無物堪比龐居士，分明解聽没絃琴。

舉南泉普願禪師，陸亘大夫向師道：肇法師甚奇怪，道萬物同根，是非一體。師指庭前牡丹花云：大夫，時人見此一株花，如夢相似。大夫罔措。

紅黄碧緑是誰成，會得無不合天真。祇這一株驚被夢，令知大地百花新。

舉石林和尚，一日龐居士來，乃竪起拂子云：不落丹霞機，試道一句來。居士奪却拂子，却竪起拳。師云：正是丹霞機。居士云：與我不落看。師云：丹霞患啞，龐老患聾。居士云：恰是也恰是也。師無語，居士云：向伊道，偶爾恁麽。師亦無語。

達人相見無交涉，不落丹霞正自瞞。賴得龐公無二解，迎來送去一般般。

舉南泉普願禪師示衆云：王老師要賣身，阿誰肯買？一僧出云：某甲買。師云：他不作貴價，不作賤價，汝作麽生買？僧無對。卧龍代云：屬某甲去也。禾山代云：是何道理？趙州代云：明年來與和尚縫箇布袋子。

一箇閑身用不盡，肯承當者奉相呈。黄金萬兩非堪比，東西南北至分明。

舉潭州秀谿和尚，一日谷山問：聲色純真，如何是道？師云：亂道作麽？谷山却從東邊過西邊立。師云：若不恁麽，即禍生也。谷山却過東邊，師乃下禪牀，方行兩步，被谷山捉住云：聲色純真事，作麽生？師便掌谷山，谷山云：十年後要個人下茶，也無在。師云：要谷山老漢作麽？谷山呵呵大笑三聲。

萬仞峰撑没底船，憑知有點海中燈。六月卧冰鋪瑞雪，大笑三聲作麽生。

舉南泉普願禪師與麻谷歸宗同去參禮南陽國師，師先於路上畫一圓相云：道得即去。歸宗便於圓相中坐，麻谷作女人拜。師云：恁麽即不去也。歸宗云：是什麽心行？師相唤回，更不去禮國師。

日月燈光迴不俱，何須伴侣學真如。國師道在無相見，知音何處不文殊。

舉溈山祐禪師普請摘茶次，謂仰山曰：終日摘茶，只聞子聲，不見子形，何不現形相見？仰山撼茶樹，師云：子只得用，不得體。仰山云：未審和尚如何？師良久，仰山云：和尚即得體，不得用。師云：放子三十棒。玄覺云：且道過在什麽處？

鼻孔遼天老古錐，入泥入水驚貧兒。死中得活機鋒疾，不斷玄風徹紫微。

舉鄧隱峰禪師到南泉，泉指浄瓶云：銅瓶是境，瓶中有水，不得動著境，與老僧將水來。師拈瓶向南泉面前瀉，泉便休。

師子全威境白聞，誰人敢扣鬼門關。除非體用知無我，瓶傾不出悟無難。

舉大慈和尚示衆云：說得一丈不如行取一尺，說得一尺不如行取一寸。洞山云：我不恁麼道。僧云：作麼生道？山云：說取行不得底，行取說不得底。雲居云：行時無說路，說時無行路，不說不行時，合行什麼路？樂普云：行說俱到，即本事無，行說俱不到，即本事在。

無量光圓不動尊，亘今亘古語奚論。普雲彌布香芬馥，周行無住海幢門。

舉長沙岑和尚，僧問：南泉遷化，向什麼處去？師云：東家作驢，西家作馬。僧云：此意如何？師云：要騎即騎，要下便下。

百億化身唯佛知，含生經劫轉沉迷。空花水月分三界，一念歸元也太奇。

舉溈山祐禪師示衆云：老僧百年後，向山下作一頭水牯牛去，左脇書五字云：溈山僧某甲。此時喚溈山僧，又是水牯牛，喚作水牯牛，又是溈山僧。喚作什麼即得？雲居代云：師無異號。資福代作圓相托起。

頭角完全不住行，溈山獨步驚聾盲。牧童未辯牛消息，至今落塹墮深坑。

舉雲際師祖禪師問南泉云：摩尼珠人不識，如來藏裏親收得，如何是藏？泉云：與汝往來者是藏。師云：不往來者如何？師云：亦是藏。又問：如何是珠？泉召云：師祖。師應諾。泉云：去，汝不會我語。

聞道摩尼無價珍，得來轉轉似孤貧。師祖未諳申一問，南泉應不亂傳人。

舉長沙岑和尚示偈云：百尺竿頭坐底人，雖然得入未為真。百尺竿頭須進步，十方法界現全身。僧問：祇如百尺竿頭如何進步？師云：朗州山，澧州水。僧云：請師道。師云：四海五湖皇化裏。

拏雲□浪透山川，獨掉孤峰般若船。度盡四生超彼岸，九年面壁少林傳。

舉趙州諗禪師問南泉：知有底人，向什麼處休歇？南泉云：山下作牛去。師云：謝師指示。南泉云：昨夜三更月到窗。

知有之人不出頭，涅槃光裏度春秋。一條水牯金穿鼻，萬劫逍遥得自由。

舉子湖巖蹤禪師於中夜叫有賊，衆皆驚走。師到僧堂後架把住一僧，叫云：維那捉得也，捉得也。僧云：不是某甲。師云：是即是，只是汝不肯承當。

風舞巖松人不會，謾施巧便轉惛惶。徹夜為伊堅不信，未知何劫肯承當。□蒼天蒼天。

舉趙州諗禪師問一座主：講什麼經？主云：涅槃經。師云：問一段義，得否？云：得。師以脚踢空，吹一吹云：是什麼義？主云：經中無此義。師云：五百力士揭石義，便道無。

踢一踢時吹一吹，金毛師子現全威。趙州用處形言絶，争奈迷頭不肯歸。

舉甘贄行者於南泉設粥云：請和尚念誦。泉云：甘贄行者設粥，請大衆為狸奴白牯念摩訶般若波羅蜜。贄乃禮拜，便出去。南泉却到厨内打破鍋子。

門外君子至，一切人不會。打這閑家具，甘贄與南泉。大地扶不起，為甚扶不起，果報還如是。

舉大隋法真禪師，僧問：劫火洞然，大千俱壞，未審此個還壞也無？師云：壞。僧云：恁麽即隨他去也。師云：隨他去。

東西南北，通徹交過。悟者清凉，迷者大禍。隨流入流，法真不墮。若未全提，誰敢擔荷。

舉趙州諗禪師，僧問：萬法歸一，一歸何處？師云：老僧在青州，作一領布衫，重七斤。

循水尋流不見源，逢人相問豈堪言。知君背覺勞生解，謾語皆真意普賢。

舉雲巖掃地次，溈山云：大區區生。師云：須知有不區區者。溈山云：恁麽即有第二月也。師竪起掃箒云：這個是幾月？溈山低頭而去。玄沙聞云：正是第二月。

等閑平地掃塵埃，須還知有肯相陪。悲風皓月猿啼急，窮子離家甚日回。

舉關南道吾和尚有時執木劍，横在肩上作舞。僧問：手中劍什麽處得來？師擲劍於地，僧却置師手中。師云：什麽處得來？僧無對。師曰：容汝三日内，下取一語。僧亦無對。師自代，拈劍肩上作舞云：恁麽始得。

關南老婆橫木劍，不露鋒鋩大靈驗。擲下威光絶見聞，豐城獨卓無餘欠。

舉陸亘大夫問南泉云：古人瓶中養一鵝，鵝漸長大，出瓶不得，如今不得毁瓶，不得損鵝，作麽生得？南泉召云：大夫。陸應諾。泉云：出也。

標宗立法大瞞人，意氣彌陀局局親。黑白不分難下手，放過一著大驚神。

舉臨濟義玄禪師，黄檗一日普請鋤園，黄檗後至，師問訊，按钁而立。黄檗曰：莫是困也。師云：纔钁地，何言困？黄檗舉拄杖便打，師接杖，推倒黄檗。黄檗呼維那維那，扶起我來。維那扶起曰：和尚争容得這風顛漢？黄檗却打維那。師自钁地云：諸方即火葬，我這裏活埋。

心藏智寶少知音，全機付與水龍吟。忽然撞著無相似，誰解光和活死人。

舉三聖慧然禪師，師到德山，才展坐具，德山云：莫展炊巾，這裏無餿飯。師云：縱有也無著處。德山以拄杖打師，師接住，却推德山向禪牀上。德山大笑，師哭蒼天而去。

三聖戴角虎，德山獨眼龍。未展機先合，非言意已通。風雲融萬象，笑哭是誰同。死中若不活，争免被他籠。

舉興化存奬禪師謂克賓維那曰：汝不久為唱導之師。克賓曰：我不入汝保社。師曰：會了不入，不會不入。曰：没交涉。師乃打之，白衆曰：克賓維那法戰不勝，令捨衣鉢錢五貫文設䉉飯，而趁出院。

察明表重驗虚無，不久堪為唱導師。不覺驚動生滅相，臨時撮略顯精粗。

舉杉洋菴主有僧到參，師問：阿誰？曰：杉洋菴主。師曰：是我。僧便喝，師作噓聲。僧曰：猶要棒在。師便打。僧問：菴主得什麽道理後住此山？師曰：也欲通個來由，又恐遭人點檢。僧曰：又争免得？師乃喝之。僧曰：恰是。師乃打之，其僧大笑而出。師曰：大敗大敗。

雲無蹤兮雨無跡，事理綿綿有何極。賣金須是買金人，這裏若真不相識。

舉清峰楚禪師訪白水，白水問：樂普有生機一路，是否？師云：是。白水云：止却生路，向熟路上來。師云：生路上死人無數，熟路上不著活漢。白水云：此是樂普的，你的作麽生？師云：豈但樂普，夾山亦不奈何。白水云：夾山為甚不奈何？師曰：不見道生機一路。

見道不生機，生機不見道。青峰年年青，白水常浩浩。生熟路不通，迷悟俱不到。青白未萌前，樂普大深奥。

舉興化獎禪師，莊宗皇帝一日謂師曰：朕收大梁，得一顆無價明珠，未有人酬價。師曰：請陛下珠看。帝以手舒開幞頭帶脚。師曰：君王之寳，誰敢酬價。

覿面相呈也大奇，更無分别與遲疑。自從收得非離合，豈可虚明放過伊。精金百鍊方為貴，脱體靈明絶見知。

舉石頭希遷禪師問新到僧：什麽處來？僧云：江西來。師云：見馬大師否？僧云：見。師乃指一橛柴曰：馬大師何似這個？僧無對，却回舉似馬大師，馬曰：汝見橛柴大小。僧云：勿量大。馬曰：汝甚有力。僧曰：何也？馬曰：汝從南嶽負一橛柴來，豈不是有力。

妙指閑柴意馬師，失之千里費工夫。佛法不是這道理，拙用金毛作野狐。

舉丹霞天然禪師見忠國師，便展坐具。國師云：不用不用。師退步，國師云：如是如是。師却進前，國師云：不是不是。師繞國師一匝，便出。國師云：去聖時遥，三十年後不見，此漢也還難得。

口説難窮意普通，世間希有義和同。三春萬卉皆含笑，裝點繁花只一風。

舉藥山惟儼禪師，僧問：學人擬歸鄉時如何？師曰：汝父母偏身紅爛，卧在荆棘林中，汝歸何所？僧曰：恁麽即不歸去也。師曰：汝却須歸去，汝若歸鄉，我示汝個休糧方。僧云：便請。師曰：二時上堂，不須咬著一粒米。

提輪放線知深淺，把火燒山預辨宜。莫道逢場閑作戲，直須對病設良醫。

舉華亭船子和尚，善會和尚參禮次，師問曰：座主住甚寺？會曰：寺即不住。師曰：不似又不似個什麼？會曰：目前無相似。何處學得來？會曰：非耳目之所到。師笑曰：一句合頭語，萬劫繫驢橛。垂絲千尺，意在深潭。離鈎三寸，速道速道。會擬開口，師便以篙撞在水中。

孤舟不繫弄華亭，無限風光意氣清。善會不干於耳目，豈容聲色付元靈。

舉藥山儼禪師，夜參不點燈，師垂語曰：我有一句子，待特牛生兒，却向汝道。時有僧曰：特牛生兒也，何以不道？師曰：侍者把燈來。其僧抽身入衆。雲巖後舉似洞山，洞山云：其僧却會，只是不肯禮拜。

没眼休談見藥山，免將明暗警盲參。特牛生子猶為易，石女生兒豈似凡。孤明獨朗光無二，只恐癡猿攪碧潭。

舉高沙彌住菴後，雨裏來看藥山，藥山云：你來也。師云：是。山云：可殺濕。師曰：不打這鼓笛。雲巖云：皮也無，打甚麼鼓？道吾云：鼓也無，打什麼皮？山云：今日大好曲調。

信地無閑處，知心用不非。微塵佛國土，妙在一毫釐。應當如是見，所説但隨宜。古錐無做作，謾把布毛吹。

舉石室善導和尚一夕與仰山翫月，仰山問云：這月尖時圓相什麼處去？圓時尖相向什麼處去？師曰：尖時圓相隱，圓時尖相在。雲巖云：尖時圓相在，圓時無尖相。道吾云：尖時亦不尖，圓相亦不圓。

青天白日常相應，眼明方曉獮猴鏡。自從曠劫不揩磨，知音謾舉無生令。

舉德山宣鑑禪師，師抵于潙山，從法堂西過東，回視方丈，潙山無語。師云：無也無也。師出至僧堂前，乃曰：然雖如此，不得草草。遂具威儀上參，纔跨門，提起坐具，喚云：和尚。潙山擬取拂子，師喝之，揚袂而出。

難信難聞獨眼龍，布雲施雨覓無蹤。却被普賢穿却鼻，如今衆信永無窮。

舉洞山价禪師示衆云：兄弟初秋夏末，或東或西，直須萬里無寸草處去始得。又曰：只如萬里無寸草處，且作麼生去？顧視衆云：欲知此事，須枯木上生花，方與他合。石霜聞云：出門便是草。後明安云：直得不出門，亦是曼曼地。

萬里草不生，三昧號無諍。夢游觀玉境，畢竟是誰行。在處曼曼地，只道無兩般。法門非出入，學者莫顢頇。

舉漸源仲興禪師一日隨道吾弔喪，師以手撫棺曰：生耶死耶。吾曰：生也不道，死也不道。師曰：為什麽不道？吾曰：不道不道。弔畢同回，途次，師曰：和尚今日須與仲興道，倘更不道，即打去也。吾曰：打即任打，生也不道，死也不道。師遂打吾數拳。却往石霜，舉前問。石霜曰：汝不見道吾道，生也不道，死也不道。師乃大悟。

帶識髑髏撥死屍，箇中許道實難為。任渠碎我骨消散，終須不賺釋迦兒。

舉清平令導禪師，師問翠微：如何是西來的的意？微曰：待無人，即向汝道。師良久曰：無人也，請和尚說。翠微下禪牀，引入竹園，師曰：無人也，請和尚說。微指竹云：這竿得恁麽長，那竿得恁麽短。

令導禪和翠微峰，鐵壁銅牆路不同。遥指雙林是歸處，至今猶尚鬼儱通。

舉投子大同禪師，趙州途中相遇，問曰：莫是投子山主麽？師云：茶鹽錢乞一個。趙州即先到菴中坐，師後携一瓶油歸菴。趙州曰：久嚮投子，到來只是個賣油翁。師曰：汝只見賣油翁，且不識投子。曰：如何是投子？師提起瓶云：油，油。

古人投子續宗枝，相逢作者便呈機。含光知有菴中主，提起油瓶應不疑。

舉石霜慶諸禪師，師在溈山為米頭，一日在寮内篩米次，溈山云：施主物莫拋撒。師云：不拋撒。溈山於地上拾得一粒云：汝道不拋撒，這個是什麽處得來？師無對。溈山又云：莫欺這一粒子，百千粒從這一粒生。師曰：百千粒從這一粒生，未審這一粒從什麽處生？溈山呵呵笑，歸方丈。晚上堂云：大衆，米裏有蟲。

道人到處，全示真如。若求言句，未免區區。

舉漸源興禪師，一日將鍬子於法堂上從東過西，從西過東。石霜曰：作麼？師曰：覓先師靈骨。霜曰：洪波浩渺，白浪滔天，覓什麼先師靈骨？師曰：正好著力。霜曰：這裏針劄不入，著什麼力？師持鍬子肩上便行。太原孚云：先師靈骨猶在。

探宗勘辨要當人，劫火燄中摝眼睛。漸源頓入洪波裏，直至如今不見形。

舉洞山价禪師問太長老云：有一物上拄天下拄地，常在動用中黑似漆，過在什麼處？太曰：過在動用。師乃咄云：出去。

洞山活計未全包，太老鑽龜罕辨爻。有物先天非相貌，豈干動用色相交。

舉黃山月輪禪師，一日夾山抗聲問曰：子是什麼處人？師曰：閩中人。夾山云：還識老僧否？師曰：和尚還識學人否？夾山曰：不然，子且還老僧草鞋錢，然後老僧還子江陵米價。師曰：恁麼即不識和尚，未審江陵米作麼價？夾山曰：子善能哮吼。

不識是真識有心，識心徧處不求人。江陵米滿元無價，師子全威畫不成。

舉僧問洛浦：學人擬歸鄉時如何？師曰：家破人亡，子歸何處？僧曰：恁麼即不歸去也。師曰：庭前殘雪日輪消，室內游塵遣誰掃。

家不破兮人不亡，設機不應轉郎當。龜毛拂子呵呵笑，六月炎天好大霜。

舉乾峰示衆云：舉一不得舉二，放過一著，落在第二。雲門出衆云：昨日有人從天台來，却往南嶽去。峰下坐云：明日不得普請。

釋梵天帝，寶冠履地。不誦華嚴，佛不富貴。離四句非，絶百非是。絶百非非，離四句易。

舉欽山文邃禪師，師入浴院，見僧踏水輪，僧見師，乃下不審。師曰：幸自碌碌地轉，何須却恁麼？僧云：不恁麼又争得？師曰：若恁麼，欽山眼堪作什麼也？僧曰：作麼生是師眼？師乃以手作撥眉勢，僧云：和尚又得恁麽？師云：是是，為我恁麽，便不得恁麽。僧無語，師云：索戰無功，一場氣悶。良久乃問僧云：會麽？僧云：不會。師云：欽山為汝擔一擔。

一撥眉毛露眼睛，只傷底許没瞳人。燈籠開口呵呵笑，衲僧和夢蹈車輪。

舉玄沙師備禪師垂語云：諸方老宿盡道接物利生，且問汝只如盲聾啞三種病人，汝作麽生接？若拈槌竪拂，他眼且不見，共他説話，他又不聞。口復啞，若接不得，佛法無靈驗。時有僧出曰：三種病人，和尚還許商量否？師云：許汝作麽生商量？其僧珍重便出。師云：不是不是。羅漢云：桂琛現有眼耳，和尚作麽生接？中塔曰：三種病人，只今在什麽處？

古今學道與參禪，未諳眼耳妙言詮。一粒玄沙無住本，時時興販海南船。

舉龍濟山紹脩山主示衆云：具足凡夫法，凡夫不知。具足聖人法，聖人不會。聖人若會，即是凡夫。凡夫若知，即是聖人。此兩語一理二義，若人辨得，不妨於佛法中有個入處。若辨不得，莫道不疑。

龍濟興雲雨徧施，聖凡不落與誰齊。能持地藏無空印，具足圓方始不疑。

舉雪峰示衆云：世界闊一丈，古鏡闊一丈。世界闊一尺，古鏡闊一尺。玄沙指面前火爐云：火爐闊多少？峰云：似古鏡闊。沙云：老漢脚跟未點地在。

鏡含世界幾千春，非相非形假立名。汩没未嘗離鏡體，憐生誰合飲光人。

舉洞山問雲居膺：大闡提人，殺父害母，出佛身血，破和合僧，如是種種，孝養何在？雲居云：始得孝養。自爾洞山許之，為室中領袖。

大秤秤不起，小斗量不盡。無量劫即今，無不是心印。

舉夾山為渡子時，有一婆子抱一孩兒上船云：呈橈舞棹都不問，且道婆子手中孩兒甚處得來？夾山以橈子便打，婆子云：婆婆有六箇孩兒，五箇不遇善知識，只這箇也不消得。遂抛向江中。夾山乃吐舌。

船子寥寥載不空，幾回明月弄清風。呈橈舞棹無他事，只欲教人解六通。

舉雪峰云：飯籮邊坐餓死人，臨河渴死漢。玄沙云：飯籮裏坐餓死漢，水裏没頭浸渴死漢。雲門云：通身是飯，通身是水。

何處無雲不是門，藏鋒不露理難論。雪峰未盡玄沙意，惹得村人村又村。

舉教云：城東老母，與佛同時而生，一世共處，而不欲見佛。每見佛來，即便回避，周回上下，皆避不得，乃以手掩面，十指掌中，悉皆見佛。

似水煎茶待故人，知音喫了笑忻忻。茶水本來無一説，揚眉早是自瞞心。

舉永嘉大師云：無相無空無不空，即是如來真實相。

拈古談今我尚無，木奴草女辨工夫。草木恰知非外物，含靈那信自毗盧。

舉雪峰普請畬田，見一蛇，以杖挑起，召大衆云：看看。以刀芟為兩斷。玄沙以杖拋向背後，更不顧視。衆愕然。雪峰曰：俊哉。

飛空著地情依識，大地山河情識磨。色空明暗無相似，挑起蛇時會也麽。

舉九峰在石霜為侍者時，石霜遷化，衆欲請堂中第一座接續住持，峰云：待某甲問過，若會先師意，一依先師事奉。遂問云：休去歇去，一念萬年去，寒灰枯木去，口中泊瀑去，一條白練去，古廟裏香爐冷啾啾地去，你作麽生會？座云：一色邊事。峰云：恁麽則未會先師意在。座云：你不肯我那裝香來，我若不會先師意，香煙起處，脱去不得。言訖脱去。峰撫背云：坐脱立亡則不無，先師意未會在。

立亡坐脱不為奇，石霜遷化少人知。九峰師子連天吼，刹那驚殺野狐狸。

舉教云：未離兜率，早降王宮。未出母胎，度人已畢。

打開兜率露王宮，摩耶夫人没老去。浄飯國王生太子，字字言言説脱空。

舉玄沙雪峰遊山次，玄沙云：我如今大用去，和尚且作麽生？峰遂將三個木毬一時拋，沙作斫牌勢。峰云：你親到靈山，方得如此。玄沙云：也只是自家底。

玄沙大用，雪峰三弄。大地山河，六徧震動。

舉教：世尊初生，一手指天，一手指地，周行七步，目顧四方云：天上天下，唯我獨尊。雲門云：當時若教我見，一棒打殺，與狗子喫却，貴圖天下太平。

日裏不可道人，夜裏不可説鬼。無量劫來成道，一時都在這裏。

舉丹霞訪忠國師，逢國師侍者，霞問：國師在麽？侍者云：在即在，佛眼亦不見。霞云：龍生龍子，鳳生鳳兒。侍者舉似國師，國師打侍者二十拄杖。

三脚驢子弄蹄行，只欲途中拶後生。一片丹霞塵不染，包藏萬有豈稱能。

舉玄沙上堂，大衆集定，驀拈拄杖，趕散大衆。後云：老僧今日作一解，險入地獄，如箭射。侍者云：且喜和尚再復人身。

魚在岸時活不久，人落深淵當下亡。川陸誰知同一性，恰如地獄與天堂。

舉雪峰遷化，玄沙為喪主，集大衆煎茶，拈起盞子云：諸人若道得，先師無過，若道不得，過在先師。如是三問，俱無對。沙撲碎盞子，歸方丈。

無相光中弄影人，形同異類性天真。披毛戴角冰和水，削髮披衣水合冰。

舉有僧遊五臺山，問一婆子云：臺山路向什麽處去？婆子云：驀直去。僧便去，婆子云：又恁麽去也。其僧舉似趙州，州云：我去勘破這婆子。州明日便去問：臺山路向什麽處去？婆子云：驀直去。州便去，婆子云：又恁麽去也。州歸謂僧曰：我為汝勘破這婆子了也。

古人遺意不留言，婆子臺山著一邊。識得臺山婆子了，趙州消息没休年。

舉趙州從諗禪師在南泉作火頭，一日閉却門，叫云：救火，救火。衆皆到，師曰：道得即開門。衆無對。南泉將鎖匙於窗間過與師，師便開門。

趙州火急要人成，大衆渾無半眼窺。騎個金毛游物外，南泉滴滴意深深。

普菴家寶

普菴家寶，不著尋討。迷時不見，在處煩惱。悟時無相，如日杲杲。取舍不得，自然恰好。誰生誰病，誰死誰老。達人無證，凡夫顛倒。日西道晚，日東道早。有睛無眼，撞頭磕腦。扶籬摸壁，棄金抱草。機關木人，弄口叫好。線牽則動，索斷則倒。撒放閑處，如第爛藁。本自無形，被他作造。五彩妝來，安名立號。只欲瞞他，何曾自保。打鬧過日，全無倚靠。問他貴姓，口中便道。草木李張，適來方到。有甚急事，特來干冒。衣食不足，莫怪聒燥。人口不安，田園旱潦。賺埋公祖，移墳修造。被術人算，年月不好。朝山拜嶽，何處不到。未嘗感應，至今囉噪。又逢卦師，胡言亂道。速遷公祖，更改門竈。絲蠶天旺，官禄便到。但信八卦，陰陽最好。公卿宰相，都是我振。酌發稍輕，摇頭擺腦。贈他豐厚，連聲道好。因此貧窮，日夕煩惱。雪上加霜，苦寒難保。耳裏忽聞，普菴得道。捻土為香，直須親到。行來不覺，鐘聲浩浩。自心火急，無人通報。行童不管，維那高傲。息心定意，低聲苦告。不久之間，果見一老。一條拄杖，披一布襖。竪個指頭，教我速道。鼻孔遼天，眼睛潦倒。更不説錢，也不愛寶。不得妄想，不得作造。但識得心，無法不到。汝本是佛，不須别討。離諸名相，法身自保。生滅本無，諸佛假號。世出世相，全無可道。真實一心，不空靈寶。十方諸佛，都有裏許。一切幻緣，此心無主。幻化須盡，心等太虚。識得此心，如瑠璃珠。隨色影現，無著無去。得意忘言，了更無語。亦無可舍，亦無可取。也不燒疏，也不化紙。設齋無限，供養蛇鼠。布施不明，却還沉墜。雖是善因，能招惡理。公子王孫，因修福慧。持齋精進，衣食布施。纔出頭來，一切整備。豈用埋屍，卜度好地。心若不善，一切不利。頭頭作業，處處祭鬼。枯骨消磨，神識沉墜。生不念善，死地獄現。在處慈悲，來生方便。不信佛法，貧窮下賤。萬中無一，官人相現。滿山滿嶺，頭長觜尖。撈魚罝鳥，歷劫相煎。無一毫善，皆是結冤。不識父母，叫喚喧天。貪婬殺盜，罪不可言。陰振未滿，王法牽纏。心無一足，煩惱連天。因何不息，澄淨心田。若不飲酒，智慧光鮮。親近善者，心自善妍。若不食肉，公婆不哭。日夕心靈，善神助福。若不殺盜，自身無惱。行住坐卧，心無煩惱。若不邪婬，淨行甚深。精神勿虧，身體安寧。若不妄言，常親貴侶。守口如瓶，不驚寒暑。若不貪愛，觸目便會。見如不見，背如不背。若不嗔癡，眼耳如泥。天翻地覆，我自不知。若不惡口，身如瓦狗。人來不吠，棒打不走。若不兩舌，無事閑歇。誰是誰非，清風明月。若不綺語，身心一如。所在尊貴，為人中瑞。十般不善，在迷不見。佛為分別，覺悟自見。依此脩行，見本來面。大地含靈，誰敢輕賤。心共一心，隨業轉變。我若不如，只管喫現。我令始覺，感佛方便。翻十不善，回向十善。永不賺你，天亦常願。超出三界，見佛知見。凡夫肉眼，非明不見。無日月燈，如黑漆面。開眼見色，色即歸空。空中無得，恰如無見。開眼無見，猶如無目。見與不見，全無可善。眼不是眼，見不是見。空色無實，不明方便。達本了心，是佛知見。心若未了，識業黑變。今日安樂，逐光隨現。眼光落地，黑暗周徧。心思業顯，雷奔閃電。怕怖天地，投誰發願。百千刀輪，火車掣電。一刹那間，魂識消散。動經塵劫，業無所間。豈比世間，公牽私絆。哀哉衆生，尚貪喫飯。若還思死，火急難辨。五千教典，祕言無限。只為愚心，習氣深慣。己化聞經，己身無難。一人了達，與衆除患。不勸不善，惡不消散。若聞其聲，何忍食由。若見衆生，死當助哭。身衣口食，難心自足。直至到死，神識纏逐。隨念往生，定入毛畜。心不念佛，鎮在牢獄。心若念善，□□□□。善果善因，笙箏笙竹。不曾捻種，遍地野菊。耕田得禾，耕畲得粟。樂善天堂，造惡地獄。善惡無差，由心直曲。信佛拜泥，轉轉昏迷。信神燒紙，自損穀皮。信經讀字，不干心事。信道行婬，只瞞自心。信善貪財，到死也獃。信福殺盗，不久惡報。信是説非，將油洗衣。信罪不悔，如飛蛾昧。火爍油煎，去了又來。一似浮徒，貪嗔癡愛。前念作福，後念受罪。人不達理，妄執神鬼。人不會事，梅上添醋。急處鬬急，好做不做。見他富貴，一心趨侍。借口一文，還十文利。連妻帶子，為他奴婢。子細觀瞻，丈夫意氣。非我不非，是我不是。有無分定，因果相繼。懶惰貧窮，精勤富貴。脩般若多，獲慈悲惠。今生和順，在處恭敬。來生佛國，開發衆信。習氣清淨，行住皆定。定中有慧，慧體如鏡。鏡不是鏡，是非成病。失却是非，大圓智鏡。若人全會，何垢何淨。本無背面，光明性命。性即佛性，命即慧命。非生非老，誰死誰病。包括有無，無欠無剩。風動塵起，無有不應。水陸色空，血脈連通。微塵不透，不成正道。影響無知，猶如死屍。頭上一劄，却令眼眨。脚下一針，用口呻吟。問病叫痛，類同蠢動。將假為身，業力所成。成應有壞，有壞復形。成有本空，誰解通宗。不宗為本，無住為宗。不空不住，無異虛空。快須薦取，脱却樊籠。古佛今佛，因此大通。釋迦親印，猶如虛空。如水中月，應物標宗。如水是體，水月空同。有無相貌，二相皆同。同則無礙，有礙不中。不中非佛，佛亦無窮。騰今耀古，不受瞞籠。萬法之母，諸佛祖公。若人了達，便與佛同。若人不了，萬法盲聾。猶如雜話，枉費日工。如是家寶，永不空空。究竟無説，法本無空。普菴和尚，家寶示衆。以上

輯自《普菴印肅禪師語録》卷下

（許紅霞整理）

全宋詩卷二〇五八

李燾

李燾（一一一五—一一八四），字仁甫，一字子真，號巽巖，眉州丹稜（今屬四川）人。高宗紹興八年（一一三八）進士，授成都府華陽縣主簿，未上，讀書丹稜龍鶴山（或作龍鵠山）。十二年秋，始赴任。歷官州縣及朝廷史職多年。孝宗朝仕至同修國史，北宋典故，尤爲該洽。淳熙十一年，以敷文閣學士致仕，尋卒，年七十，謚文簡。著有《續資治通鑑長編》千卷，用力垂四十年，葉適以爲《春秋》之後纔有此書；詩文集五十卷，已佚。事見《周文忠集》卷六六《敷文閣學士李文簡公神道碑》，《宋史》卷三八八有傳。

李燾詩，據《兩宋名賢小集·李文簡詩集》等書所録，編爲一卷。

從何使君父子遊墨池分韻得名字《宋詩紀事》卷四五注：成都縣治前有洗墨池，揚雄草《太玄經》處。

蜀學擅天下，馬王先得名。簧如巧言語，於道原作是，據《成都文類》卷八、《全蜀藝文志》卷一三改蓋小成。子雲最後出，振策思遐征。斯文大一統，欻使聖域清。富貴盡在我，紱冕非所榮。旁皇天禄閣，聊亦觀我生。懷哉不能歸，舊宅荒榛荆。寂寞竟誰顧，正路今莫行。使君蓬萊仙，弭原作盼，據上引兩書改節歸赤城。門無俗賓客，家有賢父兄。慨念此耆老，不登漢公卿。臨池一罇酒，尚友千載英。并原作拜，據上引兩書改呼嚴與李，月旦共細評。區區可無憾，彼重適我輕。朅來成都市，塵土污冠纓。古人不可見，見此眼自明。請為懷古詩，玉振而金聲。

題龍原作籠，據《李文簡公神道碑》改**鵠山房**

已作清時鳥倦飛，杜鵑更勸阿誰歸。似嫌住處猶城郭，不解携家隱翠微。

客懷原僅録前三首，《成都文類》卷一四作成都學舍遣興五首，據補後二首

寂寞三秋節，凄涼萬里風。關河盡形勝，人物幾英雄。秦葉隨流水，周禾滿故宫。此心懸象闕，夢繞浙西東。

久客厭塵土，幽居懷翠微。只餘清夜夢，長作故山歸。菊已開三逕，松應長十圍。晨鐘忽驚覺，猶有露沾衣。

壯矣府中縣，索如城外村。墨池今掃迹，石筍舊餘根。風急漢絃斷，雨多秦鏡昏。新秋一懷古，情緒若為論。

雨意忽如此，客愁將奈何。出門誰可詣，掩卷獨高歌。塵世兔三穴，古人蓬一窠。區區奚足道，默默幸無它。

長憶在家好，已知從仕難。紛紛猶嚇鼠，悄悄政棲鸞。忘意躡高位，敢言卑小官。世途真甚隘，懷抱要須寬。

靈雲巖《宋詩紀事補遺》卷四二題作題南部停雲巖

路轉層岡十《宋詩紀事補遺》作二里餘，武陵傳者亦難如。昔年煉藥仙人室，今日餐霞道士居。洞外蟠花同上書作桃開錦繡，巖前石同上書作丹溜漱瓊琚。猗歟靈氣為時雨，可惜圖經闕不書。以上宋陳思《兩宋名賢小集》

卷一六九《李文簡詩集》

三月二十日出郊泛舟西津得予字

春日行郊坰，南風初唱予。相攜出城郭，著意買江湖。句好從兒覓，杯乾任客呼。長年足詩酒，此外復何須。　宋扈仲榮《成都文類》卷三

信相院水月亭

水中之月不可取，收攬結成湖上亭。天光沉沉射虚白，夜色耿耿含空青。堨來窮冬所見異，但有破塊黏枯萍。吾心皎潔竟何似，本自無物誰當銘。　同上書卷八

十月過昭覺庭梅蕭然已動人意因作二十八字

厭逐遊人藥市行，暫來心迹喜雙清。疏風細雨荒庭菊，便覺梅花暗有情。

觀施氏芍藥呈同遊者

怪底吹殘萬點紅，餘妍都在此花中。攀枝未許風流盡，振袂還知結習空。杳杳人誰贈南園，菲菲身恐墮仙宫。乞將新雨酬佳麗，始信青春不負公。

成都施氏園海棠方盛時覓酒徑醉二月九日

染根著色謝天公，破睡猶禁一再風。為此徑須浮大白，老夫元自愛深紅。　以上同上書卷一一

游蔡山

巖巒最高頂，雲氣時蔚薈。原作鬱會，據《錦繡萬花谷續集》卷一一及《方輿勝覽》卷五五改彷彿羣仙宅，宫闕曜珠貝。

宋王象之《輿地紀勝》卷一四七《成都府路·雅州》

長生觀

成家得將軍，如越大夫蠡。功成拂衣去，智囊未叩底。　同上書卷一五一《成都府路·永康軍》

望川亭

潼川遶郭多名寺，都在少陵詩句中。西上飛亭更奇絶，水光山色兩無窮。　同上書卷一五四《潼川府路·潼川府》

岑公洞

隋邦危亂誰得免，虚鑒真人願獨行。道骨仙風今可想，幽棲巖洞及高明。　同上書卷一七七《夔州路·萬州》

昇元寺

題據《宋詩紀事補遺》卷四二補

看盡庵前手種松，草堂聊復少從容。令人却憶騎驢老，悔不終身作卧龍。

昇元古寺寶靈珠，照影東西與衆殊。本為仁皇賁潛府，豈知今日鎮留都。　宋周應合《景定建康志》卷三七

擁翠樓

原注：在瀘州雅歌堂之上。

春畦甘菊，今猶青蕊，移梅擁翠樓下，忽已着花，戲成長句云。

淳熙元年九月尾，菊未落英梅破蕊。從來兩美難必合，今忽得此一笑喜。人言地瘴物失時，進忌太蚤退苦遲。老夫亦豈不自覺，姑與飲酒仍賦詩。忍令芳草直為艾，封植嘉樹寧少待。夕餐九華可無死，却期老歲於吾子。　《永樂大典》卷二二一八　按：李燾知瀘州在乾道八年（一一七二），是年末已離瀘州赴臨安，淳熙元年（一一七四）乃在江西轉運副使任内。此詩首句點明作於淳熙元年九月尾，擁翠樓恐别有所在。

洞　庭

《宋詩紀事補遺》卷四二題作雁湖梅花

鏡面千頃闊，修眉一帶橫。湖深有龍蟄，山靜少人行。似與真仙約，都無《宋詩紀事補遺》作忘世俗情。鳥啼猿叫歇，軒樂有餘聲。　同上書卷二二六一

制勝樓

畫省容臺記並遊，相思相望幾登樓。路長久歎音塵絶，事變還驚歲月流。合侍鈞天終雅奏，却穿巴峽看橫舟。欲酬嘉惠須新語，老覺枯腸不奈搜。　明周復俊《全蜀藝文志》卷六

登金山

金山何處好，四顧不相連。窗迥前無地，波澄下有天。堂留三楚客，門泊五湖船。暝色關詩思，江籠兩岸烟。　明許國誠《京口三山志》卷四

龍鵠山

西山有佳人，慣踏山下路。晨吟澤畔風，午睡巖前雨。莫使兒輩覺，損我巖壑趣。　清陸心源《宋詩紀事補遺》卷四二引《眉山屬志》

鼎建金釜仙山靈泉古觀碑

臣闔獨步轉淦浪，□□□□□□陽。風生□□□□□，紫氣繽紛賽錦堂。欲頻了了載詩酒，總為超□□□陰。幽勝若天香境萬，□舍興樂招掌愛。下缺　《萃珍閣蜀碑錄》第一册

句

試上層樓高處望，十洲三島似蓬萊。萬景樓　《輿地紀勝》卷一四六《成都府路·嘉定府》

瓦屋如案平，金仙闕光景。瓦屋山長松　同上書卷一四七《成都府路·雅州》

斷碑唐日寺，遺像晉時僧。　香積寺　同上書卷一五一《成都府路·永康軍》

山遶一城藏幾寺，江連二水送孤舟。　望川亭　同上書卷一五四《潼川府路·潼川府》

平蓋神仙院，武陽山水鄉。　平蓋觀　宋祝穆《方輿勝覽》卷五三《眉州》

行亦自劾去。　宋晁公遡《嵩山集》卷五《李仁甫和予如字韵詩再用韵寄之》詩注引

（徐規整理）

全宋詩卷二〇五九

芮 燁

芮燁(一一一五—一一七三),字國器,一字仲蒙,烏程(今浙江湖州)人。高宗紹興十八年(一一四八)進士,調仁和尉。二十五年,因和鄉人沈長卿賦牡丹詩忤秦檜,除名武岡軍編管,檜卒,復原官。三十年,行國子正,逾年,除秘書省正字(《建炎以來繫年要録》卷一六八、一八五、一九二)。擢監察御史。孝宗隆興二年(一一六四),爲廣西東路轉運判官(清乾隆《廣東通志》卷二六)。乾道五年(一一六九),除國子司業,旋升祭酒。八年十二月卒,年五十八。有《易傳》一卷、詩四卷等,已佚。事見《芮氏家藏集序》(《周文忠公集》卷五四),《嘉泰吴興志》卷一七、《宋史翼》卷一三有傳。今録詩五首。

從沈文伯乞娑羅樹碑

楚州淮陰娑羅樹,霜露榮悴今何如。能令草木死不朽,當時為有北海書。荒碑雨侵澀苔蘚,尚想墨本傳東吴。宋洪邁《容齋四筆》卷六

題鶯花亭

人言《宋詩拾遺》卷一六作生多技亦多窮,隨意文章要底工。《宋詩拾遺》作隨分文章底用工淮海秦郎天下士,一生懷抱百憂中。宋劉克莊《後村詩話》續集卷一

《後村詩話》：秦少游嘗謫處州，後人摘「柳邊沙外」詞中語為鶯花亭，題詠甚多。

羅浮寶積寺

木落天寒山氣沈，年華客意共蕭森。偶于佳處發深省，其實宦遊非本心。紅日坐移鐘閣影，白雲閑度石樓陰。還家莫話神仙事，老不寬人雪滿簪。　元方回《瀛奎律髓》卷四七

贈陳少微 煥

原思非病貧何患，回也雖貧樂有加。歲晚與誰同此味，梅花深處是君家。　明姚良弼嘉靖《惠州府志》卷一三

東林寺

脩竹長林羅水車，梵王家近葛僊宮。耳聞清磬是非静，心領菩提名利空。啖棗尚知前世事，拈花還遇上機翁。抽簪若得燒丹訣，莫負扶桑半夜紅。　清陳銘珪《浮山志》卷四

句

今作塵埃奔走人。　宋周必大《文忠集》卷五四《芮氏家藏集序》

《芮氏家藏集序》：故相秦檜時，鄉人沈長卿作牡丹詩，有評以為謗訕者，引爗為證。廷尉捕治，爗力辯其非。吏別摘爗尉仁和時所作詩云云，坐以怨望，遠竄武岡。

今日桐城王刺史，異時遺愛在吾州。　宋王十朋《梅溪後集》卷一九《林黄中少卿出守吴興芮國器司業以詩送之……》引

寧令漢社稷，變作莽乾坤。　和沈長卿牡丹　宋王象之《輿地紀勝》卷六二《荆湖北路・武岡軍》

（陳曉蘭整理）

陸升之

陸升之（一一一五—一一七四），字仲高，一字法護，山陰（今浙江紹興）人。長民次子，游從兄。高宗紹興十八年（一一四八）進士，時年三十四（《紹興十八年同年小録》）。十九年，爲淮西提點刑獄司幹辦公事，旋充諸王宫大小學教授（《建炎以來繫年要録》卷一六一）。二十五年，以知大宗正丞出提舉兩浙路市舶，旋貶雷州（同上書卷一六八、一七〇）。孝宗隆興元年夏，自都還里（《渭南文集》卷一七《復齋記》）。晚年客臨安（《愛日廬叢鈔》卷四）。約卒於淳熙元年（《陸游家世叙録》，《文史》第三十一輯）。

皇后閣春帖子代劉珙

内仗朝初退，朝曦滿翠屏。硯池渾不凍，端為寫蘭亭。宋桑世昌《蘭亭考》卷二

（徐永强整理）

傅得一

傅得一（一一一五—一一八八），字寧道，新淦（今江西新干）人。道士，曾主管皂山崇真宫、玉隆萬壽宫。孝宗淳熙十五年卒，年七十四。事見《歷世真仙體道通鑑續編》卷四。

臨終詩

平生膽氣清高，抱道長樂逍遥。天地陰陽反覆，雲收霧捲丹霄。《道藏》册五元趙道一《歷世真仙體道通鑑續編》卷四

（王德保整理）

吴皇后

吴皇后(一一一五—一一九七)，開封(今屬河南)人。父近。年十四，高宗爲康王時，被選入宫。高宗即位，從往四明，衛士謀爲變，入問帝所在，后紿之以免。未幾，封和義郡夫人，還越，進才子，貴妃。紹興十三年(一一四三)立爲后。孝宗即位，屢加尊號。光宗慶元三年卒，年八十三。謚憲聖慈烈。《宋史》卷二四三有傳。今録詩二首。

題徐熙牡丹圖

吉祥亭下萬年枝，看盡將開欲落時。却是雙紅有深意，故留春色緩人思。

題徐熙芍藥

穠李夭桃掃地無，眼明驚見玉盤盂。揚州省識春風面，看盡群花總不如。

以上清姜紹書《韻石齋筆談》卷下

《憲聖皇后翰藻》

樊賓

樊賓(一一一五—？)，字唐老，小名王尊，小字紹卿，果州南充(今四川南充東北)人。紹興十八年(一一四八)進士，時年三十四(《紹興十八年同年小録》)。按，有另一樊賓，河中人，高宗紹興元年除荆南鎮撫司同措置營田官，六年遷司農少卿，七年知袁州，見《建炎以來繫年要録》卷四四、一〇三、一一三、一五九，存以備參。

句

恥見横人欺楚約，忍聞稚子勸君行。　歸州　《輿地紀勝》卷七四《荆湖北路·歸州》

（以上岳仁堂整理）

司馬伋

司馬伋，字季思，夏縣（今屬山西）人。高宗紹興八年（一一三八），受詔以司馬光族曾孫爲右承務郎，嗣光後（《建炎以來繫年要録》卷一二一）。十五年，爲添差浙東安撫司幹辦公事（同上書卷一五四）。紹興末通判處州（《老學庵筆記》卷八）。孝宗乾道二年（一一六六），爲建康總領（《景定建康志》卷二六）。六年，以試工部尚書使金（《金史·交聘表》）。淳熙四年（一一七七），爲吏部侍郎（《玉堂類稿》卷七）。五年，以中奉大夫徽猷閣待制知鎮江（《嘉定鎮江志》卷一五）。六年，陞寶文閣待制，改知平江，尋奉祠（《吴郡志》志一二）。九年，知泉州（清乾隆《泉州府志》卷二六）。卒，項安世有詩挽之。今録詩三首。

點易亭

洞天占勝作新亭，曲檻危簷揖翠屏。四顧風烟入懷裏，一灣溪水抱沙汀。羽人不見論平昔，雙鶴猶存有典型。幸得官閑成吏隱，何妨續説舊羲經。清張皇輔康熙《青田縣志》卷一二

送汪尚書大猷歸鄞

憶昔銓衡地，為郎得並遊。惟公合明陟，顧我分夷猶。功業行將遂，軒車去莫留。祠庭固誠請，帝眷益綢繆。

日者真奇中，春風畫鷁行。東山須繼起，南浦獨傷情。越岸江山麗，都門祖道榮。里閭高卧際，趣詔逐

追程。《宋詩紀事》卷四六引《寧波府志》　按：查嘉靖、康熙、雍正三種《寧波府志》均無此詩，姑轉引。

（徐永强整理）

胡彦國

胡彦國，高宗紹興二十五年（一一五五）以右朝請郎知徽州，二十六年，遷朝奉大夫移知廬州。事見《新安志》卷九。

三老堂

《輿地紀勝》：三老，指范純仁、劉摯、傅堯俞。

歷陽賓主昔多賢，三老風流二十年。獬豸冠中曾補衮，鳳凰池上迭擎天。《輿地紀勝》卷四八《淮南西路·和州》

（劉雯整理）

許必勝

許必勝，字希文，金壇（今屬江蘇）人。高宗紹興十五年（一一四五）進士。官終知無爲軍巢縣。按：《七十二峰足徵集》卷三作字克之，馬蹟山人，仕至顯謨閣待制，忤時歸里。《至順鎮江志》卷一八有傳。今録詩十七首。

山中雜咏

久病鮮塵事，溪山遂相安。欲知生息意，自樹庭中蘭。静睹花葉榮，春風吹亦難。新禽弄佳吹，小水生微瀾。同在天地中，安能測其端。夜澄衆境寂，月小松聲寒。言念御風人，感兹清露溥。悲來心自微，凄然竟長嘆。

月至林木異，心空來遠聲。草根幽響奏，小葉孤螢明。静念既有在，久之無可名。輕雲自閑暇，坐久山風鳴。微雨偶然過，清心相向生。

鳥亂南山雲，日照南山緑。東風語流鶯，相吹還斷續。撫彼石上泉，平生自云足。浮榮不常御，迴薄無停矚。苟非女蘿枝，焉能事屈曲。峨峨高山松，漾漾深溪渌。持此雲外心，一謝西飛鵠。

灼灼山半花，閑閑水中藻。苟無松柏心，飄零向誰道。蜉蝣炫衣裳，楚楚苦不保。野老惜春色，間籬薙青草。青草忽已繁，蘭蕙日已老。蘭蕙日已老，我心當奈何。人生貴適意，所樂豈在多。卓然負書翁，悠悠謝山阿。

憶舊游

歡遊成逝波，盛華落殘照。每憶清池遊，幽魂夜相弔。與君携手時，雲林正清妙。天空露光動，襟衫見高調。及來愁病侵，瘦骨冰稜峭。君如鏡中花，獨向春光笑。荒村酒味薄，沉憂何時療。日色不入夢，高星凍青耀。空枝吟霜風，永夜興悲嘯。嵯峨金張第，忽成野田燒。安得明月中，長見君年少。

孤桐飽秋風，響作霜天鴻。手翻九嶷色，下墮瀟湘中。誰言一寸路，不成西與東。誰言少年時，不成衰老翁。欲使膠漆意，通君山水衷。嘗恐金石奏，復為鄭衛工。所悲百年内，徒然羡華嵩。華嵩有終極，愁淚終難窮。愁淚一入地，春風無碧叢。

舟　行

雨脚天東來，驚鳥烟中起。須臾四山合，萬象空濛裏。孤行念遠村，見樹聯自喜。浪遊豈無因，遇山則知止。稜稜雲外峰，與我心終始。日暮宿田家，田歌正清美。何以途路心，歷亂如流水。始疑車馬上，未必見君子。行當弄輕舟，隨風問蘭芷。

除夕

多病成懶疎，日月忽驅逐。家人厭陳迹，灑掃新我目。争此須臾間，擾擾競多福。習氣變性情，不復生慚恧。幸有一樽酒，可以寄清穆。夜静天四垂，星光就簷屋。燈燭忽空曠，琴書轉幽獨。休心薇蕨内，庶免營旨蓄。鳳凰鳴高岡，貽笑於雞鶩。得終歲寒心，尚愧庭前竹。去去天台山，幽蘭會當馥。

春日作

雨過驗庭樹，始知春氣還。造化不相限，隨意成斑斕。蒙蒙一寸枝，新故傷其間。四時遞相見，花葉了不閒。安能待頭白，然後凋朱顔。陽春久斷絶，夢想見弓彎。醉後發高唱，狂句請莫删。不貴文字奇，貴使耳目頑。從來賢智出，不與庸俗關。性情通草木，羞辨魑魅奸。周道滿荆棘，歧路盈海寰。舉足何所蹈，歸去天台山。

苦雨

積憂遂成陰，昏色遍蒼莽。我醉憂已忘，天地當開朗。何以酒醒後，猶然在簷上。云是方春時，暗助草木長。凝陰而無陽，亦非善培養。豈因世道非，寰宇盈魍魎。日月不照臨，星辰羞布象。每睹萬類心，俱稱上天廣。移轉亦何難，夢夢如抱怏。地底周雷聲，驕烏絶心想。四望如無餘，舉意同羅網。安得最高峰，雲外獨來往。

睡起

睡起日滿窗，蒼蠅黄蜂如沸江。莫言閑人得睡足，夢到封侯亦勞碌。隔壁棋客時落子，功名事業此中已。

巫山洛水香成陣，天上曉雲為翠鬟。

新　月

偶向樹中見，知從水際生。葉翻寒不定，雲去意無成。亂石流泉影，空山落子聲。當年眉黛在，定見可憐情。

寄山中老稚

客久歸無計，家書懶再看。寄聲花鄭重，為報竹平安。詩酒吾能老，饑寒汝自寬。今年新釀熟，收拾釣魚竿。

閨　怨

房櫳微雨過，蟲思草根深。門外青苔色，無人閑到今。換衫依暮冷，開鏡倚秋心。別意猶能在，應來夢裏尋。

贈友山二姪

聞道春來解問經，整衣矩步學趨庭。雨餘應惜階前蟻，月落休輕案上螢。自笑顛毛容我白，且留衰眼為伊青。熟精文選吾家事，早向秋空試鳳翎。

祥符寺得句

安蔬自足慰平生，峰静松閑澗水平。山意悟時僧不語，落花聲間梵音清。

題　畫

傍岸參差築小亭，山深樹暗水泠泠。此間應有神仙語，先向圖中試一聽。

以上清吳定璋《七十二峰足徵集》卷

三

王駜

王駜（《宋詩紀事補遺》卷四二作王泌），臨川（今屬江西）人。高宗紹興十五年（一一四五）進士。事見清光緒《撫州府志》卷四二。

横秋閣

地僻無車馬，新涼入醉鄉。柳烟顰夕渚，蓮露泣秋塘。懶聽能啼雁，閒披古錦囊。物華隨處好，何必在瀟湘。　清謝煌光緒《撫州府志》卷九

（以上岳仁堂整理）

石安民

石安民，字惠叔，臨桂（今廣西桂林）人。高宗紹興十五年（一一四五）進士。歷廉、藤二州教授（清嘉慶《臨桂縣志》卷二八），象州判官。晚知吉陽軍，未赴而卒（明正德《瓊臺志》卷三一）。

句

明朝江上一回首，二十四峰何處尋。　《輿地紀勝》卷一一一《廣南西路·貴州》

毛宏

毛宏，字叔度，原名公弼，字虞卿。樂清（今屬浙江）人。高宗紹興十五年（一一四五）進士（《梅溪前集》卷一），授寧海主簿。丁父母憂，以哀毁卒（明永樂《樂清縣志》卷七）。

夜聽雙瀑聯句

夜静雙瀑喧，遥聞疑雨來。潤壑生清風，襟宇捐纖埃。龜齡　飛鳴撼半空，暗想飄瓊瑰。前觀阻步屧，側耳成徘徊。虞卿　蕭然山館間，此興何悠哉。子晉不復見，月白空簫臺。方叔　宋王十朋《梅溪前集》卷二

盧傳霖

盧傳霖，永嘉（今浙江温州）人。高宗紹興十五年（一一四五）進士。二十五年，爲和州教授（《建炎以來繫年要録》卷一七〇）。孝宗乾道元年（一一六五），爲國子簿（《宋會要輯稿》選舉二〇之二〇）。官終宗正丞。事見明弘治《温州府志》卷一三。

句

寒鄉只顧春來早，暖日暄風盡蕩摩。雪　宋李心傳《建炎以來繫年要録》卷一七〇

江溥

江溥，字叔源，衢州常山（今屬浙江）人。高宗紹興十五年（一一四五）進士，調襄陽教授，改監左藏南庫。孝宗乾道間爲太府寺丞，知臨江軍（明隆慶《衢州府志》卷一一）。淳熙間，歷倉部員外郎（《宋會要輯稿》選舉二二之一）、中書門下省檢正諸房公事，殿中侍御史，出提點荆湖北路刑獄，

移京西路轉運副使（同上書職官一之六五、六二之二四，食貨二八之二三）。明弘治《衢州府志》卷九有傳。

汪端齋聽雨軒

二蘇當日相思句，故揭名軒意可知。萱草滿堂長衎衎，棣華聯蕚更怡怡。酒傾風雨對床夜，夢到池塘覓句時。最善君家好兄弟，箇中真樂本無涯。　明吾冔弘治《衢州府志》卷一三

（以上李更整理）

顧岡

顧岡，平陽（今屬浙江）人。高宗紹興十五年（一一四五）進士，爲錢塘縣主簿（清雍正《浙江通志》卷一二五）。後因憤秦檜擅權，辭官不仕。事見明嘉靖《温州府志》卷三。

曉雲峰

一夜乾坤雨乍晴，歸雲無數宿蒼屏。白衣已曬青山曉，茅屋主人猶未醒。　清曾唯《東甌詩存》卷一

（王德保整理）

全宋詩卷二〇六〇

沈樞

沈樞，字持要（《止齋集》卷三九《温州重修南塘記》），安吉（今屬浙江）人。高宗紹興十五年（一一四五）進士，調彭澤丞。二十九年，以監察御史行比部員外郎。三十一年，任福建路提點刑獄。次年，除尚書考功郎中。孝宗隆興二年（一一六四）爲江南東路轉運副使（《景定建康志》卷二六）。乾道六年（一一七〇），權福建路轉運副使。淳熙二年（一一七五），在權吏部侍郎任以故降三官，筠州居住。十二年，起知温州，歷知鄂州、廣德軍。十六年，由知潭州任放罷（《宋會要輯稿》食貨五八之一八、選舉五之一一、職官七二之五三）。光宗紹熙四年（一一九三），爲度支郎中（同上書選舉二二之一二）。遷湖南安撫使，旋致仕，卒年八十二。有《宜林集》三〇卷（《宋史》卷二〇八），已佚。清同治《湖州府志》卷七一有傳。

百福寺薰風堂

三字原無，據《吴興詩存》卷五補孝豐縣東門

築室最高處，軒窗八面通。鑿山流乳液，開户納薰風。巾履隨凉設，茶瓜與客同。我來資解愠，不羨楚王雄。元陳世隆《宋詩拾遺》卷一七

句

沽酒頻留客，圍棋不計功。得助亭　宋談鑰《嘉泰吴興志》卷九

李庚

李庚，字子長，臨海（今屬浙江）人。高宗紹興十五年（一一四五）進士，調長沙尉（《攻媿集》卷五二《詅癡符集序》），知崑山縣。二十六年，召爲御史臺主簿（《建炎以來繫年要録》卷一七一）。二十七年，爲監察御史，守兵部員外郎（同上書卷一七六、一七八）。孝宗乾道二年（一一六六）提舉江南東路常平（《宋會要輯稿》職官四八之一〇四）。歷知南劍、撫、袁諸州，卒。有集《詅癡符》，已佚。事見《嘉定赤城志》卷三三。今録詩十五首。

同丁致遠司户游東掖山 二首

不見詩人老鄭虔，誰知衣鉢此中傳。尚餘傑閣驚人句，更結今秋未了緣。自注：丁相約今秋再游光明閣。

與君共飽桑門飯，愧我曾非蓮社人。若問生公講堂事，青山門外自横陳。宋林表民《天台續集别編》卷五

題尤使君郡圃十二詩

參雲亭

元公來把麾，與民脱水厄。當時游息地，危亭冠州宅。梁棟宿寒雲，去天纔一握。尚餘手種木，甘棠思邵伯。自注：台州當大水之餘，元章簡公作民居數千區，甓城置塢，至今為利。見本傳。

雙巖堂

吾州山水窟，城郭擁寒緑。戢戢羣峰間，峙此一雙玉。相對如佳賓，可敬不可瀆。空翠撲衣裳，夜來雨新沐。

玉霄亭

亭亭玉霄峰，列仙皆羽化。把酒碧桃間，吹簫明月下。嗟我落塵凡，鶴背應難跨。夫子真癯儒，好上班麟駕。

匿峰亭

新亭方半丈，衆山之所宗。慳容半窗月，劣受一簾風。傍人笑老子，游戲如兒童。亂峰徒頡頏，不與汝爭雄。

凝思齋

孫綽賦天台，伻人以圖至。公今身見之，情親心更醉。坐想復行吟，商頌得十二。寄語范榮期，金聲重擲地。

樂山堂

青山如避世，詎肯詣公府。仁人如好賢，招邀入庭户。拄笏對朝氣，卷簾當暮雨。自注：此堂面西。是中有佳趣，莫與兒輩語。

清平閣

彼美東堂下，方池誰鑿成。蕭侯慨不見，亦足窺典刑。湛湛魚可數，怗怗鷗不驚。此心有如水，通國號神明。

君子堂

文簡為州時，不求赫赫譽。自注：畢文簡公嘗語人曰：僕仕宦無赫赫之譽，但力自規檢，庶幾寡過爾。温恭君子儒，豈弟民父母。黄堂能幾年，清風靄千古。願公踵前修，特此相明主。

静鎮堂

海邦本淳古，山民亦顓蒙。汝不探赤丸，我無為鮨箭。熙熙樵與牧，藹藹春風中。何必師齊相，虚堂舍蓋公。

霞起堂

赤城古洞天，彤霞照山谷。爛爛九光垂，餘輝借草木。伊予有痼疾，企望常不足。待與馬練師，耘芝灌松竹。

駐目亭

吏散長廊静，杖藜巾一幅。只圖寬眼界，不管窮脚力。野水露微灣，寒山出寸碧。待拍洪崖肩，蓬萊真咫尺。

節愛堂

吾愛巴揚州，夜不然官燭。吾愛陽道州，日炊米二斛。使君美無度，力蹈前賢躅。宜爾海雲邊，十萬户蒙福。同上書卷六

題畫扇

睡起小樓春又殘，半垂雲袖傍欄干。楊花飛過鞦韆索，一陣東風作曉寒。宋陳起《前賢小集拾遺》卷一

李鼎

李鼎，南城（今屬江西）人。高宗紹興十五年（一一四五）進士（明正德《建昌府志》卷一五）。官

興業令(清同治《建昌府志》卷七)。

句

南流底處所,絳帳居尊嚴。送高補之赴官鬱林　宋王象之《輿地紀勝》卷一二一《廣南西路・鬱林州》

李秩

李秩(一作扶),字持國,松溪(今屬福建)人。高宗紹興十五年(一一四五)進士,調永興丞。歷知富陽縣,轉廣南西路經略安撫司主管文字,知梧州(明嘉靖《建寧府志》卷一五)。

壽興國守九月三日

縹緲黄堂擁瑞煙,神光照社記當年。風雲慶會千齡際,蓂菊佳辰六日前。鑄節已嘗煩出使,輔藩聊復賴于宣。廟堂參贊猶虚位,飛詔行看下九天。清厲鶚《宋詩紀事》卷五五引《聖宋名臣獻壽集》

莫濟

莫濟(?—一一七八),字子齊,歸安(今浙江湖州)人。高宗紹興十五年(一一四五)進士(《嘉泰吴興志》卷一七),調平江府録事參軍。二十四年,復中博學宏詞科(《建炎以來繫年要録》卷一六六)。三十年,充諸王宫大小學教授(同上書卷一八五)。孝宗乾道元年(一一六五),遷著作佐郎、禮部員外郎(《南宋館閣録》卷七)。累官權給事中。八年(一一七二),因事出知温州(《宋史》卷三九一《周必大傳》)。淳熙二年(一一七五),召爲秘書監,兼國史院編修官,實録院檢討官,出知寧國府（《南宋館閣續録》卷七、卷八）。五年，卒于中書舍人任（《周文忠公集》卷三八《祭莫子齊舍人文》）。今録詩二首。

次韻梁尉秦碑 并序

秦會稽石刻，唐人如張守節、司馬貞，皆嘗援以證《史記》。紹興初，舅氏姚令威删定登山弔古，見碑石猶存。後二十餘年，分教是邦，以語簽判王龜齡，勉邑尉梁君求之，則石已缺，字不可見矣，以詩記其事。龜齡既賡之，以濟首發其端，書以示濟。按會稽《秦頌德碑》凡二百九十六字，視秦世泰山、之罘諸刻，獨此碑字為最多。唐李嗣真云：斯小篆之精，古今妙絶，秦望諸山及皇帝玉璽，猶千鈞强弩，萬石洪鐘，豈徒後學之宗匠，亦是傳國之遺寶。周越《法書苑》獨載《封禪碑》數十字而已。至歐陽公、趙德父，集録天下金石遺文殆盡，亦不復有《秦望山碑》。姚令威紀鵝鼻山頂石屋所插一碑，今石屋故在，碑蓋無有。梁次張所模片紙，指為秦碑，乃在何山，其去鵝鼻尤為隔絶。盡記本末，以俟後之君子。

六王失國四海歸，秦皇東刻南巡碑。法因史籀有增減，名與蒼頡争飛馳。自言功德可歌頌，黔首箇箇愚無知。海神何故獨拒命，風濤塞路蟠蛟螭。羣臣諂佞仙藥遠，死生治亂分兩歧。山靈不可守碑記，片段應作龜趺支。陵谷雖存世代異，耳目雙被誕者欺。只餘紙本落人世，千古遺臭東南崖。我聞秦望最高峻，城域所見非昔時。何山距縣四十里，符合傳記壯且奇。衆峰乃是子孫行，古木幾换蛟龍枝。指東作西未足怪，父老流傳從小兒。政如塗山玉帛會，漫不可考歲久之。梁君吏隱年甚少，鬱鬱寸角初解麋。裹糧挈榼訪古跡，氣味蕭散如分司。忽聞片石在絶頂，小篆無乃斯翁為。手披荆棘訶虎兕，拄杖直叩山頭皮。模糊豈復有字畫，此物及見秦亂離。當時威勢振天下，不言慘毒民嗟咨。乘輿所至為刀鋸，方嶽何暇安禮儀。關中廈棄百二險，曆數浪指億萬期。君臣乃爾自賢聖，鯁論不復相瑕疵。陳迹安知百世後，樵夫牧子笑脱頤。興亡俄頃三歎息，撫掌重閲太史辭。假使玉筯餘筆畫，文過其實世所嗤。早知金石不可恃，相君應悔燔書詩。《宋詩紀事》卷四七引《雲門志略》

輓薛常州艮齋先生

今代論儒學，如君德最優。是非千古事，出入九家流。身歿言猶在，官卑志未酬。儻令興禮樂，端不後程仇。清陸心源《吴興詩存》二集卷五

薛　抗

薛抗，字端尚（《天台續集别編》卷二）。毗陵（今江蘇常州）人。高宗紹興十五年（一一四五）進士（《咸淳毗陵志》卷一一）。孝宗隆興元年（一一六三）知寧海縣（《嘉定赤城志》卷一一）。今録詩十首。

縣圃十絶和朱待制

春花弄晴風，晝簾垂永日。公退卧黄紬，放衙頭懶出。

斗牛不能神，梟盧無好采。碌碌甘抱關，誰能媚時宰。

二亭巋然立，紫薇為題顔。朝暉射銀鈎，偉觀壓海山。

訟牒如蜂房，未易談笑理。却思買扁舟，歸釣荆谿水。

我無割雞刀，乃當萬家縣。飛蝗不入境，感謝年穀賤。

五斗雖甚微，偃鼠飲滿腹。大書歸來賦，有味數過讀。

焚香坐清晝，此心自如如。我知拙催科，考甘下下書。桐鄉文章伯，我欲執鞭從。明堂選擎天，雲壑卧老松。壽親髮斑斑，綵服老萊戲。欲賦招隱詩，小山念松桂。援琴鼓流水，絃絶無知音。為語逐臭夫，蘭芷生深林。《天台續集别編》卷二

葉儀鳳

葉儀鳳，字子儀，侯官（今福建福州）人。高宗紹興十五年（一一四五）進士（清乾隆《福建通志》卷三四）。歷漳州、邵武軍教授（同上書卷二四、明嘉靖《邵武府志》卷四）。有《左氏連璧》八卷（《郡齋讀書志》卷五上），已佚。今録詩二首。

邵武

溪上千峰碧玉環，瞰溪臺榭紫雲間。鳥啼花落非人世，似在金鼇山上山。

城南城北草如茵，緑水青山眼界新。更問樵溪何處是，滿城桃李萬家春。《輿地紀勝》卷一三四《福建路·邵武軍》

句

天鍾秀氣魁文陛，地原作池，據《群書通要》癸集改湧仙源接武夷。宋祝穆《方輿勝覽》卷一〇

林仰

林仰，字少瞻，長溪（今福建霞浦）人。豈子。高宗紹興十五年（一一四五）進士。歷宜春尉（明正德《袁州府志》卷六）、知海鹽縣、監登聞檢院（《宋會要輯稿》職官七〇之五三）。官終朝奉郎。事見《淳熙三山志》卷六、二七、二八。今録詩四首。

題石橋

空山風露洗秋容，萬里陰晴此夕同。袖取碧巖邀月手，石橋來謁化人宫。《天台續集别編》卷二

劉阮祠 題一作桃源洞

深樹冥冥一徑風，溪流應與十洲通。仙家日月無人識，只愛桃花二月紅。

赴官武康投宿客邸作

巾子山頭一枕風，皇華亭下水連空。山靈不用回俗駕，儻有田園吾欲東。以上同上書卷五

金臺寺

蒼蘚沿階走細泉，青松翠竹照華軒。高人倦作金毛吼，旅客來參玉版禪。暖日遲遲晞宿露，微風淡淡逐寒烟。茶甌香秘蒲團穩，始覺林泉思邈然。清李拔乾隆《福寧府志》卷三五

楊傑

楊傑，字子寬（《南宋館閣録》卷七），代州崞縣（今山西原平東北）人。存中子。高宗紹興十五年（一一四五）進士，擢國子監主簿。十九年，知大宗正丞。二十二年，直祕閣。二十五年，爲駕部員外郎。二十七年，試祕書少監，還宗正少卿。二十九年，權工部侍郎，奉祠提舉祐神觀。三十二

年，知舒州（《建炎以來繫年要録》卷一五四、一五九、一六三、一七〇、一七六、一八一、一九九）。謚惠懿（《攻媿集》卷四九《楊惠懿公覆謚議》）。今録詩二首。

題天台福聖觀瀑布

積雪懸崖照幽谷，轟雷破石響空山。直疑天上銀河水，倒瀉千巖萬壑間。《天台續集别編》卷五

紹興己巳游洞霄

青山九鎖隔凡緣，福地潛通小有天。古洞落花春寂寂，空山亂石水涓涓。金丹翠箬藏千歲，芝草瑯玕定幾年。惆悵何時謝塵事，山中長作地行仙。元孟宗寶《洞霄詩集》卷三

楊汝南

楊汝南，字彦侯，自號快然居士，龍溪（今福建漳州）人。高宗紹興十五年（一一四五）進士。歷贛州、廣州教授，知古田縣。明嘉靖《龍溪縣志》卷八有傳。

夜宿龍頭

江流如箭路如梯，夜泊龍頭煙靄迷。兩角孤雲天一握，曉光不覺玉繩低。《宋詩紀事》卷四七引《漳州府志》

劉度

劉度（？—一一七八），字汝一，長興（今屬浙江）人。高宗紹興十五年（一一四五）進士（《嘉泰吴興志》卷一七），調楚州教授。二十八年，爲太學博士，歷秘書省正字、校書郎。三十一年，爲監察

御史，守右正言。次年，試軍器監（《建炎以來繫年要録》卷一七九、一八二、一八五、一九〇、一九四、一九九）。孝宗即位，由宗正丞擢諫議大夫。淳熙五年卒。有《傳言鑑古》五十篇及雜文三十卷（《嘉泰吴興志》卷一七），已佚。事見《周文忠集》卷三八《祭劉汝一度諫議文》、卷五五《劉諫議諫稿序》。

挽郭彦鄉

孝友追前輩，雍容具典刑。人榮老萊服，天隕少微星。玉潤聯三傑，金籯擅一經。平生墊巾操，不愧伯恭銘。《宋詩紀事》卷五一引《石洞遺芳集》

羅　鞏

羅鞏，樂平（今屬江西）人。高宗紹興十五年（一一四五）進士（清乾隆《江西通志》卷五〇）。歷涇縣尉（清嘉慶《涇縣志》卷一三），知崑山縣（明嘉靖《崑山縣志》卷五）。孝宗乾道三年（一一六七）主管官告院，六年，爲監察御史（《宋會要輯稿》儀制一〇之四、選舉二〇之二〇）。今録詩二首。

妙峰庵

龍山僧舍多，亦自少佳處。妙峰正可人，正以深遠故。我行困炎歊，肩輿特紆路。穿林入幽洞，木石尤怪古。颯颯清風來，忻然愜勝趣。耆阇有老禪，恨未款語晤。即對石蓮池，一誦碧雲句。

永安寺遇父老

複水横山清且長，絃歌亹亹過黌堂。相迎父老争冠帶，自是涇川禮義鄉。以上清李德淦嘉慶《涇縣志》卷三〇

（以上李更整理）

鄭伯熊

鄭伯熊，字景望，永嘉（今浙江温州）人。高宗紹興十五年（一一四五）進士（清雍正《浙江通志》卷一二五），調黄巖尉。孝宗隆興初召試正字，除太常博士，遷吏部侍郎，宗正少卿。出知寧國府，改知建寧。有《鄭景望集》，已佚。事見明嘉靖《温州府志》卷三。今録詩九首。

黄巖縣樓

飛甍鬱峥嶸，萬井交錯綜。俯仰各有則，静以御羣動。平時心匠微，斤斧袖不用。少施見其餘，規畫已驚衆。姬公昔營洛，道德作梁棟。東家有餘材，鳳衰無復夢。帝方議明堂，行矣與君共。

清畏軒

樹蕙餘百畝，藝蘭當路岐。清風一披拂，香氣無不之。紉為楚纍佩，辱我幽靚姿。小草生澗底，雨露無恩私。不入兒女玩，歲晚得自持。所以古君子，清德畏人知。

過萬年山望羅漢嶺上大松

蒼髯白甲老煙雲，萬木叢中獨挺身。一柱擎天須此物，執柯它日屬何人。以上《天台續集别編》卷五

問津樓

周道直如矢，亡羊古無有。利欲蝕本心，眼花大如斗。適燕南其轅，之越乃北走。四海阮嗣宗，臧否不掛口。一慟激流俗，新荑發枯朽。斯人向千載，此意誰復剖。問津非名樓，端以覺蒙蔀。

枕　上

飄風不崇朝，驟雨不終日。清寒入絺綌，御袷有餘鬱。天時不能調，人事那可必。清燈耿孤窗，萬籟助颼飄。憂愁從中來，起坐髮屢櫛。丈夫屬有念，功名乃餘物。突兀萬間屋，此意何時畢。長吟答寒蛩，四壁轉蕭瑟。

北園送闗簡州分得古字

我歌白雲篇，送君水雲浦。歌罷水雲寒，佇立聽鳴艣。江湖昔在手，短簑釣煙雨。軒裳誤羈靮，濫趨群玉府。朱墨浪自妍，筆削竟何補。高鴻墮秋枕，歸夢紛莫數。着鞭輸子先，寤歌獨懷古。中年況作别，心事復誰吐。故人分龍符，江色映修組。話舊定何時，新知日旁午。

次韵陳倅瑞巖之什

詩到南昌老更奇，固知流派自江西。滕王閣下秋濤壯，孺子堂前春鳥啼。我似癡蠅思驥尾，君如野鶴趁雞棲。十年翰墨元猶白，不識微言為指迷。

四月十四日至廣陵

春歸村塢緑陰迷，又向山腰轉馬蹄。收盡雪芳猶採擷，割殘雲穗再扶犂。鄉謡到處無音律，野飯黄昏只筍虀。惟有客愁消不得，隔溪篁竹子規啼。

以上《宋詩拾遺》卷一六

婺舟道中

筍輿時得並溪行，溪水秋來似鑑清。仰春雲山勞眼力，臨流照眼却分明。

句

胡牀倚春風，池亭自花柳。熙春堂　明袁應祺萬曆《黄巖縣志》卷一

（劉瑛整理）

徐涓

徐涓，高宗紹興十五年（一一四五）賜學究出身，因犯廟諱嫌名，授下州文學（《宋會要輯稿》選舉八之六）。三十二年，知仙居縣（《嘉定赤城志》卷一一）。歷知衢州（明嘉靖《衢州府志》卷一）。孝宗淳熙元年（一一七四），知桂陽軍（《宋會要輯稿》選舉一七之三）。

冷泉亭

畏日炎炎爍太虛，倚欄冰雪冷生膚。百川萬壑非無水，洗得人間熱惱無。　宋潛説友《咸淳臨安志》卷二三

游何

游何，字蕭卿，幕谷（今陝西乾縣西北）人（《金石萃編》卷一三五）。高宗紹興十五年（一一四五）爲荆湖南路轉運判官（《金石補正》卷一〇六）。今録詩二首。

紹興乙丑七月幕谷游何蕭卿乘月獨遊淡巖書事兼簡零陵宰君李兄秀實

渡過瀟江日已曛，影和明月共三人。名巖近郭别州少，好事更誰如我真。絶頂有天浮碧樹，凌秋無暑斷紅塵。終當早棄人間事，來與山僧作並鄰。　清王昶《金石萃編》卷一三五

紹興乙丑秋仲冒雨獨游陽華巖勝絶未讓淡山巖恨古今詩人未有奇句滴上游何臨清流以賦之且棕鞋桐帽恨不一陪浮溪先生金華居士以徜徉

西風卷癡雲，欲壓不墮地。化作碧孱顏，融結在空際。是名陽華巖，造物一何異。東山雨脚斷，明月招我至。傍窺嵌竇深，密恐鬼神閟。細度泬寥風，舊無卑濕氣。虛閣架其中，榜以浮嵐美。下有潺湲谿，翻雪轟雷比。閣背兩橋分，巖脇雙龍起。石如纓絡垂，整整翠緌委。又如鼛鼓形，擱擊聲頗厲。溪水相與喧，鏜鞈亂宮徵。巖窮天忽開，木杪風自靡。坐久髮毛寒，興逸詩語綺。無人共一尊，有客自千里。山僧頗慇勤，相伴亦忘寐。拂石要題詩，揮毫留漢隸。

清陸增祥《八瓊室金石補正》卷一〇六

（以上李更整理）

全宋詩卷二〇六一

吴沆

吴沆（一一一六—一一七二），字德遠，號無莫居士，撫州崇仁（今屬江西）人。高宗紹興十六年（一一四六）曾獻書于朝，因誤書帝諱被黜。遂不仕，築室環溪，著書以終。孝宗乾道八年卒，年五十七。私謚環溪居士文通先生。著有《環溪集》、《環溪詩話》等。事見《環溪詩話》。今録詩十四首。

晚歸

夕陽西欲没，宛轉山氣昏。獨逝頗無累，時欣暗經林。棲鳥未穩集，歸馬無奔聲。恍忽自得意，興來誰與言。

早行

晨風集微和，曉色動佳氣。溟溟四郊烟，漠漠一川水。前村雞犬喧，遠樹烏雀喜。山腰客行來，林下雉驚起。時聞牧童謡，不見騎牛至。回頭望東隅，曉日粲光麗。胸襟倏喧煩，敗我幽静意。行行載馳驅，已復到城市。

曉晴

夜半雨忽作，朝來雲又晴。林花洗幽艷，池水湛虚明。草色侵衣濕，山光入座清。茅簷正幽寂，啼鳥兩三聲。

野　外

野外望中闊，遥山宛轉隨。小溪芳草合，高樹古藤垂。鳥過驚風疾，雲行度嶺遲。回頭失歸路，還問老農知。以上《環溪詩話》卷上

岳陽作

歲暮懷家客，通宵不自娱。諸兄得意否，老母有歡無。已謝交朋遠，猶思弟妹孤。吾身不足念，為此一嗟吁。

友人趨寧化

聞君早晚趨寧化，尚有新詩别故人。試問幾程端可到，還憂半載不相親。傷心歲律峥嵘暮，解事梅花摘索新。去去冰霜頻莫厭，庭闈和氣即如春。以上同上書卷中

以易授玭有契於予心喜而成詩

早日功名世背馳，擬將文字療寒飢。雖無杜甫驚人句，庶免淵明責子詩。總角宜興俱脱穎，自注：宜乃璋小字，興乃琮小字。璋請甲午舉，丁酉再薦名；琮後甲辰登科。含哺應惠尚兒癡。自注：應乃玠小字，惠乃珍小字。請丙午舉者玠；珍負俊才，不幸早逝。殷勤謝爾傳心印，解後靈椿見五枝。

春遊吟

鳥語烟光裏，人行草色中。池邊忽分散，花下復相逢。

首　夏

積雨有餘潤，遊雲無定陰。燕飛華屋静，鶯囀碧窗深。

折花

野花開處客徘徊，胡蝶摶飛斂復開。折得野花隨手去，不知胡蝶逐人來。以上同上書卷下

臨高臺三首

高高軒楹日照東，扶桑柱植西崑崙。上有明真紫霞客，踯征佰儔役羨門。月馭叱前驅，風輣殿後奔。靈衣披披溘晻靄，玉斧斷斷除煩冤。虛皇下兩耳，授以金簡文。相觀峻極不容步，擬軼清氣排重閽。曦日誦黃庭，滴露抄韋編。羊歧之亡罔象得，蠻觸之角醯鷄天，臨臺一笑俱超然。

高築黃金貯俊才，雲闕玉鎖問誰開。若非倚賴東風力，安得憑虛直上來。

高臺跨崇岡，簷宇鎖空霧。新晴洗雙目，十里在跬步。霏霏漁浦煙，冉冉富春樹。風花不我私，何以理愁緒。誰梳白玉窗，中有浮雲度。浮雲吹不開，不見行人去。《永樂大典》卷二六〇五

三清山

選勝園林興未闌，孥舟飛出小溪灣。光搖一碧回環水，翠挹三清遠近山。似惜雨晴天恰好，真忘名利日長閑。松筠不鎖神仙境，携得煙霞滿袖還。明楊淵弘治《撫州府志》卷三

句

樹頭明月光欲吐，反眼仰面天恢恢。

隙風無端吹我燭，滿窗明月心更清。

江流回轉石不移，釣絲卷盡生鬚絲。磻溪石

為兵不願作刀鋸，刑人未必皆不忠。為器不願作鐘鼎，銘勳未為皆有功。金在鎔

耳根静處水流村，眼界空時山在門。閒中

燕忙將入夏，蠶暖正眠春。

水痕纔破臘，雲黯似知春。

聖主思文德，元臣獻武功。一言深悟主，五利且和戎。……天地包羞日，山河匿怨中。……儒生別有淚，不是哭途窮。……戰伐功何有，和親計未疏。將軍休抵掌，隱忍待驅除。……氛祲埋金闕，塵沙暝梓宮。……古來嘗膽事，泣血望羣公。以上《環溪詩話》卷上

江淮十載警胡塵，底事磨崖未勒勳。聞道本朝還遣使，且令諸將各收軍。

寇殘井邑困流離，回首歡娱一一悲。不厭兒童遭世亂，惟愁父老説清時。

萬井火熬波裏雪，十州雷送雨前春。上沈監使

亂石分開急流水，羣山擁出最高峰。近日山居

山高不改自然色，水遠能流無盡聲。出武寧道中

木落青無影，荷枯澹有香。

行杯波動金蓮側，剪燼燈飄寶蠟殘。贈張令

西風横吹雨脚斷，秋雲輕籠日花明。友人作室山居往訪有贈

君少作奇字，瘦硬得柳骨。自注：友人精於字。墨净剪水匀，勢健拗鐵屈。……新詩更鎸磨，勁絶與字匹。老蛟寒卧波，壯士努抉石。翻盆勢動摇，詩與字俱力。謝友人贈

樵歌催日晚，村樂見年豐。……雁陣横冲霧，酒軍酣戰風。晚歸

羽衛連荆棘，衣冠雜虎狼。烟沉梟雁斷，天闊水雲黄。……風悲雲動色，天慘日無光。文徽廟升遐十八韵

霜皮圍四十，水擊黑三千。……山河歸整頓，天地入陶甄。……但存忠貫日，未問寫凌烟。……遠吸金莖露，高攀玉井蓮。……風度優囊笏，恩光遠賜鞭。……李唐光夾日，炎漢赫中天。……共承天柱折，獨斡斗杓旋。……懷古歌鴻雁，傷今拜杜鵑。……王氣周旋内，胡塵笑語邊。……浮雲開斥堠，飛鳥避戈鋋。……蜀道開天險，雄誇億萬年。停空蟠瑞氣，蓋代出真賢。……國多艱難盡，公歸早晚遄。願為元結頌，磨石待高鎸。百韻詩呈張右丞

厭看花笑客，忍受草欺人。

水流成獨往，山勢作朋來。

春令乍來風掠地，寒威潛退雪消峰。

争屯未就雲頭合，結黨欲成風勢高。詠雪

葉稀林脱穎，沙現水分鑣。

起於懷素節，嘉乃伴虚心。詠竹

柔桑翠竹相傾倒，細草幽花自發明。

草迷花徑煩調護，波泊蓮塘欠節宣。以上同上書卷中

新月輝輝動，黄雲漸漸收。觀穫稻

吹斷碧雲春晝永，落殘紅雨曉風輕。嘗茶

挑燈倦夜羞黄裏，置筆窮年對白間。和南城鄧秀才韵

空虚氣象還生白，筆退工夫見殺青。和伯兄韵

中朝共惜無雙士，絶塞貪看第一人。送李侍御自中書舍人帥盧

已經平子宜無憾，未見夷吾得不憂。上王著作　以上同上書卷下

吴　濤

吴濤，字德卲，撫州崇仁（今屬江西）人。沆長兄。曾在杭州作過官。事見《環溪詩話》卷下。今録詩四首。

在杭日作《宋詩拾遺》卷一五題作端居

時乖事轉拙，端居徒含情。不似階前草，春來隨意生。

仲　春題據《宋詩拾遺》補

雨餘寒氣淺，園林作春媚。不知海棠花，新來著花未。

暮　春題據《宋詩拾遺》補

遊子春衫已試單，桃花飛盡野梅酸。怪來一夜蛙聲歇，又作東風十日寒。

山　居題據《宋詩拾遺》補

村翁習性不浮華，只種桑麻不種花。聞道野梅開欲遍，好分春色過山家。

句

文書堆裏形骸苦，竹木陰中日月閒。

窗間常作三獨坐，琴上時彈一再行。

心緣黄紙紅旗動，氣為青雲白石降。以上《環溪詩話》卷下

吴光

吴光，字德强，撫州崇仁（今屬江西）人。沆二兄。生平不詳。事見《環溪詩話》卷下。今録詩二首。

苦陰

荒山乾没更節序，濁氣擁地愁無邊。非烟非霧不見日，欲雨欲雪難為天。

回文暮春

嬌聲囀處藏鸝小，美睡濃時落日斜。橋拂柳溪深漲水，眼驚春雨過飛花。

句

簷頭清響銀匙動，階下寒光玉碗翻。食雪

也應只是尋常夜，未必如今分外圓。中秋無月

獨鶴下隨雞飲啄，衆星高共月徘徊。隨邵直閣遊平巒

半塘微漲聚紅皺，幾畝清陰鎖碧鮮。

花蕊有鬚渾帶蜜，桑枝無葉已成衣。

輕雷入樹驚花魄，白浪浮空漲水脂。

日長人静聞風佩，雨久堂空生水衣。

二天開佛日，一道幂卿雲。

無苗何處尋黃犢，露地誰家覓白牛。

簷花謝女雪，徑掃沈郎錢。和發青亭

笛弄一聲橫釣艇，月明千里上層樓。

寫處似移牆上影，捲來如寄隴頭春。詠墨梅

朱唇不注曉妝薄，玉頰頻啼夜雨翻。

農祥待白未為雪，春榜爭魁欲放梅。

泉聲如有語，山色自忘形。花覺青春半，山將白晝陰。

冰看時俗薄，雨弄客愁多。

月借窗移疏影轉，風翻雪放一枝高。

蒹葭露滴思鄉恨，蘆荻風縈羈旅愁。

人情不似溪流水，不改當時枕上聲。

一軸塵埃古澀體，十年燈火短長檠。

夢過一年還是魘，心更萬事竟成灰。

道上飛來燕，簾間不避人。

彈壓京畿賢大尹，藩宣上國古賢侯。以上《環溪詩話》卷下

俞秀才

俞秀才，名不詳。曾向吴沆問詩。事見《環溪詩話》卷中。

句

天高日遠雲霧闊，黄金白璧孤虞卿。漢廷無人薦司馬，故山有客呼孔賓。《環溪詩話》卷中

《環溪詩話》：善詩俞秀才，一日到環溪，以詩一篇贄見。明日作一歌見謝云云。

（以上虞行整理）

李浩

李浩（一一一六—一一七六），字德遠，一字直夫，號正信（《五燈會元》卷二〇），臨川（今屬江西）人。高宗紹興十二年（一一四二）進士。歷饒州司户參軍、襄陽府觀察推官、金州教授。二十七年，監行在雜買場門，次年，改刑工部架閣文字，遷敕令所删定官。二十九年，除太常寺主簿，尋兼光禄丞。主管台州崇道觀。孝宗即位，以太常丞召，逾年，除吏部員外郎兼恭王府直講。乾道二年（一一六六）知台州（《嘉定赤城志》卷九），遷知静江府兼廣西安撫使。召權吏部侍郎。淳熙元年（一一七四），知夔州兼夔州路安撫使。三年卒，年六十一。有文集二卷（《宋史》卷二〇八），已佚。事見《南軒集》卷三七《吏部侍郎李公墓銘》，《宋史》卷三八八有傳。今録詩五首。

東西船行

東船得風帆席高，千里瞬息輕鴻毛。西船見笑苦遲鈍，汗流撑折百張篙。明日風翻波浪異，西笑東船却如此。東西相笑無已時，我但行藏任天理。宋謝維新《古今合璧事類備要》外集卷五八

寄同參嚴康朝偈

門有孫臏鋪，家存甘贊妻。夜眠還早起，誰悟復誰迷。以上宋普濟《五燈會元》卷二〇

贈鬻胭脂者偈

不塗紅粉自風流，往往禪徒到此休。透過古今圈襀後，却來這裏喫拳頭。

出疏山

忙中安得此身閑，杖策西風自往還。今日已償雲水債，籃輿帶雨下疏山。清許應鑅光緒《撫州府志》卷四

述陂在臨川縣

數椽臨蒼波，我目得以寓。長溪山根來，澄潭一回互。萬象森可掬，翛翛澹清素。草短牛羊飢，沙暖鳧鷺聚。枯槎出斷岸，孤艇横野渡。荒寒何代城，隱淪尚門户。昔時歌舞地，今日採樵路。回薄萬古心，斜陽在烟樹。同上書卷五

（李更整理）

陳光

陳光（一一一六—？），字謙叔，一字世德，泉州永春（今屬福建）人。從梁克家學。高宗紹興十八年（一一四八）進士，時年三十三（《紹興十八年同年小録》）。歷官封州簽判，權知新州。事見《閩中理學淵源考》卷一四、清乾隆《永春州志》卷一。

和朱晦翁作

去年渭北望卿頻，今日深山屐齒新。珠樹香沾千澗雨，蓮峰翠滴四時春。漁郎有意休相問，樵子無心可與親。石榻盤旋忘歲月，瓶罍羞罄故人貧。清鄭一崧乾隆《永春州志》卷一四

（徐永强整理）

毛 幵

毛幵（一一一六—？）（生年據《周文忠集》卷一《送毛平仲》序「于僕又有十年之長」推定），字平仲，號樵隱，信安（今浙江常山）人。與尤袤相厚。官婺州通判（《樵隱詞·滿庭芳》題注「自宛陵易倅東陽」）。有《樵隱集》十五卷，已佚，存《樵隱詞》一卷。事見《澗泉日記》卷中。今録詩九首。

瑞香花

衆妙與春競，紛紛持所長。此花最幽遠，如以禮自將。猗蘭敢回步，薝蔔亦退藏。　宋陳景沂《全芳備祖》前集卷二二

弔子陵釣臺

先生高隱事如何，豈謂功名不足多。知道故人能辨事，一竿贏得釣清波。　元韋居安《梅磵詩話》卷上

題闔山亭

捲簾新雨霽，伏檻孤雲没。心賞信無同，佳人眇天末。

月坡亭李耆明見菊

初陽散微和，晞露耿餘明。引花吸其精，助我養修齡。人生憑化遷，日夜枯與榮。聊為寂寞遊，放此真率情。

我懷淵明真，千載猶神交。重吟九日詩，風節殊未凋。良辰不再舉，秋氣日以高。凄飈送落景，餘霞斂塵霄。萬象為我役，天機亦良勞。摩挲膝間桐，感此爨下焦。時時出奇音，散我心鬱陶。　以上元陳世隆

《宋詩拾遺》卷一三

泊釣臺

衮衣但决妖邪讖，茅土先封不義臣。須信俛隨鷄鶩食，豈如湖海一閑身。白鶴千秋去不歸，山川蕭瑟閟光輝。孫郎祖墓今無主，不及先生一釣磯。漢業中興彼一時，先生名與日星垂。南陽遺廟今荒草，何似桐江百世祠。洲渚寒雲薄暮天，蕭蕭燈火落帆邊。嚴陵灘下孤舟遠，一夜歸心聽雨眠。　明吴希孟《釣臺集》卷八

句

欲雪盡時携酒去，無人知處得花開。　遊昌園賞梅　宋施宿《嘉泰會稽志》卷一八

（徐進整理）

陳伯山

陳伯山（一一一六—？），字仁叔，號東湖寓客（《洞霄詩集》卷三），莆田（今屬福建）人。高宗紹興十八年（一一四八）進士（《紹興十八年同年小録》）。官從政郎、上高縣丞。事見《淳熙三山志》卷二八。

同廖繼道游洞霄

勝日事幽尋，乘興從所適。西風飄杖屨，偶作洞霄客。穿雲渡澗崗，捫蘿轉空碧。七人今何在，九鎖峰巒密。黄冠喜我輩，傾懷論宿昔。汲泉煮山苗，異氣穿几席。區區名利人，到此塵機息。　元孟宗寶《洞霄詩集》卷三

（崔統華整理）

王輝

王輝（？—一一七五），青州（今屬山東）人。嘗爲吉州栗傳砦巡檢。欽宗靖康初，詔起義兵，應募立奇功，官至正使。孝宗淳熙二年茶陵民起事，戰敗死。《宋史》卷四五三有傳。

覽翠亭

亭倚古臺邊，環亭翠蔚然。芝蘭深雨露，梧竹老風煙。窗户香霏濕，闌干爽氣連。登臨忘世慮，逸興發林泉。　清劉繹光緒《吉安府志》卷五

（李更整理）

釋道樞

釋道樞（？—一一七六），號懶庵，俗姓徐，吴興四安（今浙江長興西南泗安）人。初住何山，次移華藏。孝宗隆興初，詔居臨安靈隱寺。後退居明教永安蘭若。淳熙三年卒。爲南嶽下十六世，道場慧禪師法嗣。《五燈會元》卷一八有傳。今録詩四十一首。

偈二首

仙人張果老，騎驢穿市過。但聞歸撥剌，誰知是紙做。

雪裏梅花春信息，池中月色夜精神。年來可是無佳趣，莫把家風舉似人。　題壁　《五燈會元》卷一八

頌古三十九首

僧問洞山詮：清浄行者不入涅槃、破戒比丘不入地獄時如何？師云：度盡無遺影，還他越涅槃。

犯重比丘清浄行，平等性中無損益。水裏不用覓魚蹤，天邊何處觀鳥跡。

《金剛般若經》：過去心不可得，現在心不可得，未來心不可得。

後念起時前念滅，起滅之念何嘗別。喚取機關木人問，從頭弄盡元無説。　以上宋法應、元普會《頌古聯珠通集》卷五

罽賓國王秉劍於二十四祖師子尊者前曰：既離生死，可施我頭。王即揮刃斷尊者首，涌白乳高數尺。王之右臂旋亦墮地。

口念木瓜醫脚氣，紙畫鍾馗驅鬼祟。一生若解和羅槌，日日喫酒日日醉。

達磨大師將返西天，謂門人曰：時將至矣，盍各言所得乎？最後慧可出禮三拜，依位而立。祖曰：汝得吾髓。乃傳法付衣。

鏡凹照人瘦，鏡凸照人肥。不如打破鏡，還我舊面皮。　以上同上書卷六

國師因代宗命試驗西天大耳三藏，師問曰：汝得他心通邪？曰：不敢。良久再問：汝道老僧即今在什麽處？曰：和尚是一國之師，何得却在天津橋上看弄猢猻？

日應羣機必有方，未知何處覓南陽。自從失却猢孫後，橋上多時不作場。　同上書卷八

南泉問黄蘗：定慧等學明見佛性，是否？蘗曰：十二時中不依倚一物。

李下不得整冠，瓜田豈可納履。行藏自要分明，免見傍人説你。

南泉示衆曰：王老師自小養一頭水牯牛，擬向溪東牧，不免食他國王水草，向溪西牧，亦不免食他國王水草。如今不免隨分納些些，總不見得。

垂垂楊柳暗溪頭，不問東西却自由。幾度醉眠牛背上，數聲横笛一輪秋。

杭州鹽官齊安國師曰：扇子既破，還我犀牛兒來。

犀牛扇子有來由，幾度拈來幾度休。荷葉亂傾珠的皪，一番雨過碧溪頭。以上同上書卷一一

大梅因夾山與定山同行，定山曰：生死中無佛即無生死。夾山曰：生死中有佛即不迷生死。二人互相不肯。

同行自古不相肯，峰頂老人何足論。山凹落盡桃花片，流水依前繞竹門。

水潦和尚來參馬祖，禮拜起欲伸問次，祖一踏踏倒，師忽然大悟。

�管釀來應已熟，不辭醉裏帽欹斜。酴醾浪有幽香在，是酒元來不是花。以上同上書卷一二

亮座主講經論，因見馬祖。祖問：將甚麽講？曰：將心講。曰：却是虛空講得。師不肯，便去。將下階，祖召曰：座主。師回首。祖曰：是甚麽？師豁然大悟，便禮拜，曰：某甲所講經論，將謂無人及得，今日被大師一問，平生功業一時冰釋。禮謝而退，乃隱於洪州西山，更無消息。

昨夜月初明，柴門猶未閉。猫兒捉老鼠，引得狗兒吠。

鎮州金牛和尚每日自作飯供養衆僧，至齋時，舁飯桶到僧堂前作舞，呵呵大笑曰：菩薩子，喫飯來。

鐘鼓聲聲已唤齋，堂前作舞老公家。雖然一鉢充飢困，不覺牙生滿口沙。

則川與龐居士摘茶次，士問曰：法界不容身，師還見我否？師曰：不是老僧泊答公話。曰：有問有答，蓋是尋常。師乃摘茶不聽。士曰：莫怪適來容易借問。師亦不顧。士喝曰：這無禮儀老漢，待我一一舉向明眼人。師乃抛却茶籃，便歸方丈。

二老機關誰共委，幞頭捋下髮鬔鬆。山深不記來時路，彷佛猿啼碧澗中。以上同上書卷一三

居士一日曰：難難，十石油麻樹上攤。婆應曰：易易，百草頭邊祖師意。靈照曰：也不難，也不易，飢來喫飯困來睡。

口子喃喃略不休，把却笊籬做火遊。有箇女兒不肯嫁，他年定作老丫頭。

藥山一日因遵布衲浴佛，乃曰：這箇從汝浴，還浴得那箇麽？曰：把將那箇來。師乃休。

一番雨過一番晴，靈眼已開桑眼青。鵓鳩樹頭啼不已，百舌黄鸝相共鳴。　以上同上書卷一四

溈山上堂云：仲冬嚴冬年年事，晷運推移事若何？仰山進前叉手而立。師曰：我情知汝答這話不得。却顧香嚴。

嚴曰：某甲偏答得這話。師躡前問，嚴亦進前叉手而立。師曰：賴遇寂子不會。

晷運推移事若何，絲來線去定譊訛。織成蜀錦千般巧，不出當時一隻梭。

溈山問僧：甚處來？曰：西京來。師曰：還得西京主人公書來麽？曰：不敢妄通消息。師曰：作家師僧天然猶

在？曰：殘羹餿飯誰人喫之。師曰：獨有闍黎不喫。僧作嘔吐勢。師曰：扶出者病僧著。僧便出去。

莫怪相逢無信息，誰能長作置書郵。直饒説盡千般事，那箇心中得到頭。　以上同上書卷一五

黄蘗云：汝等盡是噇酒糟漢，還知大唐國内無禪師麽？時有僧問：諸方聚衆，為甚麽却無禪師？師曰：不道無

禪，衹是無師。

有禪無師真可笑，大唐國裏何處討。可憐多少路行人，噇却酒糟隨路倒。

龍門遠曰：大衆，秀才問佛居何國土，長沙為甚麽却恁麽道？秀才尋常嘲風咏月，為甚麽長沙面前一辭不措？若

是黄鶴樓，有甚麽難題處？聽取山僧題破。

百千諸佛問來由，崔顥曾題黄鶴樓。雪後竹籬梅亂放，一枝臨水最風流。　同上書卷一六

潭州雲巖曇晟禪師因道吾問：大悲千手眼，那箇是正眼？師曰：如人夜間背手摸枕子。吾曰：我會也。師曰：作

麽生會？吾曰：遍身是手眼。師曰：道也太煞，道衹道得八成。吾曰：師兄作麽生？師曰：通身是手眼。

大悲菩薩千手眼，如人背手摸枕頭。猢孫跳出布袋口，不妨隨處逞風流。

雲巖因藥山問：聞汝解弄師子，是否？師曰：是。曰：弄得幾出？師曰：弄得六出。曰：我亦弄得。師曰：和尚

弄得幾出？曰：我弄得一出。師曰：一即六，六即一。

放出金毛師子，百獸不見踪由。要得爪牙全露，直須自把繩頭。　以上同上書卷一七

趙州因僧問：南泉遷化向什麼處去？師曰：東家作驢，西家作馬。

脱得驢頭載馬頭，東家西家卒未休。問君還有幾多愁，恰似一江春水向東流。　同上書卷二〇

臨濟栽杉次，黄蘗曰：深山裏栽許多作麼？師曰：與後人作古記。乃將钁拍地兩下。蘗拈起拄杖曰：汝喫我棒了也。師作噓噓聲。蘗曰：吾宗到汝，此記方出。

風吹雨打節還枯，千尺龍蛇插太虚。堪笑兒孫無伎倆，一生從此被搽糊。

臨濟因定上座問：如何是佛法大意？師下禪牀，擒住打一掌，便托開。定佇立。傍僧云：定上座何不禮拜？定纔作禮，忽然大悟。

半斤是八兩，八兩是半斤。不識耀州鐵，唤作出山銀。　以上同上書卷二一

睦州陳尊宿，學者扣激，隨問遽答，詞語峻嶮，諸方歸慕。因見講僧，曰：擔板漢。

朴寔頭禪無伎倆，一句分明如撲相。客來只是叫擔板，不知的當誰擔板。

睦州因僧問：一氣還轉得一大藏教也無？師曰：有甚饆饠䭔子，快下將來。

等閒一問垂千古，從此叢林共播揚。堪笑睦州無相度，饆饠䭔子要先嘗。　以上同上書卷二二

投子因僧問：和尚住此山，有何境界？師曰：丫角女子白頭絲。

花萼樓前春正濃，濛濛柳絮舞晴空。金錢擲罷嬌無力，笑倚闌干屈曲中。　同上書卷二五

王常侍參睦州，一日師問：何故入院遲？公曰：看馬打毬，所以來遲。州云：人打毬？馬打毬？公曰：人打毬。州云：人困麼？公曰：困。曰：馬困麼？公曰：困。曰：露柱困麼？公茫然無對。歸至私第，中夜忽有省。明日見州曰：某會得昨日事也。州云：露柱困麼？公曰：困。州遂肯之。

看人騎馬打毬子，不覺今朝入院遲。官路雪殘春正好，江梅著意要題詩。

興化示衆云：今日不用如何若何，便請單刀直入，興化與你證據。時旻德長老出禮拜，起便喝。師亦喝。德又喝。

師亦喝。德禮拜。師曰：若是别人，三十棒一棒也較不得，何故為他旻德會，一喝不作一喝用？便下座。

旻德一喝如雷響，興化一喝響如雷。錦袍玉帶真瀟灑，記得當年老萬回。以上同上書卷二六

雪峰因玄沙來，三箇木毬一時輥出，沙便作偃倒勢。師曰：尋常用幾箇？曰：三即一，一即三。

山寺裏頭無可作，輥出木毬兩三箇。不獨玄沙遭一攧，雪峰老人亦話墮。

雪峰曰：世界闊一尺，古鏡闊一尺。世界闊一丈，古鏡闊一丈。玄沙指火爐曰：闊多少？師曰：如古鏡闊。沙曰：老和尚脚根未點地在。

十方世界一面鏡，鏡裏看形未足真。摸著鼻頭渠是我，那時方見本來人。以上同上書卷二八

雪峰示衆曰：盡大地是箇解脱門，把手拽伊不肯入。時有一僧出曰：和尚怪某甲不得。又一僧曰：用人作甚麽？師便打。

大地是箇解脱門，三世諸佛一口吞。將為雪峰有奇特，却來謾我好兒孫。

雪峰與玄沙夾籬次，沙曰：夾籬處還有佛法也無？師曰：有。曰：如何是夾籬處佛法？師撼籬一下。沙曰：某甲不與麽？師曰：子又作麽生？曰：穿取篾頭道來。

父子相携入故園，篾頭時過短籬邊。爛泥有刺無人見，踏著方知脚底穿。以上同上書卷二九

玄沙因僧問：如何是學人自己？師曰：用自己作麽？

清浄法身無可比，病後依前滴滴膿。燕鴻叫斷秋光老，落葉飄來一樣紅。同上書卷三一

鏡清因僧問：新年頭還有佛法也無？師曰：有。曰：如何是新年頭佛法？師曰：元正啟祚，萬物咸新。曰：謝師答話。師曰：鏡清今日失利。

新年佛法答云有，小盡依前二十九。玉麟掣斷黄金勒，却向雲中大哮吼。

又僧問明教寬：新年頭還有佛法也無？師曰：無。曰：日日是好日，年年是好年，為甚却無？師曰：張公喫酒李

公辭。曰：老老大大龍頭蛇尾。師曰：明教今日失利。

新年佛法答云無，會得依前在半途。誰把扁舟清夜笛，月明吹過洞庭湖。

孚上座初在揚州光孝寺講《涅槃經》，有禪者阻雪，因往聽講。至三因佛性三德法身，廣談法身妙理，禪者失笑。師講罷，請禪者喫茶，曰：某甲素志狹劣，依文解義，適蒙見笑，且望見教。禪者曰：實笑座主不識法身。師曰：如此解説，何處不是？曰：請座主更説一遍。師曰：法身之理猶若太虚，竪窮三際，横亘十方，彌綸八極，包括二儀，隨緣赴感，靡不周遍。曰：不道座主説不是，衹是説得法身量邊事，實未識法身在。師曰：既然如是，當為我説。曰：座主還信否？師曰：焉敢不信。曰：若如是，座主輟講旬日，室内端然静慮收心攝念，善惡諸緣一時放却。師依所教，從初夜至五更，聞鼓角聲忽契悟。叩禪者門，曰：阿誰？師曰：某甲。禪者咄曰：教汝傳持大教代佛説法，夜來為甚麽醉酒卧街？師曰：禪德自來講經，將生身父母鼻孔扭捏，從今已去，更不敢如是。曰：且去，來日相見。師遂罷講，遍歷諸方。

誰將畫角吹江城，一曲梅花隔岸聽。宿酒乍醒金鴨冷，海棠枝上月猶明。　以上同上書卷三二

雲門上堂，拈起拄杖曰：凡夫實謂之有，二乘析謂之無，緣覺謂之幻有。菩薩當體即空，衲僧家見拄杖便唤作拄杖。行但行，坐但坐，不得動著。

雲門是箇老闍黎，衲僧巴鼻幾時知。拄杖從教不得動，春來未免倒抽枝。

同安因僧問：新歲方來，殘年已去，莫有不受歲者麽？師曰：有。曰：如何是不受歲者？師曰：作麽生？曰：恁麽則不受歲也。師曰：城上已吹新歲角，窗前猶點隔年燈。

舊歲新年作問端，同安從此放顛頇。憑仗高樓莫吹笛，大家留取倚闌干。　以上同上書卷三四

（聞賢整理）

吕生

吕生（?—一一七六），傳爲海州（今江蘇連雲港西南）人，乞食永豐。孝宗淳熙三年卒（明嘉靖《永豐縣志》卷四）。

偈 臨絶自書

六十年來此地居，靈臺光耀勝冰壺。一朝破屋遂傾倒，且喜家中事事無。明管景嘉靖《永豐縣志》卷四

（李更整理）

全宋詩卷二〇六二

陳天麟

陳天麟（一一一六—一一七七），字季陵，宣城（今安徽宣州）人。高宗紹興十八年（一一四八）進士，時年三十三（《紹興十八年同年録》），調廣德縣主簿。二十六年，由太平州教授行國子正（《建炎以來繫年要録》卷一七二）。孝宗隆興元年（一一六三），爲太府寺丞（《宋會要輯稿》選舉二〇之一六）。乾道元年（一一六五），遷吏部侍郎（同上書職官五一之二三）。二年，知襄陽府（同上書食貨二一之七）。四年，知鎮江府（同上書選舉三四之二一、食貨五八之五）。九年，知婺州（同上書選舉三四之三一）。淳熙二年（一一七五），知贛州（同上書職官七二之一三）。四年，卒。有《攖寧居士集》，已佚。事見《宛雅初編》卷一，明嘉靖《寧國府志》卷八有傳。

陳天麟詩，據《宛陵群英集》等書所録，編爲一卷。

青山辭

青山崔崔，白雲溶溶。我疑其中，仙人所宫。風馬雲輿，霓旌羽幢。游行太空，翩然相從。望而不見，使我心忡。我本金華，牧羊之童。口誦蕊笈，有聲如鐘。震撼巖壑，無礙不通。謫居下土，黄塵濛濛。五色之氣，布滿西東。秋高露清，陟彼危峰。呼吸元氣，精神内融。嘯傲萬物，後天而終。　元汪澤民《宛陵羣英集》卷一

青山道中

田舍雞升屋，山家犬應門。馬行黃葉路，水遠夕陽村。老覺貧為累，吾知道可尊。此行聊復爾，萬事信乾坤。

舟　中

湖闊帆風飽，山長眼力疲。晚凉行進酒，秋色最宜詩。別意果作惡，虛名難療飢。此生無住着，投老欲何之。

用梁漕韻

千里岷峨外，三年漢漾西。急流衝水馬，腐壤伏樗鷄。伐樹驚遭宋，聞韶喜在齊。何時燈火夜，重與拆紅泥。

上瀘帥梁公子輔

舊已元樞幕，今猶大將牙。恩威伸六詔，封域總三巴。早晚看鳴佩，軒翔入判花。不妨乘駟馬，上冢一還家。

册府推前輩，文場慣主盟。冀閑收汗血，崑圃出連城。料想金甌覆，遥知水鑑明。從今青與紫，四海盡門生。

六轡澄清日，三軍指顧中。關山都識面，草木尚傾風。飲馬伊吾北，回鑾澗水東。廟謨應富有，傾倒莫匆匆。

旌德道中

山邑無郵傳，農夫半甲兵。石橋横斷岸，草徑入荒城。聞道甘泉駕，將臨細柳營。風塵何日靖，留眼看昇平。以上同上書卷五

壽洋川李守昌謂二首

桂子風高瑞靄浮，曉來無處不懽謳。共懷襦袴歌廉范，更指龜蒙祝魯侯。風月莫辜三十詠，星霜行閲八千秋。皇家正重惟良寄，衮服歸公正黑頭。

朱輪畫戟擁高牙，散作棠陰十萬家。漸向瑶階對紅藥，長傾玉斝壽黄花。僊風自是騎鯨客，逸興行飛犯斗槎。誰為淮南門下客，願隨鷄犬上雲霞。

用齊正韻送叔勤歸湖北

霜點螭坳侍紫皇，高文大册玉鏘鏘。傳家信有青袍物，當代争推古戰場。故國未應窮地脈，難兄先已破天荒。相逢若話情親事，分我朝回滿袖香。

憶舊

西湖當日雨如絲，尚記移家去國時。髮短自憐今種種，印懸那得更纍纍。身如烏鵲空三匝，家似鷦鷯寄一枝。萬事此心俱不計，尚容開口細論詩。

席上和統制傅公韻公名鈞，字子平

遲遲春永晝如年，芳草池塘屬惠連。一笑誰云今易得，四并須信古難全。山圍錦繡將軍樹，雲遏笙歌刺史天。不向風光共流轉，恐辜柳絮與榆錢。自注：四并乃當日景。是日，太守陳公亦出郊，往來山中。

除夕偶成呈同舍兼簡陳仲恕

東皇送煖下青都，雪在梅梢半有無。爆竹舊聞驅罔象，傳杯今怕飲屠蘇。暗中石火頻過眼，忙裏銀絲欲上鬢。不解玉堂供帖子，雙扉聊與换桃符。

又次前韻

積陰元自宅幽都，昨夜東風一掃無。玉殿仙班摇雜珮，銀罌御膳染香酥。柳縈翠帶方眠眼，梅褪紅粧已露鬚。拭目太平知有日，兩宫勤儉過祥符。　以上同上書卷七

送太守李公

亂花翻陣雨，飛絮轉輕毬。别思昏如醉，征鞍挽不留。職循今列郡，秩視古諸侯。當代人争仰，惟公政最優。洋川佳景物，勝跡舊經遊。未定中原擾，猶懷傍塞憂。九重爰錫命，千里藉承流。德逐祥雲偃，恩隨瑞靄浮。帶刀還隴畝，挾纊動貔貅。烽柝開邊月，犂鋤慶麥秋。一天舒士氣，五袴沸民謳。虞氏三年考，河南第一州。霜臺方薦墨，黼座想凝旒。早晚頒綸綍，東西走置郵。遲遲姑去魯，几几定歸周。明月湖光遠，凌雲氣象幽。煙波浮畫鷁，雪浪遶烏牛。好逐桃花漲，輕飛竹葉舟。徑歸調玉鉉，莫待覆金甌。賤吏傷萍梗，終年仰庇休。龍門曾御李，驥坂會依劉。不作癡兒女，孜孜話别愁。　以上同上書卷一一

題南金慎獨齋

聖道不可窮，探取隨己欲。平生所受用，政可一言足。子思著中庸，暗室戒慎獨。危微恐懼心，此念施已熟。學從西洛來，標榜相品目。袖手看屋梁，表表知鴻鵠。誰知胸中塵，往往盈斗斛。伋也而有知，寧不貽彼忸。吴侯蚤作吏，未肯事邊幅。得妙自聖處，了不關世俗。頗知幽隱中，日月所照燭。不敢欺秋毫，高情潔冰玉。願言從君遊，着鞭蹈前躅。　《永樂大典》卷二五三六

訪張元明山齋

張侯詩似嶺雲閑，飛鳥何心只念還。醉裏有官如物外，眼前無客似山間。來聽春枕連宵雨，看畫秋屏着色山。老去此身無處用，固應容我作躋攀。　同上書卷二五三九

題王季恭蓬齋

小結茅廬寄一椽，夜燈聊與客周旋。問知急雨來何處，題作蓬齋亦偶然。政欲撩君江上句，莫嫌驚我醉中眠。老翁辜負漁竿久，何日烟簑止疑當作上釣舡。

趙觀察作齋名煙艇孫耘老作唐律相邀同賦乃次其韻

知君心本在滄洲，故揭寒齋作釣舟。已遣江湖頻入夢，便呼鷗鳥與同遊。浮驂未可追前事，畫舫猶堪擬勝流。笠澤有家歸未得，斷腸蘆葉荻先秋。　以上同上書卷二五四〇

越香臺

佳木寄深塢，白與春有期。幽姿誰復省，軒軒頗矜持。真賞儻已逢，清香襲人衣。士為知己死，此語良不欺。　同上書卷二六〇四

與客飲乾明寺東古梅下

寥寥耆舊盡，欣欣花木新。十梅亦老矣，手植知何人。不種官路傍，社櫟同百春。想當太平時，來者紛蹄輪。我來幾世後，尋芳披棘榛。衆枝疊玉蕊，光風卷香塵。坐客稍稍醉，墜英欲成茵。老圃亦後來，始園從誰詢。淵明飲松下，故事良可遵。飲散棄花去，明日迹已陳。　同上書卷二八〇八

吕仲及適安堂

事如昨夢本來空，正在黃粱一熟中。到處隨緣是安樂，人生何地有窮通。飛花不到東風舞，霜葉空憐醉面紅。只恐他年終未免，傳家重説小申公。　同上書卷七二四二

柳　下

春餘暑氣已駸駸，唤取胡床坐柳陰。風裏禽聲來木杪，日斜樹影倒溪心。不知昨夜雨多少，幻出數峰雲淺深。老子此間殊不惡，為收佳趣入微吟。　影印《詩淵》册二頁一一三八

田　間

經營一飽慰枯腸，稻作黃雲帶雨香。溪上烟横秋入畫，樹梢風細晚分凉。交游斷絶山當户，歲月侵尋竹過牆。斗酒隻雞田舍好，枉將襏襫换軒裳。　同上書册三頁二〇六一

雨中發崇福院

僕奴頗厭穿雲路，老子方欣在眼山。四面人家高下住，一川烟雨有無間。時聞鳥語作歌吹，更遣泉聲鳴珮環。沮洳崎嶇飽諳歷，只餘多病鬢毛斑。　同上書册五頁三八〇八

偶　作

蹇步青雲晚，疏慵白髮多。生涯聊爾耳，功業定如何。坐與此君語，誰携歡伯過。向來湖海氣，老矣付烟波。　同上書册六頁三九四六

紀　頌

宅家圖任久虚懷，鎮撫三年輟弼諧。鵷鷺傾心望歸洛，貔貅賈勇待平淮。已擎天柱旋坤軸，會正杓衡拱泰階。多少中興勳業事，未知誰□頌磨崖。　同上書册六頁四一九三

揚州瓊花

髣髴猶稱是漢粧，五花刻玉傳輕黄。隔江坐想紅樓裏，插鬢應宜錦瑟傍。疑似聚仙非我類，近鄰芍藥許同芳。將軍且與花為主，免使叢祠作戰場。　明曹璿《瓊花集》卷二

後林寺

凉飈發遠軔，殘暑促歸輪。山色不厭客，蟬聲强聒人。功名塵外累，身世醉中真。更上高樓望，何峰可卜鄰。

延壽寺

一溪寒玉佩環聲，兩徑徘徊管送迎。寺學鷲峰侵漢起，山如龍尾撇波行。　以上明黎晨嘉靖《寧國府志》卷四

秋霜閣

登臺坐想遺民釣，入寺行歌李白詩。竹榻蒲團僧定早，清鞋布襪我歸遲。雲邊掃石留題處，月下憑欄把酒時。百尺蒼松唐舊物，問渠嘗閲幾興衰。

風光閣

三千里外帝王鄉，當日龍潛涇水旁。不擬璽符歸掌握，故因斧藻話風光。一時事往留遺迹，百尺樓空倚夕陽。英武照靈略相似，元無野史記興唐。　以上明王廷幹嘉靖《涇縣志》卷一〇

吕城舟行晚晴

楊柳堤長月一灣，芙蓉花小蓼初斑。孤帆白鳥無邊水，殘日斷雲何處山。遠客自應歸興動，新詩都在晚晴間。功名有底催人去，只合漁樵作往還。　明梅鼎祚《宛雅初編》卷一

登上嶺遊黄山

朝陽滉漾水朦朧，曉烟横抹天微風。三十六峰不著色，點綴淡墨排秋空。小山連延大山倨，林深無人但雲樹。平生愛山真成癖，我以意行本無住。黄山之路何鼓危，黄山之溪何漣漪。登山度水亦勞止，正要行役發吾詩。仙家與世不相遠，徑入桃源亦良便。向來父老亦嘗行，竹䉶桃花大於扇。風掃烟嵐一萬重，平生佳處始相逢。未驂軒后浮丘駕，已見天都石柱峰。閬苑欲傳青鳥信，壺天安用白雲封。朝真我亦通仙籍，況復年來訪赤松。以上清閔麟嗣《黄山志定本》卷六

過雙梅草堂

一識園林勝，知君有遠心。看林延野色，卧日只空林。山水閑中領，詩書静處深。秋光度林際，留得半庭陰。清鄭澐乾隆《杭州府志》卷二五

贈水西寺舉老

山前流水化平陸，溪上羣山疊寒玉。寺逢劫火一再遷，唯有浮圖立於獨。江南佛法多衰謝，主張名教一夔足。詩人江西派，此句當奪二字更是真如舊尊宿。我生遍參未究竟，布襪青鞋走林谷。師言子歸有余師，留飯青精盤苜蓿。杖藜並語松林路，行聽松聲如度曲。尚寒三十六峰盟，遊罷同回把黄菊。

遊巖巃寺

山疑夢裏槐安國，僧住壺公小隱天。門横一水與世隔，不知魚鼓今幾年。真人陰崖結茅屋，大千世界一粒粟。佛言芥子納須彌，我亦來尋贊公宿。

妙相寺風雨亭

夜聞騷屑此君語，晨起急登風雨亭。一笑相逢珍重別，不隨人改舊時青。以上清王廷棟乾隆《涇縣志》卷九

石壁道中

雲山疊疊石齒齒，山色溪聲三十里。霜餘木葉半丹青，道上松風雜宮徵。捨車而徒度險艱，邐來趼足愁躋攀。官閑無祿與王事，不妨拄杖對潺湲。

勝因寺

山行詰曲到禪林，臺殿丹青歲月深。薄晚春寒生几席，逼人空翠撲衣襟。客塵冉冉凌清思，俗狀紛紛費苦吟。若得一丘容我老，便携藜杖事幽尋。

深塢寺

古寺深深陰，籃輿得得來。三休登隴首，百轉入巖隈。喬木千章老，鳴泉萬石明嘉靖《寧國府志》卷四作壑哀。無人同此趣，獨為少徘徊。

福田寺

逵明嘉靖《寧國府志》卷四作遠市前朝寺，何年古佛廬。上方分勝業，小築寄幽居。坡隴青相接，川原緑自如。欹眠聽秋雨，懷抱稍虚徐。

茅殿寺

伊昔高人隱，誅茅此殿陰。丹青妙輪奐，香火閟幽深。朝市有遷换，溪山無古今。蕭齋午睡覺，欹枕一長吟。以上清宋敩乾隆《寧國府志》卷三三

句

笋槩秧斜入圖畫，令人魂夢到家山。　題廣德縣秀遠亭　宋王象之《輿地紀勝》卷二四《江南東路・廣德軍》

白雲樓荒危堞在，莫愁村近暮烟横。　同上書卷八四《京西南路・郢州》

紫芝秀出何年日，碧藕開成幾丈花。　瑞蓮寺　明嘉靖《寧國府志》卷四

（崔統華整理）

全宋詩卷二〇六三

傅自得

傅自得(一一一六—一一八三),字安道,南渡後僑居泉州(今屬福建)。察子。以蔭爲福建路提點刑獄司幹辦公事。主管台州崇道觀,通判漳州,知興化軍,以忤秦檜罷。孝宗即位,再知興化軍。召爲吏部郎中。出爲福建路轉運副使,改兩浙東路提點刑獄,尋主管武夷山冲佑觀。淳熙十年卒,年六十八。有《至樂齋集》四〇卷(《宋史》卷二〇八),已佚。事見《晦庵集》卷九八《朝奉大夫直祕閣主管武夷山冲佑觀傅公行狀》。

九日泛舟同朱元晦

秋月天然白,溪流鏡樣平。唤船同勝賞,把盞話平生。擊楫魚頻躍,忘機鳥尚驚。兹遊還可繼,家釀為君傾。

清劉佑康熙《南安縣志》卷一八

(李更整理)

傅自修

傅自修,字勤道,泉州(今屬福建)人。自得兄。高宗紹興中知潮州。曾招降海寇,籍爲水軍,賴以控扼海道,累官直寶文閣。事見清同治《廣東通志》卷二三八。今録詩五首。

題濠上齋二絶

焉知魚樂我非魚，夢裏榮枯覺則無。休學癡蠅貪紙穴，小窗烘日謾跏趺。
小齋斗大四壁立，只着匡牀與瓦爐。不涉語言君識否，莫從門外著工夫。

偶成

疊翠亭前秋水深，思韓亭下木成林。一生不得文章力，且向潮陽度歲陰。
訟牒無多公事希，道心已熟壯心微。晚來吏散閑携杖，步到金山趁月歸。

再題濠上齋

外物為藩籬，障此道之徑。昧則終日迷，達者默爾静。子夏出入間，悦樂猶異境。誰能入吾鄉，節令四時正。　以上《永樂大典》卷五三四五

（徐永强整理）

釋彦充

釋彦充，號肯堂，俗姓盛，於潛（今浙江臨安縣西部）人。幼依明空院義堪爲師，首參大愚宏智、正堂大圓，得法於東林道顔禪師，後住臨安浄慈寺。爲南嶽下十七世，東林道顔禪師法嗣。《五燈會元》卷二〇、《新續高僧傳》四集卷一四有傳。今録詩二首。

呈東林道顔禪師頌

為人須為徹，殺人不見血。德山與巖頭，萬里一條鐵。

偈

世尊不說說，迦葉不聞聞。水流黄葉來何處，牛帶寒鴉過遠村。　以上宋普濟《五燈會元》卷二〇

（許紅霞整理）

安分庵主

安分庵主，初學於安國，後依鼎需禪師，得傳衣鉢。晚年庵居劍門（《嘉泰普燈録》卷二一）。爲南嶽下十七世，西禪鼎需禪師法嗣。今録詩二首。

偈二首

幾年箇事掛胸懷，問盡諸方眼不開。肝膽此時俱裂破，一聲江上侍郎來。

《五燈會元》：安分依懶庵，未有深證，辭謁徑山大慧，行次江干，仰瞻宮闕，聞街上喝「侍郎來」，釋然大悟，作偈云云。

十五日已前，天上有星皆拱北。十五日已後，人間無水不朝東。已前已後總拈却，到處鄉談各不同。

宋正受《嘉泰普燈録》卷二一

（李更整理）

釋子涓

釋子涓，潼川（今四川三台）人。住常德府德山寺。爲南嶽下十七世，大潙行禪師法嗣。《嘉泰普燈録》卷二一、《五燈會元》卷二〇有傳。今録詩五首。

偈三首

一二三四五六七，七六五四三二一。循環逆順數將來，數到未來無盡日。因七見一，見一亡七。踏破太虚空，鐵牛也汗出。絶氣息，無蹤跡。

見見之時，見非是見。見猶離見，見不能及。鯨吞海水盡，露出珊瑚枝。

伴我行千里，携君過萬山。未明心地印，難透祖師關。《嘉泰普燈録》卷二一

頌古二首

狗子無佛性。

狗子佛性無，門上釘桃符。邪魔并百怪，一見便消除。

三聖逢人即出。

乍雨乍晴山裏寺，或來或去洞中雲。滿天星月明如晝，此境此時誰欲分。同上書卷二八

（許紅霞整理）

陳份

陳份，福州（今屬福建）人。高宗紹興間通判潮州。事見清雍正《廣東通志》卷二六。

郭將軍廟

天欲亡佗開漢境，將軍英武契風雲。遠驅函谷三千騎，南下番禺十萬兵。自此河山消壘拒，至今民俗荷庸勳。後來扼腕征蠻者，禄重功輕不似君。清袁泳錫同治《連州志》卷一一

（王德保整理）

蘇邦

蘇邦，高宗紹興間爲寧德縣丞（明嘉靖《寧德縣志》卷三）。

不欺堂

室明室暗兩相宜，方寸長存不可欺。勿謂天高鬼神遠，要須常畏自家知。明閔文振嘉靖《寧德縣志》卷二

夏世雄

夏世雄，高宗紹興末官合州巴川縣主簿、權赤水縣尉（《金石苑》）。今録詩二首。

奉繼馮使君韻

恭覽新詩清徹骨，揮毫落處耀名山。寒蹤久已知恩地，杖屨今朝得喜攀。翳雨埋風遮遠目，等閑軒豁為誰開。天公豈是藏幽景，留待使君持節來。

神物堅持多聖境，新詩開僻信賢能。磨崖永作山中景，讀處留行亦好憎。清劉喜海《金石苑》第八册《龍多山詩》

陳嶠

陳嶠，高宗紹興中爲泉州户曹（明嘉靖《龍溪縣志》卷八）。

贈蕭韡

一寸功名心已灰，翩然解組賦歸來。中興天子登耆舊，二十餘年挽不回。明劉天授嘉靖《龍溪縣志》卷八

《龍溪縣志》：蕭韡知南恩州，政成乞祠，里居二十餘年，未嘗以私事撓公家。時詔郡國採訪致仕官精力未衰者以名聞，守林孝澤欲擧為首，韡力辭不就，户曹陳嶠贈詩云云。

陳熊

陳熊，高宗紹興間知安溪縣（明嘉靖《安溪縣志》卷三）。

句

水落舟横露淺沙，粉垣松桂古禪家。題覺苑院　明林有年嘉靖《安溪縣志》卷二

周炎

周炎，湘陰（今屬湖南）人。高宗紹興中爲湘陰尉，知寧遠縣（清光緒《湘陰縣圖志》卷九）。今録詩二首。

黄陵題詠二首

卧隨流水下煙汀，暫泊扁舟謁廟靈。古屋凄凉庭不掃，斷碑漫滅户空扃。林藏宿鳥春聲好，潭躍金鱗夜氣腥。簫鼓送神人去後，滿江莎草自青青。

鶴駕雲軿去不迴，空遺廟貌古山隈。鐵心石骨昌黎伯，也向黄陵擲珓杯。《永樂大典》卷五七六九引《古羅志》

黄朴

黄朴，字文卿，龍溪（今福建漳州）人。碩孫。高宗紹興中以蔭補廣州懷集尉，調陽江尉。三十

一年（一一六一），知安溪縣。歷通判邵武、福州。事見明嘉靖《安溪縣志》卷三。

玉泉

水性能方圓，泉色常珪璧。雲山静有輝，瓊液來無迹。泉上修禪人，曹溪分一滴。鑑止更澄源，紛紛萬緣息。

元陳世隆《宋詩拾遺》卷七

陳中孚

陳中孚，字子正，吉陽（今海南三亞東北）人。高宗紹興間知萬寧縣，擢知昌化軍。有集，已佚。事見明正德《瓊臺志》卷三六。

茶嶺

天柱峰頭撥曉雲，靈芽一寸得先春。紫芹緑筍方知貴，雷發鎗旗未足珍。

《永樂大典》卷一一九八〇

韓曉

韓曉，高宗紹興間知崇仁縣（清光緒《撫州府志》卷三五）。孝宗乾道三年（一一六七），由京西路轉運判官知金州兼主管金房開達州安撫司公事、馬步軍都總管。五年，提舉四川茶馬。七年，總領四川錢糧（《宋會要輯稿》職官四一之一一二、選舉三四之二二、職官五九之二七）。

崇仁縣後白蓮花

東皇發生無賢愚，祝融長養無枯偏。一般薰風同芊芊，何獨芙蕖多靚妍。小荷出水浮青烟，沈郎抛下買春錢。相看高柄緑又圓，誰家紺幰馳長川。美人酡顔立幰邊，疑是水府集諸仙。嚴粧一一皆青鈿，凌波羅襪行蹁躚。望中娟麗未足憐，别有一種尤天然。珍珠簾捲水晶軿，不在鉛華施紫綿。冰肌玉骨妙無前，恍若廣寒墜嬋娟。層臺細蕊黄最鮮，儼然玉女侍堯天。揚州盤盂休獨傳，拱手宜推先着鞭。雖云紅紫難差肩，未必時人眼所便。一杯勸花且盤旋，慰我天涯塵土緣。回首水鄉興益堅，鑑湖十里花相連。無端名利苦縈牽，簿書叢裏將三年。何當歸去守一廛，月明重上採蓮船。清許應鑅光緒《撫州府志》卷八一之二

（以上李更整理）

向滈

向滈，字豐之，開封（今屬河南）人。高宗紹興間知萍鄉（清康熙《萍鄉縣志》卷四）。有《樂齋詞》。今録詩四首。

莞爾堂夏日偶成

槐蔭參差日轉廊，時看野鳥下横塘。閑窗緑映篔簹净，流水紅浮菡萏香。座有琴觴真道院，徑通花木似禪房。文楸珍簟疏簾裏，與子同消夏日長。

莞爾堂春晚書懷呈同僚

三分春色二分休，是處紅稀緑已稠。芳草池塘空有思，落花亭館不勝愁。人情似昔猶難合，身世如今豈易謀。若欲忘憂須是酒，醉鄉安穩勝封侯。

莞爾堂和柳樞密韻

平生麋鹿性，從仕匪所娱。要非折腰具，悠然慕潛夫。賦歸恨不蚤，空悲歲云徂。世情固險薄，官路徒驚呼。君看得失際，豈問戚與疏。論心未必爾，反眼何所無。嗟我與世忤，正坐所見殊。强顔戀五斗，我豈不足與。湖南有良田，亦有宅一區。會當拂衣去，俯仰聊自如。誰能揖上官，迫促畏簡書。遂令湖海上，坐覺豪氣除。君言浪見許，衆口方駡予。不學望塵輩，甘心履危途。所得俱可恥，山巖等豪銖。古人惟事道，吾行端不迂　以上清尚崇年康熙《萍鄉縣志》卷八

二月四日約同寮勸耕萬安院已而不至書於彭氏酒家壁

滿目風光二月時，小桃無數柳依依。松間野寺臨清淺，花底旗亭倚翠微。人意不隨春意好，此心端與賞心違。目斜望斷高陽侣，赢得惺惺騎馬歸。　清錫榮同治《萍鄉縣志》卷六

句

人情甚似吴江冷，世路真如蜀道難。去妻復回　元佚名《湖海新聞夷堅續志》前集卷一

《湖海新聞》：豐之才調極高，貧窘則甚，有句云云。誠齋楊少監奇之。

（徐永强整理）

全宋詩卷二〇六四

江逌

江逌，陳留（今河南杞縣西北）人。高宗紹興間知光澤縣。事見明嘉靖《邵武府志》卷四。

烏君山

洞中烟鎖五雲樓，洞口寒泉今古流。見説秋高風雨夜，徐郎騎鶴更來遊　明邢址嘉靖《邵武府志》卷二

（徐永强整理）

丁宣

丁宣，一名卜，字宗旦，延陵（今江蘇丹陽西南）人。高宗紹興中通判處州（清光緒《丹陽縣志》卷一八）。

仙都山

世上洞天三十六，縉雲第二十九區。古木參天架雲屋，總真靈迹號仙都。獨峰壁立二千尺，凌空聳翠屹然孤。仰瞻絶頂烟嵐際，曾開菡萏名鼎湖。舊説軒轅駐車轍，雲駢風馭經此塗。石釜鍊竈丹砂就，乘龍帝鄉纔須臾。紫虚碧落超塵世，侍臣無路攀龍鬚。唐朝天子仙李裔，德格天心來瑞符。祥煙嘉氣卿雲布，山中九傳萬歲呼。步虚對峙雲斷續，東西互雲高下殊。澗邊幽徑登鳥道，上有鏡巖如方壺。巖中乳水瀝嵌罅，滴石成穴如仰盂。水一晝夜斛加半，潦不泛溢旱不枯。魯望曾記周景復，絶粒餐霞黄老徒。

棲真妙入懸珠會，八十餘年隱此居。千古寥寥桑海變，仙跡渺邈還有無。石門瀑布雖云好，此間殊勝未易俱。特然造化鍾神秀，虎頭妙手亦難圖。原注：事跡出於圖經古詩。　元陳性定《仙都志》卷下

方希覺

方希覺，字民先，莆田（今屬福建）人。高宗紹興元年（一一三一）以通直郎知英州。事見清道光《廣東通志》卷二〇九。今録詩二首。

到官郡□之餘即新衆樂亭爲州人游觀之所因成拙句

重尋佳景冠南州，自注：南山之景，唐賢游迹。天與邦人作勝游。百尺臺成偏得月，四時花放不知秋。當軒叠嶂高還下，傍檻長溪咽復流。只道使君能共樂，有誰能會使君憂。

及瓜將行留别南山

南山陳迹偏搜尋，好景森羅直萬金。别後不知誰念我，經營偏費主人心。　以上清阮元道光《廣東通志》卷二〇九

（以上崔統華整理）

張鎰

張鎰，字季萬，南渡後僑居滁州。高宗紹興中官郎中，與孫覿有唱和（《鴻慶居士集》卷六）。善草書，尤工山水，得破墨法（《圖繪寶鑑》卷四）。

句

山中宰相晉遺民，下視雄特何僕臣。長生觀
老龍拏空欲輕舉，山靈地祇挽之住。巨楠　以上宋王象之《輿地紀勝》卷一五一《成都府路·永康軍》

（徐永强整理）

羅原知

羅原知，新喻（今江西新余）人。高宗紹興間爲屯田郎中，致仕後家居。清同治《新喻縣志》卷一一有傳。今録詩二首。

西軒賞芍藥

絳羅高捲隔屏幃，一見令人思欲飛。若使風前能解語，何人開口説楊妃。
不用胭脂涴玉姿，精神偏在月明時。憑將一盞澆妝酒，博得花陰無限詩。　清文聚奎同治《新喻縣志》卷一一

（吴鷗整理）

李若川

李若川，字子至，徐州豐（今屬江蘇）人。若谷弟。高宗紹興十六年（一一四六），權金部員外郎，以事放罷。三十一年，由江南西路轉運判官移東路（《建炎以來繫年要録》卷一五五、一八八）。三十二年，總領淮西江東財賦軍馬錢糧。孝宗隆興二年（一一六四），除司農少卿（《景定建康志》卷二六）。乾道元年（一一六五），以吏部尚書使金（《宋史》卷三三《孝宗本紀》）。二年，放罷（《宋會要輯稿》職官七一之一五）。《兩宋名賢小集》存有《延月樓詩稿》一卷。今録詩十三首。

三韻雜咏七首

礎潤濕《前賢小集拾遺》作識欲雨，月暈知有風。大哉天地理，機熟潛可通。念彼在世人，心隱無由窮。斯人異好惡，是非汩真情。鵝有翅莫飛，蛇無足能行。世事亦如此，未可一概評。足隨意以行，目惟心所視。若必待使之，動行同上書作作即相戾。是故造自然，斯為理之至。鷺白固匪珍，鴉黑亦非貴。使其色相反，人皆競稱瑞。世情惟尚奇，在理則為蔽。足安咫尺地，臨險生憂危。世故日紛擾，逐物心難持。心定境亦定，禍福安能移。一氣有清濁，二儀成覆載。魚鳥各飛潛，草木異榮敗。不齊乃至齊，造化所以大。瞽者不視色，聾者不聽聲。觀其動作間，視聽由心生。一心苟有蔽，耳目絶聰明。

途中阻雨

高雲無急雨，飛灑如絲輕。幽人動羈思，冒雨登歸程。風來曉煙亂，雲破春山明。眷言憩荒館，我懷有餘情。壺中載濁酒，飲罷還自傾。酒盡興不盡，關關山鳥鳴。

夜泊富陽

弭節《前賢小集拾遺》作楫富春岸，江潮侵夜生。扁舟人未寐，風動菰蒲聲。羣物漸以息，客懷有餘清。開篷坐深夜，月在雲間明。遠眺江水闊，仰視天河横。念此復何極，曠然千古情。恨阻心中侶，濁醪相與傾。

理舟

為客始逾月，迢迢若經年。晝永空館寂，古木參雲煙。我生聞道淺，未能超世緣。念此方寸地，憂來相縈纏。今晨動幽興，沙岸泊歸船。岸遠望不極，歸思隨長川。

獨酌

兀坐起往念，新愁忽來侵。鬱鬱不自怡，開尊獨盈斟。舉杯對孤影，浩蕩生幽襟。百慮遂消散，無復縈我心。修篁爾何情，風中來清音。不覺日已晏，四面山沈沈。超遥醉中適，頹然忘古今。染翰記所寓，音屬自成吟。

村社歌

清曉鼕鼕鳴社鼓，前村後村走兒女。田家醵錢共賽神，謝神時晴復時雨。案有原校：一作具肴酒爐有香，老巫禱祝躬案傍。願得年年被神福，秋宜稻穀春宜桑。人淳禮簡酒無數，歌笑喧闐日將暮。田翁攲側醉歸來，山頭明月山前路。

蠶婦詞

舍前舍後桑成林，鋤墾不放青草侵。東風滿條新葉大，村家愛此輕黄金。日暖春蠶大眠起，戢戢盈箱齊若指。看蠶新婦夜不眠，蠶老登山滿家喜。阿姑嗔辦繅車原作噪連，據《前賢小集拾遺》改遲。小姑已催修織機。殺雞沽酒賽神福，今歲不怕寒無衣。以上宋陳思《兩宋名賢小集》卷二一三七

（徐永强、崔統華整理）

馮杞

馮杞，秦州成紀（今甘肅天水）人。湛子。高宗紹興中以父恩任副都統司書寫機宜文字。事見《絜齋集》卷一五《馮湛行狀》。

南紀樓

豈忍輕離江漢州，去思日夜逐東流。可憐南紀樓前路，常與邦人憶蔡侯。

句

人物英雄故沔州，嶓岷千古奉雙流。
誰知江漢壺中地，别有蓬瀛物外天。　以上《輿地紀勝》卷七九《荆湖北路·漢陽軍》

（徐永强整理）

鄭將

鄭將，字天任，莆田（今屬福建）人。高宗紹興中國子監元。事見《閔詩録》丙集卷八。

和李侍郎移竹

仲夏竹迷日，長竿帶筍移。地生宜雨潤，根淺畏風吹。斵破沿階蘚，添成宿鳳枝。子猷清洒意，應與渭川期。　明鄭岳《莆陽文獻》卷四

（崔統華整理）

龔相

龔相，字聖任，處州遂昌（今屬浙江）人。原孫。高宗紹興間知華亭縣，後家吴中。事見清乾隆《華亭縣志》卷九。今録詩四首。

濡須塢　在巢縣東南

南北安危限兩關，迅流一去幾時還。凄凉千古干戈地，春水方生鷗自閒。　宋《錦繡萬花谷》續集卷一〇

學詩

學詩渾似學參禪，悟了方知歲是年。點鐵成金猶是妄，高山流水自依然。

學詩渾似學參禪，語可安排意莫傳。會意即超聲律界，不須鍊石補青天。

學詩渾似學參禪，幾許搜腸覓句聯。欲識少陵奇絶處，初無言句與人傳。宋魏慶之《詩人玉屑》卷一

（馬秀娟整理）

句

夜半微雨濕，凌晨春草長。感興　宋龔頤正《芥隱筆記》

徐　璋

徐璋，衢州（今屬浙江）人。高宗紹興間知潮州（清順治《潮州府志》卷四）。

送舉人

揭陽多士天下都，聲名籍籍南海隅。往往能騎龍馬駒，唾手可捋於菟鬚。大食刀斫赤瓠壺，綠沈弓迸金僕姑。太阿何止敵萬夫，四海可歸輿地圖。一舉旌旗到三吴，全軍接上甘泉書。不比白面謝石奴，漢庭挺出萬卷儒。至尊含笑御玉虚，此時賢傑氣焰舒。更看相踵昇亨衢，鳳池鷄省争凫趨。《永樂大典》卷五三四五引《三陽圖志》

（甯德偉整理）

鄭安恭

鄭安恭，高宗紹興間知邵州（《永樂大典》卷二二六三引《邵陽志》）、肇慶府（清同治《廣東通志》卷一五）。三十一年（一一六一），爲廣南東路轉運使（清雍正《廣東通志》卷二六）。孝宗乾道元

年（一一六五）爲廣西提刑（《宋會要輯稿》兵一九之一六）。

探梅過西湖

郊坰一到眼偏明，古寺寂無鐘磬聲。共上籃輿尋勝事，獨先冠蓋愧雙旌。探梅載酒成幽趣，縱步登山喜晚晴。自顧遨頭最衰老，不才何幸守邊城。《永樂大典》卷二二六三引《邵陽志》

（徐永强整理）

張　棟

張棟，高宗紹興間鄭安恭知邵州時，知邵陽縣。事見《永樂大典》卷二二六三引《邵陽志》。今録詩三首。

次太守鄭安恭探梅過西湖韻 二首

亭亭冰質照溪明，瀌瀌如聞環佩聲。初訝玉妃遊月地，但無他仗引霓旌。使君再約慇懃賞，天意從教爛漫晴。詩律清嚴誰敢犯，七言今始見長城。

金方正位鑿平湖，物景堪將入畫圖。兩岸雨垂楊柳重，一汀沙立鷺鷥孤。泓澄良夜摇明月，瀲灩高秋醮碧蘆。寓目瀟湘徒有約，殘陽歸去獨躊躇。《永樂大典》卷二二六三引《邵陽志》

寄崔嘉彦

厭踏千山折，欣逢屋數椽。衣冠存古制，松雪對華巔。自漉甕中酒，仍烹澗底泉。桃源疑此是，不必問神仙。同上書卷二七四一

唐時

唐時，高宗紹興七年（一一三七）知武昌縣（《建炎以來繫年要録》卷一一二）。後于鄭安恭知邵州時，官邵州通判（《永樂大典》卷七二三九）。

思政堂

竊承知郡下車未幾，百廢具舉，乃作思政堂於廳事之西。鄭子産所謂「政如農功，日夜思之」之意，朝夕於此專精覃思，豈特為燕樂之地而已。時故喜其成，因賦古詩。

邵陽府第之西，湖山之東，耽耽大厦磨蒼穹。賢哉鄭侯為棟隆，朝夕思政於其中。取君子之九思以謹行，取季子三思以盡忠。及思治道貴清静，又效曹參舍蓋公。之子于歸築百堵，已見豐年詠華黍。周公待旦復何為，贇贇宣王之復古。

《永樂大典》卷七二三九引《邵陽志》

（以上岳仁堂整理）

全宋詩卷二〇六五

王灼一

王灼，字晦叔，號頤堂，遂寧（今四川潼南西北）人（清乾隆《遂寧縣志》卷六）。南渡前曾入太學（本集卷二《次韵子春》「念昔走京師，啗蔗入佳境」），後轉輾各地爲幕僚，仕宦不顯。高宗紹興十五年（一一四五），寓成都碧雞坊妙勝院時，著《碧雞漫志》（《碧雞漫志》自序）。有《頤堂文集》五十七卷（《宋史·藝文志》），已佚。傳世有孝宗乾道八年（一一七二）由其姪傅編刊《頤堂先生文集》五卷，及《糖霜譜》、《碧雞漫志》。

王灼詩，以《四部叢刊》三編影印宋乾道本《頤堂先生文集》爲底本，其中詩四卷。另從《永樂大典》輯得集外詩十九首，編爲第五卷。

監樂堂并序

巴川郡治之圃曰監樂堂者，紹興戊辰始創，僅七年，敗于漲水，而故製迫陋，亦令人意不舒。常平使者僚屬馮侯茂恭攝守，一新大之。侯故家子，學古入官，慕循吏名迹，欲與相角。剪弊剗蠹，禁姦繩暴，率之以正，行之以公，持之以果，輔之以明，政大事小，節目具舉。舊為害最甚曰益昌軍食，歲三千斛，郡亦二千八百餘斛，廐粟又八百斛，盡取之民，不得一錢，與常賦同輸。其本費或許司指空文，或屬邑侵斡。侯悉條請之，嚴絶之，郡自任責。會朝廷遣郎官出使，大革苛歛，即疏始末，又别具民事九，蘄必更張，是皆久且著因仍莫問者。五邑懽震，釋苦得樂。而堂方告就，侯曰：前守監民苦樂在此，榜不宜易也。郡人則相牽連，求聲詩於王某，故作四章，章八句。

隆然新堂，治所中間。江嶺環匝，州瘠以寒。吾氓蚩蚩，吏有奪欺。侯登新堂，來輯來綏。新堂隆然，侯遠近望。力紓吾氓，俾獲其仰。自注：魚向切。瘠吾與食，寒吾與纊。導爾嬉娱，廢爾悽悵。堂富衆産，左右後前。沼魴嶼鳥，春棠夏蓮。莫莫者葛，蔭五畝餘。爾動爾植，其寧爾居。侯讌新堂，賓僚接席。觀者牆立，垂髫戴白。歌鐘既合，手之舞之。祝侯壽考，與江嶺期。

銅馬歌

郫城村民鑿古墓隧，得一銅馬，高三尺許，制作精妙。前簡池守景季淵取以歸，中宵風雨，輒聞嘶聲，怪之，不敢留，移送佛寺。紹興丙子，予以事至成都，黄伯淵見索，作銅馬歌。

君不見武皇逸志凌九垓，追風躡影思龍媒。魯班門外立銅馬，天廐萬匹皆塵埃。又不見伏波將軍破交賊，歸來殿前獻馬式。據鞍習氣殊未衰，想見老子真矍鑠。兩京翻覆知幾秋，只有山河供客愁。孤煙落日蠶叢國，出此神物於荒丘。千年黄壤誰作主，猶把歸心泣風雨。但恐一朝去無蹤，有似豐城寶劍化雙龍。

葛仙化 王勃故事，詩人未有及之者

靈山信多異，孤起一萬尋。其上羅諸峰，聳秀欲相臨。危磴巧盤折，古洞閟清深。叢木開錦帳，飛泉鳴玉琴。三仙班龍駕，長往無歸音。高閣儼像設，霓衣紫霞衿。故知飛昇骨，偕來幽絶岑。聲利豈不好，奈此老境侵。吾家窮子安，登覽動悲吟。盛時亦云遇，志大力叵任。今人已笑古，後人復視今。天命儻可順，吾將守素心。

大隋山

天彭對峙闢兩門，群山左右争駿奔。金城中間作几案，大隋踞坐何其尊。境勝地靈誰敢宅，古佛來自東家村。結茅三間初未暇，一庵聊寄枯木根。緇徒駢擁助薪水，王侯漸次迂華軒。甑月峰深崇棟宇，瀑布巖冷清心魂。至今西南推望刹，十世説法雲仍孫。病夫垂老寡所嗜，獨於要妙欲細論。當時戲出隨他語，坐斷報化轉乾坤。邇來衲子多異解，白玉面上加瘢痕。山蔬煮餅姑恣飽，雲氣漠漠連黄昏。空堂附火耿不寐，聽徹猿鳥迎朝暾。

曲尺山雲居寺道方長老云：蚤來鐘自鳴者三，極異之。因引仙都鹿事，求一言記之

循溪上坡坨，溪亦因山曲。行盡高深處，招提隱山腹。往者灰燼餘，白塔但孤矗。十年鬧斤斧，有此千間屋。阿師笑相語，異事子當卜。今日鐘報客，振響非人觸。病悴優婆塞，歸夢到松菊。諸聖惠三昧，警我煩惱毒。卧聽夜雨喧，起看曉雲族。去路猶恐迷，主人費齋粥。

讀王尼傳并序

王尼，字孝孫。洛陽之陷，避亂江夏，依荆州刺史王澄。貧無居室，惟牛車一乘，晝則子御之行，暮則共宿車上。澄卒，荆土饑荒，尼不得食。乃殺牛毁車，煮肉噉之盡，父子餓死。初葛稚原誤作雉川至洛陽，見天下已亂，即避地南土。董養至洛陽，見二鵝之孽，即挈妻入蜀。當是時，天下則有亂矣，洛中尚無恙也，而二子視之若檻穽然，拂衣徑去，治退居之計。使尼先識如二子，安得奔走紛拏之際，為飢死鬼乎。予感之，作詩以自箴。

處世常多憂，政坐口復牽。誰能百無營，飲露如寒蟬。原野足餓殍，山澤漫腫僊。作計苦不早，身窮乃怨天。劉石擾河洛，孝孫方南遷。庇無一區宅，耕無一畝田。牛車不自救，枯骸枕道邊。君看董與葛，見幾預着鞭。智慮故不同，禍福仍相懸。闕輔已荆棘，江淮復戎旃。吾生亦可料，速辦買山錢。

風蓬蓬一首贈范德承

風蓬蓬，雨窣窣，客子中夜寒侵骨。青燈也解照孤愁，歸夢不到涪江側。晚來天氣猶未佳，萬里濕雲遮日華。僧房僻寂無來轍，踏遍長廊占晚霞。聞道比鄰酒初熟，能來澆我空洞腹。為君痛飲不苦辭，世路紛紛蠻與觸。

贈王先生并序

夔州王道成先生，舊射利江湖間。政和丁酉，遇異人王鼎，傳内丹之妙。遂破家學道，浮遊東西蜀。鼎時見荆南市中，不與人交一談，無能識其誰何者。身長七尺，廣眉目，美鬚髯，狀貌如四十許，荆南父老自成童時蓋已見之。一日，與王飲，自道姓名，曰：吾洛人，武德初，事秦王為御者，奔走兵間，後得仙法，隱華岳。酒酣別去，不知所往。紹興六年，道成見予於金川，講宗盟之好，為作詩百一十五言。

隴種健兒鬚如棘，幼事秦府持鞭靮。戰塵撲面心已灰，徑上三峰弄泉石。乾坤變化五百年，人間未識地行僊。布裘落魄荆州市，丹經秘法為君傳。散盡千金何所有，腹中氣作蛟龍吼。功成直欲凌紫虛，尚愛岷峨山下酒。年來我亦厭樊籠，乞取微言為指蹤。君不見葉縣雙鳧緱嶺鶴，古來度世多吾宗。

前年一首投贈劉荆州錡

前年別公東南馳，正當六飂還宫時。都人歡傳好消息，慈寧首問公何之。氈裘不復恃軍馬，潁上一戰中興基。青天白日呈萬象，向來讒吻真成癡。數從西府伺行李，樞筦原誤作莞政要人扶持。吴江再見丹楓落，寧料我公猶在兹。呼鷹臺邊閑鼓角，望沙樓上陳書詩。夕烽平安置莫問，賢牧自當十萬師。維昔全荆號强國，近者賊火仍瘡痍。形勝之地勳名集，端使前輩相追隨。衰宗依劉有故事，自憐遠去作兒嬉。明朝爛醉沙頭酒，不管春風吹鬢絲。

贈趙當可

元子稱漫浪，嚴生資苦勁。海内無賞音，秋風入衰鬢。東江一茅屋，但欲安性命。頗怪澤畔翁，煩詞寄天問。

晚交得王孫，每見心輒醉。平生虎豹韜，近者詩酒累。流光迫壯懷，撫事我亦欷。不如從君飲，此外淡無味。

張元舉惠江南李王帳中香

西樓北苑春色濃，日日醉倒駢齒翁。歸來萬事不整理，笑倚娥皇冰雪容。疊箋共寫霓裳譜，更作新聲邀醉舞。瑶光殿裏帳拖紅，一尺爐煙日亭午。事去時移二百年，金陵空有舊山川。此香那得到君手，妙訣無乃當時傳。慚君為我供愁絶，年來辦得心如鐵。但能飲酒讀離騷，竹枕藤床卧明月。

范元通見和仍邀再賦

新橋酒作琥珀濃，平生頗羡江南翁。扁舟尚繫清涪尾，却對爐香開病容。何必探囊尋舊譜，一見詩筒喜欲舞。奇芬麗句兩争雄，蘇合芝蘭謾旁午。當時俊氣輕百年，自注：嗟嗟百年間，齷齪何足問。李王詩也。今悲逝川。得公操筆弔興廢，定知詩與香俱傳。我生自是癡中絶，懶學諸儒議鹽鐵。枯腸空洞費搜尋，兀坐忍飢三百月。

李彦澤從余求衛公兵法

衛公少時已知兵，坐談壓倒韓擒虎。一朝委事虬鬚帝，南殲荆盜北鋤虜。出其緒餘教君集，猶謂四夷莫予侮。乃知機略妙無比，攻城破陣一仰俯。當時傳公挾異術，雲祲孤虚自默數。可憐癡兒尚詭怪，至作齊東野人語。我家舊畜公遺書，片段飄零十得五。開囊取拾送君讀，想見明窗口如鼓。玉輿消息渺吴越，鐵騎縱橫暗江浦。學成出去清胡塵，莫道儒生不能武。

得孫以詩邀立夫兄次明丈作看客

我生苦不諧，所向如登天。老眼始見孫，便覺了世緣。一陽謹初度，剥極宜復旋。神氣已秀發，玉虹照晴川。家書或有託，似能守青編。免翁費十牛，令渠受一廛。使君與別駕，同是峨眉僊。肯來摩其頂，飛蓋相聯翩。丘也親抱送，已輸徐氏先。游夏實高弟，庶幾文學傳。自注：汴都二相國祠，世多携小兒拜謁乞靈，即游、夏也。

次韻子春

微風度疏竹，青燈照孤影。起尋千載書，坐對一夕永。念昔走京師，噉蔗入佳境。注傳擬杜癖，説詩配康鼎。詎識豹霧深，但愛虎文炳。薦紳滿朱紫，人物稱袖領。經義有寸長，富貴在食頃。彈冠欲慕貢，洗耳寧思潁。自從鐵林騎，來污金華省。幾年强求活，百事付幽屏。慵便塵柄閑，病怯牛衣冷。借書試探討，掩關謝馳騁。新聞渺無得，舊學粗可整。鉛筆伴曹褒，蟣蝨欺王猛。自憐亡奇者，才拙乃素稟。暫為漫浪叟，畢此須臾景。升沉豈殊致，行止貴深省。嘉言誰起予，虛心期一請。

宿毗沙院諸友相送

出門風喧號，半道雨飄洒。行役已堪厭，投宿小蘭若。葱籠林樾中，一徑僅容馬。古屋數十椽，佛事走村社。王趙兩故人，清詩壁間寫。讀偏已曛黑，尚有相送者。見可逞雄辯，譊譊欲脣哆。伯威弄長笛，哀音振原野。子仁喜捷敏，德常號醇雅。來共一夕寒，罇酒肯屢把。明朝定西去，山路泥没踝。此地當迴首，想見煙苒惹。平生受性僻，所至徒侶寡。因詩記離憂，踟躕孤燈下。

戲王和先張齊望

王家二瓊芙蕖妖，張家阿倩海棠魄。露香亭前占秋光，紅雲島邊弄春色。滿城錢癡買娉婷，風卷畫樓絲竹聲。誰似兩家喜看客，新翻歌舞勸飛觥。君不見東州鈍漢髮半縞，日日醉踏碧雞三井道。

次韻紹美義夫兩家舉孫

兩翁連詩軸，誇我新生孫。種德固有後，擾龍同一門。祥應偶然耳，矯激笑劉昆。要令百世祀，那止一飯恩。遥知湯餅局，歡傳溪上村。茅堂滿賓客，秫酒對雞豚。我亦勸兩翁，自放琴與罇。此生復何事，醉吟閱朝昏。

次何子應登賦樓韻

使君來作牧，衆若倚南山。時節當授衣，已念赤子寒。駕言出登眺，豈為景趣繁。民風指顧中，惠術良欲殫。紓懷有佳句，伏誦一再歎。從今安田里，不度百牢關。

以朝雞送樊氏兄弟效魯直體作兩絶

平生自許屠龍學，歲晚擬作祝雞翁。長鳴分送君識取，膈膈膞膞風雨中。

麈柄知君談亹亹，雞群笑我唤朱朱。曉窗試渠作人語，絶勝蠹簡用工夫。

以上《頤堂文集》卷二

全宋詩卷二〇六六

王　灼二

李仲高石君堂

三吴黑風吹地拆，太湖浪高一千尺。龜鼉兩山壓湖心，歲歲飛濤恣衝射。山骨雖堅亦破碎，穴穿根斷瑰奇出。自注：二山在太湖最多怪石處。古來石品稱上首，羅浮天竺乃其乙。自注：樂天作《奇章公石記》云：公嗜石，甲乙丙丁為品。太湖上，羅浮次之，天竺又次之，餘為下。吴蜀相望天東西，而從何處得此石。初逢頗驚醜怪狀，徐視不見鎸鑱跡。月暗煙昏鬼神怒，沙平草短狻猊擲。或云王孟竊據時，曾是宣華苑中物。姦雄敗滅化為土，獨此頑然蒼玉立。流落幾家到李氏，命名以君相主客。為君榜堂詫鄉人，愛賞不啻連城璧。金璫中官來奉使，一時氣燄手可炙。利誘威脅擬奪去，仲高誓死君之側。先世所實吾敢墜，貴人縮首三嘆息。會昌丞相乃遠祖，嗜好夙有煙霞癖。平泉山居付夢想，石上刻字空照日。朱崖精爽雖可畏，洛陽群盗旋充斥。故知幽勝豈易保，天公似向人間惜。自注：衛公平泉石皆刻有道字，平泉詩序曰：後世以一石一花移他處者，非李氏子孫。然唐末竟為有力者取去。五代時張全義尹河南，監軍者嘗得平泉醒酒石。衛公孫延古託全義求之，監軍忿然曰：黄巢亂後，洛陽園宅無復能守，豈獨平泉一石哉。全義嘗在巢賊中，以為譏己，奏笞殺監軍。令狐綯謂衛公精爽可畏。政須洒掃堂上下，置酒招我無難色。酒闌氣壯拂衣起，摩挲石君話疇昔。

招隱亭

層崖壓西城，半空矗孤峭。何人結斯宇，想見胸次妙。叢林開蒙密，江山得樞要。拂拂幽草香，嘖嘖群鳥叫。我作謝公屐，來學阮生嘯。披襟待涼吹，停盃延落照。永嗟區中人，嗜慾昏九竅。誰賦招隱辭，此病政難療。我亦裹青衫，俛首入選調。平昔志萬里，自省成大笑。才術幸無取，曷不返耕釣。雄飛或有時，一拜蒲車詔。

任氏園二詠

鶩遠樓

世論尚迫隘，吾道亦摧藏。行歌碧雲暮，坐怨瑶草芳。不如寄層梯，轉盼盡八荒。飛霞曳為裾，明月綴為璫。舉手招盧敖，振步謁紫皇。歸續大人賦，一笑遥相望。

舫　齋

平生江海志，煙雨一莎衣。掛帆恨不早，白首心事違。作齋跨幽塘，想像未覺非。時傾半樽緑，自釣尺鯉肥。蘆花卧秋風，柳帶摇春暉。寄言宣城守，何必天際歸。

王氏碧雞園六詠

露香亭

北渚一帝子，洛川一宓妃。池有十種蓮，平生所見稀。纖穠各態度，紅白争光輝。我來亭上飲，夜久未忍歸。翁家採香人，但愛香滿衣。豈知清露濕，圓荷瀉珠璣。

鈍　庵

俗子如錐利，達士如椎鈍。乘除付造物，多智反自困。君看庵中翁，漫浪出方寸。卧聽松聲老，行觸蘭芳嫩。謀身固未快，事過了無恨。今人豈辨此，勸翁慎勿論。

清　室

碧雞古名坊，奔騰車馬塵。那知小洞天，清絕欲無鄰。一室對林樾，四時禽語新。焚香讀周易，意得氣自伸。明月落盃酒，冷風弄衣巾。寄言朝市客，聲利恐汙人。

鑑　泉

分來何處泉，注此團欒池。有如大圓鑑，玉匣初開時。瑩然絕纖埃，萬象見毫氂。主人湖海士，曳杖日娛嬉。應照兩侍女，新粧弄妍姿。亦復照主人，鬢髮白絲絲。

涼　榭

窈窈林影深，澹澹波光冷。異哉濁惡世，有此清涼境。側身朱欄上，風煙得幾頃。嘯聲出奇響，疑在蘇門嶺。荷氣遞遥馥，如窺太華井。要須從翁遊，岸巾閑日永。

層　蘭

偎翁有蘭癖，肆意搜林坰。負牆累為臺，移此萬紫青。九畹與九層，異世皆可銘。收拾衆妙香，逍遥醉魄醒。隱几光風度，開簾皎月停。門前勿通客，翁續離騷經。

宿崇德祠下望青城諸山

昔年來就學，頗熟青城面。雖無尋山分，猶喜旦暮見。違去八寒暑，夢想無時休。誰意俗士駕，復作山下遊。晚雲蔽高峰，悵望久拄頰。山靈豈猜我，未許相投接。晨興雲散盡，秀色矗亭亭。還如故人眼，不改舊時青。愧非自由身，又復塵中去。他日訪麻姑，問訊山頭路。

浄明長老睡庵

阿師睡三昧，有如飽葉蠶。以睡作佛事，復名所住庵。夢覺本何擇，月行影在潭。勿笑脇尊者，二子正同參。

懷安光孝寺觀空軒遺圓長老

寶坊鬱鬱滿松檜，獨有小軒花數輩。榜以觀空作正觀，要識轉物大三昧。世間眩人萬紅紫，心君已落色界内。那知心境無異法，真見元非色塵外。色空雙忘未奇特，非非想處亦横潰。誰因拈花發微笑，嚼蕊嗅香不相礙。吾儕跛鼈望千里，安得還都如歷塊。詩成懷藏擬不出，彼上人者難酬對。

置酒登賦樓觀月立夫有詩序别次韻

西山自高爽，更上百尺樓。月華出萬象，獨以寸目收。寒光增灝氣，山影接江流。相從更幾日，醉賞同一甌。諸君有大志，應銷别去愁。衣食纔足守墳墓，記取龍鍾馬少游。

九日同韶美誼夫登妙明分韻得光字

野迥半留日，雲薄初護霜。一傾萸菊酒，三肅翰墨場。諸君黨友賢，獨我鬢毛蒼。滿引雖云樂，分携亦自傷。平生子劉子，趣歸謁建章。勳業定指取，富貴肯相忘。古人重佳節，酬酢無餘觴。龍山丹葉飛，騎臺白草荒。但使修名立，豈識離緒長。明年未可料，共飲西湖光。

呈蘇企道漢良吕默夫

半生岷山下，心與岷山親。幾蠟登山屐，不作山間人。兹遊愜所願，晴暄送餘春。山意欲相招，縷脈就我陳。同行二三友，懷抱無一塵。久矣煙霞癖，佳哉笑語新。歲華迫人老，世故遺人嗔。努力造窮絶，樂事當及辰。

次韻李士舉丈感春

四時平分春大好，春雖强半未甘老。輕車矮馬恣搜尋，始信天工為春巧。中園層層亂風花，長路青青被煙草。詎知陽熙變陰慘，頓令樂事成憂悄。兒曹浪語甜如蜜，欲覩俘囚數軍實。貔貅萬屯移蜀塞，胡人喜躍秦人泣。孤坐唯防酒盞空，餘寒頗覺鶯聲澀。貪嗜五斗不自謀，幾時歸作山林客。自注：宣撫招討公取德順，張形勢欲吞全陝，功將成矣。聖主念兩國赤子，有詔頒師，移屯蜀口。憲車李丈感春有作，某次韵及之。

次馮申之遊靈泉韻

名山起高興，不惜馬首東。沙邊一着眼，翠光已浮空。踏遍桑柘村，所向漸不同。溪細山疑合，谷轉路始窮。瑩浄白玉界，芬馥青蓮宫。元知境過清，乘春乃昭融。尚餘半殘花，伴我酒頰紅。拂石愛少蘚，披林怯多風。安得身無事，來對禪寂翁。慮沉燈影外，慧發鳥聲中。庶遂老巖壑，此行太匆匆。

李安撫生日

沙溝紫氣如隴雲，涇城冬律變陽春。天工為國巧謀帥，生此摽摽七尺人。坐揮白羽歷三紀，胡兒奔迸塵頭起。緩驅小隊來漢中，甲光冷射清江水。金爐着火焚寶香，願公壽考仍康强。門外祝公更多有，軍民十萬指中梁。

范漕生日

治忽本天運，賢哲豈浪出。中興信可期，帝為賚良弼。嶄嶄岷峨山，西南著第一。山靈借英氣，成此垂雲翼。才多浩江海，道大迷畛域。磊落萬卷腹，斕斑五色筆。曩參相君幙，謀入九地密。復佩太守章，化行千里溢。紫詔從東來，畀之使者節。旋兼蜀大尹，繡衣擁彤戟。談笑百城聳，指顧萬事集。但恐被賜環，台衮輔王室。有如老忠文，殊勳照簡册。佳時過重五，適當懸弧日。遠邇祈公壽，歡聲共一律。伶傳涪江生，獨以文為業。不敢嚴香火，不敢具芝朮。拂拭舊破硯，胸次先突兀。公掃河朔塵，請飛聊城檄。公蹀定襄血，請勒燕然石。待公黄髮年，几杖付閑逸。從公緑野堂，哦詩繼元白。

中秋大雨

癡情愛佳月，樂事期中秋。造物故相戲，不遣金波流。玄雲如塗墨，急雨欲漲溝。暝色暗無際，壯聲浩莫收。揖謝雲雨師，努力勿罷休。歸來坐書室，盃酒自獻酬。

遊空山

閱遍平川至山足，投鞭下馬緣山腹。古柏屹如蒼龍起，絶磴盤作長蛇曲。氣力已憊意未歇，市聲不到境尤肅。款門徑謁紫金像，邃殿苒苒來香馥。褰衣却上清虚閣，叢林障我千里目。嘉名大榜起何人，來者先自嘆煩促。時於缺罅見一二，煙江黛嶂堆青緑。先人昔此斷還往，三年學古忘幽獨。當時詩板今無在，只餘石刻記經軸。拂塵再誦心欲折，世態萬變流光速。我方投迹隨喧閧，文字堆床未盡讀。山中宴坐亦所願，那得寬閑繼前躅。留連兩日同僧飯，更念重來幾凉燠。作詩强寫無窮悲，天風為我號寒木。

遊雲靈觀

兹山雖特起，遠窺殊未豪。三休出雲際，始知盤踞高。大江分一綫，衆峰環千遭。溪谷粗可辨，緑樹皆蓬蒿。羽衣何年來，釣取海上鼇。盛衰伸臂頃，古屋風颾颾。元和有遺刻，雙旌挾時髦。想見飲清曠，秀句含春醪。萬世同一兀，名字空嘈嘈。吾其錬僊骨，玉京摘蟠桃。

遊靈泉呈性老

曉發雲靈山，午憩靈泉山。兩山信有靈，相對各開顏。阿師達磨孫，文字昔所删。戲出香積供，憐我半生孱。時維春物老，餘花見班班。杜宇鬧蒙密，胡蝶舞清閑。大似師說法，奥路闢重關。市區巧攘奪，日中誰先還。請以一枝笻，從師兩山間。

再遊雲靈

生緣墮城市，日與塵坱俱。豈無青霞志，不得閑須臾。李君實吾黨，半歲相招呼。今晨始能來，羞汗先霑濡。奇峰出天半，虎據東一隅。絶頂所見異，衆山巧奔趨。危坐送落日，萬象争環鋪。隱公老益壯，我亦窮而迂。同行二三友，文采得自娱。少待月波上，歸騎當徐驅。醉中語黄冠，此心何時刳。

遊樊氏阡分韻得事字

山深少車轍，雨餘多空翠。不知窮秋中，草木乃爾媚。隱君一抔土，諸子幾掬淚。盛年喜邁種，末路等幽閟。村酒敢嫌濁，唤起吾渴睡。勿聽松風哀，姑對山月醉。從今棄書册，獨以醉為事。不然持禿箒，净掃清凉寺。

再次韻

寒齋編簡香，温室紈綺翠。疇昔徇所好，外物巧相媚。晚驚生死變，洒盡闌干淚。誓求無上法，不問天所閟。休悲夜臺客，萬年供一睡。我亦老將死，何苦逐昏醉。歸從浮圖師，了此一大事。試問八督州，何如三入寺。

閬州新井縣豐山鎮慈光院殿柱有咸平三年寇萊公書海棠花絶句云喧風花雜

滿欄香盡日幽吟嘆異常翻笑牡丹虚得地玉階開落對君王近歲邑令刳取壘跡寘邑之廳柱今獨石刻在

荒山古刹殿柱頭，萊公題詩説羈遊。當時海棠不擇地，有似野水横孤舟。澶淵功成返黄屋，東府夜宴燒椽燭。老向雷州着緑衫，蜀芳剪棄吴舡覆。一驥向來超萬群，誰與九原呼相君。天寒酒淺不供醉，卧看北風吹陣雲。

大雷雨中舟過蒼溪懷杜子美

疾雷欲破嶽，疾風欲翻海。昏昏雲氣中，稍辨□崔嵬。飄雨雜飛雹，蓬屋響珠琲。舟子紛相呼，□篙入旁匯。罅漏何所避，庶幾無大悔。萬鈞寄弱纜，掣斷危可待。過午天氣佳，起視江浼浼。書生强遊衍，有神司其罪。不見少陵翁，蒼溪遺句在。我老更可憎，比翁窮十倍。

次韻次尹俊卿梅花絶句

人間幾桃李，漫漫化泥塵。不恨收功晚，新年第一春。自注：早。

飯顆從嘲瘦，湘流獨占清。失身到東閣，聊復對簪纓。自注：官。

未學迴風舞，初成拜月粧。故令青女妬，一夕月階霜。自注：月。

急霰争璀璨，僊摽不解寒。漢家趙飛燕，偏許雪中看。自注：雪。

雲澹江皐晚，飛香到短蓬。望窮渾不見，恨滿白蘋風。自注：江。

袖寒倚脩竹，暗起着人香。聯影黄昏月，亭亭上壁璫。自注：竹。

雖無適俗韻，亦有可憐香。定自嫌朱粉，翻成點點黄。自注：黄。

墮蕊香猶嫩，空枝影半横。江湖無限思，不獨為蓴羹。自注：落。

往成都八客餞飲得同字

鎬京有八士，淮南有八公。紛呶一夕醉，緬邈千古同。我思錦江曲，駕言涪水東。神交設華宴，妙語穆清風。合坐燈烱烱，投曉山叢叢。别去復何道，勿使酒盃空。

與諸友遊楊氏池上呼王隱居小飲晚登書臺

微風度竹氣，澹煙增樹色。探尋得佳境，灩灩一池碧。藻荇紛縱横，魚蝦時跳擲。同遊好事者，喜我有此僻。置酒助清賞，環坐藤陰側。白鬚比鄰翁，怪語不自惜。欲學三盃醉，相付一笑適。酒罷循歸途，翁亦返舊宅。

臺山如招人，突兀城南隅。我來有佳興，不辭石磴紆。步窮孤絶頂，局局萬丈餘。永懷舊刺史，儒冠此研書。竟以印綬歸，榮光燭鄉閭。世事幾反覆，百年等須臾。地閑芳草積，樹暗怪禽呼。空留好書名，永與此山俱。以上《頤堂文集》卷三

全宋詩卷二〇六七

王灼三

山雞送范元通 按：本卷首兩面空白，除書名、編者名、分體及此題四行外，空白十六行，行十八字。

送王逸 題原缺，據本集目録補。詩首亦殘缺，酌據字數補空

□□□□□，□□□□□。□□□□□，□□□□□。□□□□□，□□□□□。□□□□□，□我離別胸。文字子所負，騰踏會有逢。勿使豪邁氣，衰颯隨霜蓬。或歌歸去來，徒為白髮翁。男兒富事業，高名配華嵩。

送雍堯咨遊青城

曾遊玉壘市，長揖岷山雲。塵緣不暇往，今日翻送君。丈人紫霞服，麻姑青練裙。鹿車時出遊，俗眼了難分。猶聞老人村，鶴髮自耕耘。豈無抱德士，可與立奇勳。勿求不死藥，自苦骨與筋。胡兒正南牧，兩河如聚蚊。

送胡康老

胡公起三晉，才如山河雄。弊裘走上都，氣壓洛與嵩。豈無濟時策，入對明光宮。戰塵一飄蕩，隻影隨疏蓬。虎符静為治，使節凛生風。所出毫末耳，照眼驚兒童。揭來墮閑冷，玉匣藏霜鋒。忽買巫峽舟，飄飄指吴中。遥知還擢近，黼座思夔龍。他時卧華省，清夢來巴邛。

北人事鞍馬，笑誇太行高。豈知相風色，孤帆寄江濤。雄圖攬方寸，不憚舟師勞。一見武功天，騰踏當有遭。皇綱餘絲髮，海宇半弓刀。誰人念恢復，此事付英髦。蒪羹伴鱸膾，酒船載蟹螯。何如噉羊酪，春醅潑蒲萄。願言雲路穩，勿使閑豹韜。功成儻乞身，故園剪蓬蒿。

送普州守

寧可鈍如槌，不可曲如鈎。毛銖夸争奪，所喪乃山丘。向誰巧相中，機穽險且幽。十年彈指頃，死骨埋荒陬。細看天定後，人力豈易謀。一洗謗書毒，近鄉仍典州。惟此詩書窟，俗比魯與鄒。老手亦何事，坐嘯群吏休。政成有異等，時至或封侯。期公如鐵山，屹立千萬秋。

用舊韻送普守赴闕

圜牆閑木索，南畝富鉏鈎。人謂賢使君，治術本軻丘。丹禁頗念遠，白簡頻黜幽。那知牧養手，安坐窮山陬。國是久已定，諒非卿士謀。除書下八行，仁風被九州。自憐登門舊，長裾曳齊鄒。送公朝帝所，别語不忍休。腰組掛銀黄，刻日賜通侯。應記遠宗子，茅簷卧高秋。虚名强逐臭，小智矜藏鈎。蠻觸蝸兩角，古今貉一丘。念昔齒方壯，抱愁山之幽。誓從東南尉，策勳西北陬。人事乃大謬，天命不少謀。雲梯乏僊骨，車轍半神州。廉頗故思趙，韋孟欲徙鄒。錦水清堪濯，草堂靚可休。儻有一區宅，不願萬户侯。尚及公掛冠，共飽黄鷄秋。

送何熙載之官鄰山因簡虞并父

力學收名第，指作青雲梯。向來杏園伴，盛者直金閨。天工亦善戲，淹速乃不齊。三年得一尉，初挈孥與妻。邑居大山底，積翠蟠東西。瘦馬當緩驅，石磴裂馬蹄。寄謝循良守，桃李想成蹊。行春有餘暇，書尺到耕犁。

效東坡送顧子敦體送趙子功令資陽

子功宗室雋，一柱屹蒼蒼。投身冠蓋窟，所向率披猖。宏論震俚耳，百川吸滿觴。頗笑中壘尉，豈羨執戟郎。胡為學蠹魚，夢入編簡香。作字擬羲獻，賦詩逼齊梁。兹行宰劇邑，人謂挾風霜。我言百里小，未得施寸長。上司督租賦，文檄日一箱。捫此空洞腹，餘事皆粃糠。耆舊王與董，骨朽神不僵。努力肥百姓，二子立道傍。

同誼夫國才餞季然于普門院取壁間五字詩各探一句爲韻賦五詩某得共飲碧

苔畔

投分前日歡，愴別古人重。相望一千里，獨許明月共。
滿酌青甆杯，醉卧白石枕。借予驪駒曲，侑我河朔飲。
暑塗勸加餐，養成摩天翮。中車寶帶黄，小隊油幢碧。
塵榻為子下，柴扉為子開。從今斷還往，一室長莓苔。
來時金蘭集，去日風雨散。別語慎勿忘，短書寄澤畔。

贈瑄上人

日日登南樓，支頤望西山。念我知心友，一榻栖孱顔。詩如山中雲，婆娑意自閑。世無飛僊術，塵步愁躋攀。我懶久不出，碧蘚封柴關。床頭五字稿，期師一來删。
諸公争談詩，健舌秋河傾。袖手但兀坐，欲語不敢聲。獨喜圓顱師，嗜好與我并。相見不言他，古律同細評。愛惜丈八矛，徐攻劉長城。向人勿浪出，三年戒飛鳴。

白髮潛菴老，自注：道凝。近者焚翰墨。長身書臺子，自注：智源。江湖斷信息。肥宗自注：了宗。與短演，自注：宗演。見面應不識。桑門減詩侶，熟念氣填臆。惟師兩無擇，同我滯鄉國。努力事唱酬，異時亦南北。

送緣庵主

上人久習静，閉門守一龕。猶恐市塵染，西岷撥晴嵐。歸來非本心，退結山中庵。秋風入我袂，又往天之南。南方盛法窟，誓志必窮探。雙徑卧老龍，懷珠千丈潭。東鄰嘯乳虎，眼光見眈眈。禮足受半偈，安坐十年參。我昔客吴楚，但愛雲水涵。不聞清廟瑟，浪走雪滿簪。相逢儻有日，為我舉二三。尺書附巴使，勿語洞庭柑。

送元思師

思師講法華，衆説積丘墳。嘗據師子座，受降千人軍。猶嫌文字傳，聖域未策勳。欲唱江南曲，試披楚塞雲。良才大蔽牛，匠者宜揮斤。箭鋒或相直，對面同一欣。古人得解脱，乃不厭多聞。歸來閲故書，請以道眼分。

送智齊師出峽

齊師成都來，春風掀竹笠。自云十五年，參學事未畢。得錢買小舟，湖南尋佛日。胸中有此老，如飯不下嗌。誓竭牛馬走，往供薪水役。儻諧一大事，歸來卧蓬蓽。此老吾所聞，機用飛霹靂。高提倚天劍，萬里無行迹。師欲嬰其鋒，意氣真絶出。巫峽柁聲轉，湘江帆影急。行矣毋滯淫，坐夏猶可及。寄語花藥市，為我留一席。

送凝上人成都看藥市

蜀山富奇藥，野老争藏收。九日來成都，塞斷長儀樓。權豪競奪去，萬金未得酬。問師杖頭錢，免渠失笑不。久通安樂法，況復形骸憂。知師不應爾，肆意作嬉遊。傳聞不死草，往往落鉏耰。我欲前市之，請以道眼搜。屑屑治編簡，一室方自囚。世塗敗人意，寄語韓伯休。

送性上人

錦官與子别，六聽秋城砧。坐纏兒女愛，夢繞蒼葡林。子歸能幾日，又起江湖心。江湖多幽寺，老衲天機深。一言當有契，超諸去來今。孤舟出寒渚，停雲結層陰。滯留嗟我老，何以開愁襟。

送譯上人出蜀

久雨敗沼荷，曉風獵叢桂。人各動歸思，子獨謀遠逝。峽門去來舟，日為聲利計。扣舷數得失，子獨尋師鋭。徑山天尺五，披光出蒙翳。雲居接廬阜，薦福踞鄱汭。維此三大老，從之可卒歲。玉泉亦清冽，縱飲争挽袂。南極百十城，一一盡所詣。寧使繭生足，肯畏雪封砌。更憶大瞿曇，捐身求半偈。自注：聞佛日再住徑山，卍庵再住薦福，意頗欣然。雲居謂賢，玉泉謂璉。

送楊道者永覺

久修頭陀行，但欠僧伽衣。胡為走紅塵，涴面不忍揮。忽覺東州夢，又指西山歸。九峰富泉石，百里環翠微。買山吾無錢，亦解守釣磯。兒女苦牽挽，此身陷重圍。臨分一太息，山中音信稀。

送洪上人遊南

中原百川赴東西，萬折惟有蜀江耳。師之桑梓江干側，扁舟却訪鴟夷子。荆楚吴越我未到，每聞談者亦自喜。羡師脱去事幽尋，春風滿帆作行李。會稽草木朝霞蔚，錢塘波濤夏雷疾。桂樹楓葉怨楚人，蓴羹鹽豉詑吴客。到處定知有新得，長篇短韻揮椽原誤作掾筆。他時我亦探禹穴，一見名字如促膝。

送南平僧歸里

牂牁水闊嶲山高，什敖君長曾紛搔。時移事變今安有，百里相望皆城壕。我住涪江一區宅，頗恨長安遠如日。聞師鄉邑愈更南，不覺掉頭三太息。送行且學浮圖語，是身於世真逆旅。胸中穩處即吾鄉，交益誇辭空自苦。北風拂面寒颼颼，遥知去路雪侵裘。忍飢奈凍得嘉句，好在濡筆傳中州。

送演上人

整整袈裟團團笠，覆此短小精悍質。誰知意氣解摩雲，羞對諸兒戀鄉邑。江南蕭寺不知數，據堂説法盡龍虎。只應飽取一味禪，斷却從來巧章句。晝短天寒無定程，孤舟尚倚裝賫輕。玉泉度歲亦良策，好在沙頭春水生。

送月上人南遊

錦官東郭大蘭若，眼明見子長廊下。春風二月白帝城，一笑相逢手重把。羡子遠引如孤鵠，顧我低摧真病馬。碧山紅塵不同調，底事胸懷兩傾寫。幽尋勝踐我亦喜，夢魂已落瀟湘野。扁舟躡子尚可期，幸有此身閑似社。

送祖月上人

月公别我浮三峽，欲往南中求大法。此行初為梅州老，過嶺障烟恐難狎。掛帆且指古鄱陽，驥子鳳雛亦稱甲。十年故人我尚記，平視諸方氣嘗壓。玉劍無聲血千里，肯就銅盤後先歃。相從學道須究竟，半字落耳汗霑洽。宗師語言豈不佳，世間傳寫空盈夾。歸來趺坐舉其要，莫話衡廬與苕霅。

題趙德脩所藏孫太古尹喜傳道圖

大柏森森護盤石，老聃踞坐三人立。盛德之容本和豫，漠然不應豈真實。鄙者隱奥九九篇，纔示指畫意已傳。細看尹喜磬折處，金篦刮膜見全天。侍旁二子來何許，無乃徐甲庚桑楚。注目拱手氣不吐，畫師筆端更解語。函谷關廢河水黄，授經臺傾隴草荒。一幅東絹吾無用，要逐青牛歸帝鄉。

題何朝中所藏趙邈卓饑虎圖

何日老於菟，失脚來空山。山中無所食，瘦骨見孱顔。舐掌鼓餓舌，始信擇肉艱。姑求一飽計，未肯藏榛菅。原誤作管畫師有深趣，粉墨不可删。獸心察凶毒，人事戒防閑。編鬚固莫敢，强弓亦徒彎。吾命儻足惜，斜陽掩柴關。

題馮中之所藏徐臯魚

菱葉蘋花點水面，水浄如空到底見。大魚獨行示閑暇，小魚群嬉誇敏健。畫工定自知魚樂，掉尾揚鰭固多變。猶勝圖寫吴王鱠，戕滅衆命供一饌。南唐徐白稱絶筆，臯實同姓最後出。三幅掛我素壁間，恍然又作江湖客。吾聞神物久當化，煩君謹護風雨夕。一聲霹靂飛上天，回視丹青了無迹。

題游昭畫牛四圖

晴暘布陰來灌木，村童地坐弄鸜鵒。老牸食豐草，側身顧其犢。烏跦跦，牛逐逐，無人見此春波緑。游絲如許長，翠影落横塘。吴牛最畏暑，賴此五月凉。想見下飲時，不念芻菽香。摇蕩水生痕，凌亂日浮光。可惜蓮與蒲，勿涉水中央。

山平皋壠低，秋深雲雨晦。牧人荷蓑笠，匍伏在牛背。穉牛先跳逸，兩牛追不及。安得青天出白日，重來緩驅莫相失。

雲蔽天，雪欺樹。山徑之蹊斷來去，飛花撲面朔風吼。兒把牛索藏短袖，擁鼻衝過縮其脰。茅蘆咫尺且忍寒，兒歸附火牛繫欄。

題王逸竹溪釣艇圖二絶

斷岸竹如雲，翠色落寒瀨。艇子何處歸，應轉煙林外。

塘影抱林光，樵風接溪浪。最愛笋蕨時，恰是河豚上。

題政黄牛出山圖

政，高僧，平日騎一黄牛，信所之

眼明雙白鷺，身穩一黄牛。玉轡章臺陌，可憐供百憂。

橋邊路欲迷，林外山猶見。長歌扣牛角，不讀項羽傳。

題十二溪女圖

霞珮綴仙班，春風擁髻鬟。應無世間夢，悵望碧溪灣。

題昭君圖

朔風吹鬢影，猶抱琵琶立。胡兒在何許，邊頭羽書急。

題滿公所作陰壑生虚籟

積霧瑣空巖，寒飈振疏木。遊子勿言歸，山程太幽獨。

題滿公所作月林散清影

暝色兼荒遠，初分浦溆煙。應知漢江珮，月竹闘娟娟。

題榮首座巴東三峽圖

白帝城高鼓角罷，巫娥廟冷雲雨空。只知楚塞明雙眼，不覺神遊尺素中。

題李伯時渭城送客圖用知幾韻

龍眠幻出摩詰句，想見落筆懷抱空。只有古今情不盡，渭城楊柳幾春風。

題雲月圖 王賓王畫峨眉月、巫山雲二圖，仍大字寫太白詩。李久善亦大字寫子美巫山詩附其下

萬里峨眉夜夜月，千秋巫峽朝朝雲。詩句丹青共摹寫，筆端三昧要平分。

菩薩巖前净滿月，神女峰上光明雲。吾人肺腑中流出，詩句丹青無半分。

題南禪方丈壁

南金楚璞何施為，出門即取厚利歸。古來乃有金玉士，抱寃硉兀人不知。君不見吕侯大狩誇凌鑠，車前打折麒麟角。徑須歸去來，一丘與一壑。

題樊氏樓壁

老秋氣已嚴，今日稍晴和。登君樓西翼，相對一酣歌。邊烽照仙關，大將方枕戈。吾儕無志用，心懾鬢先皤。强促半罇緑，各自争岌峨。月影漸髣髴，西山爽氣多。坐興兒女念，欲往山之阿。諸君祈努力，吾亦假餘波。

無　題

桐孫枝有海潮音，玉指初調萬籟沉。燭影熒熒鎖窗底，此時端欲見琴心。

送祖道師赴長江

山林與城市，何地非隱淪。子意亦易敗，徑投寂寞濱。楞嚴有奥章，試為識者陳。歸思落煙艇，尚及秋風新。以上《頤堂文集》卷四

全宋詩卷二〇六八

王灼四

次韻大受登正法塔見劉王二陵

試縱浮圖目，閑紓客子情。軒騰超世界，指點識鄉程。天大雲欹野，江蒸氣抱城。長風饒振薄，落日倒光晶。古色千年在，悲歌百慮盈。戰争初自苦，成敗幾堪驚。狐兔穿蓬顆，珠璣入里氓。劍關猶北向，巫峽只東傾。往意增三嘆，餘蹤付一瞠。誓言逃俗網，碧海跨飛鯨。

次尹俊卿見訪有詩次韻

聯驂來二妙，契好屬兒孫。夜半星河轉，談深几席温。能詩飯顆瘦，使酒濮陽髡。萬事醉吟裏，那須倚市門。

次尹彦回復來偶予他出用前韻招彦回

往時傾蓋友，前代湧泉孫。肯念三年别，能來一語温。歲華欺老大，功業付鯨髡。直為詩篇好，扶藜日候門。

東禪别新資官令榮安中走筆次韻

雖念三年别，猶欣一日逢。哦詩能淡佇，作邑想雍容。古柏宜秋雨，寒鴉伴曉鐘。歸途莫惆悵，喜事見重重。自注：是日，安中得其家報，愛姬生子。

次韻李知幾

密雨連三日，青天未肯開。庭除舞蚯蚓，几席上莓苔。又説邊聲急，渾無鄉信來。愁心似流水，空費寶刀裁。

醉中走筆次趙彦和韻

三年相爾汝，一語敢誰何。有學窺黄老，無心戰外魔。牛心應易噉，螭首故難磨。不識王孫貴，朱門亦許過。

拾諸公餘韻贈輝禪師兼奉答勾龍伯秋謁廣利輝禪師

引泉澆藥圃，編竹護花科。自注：古草木作此科字。頓喜高風在，仍聞密義多。四山圍翠黛，一水繚青羅。誰謂幽師死，來看窣堵波。

舊飾蓮花座，新繙貝葉科。朝餐葷味少，夜誦篆煙多。不執鐵如意，肯偷金叵羅。猶堪試綿力，法海激頹波。

奉伯秋

要憑稽古力，尚阻列僊科。富貴終愁逼，才名已患多。廟堂遵故事，經學到新羅。拭眼看收拾，天池濯素波。

答伯秋

足為春遊繭，頭因午醉科。神交嘗恨少，詩債敢嫌多。幾日登廬阜，他年夢苧羅。故應三峽外，漁艇老煙波。

芻蕘傳吉語，詔旨緩追科。疲俗今當復，諸公衆所多。誰能齊卓茂，我亦怖閻羅。種德無餘事，流光付逝波。

半生沉俗學，中路墮嚴科。白眼遭非類，黄泉愧阿多。無勳封柱國，有志捽何羅。慎勿相料理，因風又起波。

又　和

性癖耽杯酒，家貧廢臼科。江山聊作助，崔蔡不須多。早歲撑吴榜，春風試越羅。只今中夜夢，突怒見潮波。

風來雲度屋，雨過水盈科。懶覺詩篇少，閑看景趣多。垣間生薜荔，床下長娑羅。空法銷諸漏，端如迦葉波。

可惜通三語，相期中六科。南司章奏好，北闕縉紳多。想見趨宣室，真成上鬱羅。行裝宜速具，未用歎奔波。

從軍思上策，直諫赴賢科。抗志吾何敢，收功衆孰多。清詩無競病，小令有來羅。今日奇寒甚，明窗試偃波。

次韻何子應遊金壁池子應相招，以病不能出

柳樹濃垂岸，荷花滿覆塘。日供無限影，風遞自然香。酒艷浮瑶席，歌聲繞杏梁。空慚長卿病，不作次公狂。

景色遽如許，歡聲阿那邊。綺羅沾酒市，絲竹泛花船。越客知何夕，壺公自有天。兹遊傾澤國，寧問歷

巴川。

次韻子應同遊靈泉

香火尋幽寺，麾幢度廣川。塢深斜透日，溪涸細流泉。玉粒新炊飯，金花側布田。歸塗動詩興，健筆寫江天。

次韻子應遊鶴鳴

夕雨方開霽，晨雞亦罷鳴。四郊知按堵，千騎得徐行。再閱天章麗，還同佛日明。抽毫出佳句，壓倒謝宣城。

次韻李士舉丈除夕

藜杖初防老，桃符又換新。驚回潼水夢，喜見義城春。浪走何為者，流光豈貸人。翻思大儺氏，闊步過天津。

兒孫思故國，詩酒送窮年。禄近禾三百，人慚員半千。壯心非曩昔，尊足幸輕便。投曉椒觴盡，春風共醉顛。

暗燈延鼠輩，殘漏付雞人。柏酒浮三酌，蔬盤薦五辛。凍吟多累句，孤坐絶來賓。鏡裏絲絲髮，平明六十春。

次韻吕閬州錦屏之集

飛簷依絶巘，朱檻俯清流。劍外誰堪似，城南獨占優。濃春牽酒興，勝踐與詩謀。日落江煙起，旌麾更少留。

次韻答張廼直

才如北海豈云疏，局促從來笑腐儒。祇作文章希屈馬，不將門户敵崔盧。公車奏議三千牘，京洛風塵十二衢。回首知君幾多恨，肯甘華髮老江湖。

次韻許唐臣丈

目斷揚州淚似江，龍輿半夜狩南邦。徒聞四野方多壘，可惜黄旗漫繞杠。濁酒有神磨歲月，愁山無賴入軒窗。青萍三尺將生鏽，原誤作綉憤氣峥嶸只自降。

次韻任元受除夕

九重無路扣天閽，萬里何時返蓽門。歲晚濃愁催白髮，夜來隻影落寒罇。誰令興發水雲國，獨憶春歸花柳村。知有筆端三昧力，試將些語為招魂。

次韻答趙之源仍簡演師

年年春事寄征鞍，一笑歸來已强顔。但得從今千日醉，寧論自古四并難。憐君不怕憑烏几，顧我猶知愛碧山。應許相携學寒拾，同參饒舌老豐干。

次韻諸公贈將官鹿浩然

休把長纓便請行，如今正屬泰階平。醉看夜月清罇倒，卧對秋風白髮生。羞向熱官稱命薄，喜隨寒士以詩鳴。他年採藥鹿門去，不許人間知姓名。

次韻馮舜陟見贈

梁山回首幾悲辛，來對江城拂塞塵。枕麴漱醪真下策，推書撲筆更癡人。如君自是聲華舊，及我相逢笑語新。便倒詩筒費褒飾，坐知摇落變青春。

次韻趙當可

元禮門牆豈敢疏，擬題刺字拂塵裾。頽顔此去歌無奈，聞道從來恨不如。食蛤未妨期汗漫，椎蘆或可作蘧蒢。西園飛蓋成何事，要見枕中鴻寶書。

次韻顧次鳳

筆端文字照千春，僊籍班聯透幾塵。黄卷肯交同長物，白袍未信裹閑身。至言落落常難合，俗眼悠悠少識真。誰似江東顧夫子，月臺對影只三人。

和唐山叟所贈三詩

人品相懸定幾分，十年高卧赤城雲。神仙窟宅古多見，泉石膏肓今亦云。羽駕擬陪天上樂，麟毫猶寫世間文。吴江楓落摇歸棹，更喜新詩愜所聞。

蓑衣芒屨日相逢，仙者誰人識吕鍾。已受丹書存夜氣，定除白髮變春容。情田舊習雖鋤穢，筆陣餘威尚折衝。聞説山間賦招隱，試披雲霧幾多重。

偏從江海濯清流，歸老岷峨占上游。心遠欲聯高士傳，地偏仍似賈胡留。何時竹杖閑揞壁，終日繩床懶命儔。碧嶂紅塵兩相望，勞生笑我不知休。

次韻米太初

元知文采冠多邦，牀下如今拜老龐。短刃何能排買壘，輕舠敢問絶潘江。初聞毛穎祇供笑，退誦溪堂但乞降。誰擬一臺稱二妙，如公才氣本無雙。

和榮安中二絶

射洪春酒舊知名，更得新詩意已傾。獨與劉伶敦契好，山王不敢豈人情。

醉來不入少年場，只欲問塗何有鄉。耽酒玉川貧徹骨，空將鼻觀到糟床。

次昭覺圓老韻

丈室曾窺金錫光，汾陽宗緒故應長。不嫌俗子堪傳授，更借餘波到樂浪。

次韻日新見招

聞道山中熟臘醅，懸知甕面喚春回。桃花亦解相勾引，前度劉郎擬獨來。

次韻師渾甫

五字長城久讓登，雲梯更羨最高層。别來大有離群恨，今日西南又得朋。

春愁早覺費驅除，清酒何人贈百壺。投老殘年無處著，只堪脱帽見霜顱。

次韻何子應留詩爲别

追攀筆墨幸同時，蘇季如今不願師。自詑柳州曾指授，年來稍稍許言詩。

周南底事苦淹留，盃水那容萬斛舟。穩駕長風歸去好，鳳凰池上醉遨遊。

邇迹韓門尚壯年，老陪杖屨本因緣。早知決定書青史，湜籍諸人繼有傳。

出頭自合持文柄，失脚因循作吏師。記取春陵好邦伯，臨風對月有清詩。

主領風光春復秋，西山蠟屐北池舟。羲皇以上同真樂，俯仰之間憶舊遊。

蘭若生祠付百年，曾將秀筆紀夤緣。涪江口口歌遺愛，碑版懸知四裔傳。

次韻晁子與

清谿西岸作鶉居，敢怨投閑百不如。喜得君家好兄弟，相逢如對古人書。
長貧我欲為巴叟，高詠君能繼洛生。自許一丘成小隱，仰瞻千載立脩名。
大晁富麗比南金，令弟清新敵楚琳。死却廬陵老居士，二蘇那得有知音。
韓門今日有真傳，興起斯文四百年。可惜飛龍卧荒櫪，閑看翠翮落虛弦。
新詩字字救朝飢，仁義之言反類癡。誰辨千金收駿骨，大勝列屋養蛾眉。

再次韻

岷江劍棧總寧居，聞道邊頭亦晏如。猛士雲屯方賈勇，胡兒莫送講和書。
築壇拜將一軍驚，初識淮陰胯下生。能讀父書成底事，可憐世上逐虛名。
懶擲粗疏地上金，絶知環珮響璆琳。歌功頌德今時事，側聽諸公出正音。
佛貍已死北人傳，虜馬飲江謡故年。只有昭君怨青塚，他時心事付鵾弦。
欲細腰圍强忍飢，早知作計太憨癡。從今百斛收螺黛，學取風流半額眉。

遊靈泉次性老韻

盞裏濁醪無宿釀，缾中脱粟有孤炊。忍貧不徹來投佛，坐聽松風無限時。

趙和之自鶴鳴泛舟歸城次韻

斜日撩歸興，飄然李郭舟。旄麾明兩岸，管吹落滄洲。要與民行樂，那須酒換愁。遥知陶靖節，臨賦喜清流。

趙成甫招飯次默夫韻

鳥聲呼客急，花影過簾遲。酒灧東西玉，枰殘白黑棋。稍驚風弄袖，真恐雨催詩。一笑留歸騎，斜陽無限時。

答戴時行

如今四十已知非，誓學宗門第一機。養就純乾猶細事，直須空劫問音威。

佛祖由來命脈通，大千世界一光中。藥王菩薩知君是，乞取刀圭救病翁。

答李知幾

按：以下空白，據本集目録，除缺本題詩外，尚缺《次韻馮廷式西山紀事》、《次韻馮廷式》二詩。　以上《頤堂文集》卷五

全宋詩卷二〇六九

王　灼五

投秦太師

雙龍闕下五雲新，喜見天元第一春。鄰使來輸朝會玉，儒宫望拜屬車塵。囊空赤白閑邊將，雨足公私快野人。渾是昇平好時節，誰將盛事勒蒼珉。

今代堂堂有魏公，十方三際指揮中。勳名已恨古人隘，歌詠端知寸筆窮。還第文饒槐蔽日，賭棋安石馬嘶風。此時誰作登門客，看吐經綸氣似虹。

相府潭潭接斗魁，門披戟帶絶纖埃。小山叢桂何由識，東閣長裾許暫陪。繞木驚烏棲未定，戀軒疲馬望重來。酬恩有膽大如斗，造化爐中肯鑄回。

三徑荒蕪釣艇閑，中興冠蓋擬躋攀。有文數過金閨彦，無籍堪聯玉笋班。斷遣鄉愁歸魯酒，安排客服上吴山。相門賓帟多珠履，自笑風埃蹭蹬間。《永樂大典》卷九一七引《頤堂集》

長孺幼安作西湖之遊不以告某與元受明日二公有詩元受率次韻

滿城撲面戰黄塵，蠟原誤作躐屐故尋湖上春。千頃煙波初弄日，四年魚鳥恰知人。自注：二公旅食四年矣。有時覽勝緣搜句，無術驅愁但飲醇。可笑山王今不數，敝裘索寞走天津。

初到西湖

西湖聲價甲天下，夢想平生初識之。十里垂鞭幾多恨，不及見渠全盛時。

古來三百六十寺，春入頹基草木荒。解作高人無盡供，只餘山色與湖光。

呈陳崇青求娛親堂三大字

椒柏浮觴盤列辛，今年春晚去年春。五侯門下正多事，九老圖中只一人。健筆横飛鸞鸞體態，童顏長鍊鶴精神。會看天上綵綸下，衛武還朝秉國鈞。

宵人有母鬢如銀，夜半丸熊誨子頻。幸竊斗升為侍養，敢言科第止榮身。小堂欲作娛親扁，純孝誰推錫類仁。乞取先生三大字，要崇風教厲鄉鄰。

自掛衣冠神武門，依然戀闕赤心存。清高寄興太湖石，盤礴行吟獨樂園。勝日過從無雜客，清宵侍坐有來孫。風神筋力新逾健，山色長青對壽樽。

再和

幼婦傳來舊受辛，知君滿腹貯陽春。壽星台宿應同邑，草聖詩仙合一人。紫橐禁中留賦詠，白蓮社裏鍊丰神。誰言林下長閑得，左席猶虛待秉鈞。

湘東三管竹金銀，名勝均蒙品藻頻。里巷自憐為下士，門牆亦許託微身。吹噓短翮扶搖力，沾溉寒根造化仁。堂扁特書煩大手，少償孟母教遷鄰。

早厭奔趨權貴門，中流勇退古風存。唱酬緑野今裴白，偃仰商山舊綺園。成熟坐看桃結子，平安幾報竹生孫。雨餘晴玉春無價，自注：侍郎有同賞酴醿之約。天遣清香入酒樽。

三和謝娛親堂扁

盛年曾效引裾辛，勇退歸休四十春。閑却聖朝醫國手，來為詩社作家人。尖新句子堪呈佛，峭拔毫端似有神。僕輩豈應陪唱和，却緣鼷鼠發千鈞。

爛然鐵畫問鈎銀，越薄蘇膏揮灑頻。誰與鍾王傳妙訣，我知顔柳是前身。大書燕喜娛親扁，俯念烏慈反哺仁。因甚衡茅光徹夜，燭圍十丈許分鄰。

榮華夢事付朱門，茗碗爐熏所性存。對月朗吟將進酒，逢春細和樂遊園。坐中投轄時留客，膝上含飴日弄孫。四美難并公奄有，何曾一夕不開樽。　以上同上書卷二二六四引《頤堂集》

代公慶上郭帥

唐家尚父幾重孫，宿將齊推第一門。新擁鋒車還北闕，暫辭戎律控西藩。柳營平日鏖輕敵，龍衮今年識至尊。好在樞庭展韜略，試看餘力整乾坤。

昔年先廟謁汾陽，提筆從公寫短牆。再別巴江油戟下，七逢天竺桂枝香。宦途自許安仁拙，浮俗誰憐處士狂。客舍無煙饑欲死，尚慚知己問行藏。　同上書卷一五一三九引《頤堂集》

題范季實秋山縱目圖

江天物態兩憑陵，借與懸崖倚瘦藤。又作吴中十年夢，胥山絶頂望西興。　同上書卷一九六三七

句

柳暗大堤曲，梅藏解佩人。　習家池銅鞮　宋王象之《輿地紀勝》卷八二《京西南路・襄陽府》　按：原署晦叔，宋人字晦叔者多，灼行蹤曾至荆州，姑置于此。

（崔統華整理）

全宋詩卷二〇七〇

鄧深一

鄧深，字資道，一字紳伯，湘陰（今屬湖南）人。高宗紹興中進士。十七年（一一四七），以從政郎通判郴州（明萬曆《郴州志》卷二）。入爲太府丞。二十七年，以輪對稱旨，提舉廣西市舶（《建炎以來繫年要録》卷一七七）。三十年，知衡州（《永樂大典》卷八六四七引《衡州府圖經志》）。擢潼川路轉運使。晚年居家，構軒曰大隱，因號大隱居士。有文集十卷，已佚。清四庫館臣據《永樂大典》輯爲《大隱居士詩集》二卷。事見《永樂大典》鄧字韻引《古羅志》（《四庫全書·大隱居士詩集提要》引），《萬姓統譜》卷一〇九、《宋史翼》卷二一有傳。

鄧深詩，以影印文淵閣《四庫全書·大隱居士詩集》爲底本。新輯集外詩附於卷末。

鄉人禱雨有應時寓烏石

力穡乃有秋，斯言聞自古。天時或不順，人事亦安取。今年問何如，常暘頗為苦。大田紛拆裂，槁苗渴灌注。井甕走墟落，河車喧旦暮。江溪近復涸，手足了無措。禱旱急農夫，迓神擊村鼓。動以千百人，為此萬一舉。烈日仍朝朝，乞靈空處處。誰知天地回，正在頃刻許。旱魃翻然收，豐隆激其怒。真龍奮寂寞，商羊自鼓舞。張蓋作濃雲，翻盆下甘雨。剩水有平疇，曠原無焦土。言功任鬼神，介我喜稷黍。飽飯可預期，晚歲復何慮。懽聲變愁嘆，憂心成悦豫。惟時對江村，所寓隘茅宇。因循已半月，侵凌奈酷暑。快此一日凉，美甚八珍具。澆腸欠濁醪，錢兄尋酒户。

探禹穴

禹穴鎮名山，神龍夙呵衛。告成餘此跡，天地相終始。昔在紹興中，弔古先君子。探穴勇躋攀，慨嘆不能已。援筆賦會稽，兼述風土美。趨庭童丱時，誦之能略記。頗識尋幽趣，便有東遊志。道路阻且長，日月疾難恃。此興墮渺茫，轉燭逾三紀。兩年寓臨安，相隔纔一水。登覽似可期，特未敢必耳。今年正月末，乃不料行止。雲隨渡江風，身著千巖裹。借問自何方，可訪夏后氏。或指高峰云，近在十五里。是日天氣清，好風濯衣袂。興來不假懶，偕行二三子。猶子試上庠，邂逅亦能侍。呼舟汎鏡湖，肌膚撲空翠。新荷點青錢，魚行不相避。水净無波濤，曾不踰時至。捨棹叩仙扉，宫額賜龍瑞。古道怪松引，重門老柏倚。苔徑稍深登，曲折窮幽邃。巨石忽在眼，不與他石類。勢壓千萬山，魑魅敢睥睨。人言為洞天，我忻識勝地。當中生裂紋，舊傳有深閟。重玄鎖關鑰，莫測神靈意。戀戀不能去，而有感于己。平生喜搜訪，幽山殆有契。何以俛仰間，來遊者三世。先賦那敢攀，靈光誠自愧。强裁五言詩，未能無習氣。詩成不須寫，阿龜聊復識。

遊北禪

城市有深遠，為興遠如近。冒暑一來遊，政使俗者哂。蕭然清净界，軟語接支遁。小童敬杖屨，添香撥餘燼。煮餅擷園蔬，徐以茗椀進。窗外得小坡，野意頗無盡。胡床移最宜，清風來有信。静暑荷送氣，敲凉竹成韻。夕陽歸鳥疾，參差不作陣。古寺忽横煙，巧與畫張本。會心忻有得，貪坐苦易晚。酒固無獻酬，言亦忘答問。

豐城道中

西風著衣袂，凉意曉來加。宿露眩光彩，朝陽濕精華。人烟互疏密，物色興嘆嗟。喧囂鴨子市，蕭索漁人家。皂裙婦多跣，及冠男猶髽。挽犁並雙犉，截江橫流沙。佐飯缺蔬茹，作糜和魚蝦。湖田不薅草，沙畦多莳麻。露空立禾架，結屋卧牛車。水葉枯荷芰，山果瘦梨樝。烏桕動千樹，雜木不一了。緣塍豆欲實，編籬槿綫花。三分莫問酒，一啜不可茶。行行入暮烟，兩兩數歸鴉。聯步得姻戚，浪語殊讙譁。畢景自忘倦，所歷不覺遐。問宿于誰館，有軒臨水涯。暗壁飛蝙蝠，皓月升蝦蟆。式盤疊餅餌，擊缶出舊瓜。携來尚餘樽，取酌如流霞。少飲不必醉，遣興固自嘉。欲眠復出門，漁燈認蒹葭。

醴　泉

醴陵以泉名，問泉良不遠。平田數頃開，方池三尺淺。含秋色幽幽，辟塵光溅溅。觱沸生其間，的皪紛可辨。纍纍似噴珠，一一如穿線。多至叢萬顆，少或作疏串。遲速固難期，南北初無限。占地喻尋丈，有時忽隱見。恍兮莫窮源，雜然應有眼。沙石那能窒，苔荇不得炫。千載曾未枯，一日知幾番。釀酒味固佳，煮茗香可羨。名泉世不乏，此奇吾未見。醒心聊一掬，賦詩寓三歎。

次韻答社友

小軒名大隱，粗可供趺坐。遮眼時翻書，静願結香火。似介還似癡，所向與時左。不踐名利途，竊謂志亦果。人生天地間，世路多坎坷。成敗端有數，巧力不容佐。昧者迷所之，大似蟻旋磨。君看禽高飛，翼倦千仞墮。太剛者易亡，太鋭者必挫。得失相乘除，倚伏兩福禍。顧予何所樂，日晏得高卧。豈惟七不堪，萬事付懶惰。儕類每見寬，亦不攻其過。美人如敬翁，學問精而夥。松柏生澗壑，霜幹久長大。富貴應不免，時有可未可。何須窮婦吟，再三嘆寒餓。且冀寬此抱，會當有知我。屬和聊寫情，暫輟園蔬課。

次韻易高士并引

都録高士歸自吳中，出示《苕溪漁唱》一編。意其模寫山水，盡得佳處，因借歸，讀終卷，則傷時之作過半。其憂國念民之意燦然不可掩，殆異乎方外之人區區嘲風詠月而已。三嘆之餘，因次末篇之韻以還之。然是行也，初有同舟之約，後乃不果，故於詩中併及。

新詩嘆干戈，流移痛眼邊。公若據要路，不惜金軀捐。同舟曾有約，儻行亦憂煎。政恐無此吟，掩卷空自憐。

齊雲

閒雲原校：一作浮雲無定在，為問齊不齊。風高衣裳冷，天近日月低。寬虛快原校：一作供舒嘯，領覽時杖藜。南城塊蘇耳，擾擾人自迷。

賦椿楸二樹月湖手植，賦詩輒次韻

愛均召伯棠，名殊諸葛菜。軒檻頓輝光，東西相映帶。此意存千年，其勢當兩大。梨棗況久生，於焉稱內外。

寄題真樂齋

魚潛深淵水，鳥巢茂林枝。潛者忘於淵，洋洋縱尾鰭。巢者忘於林，飛鳴唯所宜。莊周嘆從容，未免惠子疑。師曠豈知聲，繆以占齊師。彼各有真樂，果孰得而窺。陋巷顏氏子，簞瓢甘忍飢。陶潛怕折腰，素琴絃不施。其樂可聞歟，夫蓋默識之。非絲亦非竹，且復非蛾眉。譬如執熱者，灑然濯凉飈。又如渴不禁，快飲清江湄。當其得意時，何以富貴為。手舞而足蹈，誠不之自知。自知猶不可，人胡可度思。君闢真樂齋，我賦真樂詩。寫詩聊寄意，名齋儻在斯。置之勿復道，焚香誦楚詞。

遊羅正仲磬沼深得一字

磬沼去郭近，得朋忻一出。曲水媚秋花，輕雲翳寒日。幽野愜心期，平遠快目力。率爾進所携，雜陳初匪一。初無惡客來，不妨歌妓密。浮白行觴政，追韻嚴詩律。晚醉語紛紛，夕寒風淅淅。策杖歸去來，書床鳴蟋蟀。

山莊石室清坐

時登大石樓，雅愛小石室。欠伸欲打頭，睡卧可舒膝。明潔意自寬，深沉境逾寂。藏春絶嚴風，生秋無畏日。天設世莫知，神工鬼有力。幼輿飽丘壑，馬融富書籍。洞門何嘗扃，俗客自滅跡。誰歟助微吟，幽蟲聲唧唧。

諸人集予貧樂軒賞花以直把春賞酒都將命乞花爲韻深得把字

旭日釀融和，化工幻夭冶。吾家最岑寂，亦有花枝亞。光浮蝶翅動，香倩蜂鬚惹。名傳文中譜，品入趙昌畫。春歸不可挽，恐被東風嫁。急呼我輩人，趺坐花陰下。雖無裙可幄，賴有草堪藉。但愁歡未闌，酒盡不容把。明年長安城，走馬逐東野。

官舍梅樹并引

當軒一樹雖小，古怪可愛。嘗與趙醇道相睥睨，曰此必紅梅也。既花，乃紅色，作此以自嘲。

東風慰寂寞，花到階前樹。一枝花十餘，一樹枝四五。妙處在不多，酴醾更屏護。半開半未開，十分好態度。去年初來時，愛此當庭户。便指為紅梅，試問何以故。入簷一枝低，偃亞復數處。有是好風骨，他木安敢許。逮至臘前後，梅開不擇所。此獨未有芽，春信來何暮。時著手摩挲，切勿為文具。相勞雖無酒，典衣吾有取。因循及初春，椒萼纔可數。慫恿荷微暖，紅英忽然吐。驚喜出不料，遶翫遂成屢。頗煩人共憐，慚顔我自誤。着眼未分明，殆須捲簾顧。昔嘗笑北人，渾作杏花睹。認桃無緑葉，吾不事斯語。吾本待以梅，恨不辨紅素。見花乃識花，康節應笑汝。

忘歸

端能來作棲霞侶，從他浮世悲今古。翻憐春色滿天台，劉阮掉頭留不住。原按：此詩上半首闕。

中秋無月感而作歌

天時相催日如流，今夕何夕云中秋。不見佳月默有感，試走退筆書其由。去年此時汝川客，一病纏綿真險厄。貪生强樂寸心酸，與死為鄰片紙隔。破窗髣髴光朦朧，推枕起來呼小童。問云月高今幾尺，答以雲生俄滅蹤。擁衾獨坐謾空想，縱有桂華未能賞。重城幾許追歡娱，終宴無聊徒悵望。而今一榻烟村中，稍喜時同事不同。世味淡薄幽意足，元和咽漱真氣充。步屧出門舒逸興，清風灑面衣襟冷。暗雨淅瀝作寒聲，濃雲黯黲無光影。月兮月兮胡寡情，故向良時多不明。無乃韜光不自滿，故能養免得長生。我今解悟月深意，榮華咄嗟復凋悴。歸來塞窗仍閉門，衆人昭昭我獨昏。

遡峽詩并引

峽山之勝，千態萬狀，妙不可窮，有指其形似而寫行記者，吴仲方、黄正臣之説相繼而出。乃復檃括其語以賦詩，詩成，凡五十韻，庸以祈教於月湖先生。

臚言峽山天下奇，欲觀愁隔三千里。常恐因循孤此興，非假夤緣那得至。偶逢月湖起仕宦，正指夔門愁凋敝。忻然謂我便登陟，久矣與予同臭味。何嘗佳處倦扶藜，莫憚西征共行李。繡旆前驅抵江陵，畫鷁迎車艤沙市。長年槌鼓轉船頭，川后回風送旆尾。侵尋崖石愜幽賞，洶湧波濤反輕視。霧船烟纜恣深遊，露宿風餐浥清氣。百巧千奇類神工，紛至沓來惱吟思。取句未佳恐難操，傳筆欲書還復止。去歲延陵駭心目，指摘形容寫行記。今年江夏襲見聞，掇拾緒餘循故事。試以七言用檃括，庶幾二妙相表裏。或若洞户之谽谺，或若樓臺之峻峙。或若香山之插爐，或若筆架之横几。或遮護如重簾幙，或張展如大旆幟。或戍削如城堞高，或森列如刀劍鋭。或若蕉葉之斜紋，或若蓮花之疊起。或若頂相之初浄，或若蓬頭之未理。或剥落為枯松身，或刻畫為古篆體。或斧傷而痕跡亂，或鋸解而縫罅細。或如秋瓜作四分，或如籠餅裂十字。或如白鹽之浮霜，或如紅霞之散綺。或陳寶藏之所珍，或堆鐵冶之所棄。或纍萬塊而不危，或懸一髮而欲墜。或飛磴而可捫天，或斷崖而無立地。或竅如狐兔之穴，或窈如龍蛇之閟。或整如排立之衙，或鬌如對髽之髻。或皎如日光玉潔，或靄如雲碧烟翠。或蜂腰而或蟆吻，或牛頭而或馬耳。或鸞飄而或鳳翥，或猫伏而或羊跪。或如皷卧如盤擎，或如幢垂如蓋倚。或如塔孤如橋拱，或如壁立如屏翳。或激卧鯨之衝波，八月潮生怒不已。或送垂虹之飛瀑，四時雪縞瑩無比。或如壯士之宵征，十十五五相擁蔽。或如醉人之春遊，兩兩三三互牽拽。變怪紛然莫窮狀，約略陳之可推類。百篇須賦謫仙才，一石難施王宰技。是時致身何蕭爽，幾月清魂無夢寐。弱水蓬萊何用到，孤岸落伽寧有此。由來介性不婚宦，聊寓閒情在山水。既貪清致豁心胸，仍須長語琢肝肺。糟糠雖惡飢者厭，土炭無味病者嗜。萬事終然總是空，一物未忘猶有累。況聞南山韓退之，不及北征杜子美。議論從公何足憑，唯阿相去真能幾。浮屠公案無盡話，維摩法門不容喙。昭文不鼓無成虧，乞就先生參此意。

次正臣韻

黄牛偶際半槽水，忻然解纜離江涘。舊聞峽山最多奇，非涉風波難説似。千金莫買丹青臨，今日真行圖畫裏。魂驚險怪千萬狀，眼洗清奇數千里。戲石鹿兒玩鐃鼓，緣木王孫賣弓矢。鷺鷥久立應有待，鸕鷀深没殊無底。大淖瀑濆續續生，怒濤驚浪層層起。好風轉旂捷有神，長年捩柂翻堪倚。漁人生長謾不知，葉舟來去紛可喜。惟愁三峽總黄濁，安得一瓢獨清泚。甘泉剩貯蝦蟆碚，時瀹玉塵香漱齒。

觀遊女次韻并引

長沙風俗，每歲二月婦女紛然出城掃墓，謂之上山，率以日午而返。因遊帥漕花圃，歌飲盡歡，窮日而後散。時與張慶夫坐觀于竹逕，張賦詩，乃次韻書所見。

麗人春遊相百十，此風長沙云舊習。綺羅映肌白玉鮮，珠翠壓鬢烏雲濕。借地持杯遞呼喚，笑指花枝時小立。晚風忽遣柳棉飛，竹逕梅亭巧穿入。惱亂遊人歸不去，使我樽中無以給。誰念朝來丘隴間，紙錢吹落無人拾。

清隱爲知觀李元禮作

世氣擾擾人遑遑，静有八室無八方。壺中酒好誰獨覺，橘間棋樂何可量。峨峨湯湯知音少，管絃嘔啞人稱好。歸來水深山更奇，玉徽不按心自知。

湧　雲

溪神騁技天公拙，非雪之雪白于雪。倚欄小立不禁寒，却願天日長炎熱。

月湖新得浮石巖

月湖先生樂山水，搜奇曾不遠千里。那知去郭三牛鳴，浮石巖中晦佳致。神剜鬼劃有許工，天墜地出知幾世。平時樵徑所不由，一旦屐齒胡為至。由來絶景難久藏，竟須好事與經始。見之三歎欲忘歸，市以千金不惜費。公之《永樂大典》卷九七六四作知得此真無價，我亦聞之喜不寐。朝來幽事頗相關，乘興縱觀約聯騎。霜明日暖馬蹄輕，曾不踰時即其地。噴雲泄霧疑有神，旋呼斤斧誅榛葦。初驚巨石幾百尋，突兀嶙峋濕雲氣。嵌竇谽谺元自開，藤蔓駢羅巧相綴。清涵竹木總堅瘦，陰生莓苔倍葱翠。老根側出掀虯髯，幽草倒生摇鳳尾。前山一抹横蛾眉，隔盡俗塵如户閉。褰裳振足履崎嶇，披棘捫蘿窮幽邃。忽有一徑出自然，委蛇深隱闊盈咫。四面周遭步轉高，心領目擊紛可喜。處處出石作奇怪，續續哦詩聊比擬。或黎其色如鐵繡，或赭其容如酒醉。或傲睨而癡自笑，或突怒而狠相視。或開幽室為同上書作備書院，或引長廊為客次。或虚高下成樓閣，或嚴尊卑作堂陛。或分半月隱天形，或展胡床圈地勢。或露碼碯紅而潤，或錯琉璃青且膩。或如入關如升堂，或如卧榻如隱几。或如立壁如拱梁，或如卓筆如布字。遞遞逢迎巧獻狀，試舉其凡莫殫紀。最喜賓從可從容，甲乙其間有一二。昔聞淡巖天下稀，金華仙伯載稱美。圜同上書作回中僅可坐十客，舉此十倍加不啻。余賀兹丘有所遭，初不遠人人自棄。先生一笑與我言，平生此興覺為累。豈期幸會得所圖，孰使之然天實畀。須臾更涉屏巖巔，指云此有無盡意。一水縈紆殊有情，萬山回環杳無際。規以數椽安一榻，時來長嘯舒清思。願觀餘力佐天巧，名與此山傳不替。自惟野性寡所嗜，猶喜登臨同臭味。剩欲相從為久計，祝公先了公家事。

寄清曠兄弟

一別春三見，相思日幾回。自離夔府後，已過岳陽來。寒食還虛度，酴醾幸晚開。到時猶可及，應得共銜盃。

寄麻姑山李元禮

不見山中客，還經四度春。近聞歸舊隱，真箇是閒人。吹髮松風迴，當軒琴月新。懸知心更静。原校：一作心跡浄夢不到原校：一作久遠紅塵。

春寒

二月寒如臘，群芳凍未芽。有人能剪水，無樹不飛花。終不禁風暖，難教帶月華。却還桃李徑，次第散晴葩。

默坐

默坐形如槁，清閒智養恬。飛蟲黏密網，鬭雀墮虛簷。却暑寧須扇，留香略下簾。無人撓清思，至夜待明蟾。

山莊冰壺避暑

偏屋支巖穩，斜廊引路通。虛明疑貯月，凄冷自迎風。六月尤宜此，紅塵不到中。灑然無熱惱，坐我廣寒宫。

東池把酒

隱顯亭臺舊，淺深桃杏新。池光迷野鳥，春色醉遊人。改席那嫌數，持杯不記巡。海棠宜秉燭，歸恨隔城闉。

鑑堂把酒

池館媚春華，凭欄午更嘉。日光凝水面，波影炫簷牙。魚出銜浮梗，萍交載落花。半酣拏小艇，落調唱漁家。

三伏中一雨甦旱

江漲如三月，天凉似九秋。遭逢今日雨，安穩一年收。處處香甕面，村村肥稾頭。小春前後好，待挂百錢遊。

山齋早起

推枕凌晨起，添衣奈冷何。新霜浮瓦薄，缺月挂簷多。野燒猶殘焰，鄰鷄尚凍歌。撥灰添宿火，一快爇松柯。

早秋

風入題詩葉，清音已奏商。夜來堪簡册，客至便衣裳。次第征鴻到，還令團扇藏。人情兼物意，殊覺漫炎凉。

夢回

日日風吹雨，秋深寒氣催。簷聲中夜斷，月色上窗來。冷砌蟲吟穩，幽屏蝶夢回。明朝應露重，晚菊正宜開。

遣興

頗覺今朝好，全無俗事關。風清林鶴喜，雨霽野雲閒。橘柚垂枝重，莓苔上砌斑。芼羹挑野菜，風味不吾慳。

摘橘

久矣經霜白，全然映日黄。仰頭忻自摘，流齒愜新嘗。未抵千奴利，應堪四老藏。猶勝橘洲上，滅跡不聞香。

竹筩養梅置窗間

竹與梅為友，梅非竹不宜。截筩存老節，折樹凍疏枝。静牖初安處，清泉滿注時。暗香披拂外，細細覺風吹。

除夕把酒

爆竹驚今夕，屠蘇薦詰朝。去來時轉眼，新舊歲中腰。立地符先釘，倚門錢未燒。土人珍裂餅，聊以薦金蕉。

懷清曠兄弟

殘臘迎除夕，新春接上元。常時陪内集，排日醉芳樽。歲月驚殊俗，關山隔故園。談邊應記我，頻嚏怪黄昏。

感懷

舊日城壕輿，真成一夢間。伯倫墳上土，叔子望中山。落日難留戀，孤雲自往還。秋風吹杖屨，回首涕空潸。

一棹載愁歸，翩翩旅旐飛。鶺鴒空自急，鴻鴈失相依。水澀灘膠艇，風斜雨濕衣。感時無意緒，佇立暮烟霏。

即事

水夾山圍近，天慳日到遲。塞沙擎巨石，古木障崇祠。黄藁畬田粟，青烟茅舍炊。兩村生理足，樂處幾人知。

躬耕

靖節田園興，子真巖谷情。古人雖不見，今代有同清。道義丘山重，軒裳羽翮輕。蕭然無俗累，心地湛虚明。

寓寧庵縱步

野潤雨初歇，曉陰雲未開。訪君行李處，許我杖藜來。及到田家問，還聞轍跡回。西風黄葉下，悵望立蒼苔。

静暉樓曉坐

嶺宿寒雲薄，樓迎曉日斜。危簷排語雀，落木點啼鴉。佛鼓依山寺，炊烟隔岸家。移時收足坐，清興會烟霞。

施食

它鄉身總健，每食飯何如。一飽寧無限，三人動有餘。嬌鴉來木杪，喜鵲下庭除。施食僧家事，何妨領略渠。

遊再興院

山遠平田闊，村深古寺幽。屋頭支老樹，門面闖雙流。歸翼碧天暮，寒蟬紅葉秋。瘦藤聊倚壁，勝處欲遲留。

巖石山鼓月湖自賦，因次韻

有字留詩錦，無皮入藥囊。同堅唯鐵杖，易穴豈藜床。況有千年潤，能添六月凉。因巖作書院，馳譽比衡陽。

留報恩定老

住山姑小試，同學偶相求。兩手便分付，諸公堅挽留。退庵曾毒手，進步莫回頭。早晚江湖去，閒雲更自由。

涌翠爲知觀周允昇作

山翠來如涌，開軒不怕深。渾疑霏霧雨，已覺濕衣襟。世事歸楸局，泉聲當玉琴。道人塵外越，我欲剩追尋。

新灘阻風

高浪驚人處，新灘復眼中。雖無曳尾淖，奈有打頭風。秉燭破春闇，看山坐雨濛。終朝收足坐，兀兀與僧同。

解　舟

波面孤篷窄，闞頭古渡幽。舟輕疾移岸，岸曲屢回舟。野潤蒸梅雨，天寒張麥秋。欠伸思晚步，舍棹涉芳洲。

宿長湖尾

古木侵沙路，柴門引竹籬。山低秋水闊，天遠夕陽遲。杳杳來鴻鴈，翩翩下鷺鷥。漁舟何處宿，横笛未休吹。

三游洞 唐元微之、白樂天、韓退之嘗游，故以取名

詰曲山蹊晚，清冷石澗秋。三門儼呀豁，四壁極琱鎪。上穴重巖闊，中龕一室幽。斐然成五字，聊爾繼三游。

接天閣爲武將榮叔賦

山色渾連水，波光總映空。捲簾秋雨後，注目夕陽中。低下翩翩鷺，斜行點點鴻。去天應尺五，歸去會乘風。

別長沙驛渡

別去六年久，重來四日留。筍輿離古驛，荻岸即方舟。雲淡楚天闊，風高湘水秋。洞庭知不遠，乘興欲盟鷗。

留別趙徽猷

自客湖州市，時登韞美堂。雲烟看揮染，風月共平章。酒子常同醉，梅兄已再香。遽為今日别，欲乞舊詩囊。

賦何仲敏小蓬瀛

特地去人遠，遶亭教水環。眼前今有此，海上更無山。風月隨時好，琴書盡日閒。方今重文館，勿久戀

人間。

題古亭詩

日月車雙轂，功名黍一炊。達人觀物化，萬事本兒嬉。濁酒聊澆舌，閒愁莫上眉。劉伶多事在，荷鍤竟何之。

春夜次韻答肯堂兄

天賦疏慵性，身將四十年。逢歡開口笑，遇醉倒頭眠。世事多翻覆，時光易變遷。置之無足校，五字要清圓。

贈別饒司理述古許借近詩

岳麓一樽酒，湘江萬里秋。匆匆別後語，冉冉歲華流。正喜重相見，胡為不少留。參軍詩俊逸，還肯寄來不。

贈別周德夫德夫本涪州判官，而踰年攝運屬，且始見子，可喜

郡治資參佐，計臺須借留。居常元少事，有子更無憂。君問歸涪棹，予尋出峽舟。一樽談舊事，何日重相求。

送仲敏東歸

別僅三千里，書纔一載通。固應難邂逅，那得許從容。今日君先去，何時我亦東。社中如借問，為道轉疏慵。

賀陳仲思得近書，知長甥秋薦

中鵠知誰好，烹魚始認名。報公勤有子，似我懶無甥。何日親相見，因風且寄聲。泥金聞喜處，樽酒欲同傾。

寄徐廣文并序

予客長沙，用之亦寓居。春間，忽告别往賓州。暨予還家，聞渠復返所寓，寄四韻索詩債云。

自我還荒徑，知君返寓居。秋來曾醉否，月下有詩無。兩地成千里，相看不一書。可能忘舊債，五字當追須。

寄曾德廣

懶慢多違俗，尋常倦作書。分襟還許久，為況定何如。鴻鴈秋風冷，梧桐夜雨疏。相如病好否，何日過吾廬。

寄别國清月老

珍重國清老，由來隱薜蘿。詩清堪供佛，禪定已降魔。不向名山住，其如講席何。無心聊一出，餘論自相多。别去今逾遠，後期難重過。丁寧一句子，還肯寄來麽。

以上《大隱居士詩集》卷上

全宋詩卷二一〇七一

鄧　深二

春　雪

勾芒新政讓玄冥，一雪填門訝許平。不夜乾坤月留照，無塵世界玉裝成。如何辨認梅花發，只得誇張柳絮輕。數片簷前休掃去，且留窗下快書生。

月湖山谷勸耕次韻

皂蓋朱幡遊近郭，野桃山杏炫紅旂。看看新燕啣泥候，恰恰鳴鳩喚雨時。未用經丘思靖節，何妨學稼許樊遲。老農應悉使君意，六勸傳教到處知。自注：勸農有六事。

陪吴正字賞花詩

名園無物不芳妍，上箇籃輿緩遶旋。曲徑幽亭留客地，微雲淡日養花天。四時公舉春為最，萬事銓量酒是先。管領風光須一醉，要看詩筆落雲烟。

橘　花

香最可愛，前輩偶遺，未之賦也。且花於春時，實於霜後，它果不若是，宜併書之。

糝枝碎玉吐香奇，鼻觀頻參試論之。清比木犀雖未的，烈如茉莉已無疑。自從白雪避花後，更好黄金鑄實時。四老隱居宜取此，可能無意賦新詩。

晚春

雨催柔緑上桑枝，新霽浮雲未盡歸。寂寂簾櫳留燕舞，陰陰楊柳護鶯衣。莫于綺席嫌籌併，已覺青春作鳥飛。滿徑落花愁踏損，羊欣切勿款柴扉。

次韻晚春

閬仙晦日惜春歸，尚喜争他五日遲。延蝶晚花餘小蒨，藏鶯暗柳盡低垂。頻催布穀能謀野，苦勸提壺殆為私。寄語社中須痛飲，喜晴山色也開眉。

夏日寓山齋

山齋長夏斷過從，掃地長教塵滅蹤。松架青毛雲翳日，扇摇白翅雪生風。書床琴匣時相近，茶鼎爈爐間自供。心地清凉無熱惱，炎天直與冷秋同。

鑑堂初夏把酒

新笋過林竹有筠，老蠶登箔繭成身。日穿雲出潛驅霧，風捲花飛猛送春。乳燕簾櫳中晝後，緑陰池館一番新。欲酬佳致須何物，莫厭芳醪滿入唇。

漕司君子堂把酒 侍吴司封坐懷月湖

擁岸芙蓉媚晚秋，敗荷顛倒雨初收。盃盤不料今朝款，杖屨如陪昔日遊。竹逕以東藏曲折，水村而下轉清幽。穉松戢戢存遺愛，不用詩來問好不。

喜雨

間點疏花稻已香，老農猶未擬豐穰。不堪雌霓頻妨雨，反厭雄風但作凉。傍日猖狂唯野馬，為霖信息欠商羊。忽驚頭上雲雷集，甘注如傾洗夕陽。

月湖禱雨有應李渭賦詩次韻併呈

一雨端由誠意通，不然筆落有神功。奔雲擁樹千山黑，迅電翻江萬丈紅。黍稷盈疇纔可望，塵埃眯眼頓成空。民間歲晚知何事，飽飯無憂屬兩公。

秋大閱呈月湖先生

將兵還似將風騷，軍帳從容自不勞。鼓角悲風肅人馬，旌旗蔽日閃弓刀。折衝正自煩樽俎，急檄寧聞借羽毛。洗眼臨淮新號令，憑誰挑戰醉揮毫。

七夕競渡

水馬相先急畫橈，朱樓紅粉宴笙簫。月中誰念穿綵線，江上齊看奪錦標。冷眼諸人旁賈勇，争頭一鼓喜成謡。憑誰試展乘槎手，直入銀灣看鵲橋。

十四夜賞月

月嬋娟對竹嬋娟，竹影蕭疏月轉妍。纔過中庭十分好，直疑明晚一般圓。銀河漾漾無塵界，玉宇昭昭不夜天。君飲不多須强飲，何妨醉裏却逃禪。

夜　興

官舍渾如僧舍幽，爐香静坐興悠悠。一窗燈火鳴蛩夜，千里湖山落鴈秋。只恐有詩成筆下，自餘無事到心頭。何妨信手翻書卷，不限更深困即休。

九日靈興山沽酒賞菊

衆山環遶一溪斜，低小軒窗眺望賒。行遣方兄尋野店，坐邀歡伯過仙家。多情戀頂烏紗帽，不語向人黄菊花。山月上時歸更好，何妨有待至昏鴉。

重九宿王孫舖

蘭江路盡接荆江，竹屋蕭條草樹荒。許久長晴坐極暑，霎時疏雨做重陽。明眸縱少新開菊，隨量何妨淺舉觴。驛舍明朝便陳跡，牛山往事莫徒傷。

前五日賦重九

𠴲尋重九雨餘秋，采菊登高事事幽。偶爾見山忘日夕，頹然落帽自風流。二三日外追清賞，千百年間繼舊遊。爛漫賦詩兼酩酊，不然嘉節若為酬。

九日方壺

返照重城暮色催，人家十萬出樓臺。江流湛湛洞庭去，山色青青衡岳來。佳處緑樽窮日飲，故園黄菊向誰開。人間此會論今古，醉聽西風拂帽埃。

晚秋懷社中諸子

池塘水落倒枯荷，橘緑橙黄晚菊多。日暖懷沙鼈衷甲，霜清奔火蟹横戈。如今時節從來好，得醉工夫似舊麽。儻有征鴻過巫峽，待憑詩句問如何。

次韻賦十月桃爲羅司理生朝

根苗不自武陵鄉，挾暖凌寒獨有光。韻過海棠春帶露，紅羞籬菊晚經霜。宅仙本結千年實，瑞世仍開十月芳。過插一枝誰稱面，後堂楊柳舞霓裳。

梅方開一花

烟村清淺白沙溪，籬落槎枒老樹枝。一朵梅開如許早，幾多人過不曾知。風前遇我還青眼，花裏推渠是白眉。未辨酒樽澆磊塊，試憑詩句寫新奇。

早　梅

荒村野水小春時，縱有梅開人未《永樂大典》卷二八〇八作得知。幾度携笻無覓處，今朝映竹忽横枝。脱非入骨清香動，恐被傳神淡墨欺。酸意中含和鼎實，相期遠到誦黄詩。

臘月立春

柳條弄色舞輕風，不與尋常歲暮同。寒氣望塵先斂退，陽和發軔已交通。菜絲盤玉還充席，幡字花房正代功。首迓東皇須痛飲，可能無句著新工。

歲暮寄蘭窗兄在郴陽

每日登樓望欲迷，家書寫罷復題詩。對床夜雨還非昨，啜茗春風未可期。歲月催人驚合沓，夢魂覓路苦參差。也應梅竹多新句，千里因風慰我思。

寄饒雲叟渠怪久不作書

別來每辱遺雙鯉，頗怪吾儂不作書。非為廣文官獨冷，自緣中散性常疏。静暉待月昏鐘後，制勝登高曉雨餘。正憶去年同此會，只今相望問何如。

月湖樓晚霽呈侍郎

湖光灔灔水平堤，醉倚欄干晚霽時。入鏡往來人倒影，窺天拂掠燕低飛。雨痕猶向梅粧晁，風色偏於柳綫知。景物相撩無好句，乞公詩作畫圖歸。

内集閣

月湖名閣之語曰：「此閣高明暖密，宜供團欒，遥賞山雪，取謝道韞故事。」然而月湖單騎于此，殆為後來者設。今之七言，所謂像賦高唐者也。

畫閣深明雪壓冬，團欒宴賞酒樽同。獸爐香霧辟寒氣，翠幙妓圍回暖風。起絮撒鹽酬唱外，清歌妙舞笑談中。寧無好事賢張禹，不獨相忘著戴崇。

晚坐散花之室

官居無處寄幽棲，洞户深沉坐最宜。静撥爐薰挹香氣，閒論畫壁數花枝。蟲鳴頗似雁來後，果熟還如鶯老時。吹徹角聲巫峽晚，片雲催雨更催詩。

玉虚洞其上有日月之象其旁有龍象之形

立馬香溪唤渡船，羊腸遶盡洞呀然。知誰開闢羣工巧，直許寬虚一室圓。龍象現形嚴佛土，烏蟾垂象燭壺天。惜哉不遇東坡賞，為作新詩與世傳。

市橋成次韻

雷雹平時生馬蹄，偶衝暴漲去難追。一年病涉愁無奈，今日安行喜可知。虹飲江頭愁雨霽，龍横水面暮雲垂。却憐舟楫無人渡，借我江心理釣絲。

峽　江

擊電浮霜浪作堆，峽江試險眼初開。常驚四畔山圍繞，不見中間水去來。石出多奇吾甚愛，舟移太疾首頻回。瀕涯穩處憑誰問，我欲其間作釣臺。

柔遠樓

柔遠樓高豁寸眸，白鹽赤甲鎖關頭。四川形勝當前險，三峽波濤據上游。鳥道極天雲日近，靴城匝地市烟浮。時平久矣無戎馬，回首當年老杜憂。

賦清映閣

數椽茅屋小橋頭，地段無多景自幽。為愛平池三尺水，最宜明月一輪秋。静留人影摇歌扇，輕動風漣下釣鈎。相去幽居無十步，不論時節恣來遊。

同友人新陂莊少憩

家家轣轆絡絲聲，竹杖芒鞋取次行。村笛牧羊烟欲暝，農歌秧稻雨初晴。隨瓶沽得酒堪醉，就野挑來菜可羹。此是田家真况味，吾曹借取片時清。

賦清曠亭

半村半郭事林丘，非閣非船傍釣舟。秋月無邊凉細細，江天不盡水悠悠。誰開圖畫當前面，絶點塵埃到上頭。我輩不妨頻假榻，主人應喜共盟鷗。

登光寺塔

凱之曾説越中行，塔級親登眼始驚。畫合千山翠濃淡，枝分萬水練縱横。樹頭低壓昏烟重，鶴背斜拖夕照明。疑是丹成生羽翼，泠然雲表御風清。

同廷美兄宿龍福寺

峰回路轉竹間扃，古寺尋幽當下程。淺屋近山寒較早，小窗容榻意偏清。睡魔催枕如元約，山鬼吹燈似薄情。樽酒重温休惜醉，恐君長夜厭蛩聲。

過吕坊渡

江闊寒風痛括肌，村醪無力破寒威。融霜點滴松間雨，愛日晴明身上衣。闒竹柴扉黄犬吠，卧沙蓬艇白鷗飛。燒痕已覺春來近，稍放青青出土肥。

自賦大隱

柴門雖設日常關，衹有琴書几案間。屋宇無多聊近市，塵埃不到即深山。悠悠世事非吾事，往往雲間是我閒。出處尚疑陶靖節，倦如飛鳥始知還。

賦芷并引

昔蘭窗先生嘗作芷賦，其序略曰：「幹長短則蘭相若，花大小則蘭相若，香淺深則蕙相若，色雖緑而上加之淺黄。」其説如此。癸亥六月，予寓夔之鎮峽堂，有以香草獻者。其花尖瘦，每幹四五，可以比蕙；其香清遠，菲菲襲人，不減於蘭。細觀花葉，則外青白而中實微紫，土人未始知名，予意此即芷也。不然，舍蘭蕙之族，又安得有此臭味清絶哉！第所見乃與蘭窗所述不同，是不可無語以記之，遂成唐律繼賦之後，將求證於離騷之士云。

縹裁衣袂紫中單，觸眼亭亭露未乾。態度全然逼秋蕙，馨香的不讓春蘭。數枝瀟灑北窗晝，一室清幽六月寒。了不知名疑是芷，賦前詩後兩存看。

寄月湖先生兼簡渭叟

山莊杖屨飽相從，每月須拚十日中。鼎足三人同宿留，甕頭一盞奉從容。别來不隔千山月，舊賞難乘兩腋風。更想先生新活計，烟波別業興方濃。

贈別饒雲叟赴萬州教官

話別哦詩當酒甌，竹萌成笋麥方秋。數聲春後呼風鳥，百丈朝來送浪舟。已得通津好消息，何妨舊物小淹留。到官應動鄉關思，南浦西山若箇優。

遣興次韻

山閣春容丈尺間，元無俗事撓清閒。有時把筆抄新句，整日開窗對舊山。葉帳静看青似染，禽言細聽字終蠻。可憐蜂子尊王意，每到衙時似趁班。

追送何伯憲不及

追送無從謾寄詩，道間安穩我能知。情懷亦似居家樂，笑語依然奉母慈。巴水柳風新霽後，錢塘花雨暮春時。乃翁邂逅詢佳况，膝上時時置坦之。

送王敦素

龍蟠山色引衡廬，霜落江清影碧虚。鼓柮厭騎沙苑馬，行厨飫食武昌魚。緩歌玉樹翻新曲，趣入金鑾續舊書。官達故人稀會面，君來相見肯如初。

次韻方德秀渠所居有方橋，又喜誦《圓覺經》，偶相識于三山之冰壺，欲挽相過

清風一榻借冰壺，邂逅相逢日與俱。學辯癡龍君有見，詩窮饞犬我何癯。似聞圓覺常開卷，未到方橋欲問途。稍待秋風凉冷後，相從十日却歸歟。

次韻歐陽天聰渠賦排悶，因廣其説

今古由來幾廢興，人生底事謾勞生。一身休作籠中鳥，萬事終歸牆角檠。且與風光閒作主，莫於詩社倦尋盟。相從只麼消閒暇，自快人間物外情。

次韻吳文美

決科君輩不須疑，好采來如博局嬉。拾芥紫青非外事，舉杯富貴可前期。相將競奏大人賦，慫恿常談小子詩。接武虞廷須八凱，潁陽深遁我何知。

次韻答克修并引

予不才且懶，久無所作，克修每見訝。一日蘭章惠示，責予屬和之意峻甚，欲勉强未得也。朝來窗間手正書帙，見來詩猶在側，忽復發興，乃抖擻嗣軸尾。雖不成言語，抑亦見疏慵之意耳。

懶慢相成拙似初，親朋莫問近何如。居然野性成孤鶴，聊爾塵編撲蠹魚。才比劉牆猶自短，詩如陶粟了無儲。驪珠相畀知君厚，燕石輕酬笑我疏。

又次韻答克修

前回藜杖遶芳郊，底處梅花出好梢。野彴低横盈尺水，竹籬深護數家茅。春風桃李成生客，臘雪松筠是故交。剩欲再携樽酒去，柴門應復許人敲。

次韻答周公美

温風慫恿柳婆娑，兩見春來蜂蝶多。遷變時光如轉燭，遲留日影欠揮戈。思君欲問加餐未，苦思能令太瘦麽。歲晚忘言除習氣，寒灰試共撥陰何。

次韻答公美二首來詩首篇謝糵及茶，次篇以啼飢為題

幽居正傍小溪斜，想見樵風似若耶。固有詩章舒眼界，可無藥物助脾家。追歡難共長沙酒，遣睡姑嘗陸羽茶。更祝安心為妙法，都將世事等空花。

四至長沙熟物情，留題勝處記吾曾。三生會是湖湘客，一鉢渾如雲水僧。贏得身輕閒有味，儘從人笑老無能。如君應飽田園樂，猶道啼飢有怨憎。

謁何世南

吾清軒先生年二十，以經學為古文，一出再出，而世不售，于是退而嘆曰：「可以止矣。」乃結茅清軒，外形于酒，托神于字，以自放于愚溪之上。故醉輒作草，然詩家所作甚少。其所交亦不過二三君子，每相遇必命酒，以其所嗜也。在醉必書，日或十幅，或二三十幅，或百十幅。今不有見之者，其愛之重之而藏之什襲歟？其不知其道而委而棄之歟？予不得而知之也。予獨知世南所收先君書為多，甚愛重之，藏之而不輕示人久矣。嘗請觀，世南曰：「清軒先生有贈行詩，必和此以來乃得見之，不然不得見也。」予欲亟見之，忘其不孝之誅，輒次先韻。嗚呼！今日而使予得見先君之字，予如見先君也。唯君圖之。

愚溪草聖祖鍾王，宰木今傷葉屢黃。何處卷藏雲滿紙，唯君護惜錦成囊。不聆洒翰音聲入，欲認驚龍氣焰長。一見自消飢渴念，天厨珍味不須嘗。

謁趙徽猷

把麾持節舊鄉關，雖幸為眠一枕安。未睹青天孤此眼，不圖今日見公顏。雲烟秋霽湖山靜，霜月晨清橘柚寒。應屬詩翁搜好句，相從正願得窺斑。

再用韻 徽猷諸子坐間和前韻，于是得之

葛巾藜杖款重關，不獨風流識謝安。蘭玉滿庭驚醉眼，雲烟落紙照衰顏。也知鴻雁行應起，莫管梟鷗盟

漸寒。自笑斷鬚安字拙，空令短髮作詩斑。

懷清曠兄弟

可觀閣上借牀眠，明月清風不用錢。會面向來無空日，離羣何事有經年。相望千思江湖地，正坐三秋風雨天。耿耿青燈空透影，可堪新雁一聲傳。

夔府長至諸州之酒畢集每品嘗之或有味而無香或有香而無色月湖一日命酒匠置大甕悉以酒投其中而和之不費麯蘖逡巡而化洗盞一吸奇絶出於意外于是從新封泥名之曰十州春請以七言賦之

樽中賢聖雜然陳，點化須臾清且醇。味壓宜城九醖酒，名高夔府十州春。投丸仙子難争手，合麯香山未盡神。從事有靈應自慶，而今十部萃吾身。

村中病起

訪醫墟落疾難痊，肘後奇方得舊編。藥濟君臣親劑和，火停文武事烹煎。旁人笑道徒爲爾，午睡醒來已脱然。從此節宣防未病，那須扁鵲信真傳。

贈唐道士

靈應堂中一羽衣，衡山來此住多時。困來拂榻終朝卧，醉後敲門半夜歸。留客屢嘗教買酒，向人長自説吟詩。開軒略種閒花木，此外懸知少是非。

畫壁

松柏竹鶴，四者甚清，然又旁出繁杏一株，似是生客，要不無意。賦之。

松柏雙雙夾竹青，來遊仙客稱閒情。一時幻出誰能爾，四者依然太瘦生。鬱鬱相交堪掬翠，昂昂自得若聞聲。如何艷冶容繁杏，殆恐人嫌境過清。

鐵拄杖次韻答趙侍郎

非竹非藤性最剛，鐵君風骨凛秋霜。清堅閲世千年久，正直持身九節長。宜向山林扶矍鑠，難隨車馬入康莊。只愁雷電搜蛟蜃，併及新詩不許藏。

嘗雲安麴米春

名自雲安已久傳，未嘗先覺口流涎。三杯通道正須此，一盞醺人今信然。取醉間關憐杜老，聞香比擬憶蘇僊。豈知閒散江湖客，快飲瞿唐灩澦邊。

何先生月湖樓

青天素月古今流，奇觀還須自我謀。照有餘輝衆人共，取之不禁此湖收。水容天色交光處，玉鑑冰壺不夜秋。俯仰無塵清絶甚，欄干百尺獨宜搜。

書　事

柱礎晝生水，雲雷暮出山。天時已秋杪，氣候尚春間。

伏　暑

正覺纖絺便，未容團扇閒。兒童昧災變，赤體更歡顔。

野外新秋

平野寬無際，層雲撥不開。曉容收雨後，涼意送秋來。

野眺即景

山晚餘紅照，林昏集衆鴉。泥深茭欲笋，水滿稻初花。

江　亭

村舍隨山遠，沙寮傍岸還。輕烟魚復浦，殘雪手巾山。

散花之室六言月湖新名

無動現身說法，毗耶到處為家。誰識逢場作戲，從教現女散花。
本有獻花佛事，何妨乞食歌姬。若了悟不住相，斯參透無言師。

賦張以道寒緑陸龜蒙《杞菊賦》：惟杞惟菊，偕寒互緑

領略一軒寒緑，掃除萬種春紅。飽取披烟沐雨，全勝抹月批風。
百世東坡居士，千秋甫里先生。近識南湖高隱，相望今古同情。

冬　郊

荒草岡頭牧笛，急春屋角吹煙。短景做催冬日，微暖號小春天。

枇杷六言

大似明珠徑寸，黄如香蠟成丸。落處韓嫣遺彈，可憐不救飢寒。

仲春即事

嘲弄春晴禽鬭語，揄揚風色柳摇絲。麥苗含穗枇杷熟，却似江南四月時。

楊　花

楊花似雪雪應嗔，散漫輕飛太逼真。結習已消那得住，却沾塵土不沾身。

睡起

案頭黄嬭温存睡，榻上青奴誘引凉。幽夢覺來山月上，一庭樹影滴金光。

晨雪渡洑陂

竹外楊枝學小梅，竹間茅屋白皚皚。撑舟獨擁《永樂大典》卷二七五五作擁茸蓑衣出，堪畫何須待晚來。

雪消

簷聲不斷元非雨，山色纔開豈是雲。萬象終然仍舊貫，詎須裝點巧紛紛。

清曠静坐

草迷犢角掛林笋，風起繭毛揚樹花。不見黄鶯飛上柳，得知深處暗藏鴉。

偶感

兀兀詩書早歲勤，而今掩卷養天真。政須無語參摩詰，底用清談學晉人。

即事六絶

卧櫓無聲百丈斜，牽夫匍匐入蘆花。寒雲過雁愁相顧，踏損尋常落處沙。
凄風夜雨黄牛峽，愛日寒雲白狗岍。穩上瞿唐猶幾日，關山須看月初圓。
舊年不雪新年雪，今日非春明日春。滕六勾芒真劣相，寒温相語作比鄰。
纈紋斑駁遶山園，青帶縈紆落澗泉。十月梨花開滿樹，直疑梅蘂破寒烟。
昏烟漠漠雨霏霏，四月輕寒浸袂衣。葉滿筠籃桑徑晚，杜鵑聲急楝花飛。

林間無葉供風落，溪上有梅迎雪開。斜日未收門巷暖，兒童笑指蹇驢來。

翠竹人家

户外江平不肯流，短籬疏竹翠光浮。畦蔬遶舍畬田粟，一飽無求百不憂。

村　童

侵星裹飯下高山，負石趨城得米還。不識往來為幾里，衹言住處指雲間。

漁父詞二首

西風淅淅颭菰蒲，獨棹扁舟釣五湖。買斷水鄉真樂處，月明雲冷笛聲孤。

活計平生一釣船，將魚换酒不論錢。夜來醉倒蓬籠底，却在蘆花宿雁邊。

舟中即事三首

兩岸農家各自耕，相過正欠小舟撑。牧童來往如平地，騎得吴牛入水行。

騰身赤鯉江心躍，浮鼻烏牛渡口過。雨後風清雲净盡，一眉新月映寒波。

曬翅鸕鷀映日斜，倒懸羣鴨趁魚蝦。槿籬石徑通門處，茅屋松林賣酒家。

雨卧舟中

不許抬頭篷底下，僅容舒膝簟中間。聽風聽雨聽灘浪，纔得晴時出看山。

欒口橋即事

雨餘溪漲急機春，緣岸人家柳弄風。路轉源深行步緩，青山映水野桃紅。

宜春解纜

江迴晨光獨早回，放船東下興悠哉。西風嫋嫋携將去，細雨冥冥看得來。

瀼西亭即事

危亭曲檻俯溪流，去去來來渡口舟。微雨不妨人刈麥，輕烟正可客垂鈎。

灩澦堆

水合百源争一關，正須灩澦控奔湍。露機象馬渾閒事，合作頹波砥柱看。

飛練

見説天孫巧一機，銀河練就雪争輝。長風吹下三千尺，衹恐麻姑合得衣。

登普濟寺慈氏閣

柔遠樓中俯市囂，萬家蟻聚汨塵勞。此中更覺樓低小，佛界由來著眼高。

題壁平沙落雁

江寒烟暮水明霞，曲折斜行雁落沙。曾是瀟湘篷底見，還疑今夜宿蘆花。

次韻繡屏

定是司花怯曉寒，花枝圍處密縈蟠。草針柳線藏真巧，莫作尋常倚市看。

戲留友人把酒

柳還飛絮春餘幾，幸有清樽可共持。今我未眠卿莫去，古人皆飲子休辭。

觀酒庫落成

畢卓夜行因滿甕，嗣宗喜仕為盈厨。自憐小户無如我，不斷瓶沽斷酒沽。

泥沙糟粕不堪傳，有酒知盈幾百船。浪説添盃吹野水，何如真變錫山泉。

荷

田田藕葉緑如裳，拍塞池亭盡是香。不受纖塵偏受露，十分清絶倚晨光。

蓮未開時香在葉，他花縱好葉無香。製衣未入騷人手，象鼻何妨吸酒光。

憫松

道入澧陵，旁多古松，上釘小牌，書《千字文》記之，間為取明者殘傷，致有傾折。

誰借毛錐千字力，曲留髯叟百年身。未能晦蹟終難保，樗櫟林間是散人。

贈梅

花蒙臘雪袁安卧，影落寒江正則魂。忽見江南春信息，誰教驛使到夔門。

别金華朱丞

客中相識便相知，日日相過不問時。除却酒杯澆旅況，若非坐隱即論詩。

梅信傳黄麥正秋，征衣抖擻去難留。應從臨汝江邊過，傳語灘頭舊釣舟。

答莊權之并引

權之以四絶見貽，且索和章。值予戒口業已數月矣，黽勉賦二十八字，既以謝權之，它或有覓詩者，亦可舉似以為對。

寒窗十載江湖夢，夜月三更風露秋。静坐觀心香一炷，平生詩病一時瘳。

次韻答陳仲思來詩邀守歲

彤雲凍合晚來風，百里溪山雪色同。李棨那能説詩興，嗣宗端復嘆途窮。
吟君詩罷不成歡，尚阻青燈話歲寒。亦欲分嘗竹窗碧，少須春後薦春盤。

贈錢道人說相不覓錢

善説相傳唐世術，不言錢有晉人風。非錢可況言真寔，肯與尋常賣相同。

賦歐陽道士舞仙

博山烟爐夜三更，萬籟聲沉月一庭。拂拭琴床彈古調，松梢鶴睡洒然醒。

千葉石榴

丹房疊蕊炯雙眸，焰焰燒空夜不收。莫遣殘英顛倒落，一枝開早見釵頭。
誰家巧婦為花謀，針線殘零細意收。不管生紅難熨貼，從教百皺綴枝頭。

中秋無月肯堂邀小酌賦三五七言

雨飄零，風凄清。坐念今夕月，知從何處明。未須無月更作惡，但願有酒常同傾。

以上《大隱居士詩集》卷下

木芙蓉

露冷煙凄草樹荒，木芙蓉好試平章。蒲萄晚葉尤宜日，芍藥秋花正耐霜。蜀錦卷幃粧院落，秦宮開鏡照池塘。寫容安得劍南老，聊復殷勤酹一觴。

《永樂大典》卷五四〇引鄧紳伯詩

六言四首次韻月湖控巴臺落成

三峽上遊煙水，四川極險關山。滿市笙歌晝永，漫山桃李春閑。

處處賞心宜主，公來詩眼偏明。掃千軍有筆陣，可一日無酒兵。
百千年陣磧在，六七月雪流來。文筆手巾南向，白鹽赤甲東回。
嗟此地得何晚，見孤芳陋羣妍。小試鳳樓工巧，終圖麟閣風煙。

絶句 次韻還徐廣文詩卷

兀坐長吟五十詩，怪來几案夜生輝。胸中錦段明如許，羞得吴娃懶上機。
桑里相聞路一程，無從款接笑談清。那知邂逅論詩處，秋滿瀟湘鴈送聲。

絶句 月湖在朝，惠筆二十枝、墨二笏，筆達墨不至

毛穎諸孫二十輩，千里相看誰與同。有兩客卿變名姓，烏有先生亡是公。

漫成

飲罷浮蛆聊隱几，醒來捫虱謾看書。風清襟袖凉無限，雲晚溪山畫不如。　以上同上書卷八九九引鄧紳伯集

遊仲文園池

曲岸呼舟疾，幽園躡屐徐。軒窗數椽屋，雨露四時蔬。補塹新移竹，穿池待種魚。花間留客晚，數問酒何如。　同上書卷一〇五六引鄧紳伯集

遊方壺 趙醇道相拉把酒，饒簿述古同之。别後述古寄詩，次韻以謝

摘勝尋幽須携壺，人生偷取醉工夫。楚天雲浄秋雨餘，王孫招客追觀娱。晝寢忽來唤宰予，道有方壺宜同趨。江神解事驅龍魚，水波不興清風徐。柔櫓咿啞人歌呼，美酒滿載不待沽。登亭忻與竹鶴徒，有徑深穩醉何虞。住處領略貪須臾，頻頻改席殊趑趄。湘流渺渺含碧虚，孤煙落日不可模。市塵彼岸自一

區，嘉木奇石鄰座隅。亭下蒲帆逝不居，往往望此如仙都。近對岳麓翠屏鋪，上頭目力到重湖。昔年登覽藜杖扶，清凉甘露來香廚。相看不遠跡尚疏，濟勝之具空踟躕。興盡請以歲月書，仇香洒墨鸞鳳如。別后寄我詩成圖，為問畫家傳本無。　同上書卷二二五六引鄧紳伯詩

詩一首

鵝鴨江村曲，人家竹樹深。閑雲自來去，皎日屢晴陰。水送園蔬葉，谷傳樵斧音。瘦驢鞭不動，風處得披襟。　同上書卷三五七九引鄧紳伯詩

遊東屯

滿目燒畬險，那知此地偏。一川通穩水，百頃著平田。茅屋址猶在，草堂名自傳。蠻歌晚來起，仍覺在天邊。　同上書卷三五八七引鄧紳伯詩

次韻餞行 吴孔叔除服參部

君到西湖四月天，酴醾過後藕花前。却看梅子垂金彈，恰映楊花鋪白氈。擲帽袁耽無復戲，著鞭祖逖有誰先。姑蘇儻見平反使，生澀休言有此篇。　同上書卷八六二八引鄧紳伯詩

留通商館數日

商館非閑地，閑人偶在旁。無端聲利役，有許去來忙。受雨芭蕉響，懷風穲稏香。江郊秋易盛，早獻十分凉。　同上書卷一一三一三引鄧紳伯詩集

訪天寶洞

遠尋仙洞上崔嵬，洞口諸峰翠作堆。先把姓名書洞竹，洞門終待玉匙開。　同上書卷一三〇七五引鄧紳伯詩

清處爲書記曾魯卿作

小竹聊須長，閑花懶復栽。泉聲洗歌吹，雲氣障塵埃。簾静初香裊，琴横月上來。有時聞警露，夢覺自蓬萊。　同上書卷一四五四四引鄧紳伯詩

（孔繁敏整理）

全宋詩卷二〇七二

王時彦

王時彦，仁壽（今屬四川）人。高宗紹興中進士（清道光《仁壽縣新志》卷三）。今録詩二首。

題梅壇

梅尉孤忠揭，芳名千古傳。官卑奚意隱，心正即神仙。敢諫憂時切，為臣願主賢。旌陽稱令尹，對峙是丹泉。

題梅山雲悦樓

一生活計一身閑，日與白雲相往還。五百年間知此味，華山去後到梅山。以上《道藏·洞玄部記傳類》宋楊智遠《梅仙觀記》

（崔統華整理）

史幹

史幹，眉州（今四川眉山）人。高宗紹興中進士（清嘉慶《眉州屬志》卷一〇）。

題鵝鼻山

龍泉五盞張帆去，鵝鼻三杯衣錦歸。寄語長泉後生者，年年盛事莫相違。宋祝穆《方輿勝覽》卷五三

《方輿勝覽》：山在眉州青神縣長泉北五里。長泉，士人每登科而歸，鄉人迓之于此，三酌。史幹詩云云。

（徐進整理）

王溉

王溉，江南石埭（今安徽太平西北）人。高宗紹興間進士（清乾隆《江南通志》卷一二〇）。孝宗淳熙十三年（一一八六）知江州（《洞霄詩集》卷二）。光宗紹熙三年（一一九二）爲成都運判。五年，知平江府。寧宗慶元二年（一一九六）除兩浙轉運副使（宋《吴郡志》卷一一），兼知臨安府（宋《咸淳臨安志》卷四八）。四年，除知婺州，旋因政事乖謬、縱容子姪，罷領宫觀（《宋會要輯稿》職官七四之五）。今録詩二首。

游大滌 淳熙丙午

山合群峰路屈盤，溪行九折勢蜿蜒。雲根長伴仙人迹，元蓋潛通大滌天。玉殿香消人寂寂，石壇花落草芊芊。黄冠解識尋幽興，為洗寒鐺煮碧泉。　元孟宗寶《洞霄詩集》卷二

老人村

山前老澤經行路，百歲翁翁猶健步。非仙非佛非鬼神，不識人間鹽與醋。嗜欲既淺亦機深，窟宅宜與仙家鄰。下缺　《永樂大典》卷三五七九引

句

只應唤作小西湖。　宋王象之《輿地紀勝》卷三三《江南西路·興國軍》

仙人有宫號儲福，藏在千山萬山曲。翠微高下壓簷楹，重疊堆峰三十六。

西邊更擁上皇山，大面六頂不可攀。　以上同上書卷一五一《成都府路·永康軍》

（吳鷗整理）

許自誠

許自誠，成都（今屬四川）人，高宗紹興中進士（《宋詩紀事補遺》卷四五）。

句

雄當蜀道三千里，巍壓荆南十五州。 楚塞樓 《輿地紀勝》卷七三《荆湖北路·峽州》

（崔統華整理）

毋丘恪

毋丘恪，字厚卿，南部（今屬四川）人。高宗紹興間進士（清嘉慶《四川通志》卷一二二）。寧宗慶元中爲夔州路安撫使（《建炎以來朝野雜記》甲集卷一八）。

次袁説友巫山十二峰二十五韻

縑素巧貌溪山姿，寶藏肯笑虎頭痴。何人夜半胠篋去，信為羽化無疑遲。魏明不惜萬夫力，鑿山累土誇神奇。景陽突起芳林苑，穀城文石光參差。葉公好龍廣射虎，大方安能不笑之。至人於物特寓目，遠象過眼心弗隨。我公看山正如此，肯趁兒童脚力疲。胸中五嶽鎮地軸，眼底三辰昭旂旗。擢由漢庭寵分鉞，來撫蜀土初褰帷。巫山一覽窺妙處，寫入長歌賡竹枝。坐令十二峰增重，已覺氣壓嵩華低。太室少室敢輩行，小孤大孤何兒嬉。岱宗日觀峻徒爾，崑崙天柱高安為。出雲作雨均有是，泥金鏤玉彼一時。所謂造化一尤物，不在九華真在兹。中山前言恐遂廢，公之妙論已四馳。半語猶存大公正，蟠胸經濟看設施。要令利濟均四海，無間山崖與水湄。只今蒼生方屬望，休戚在公顰伸眉。願公更為天下重，所養自養覩諸頤。量陂誰復能澂撓，德表居然無磷緇。巖石巍巍具瞻在，孰不嘆仰聲噫嘻。又何必東望瀛，南望嶷，北有天後之峻嶺，西有雲表之峨嵋。與公高名并不朽，配以今日巫山詩。明周復俊《全蜀藝文志》卷九

（徐永强整理）

吕宜之

吕宜之，字澤父，眉州（今四川眉山縣）人。高宗紹興中進士（清嘉慶《眉州屬志》卷一〇）。官至綿州通判（清嘉慶《成都縣志》卷二）。今録詩二首。

梅林分韻得詩字 按：有序，見馮時行同題詩。

寒梅如高人，冰雪凛風期。霜威凌萬木，孤芳綴疏枝。古來歲寒心，肯與時節移。家家浣溪南，横斜映笆籬。老樹更崛奇，矯矯蛟龍姿。中有調鼎味，幾年江之湄。征衫十年寒，霜蹄快追隨。先生羊叔子，到處英名垂。對花有妙語，豪氣無百卮。興來屬湛輩，同出春容詩。宋程遇孫《成都文類》卷一一

題文州安静堂

峽束秋空一線青，萬山深處長官廳。此堂虚曠無餘物，面面為開碧玉屏。《方輿勝覽》卷七〇

（漆永祥整理）

高邁

高邁，翥叔父。高宗紹興間進士，知建德縣。事見《菊磵集》序。今録詩五首。

夜泊李陽驛

風拂烏紗兩鬢秋，李陽溪上夜停舟。市燈閃月聞鳴犬，城柝敲風起睡鷗。千里遠馳承寵命，通宵不寐為民憂。幽懷自信清如洗，獨倚篷窗看斗牛。

勉婿史彌大

老朽歸田久，烏紗白髮新。經綸天下事，都屬少年人。

建德縣詠懷

日午琴堂吏散衙，不愁鬢雪點烏紗。訟清犴獄塵封草，人静公庭鳥啄花。惟願兒童無凍餒，每令野老勸桑麻。聖恩未報吾心赤，肯效青門學種瓜。

道傍菊

荆棘叢中是故鄰，更無君子與相親。含英吐秀西風裏，空把芳心向路人。

寒梅野雀圖

陰陰榕葉覆寒梅，山徑無踪盡緑苔。啼鳥自知安穩處，成群飛去又飛來。

宋高翥《菊磵集》附

（崔統華整理）

何熙志

何熙志，字忠遠（《金石萃編》卷一五〇），夾江（今屬四川）人，一作龍游（今四川樂山）人。高宗紹興間進士，以晁公武薦爲御史臺檢法。孝宗乾道七年（一一七一），爲潼川府路轉運判官（《宋會要輯稿》選舉二〇之二二）。事見清同治《嘉定府志》卷三四。今録詩二首。

詠賨城景物之勝 原署作者為何志熙，姑置于此

欲説賓城好，先誇方物妍。金虀收稻後，紅腊落梅前。照座梨偏紫，堆盤荔更鮮。雪滕尤異産，應不數花牋。宋《錦綉萬花谷》續集卷一三

續題鄭國華昌州牛尾驛

十年去國真悠悠，衹今便可行歸休。平生意氣羞牛後，去踏金鰲頂上遊。《方輿勝覽》卷六四《昌州》

句

拓開天外無窮景，望盡坤維到處山。題錦江院

一山九頂燈常現，六月三峨雪未消。九頂山　以上《輿地紀勝》卷一四六《成都府路·嘉定府》

（王麗萍整理）

劉嗣慶

劉嗣慶，字繼先，號雲隱，金壇（今屬江蘇）人。高宗紹興時歲貢生（《至順鎮江志》卷一九。

紅梅

瞥眼繁華處處空，寒林獨透一枝紅。入時姿態人争羨，清韵須知冰雪同。清劉會恩《曲阿詩綜》卷七

吕紘

吕紘，一作竑（清乾隆《福建通志》卷三四），晋江（今福建泉州）人。孝宗乾道二年（一一六六）特奏名（清乾隆《晋江縣志》卷八）。

題黄犢嶺

疇昔聞高隱，紅塵隔遠林。間乘黄犢出，踏破白雲深。自得忘歸樂，應多扣角吟。如今秋草没，幾約與僧尋。宋潛説友《咸淳臨安志》卷八一

《咸淳臨安志》：安隱院，在臨平山之南，治平二年改今額。院之後有黄犢嶺，丘真人每乘黄犢採藥，故名。

（以上崔統華整理）

鄭　洪

鄭洪，字季洪，貴溪（今江西貴溪縣西）人。昆季于高宗紹興間皆貴顯，洪獨不仕。事見清同治《貴溪縣志》卷八之九。

九日次應侍郎仁伯韻

九日風高快客情，穹然天宇氣澄明。白衣酒送人難得，黄菊花開句易成。對景渾忘披雪鬢，登高喜放遏雲聲。古人曾墮龍山帽，為愛金風兩腋清。清楊長傑同治《貴溪縣志》卷九之六

（王麗萍整理）

吴謹微

吴謹微，高宗紹興中縉雲（今屬浙江）人（《宋詩紀事》卷四九）。今録詩五首。

遊仙都五首

薄宦驅人畏簡書，金柔暑濁倦征途。歸來有意尋真境，路入仙都不憚迂。

轍迹峰前聊息迹，忘歸洞口未能歸。往來名利憧憧者，著脚仙都亦自稀。

黄冠道士老而癯，相對談玄一事無。勸我莫教沉宦海，人間亦自有仙都。

石筍古傳八百丈，鼎湖仙去幾千年。我疑二事無從政，但信仙都是洞天。

山下霏微雨灑塵，門前嘹唳鶴迎人。遂成一覺仙都夢，更訪遺蹤得隱真。元陳性定《仙都志》卷下

仲昂

仲昂，字明舉。高宗紹興中廣漢（今屬四川）人（《宋詩紀事》卷五〇）。

題西門外笮橋下觀音院

雨砌風亭長緑苔，壁間題字半塵埃。城南蕭寺無人迹，幾度曾因送客來。《全蜀藝文志》卷一四

句

盧濬常高枕。丹稜即事　《方輿勝覽》卷五三眉州

平生不識巴南路，夢到孤雲兩角西。送李巴川　《輿地紀勝》卷一八七《利東路·巴州》

牟孔錫

牟孔錫，高宗紹興時通判叙州（《輿地紀勝》卷一六三）。李流謙有《送牟孔錫之官叙南》詩（《澹齋集》卷五）。

句

天池十里如鑑湖，荷花可折魚可膾。天池　《輿地紀勝》卷一六三《潼川府路·叙州》

（以上徐永强整理）

耿鎡

耿鎡，字德基，一名元鼎，字時舉（《崑山雜詠》卷中），吴郡（今江蘇蘇州）人。高宗紹興間太學生（《中吴紀聞》卷六）。今録詩三首。

用彦平韻賦石外舅短項翁

人生何地逃奇耦，白髮轉頭成宿莽。百年同盡草一丘，誰見乘槎上牛斗。不如醉倒三萬場，何必龍山歲重九。先生元是古達人，身外所忻惟有酒。石交自得短項翁，燕頷鳶肩非我友。邇來帶眼寬緑筠，結喉不造鴛鷺群。十年孛窣牆下塵，仰面詎識高崑崙。先生取人略形貌，翁獲展盡終不渾。我欲挽翁歸翠微，手栽杞菊如天隨。願翁醉客莫嫌擾，買山政賦淮南小。

用功成韻賦外舅短項翁

君不見王績非狂生，筆墨掃盡惟酒經。又不見志和非漫尉，江湖醉詠漁歌耳。文章得失兩夢事，一醉從渠俱不理。人間自有行秘書，此翁聊為山澤儒。平生斟酌自飽滿，寧復有欠寧有餘。可憐蹣跚挽不前，屬車豈識從甘泉。不矜萬卷腹空洞，渴夢只恐東溟乾。莫疑此翁拘器窮，此翁有用非啞鐘。濁醪作賢清作聖，翁不異味同其空。我方畏縮立下風，伸頸一笑短項逢。脱冠與翁共醉倒，從人笑此兩禿翁。

以上宋龔昱《崑山雜詠》卷中

西　樓

西樓一曲舊笙歌，千古當樓面翠峨。花發花殘香徑雨，月生月落洞庭波。地雄鼓角秋聲壯，天迴闌干夕

照多。四百年來逢《中吴紀聞》卷六作無妙手，要看風物似元和。　宋范成大《吴郡志》卷六

《吴郡志》：西樓，在郡治子城西門之上。唐舊名西樓，後更為觀風樓，今復舊。紹興十五年，郡守王㬇重建。樓初落成，郡人競獻詩，以進士耿元鼎所賦為最。

（王麗萍整理）

何錫汝

何錫汝，高宗紹興間人。事見清康熙《湖廣通志》卷七九。

玉虹泉在羅田縣東

百尺雲巖佛閣前，晚鐘疏葉思悠然。岸邊酌酒和清露，石上題詩染翠烟。半嶺泉鳴通古澗，數峰秋盡隔寒川。西風似欲吹人起，去逐騎鯨汗漫仙。　清宫夢仁康熙《湖廣通志》卷七九

鄧犀如

鄧犀如，臨川（今屬江西）人。高宗紹興時有文稱（清雍正《江西通志》卷八〇）。今録詩三首。

華蓋山

日沈露下不勝寒，絶頂江南第一山。脚底雲平疑可步，身邊月近似容攀。諸天合在虚無際，清磬應聞縹緲間。欲拚今宵不成寐，遇風高處着仙班。　清許應鑅光緒《撫州府志》卷四

槐林院二首

野色寒如許，山容瘦不禁。因閒携竹杖，乘興宿槐林。衲子蒙頭坐，騷人擁鼻吟。南柯休入夢，軒冕本

無心。

竹樹參差合，川原遠近分。旛旛晴後見，鐘磬夜中聞。野碓閒春水，春橋冷度雲。庭空遊客散，鳴鳥自呼羣。　同上書卷二〇

（以上崔統華整理）

張世美

張世美，高宗紹興時人（《宋詩紀事補遺》卷四七）。

思維路

一來一往幾車馬，可北可南多路岐。莫待迷途重回首，未曾差處着思維。　清陸心源《宋詩紀事補遺》卷四七引《樂平縣志》　按：今檢明嘉靖《樂平縣志》、清康熙等數種《樂平縣志》均未見此詩。

（徐永强整理）

宋泰發

宋泰發，高宗紹興時人（《宋詩紀事補遺》卷四九）。

詩一首

薰風將雨熟黄梅，忙裏偷閑此地來。更欲少留償逸興，長官却怕晚衙催。　《宋詩紀事補遺》卷四九

（崔統華整理）

李天才

李天才，字邦美，金壇（今屬江蘇）人（元《至順鎮江志》卷一九），一作丹徒（今江蘇鎮江）人（《宋詩紀事小傳補正》卷四）。高宗紹興間曾獻詩秦檜。事見《京口耆舊傳》卷二。今録詩二首。

題天竺寺壁

走殺東頭供奉官，御香頻降雨猶慳。相公端坐都堂裏，天竺觀音又下山。宋《京口耆舊傳》卷二

《京口耆舊傳》：天才豪于詩，紹興間獻詩秦檜，檜喜，將言之上。會旱，求雨不獲，天才題詩天竺寺壁間云云。檜聞大怒。天才泛海得脱，隱居終身。

題句容酒肆壁

青裙白面哄挑菜，茅舍竹籬疏見梅。春事隔年無信息，一聲啼鳥唤將來。元蔣正子《山房隨筆》

（徐永强整理）

全宋詩卷二〇七三

朱襲封

朱襲封，字元宗。高宗紹興中會稽（今浙江紹興）人。事見《嘉泰會稽志》卷一一。

廣寧橋懷韓有功

河梁風月故時秋，不見先生曳杖游。萬叠遠青愁對起，一川漲緑淚争流。宋沈作賓《嘉泰會稽志》卷一一

范元作

范元作，字信仲。高宗紹興間人。與胡寅有唱和（《斐然集》卷一《和范元作五絶》）。

句

山連巫峽幾千里，水闊沅湘三四州。宋王象之《輿地紀勝》卷六九《荆湖北路·岳州》

（以上徐永强整理）

馬俌

馬俌，高宗紹興間人（《成都文類》卷八）。今録詩三首。

過子美草堂

棲遲九月錦水行，獨過草堂西出城。村樹苒苒秋照白，水花漪漪江水明。溪邊三重結茅屋，松蘿翳疏晚

雨清。往來沽酒且有客，胡為奔走不自停。四海紛然䨏噎多，我憂豈但白馬盟。藜藿未足飽我腹，況又一頃供耕耘。只今騎驢望八極，終日飄飄浪如許。可堪顔色太癯生，憂愁盡入篇章苦。信眉一笑古復作，却似韓宣適東魯。此生蕩漾胡能留，雨脚風塵奚所休。此道滄浪付一漚，唤之千古與爾謀。吾亦往矣作春秋。

水月亭

陽來中坤坎波翻，月本於地仍東還。誰為聚之古祇柏，涵碧湛湛琉璃盤。珊瑚晶瑛澈凝湍，西風晚來覺秋寬。海蕩冰碎天飛旋，瞿曇指心以探禪。魄死澤困與爾言，夜游倚聲霓裳讙。捉影或墮不可援，幻癡益多吾懔然。明河繞衣吹佩環，毛髮飄蕭亂空寒。頗欲乘槎此窮源，脱屣濁世摶林騫。采華食葉為玉仙。　以上宋程遇孫《成都文類》卷八

浣花溪

浣花溪邊濯錦裳，百花滿潭溪水香。寶奩散盡有霜戟，草秣匹馬不可當。當時濯衣只偶爾，豈似取履張子房。烈烈遽見蔽此蜀，喪亂懷爾徒悲傷。年年春風媚楊柳，彩纜婩㛹雲霞張。溪邊遊冶紅粉娘，了不識字空悠颺。採花蕩槳不歸去，暮隔烟水眠幽芳。　明周復俊《全蜀藝文志》卷八

（崔統華整理）

閻禹錫

閻禹錫，高宗紹興中東陵（今貴州鎮遠縣西北）人（《宋詩紀事補遺》卷四九）。

題定明大像

造化秘奇勝，洪流繞崇崗。層樓百仞高，下□雲水鄉。空嵌獨秀峰，雷霓揮銛鋩。神□□□丁，金仙儼垂裳。懸知天壤間，異事不可□。□嘉與甯川，二像遥相望。怒濤喬嶽中，涌出大法王。奇怪豈人力，窺測固渺茫。□□□□□，藤蘿胃幽香。夜深龍作禮，寶炬勝霞光。我生西南陬，薄宦游東方。睹此兩奇絶，儻怳如癡狂。由來豪放詞，不付白面郎。矧此無盡藏，綺語未足償。小詩勒岩阿，相與石像長。

清陸心源《宋詩紀事補遺》卷四九

（徐永强整理）

鄭暉老

鄭暉老，高宗紹興中福建人（《閩詩録》丙集卷九）。

賀鄭簿生孫

望及清秋到眼明，建溪溪上現長庚。雲間鸑鷟人間見，天上麒麟地上行。釋氏抱來真傑特，寶公摩後必奇英。傳家已有今衣鉢，會見公侯衮衮生。

清鄭傑《閩詩録》丙集卷九

趙夔

趙夔，號漳川居士。高宗紹興末南遷北歸，常寓正悟寺，遍遊桂林（《粤西金石略》卷八）。今録詩五首。

贈海陵佘公老人

為人八十有三歲，遊歷名山幾洞天。若問老翁何所得，無心學道不求仙。不求仙，仙自然，煉氣煉形精

亦煉，精全神旺合長年。自注：道家有四煉，翁盡得之，故見於詩中。《北京圖書館藏中國歷代石刻拓本匯編》宋代分册

按：石在廣西桂林劉仙巖，刻於紹興壬申（一一五二）六月。

桂山諸巖歌

秦皇開郡為桂林，古號名邦五嶺陰。山琢玉簪攢萬疊，江分羅帶繞千尋。青青四顧列羣山，生自天工巧若鐫。玲瓏拔地聳層秀，崢嶸嵯峨星斗間。其中有巖十二所，伏波靈顯存祠宇。顏公讀書窟室中，疊彩北山如列布。何年龍隱冲霄去，鱗鬣形模鑱石路。仙人劉公飛升時，巖壁宛然遺舊題。穿雲仙跡次左右，□虚道氣多南溪。白雉聽經生人類，蕭寺豐碑有元記。信知一性無不通，石竇陰陰苔蘚蒙。西南中隱尤勝絶，穿處得名因吕公。曾公程公皆舊跡，自注：三公皆桂帥也。遺愛在民傳古昔。沈沈巖谷有餘光，炎方勝槩神難藏。迥迴不遠郛郭下，輪蹄追賞何忙忙。按：此詩詠伏波巖、讀書巖、叠彩巖、龍隱巖、劉公巖、穿雲巖、仙迹巖、白雉巖、中隱巖、吕公巖、曾公巖、程公巖。

桂山諸洞歌

宜人之地少陵詩，閲玩前賢詞意奇。爛然五詠非虚語，位壓坤方占一維。青青四顧列羣山，生自天工巧若鐫。玲瓏拔地聳層秀，崢嶸嵯峨星斗間。其中有洞十二所，七星山下栖霞府。日月華君顯迹靈，遇者當時鄭冠卿。歸到人間已三載，仙洞光陰時未改。至今舊記傳無窮，玄巖蟠蟄閟白龍。一泓沈碧寒潭瑩，水月圓明下翠峰。枕城樓觀環俯視，緑鎖喬林春日媚。秦碑柳記已難觀，漓水南流泛渺漫。慶林巽穴玄風出，華景高明隱丹室。西方虚秀貫山腰，南華朝陽風景饒。夕陽北牖通仙徑，白雀嘉蓮池渌净。許多佳致卒難題，留與詞人賡雅詠。按：此詩詠栖霞洞、白龍洞、水月洞、玄風洞、華景洞、虚秀洞、朝陽洞、南華洞、夕陽洞、北牖洞、白雀洞、嘉蓮洞。　以上明張鳴鳳《桂勝》卷一

詩一首

青嶂横開高幾重，巉巖直上半天中。虚明洞口千年久，澄澈流來一溜通。海蚌張頤方吸月，雲龍奮跡遂乘風。隼旗出有隨軒雨，指日秋成賀歲豐。　同上書卷二

道過遂縣泊舟瞻大像有作

成佛經千祀，鎸崖已一章。自注：僧去十九年矣，漢曆十九年為一章。為憐塵世病，故作大醫王。黄面無苔蘚，青螺奈雪霜。灘聲門外轉，萬古閲舟航。　《宋詩紀事補遺》卷四八

（以上徐進整理）

紹興某貴人

句

緑樹帶雲山罨畫，斜陽入地竹銷金。　宋陸游《老學庵筆記》卷五

（崔統華整理）

紹興選人

投秦丞相

多少儒生新及第，高燒銀燭照娥眉。格天閣上三更雨，猶誦車攻復古詩。　宋羅大經《鶴林玉露》甲編卷五

《鶴林玉露》：秦檜建一德格天之閣，有選人投詩云云，檜喜，即與改秩。

（徐永强整理）

紹興朝士

句

疾風勁草識忠臣。送程旻　清張瑗康熙《祁門縣志》卷四

《祁門縣志》：程旻，柏溪人，祖居善和。高宗時邊境不靖，國用維艱。旻納五萬緡作北征餉。上以敕褒之，特授朝散郎。旻上疏謝，辭歸，朝士多作詩送之，有句云云。

紹興道者

偈

萬里雲歸洞，千山水向東。玉爐香冷處，烟散碧霞中。　清劉繹光緒《吉安府志》卷三七

《吉安府志》：紹興間，有建龍華道會于永新者，時集雲游道士五百餘衆，獨一道者坐化道壇中，亦偈云云。

紹興太學生

諷養鴿　按：清李元度輯《小學弦歌》卷八作題鸚鵡。

萬鴿飛翔繞帝都，朝昏收放費功夫。何如養取《小學弦歌》作箇雲邊雁，沙漠能傳二聖書。　元《古杭雜記·詩集》卷二

《古杭雜記·詩集》：高宗紹興間，宫中養飛鴿，每日群飛于外，太學士人作詩以諷。其詩流入大内，高宗惻然。自是宫中不復畜鴿。

李薰

李薰，生平不詳。按其詩稱王欽若、吕大防等人已故，又有詩作于「丙寅歲」，即高宗紹興十六年(一一四六)，則當爲高宗時人。今録詩六首。

過净名院觸目都似曾到問訊乃非也戲題絶句

入門彷彿記曾來，問訊山僧始此回。却覓舊遊無是處，只應形似遣人猜。

世間形似巧迷人，總是安排底處真。縱復非真猶足喜，得來聊寄夢中身。

丙寅歲秋再抵長松奉等慈師入城作詩記一時事

前來送師歸，今日迎師去。送迎我何勞，師乃困行路。天公將歸誰尤，耗斁此下土。一水禍未忘，旱勢復如許。小民惟怨咨，惜莫知其故。徑須憑佛力，庶可回帝怒。自憐操持約，一念寄香縷。氤氳才上徹，雲色暗窗户。數聲跳珠急，忽已忘處所。老僧笑謂我，水旱要有數。德非與天通，造請輒違拒。官豈真德人，天意遽相與。更看鞭雷公，滂沛逐飛馭。定身固如如，未始間行住。抗走不少停，政恐塵埃污。傾心太平日，十五一風雨。官既罷迎送，師亦得安處。我聞低頭謝，勤爾相誨語。作詩書長松，來者尚有取。

從薛元法會食保福意軒得徑字

春愁醉人心，灑面呼不醒。出門却入門，兀兀度晨暝。昨遊欣有得，水鏡謝磨瑩。豈惟勝紛華，頗復造禪定。君看青雲士，窘步争捷徑。鏗爾詎舍瑟，硜乎方擊磬。何曾頃刻閑，通夕不遑暝。彼應疾此固，我亦惡夫佞。人生出處耳，山林與朝廷。遲遲岐路間，去就須審訂。寧為龜曳涂，勿作馬旋濘。羲馭靡容勒，風船猶可矴。但令尊不空，敢憚室垂罄。更結汗漫遊，後期君速聽。

十五日同登大慈寺樓得遠字

重樓得雲氣深穩，户牖誰能發關鍵。樓下輪蹄涣散馳，行人一顧不容返。好遊獨是我輩閒，褰衣直上相推挽。層軒危檻倚欲遍，更假胡床同息偃。西南繁會惟此都，昔號富饒今已損。填城華屋故依然，孰為君王愛基本。茫茫八表聊縱目，情知日近長安遠。白雲浩蕩飛鳥没，玉笙凄凉紅紛晚。梁王吹臺得李杜，黄公酒壚醉嵇阮。高峰千載凛莫攀，與世相濁徒混混。荷衣蕙帶芙蓉裳，野服猶堪敵華衮。去梯孰復共君謀，殺馬毁車從此遁。

三月四日遊大雲寺分韻得三字佛龕多題名韋獨抗段文昌李景讓鄭愚四人者可考王文穆吕正閔治平嘉祐間過此亦有筆迹因以詩記

野寺依絶壁，化身滿諸龕。後前莽難測，千億紛相參。妙斵謝斤斧，高樓軼烟嵐。旁行栗危棧，俯瞰驚深潭。歲月浸荒老，苔蘚争封函。亦有好事者，增飭施朱藍。經營定自圖，諜雅奚未暗。款識或可辨，上下試與探。遠徵固寂寞，近取才二三。開元韋庶子，剖符劍之南。咄嗟檀施開，至今為美談。墨卿少羈宦，節旄晚毵毵。樂和盛家法，國垢猶包含。鄭氏雖世儒，蠻禍竟莫戡。舊相粤冀級，經從各停驂。翰林寵則多，御史德豈慚。數公方盛壯，厥聲實訏覃。紛華竟安在，人壽無彭聃。彼石尚云朽，吾生諒何堪。華前一笑粲，現此優波曇。稽首識歸處，徑欲投佩簪。蠢蠢誰汝縛，竊食如春蠶。祓除偶辰巳，風景清且酣。相引着勝地，佛日况可貪。敢誇一醉富，庶解憂心惔。因歌以記之，放筆書僧菴。《成都文類》卷五　宋程遇孫

（以上崔統華整理）

釋自清

釋自清，賜號雲風。高宗紹興中居大山寺。事見《蓮堂詩話》卷上。

偈

糞箕扛去轎抬回，優鉢曇花向日開。但願老僧高著眼，管教平地一聲雷。元祝誠《蓮堂詩話》卷上

《蓮堂詩話》：（自清）性疏狂，屢被師責。忽一日謂師曰，欲往京師見天子，願假一乘。師怒曰，糞箕扛汝去。自清即為偈云云。

釋守璋

釋守璋，俗姓王，鹽官（今浙江海寧西南）人。七歲試經得度。高宗紹興初住臨安天申萬壽圓覺寺，賜號文慧。有《柿園集》，已佚。《咸淳臨安志》卷七〇、《補續高僧傳》卷九有傳。

晚春

草深烟景重，林茂夕陽微。不雨花猶落，無風絮自飛。宋潛説友《咸淳臨安志》卷七〇

《咸淳臨安志》：紹興二年，高宗幸圓覺寺，因睹其集，親灑宸翰而書此詩。

釋廣勤

釋廣勤，字行之（《嘉泰會稽志》卷一九），號灊山道人。高宗紹興間廬於會稽，伐木作亭，苦之

以茆，名曰濡亭（《渭南文集》卷一七《濡亭記》）。後住雲門雲泉庵（《嘉泰會稽志》卷一九）。

句

筆端造化如東君，著物不簡亦不繁。答廉宣仲布贈墨梅詩　宋施宿《嘉泰會稽志》卷一九

（以上許紅霞整理）

張圓覺

張圓覺，人號張聖者，福州（今屬福建）人。入山採薪遇異人得道，棄家賣卜，自稱張鋤柄。高宗紹興中於東禪寺落髮，法號圓覺。後行游建安，忤轉運副使馬純，流梅州（《夷堅志》支丁卷一〇）。

遺陳氈頭

釋氏三千金世界，道士十二玉樓臺。不知雲鶴今原校：吕本作歸何處，空使氈頭夜卧階。　宋洪邁《夷堅志》支戊卷一

《夷堅志》：紹興末，福州有丐者陳氈頭，口中常吐一物於掌，瑩白正圓，玩弄不已。或為人所窺，則笑而復吞之，蓋内丹也。若坐若卧，動經月不出乞食。驀然一出，則奔走不少駐。張圓覺頗識其異，遺之詩云云。

（李更整理）

陳田夫

陳田夫，字耕叟，號蒼野子。高宗紹興中居衡山紫蓋峰下九真洞老圃庵，往來七十二峰間三十餘年。輯《南嶽總勝集》，有孝宗隆興元年（一一六三）自序（《沅湘耆舊集》前編卷三一）。今録詩二

首。

題白雲堂

我愛瀟湘境，朱陵後洞天。白雲堂裏客，青草渡頭眠。小艇牽紅鯉，幽池種白蓮。頤真堪此地，風月兩依然。自注：愚自紹興丙寅度夏於是堂，亦留四十字，雖不足以髣髴其前賢，但識朱陵之事爾。明正統《道藏》洞玄部記傳類《南嶽總勝集》

白龜泉

天下白龜三處顯，怡山少室壽仙亭。我今卜築南山頂，得爾為鄰祝聖齡。清鄧顯鶴《沅湘耆舊集》前編卷三一

（徐進整理）

李季可

李季可，永嘉（今浙江温州）人。曾摭拾古今事實成《松窗百説》一卷，高宗紹興二十七年（一一五七），王十朋撰跋，次年尹大任爲之付梓。事見《松窗百説》附録。

臨江太守生日

道路盡歌賢太守，祈頌萬人同一口。只應憫及黄衣兒，亦使銜環致君壽。《松窗百説》

《松窗百説》：僕近代人作臨江太守生日詩，末云云。諷守事雖多，而此邦以黄雀遺權要，殺害之衆所獨也，中人以上聞之，當少戒焉。

（王嵐整理）

盛　曠

盛曠，字元放，武林（今浙江杭州）人。年十歲學道于金華三洞，十五六歲還寓赤松。高宗紹興間召見，賜號至樂先生。卒年七十餘。有《華松篇》，已佚。事見《金華赤松山志》。

獨吟

刊名紫簡群魔賓，扶桑暘谷奏玉晨。控駕三素輔翊宸，敢忘南嶽魏夫人。宋倪守約《金華赤松山志》

（崔統華整理）

全宋詩卷二二〇七四

趙逵

趙逵（一一一七—一一五七），字莊叔，資州（今四川資中）人。高宗紹興二十一年（一一五一）進士，爲秦檜所斥，簽書劍南東川。二十五年，召爲校書郎，遷著作佐郎兼權禮部員外郎，尋充普安郡王府教授。二十六年，除著作郎（《南宋館閣録》卷七、八）。二十七年，同知貢舉，兼給事中，拜中書舍人。同年卒，年四十一（《海陵集》卷二三《中書趙舍人墓志銘》）。有《棲雲集》三十卷，已佚。《宋史》卷三八一有傳。

句

皇心未敢宴安圖。賡御制芝草詩　元脱脱《宋史》卷三八一

（李更整理）

龐謙孺

龐謙孺（一一一七—一一六七），字祐甫，晚號白蘋老人，單州（今山東單縣）人，寓居吴興。高宗紹興十年（一一四〇），以季父恩爲將仕郎。歷泰州海陵尉，兩浙西路提點刑獄司幹辦公事，江南東路轉運司幹辦公事，鎮江府觀察推官。孝宗乾道三年（一一六七）權監饒州景德鎮，尋卒，年五十一。有《白蘋文稿》十卷，已佚。事見《南澗甲乙稿》卷二二《祐甫墓志銘》。今録詩三十四首。

使虜過汴京作

蒼龍觀闕東風外，黄道星辰北斗邊。月照九衢平似水，胡兒吹笛内門前。　宋魏慶之《詩人玉屑》卷二　按：原署作者為龐右甫，而龐謙孺生平無奉使之事，姑置于此。

日暮

水底晃微霞，孤村古路叉。稻簷排凍雀，牛背落昏鴉。行客猶貪路，歸帆未到家。交遊書札斷，寂寞過天涯。

題渡水羅漢畫

偏袒右肩赤一膊，開顔含笑不作惡。廣深莫種金蓮花，故使浮杯襯雙脚。心既忘形亦忘怖，徒使旁觀毛髮竪。本無行止令人圖，竟到彼岸歸何處。我知畫者意識真，是故古來傳至今。亦無此心可得驚，亦無此身可得沈。浪頭乘風正得路，不動莊嚴幾時去。從今不往亦不還，一幅之間作常住。君不聞古人祇作如是觀，請公莫問何以故。

郊居九日

樹夾門方正，谿侵岸欲隤。水摇雲影動，風抑鳥聲回。籬缺舟常過，庭空客不來。故人經歲月，又見菊花開。　以上宋陳起《前賢小集拾遺》卷二

古詩

處身乾坤中，適意乃其常。貧賤亦天然，尤怨徒自傷。平生賦命薄，守己豈不良。量分稍過差，神理翻百殃。苟無濟世具，希進未免狂。鄙哉綿上人，遠迹空潛藏。市朝車馬喧，不礙松菊芳。何妨著衣冠，

用捨姑逢場。儻無僥倖心，世亦不見戕。

十旬五旬病，三日兩日餓。閉門本求安，歲月不可過。秋成尚百日，急迫如星火。西風吹楸林，木葉朝來墮。夕陽下城頭，蟋蟀鳴户左。褰裳臨溪水，照影非昔我。悲歌動鄰里，慘慘風滿座。懷深聲愈凄，辭絶意難和。人生一世間，太半逢坎坷。為樂須及時，倏忽傷老大。

西風正浩蕩，出門無所尋。强起理菊花，聊以慰我心。傍籬見南山，經旬阻秋霖。豈不欲傲遊，慮此泥濘深。凉飈帶寒烟，暝色著高林。歸鳥未遑棲，槭槭風葉吟。遊子悲故鄉，感嘆歲月深。一室蔽蓬蒿，空壺絶孤斟。徘徊東牆下，仰視林端參。耿耿夜何長，白露濕衣襟。

初日照池底，游魚戲漣漪。落日延西林，蜻蜓弄斜暉。忘情體自適，不但禽鳥微。以兹慰心胸，富貴如何違。捨策看清溪，步屧臨荆扉。青天委長流，孤雲無所依。居然忘物我，身世忽若遺。

凡人種園花，但取紅紫麗。今我種園花，所樂在生意。侵晨草露濕，園林有清氣。寢興不裹首，散策遶花次。次第除繁枝，分明去浪蕊。客至旋結襟，捨柯惜餘味。新稍纔過屋，弱幹漸拂地。是中有深趣，欣然心自慰。

送客出河門，返手閉籬關。歸來懸午窗，坐看屋上山。衆雛困未覺，擣藥聲已殘。倦鳥止不飛，鷄犬亦在欄。高林静白日，時覺鳥聲閑。寂寂窮巷中，翳翳桑柘間。不妨麻稻香，無時來鼻端。

古詩四首呈劉行簡給事丈

人生寄寒暑，銷鑠如然薪。但見烈火炎，倏忽糜灰塵。不過數十改，即已無此身。豈不甚哀哉，言之為酸辛。達士易與足，一飽即自伸。遇者運多途，貪婪喪其真。如此不飲酒，徒為世上人。

一室守丘壑，四海無遐想。樂此鄰里歡，坐閲草木長。燕寢北窗下，枕几遂俯仰。清風動柴荆，白日照窮巷。接目有佳色，到耳無驚響。樂哉心迹安，庶保神氣養。百年茅簷下，邈矣千載上。少年負豪氣，乃心在有為。天下非我能，胡為久棲棲。聖賢既在上，治具皆設施。一廛為天氓，豈不樂在兹。但願禾黍肥，富貴從此辭。雨露被東皋，草木含華滋。一物遂生成，仰荷皇天私。努力且加餐，已矣復何期。

人無百年期，乃為千歲根。蓄積為衆鵬，此意古所敦。憫余貧賤士，窘束未易論。今歲夏潦至，信宿水浸門。舊粟已告竭，新稼無一存。朝分糠籺餐，暮掇藜藿吞。一身未保活，況敢念子孫。雖云傷我懷，賦命不可奔。未死尚為氓，一息猶天恩。

絶句

小雨收溪北，微雲没舍西。地暄鸜鵒鬬，日暖鷓鴣啼。

無題二首

春風桃李容，能得幾時好。誰憐澗底花，自對春風老。

可惜花無主，分明枉過春。誰憐桃李艷，却屬路行人。

絶句三首

楚天落日暮雲浮，痛飲狂歌不覺愁。醉眼山光似鄉曲，怎知身在漢江頭。

漢口風光惱殺人，緑楊無數繞江津。草堂日日來新燕，釣艇時時得錦鱗。

大别寺前春草深，鳳棲山下漢江清。空村野隴誰為主，賴有流移旅客耕。

表侄趙文鼎監税傳老拙所定九品杜詩説正宗作詩告之

平生竭力參詩句，久矣冥搜見機杼。豈惟藴蓄徹遮欄，要使幽深盡呈露。君今學詩叩妙理，頗已具眼識精粗。他年陶冶融心神，好與造化開門户。讀之便感誰使然，若見其事在其處。會須體物奪天機，便可分庭抗李杜。風騷樂府久寂寞，但見坡谷正馳騖。君才妙齡中科選，第恐此道非先務。詩分九品吾所創，妄與正宗闢行路。君今持此欲誰論，勿使羣言生謗怒。以上《永樂大典》卷八九六引《白蘋集》

還至吴興春事已過緑陰森然小圃可愛摘青梅嘗煮酒一首

為客清霜重，歸來夏木蒼。鵜鴂驚甚大，童稚覺微長。花絮今無迹，園林未肯荒。青梅應可摘，臘酒要開嘗。同上書卷七九六二引《白蘋集》

聞虜人敗于柘皋作口號十首

正陽門下草還生，宫殿無人也自春。上皇昔日登臨地，愁殺當時老大臣。

鐵鷂乘時轉海津，兜牟閃閃白如銀。只今邊郡羞投拜，淮北淮南正殺人。

文武宣和盛兩班，當時都道取燕山。三京隨手殘燒盡，今日誰迎二聖還。

黏罕中間陷兩京，當時兀朮尚無名。如今索鬬無時了，不使山川見太平。

胡馬縱横壓上流，朝廷歲歲講防秋。相公必欲安淮甸，早發官兵據壽州。

京口人來説禁江，似聞胡騎再跳梁。夜來急遞傳新報，見説官軍戰順昌。

聞道諸軍遣背嵬，柘皋合戰打頭回。不煩宣撫親提劍，鐵塔前鋒一布摧。

戰伐無多生女真，人傳强半是簽軍。可憐盡死天兵手，但恐官家不得聞。

一自官軍報捷頻，番人無數願歸明。渠魁未必能方略，所恃多多以力争。今年太歲火逢辛，火德炎炎照紫宸。眼看點虜遭天破，未必朝廷用一人。

聞虜酋被戕淮南漸平喜而作詩

聖主久臨御，戢戈息生靈。狂胡犯天紀，躍馬捨虜庭。四海漲烽烟，白晝亦晦冥。不惟師無名，豈有間可乘。大將失經略，淮壖氣如蒸。虜騎犯和州，采石勢不勝。登壇刑白馬，意氣甚憑陵。朝廷頗憂虞，衆心若摇旌。誰知肘腋禍，自彼蕭牆興。皇天相我多，一失遂有能。黔黎賣釵釧，果見酒價騰。坐收不戰功，宵旰今已寧。宸章粲星斗，蜂目見丹青。行行若死然，此亦不足稱。誰云暴無傷，以兹庶可懲。

以上同上書卷一〇八七七引《白蘋集》

答何中丞伯壽

三載皇輿駐武林，宫前新柳漸成陰。西湖風月愁難度，艮嶽峰巒夢枉尋。老馬驚思歸汴路，寒江吼激破胡心。白蘋洲上懷鄉久，夜夜啼鵑卧未深。　清陸心源《吴興詩存》二集卷五

惠　哲

惠哲（一一一七—一一七二），字茂明，宜興（今屬江蘇）人。高宗紹興二十四年（一一五四）進士。歷信州鉛山主簿，建康府教授。事見《水心集》卷一九《建康府教授惠君墓志銘》。

題天柱山鴻都觀

鐘鼓千年後，耕桑萬嶺巔。松杉森老氣，桃李弄餘妍。烟暝東西塢，泉分上下田。直疑秦避世，自古一

山川。　明笪繼良《鉛書》卷五

李蘩

李蘩（一一一七—一一七七），字清叔，一字元昭（《紹興十八年同年小録》），自號桃溪先生，崇慶晋源（今四川崇慶）人。高宗紹興十八年（一一四八）進士。歷安仁縣主簿，知眉山縣，攝通判邛州，成都府路提點刑獄公事，權主管四川茶馬，知興元府，以倉部員外郎總領四川財賦軍馬錢糧，除太府少卿，致仕。孝宗淳熙四年（一一七七）卒，年六十一。有《桃溪集》一百卷，已佚。事見《鶴山集》卷七八《朝奉大夫太府少卿四川總領財賦累贈通議大夫李公墓志銘》。

西湖社成集來鵲樓詩

西湖清且淺，中有蘭與蕙。烟霧變晦明，鱗蟲潛水裔。飛構冒層阜，仙筵敞平澨。野饌何芳鮮，烹調列甘脆。翩躚麟鳳集，適遇風雲際。簪佩耀林臯，觴酌宣文藝。社以白蓮申，盟用青松誓。莫謂傾蓋新，山林結遺契。　清净慈沙門篆玉《大昭慶律寺志》卷三

王逨

王逨（一一一七—一一七八），字致君，祖籍宛丘（今河南淮陽），南渡後居餘姚（今屬浙江）。高宗紹興八年（一一三八）入太學。二十五年，恩補登仕郎。孝宗隆興元年（一一六三）進士。歷官監察御史，右正言。出知鄂州、温州，提舉福建路常平茶事，荆湖南路轉運判官。官至國子司業。淳

熙五年卒，年六十二。事見《攻媿集》卷九〇《國子司業王公行狀》。

富沙

忽驚羈旅身，已落富沙灣。江海舊茅屋，遥岑帶孱湲。　宋王象之《輿地紀勝》卷一二九《福建路·建寧府》

（以上崔統華整理）

釋智策

釋智策（一一一七—一一九二），號塗毒，俗姓陳，天台（今屬浙江）人。年十六，依護國楚光落髮。後謁國清寂室光、萬壽大圓、雲巖天游。歷住黄巖普澤、天台太平、吉州祥符、越州等慈及大能仁。孝宗淳熙十五年（一一八八），詔居臨安徑山。光宗紹熙三年七月卒，年七十六。爲南嶽下十五世，泐潭典牛天游禪師法嗣。事見《攻媿集》卷一一〇《徑山塗毒禪師塔銘》，《嘉泰普燈録》卷一三、《五燈會元》卷一八有傳。今録詩二首。

偈

著意忘懷，掘地深埋。空洞無象，髑髏妄想。譬如兩鏡相照，中間早已立象。直饒東澗水流西澗水，南山燒炭北山紅。　宋正受《嘉泰普燈録》卷一三

辭衆偈

四大既分飛，烟雲任意歸。秋天霜夜月，萬里轉光輝。　宋普濟《五燈會元》卷一八

（許紅霞整理）

蕭　燧

蕭燧（一一一七—一一九三），字照鄰，臨江軍新喻（今江西新余）人。高宗紹興十八年（一一四八）進士。歷任平江府、静江府觀察推官。三十二年，授靖州州學教授。孝宗淳熙二年（一一七五），累遷至國子司業兼權起居舍人，進起居郎。擢右諫議大夫，因劾參知政事趙雄，出知嚴州，移知婺州。八年召還，九年，爲樞密都承旨，十三年，除吏部尚書。高宗之喪，充按行使，除參知政事。十六年，權知樞密院。請閑，提舉臨安府洞霄宫。紹熙四年卒，年七十七。謚正肅。事見《周文忠集》卷六七《蕭正肅公神道碑》，《宋史》卷三八五有傳。

高宗皇帝挽詞

撥亂中興事，艱難創業同。好生天地德，立極帝王功。與子基圖永，居尊福禄崇。一朝違大養，悽愴櫟陽宫。

畫翣排仙仗，龍輴去莫攀。衣冠藏漢廟，弓劍閟橋山。宇宙精神慘，臣民涕泗潸。堯階蓂莢在，無復望慈顔。宋魏齊賢、葉棻《聖宋名賢五百家播芳大全文粹》卷九二

（吴鷗整理）

李繒

李繒（一一一七—一一九三），字參仲，婺源（今屬江西）人。終生布衣，築室鐘山以老。朱熹極稱其文。光宗紹熙四年卒，年七十七。事見明弘治《徽州府志》卷九、《新安文獻志》卷八七《鐘山先生李公行狀》。

曉步

曉步閒隨蛺蝶行，村南村北雨新晴。山花野草自幽意，布穀一聲春水生。明程敏政《新安文獻志》卷五六

（徐永强整理）

釋從瑾

釋從瑾（一一一七——一二〇〇），號雪庵，俗姓鄭，永嘉（今浙江温州）人。住四明天童寺。寧宗慶元六年卒，年八十四。爲南嶽下十七世，心聞曇賁禪師法嗣。有《頌古集》一卷，收入《續藏經》。《增集續傳燈録》卷一有傳。今録詩四十一首。

頌古三十八首

女子出定。

誰在畫樓西，相逢語笑低。到家春色晚，花落鷓鴣啼。

舍利弗入城，遥見月上女出城。

大地絶纖塵，面南看北斗。嫁雞逐雞飛，嫁狗逐狗走。

《楞嚴經》：佛謂阿難，見見之時，見非是見，見猶離見，見不能及。

隔牆見角便騎牛，騎入紅塵鬧市遊。遊徧歸來欄裏卧，三更半夜失踪由。

迦葉門前刹竿。

家家門口透長安，不見纖毫眼界寬。無法無人誰付囑，難兄難弟自相謾。

師子尊者赴罽賓。

蘊空誰見法中王，覿體何曾礙劍光。古廟藤蘿穿户牖，斷碑風雨碎文章。

達磨見梁武帝。

踏翻地軸地不動，推倒天關天更高。穩泛鐵船歸少室，至今天下起風濤。

達磨隻履西歸。

九年冷坐已敗闕，隻履西歸更脱空。後代兒孫空妄想，鷓鴣啼不為春風。

二祖安心。

自有覓不得，無端面發紅。翻身喫一顛，兩手摸虛空。

六祖因僧問：黄梅衣鉢是何人得？祖云：會佛法者得。僧曰：和尚還得不？祖曰：不得。僧曰：因甚不得？祖曰：我不會佛法。

不會黄梅佛法，夢中合眼惺惺。此地無金二兩，俗人酤酒三升。

忠國師三唤侍者。

一箭射雙鵰，雙鵰隨手落。波摇岳陽城，月滿滕王閣。

馬祖云：自從胡亂後三十年，不曾缺鹽醬喫。

當年高甲已登科，讀盡人間萬卷書。今日一身天地窄，思量好事不如無。

百丈曰：老僧昔日被馬大師一喝，直得三日耳聾眼黑。

一喝當頭雷電奔，人間説亦暗銷魂。看來豈止聾三日，直至如今海嶽昏。

南泉曰：馬祖説即心即佛。王老師不恁麽，道不是心，不是佛，不是物。恁麽道還有過麽？

剃頭頭光生，洗脚脚清爽。脱衣上牀眠，抓著通身癢。

夾山曰：我當初在大梅，失却一隻眼。

竹籬茆舍酒旗斜，一個胡蘆敗兩家。酒後不知天與地，皈來滿地是桃花。

槃山將順世，告衆曰：有人邈得我真否？將所寫真呈，皆不契師意。普化出曰：某甲邈得。師曰：何不呈似老僧？化乃打筋斗而出。師曰：這漢向後掣風狂去在。

徹底冰壺無影像，倒翻筋斗模難成。千峰雨歇黄梅後，桂魄還從海上生。

魯祖面壁。

無目仙人揣骨頭，暗中摸索認王侯。價高畢竟無人買，冷却勾欄懡㦬休。

藥山造石頭之室。

恁麽不得總不得，脱却布衫赤骨律。劈頭一搭忽翻身，便見口開并眼白。

時人見此一株花如夢相似。

同根一體都如夢，夢裏惺惺眼又花。蝴蝶飛來過牆去，不知春色落誰家。

甘贄設粥。

甘贄設粥，南泉打鍋。一般病痛，徹底誵訛。更有些兒好笑，明朝餓殺禪和。

南泉平常心是道。

悟得平常達本鄉，時人多怕落平常。青春只有九十日，爛醉都無一百場。

趙州曰：老僧使得十二時。

鐘送黄昏鷄報曉，趙州何用閒煩惱。裂破虚空作兩邊，古廟香爐出芝草。

趙州行脚到臨濟。

臨濟趙州，禪林宗匠。特地相逢，恰似相撲。撞見今時行脚僧，呼為兩箇閒和尚。

秘魔木杈。

威風凛凛不容攀，跳入懷中便解顔。不是酒腸寬似海，争知詩膽大如山。

祇林降魔。

無魔無我已降魔，添得時人眼裏花。今日鏌鋣無用處，也知賊不打貧家。

臨濟陞堂，有僧出。師便喝。僧亦喝，便禮拜。師便打。

棒頭有眼，眼裏無筋。多逢濁富，罕遇清貧。自入洞門烟鎖斷，不知世上幾經春。

趙州問大同禪師：大死底人却活時如何？師曰：不許夜行，投明須到。

棚前夜半弄傀儡，行動威儀去就全。子細思量無道理，裏頭畢竟有人牽。

興化與旻德問答。

一喝兩喝，全機出没。賓主歷然，未免俱瞎。半夜摸烏龜，明月照積雪。

興化見同參來，纔上法堂便喝，僧亦喝。

須彌倒卓，海水逆流。同參相訪，作盡冤讎。休休，明日黄花蝶也愁。

巖頭因僧問：古帆不挂時如何？師曰：後園驢喫草。

古帆未掛時，後園驢吃草。日短苦夜長，行人須及早。

乾峰一路涅槃門。

當面非暗投，應機皆直説。乾峰與雲門，兩口同一舌。若是續貂人，弄巧便成拙。

雲門上堂，聞聲悟道，見色明心。遂舉起手曰：觀世音菩薩將錢買餬餅。放下手曰：元來祇是饅頭。

頓超見色聞聲句，不涉明心悟道言。花落鳥啼巖下寺，月明人唤渡頭原缺，據《頌古聯珠通集》卷三二補船。

禾山解打鼓。

當陽打動番南鼓，萬象森羅立地聞。不是大家齊則劇，難消白日到黄昏。

法華因僧問：生死事大，請師相救。師曰：洞庭湖裹失却船。

洞庭湖裹失却船，赤脚波斯水底眠。盡大地人呼不起，春風吹入杏花村。

黄龍三關。

我手何似佛手，合掌面南看北斗。兔推明月上千峰，引得寒山開笑口。

我脚何似驢脚，急走歸家日將落。自古長安如鏡平，無端醉倒黄幡綽。

人人有箇生緣，且非東土與西天。擊珊瑚樹枝枝好，撒水銀珠顆顆圓。

佛手驢脚生緣，南海波斯泛鐵船。精金美玉團堆賣，畢竟何曾直一錢。

五祖演曰：倩女離魂，那個是真底？

南枝向暖北枝寒，何事春風作兩般。憑仗高樓莫吹笛，大家留取倚闌看。　《續藏經・雪庵從瑾禪師頌古集》

頌古三首

睦州陳尊宿，學者扣激，隨問遽答，詞語峻嶮，諸方歸慕。因見講僧，曰：擔板漢。

睦州擔板漢，從來見一邊。淺深三尺水，上下兩重天。　宋法應、元普會《頌古聯珠通集》卷二一

德山一日侍龍潭抵夜，潭曰：更深何不下去？師珍重便出，却回曰：外面黑。潭點紙燈度與，師擬接，潭復吹滅。師於此大悟，便禮拜。潭曰：子見箇甚麽？師曰：從今向去，更不疑天下老和尚舌頭也。

開口不見齒，伸手不見掌。夜半忽相逢，葛藤長萬丈。　同上書卷二三

玄沙因僧問：如何是學人自己？師曰：用自己作麽？僧問：如何是學人自己？雲門云：忽然路上有人喚衲僧

齋，他也隨分得飯喫。

玄沙驢前，雲門馬後。更問如何，合取狗口。　同上書卷三一

（聞賢整理）

石才孺

石才孺（一一一七—？），字伯元，管城（今河南鄭州）人。高宗紹興十八年（一一四八）進士。事見《紹興十八年同年小録》。今録詩二首。

青陽驛在順政縣東五十里

幸蜀奔波為禄兒，聞鈴夜雨有餘悲。青陽一夕難高寢，黼幄千官減盛儀。

錦綳只擬情方昵，綉襪那知禍已成。自古覆車循一轍，哲王寧不玷聰明。　宋祝穆《方輿勝覽》卷六九

（崔統華整理）

樊漢廣

樊漢廣（一一一七—？），字允南，江源（今四川崇州東南）人。嘗知青神縣。孝宗乾道九年（一一七三），知雅州，不赴，時年五十六。淳熙初，范成大入蜀，薦於朝不起。事見《建炎以來朝野雜記》乙集卷九、《宋史翼》卷二八。

沈黎使君與客飲王建梅林分韻作詩過沈犀以詩相示闕樹字令漢廣補之按：有序見馮時行同題詩。

牆頭冉冉新陽露，忽作玲瓏玉千樹。老蛟偃蹇獨避人，卷回飛雪江皋莫。何處鳴禽來好音，四月枝垂起

黄霧。摧折霜餘初不懼，笑看春光等閒度。百年夢幻欲無言，吹落吹開豈風故。時來薦鼎真偶爾，小住疏籬非不遇。我知天地絶茫茫，無為展轉獨多慮。為花悽斷却回頭，爾亦微酸苦難茹。宋程遇孫《成都文類》卷一一

（徐永强整理）

吴彦夔

吴彦夔（一一一七—？），字節夫，永興（今湖北陽新）人。高宗紹興十八年（一一四八）進士（《紹興十八年同年小録》）。孝宗乾道間知武寧縣。事見清同治《武寧縣志》卷二〇。

題龍潭石

雲山隱隱草芊芊，水色迷離怪石邊。百囀黄鸝消永日，千尋白練映長天。竹垂清露添詩硯，燕蹴飛花落舞筵。林外不知春雨歇，正宜携酒望前川。清何慶朝同治《武寧縣志》卷三九

（崔統華整理）

范寅孫

范寅孫，姑蘇（今江蘇蘇州）人。仲淹孫。高宗紹興十七年（一一四七）爲平陽縣丞。事見民國《平陽縣志》卷二六。

藤道

峻極藤為道，盤旋百轉多。崖懸枯樹杪，澗折怪巖阿。雁入雲霄去，猿從荆棘過。誰云西蜀險，較此更如何。民國符璋《平陽縣志》卷九五

滕岑父

滕岑父，失名。據《桐江集》卷一《滕元秀詩集序》，其子岑爲嚴州建德（今浙江建德東北）人，高宗紹興七年（一一三七）生，二十九年領鄉薦。其人當生活于南渡前後。

和岑子上鄭廣文詩

吾儕不解事，剛欲羊棗嗜。居然藜莧腸，厚味非天置。甘此腐儒餐，庶幾不為祟。朅來釣瀨濱，溪山相嫵媚。況復有詩人，深悟作者秘。諸公競推挽，其柰造物戲。青衫晚從事，着以供燕侍。文章可華國，誰云衹小技。堂堂陳無敵，敢不三舍避。載酒踐前盟，時當問奇字。《永樂大典》卷八九九引《滕元秀詩集》

（李更整理）

（徐永强整理）

黄某

黄某，名不詳，昭武（今福建邵武）人。高宗紹興二十七年（一一五七）遊烏石山，有題詩（《八瓊室金石補正》卷九七）。

烏石山

□□□石，硉突倚山顛。□□□羊伏，漫漫萬馬聯。何年□□□，終古□桑田。□□□□□，□仙□允傳。 清陸增祥《八瓊室金石補正》卷九七

（王德保整理）

陳伯西

陳伯西，字吉之，泰和（今屬江西）人。學楊無咎（補之）作梅，酷嗜如師。事見《隱居通議》卷一一。

咏梅

病骨棱棱瘦欲飛，業根猶墮愛梅非。夢魂夜夜尋花去，時帶寒香踏月歸。元劉壎《隱居通議》卷一一

（馬秀娟整理）

全宋詩卷二〇七五

洪　适一

洪适(一一一七—一一八四),字景伯,號盤洲。初名造,字温伯,一字景温,鄱陽(今江西波陽)人。皓子,與弟遵、邁皆知名於時。初以皓出使恩,補修職郎,調嚴州録事參軍。高宗紹興十二年(一一四二),中博學宏詞科,爲敕令所删定官,改秘書正字。明年,因皓忤秦檜出爲饒州通判,适亦出爲台州通判。後皓謫英州,适亦免官,往來於英奉父。二十七年,知荆門軍,歷知徽州,提舉江東路常平茶鹽,總領淮東軍馬錢糧。孝宗隆興二年(一一六四),召爲太常少卿兼權直學士院,尋除中書舍人,爲賀生辰使使金。乾道元年(一一六五),遷翰林學士,累遷尚書右僕射、同中書門下平章事兼樞密使。二年,提舉太平興國宫,尋起知紹興府,未幾再奉祠。淳熙十一年卒,年六十八,謚文惠。有《盤洲文集》八十卷。事見本集附録宋許及之《洪公行狀》,《宋史》卷三七三有傳。

洪适詩,以《四部叢刊》影印宋刊本爲底本(其中詩十卷)。參校影印文淵閣《四庫全書》本(簡稱四庫本)、涇縣洪氏道光二十九年刻本(簡稱洪本)。集中詩集外詩編爲第十一卷,新輯集外詩編爲第十二卷。

擬古十三首

行行重行行

行行重行行，南北各倦游。昔人重别離，一日嗟三秋。如何三秋暮，相見尚悠悠。方寸正紆軫，何以寫我憂。仰瞻衡漢移，俯對蘭菊遂。臭味雖云同，光塵若為異。迴風凄且發，飄我别時袂。欲知長相思，披衣不勝體。

青青河畔草

青青河畔草，英英籬邊菊。雅雅當窗女，濯濯手如玉。淵淵錦中意，粲粲未盈幅。藁砧天一涯，刀頭誤行卜。却鑑怨新眉，誰教遠山緑。

青青陵上柏

青青陵上柏，槭槭庭中竹。人壽能幾何，譬彼電過目。一觴命嘑交，且以慰心曲。駕言長安游，川光晨可掬。神州何赫戲，高城矗延屬。嶢榭干星斗，彫楯錯珠玉。鱗鱗王公第，華纓夾繡轂。放懷恣槃虞，端憂竟誰逐。

今日良宴會

今日良宴會，朋簪故人家。摇情緑綺琴，度曲漁陽撾。放歌掀醉髯，晤語粲春葩。列坐各知心，游揚相齒牙。芬芳須及時，東扶忽西斜。胡不厲逸翮，天津問仙槎。無為甘寂漠，痼疾守烟霞。

西北有高樓

西北有高樓，偃蹇軼千門。綺櫳納飛月，璧璫礙翔雲。上有絃歌女，哀聲啟鶯唇。誰能為此曲，無乃返香人。一章三致志，脩蛾有餘顰。不惜饒清響，暗驚梁上塵。所悲聽者心，中無涇渭分。願作南冥鳥，夕飲玉池津。

涉江采芙蓉

涉江采芙蓉，芳蕤蔭幽沚。相思不相見，芬香欲誰遺。秋容感人心，浪浪睫涵淚。不如膝上琴，哀音入君耳。

明月皎夜光

明月皎夜光，瑟瑟扇商籟。衡紀直西躔，雲章斜左界。感彼林薄凋，歲律倏云邁。蜻蛚誰汝憐，悽悽鳴户外。昔我耐久朋，着鞭道方泰。尉藉繒縞輕，金蘭舊盟改。東井不及泉，須女無儔配。君看貢公綦，白頭愧傾蓋。

冉冉孤生竹

冉冉孤生竹，成陰幽谷中。聿來君子室，葛藟施喬松。喬松千百尋，攀附猶可窮。思君江水深，褰裳難往從。同心而偏棲，愧彼摩霄鴻。灼灼芙蓉花，凌波媚芳風。非不努力愛，秋至無歸鴻。昔盟儻不寒，誰歎久西東。

庭前有奇樹

庭前有奇樹，黄鳥巢其枝。之子不顧返，失此熙春期。采采未盈掬，夕風已紛披。路遠悵莫致，雖多亦奚為。

迢迢牽牛星

迢迢牽牛星，奕奕停梭女。尋盟整瑶轡，緘情遵漢渚。欣讌未斯須，別愁眉已度。黄月不我留，殘機忍重顧。翻羡巫山雲，朝朝楚王遇。

人生不滿百

人生不滿百，蟪蛄等春秋。花月多風雨，何不蠟屐游。朱光忽以馳，退舍未易留。生前一杯樂，難與昧者謀。臨流羨芳沚，歡言泛輕舟。

孟冬寒氣至

孟冬寒氣至，衝風一何厲。宿楚失故陰，思蟲杜自注：上聲。哀喙。客來門冬冬，袖有尺書遺。一讀淚先零，再讀心已醉。妾如初開花，君如長流水。花挽水回難，水捐花去易。流水何時休，春榮難久恃。

明月何皎皎

明月何皎皎，舒光瑩窗綺。宛轉羞空床，披軒步庭際。故愛同一心，新愁今兩耳。咫尺相會難，迢迢若千里。況復千里隔，憂端無窮已。

謝洪慶善提刑遺法帖

紛紛渴驥競秋蛇，鎸鑱收拾俱名家。吾宗尺牘擅天下，年來野鶩誰肩差。庭前書帶凝寒緑，架上牙籤富新軸。中藏墨妙更奇奇，長物不留沾賸馥。生平小楷拘蠅頭，豈知蠆尾與銀鈎。從今已辦筆成塚，學奇還許登門不。

春　思

自聞郊外景，多病負年光。沐雨桃容膩，耽春蝶興狂。幽期知我背，遲日為誰長。一枕虚窗寂，爐烟續舊香。

晚　望

古堞高亭暮，登臨遠眺時。菊房棲渥露，荷蓋偃清漪。遵渚歸鴻集，投林嘯狖悲。關情聊繪句，獨立自遲遲。

欲雨

雨意泄琴床，桃笙驟覺凉。衝飈方賈勇，藻景荐韜光。去室憐鳩婦，封閭看蟻王。青燈可吾伴，黄卷任更長。

客至

閉關聽剥啄，有客款蓬蒿。譚壘萬人敵，詞源八月濤。園蔬供菜甲，盤實飣桃毛。冷淡琴書味，由來屬我曹。

秋懷二首

送喜洪本作暑得新凉，秋情未慭忘。弱枝紅皺重，平野碧滋長。林迥蟬初亂，籬疏菊自芳。吟成轉蕭瑟，徑醉任蒼蒼。

愁緒苦縈人，寒蛩殆叵聞。瓜疇殘蔓去，蘭畹秀蕤薰。遠水涵秋態，餘霞冠夕曛。揚揚今夜月，獨與廣庭分。

送人之姑蘇

吴門千里役，别話不堪聞。暫發參商歎，長懷星斗文。菊叢黄彩亂，槐路緑行分。日冀書郵至，冥鴻接暮雲。

送吴傳朋知盱眙

龜山其下古淮濡，上駟駸駸穩著鞭。千里八年聞皂蓋，九重一旦下青氈。名郎他日曾趨禁，静鎮今朝疊典邊。簪筆侍書公雅意，薰風殿閣待誠懸。

方福州生日行

雪峰高高雪如許，海門潮生浪吞浦。郎罷携囝街西東，到處歡然聞好語。舊日大官多養高，民訶獄寄充官曹。横行阡陌喧夜鼓，唯征闤市析秋豪。只今事事無長蠹，五月政成歌召父。尺一方來問鳳儀，魁三快刷聯鴛羽。三山岌嶪摩曾空，便是方丈蓬瀛中。他年圖畫凌烟了，却向山中訪赤松。

謝唐守送朱櫻二絶句

鈴齋一樹滴階春，翻走髹盤贈野人。欲進麴生呼伯雅，却無樊素啟丹脣。

乳酪醍醐僻郡無，多酸梅子豈吾徒。香擎翠籠青冥出，舊事從誰説上都。

答林神童

快睹終童英妙時，翛然衡袖出明璣。家聲不詫大哉問，文律何愁知者希。益利鋒鋩臨大敵，養成羽翼看高飛。紅塵可厭忙車馬，挹取西山爽氣歸。

海棠花二絶句

雨濯吴粧膩，風催蜀錦裁。自嫌生較晚，不得聘寒梅。自注：《金城記》黎舉常云：欲令梅聘海棠，根子臣櫻桃，及以芥嫁筍，但恨時不同，然牡丹、酴醿，楊梅、枇杷盡為友。

鴨殼非難致，鮫胎業已成。夜深寧覓睡，相照月偏明。自注：張寶就印録寶使子弟常巡市，乞取鷄鴨卵殼，鷄卵以煮藥，鴨卵以金絲織海棠花，名鮫胎盞，醉後畏酒時多用之。

瑞香花

衮衮香毬次第開，結根幽獨謝紛埃。芳蓉姤入鴛鴦社，異馥清傳錦繡堆。睡裏魂交非自衒，洪本作衒醒時心賞可無猜。品題盍在春林石，不是花王喜後來。

題信州吴傅朋郎中游絲書

上饒旷俗醇且古，千室鳴弦方按堵。黄堂丈人今循良，河南治平追鼻祖。訟棠留景分清陰，爐篆方羊燕寢深。笑談了却邦人事，游戲翰墨惟書林。自從真行易篆隸，草聖書絶馳極摯。四庫本作藝游雲驚龍初振奇，渴驥怒猊争作勢。臣中第一兹謂誰，寥寥典則其幾希。丈人尺牘妙天下，臧去四庫本作咸去，疑當作藏弆收拾生光輝。作古要須從我始，直欲名家自成體。手追心摹前無人，一掃塵蹤有新意。縱横經緯生胸中，落紙便與游絲同。繰甕繭車飛白雪，織簷蛛網破清風。一行一筆相聯屬，姿態規撫駭凡目。臨池漫勞三十年，千兔從教後人秃。舊聞吕向連錦書，百字環寫縈髮如。惜哉湮汩已無考，盍使北面稱臺輿。獨步不復名相甲，端恨二王無此法。只今四海書同文，使者來求至將押。

雪詩用晁無咎韻

密雪舞冬晝，祁寒反夏炎。竹枝低未濕，梅萼瑩先霑。怯冷昂肩立，欣繁矯首瞻。隨風方北渡，際海必東漸。軒簸來如摻，洪本作摻繽紛勢轉嚴。枯荄新點綴，曲砌巧增添。伺隙花穿户，承隅箸插簷。高飛迷皎鶴，夜影逼清蟾。砧净綃横石，窗虚粉雜奩。崑丘千璧碎，武庫五兵銛。烟徑楊吹絮，香蹊蝶奮髯。鯨鯢陸骨腐，鵾鷺野翎燗。白髮秦人遯，厖眉漢尉潜。漬蠶功孰及，平地瑞初占。窖卧行人節，門扃志士恬。已甘穿履困，奚避割氈嫌。醉慕雙螯畢，寒懷五絝廉。飄飄疑宓女，刻畫謝無鹽。河闊凝新浪，峰高失舊尖。山陰賓欲返，淮右寇將殲。穆滿三章著，宣温四庫本作桓玄五板兼。君恩捐衛粟，天意絶齊痁。江上蓑堪畫，籬間鑿可覘。客觀眸已眩，兒咀手頻拈。足没尋萱屐，腰閑刈藿鐮。馬馳毛愈素，烏啄首難黔。凍折騷人筆，光臨織婦幨。螟牟寧待火，疫癘詎煩砭。甲長寒蔬細，根肥宿麥纖。年豐雖欲頌，神助愧江淹。

前韻雖險用之未盡掇其餘復成三百言

一苦寒威重，清晨雨脚霾。嚴風號宇宙，飛雪下閭閻。布地鹽初撒，穿帷粉乍黏。裴回輕點袖，縈積滿盈檐。騁巧飄雖急，乘危勢或沾。梨花芳小圃，桂魄射疏簾。烟濕茶翁竈，竿低酒舍帘。清泉埋沼沚，蒼幹聳楩枏。玉匜齊君履，銀封魯國詹。盆收新琢璧，階展未裁縑。木杪疑飛絮，江干雜秀蒹。正隨雲陣合，未放日光暹。處壯山屠虎，高興澤殪蚺。重巔聞折木，邃野絶飛鶼。隼擊翎添厲，鱗藏口敢噞。狼隨姬滿駕，鵲集叔才苫。授簡詞臣敏，乘車海若謙。漢傳王母絳，周貢嗛自注：丘儉切。山甜。王畯師方整，高昌衆欲熸。漢光開帝業，蘇烈貫兵鈐。豹曳荆人舄，牙抽孫子籤。膚寒方起粟，手坼正憂臁。挾纊冬裘燠，傾罍夜飲厭。寒光欺寶鑑，素質奪朱綅。犬喜蹄方踶，兒餐舌未箝。梅林催皚皚，麥壠長蕲蕲。罝兔難探穴，叉魚已漉䰻。鵾蹲飢愈噪，馬縮凍難拑。見晛將消釋，歌詩興佞憸。妍辭慚謝客，詎敢示群僉。

用雪詩韻謝三外弟見和

我昔㩦李寓，君方錫山潛。欲馳咫尺書，駃足無飛廉。相望參與商，引首徒遐瞻。朅來萍梗蹤，遠野得茅簷。獲與譚壘接，何詢龜筮占。青山整烟鬟，澄波開鑑奩。喬松與怪柏，如虬老龍髯。悠然一望間，野色皆可覘。范甑飛埃塵，墨突寒不黔。好友豈厭頻，雞黍供炊爓。外家三遺珠，穎脱皆囊尖。交情謝流俗，不問涼及炎。着鞭挹清風，從者屢我淹。高論極根源，師友識所漸。大略推治忽，細談析毫纖。皮裏有陽秋，褒貶追齊瀐。古稱學如殖，秋成觀執鐮。吾匪董夫子，家居下帷幨。言經雖敗績，寧防四庫本作妨整冠嫌。抽軋强成章，句鄙不任拈。骫骳且艱澀，疵瑕費鍼砭。君詩粲珠琲，光焰古人兼。詎覆傖父酒，不道胡兒鹽。陳檄愈頭疾，杜詞逐四庫作詩却寒痁。輕縑邊幅富，健筆鋒鋩銛。語句既遒麗，格律何森嚴。我窮思已竭，君方涌泉添。三峽争倒流，未肯波瀾恬。短才愧非正，四庫本作匹尚期膏馥沾。吟覺夜永，明窗耿孤蟾。

讀秦本紀

應侯一語幽宣后，長信蒙辜徙萯陽。秦室無親類梟獍，借箕誶語亦其常。

侯　生

淮陰束手九江閑，誰信功成頰舌間。不惜鴻溝分二國，太公今日得生還。

楚懷王

武關謀詐却稱臣，冤魄游魂尚在秦。墓木蕭條冢猶濕，流聞其子作昏姻。

讀戰國史

折足黥徒未易欺，簀中死士亦何為。魏齊斷首龐涓死，禍報由來不可知。

讀召公世家

齊晉瓜分四國王，嬴秦為吕芈為黄。六雄當日皆新主，獨有甘棠澤未亡。

穰侯

推轂曾聞薦武安，威伸三晉走荆蠻。厠中犬彘圖攘奪，猶道藏兵不出關。

田單

齊主輕忘在莒時，解裘淄水遽相疑。若無貂勃明勳業，幾使功臣枉見夷。

長平

一敗長平振古無，趙邦臣主亦何愚。當時已中馮亭計，猶自區區遣鄭朱。

春中君

珠履三千盡在門，争無國士解銜恩。棘門難作無遺類，死黨寧聞報李園。

題陳體仁判官休齋

翔纓彯組盍中留，緑水芙蓉且漫游。過耳從教千不是，處心渾欲一宜休。爐中異馥非多愛，架上新籤弗外求。寂寂掩扉無所事，飽聽風竹韻凉秋。

次韻陳體仁惠詩并示遊山詩卷

人生名利場，羈絆無休假。沉迷雁鶩行，夢寐鷄豚社。見謂游子欺，更防官長駡。何如山中樂，松窗肆嘉話。陳侯青雲客，英聲蜚日下。當年金馬門，掉鞅示閒暇。小試芙蓉池，未整驪駒駕。台嶽十日行，轇轕若相迓。來歸探古囊，篇篇可圖畫。傾耳金石聲，鄭衛敢争霸。

次韻李舉之縣丞秋日偶成

當年使節反穹廬，解綬歸來得少娱。底事微官又縶縛，强顔文墨受意烏。

朝來傾耳得街談，頗説塵容亦可慚。從事未知三尺守，醉心空向六經酣。
宦途陸陸未回車，秋桂春虀總負渠。目送飛鴻千里去，故山應草絶交書。
筆底淵源萬頃多，卷中句法不隨波。覃思正作青雲計，寡和聊成白雪歌。

次韻題謝景思少卿藥寮

壯歲揮金邁二疏，眼看餘子伏鹽車。芷蘭清馥渾紉佩，芝朮新苗幾荷鋤。剩作好詩傳近體，誰言巧宦勝閑居。北窗睡起琴聲寂，便若身登太皞墟。

以上《盤洲文集》卷一

全宋詩卷二〇七六

洪适二

蔡瞻明寺丞有詩見簡次其韻

漱芳傾液飽心胸，久矣高名在郢中。遂請叢祠方養氣，卜居蕭寺且談空。結交許入芝蘭室，招隱奚須桑苧翁。妙語鼎來驚創見，益慚白豕過河東。

酬李舉之

象載凝華落筆工，一時英妙盍居中。交情耐久惟同味，詩意求新更鑿空。揮塵寧談阿堵物，聯珠不數囁嚅翁。文成閒被雞林得，復有聲名到海東。

次韻曹功顯都承賞梅

紛紛凡卉怯嚴冬，獨有清姿對雪中。拂幌更宜粧嫵媚，巡簷誰憚履穿空。南來未見傳聲使，東望方思避俗翁。聞道聯鑣得幽趣，無因同醉玉堂原作西，據四庫本、洪本改東。

次韻李舉之立春四絶句

東皇先遣雪清塵，一夜山川眼界新。共喜太平今有象，更將歌舞為迎春。

三冬文史總空虛，獨有施行寬大書。坐對南牆千箇竹，何妨留客煮園蔬。

雪後疏梅正壓枝，春來朝日已暉暉。癡兒公事何時了，一醉花前心似飛。

他鄉春日思如何，屏去茶甌任睡魔。且得小窗成好夢，片時江上逐烟蓑。

次韻蔡瞻明惜花五絶句

底事春愁減玉肌，誰能獺髓為扶衰。可憐傍巘臨池處，非復嫣然一笑時。

無情誰似東風薄，相見那思雪夜初。欲把紅顔借桃杏，便教枝上白紛如。

月地雲階滿意開，牽花準擬尚裴回。抗瓊解佩已仙去，駭緑紛紅徒後來。

試因子墨賦瓌姿，獨記朝容在一披。著粉直嫌粧太白，只今何似夢中時。

一聲横笛曉林空，知是春風十日東。來歲花時在何處，探芳還有幾人同。

陳體仁以心清聞妙香作詩惠末利花香次韻爲謝

塵勞昏獨志，禄利蠶良心。掃地香一爐，澹然清興深。假寐頃刻間，烟霏遂盈襟。聯翩珊瑚鉤，逼人何駸駸。

東風將小雨，一夕池中平。春聲在疏竹，琅琅有餘清。公退遠世氛，心地莫與京。寶薰凝窗牖，為君尋鷗盟。

鼻觀拜嘉况，名香如前聞。塵容方一洗，藻思期三薰。久坐欣有得，飄飄欲陵雲。都良四庫本作粱與迷迭，芳馨此其分。

英英末利花，素蕤馥清曉。誰將煮水沉，採擷得奇妙。吾非范蔚宗，品題能了了。雜佩媿報酬，蕪音發嘲笑。

春日紫宸朝，合殿縈天香。玉笋粲風采，鷄舌相芬芳。陳侯金閨彦，指期篷鵷行。安能久鬱鬱，俛首回剛腸。

偶得梅一種疏枝清香附萼之花五出與江梅無異但花色微紅而五出之上復有一重或十葉或九葉他日皆並蒂雙實俗呼爲鴛鴦梅昔上林有趙昭儀所植同心梅疑即此也因成四絶

却月凌風一種香，更勻粉面作紅粧。枝頭自結鴛鴦社，為倩東風謝海棠。

重重香蘤故多情，索笑初聞帶四庫本作開解薄酲。翻恨前村雪深處，一枝幽獨太憨生。

客子逢花心欲灰，異方初見眼還開。故應臨水横斜日，曾作于飛一念來。

開花已作鴛鴦侶，著子還成鴻雁行。舊日同心上林種，至今千載亦流芳。

次韻蔡瞻明登巾山二絶句

朝來爽氣冠曾丘，急雨驚風正麥秋。要得雲軒聊放目，何妨松徑暫低頭。

名韁局促祇懷慚，飄忽熙春月過三。矯首白雲千里外，此心無日不江南。

好句聯翩見未曾，品題今日欠鍾嶸。登臨自有江山助，豈是胸中不得平。

得二弟消息

倚欄春晝静，花柳自芳香。消息三州遠，塵埃兩地忙。鵲聲傳近喜，鴻影憶初行。抄得新書策，歸時補墨莊。

次韻李舉之風雨中書事四絶句

掛壁鳴琴久斷絃，强反四庫本作翻書帙本相便。詞源顧我非流峽，藻思如君已掞天。

雨勢風聲何太雄，群山荅響亂貴鏞。青奴今夕安用汝，玉友此時留得儂。
怒號通夕攪空虛，好夢那能到玉除。枕上泰然無一念，只愁雨滴架中書。
向曉登樓憑小欄，蕭然歸興在江干。痴兒未了公家事，且把雲山子細看。

次韻蔡瞻明秋園五絶句

芥毛金爪勇難干，肯作霜花對乍寒。若説乘軒有癡鶴，司晨如此合峨冠。自注：鷄冠。
翔仞當年覽德輝，傳芳花品未思歸。晚來霧鬢憑軒處，直恐金翹相對飛。自注：金鳳。
澤蘭萱草比多言，謂汝分陰久奪鮮。政恐淇園修竹勁，不如秦嶺老松堅。自注：芭蕉。
高標幽艷自宜霜，弱草繁葩莫中傷。肯與紅蓮媚三夏，要同黄菊向重陽。自注：芙蓉。
臨風裛露早秋天，範出南金色更鮮。若向東籬比標格，定知花市不言錢。四庫本注：金錢。

宿佛窟寺

籃輿登佛窟，高閣望中清。古木爾許蔭，飛泉無限聲。雨消今日暑，雲作晚來晴。獨對青山久，相逢如有情。

過瑞巖寺示勝上人

空照禪師嘗坐一石，長唤主人公，自云：喏惺惺著，他後莫受人瞞。時有瑞氣金輝映燭巖下，因以名巖，而號其石曰惺惺石

逗曉亂山中，來尋古佛宫。荷問留夜雨，松下進秋風。瑞氣舊如許，巖姿今亦同。惺惺有盤石，應記主人公。

惺惺石

簿領久沉迷，誰能不忍欺。我來㡰此石，拈出問吾師。

滴滴泉

石罅來泉滴，松風雜澗聲。天明有公事，還憶此時清。

題靈石寺并簡景思

聞道飛來石，當年却畔亡。烟杉行自注：行列之行。客路，風竹護禪房。有酒對玉麈，無詩夸錦囊。塵纓自羈束，真賞負山光。

夜飲藥寮次景思韻

主人知我樂郊居，藥圃嘉招走尺書。笑語池邊欣促席，醉歸林下却自注：却去之却。肩輿。正聞雁過猨啼後，更是風清月白初。見説長安消息近，却須高興謝鱸魚。

題景思水芝亭白蓮一名水芝

遠意闞千雲，亭幽不受塵。來為池上客，本是社中人。影密龜魚蔭，花開鷗鷺馴。買四庫本作還山如遂志，應許卜比鄰。

黄巖道中

兩日黄巖縣，紛然百慮侵。乍聽幽鳥語，復起故園心。冒熱度峻嶺，憚勞休茂林。潮來知海近，三島可能尋。

過妙緣寺聽懷上人琴

斷澗復危岑，紅塵且滿襟。疾驅觸炎熱，小憩得禪林。煮茗對清話，弄琴知好音。秋風不借便，去轍已駸駸。

行縣道中寄曾磁父

雲山初見非昔遊，一瞬不許回雙眸。二年佐州已强半，七月行縣難罷休。濺濺微溜響縈谷，蕤蕤多稼光盈疇。兵厨願留一罇酒，霜螯醉嚼期中秋。

登寧和嶺嶺屬寧海

初識寧和嶺，有懷占夢時。聞詩千里隔，斷織九京悲。草木應相記，烟雲渾異宜。西風襲懷抱。泪睫不勝垂。

懷孫邦求

酒開桑落泛觥觩，行子驅車恨不留。雁塔自是丈人行，麟臺更參儒者流。官居二年有十月，别思一日真三秋。冰輪今已可人意，何時來賞城東樓。

宿大龍山寺贈海上人

看山論舊事，拂石認前題。雨滑苔徑阻，雲收松嶠迷。三秋文豹隱，一夜寒蛩啼。又復問程去，清遊懷虎溪。

大龍山五詠用家君所和胡别駕韻

經藏

萬法俱一空，忘筌亦忘字。勿置齒牙間，回觀方寸地。

龍祠

夾日授五飛，論功中興主。自注：龍父有五子，建炎末護行幸有功，皆封侯，賜廟額。宛宛龍父尊，玆山職霖雨。

密　室

小室坐蒲團，死灰念不作。所以護明珠，精修佇先覺。

小　池

山椒有龍湫，清泉日夜流。疏巖作方沼，漱甘非外求。

湯　爐

蟹眼候松風，雲腴挾霜月。爐下豈常炎，灰飛即烟滅。

懷李氏昆弟二十韻

城南兩佳士，英軀名硉矹。相之妙才具，玉筍班中闕。胡為彯長纓，去去事輗軏。舉之登詞壇，龍虎榜未揭。歸循南陔蘭，不使芳馨歇。胸中蟠五車，一一思英發。有中清廟瑟，審聲知度越。我來貳銀菟，接袂俱墨髮。情期膠漆堅，門受車馬謁。筆陣幾鏖戰，君盈我先竭。別來勤相思，十日倏飄忽。遲明蒙囂塵，畢景邁峭崒。躋高怯肩輿，挹秀欣拄笏。泉清甘著齒，巖幽冷縈骨。西風涌原作勇，據四庫本改波瀾，極望際溟渤。是中三神山，縹緲雲出没。問津舊乘槎，引舟今捨筏。俛首傾縹瓷，獨醉徑兀兀。起看天宇開，詩成走郵卒。歸歟及中秋，高樓共嘉月。

宿廣潤寺書倫上人靈雲庵

靈雲禪師因桃花悟道，有偈曰：三十年來尋劍客，幾逢落葉幾抽枝。自從一見桃花後，直至如今更不疑。

寶地深深俯碧潭，有僧酌茶延我談。千巖狀秀蹦風磴，萬竹含翠藏雲庵。西來指栢本無著，一見悟桃須再參。登臨已是秋欲半，霜葉枝頭纔兩三。

摘星嶺

披山鑿道何嶮巇，上摘星漢摩虹霓。七襄終日往曾問，一握去天今可躋。叱馭已排蘿蔓去，下車不復烟雲迷。舉頭此際長安遠，願借六翮凌丹梯。

交翠亭

政和丙申，家君主寧海簿，明年作交翠亭。是秋而某生。後二十有八年，某來貳郡事，踰年行縣至此，感舊懷遠，賦詩二章。

三十年中事，鸞棲築小亭。寒聲長新籜，清閟拂疏櫺。

水轉前時緑，山濃遠處青。重來勤問訊，此別記秋螢。

三瑞堂

久矣馳魂夢，今登三瑞堂。故山有喬木，近事話甘棠。展驥慚充位，占熊憶問祥。白雲留未去，極望是吾鄉。

留別縣僚

滿城鼓吹出林坰，珍重來思此日情。共説棲鸞留政迹，自憐展驥墜家聲。一時宦侶推儒雅，百里民編樂治平。山意川容若相挽，不堪整駕問歸程。

過梁王寺書家君祠堂舊有道流妄引地記，乞廢寺為宫。外臺下其事於州，州下之縣，家君時攝邑事，力為辯明，乃寢

生還未列麒麟畫，舊德猶懷鸞鳳棲。共問翰林今孰似，凜然眉宇染風塈。

山行遇雨

天公作意轟雷霆，風雨驟至神如兵。翻手為雲只俄頃，舉頭見日尤精明。蟻君一戰方奏凱，鳩婦復還已和鳴。稅駕欲投佳處所，林間隱隱疏鐘聲。

蔡瞻明以詩還行邑鄙卷次韻謝之

涼秋野趣已蕭騷，方駕看山念我曹。十日空歸才每下，一篇來況曲彌高。詞華若我慚雌霓，筆力惟公掣巨鼇。欲作歌詩興協律，清朝今日有王褒。

酬李舉之用前韻見寄

閱盡千峰不憚勞，歸來文墨厭官曹。浮槎問漢秋期近，埋劍衝星夜氣高。那復精思如吐鳳，初無壯志欲乘鼇。詩壇軒輊歸題品，濫得陽秋一字褒。

褒字詩已得十一章請各賦其一以足巨鼇

紛紛吏道誇吹毛，未肯留心效此曹。象齒好辭降二妙，鱸魚歸思羨三高。吟毫未禿一千兔，詩軸須聯十五鼇。敢道嚴霜起中夏，益知趁韻有龍褒。

次韻蔡瞻明木犀八絶句

誰為花王定等差，清芬端合佩金犀。上林他日移根去，應記詩仙綵筆題。

香清為借三秋露，葩絢寧禁五日風。俯對猗蘭振寒緑，静看飛葉隕輕紅。

風流直欲占秋光，葉底深藏粟蘂黄。共道幽香聞十里，絶知芳譽亘千鄉。自注：此花亦名十里香。

笑含菊彩媚疏籬，巧作葵粧傍曲池。顔色從他矜速肖，芬馨如此孰争馳。

心禀犀文饒地力，體薰蟾影奪天香。圖形好命丹青手，絺句須煩錦繡腸。

廣寒秋桂映天池，休説當年折得時。韻勝今逢巖下種，價高寧靳橐中資。

簪鬢新枝立晚晴，淡粧異馥稱雙清。夢魂不記前來事，愁逐江潮日日平。

黄絹家聲映古今，隨和發彩驚詞林。高樓宴坐清商晚，獨向此花垂意深。

以上《盤洲文集》卷二

全宋詩卷二〇七七

洪　适三

次韻李相之觀溪漲二首

愁霖方注射，駭浪忽衝斜。宿鳥行驚鴈，遊魚日失蝦。夕波奔析木，春漲過桃花。沸渭今如此，誰乘犯斗槎。

風聲隨雨急，水勢滿川黄。巨艦困澎湃，窮閻悲混茫。為魚懷洛汭，揵竹謝宣防。共徯陰雲卷，冰輪替戾岡。

次韻酬丁致遠司户

翰墨場中識面初，珠璣粲粲似相如。盍簪原作參，據四庫本改多士登臺省，却掾諸曹親簿書。白社不妨閑泚筆，赤城更好命巾車。寸心淟汩方茅塞，快讀新詩得剪除。

次韻蔡瞻明江樓秋晚二首

斜照穿林迥，歸雲歛岫遲。蝸文寒壁篆，蛛巧暮簷絲。待月是愁處，對山無倦時。掀髯阻談綺，細讀寄來詩。

竹外秋風急，樓頭夕靄微。遣懷須命酒，怯冷幾更衣。嚴鼓縈城去，輕舟劈浪歸。登臨多少意，墜葉滿庭飛。

九日官舍種竹

獨整陳編對北窗，烟雲渾欲助凄凉。庭前且使竹交翠，籬下從他菊自黄。遠宦只今同旅泊，壯懷誰復問行藏。携壺已失登臨便，不待微吟恨夕陽。

天台道中

灘聲因雨急，山勢向雲斜。橘緑誰能畫，楓丹遠似花。春鋤懷淺水，郭索上寒沙。漸聽鳴梭近，林中三數家。

赤　城

平生幾讀興公賦，今日霞標對赤城。此是南門入山路，山祇乞我一番晴。

玉京洞

飆輪曾此宅靈仙，洞府今稱第六天。規往不辭蘿蔓險，回看雲物起瓊田。

國清寺

紺宇今方盛，名知國已清。自注：李邕寺記云：智者嘗夢定光曰：寺若成，國必清。因以為名。萬松九里影，雙澗四時聲。自注：賈島云山門九里松。圖經云五峰回合，雙澗縈抱，天下四絶之寺。杖策將窮覽，巾車不計程。登堂山更好，人去曉猿鳴。自注：光老作更好堂方成，而有旨移住靈隱。時丈室未有繼之者。

清音亭

久坐俯潺湲，流清詩思慳。跳珠鳴蘚石，淙玉下松關。此日耳塵静，幾人心地閑。抽琴作新曲，歸去要怡顔。

禪林寺

振策快秋晴，伽藍倚翠屏。看雲不留瞬，對竹已忘形。銀地聲千載，虹橋拱百靈。至今鐘磬響，如講净名經。自注：智者始至佛隴，定光指此曰：南峰金地，我所居；北峰銀地，爾宜居之。後講《净名經》，陳郡袁子雄見堂前有瑠璃山，梵僧數十擎香跨虹橋而來。

山中阻雨欲登華頂峰而不果

昔聞天台山，一萬八千丈。層峰目華頂，魂夢幾馳想。朅來乘清秋，明發將獨往。小雨巧作難，祥雲約仍爽。風磴漬苔蘚，霜崖亂榛莽。峥嶸一何峻，梯空不可上。便思捐竹輿，徐行倩藤杖。老僧挹而言，兹山韜萬象。舉頭天宇逼，寓目巖扉敞。重溟倒寒影，萬壑振幽響。峽迥啼猱猿，林高隕楂橡。仙袂挹浮丘，飄然頓塵網。今兹風雨時，烟霧接穹壤。勁寒或薄人，跬步迷俯仰。不如遊石梁，重來事真賞。斯言既纚纚，誠哉非我誑。俗駕為之回，蕪音四庫本作言不堪榜。寄聲山中靈，心期空鞅鞅。

石橋

懸磴跨幽崖，奔流漱深壑。宛然卧蒼龍，天巧謝鐫鑿。萬木森前山，笙竽真籟作。長嘯斥猩猱，來巢怖烏鵲。莓苔助危梁，下瞰心膽落。横前限翠屏，峭壁旁如削。於此判塵凡，只尺遂綿邈。飛錫躡空虛，樓臺變林薄。寶輝覿華燈，金翰過神雀。二年佐銅虎，渠能解羈絡。來烹紫雲腴，寒甌散葩萼。奇事訂前聞，詩成識層閣。

雨中宿萬年寺

夢回深夜耿秋燈，泉竇争流一味清。過雁不聞天外影，寒松長送枕邊聲。饕風可但久無賴，急雨那能便寢行。已問瓊臺雙闕路，此心何必羡層城。

閑上人覽衆亭

籃輿行盡白雲層，來款禪居得小亭。亂石引泉歸曲澗，寒風吹雨過中庭。四旁野色朝昏別，一覽巖姿遠近青。宴坐蒲團作何想，光陰不復問蓂莢。

賀子忱吏部抱膝庵

主人蚤歲抽華簪，隱居時作梁父吟。于今松窗在人境，空有蕙帳留烟岑。風來翠篠自摇玉，秋着黄花仍散金。拂拭塵埃記行役，興來命酒還孤斟。

桐柏觀

屹然雙闕峙瓊臺，仰見彤雲郁郁開。三井窮源知海眼，六符垂象應天台。自注：徐靈府《天台山記》曰：山上應三台，故曰天台。三井甚深不測，嘗有投綸其澗，綸盡而不及底，或云海眼。其一今塞，俗云女人濯手而然。松杉滿道欣初過，芝朮何年得自培。更聽鳴泉雜風籟，直疑笙鶴紫霄來。

衆妙臺臺有八棱柱，司馬子微朱漆書三體《道德經》

白雲仙蹟紀琅函，三體丹書寶翠嵐。欲問仕塗今捷徑，不須高價借終南。

石道士妙聲堂

泉溜古今同，臨流萬慮空。采芝歸絶嶂，添竹映疏叢。影漾高秋月，聲宜深夜風。真清長在耳，何用撫孤桐。

仙壇院王子晉壇所

蕉聞王子晉，雲臥夜吹笙。控鶴沖天去，松風千古聲。

天台觀

芝田環拱碧崔嵬，流瀑高從天際來。飛沫有風長是雪，寒聲無日不如雷。巖前八桂人誰折，溪畔千桃路未開。便覺仙都清晝永，翻愁歸路染黄埃。

劉阮洞

桃花當日未成蹊，已有幽禽語翠微。楚峽行雲空入夢，秦臺鳴鳳要同飛。仙家長若三春好，人境何知萬事非。訪問丘園荒舊迹，却應回首悔來歸。

贈護國昌老

緩轡到禪扃，高談得細聽。茗花泛輕碗，烟篆度虚欞。門外雲千片，軒中水一瓶。我來無好語，留此待丹青。

慈雲祖老相邀至悠然閣倦不克往

幾日陟雲烟，危峰懶着鞭。聊將臨别意，為我謝悠然。

明巖寺

路轉霞標外，雲開綬帶前。幾層山底屋，一線竹間泉。洞口石孤聳，巖頭峰倒懸。故應風雨際，行子總迴鞭。自注：《臨海記》云：寒山有石室，前有立石，參差如侍衛者，悉五色，遠望似綬，古今相傳為綬帶山。

寒巖寺

峭壁插青冥，層巖覆化城。空中清磬發，幽處慧燈明。萬瓦足雲氣，四簷無雨聲。豐干不饒舌，此地孰知名。

寧國寺

幾日山南北，端期汗漫游。水痕秋雨過，竹色曉烟收。宧海何時了，僧房為少留。却尋歸去路，餘興謾回眸。

曉發秦安驛

秋夢不能曉，起行山徑迷。小車驚宿鷺，列炬誤鳴鷄。冷覺霜華重，光瞻斗柄低。金庭有佳處，芳桂想幽棲。

以糟蟹送曾守

太湖九月霜波寒，郭索不幸逢漁蠻。誰令骨醉糟丘裏，使我涎流書卷間。黄堂丈人思幼玉，耳邊不復親絲竹。一杯聊使破愁顔，要遣詩情踵山谷。

得景嚴弟書

往年同入洛，此日各監州。慣見浮雲改，相思野水流。有書將遠意，何處話新愁。莫為癡兒事，乾螢滿案頭。

夢中送妙興寺僧

紹興十六年十月二十五夜，夢息檐山中，獨遊旁近處，至妙興寺，欲回阻雨。寺僧西指云：是方霞彩如此，少頃必開霽，田家常以為占。而東顧凝陰，雨下如注，寺前高山樵徑中水争下流。予因並山而南，復東折，有橋長可二十許丈，自深澗聳立巨松，每五七步必夾橋蜿蜒，枝幹俯就橋上若龍然，謂之盤龍橋。直東至所憩處，時有一僧，自妙興相從，欲先去，口占一詩送之。既覺，復夢携家登陸，日既高而兒曹尚告未辦，家君命趣之。見内子方梳櫛，而董氏妹解篋授予衣。遂侍家君偕景嚴、景盧弟步尋近境，至一橋畔，指西隅有小寺欲往。予視所取道頗協向所經行，因話前夢，而二弟告予此妙緣寺也。欲度橋而雨復作，予輩欲輟行，而家君强之使往，疑若彼寺有先世槀葬其間者。家君杖策，命一兵張蓋。既登岸，予踵而前，斯橋危甚，因返顧二弟勿偕，未至妙緣而寤。欲驗他日，故詳書之。

西望霞光東望雲，劃然晴晦此區分。小橋過盡盤龍險，回首高人多謝君。

次韻曾宏父探梅未開

梅枝渾待雪，山意漸呼風。欲索簷間笑，那憂徑外窮。英辭窺玉潔，拙句愧雷同。只恐花開日，綸言下法宫。

招曾宏父待雪

欲把詩催雪，先將酒送寒。凍雲方作意，微霰已開端。目斷鄉城遠，心驚歲事闌。擬同今日醉，待取玉花看。

次韻錢處和運使郡齋晚集

風聲止雨歲云暮，雪態兼雲晝欲昏。共喜高軒歸别墅，肯臨晝戟對清樽。埋輪前事空豺路，授簡英辭踵兔園。是處梅花寢消息，更憑玉藻為招魂。

遊蓋竹洞

曉出山城故著鞭，荒荒寒日滿晴川。幽棲未卜誅茅地，乘興來登蓋竹天。霜凝自注：去聲。陰崖疑積雪，雲躋重障雜飛烟。洞門今古無關鍵，俗客那能見列仙。

仙居道中

雪霙方瑞臘，雨勢欲凋年。此日信泥軾，來風侵坐氈。為官渾漫爾，行邑又徒然。為報仙居令，無勞負弩前。

寄吴明可正字

歲晚仍多病，春來尚異鄉。愁城誰與破，談壘漫相望。體怯山嵐重，心隨驛路長。後亭梅若放，為寄一枝香。

次韻范子芬雪中同訪曹功顯

明朝春琯欲飛葭，臘裏重看舞雪斜。筆下百篇非事業，樽前一醉即生涯。初疑高柳狂吹絮，却伴寒梅好放花。踏凍不辭方駕遠，閉門留客更誰家。

憶梅呈曾宏父

重憶東城路，盈盈十里梅。彌旬阻風雪，幾處雜塵埃。已是春移律，何時酒泛杯。好花那忍落，直待使君來。

題王氏秀野堂

飽聞居處好，遠意快心胸。樹接高低影，山分朝暮容。佳時能自適，閑客幾相從。勿訝題詩晚，新來百事慵。

除夜懷景嚴弟并寄景盧

遠鄉勞薄宦，綵服共思親。耿耿胸中事，紛紛眼底塵。與誰同别歲，到此兩迎春。獨有還家夢，書窗一笑新。

次韻曾宏父欲賞山宫梅花

黄堂清興動官梅，遥望花林首屢回。命駕許同狂客往，舒牋頻有好詩催。空懷月覰横千影，趁取山宫舉一杯。為語東皇相假借，莫教零亂點蒼苔。

宏父見招賞梅時范子芬欲行

翩翩畫戟對春光，命客重登千仞岡。坐上行人傾别酒，花前小雨伴啼妝。雪膚不為輕寒瘦，玉骨何如昨夜香。麗句競傳新樂府，誰誇何遜在維揚。

次日宏父携家出遊而小雨新晴

山頭霞彩發天光，初日曈曨射短岡。莫使吹簫尋古曲，直宜點額作新妝。不禁風雨飛來急，頗覺園林减却香。花下凌波奏奇舞，腰支尺六笑垂楊。

丁卯正月十六日作舞漪亭于池上盡廢蔬畦植花數十本

二年倥偬緩歸期，漫作新亭接舞漪。舉郡定嗤推不去，故山已訝到何遲。園官不屬藜莧腹，花史好呈桃李姿。待得浮萍是飛絮，誰能愛樹一相思。

檢校園花

往夏新閣成，拔去園中葵。萬花間千蕊，十夫勞徙移。羣香頗猗狔，密影初參差。烈日吁可畏，時雨不能滋。未秋葉先隕，欲冬柯已萎。虚蒙灌溉恩，無復嫣然姿。啅雀飛且止，不肯登空枝。寒蛩守枯荄，未忍相棄離。永懷斬新日，豈料憔悴期。誰呼殷七七，來伴紅裳兒。金鼎一劑藥，返魂庸可追。春來作高亭，緑沼揚清漪。舊蹊類陳迹，遠圃分芳蕤。結根旬浹間，生意渾熙熙。微白李賦質，小紅桃入肌。柳條無顔色，已含烟雨眉。遊蜂相召引，有底渠先知。地力固自若，大鈞不偏私。競秀非機巧，向衰非鈍遲。萬物理固然，颺芬須得時。

添竹

添竹乘春力，期君共歲寒。青青懷特操，碌碌愧麤官。尚有哦詩日，尤勝借宅看。他時誰檢校，何處報平安。

次韻景思謝送四時纂要并惠乳泉且許見顧

斷壺食鬱遵時令，蓮芡橐韜辨土宜。若解養生供伏臘，自然卜築數期頤。我無卮茜等通侯，不作多田望蓐收。松菊漫成三逕夢，烟蓑已失五湖秋。青編送似補山房，妙語相酬掩夜光。盗甕不須睎吏部，將軍何日命元方。

以上《盤洲文集》卷三

全宋詩卷二〇七八

洪　适四

送范子芬赴浙東機幕

男兒三十富春秋，况復才華出輩流。傳家不墜右丞相，入幕少佐東諸侯。梅花頗惜詩人去，草色正牽行客愁。修禊蘭亭訪陳迹，應懷同醉仲宣樓。

送季元衡教授赴調

三年淹講席，斗酒動離情。此去登臺省，諸公熟姓名。驊騮看地絶，鸑鳳為時鳴。春日西湖上，煩君一寄聲。

送石初平歸四明

析别梁谿七换春，海邊相過意能勤。袴襦不羡千金子，簡策無慚萬石君。豪氣掀雷須給札，他時修月待揮斤。鏤衢又揖東風去，情話無人可夜分。

送李相之提幹閩中十二韻

官柳訖春事，落絮東復西。門外高軒過，行行將何之。七閩繡衣屬，非如州縣卑。少留長者轍，酌酒語别離。五年官他壤，一面即故知。辯囿塵仍落，詩壇襟屢題。撞鐘問今古，邃然五總龜。迢迢千里去，風過衫裳吹。我亦及更書，歸耘楚江涯。河梁携手歎，參辰後難期。曼倩寧自衒，長卿固同時。征途慎勿遽，會看軺車馳。

題左達功秀才桂香齋

小齋面蓬瀛，昂霄得雙桂。黄卷對聖賢，欣然有餘地。筆端妙言語，挾此波瀾勢。熒熒百鍊剛，自是青萍器。衡星不我識，鉛刀且爭利。于今修月手，益振陵雲氣。明年廣寒宫，聲名郄詵似。歸來八桂鄉，浮丘挹仙袂。

還李舉之太平廣記

稗官九百起虞初，過眼寧論所失誣。午枕黑甜君所賜，持還深媿一瓻無。

酬光吉叔用前韻見寄

怨鶴今誰侶，馴鷗詎可親。頗思同渌酒，久已厭紅塵。歸夢常通夕，微吟漫惜春。床頭易在否，觸手不應新。

次韻蔡瞻明雨中書懷

梅雨冥冥晴復陰，小軒終日起歸心。自憐宦業初何補，獨喜交情久益深。憶得微醺看錦瑟，媿無好語比南金。青山千里江南路，它日郵籤幸見尋。

贈傳神陳秀才

舉世人心别，端如面不同。山川險難測，筆墨思何工。未索形骸外，聊先阿堵中。自憐無骨相，不到漢南宫。

次韻向憲見贈三首

理財無管晏，言利析秋豪。吐論千人廢，摩空六翮高。未簪安世筆，先佩呂虔刀。楚澤東風勁，寧辭攬轡勞。

四望荒樓觀，登高動土思。山川相映帶，桃李已紛披。漢節人重仰，黄陂世莫窺。三章堆錦繡，唐突古西施。

河東空有賦，人不道揚雄。貴賤雲泥隔，寅緣井邑同。平番依列宿，談笑霽威風。終賴帡幪力，能成尺寸功。

次韻向憲道中偶成

四牡馳原隰，俟邦害必除。疲民端可念，茅舍未如初。消息三春異，創痍二紀餘。君王心在遠，諭意倚相如。

聞景嚴弟遷西掖并寄景盧

俛仰粱谿歲幾寒，向來墨沼已中乾。傳家紫槖榮三子，得路青雲喜二難。爵位方知稽古力，論思當使覆盂安。自憐骨相宜塵土，那得絲言動筆端。

次韻向憲留題荆門惠泉卒章見及

對泉一洗心如水，誦詩三歎額有泚。字比渴驥駸駸來，文如翠瀲鱗鱗起。皇華轍迹環諸道，濟物良籌載襟抱。雙泉復見等故人，竹馬兒童半羸老。吾君豐澤要下流，慚愧長瀾力不侔。一方始此一滴潤，千畝長有千鍾收。去瘼未盡惠未施，可使剜肉生新痍。塵埃滿面語甚惡，虚辱逢人統項斯。

獨步惠泉用石刻中韻

拂崖看古字，倚策仰前英。雕章細細讀，清思源源生。文傳峴山石，句敵渼陂行。一字或華衮，五言有長城。林蟬衆作噪，下里羞混并。坐令蕞爾國，宇内渾知名。兹泉發地脈，有玉潛山庭。神龍職何四庫本作呵護，老蚌呈煌熒。楚人力水耨，倚沼仍畦瀛。鬵沸晝復夜，輸出無窮聲。演迤清漢接，旋折數日程。膏潤亘原陌，穀價年年平。非才忝敷惠，下考乃為榮。疲民未擊壤，循吏難聯横。獨行挹清泚，誰與論丹誠。銷憂賴季雅，遺興煩客卿。信美非吾土，千古仲宣情。

楊元素題蒙泉詩云源有雌雄分碧白注謂南泉色白爲雌因爲之解嘲二絶句

小孤寧有匹，織女自無家。浪比人間世，增添白玉瑕。

雄風波不動，雌霓影空垂。欲洗蒙泉謗，須删蜀客詩。

曲　水

杯去渾無勇退時，偶然遇坎亦安之。不教坐有獨醒客，便與投醪倒接籬。

金　蓮

緑衣黄裏水蒼笄，朝暮凌波步武齊。一種清高樂泉石，移根不肯污塗泥。

古　柳

異時古木蔽巖阿，去盗來兵厄斧柯。老柳如龍壽千百，獨全煨燼傲清波。

同姚當可胡元質錢舜仁張昭甫遊上泉

避暑遠簿書，尋幽踏菅蒯。寒泉浮玉根，巨石開眼界。靈湫幾千年，洗盡塵土礙。老藤走長蛇，茂木畝翠蓋。掃葉坐水旁，可喜此風快。炎雲不能神，潛虬祕奇怪。滿酌白玉鍾，嚥甘猶沆瀣。何如習家池，舉鞭同倒載。

次韻朱宣州見寄

十載蕭蕭麋鹿姿，那知出守得同時。黃山白水空孤諷，叠嶂雙溪屬好詩。擊柝曉傳邾子國，舉鞭春到習家池。只今霖雨思賢佐，會見絲綸下王墀。

謝景高兄惠魚蟹

霜風激水蟹舍寒，漁火獻俘清夜闌。不烹五鼎若賒死，使之骨醉尤加餐。尺半之魚鱗六六，同入糟丘隨小櫝。鼎來兼味口流涎，可使盤中食無肉。潯陽從事姿南金，高山調古誰知音。寧同娵隅作蠻語，生憎郭索多躁心。簷頭雪消春有意，洗盞開尊宜一醉。持螯頗憶左手同，尺素不妨時遣使。

送唐左史紙墨

黃山奇峰三十六，聳壑壽松多節目。真工曲突掃芳煤，介圭拱璧陳玄玉。澥河千里玆濫觴，萬穀之皮搗冰霜。肌理細膩色白皙，蜀綢剡藤難雁行。使君來自岷峨麓，曾賦客卿朝奏牘。細字不作蠅頭書，高文富有牛腰軸。向來平步第一螭，勇退宛在番之湄。陶泓毛穎幸旅進，快寫元和聖德詩。

送李泉

周人九府有圜法，漢京金布在令甲。炊炭冶鎔多亂真，紛紛輕薄如榆莢。即山不復私下臣，張官置吏幾王春。君子謂之阿堵物，方兄不知何許人。十羊九牧其弊近，談何容易趣銷印。事權頓使歸民曹，鼓鑄伊誰察諸郡。詔書懇懇修廢官，諸公争言喻度難。向來矯枉亦太過，疇咨英俊乘輶軒。鼎新能事推心計，貫朽不須夸古始。共瞻使者振繡衣，曾見真人興白水。荀卿自有富國篇，高視管蕭宜併肩。錢流地上小小四庫本作術爾，便合論思雨露邊。

江州塵外亭

使君人物風塵表，亭下纖埃遠白蘋。佳傳緬懷方外友，漫郎端是社中人。山光水色長排闥，鵠侶鴻儔已卜鄰。莫語軟紅車馬客，香鑪峰下有遺民。

喜景徐作小圃因懷東閣二絶句

數頃澄湖練有光，小亭處處得疏篁。夢中春草多佳句，一洗塵埃速寄將。

白白朱朱手自栽，兩年憶著滿林開。莫教童稚輕攀折，惜取濃陰待我來。

次韻董伯魯

讀破群書有遠謀，逢時便可動凝旒。不辭巖邑千山險，肯作鈴齋十日留。辯舌未容蠡測海，歸心已夢蝶為周。松關萬一逢佳友，為説相如故倦游。

端午日應賢小集戲用坐中語

短檠長憶桂巖東，翰墨新來莫論功。日日簿書成俗吏，星星鬢髮逼衰翁。公祠難緩三人帶，小壘聊吟一馬驄。共飲昌蒲修故事，山肴野蔌是家風。

次韻黄子餘惠雙井茶二首

荻花楓葉醉為鄉，每憶臨分一鼎香。枉費光陰驚老大，略無治行媿循良。歸心來往雞豚社，清思消磨雁鶩行。且喜弦歌餘樂地，好詩句句挾風霜。

峰横萬仞臨雙井，調護旗槍春怕深。白雪有芽鷹作爪，黄粱無夢蝶何心。聞名可信非虚語，知味端如賞好音。祇欠谷廉一杯水，未能相就盍朋簪。

送范至能

愁雲暗千山，欲雪意未歇。雨脚侵夜分，鷁首勇朝發。軟紅英俊林，定不冗干謁。磊落胸中書，高談傾上笏。結駟映天街，登瀛有仙骨。摩挲先友碑，姓名或湮没。却顧浮丘亭，寄聲頻日月。

次韻王偉文二首

山城碌碌負魚符，尺五家園好坦途。可惜光陰迷簿領，漫無惠露到樵蘇。鷄豚小社元相接，鷗鷺新盟不敢渝。莫話彈冠仍結綬，祇宜襏襫與夫須。

衒石難夸和氏埸，揮犀久避蓋公堂。筆端風雨真無敵，紙上寒温細作行。結屋競傳千畝竹，奉祠聊對一爐香。朝中環賜無虚月，遥想眉黄已效祥。

次韻程觀過

山城寂寂簿書稀，梅際春風一夜歸。忽喜烹魚中有得，恍然揮麈久相違。折腰豈愛蘄州竹，問漢須尋織女機。奇絶黄山待佳句，何時小雨濕征衣。

和州

嘆息和州事，腥羶未易除。驚濤飲胡馬，壯士葬江魚。列戍俱奔命，斯民不奠居。元戎猶擁鉞，資斧定何如。

三將

屹立淮南將，胡來競退師。折衝潛白羽，告捷鬧黄旗。已報瓜洲敗，還驚采石危。邊防恃天塹，百萬豈熊羆。

胡虜

胡虜猖狂甚，妖星近日畿。俄聞佛狸死，不得帝羓歸。虎旅空增竈，狼狐為解圍。人人説恢復，進退在投機。

詹氏仁壽軒

修竹林林貫四時，厖眉扶杖到期頤。子孫長憶當年事，留取軒楹客賦詩。

道中懷景盧

宦路多暌别，春游隔弟兄。頻年再登陛，十日又離京。吏責倉臺少，官曹省闥清。床頭何夕月，冷話聽殘更。

闌陽驛二絶句

略略春晴天亦慳，雷驚雨作轉頭間。浮雲又逐東風起，不見前山出髻鬟。

觸石泉聲高下聞，曾將兩耳洗埃塵。相逢尊酒今誰侶，細草青花是故人。

次韻范守翠微亭

帶郭長堤十里春，是中佳處外風塵。層層危磴渾依舊，一一高亭已斬新。領略江山初縱目，剪除荆棘不勞神。携壺一笑須投隙，官事何時可脱身。

次韻施德初遊齊山

詩塵誰復數齊梁，小杜文章楚大邦。曾為黄花酬九日，至今陳迹擅三江。新亭高下依喬木，遠岫參差進曲窗。著屐與君時茗飲，後車何必酒盈缸。

再　賦

向來胡馬遠跳梁，奔命紛紛不一邦。景物何期新劚壑，夢魂猶自怯防江。看山小隱紅蓮幙，批敕須臨青瑣窗。無事肯來文字飲，為將紅酒倒鵝缸。

喻江寧欲遺蘄笛辭之

蘄州美竹今古名，白雲吹裂笛一聲。臞儒所對筆墨客，長物虚尋疏比僧。還君不用君莫怪，綺窗辦得千金買。誰與移根到草堂，它日風來聽天籟。

烈　士

烈士死知己，交情重同心。反眼如不識，怨深恩更深。憶昔邂逅初，一諾百黄金。口血顧未乾，舊盟何許尋。

景盧自右史假北門出疆再用前韻

漢節螭坳出，青氈映父兄。天方摧醜虜，人已望神京。使指今兹重，邊塵定可清。歸來陳口伐，蓮燭問嚴更。

聞應賢景高文特少張景孫同客景盧官舍

使回親舊集，虎穴問穹廬。半夜櫪喧馬，高秋盤進魚。真成聚東井，誰復話南徐。底事桃源客，新來書也疏。

左舉善求草堂詩

孤山佳處着茅廬，飽看雲烟自卷舒。莫向淮南戀戎幕，松關恐有絶交書。

次韻景裴贊喜農扈之除

北固金焦顧盼中，裴回於此再踰冬。徒勞金穀供諸將，未有田園問老農。且喜邊亭罷歐脱，不須水戰習蒙衝。九卿已媿班行忝，敢向明時歎不逢。

答木緼之用前韻見寄

魁星秀句挾東風，便覺陽春變盛冬。媿我供軍儕絳灌，羡君汲古到羲農。北鄰再講衣裳會，京口今為冠蓋衝。已具扁舟勇歸去，粲花清論度難逢。

得江樓

官事何時了，憑高思豁然。逐江開北户，望岫頓修椽。繁卉渾相亞，新篁便可憐。歸心入春夢，已遶故山前。

花信亭

解報花消息，江邊有好風。吹香四時別，問訊幾人同。梅塢難藏白，桃蹊豈借紅。但能長檢校，定不酒尊空。

小雨同裴弟深甫堅上人登新亭次韻

移梅種竹趁陽春，舉目江山發興新。曲檻疏窗那草草，飛簷碧瓦已鱗鱗。鼎來好語酬佳景，更有高僧話净因。步屧躊躇烏亦喜，不嫌風雨墊冠巾。

春雪再作戲成絶句

常年窮臘無一白，盈尺冬來已屢書。底事天公太手熟，又同春絮到階除。

寄題陳阜卿總秀堂

佳麗并包地，曼花子夜香。望中團野色，塵外發天光。小隊高牙駐，輕裘清嘯長。故應堂上燕，相與賀雕梁。以上《盤洲文集》卷四

全宋詩卷二〇七九

洪　适五

使虜道中次韻會亭

平野風烟闊，孤村父老存。薄雲低故堞，落日逐輶軒。分裂時云久，澄清敵未吞。春光滿花柳，天道竟何言。

過穀熟

玉帛齊盟亦可尋，東風着面客塵侵。隋堤望遠人烟少，汴水流乾轍迹深。桃李不言應感舊，山川無主祇傷今。遺民久厭腥羶苦，辟國謀乖負此心。

次韻馬上偶成

天遣祥風掃塞氛，越疆韜傳禮儀新。禦戎可鑒秦無策，覘國誰夸鄭有人。鳴鶴九皐聞徹響，翔龍千載仰攀鱗。垂鞭日日陪清話，談笑成章泣鬼神。

次韻車中倦吟二首

舊國于今作兩家，鄰翁有酒不能賒。明朝又逐歸鴻去，祇有塵埃滿一車。

叱馭寧辭歷險難，投戈且幸邇遐安。氈車軒簸長危坐，恰似舟行八節灘。

次韻初入東京二首

乾坤正欲稔天驕，會見降胡款聖朝。蓄鋭乘機先自治，莫令武庫五兵銷。

五門雙闕未央城，碧瓦朱甍雲霧生。真主南巡正嘗膽，從今瞻仰泰階平。

過黄河用上介龍深甫遷居舊韻

風埃如霧滿川黄，馬上朝來識太行。水瀉濁河橋甚壯，沙連遠塞路何長。皇華復講衣裳會，京闕今為氈罽鄉。夾道桑麻過千畝，野花時有一枝香。

絶　句

宣防瓠子撓西京，向者河堤役不寧。胡虜任教流就下，始知談舌誤朝廷。

次韻北使邀觀常豐湖

一派澄湖何處來，鳴桹漁子聚還開。主人甚顧他鄉客，莫使歸途欠一杯。自注：此處欠一杯，蓋北使語。

次韻初望太行山

曾巒逾碣石，形勝鎮神州。可惜羊腸險，今包鼠穴羞。天心端有待，人力豈能謀。未老如憑軾，壺漿為曲留。

次韻伊洛道中

萬里修鄰好，氈裘不亂羣。邊鋒方兩解，春事已平分。發軔鷄三唱，揮毫酒半醺。問途殊未已，返顧羨歸雲。

次韻湯陰寒食遇雨

殊方遇寒食，節物負年華。小雨偏宜柳，輕風未落花。見餳如隔嶺，對月共忘家。俗重之推廟，誰祠萬里沙。

次韻講武城

漢鼎三分霸業成，并吞猶未戒佳兵。故城四壁存陳迹，荒冢千年斷樂聲。何必枕戈防詭計，豈容横槊竊詩名。我來弔古停車轍，壟上農人也輟耕。

次韻趙州石橋

訪古汶河上，聊忘道路勞。仙蹤嘗策蹇，海怪或鎸鼇。濟遠徒杠小，憑虚亂石牢。何時冠蓋集，一變犬羊臊。

過中山

三關標重鎮，自昔護邊陲。觀者堵牆立，紛然簾幕垂。欲謀千日醉，恐誤十旬期。可喜中庭月，何妨盡一巵。

過保州

藝祖枌榆社，唐人保塞軍。百年鄰毳幕，今日聚妖氛。故老垂黄髮，妍姬艷綵裙。白溝才一舍，何計可中分。

次韻早行

夙駕星光動，徐行霧氣迷。塞鴻翻月去，胡馬向風嘶。柝静譙門曉，輪欹沙路低。頗思眠蕙帳，枕上聽鄰鷄。

次韻得保州老張瓦研

毛穎傳既成，陶泓名不朽。陳楮接武來，論交篇籍囿。千年銅雀臺，瓦解淪坤厚。何人澄其泥，頗能髣髴否。龍公天上客，金蘭幸同臭。結束萬里行，聯翩五旬久。清談落玉塵，痛飲盡金斗。咳唾珠璣粲，揮翰不停手。窮邊得佳研，可出老吕右。瓦缶莫雷鳴，龍尾羞牛後。

次韻保州聞角

覺來屈指數修程，歷遍中原長短亭。誰向城頭曉鳴角，胡音嘈囋不須聽。
胡音嘈囋不須聽，整頓征衫待啟明。已把哀笳變清角，可傷任昧雜韶英。

次韻梁門

雙壘依然柳作陰，故疆行盡倍傷心。時平且得無争戰，苔上戈槍卧緑沈。

次韻白溝河

唐餘畫壞媿鴻溝，西閉關門漢道柔。一自旄頭入京洛，至今泉水不東流。

次韻回程至涿鹿

回首燕然日再西，一杯相屬使軺歸。殘花媚野不妨好，倦鳥投林自在飛。可惜光陰銷客枕，不嫌塵土染征衣。大明退直清和日，已約梯雲訪翠微。

燕館日膳得四雁籠之以歸

提携乘雁脱庖丁，等待他年羽翼成。唳月摩雲須有便，莫教更作不能鳴。

次韻楊花二首

桃花開落不同時，燕子銜泥相伴飛。若向章臺問春色，可無清淚濕征衣。

官路風輕落絮迷，望中高下雜游絲。毿氈擬雪春無際，只有騷人聖得知。

再至保州

再入中原境，相迎有暮鴉。柔桑新迸葉，高柳細吹花。短幘人如禿，尖冠女不髽。指期淮可渡，寧歎在天涯。

次韻再至中山

路指中山國，人歸析木津。終風震簷瓦，細雨壓車塵。落紙詩章速，開尊酒力醇。無功慚報國，來往謾勞人。

次韻中山雨後

好雨連宵鳩喚晴，曉行襟袂有餘清。遠遊朔塞殊風景，夢到東阡看火耕。紅退桃蹊三月晚，緑添麥壠一川平。纖塵不逐車輪起，喜聽驅驢叱馬聲。

次韻村店得牡丹

花品稱王擅洛京，朱朱白白莫齊名。相逢河朔春將暮，半吐檀心若有情。

次韻陳留聞鶯

恰恰啼鶯馬上聽，凝雲欲雨曉寒輕。滿郊碧草皆春色，衹欠山光與水聲。

次韻寧陵憩驛

野外人聲寂，林間鳥羽翻。朱櫻喜堆案，青杏助開尊。故國多荒草，遺黎有怨言。雨餘塵土靜，不復污歸軒。

次韻南京道中

密葉成陰行路寬，鳩鳴鶯囀足開顔。半塗泥滑夜來雨，數片雲飛何處山。薄暮每尋樽俎共，殘春能伴節旄還。塵襟好濯西湖水，偷取禪房一日閑。

次韻遊腥菴不果

水紋如縠送歸船，漸近觚稜尺五天。適意蓴鱸公有興，尋盟鷗鳥我無緣。遠懷並轡穿紅皺，近阻携筇款碧鮮。却待湖山最高處，醉中一笑挹腥仙。

寄别景盧

禹穴遺書不可尋，坐看緑葉再成林。千巖競秀非吾土，三徑就荒勞我心。誰是周人思召伯，今無老叟出山陰。台階穩上添花萼，時倩來鴻續好音。

藍憲遣人往吴門移洛花未至而去

雒京隔絶花難得，茂苑移將信已通。世事好乖猶獻鵠，雕欄不用怨東風。新壇巧斲列東西，准擬看花倒接籬。交臂失之端可笑，儻來外物盡難期。三春桃李家家有，不費陽和特地恩。名品異芳天亦靳，未教容易到丘園。

登芝榭見景盧所增月臺

臺榭相望聞語聲，茹芝覩月有餘清。旁連小隱分三徑，細數修篁限一城。日日杖頭思徑醉，年年鐺脚玩欣榮。誰人知我歸歟樂，趁此登臨未憚行。

許倩報白榴已得玉茗未諧以詩趣之

萬里移根安石國，何年傳粉未知名。須邀玉茗來巖壑，便結瓊花作弟兄。詩客定疑天外得，園人已辦臘前迎。東家阿措休相妬，不學穠粧照眼明。

次韻景盧喜得安州牡丹

洛中花信已沉聲，涇渭寧分濁與清。近出黟山空接壤，自注：徽州雖出牡丹，吾鄉亦難致。遠來安陸比連城。虛壇僅免遊人問，浪蘂從教著處榮。更欲丁寧新芍藥，自注：維陽新送芍藥五十本。莫誇多少便橫行。

次韻景盧野處解嘲之什

地偏不接市廛聲，古木參天鶴唳清。臺榭迥窮千里目，詩章突過五言城。花移瓊樹真無敵，酒換金貂未足榮。燈火歸時笙管作，解嘲何事有歌行。

再　賦

幽壑藏雲水作聲，紉蘭入室好風清。自注：雲壑、蘭室皆野處所名。高蜚便有縹縹意，進築如開蕩蕩城。百尺樓成同日涉，四時花發匪朝榮。園池如許誰言小，但自注：平聲。放芻蕘雉兔行。

酬景盧賦圃中種橘移花

甕頭玉友已銷聲，小試山齋百末清。十客對花休避席，千奴呼橘擬專城。微霜到處葉未落，小雨移來根易榮。情話團欒亦終日，坐中惟欠十般行。自注：景孫有小鬟解作此戲，是日不至。

酬景盧謝菊

涉秋無復滴階聲，夜雨隨風塵已清。平日愛山營一壑，老來學圃列三城。園夫種樹元無術，籬菊分叢獨晚榮。躡屐問花兼問柳，不須乘毳可泥行。

答景盧

雁翅齊飛有雋聲，文章何止賦華清。誰教短策長尋壑，不擁高牙且典城。臺省向來非獨冷，身名此日已俱榮。盈旬詩軸牛腰大，抱牘須同饕虱行。

病酒

三日惟聞煮藥聲，一中可怕聖之清。移花種竹已得地，逢酒當歌須閉城。遠避霜風嚴北户，静看朝日滿東榮。雙螯退步輸年少，誰與抽琴作蟹行。

答景嚴

向來戎馬沸邊聲，曾出良籌助掃清。六載倦游潛楚澤，一枝同折記欒城。北門西府仍班綴，後雁前鴻媿寵榮。兩鬢星星吾老矣，看君重上赤墀行。

景嚴送冬杏

蒼頭呼夢雜雞聲，藥杏詩來句轉清。獨傲風霜愛冬日，不隨桃李媚花城。一枝得得能相對，凡卉紛紛孰並榮。大隊開時春且盡，醉吟當續麗人行。

景盧送瑞香

翠幄藏春巧寄聲，熏籠織錦曉天清。幽香端是花中瑞，仙派初來塵外城。酒海何妨三雅進，鬢雲誰稱一枝榮。雨來頓使鄰牆遠，不到闌干深處行。

野處有詩羨山居小隱之廣而有拓地不可之歎

敗葉翻風策策聲，山根可掬石泉清。東鄰美莽久成塢，北陌新柑小築城。臺在家邊來更好，地連郭外得

千橘亭前莫聽聲，豈無鄰酌和汾清。自注：齊武成敕河南王曰：吾飲汾清二杯，勸汝鄰酌兩碗。輕裾長袖閑列屋，碧瓦朱甍高照城。臺上金波催夜集，樓邊玉樹待春榮。賞花斫鱠言猶在，還被題輿誚却行。以上《盤洲文集》卷五

全宋詩卷二〇八〇

洪适六

隆庭竹至四絶句

憶昨分抄種樹書，三荆今古美同株。閑將草木供詩戲，待把漁樵足畫圖。

竹里巧傳幽鳥語，月臺高視客星移。鄉園何幸立分鼎，鳴鼓鏗鐘樂聖時。

斑籜遠移湘岸種，猫頭亦是渭川孫。百金得諾今無恨，千畝封侯不在言。

裝景松篁渾可喜，忘機鷗鷺不相猜。南窗情話有時盡，唤取青州從事來。

答景盧久陰遣悶

幾日思君環珮聲，方冬天宇未澄清。衝寒也到臨春閣，處暗如登却月城。整頓建瓴愁雨作，商量設醴卜花榮。錦囊不用詩排悶，起看朝雲亦倦行。

喜小隱新得山茶

芳園封植閱年華，異卉搜求鬧小車。不羡竹林生石竹，獨來茶塢補山茶。遊人認柿枝頭子，歸鶴求雌葉底花。我去臨川尋玉茗，遥將白雪映紅霞。自注：有人以山茶子為没蔕柿者。

答小隱惠山茶

何處仙官萼緑華，鞭鸞獨御五雲車。來從月窟曾依桂，分種盤洲不礙茶。枝耐歲寒犀换葉，蘂藏朝霧錦羞花。紅顏不逐東君老，須著頻來鬬臉霞。

答小隱聞野處開尊

遺我雙魚集棣華，尚疑信馬誤隨車。絲聲自是不如肉，酒薄須知大勝茶。翠袖明朝看倚竹，蘭燈昨夜報開花。飲闌同步曾臺月，古堞危亭見綺霞。

答小隱喜得白山茶之報

素質寧嫌潘鬢華，來時應有雪翻車。賦傳山谷文堆繡，種出麻源韻勝茶。不向桂宮藏玉兔，合橫藥觀儷瓊花。冥搜未獲詩先作，駐目輕帆泝落霞。

憶東閣手植花木用雍陶過舊宅看花詩韻

分根徙核望春栽，曲徑幽蹊手自開。今日成林渾著子，花時不折一枝來。自注：雍詩云：山桃野杏兩三栽，樹樹繁花去後開。今日主人相引看，誰知曾是客移來。

玉茗未有耗而小隱作詩以瓊花爲二絶當專美野處可也

休論官業出金華，共樂家林鹿挽車。何日尋春携漉酒，有時留客試擂茶。望梅止渴寧非夢，却月横枝始是花。祇恐偏枯慚好句，空教步障錦如霞。

和景嚴送方蒂柿

萬株紅葉詠光華，自注：昌黎詠柿詩：正植萬株紅葉滿，光華閃壁見神思。嘉實堆盤走紺車。自注：柿之七絶，其一曰嘉實。方蒂寧同牛奶柿，朱唇應笑鳩自注：上聲。盤茶。園官急送須足繭，童子争觀多眼花。羅列林珍生飲興，詎思辟穀更餐霞。自注：《談苑》鶯粟子詩：既似柿牛奶，又如鈴馬兜。《笑林》有鄰夫自外歸，見婦吹火，贈詩曰：吹火朱唇動，添薪玉腕斜。遥看烟裏面，一似霧中花。鄰之醜婦亦求夫作詩，遂改作：吹火青唇動，添薪黑腕斜。遥看烟裏面，一似鳩盤茶。柿有青者，但堪打油，故借用。

答景盧懷舊

了無夢寐到京華，來往園林整釣車。緩步競移霜後橘，清談旋碾雨前茶。虚名長媿稱三鳳，舊事休懷判五花。共把詩筒銷永日，喜君襟韻秀朱霞。

園中觀種樹

望中赤葉漬霜華，林下徐行便當車。好處見山仍見水，興來呼酒不呼茶。旋移朱橘添盧橘，更揀紅花間白花。出郭最欣塵事少，飽看孤鶩逐飛霞。

答景盧報月臺將畢工

新築崇臺款桂華，凌虚如跨白鸞車。西瓜來自余吾水，遠物誰詢悉里茶。不減平泉書草木，更尋南部録烟花。落成有約何時講，舞袖還看舉彩霞。

答景嚴詠山居夾道種松

投繳歸來髮半華，蒼官怪我出無車。樹當樵徑頻争席，地接禪房好覓茶。要使行人長蔭樾，不教侍女獨司花。十園原作章，據四庫本改五鬣它年事，會見摩空薄自注：讀作博。絳霞。

和景盧餞朱叔召往宣城

與客窺園春未華，也須日昃始迴車。松間共賞猫頭竹，酒半先嘗雀舌茶。雲覆疏櫺香起篆，風侵密坐燭吹花。雙溪叠嶂催行色，佳句重吟綺散霞。

答景盧詠道上新松

落落喬松説九華，遠移霜骨想專車。淪脂此地能和藥，結實殊方却入茶。村女拾釵分翠葉，野人敲粉聚黄花。翛然一徑窮芝嶺，曉見飛雲夕見霞。自注：頃年官池陽，見九華山有數松亦結實，乃梁時胡僧移來者。

和景盧雨中歎

工徒滯雨望朝華，好倩泥鑾指日車。末利怯寒先近火，瑞香蒙潤免澆茶。莫嫌雲暗青油幕，尚恐天開端木花。待得嚴霜變陰翳，便須酌酒賞金霞。

和景盧喜晴原作睛，據四庫本改

共喜胡塵不亂華，戍邊聊出武剛車。天公欲遣風催雪，僧舍方疑烟濕茶。巡圃觀橙無墜葉，隔溪移杏恐傷花。舉頭忽見雲間日，急草詩章慶半霞。

閩商貨千葉牡丹疑其非而却之併懷藍憲所許

星文隕石應皇華，鵲語參差雨洗車。忽報商人緘葦篋，初疑閩産雜官茶。栽培况乃三冬月，真贋難分千葉花。寧使雙壇且虚左，空吟輕日護香霞。自注：羅鄴牡丹詩：門倚長衢攢繡轂，幄籠輕日護香霞。

和景盧詠新得歙縣牡丹

旁搜嘉卉對韶華，寶玩明珠詫照車。可使東壇無蔓草，如遊北苑得名茶。安排釀具多炊黍，准擬襟期共賞花。醉語美人無可恨，不教拖帔泣歸霞。自注：李賀《牡丹種（原缺，據四庫本補）曲》美人醉語園中烟，晚華已散蝶又闌。歸霞帔拖蜀帳昏，嫣紅落粉罷承恩。

野處送百結花

盤屈枝仍塾，蔥青葉未稀。雙銜疑鳳帶，百結類鶉衣。弱骨長連鎖，輕腰孰解圍。若教花自在，應作彩雲飛。

野處送金燈花

銀燈未茁有金燈，翠葉森森比劍稜。待得花光無斷續，却須拈出問鄰僧。

和景嚴詠冬開木犀

桂枝冬更好，浪蘂到今稀。雅韻催吟筆，幽香傍舞衣。月分千里影，風突百花圍。倚策山亭暮，寒鴉亦倦飛。

和景嚴約賞木犀

蔌蔌蟾宫桂，冬開自昔稀。犀通一點骨，蜜染六銖衣。樽渌拚深酌，爐紅漸可圍。賞花宜卜晝，莫待晚霞飛。

喜景盧有落成瓊樓之約

地近籃輿便，心清俗事稀。檐花瓊結佩，窗月練垂衣。松竹添三徑，溪山豁四圍。落成歌管集，仰首暗塵飛。

和景嚴詠新得蒲萄

名傳馬乳久，物比蚌胎稀。高出酴醾架，輕鋪薜荔衣。孤根臨水窟，疏蔓接籬圍。急釀凉州酒，西園蓋欲飛。

得洛中牡丹

洛花天下選，千里凑三洪本作到家園。望岫方緘恨，憑鶯忽踐言。群葩俱退舍，勝日便開尊。莫惜詩償債，真同香返魂。

藍憲所送牡丹道遠失時頗多枯槁

殷勤人有信，驚喜得花饒。可惜三冬晚，來從千里遥。根荄徭潤澤，牙蘖頓枯焦。儻有更生路，寧辭楚些招。

答景韋赴調還家見寄

迎歸烏鵲竞傳聲，擺落埃塵襟宇清。薪桂豈容留帝闕，幞蓮且得近鄉城。眼邊觸處梅争破，陌上分行柳向榮。如約速來春可探，肩輿須去静中行。自注：韋弟乘車頻有可笑，故云。

許倩遺舟送花栽

雙舟十日涉長湖，瓷斛筠籃且百株。可喜石榴初變白，更驚玉茗不施朱。臨風含笑勞花使，映水分行擁木奴。裝點園林娱杖屨，好來一醉倒金壺。

予得圃芝山之麓去春始治畦徑名曰山居中爲芝榭四楹其秋雙芝産于榭南今夏復見四本而盤洲亦有其二因刻詩以志之

山中曾有采芝仙，此日靈根詎偶然。題柱漫將詩紀實，憑欄真共酒忘年。英華可是丘園瑞，造化元非雨露偏。留與山居作嘉話，未甘草木羡平泉。

雙溪堂

負郭藏嘉處，清溪夾岸流。風漪前後起，雲態淺深浮。入户松横岫，開窗橘滿洲。心閑身自在，塵事底能留。

檥齋二絶句

野色山光列畫圖，坐看漁子入菰蒲。恰如放鷁穿三峽，何事航家問五湖。

青翰不動柳陰多，桂棹無聲鳥語和。有此孤舟寄丘壑，可憐平地起風波。

侣鷗亭

憩策新亭上，波光入坐來。魚遊能自樂，鷗狎肯相陪。風快塵襟豁，雲深俗駕回。尋盟須日涉，未怕落霞催。

小隱芝草

芝叢盈百見聞希，不數嘉禾連理枝。紫蓋堆雲光點添，金莖蒙露色凝脂。一時競秀園林勝，十載深藏天地知。急辦軒楹尊瑞物，泥封詔墨有來期。

招二弟賞盤洲雙頭蓮

何須艷質鬥鮮妝，並蒂紅蕖本自雙。却恐花飛成造次，急來相就倒銀釭。

紫薇花以六月至自溧陽在道已五十日今有花滿樹因示二弟

六月炎天千里移，不期繁蘂便盈枝。向來渾是西垣客，憶得看花草制時。

九日欲爲雲松之集以病倦而輟

半秋翻藥裹，九日負雲松。黄菊從他好，清尊不我容。零丁憐敗葉，旁午羡遊蜂。今古登臨恨，雲迷五老峰。

景盧約賞朝天菊不克往

暮節真無分，頭風秪自知。朝天雖有菊，向日不如葵。久旱千株槁，深秋百草萎。吾衰亦相類，飲興謝東籬。

除　夕

歲盡春雖淺，更長夜亦闌。枕邊雞送曉，窗外雁衝寒。學圃心常在，籌邊力所難。老來驚節序，那復問椒盤。

觀園人接花

植杖看園吏，揮斤接果栽。奪胎移造化，類我借根荄。一似雀為蛤，能令桃作梅。天工待人力，信手便春來。

開歲三日有夜雨屢聞雷聲繼以大風晨起飛雪已盈積景盧作詩即事次其韻

旱災已歎失秋成，春到誰教夏令行。風陣驟來收雨脚，雪花未集聽雷聲。陰陽改變纔俄頃，冷暖乘除若晦明。待向斜川會鄰曲，占晴須問蜀君平。

雪後遊盤洲

書事斜川日月同，行年過四逼衰翁。縱情自洗和陶筆，乘興誰開訪戴蓬。梅萼僅存難聚雪，竹根未穩不禁風。莫將野趣逢人說，冰上輕鷗西復東。

檥齋觀耕

城下經營二頃田，倒囊不惜買山錢。一犁駐目雨初歇，三徑藏身地自偏。乞米帖來須領略，相牛經在與周旋。嘗新指擬翻匙雪，旱魃誅夷勝去年。

景盧新治西園而亭榭未立以詩趣之

斬新曲徑治西園，野色春來已可觀。便好作亭供客醉，望中流水有時乾。

答景盧和篇

致君無術合歸田，誰敢貪榮食萬錢。且對清尊希北海，最欣别墅接西偏。轉頭麥壠龍工往，緩步花蹊蟻磨旋。辛苦三農營一飽，莫教牟賊壞豐年。

上元日圃中歸

春風環柳岸，夜雨失沙痕。剩竹期新笋，移花護舊根。身閑貪獨樂，舌在戒多言。是處無燈火，荒凉一上元。

次韻梁憲盤洲之集

輕風吹雨稱行春，丘壑裝懷我輩人。照水軒窗如進艇，穿花旌節屢移輪。携壺迭講三杯酒，揮麈曾無一點塵。明日兵厨尋故事，已教園吏拂華茵。

再　和

於越歸來三見春，買山學圃狎漁人。非嫌厚禄輕捐印，所畏空餐詠伐輪。時運可驚如過隙，人生何苦不同塵。明年此會誰重講，唯把書郵問鼎茵。

江守置酒盤洲張貳卿兩憲及景盧同集時江新兼泉司

皇華分鼎坐添春，隱霧巢松三散人。半月陰雲濃似墨，今朝晴日大於輪。不辭多酌娱浮蟻，何用清歌落暗塵。歸去池塘入新夢，句中芳草醉中茵。

再　賦

到處爭持麫米春，闐闐花底湊游人。同盟非是新傾蓋，巧匠誰云老斵輪。倚竹豈無人拾翠，凌波誰想襪生塵。後期直待荷花發，欲喚輕裾上舞茵。

醉中三用韻

小車追逐賞光春，花塢行盤走隸人。水面落英如濯錦，雲心初月未安輪。今宵同舉盈觴酒，後夜還凝滿席塵。倒載歸時童稚舞，莫教騶哄滓馮茵。

雨中排悶

生怕花飛減却春，半句苦雨惱幽人。山房挂壁有雙屐，村徑衝泥無隻輪。但見渌波侵碧草，不須皂莢去黄塵。擁爐更甚三冬月，轉覺寒威逼坐茵。

次韻梁憲再集盤洲

春風步屧共優遊，小築園廬匪拙謀。羅列清尊資嘯傲，安排好語待賡酬。茸茸香草裝三徑，恰恰鳴禽想十洲。玉節尋盟端不再，便回天上近凝旒。

浮　杯

南北芝泉一澗開，穿花度柳勢縈回。不須元巳方修禊，才遇良辰便泛杯。行止豈由人智巧，沉浮長與客驚猜。急流一去誰難進，却有先游殿後來。

送吴遠澤赴南宫

文壓秋闈擘桂華，一鳴天陛穩乘槎。歸來須踏盤洲路，要看荷衣醉藕花。

九曲有感

怱怱光陰轉，鬖鬖華髮添。迹陳三可歎，心賞四難兼。

歲三日插柳

欲教垂柳匝池臺，尋覓長柯處處栽。待得成陰身益老，攀條能有幾番來。

次韻梁子正詠椶亭

鬅得栟櫚製數椽，繡衣拈出少陵篇。倚楹見水幽情暢，駐屐迷花詩興牽。便覺茅軒俱退舍，若談竹室不同年。滿山所欠青青蘂，且趁流觴集醉仙。以上《盤洲文集》卷六

全宋詩卷二〇八一

洪　适七

梁子正有詩謝牡丹及聚仙花次其韻

天教國色傲春華，不肯争先伍雜花。西洛塵埃長太息，名園今屬犬羊家。
癡坐林間類守株，一年春事已無餘。直須九曲添清漲，灑掃棕亭進一盂。
玉蘂茸茸映四筵，團欒如集飲中仙。下方簇蝶非儔匹，上比瓊花難並緣。

病中憶九曲

新穿九曲望時霖，水到渠成病已侵。見説小舟穿柳岸，那知清漲入桃林。五旬藥裹長經眼，幾日荷花復賞心。夢裹亦知行樂處，老來尤更惜光陰。

六月鄉城不雨禱賽無應得建康書一雨連半月至以望日丐晴感而有作

蒼蒼太手熟，歲歲厄吾鄉。千里均州縣，三旬殊雨暘。誰云不私覆，廼爾分此疆。遂令遠遊子，轉盼生炎涼。

江鳴玉遺蒼梧二蒼鶴其一病兩日而死陸魯望詩云醫鶴自須監吾鄉人醫尚無良手况禽醫乎

病骨摧頽警露難，草埋長脛委蒼翰。吾鄉尚欠肱三折，况有禽醫為一看。

八月下旬覩邸報二絶句

黄卷漫窮年，天梯欲上難。閶闔聽小子，競欲裂儒冠。

歎息東坡老，聰明誤一生。不須多識字，捷徑自横行。

婺源乃歙之劇邑素有湯鼎之謗頃治此郡俾邑官作止沸之亭而不果吾宗應賢下車而風俗易書來求扁因爲賦詩

琴堂少值烹鮮手，壯縣空遭沸鼎名。止火絶薪俱下策，風移全在長官清。

宗人應賢婺源張氏之婿也治邑清介一無所私其列嶽詒書郡幕至以邑尊稱之其里諺如此戲成絶句

自昔為門婿，于今是邑尊。秋毫無假借，情話與誰論。

朱叔召遺文官花二絶句

幻出荷衣點雪衣，更將龜紫换牙緋。人中巧宦誰知此，好向天街插翅飛。

緑心變却初時白，紫色由來昨夜朱。學得文官何足道，但堪花徑駭僮奴。

再　賦

不用風人怨緑衣，身兼魏紫與潛緋。司花直為文官地，可忍春殘一片飛。

解褐方聞上玉除，寵光轉眼叠金朱。大夫不博喬松貴，嘉橘千頭也作奴。

景盧蠙洲

芳洲編地志，老蚌隱澄灣。軒檻今清絶，全勝合浦還。

蠙　橋

堤長交柳蔭，橋狹束荷香。掩户回逋客，憑欄狎漫郎。

索笑亭思景嚴二絶句

往日江梅發，巾車數數來。自今花索笑，不復共銜杯。

常棣春來减，人如折原作斫，據四庫本改脚鐺。倚欄思舊事，老眼淚縱橫。

次韻景盧賞梅

曲塢梅藏白，東皇解出奇。不嫌歌板鬧，直與酒尊宜。倚竹盟三友，凌風粲一枝。清標何水部，千古説能詩。

石鼓詩

天作高山太王荒，鸑鷟一鳴周翦商。郲鄏卜年大蒐講，諸侯歛衽尊天王。六月中興繩祖武，平蕩犬戎恢境土。石崖可鑿詩可鐫，千載神光薄西滸。槖駝輓入大梁都，璧水湛湛河出圖。中間兩鼓備章句，日惟丙申不模糊。左驂秀弓射麋豕，有鰟有鯿君子漁。光和石經屹相望，詛楚登嶧非吾徒。辛壬癸甲鴈分翅，橋門觀者堵牆如。星沉東壁干戈起，首下足上天倒置。景鐘糜碎九鼎飛，王迹皇風吁掃地。羣胡扛石徙幽燕，兵車亂載包無氈。敲火礪角小小爾，為礎為砧多歷年。宣和殿中圖復古，冠以車攻次十鼓。韓詩歐跋盡兼收，雲章剖判定魚魯。先君辛苦朔方歸，文犀拱璧棄弗携。一編十襲自鐍祕，更有司馬鳳翔碑。我生不辰今已老，岐陽三雍身不到。匆匆使虜接淅行，在耶亡耶問無報。整齊篆籀飾牙籤，簡撮篇詠勞窮探。致主有心歌小雅，汗顔無術下登三。

丙申臘二十五日落一左齒

行年六十已中枯，雪映衰髯歲且除。一齒驟然離左輔，益憐大嚼遠庖厨。

野處孔雀爲狸所斃

遠程萬里起南溟，文采葳蕤掩畫屏。展翼來朝金翠晃，竦身輕舉鵠烏停。園中但有辟蛇法，山下相望瘞鶴銘。野鶩家雞隨處有，孽狐何事獨淫刑。

過濠上

心隨溪水清，目逆岫雲生。不憚躧芳屐，橋南鷗乞盟。

豹岩之北脩竹數畝中有叢冢數十百處皆紹興末年所寄予得此地先定規撫某處起亭榭某處植花木七八年間成畦逕矣所寄之櫬願移者從之不强也作畾之春有姓淡人來啓莿卜日携鍤掘土數尺敗棺俱在朽骨爲土所蝕頗亦不具皆包裹而去後數日忽訴于縣于州于外臺追問證治踰月始定今不復塞其故穴欲使孫曾知之故作此詩

未央長樂宫，中有樗里墓。沈沈天子居，咫尺穴狐兔。乃知古聖人，如天覆下土。雖袒裼裸裎，四目曾不顧。賢哉季武子，杜殯迫西廡。堂皇步武接，松櫝暗鐘鼓。桃茢不屏除，芻靈許來祔。忌諱後愈多，今人不如古。曹瞞好發丘，凶德比夷虜。掩骼埋其胔，人當事斯語。我老得歸田，買山因學圃。鬱鬱琅玕林，叢冢不知數。豈忍去枯骨，為我展杖屨。悉其筭侵疆，不使種瓜瓠。花木列四旁，亭榭亦回護。數年畦逕成，或徙或如故。尚有獷悍人，珥筆巧誣訴。無言事自明，有物衆所睹。舊壙今弗堙，朽木且支柱。尚恐妄男子，輕傳市中虎。書事示孫曾，無心覓佳句。

席上見姚泉壽母諸子求詩

潘輿隨五采，三釜古今榮。蘭玉盈階砌，追攀千佛名。

董伯魯以詩送川海棠用韻答之

花栽趁上春，重趼疲雙足。何日對仙姿，分題同刻燭。

次韻景盧題龜巢

拙速誰云勝巧遲，新亭結罷得能奇。細看遠水兼天净，可但中秋觀月宜。出郭自欣三徑樂，枕流今有幾人癡。巢蓮千歲同藏六，一笑泥塗曳尾龜。

三月十六日龜巢觀月渭師携寵同賞後兩日大雨復作景盧有詩同其韻

潛鱗故故上鈎遲，翠袖憑欄自一奇。半夜醉歸閑有趣，一年春盡事如宜。盍簪何憚再三瀆，覽鏡堪嗟六十癡。已辦尋盟臨斫鱠，不將可否問蓍龜。

四月十三日流杯次景盧韻寄渭師

今年無好雨，曲水未勝杯。誰伴山翁醉，難令俗客陪。青苔迎馬入，緑柳送鶯來。縱步濠梁上，垂緡更樂哉。

流杯同景裴韻

三春少雨未行觴，槐影交加更漏長。半夜水來山澗滿，四簷竹密酒尊凉。新亭方作龜巢葉，畫棟何妨燕語梁。滿引三觥拚一醉，老來真箇惜時光。

流杯次日連雨渭師有詩次其韻

入夏濃雲日夕昏，舉頭烟雨暗前村。風隨重客清葵扇，月為佳人射翠樽。依舊建瓴歊屋角，幾番携杖失溪痕。小枰已在紗窗下，欲把明瓊看倒盆。自注：趙侍兒覔小棋局，次日與之。

再答

投老無能千慮昏，歸田浸久使令村。長因步月成三影，難得朋雲共一樽。水漲溪橋孤釣隱，雨侵山徑洗鞾痕。寓公在此寧黔突，會有容光照覆盆。

景盧開尊阻雨展日復用前韻寄之

逐婦鳴鳩急定昏，不堪烟靄弄千村。掩關盡日資筇杖，改席何時對瘿樽。雲暗松皮多節目，雨傷梨頰原作類，據四庫本改有瘢痕。溪神若也心無妬，迎出常娥照玉盆。

雨中排悶

飯牛戴笠牧童昏，安得斜陽過别村。户外涎蝸行半壁，床頭渴鼠側空樽。花殘鶯老渾如夢，水到渠成不見痕。天意未晴人未飲，家奴款曲辦粇盆。

再賦

月在雲中破鏡昏，幾時清影散林村。杖藜難去尋漁艇，洗盞無因續蟻樽。竹葉弄風添秀色，榴花帶雨露啼痕。不如暮捲珠簾醉，唤取佳人笑拊盆。

庚子山居采茶有感

憶昔采茶時，雨後山蹊濕。鷹爪喜盈襜，蟹眼思朝汲。歸路取盤洲，下昃行蹤急。珠汗透裳衣，更換登梯級。徙倚曲欄竿，鳴雁圓沙集。晚景不勝春，寒氣潜相襲。詰旦傍裝臺，欹側人扶立。輿疾望醫來，誰煮青黏汁。舉案念齊眉，幻泡何嗟及。重過故園門，不忍携笻入。引領顧前丘，空對旗槍泣。

一春置酒必苦風雨今日幸晴而景盧有行色

一春風雨厄遊遨，此際開樽始解嘲。恰恰鳴禽藏柳陌，訢訢嫩葉迸花梢。離筵欲動愁分袂，勝日何妨剩出郊。燕寢香凝公事了，頻將書札問龜巢。

次景裴席上韻

桃李紛紛已半春，海棠睡覺晚妝新。龜巢剩有千般景，瓊報渾無一點塵。酒未舉杯風逐客，詩方拈筆雨催人。從今只揀晴和日，草草杯盤勿厭頻。

用景盧諸公詩軸韻招監司太守

淺白輕紅笑倚門，何須雪夜憶前村。韶光定入詩人句，勝事難逢俗子言。風振繡衣須命駕，雲隨皂蓋欲窺園。人生易老愁春老，問柳尋花故事存。

景盧數日枕疾復用前韻

半載悠悠只閉門，不知紅緑遍千村。山川滿目供衰境，桃李成蹊出怨言。可惜花飛聊洗盞，何期雨作阻行園。車公不出須重講，檢校芳菲心興存。

答景裴

春來剥啄少登門，澀雨慳風笑我村。橋上垂綸裴好夢，花邊倚杖記前言。長楊美竹雖當户，語燕流鶯不到園。此會明年千里隔，詩筒猶有置郵存。

席上遺景盧

白髮歸休閲半生，棣華酬唱得娱情。雙旌欲指閩中去，三徑誰同月下行。蕙帳風清知鶴怨，蘋洲波細憶鷗盟。新壇留慰人千里，把盞相思淚睫横。

枕上示景盧

朱幡皂蓋有行期，暮景無情惜别離。枕疾半旬乖語笑，急風吹雨淚垂垂。南憩番禺北抵燕，片帆西上駐荆門。平生不作東甌夢，荔子丹時念灌園。

答太守謝牡丹

華髮歸來不記春，優游學圃傲江村。已欣勝日臨千騎，漫折香霞佐一尊。對竹便當尋曲水，四庫本作水曲藏花那肯效慈恩。行厨若有真消息，奔走畦丁急掃門。自注：《劇談録》：唐慈恩浴室院有鞓紅牡丹，一窠千朵，不使一見。會昌中老僧漏言，為朝貴强掘去。

懷景盧

菖蒲節近暑風高，常棣叢疏月影交。清夜不曾空鶴帳，浮生何幸老龜巢。酒杯獨引今無侣，書卷閑開共苦抄。想得公堂凫鷺退，須懷西塢欠誅茅。

答徐守

改日開尊已十成，冬曦特四庫本作烘地晚來晴。江梅獨報春消息，應笑羣花太薄情。不教絲竹沸層臺，促席飛談懷抱開。夜半夢回聊趁韻，愧無好語答瓊瑰。

排　悶

數日雷中雨，凝寒懶舉頭。出遊閑豹舃，危坐索狐裘。怕冷杯常執，扶衰藥屢投。滿園冰木稼，天遣阿誰憂。

雪中歎

連綿春雪助凶年，平地盈庭大可歎。詞客罷吟梅散漫，園夫慚報竹平安。烏鳶腹餒飛穿屋，牛馬毛寒病倚欄。天意欲添人殍野，四時玉燭古來難。

答裴弟

常棣成陰慰暮年，困人春雪好長嘆。閉門終日詩頻和，伏枕盈旬病未安。已遣携鋤移竹徑，更思杖策整花欄。飽聞冰下游魚躍，所恨雙溪一笑難。

憶昔

跨馬春衢裊翠鞭，垂綸圯下解漁船。霞飛綺散無蹤跡，依舊清霄月在川。

寄景盧時往豫章

聞得荼蘼語牡丹，蜂回蝶散恨春殘。西山拄笏晨光爽，北海空尊夜漏寒。徐孺堂中同下榻，滕王閣外久憑欄。歸來已失蘭亭集，照眼榴花待細看。

辛幼安稼軒

濟時方略滿心胸，卜築依城樂事重。豈是求田謀萬頃，聊因學圃問三農。高牙暫借藩維重，燕寢未須歸興濃。且為君王開再造，它年植杖得從容。

以上《盤洲文集》卷七

全宋詩卷二〇八二

洪　适八

盤洲雜韻上

按：本題自《盤洲》至《黄梅》九首，底本據景宋抄本補寫，四庫本缺，洪本詩文與底本全異。另《種秫倉》一首，殘本《永樂大典》卷七五一八録有二首。兹將異文分别注于詩後。

盤　洲

曲曲盤洲徑，蒼崖路幾層。翠微深處坐，閒話正留僧。洪本作學圃銷閒日，裁詩覓果栽。欣欣依緑水，不憚入青苔。

雙　溪

清溪夾桃逕，玉洞萬株春。為有雙溪悮，漁人休問津。洪本作花柳分三徑，龜魚宅兩溪。長洲限南北，流水卷高低。

日涉門

小圃固日涉，柴門常自關。此心無一事，應共白雲閒。洪本作力學不窺園，老來須日涉。咄咄落霞飛，浮生秋一葉。

索笑亭

虎谿當日事，此處可留蹤。相逢索一笑，何必話中峰。洪本作六出雪中宜，春藏向北枝。巡檐時一笑，玉笛且休吹。

緑萼梅

香濃逾粉質，碧膩素娥粧。若使羊郎見，仙姿應並芳。洪本作懷雪緑蓑翁，銜環青鳥使。競舞鬱輪袍，見花驚相似

鴛鴦梅

疏枝分異蕊，孤幹列鴛鴦。應知為贈遠，異樣綴清裝。洪本作花重香更遠，萼秀實多雙。未足調商鼎，才能薦酒缸

紅　梅

綻玉聞欺雪，含章妬絳紗。不同桃李種，粲煞赤城霞。洪本作不謂天然白，今同杏與桃。玉肌添酒暈，還是冠風騷

臘　梅

籬菊初殘後，疏香忽傲霜。一枝衝臘綻，紫瑰列金房。洪本作天遺金鐘覆，人稱刻蜜脾。暗香深雪裏，凍蝶早前知

黄　梅

未結金丸果，先吐黄芽花。却悮林和靖，翻疑姚氏家。洪本作傅粉厭淡妝，施朱愧宫様。一點眉間黄，散在横枝上

芝　徑

金莖豈受塵，三秀已通神。不競銅池、瑞，逢蘭肯卜鄰。

種秫倉

種秫無多子，猶勝避俗翁。盡將供釀具，不復用青銅。《永樂大典》卷七五一八引另一首，作厚顔折腰吏，泚顙多田翁。

種秫了歲計，糠粃彭澤銅

芝　泉

美瑞山祇管，幽泉地脈通。漱甘冰熨齒，短綆走溪童。

草　塘

茸茸春草茁，碧水涌方塘。入夢無佳句，看雲憶對床。

魚　臺

掩關麾俗子，裂網禁畦丁。臺下魚相賀，溪邊人獨醒。

兑　橋

橋横桑下澗，望處極西郊。有客同飛蓋，何人伴結茅。

泛杯巖

酒進鸕原作盧，據四庫本改鷀杓，花隨翡翠盤。巖邊多怪石，巖下有奔湍。

九　曲

風輕杯蕩漾，岸曲水逶迤。遇坎亦可喜，倒行羞接䍦。

棕　亭

乞得栟櫚葉，都將當屋茅。青青夸蘗申，可怕杜陵嘲。

一詠亭

有水足浮醴，寧拘秋與春。共將詩擬古，不必語驚人。

小垂手九曲二石

醉袖起如舞，翩然三島仙。約君為石友，伴我傲林泉。

醒酒石平泉醒酒石，以水沃之，有林木自然之狀

名高牛氏品，地接燕兒窠。有客圖沉醉，翻嫌石是魔。

墨　沼

鑿地肖風輪，洗雲吞月扇。敗墨起緇塵，山陰勞北面。

既醉亭

酒半興方濃，瓶空罍弗耻。更看一籌輸，各盡三觥醉。

溪　簾

雨過溪添緑，横瀾自在流。水精簾欲捲，何處着銀鉤。

可止亭

循除泉漱石，改席酒分船。到此須知止，行前將墜淵。

鵝　池

路轉左畫方，水來斜中矩。不解寫黄庭，倚笻看白羽。

流　瀑

高坡勢建瓴，觸石驚濤沸。入耳轉聲清，廬峽參差是。

薝蔔澗

夾澗榮薝蔔，倚竹顔如玉。溪魚大上時，臨流香可掬。

菊　澨

夕英色衰落，小摘尚盈襟。錯會離騷意，元無滿地金。

末利菊

化工將末利，改作壽潭花。零露團佳色，鵝黄自一家。

雙溪堂

溪光摇四壁，瓦影落中流。洗耳百聞寂，清心千慮休。

檥齋

隨波堪泛宅，因壑遂藏舟。坐穩無維楫，任他風打頭。

雲葉雙溪四石

支機何代石，風截秋雲根。一葉下人境，坐令臺榭尊。

嘯風巖

於菟嘯空山，萬竅寒風出。隄防飛將軍，漢箭有神物。

蜂房

石是蜂窠變，蜂來有處藏。不須開户牖，薜荔為穿房。

磐磯

有竿不見綸，無綸焉用餌。終日坐釣磯，旁人笑兒戲。

問柳橋

濡毫求露柱，墮履望奇書。問訊緣溪柳，新條可拂裾。

鳳柳

春情百尺牽，午影三眠過。修眉漫成顰，細腰誰類我。

蓼岸

岸蓼花如糝，殘霞照晚汀。不教資麴蘖，留得隱鵁鶄。

碧蘆步

津頭晚風急，欹倒一叢蘆。宿雁逢清泚，飛來作畫圖。

西滸

春馮西滸窗，夏臥西滸榻。待月最宜秋，探梅還度臘。

扁舟

非厭人間事，不携西子游。聊將去越意，指此作扁舟。

飛廬

浮家今得計，舉棹疾於飛。一笑兒童舞，芳蓮當妓圍。

采蓮舟

聖得三峰藕，刳為一瓣蓮。著身猶不穩，何用濟長川。

彩鷁

興來飛畫舸，泛泛水中鳧。緑皺移歌扇，紅鮮迓酒壺。

飯牛亭

冬耕春復犁，麥秀禾方插。少放牧兒休，莫教牛力乏。

西疇

代耕荒幼學，投老樂歸田。鹵莽人之罪，豐凶勿怨天。

土湖

波濤送客帆，松竹圍僧舍。野趣望中來，西湖當減價。

石　衖竹弟石兄出玉川子詩

一丘封竹弟，萬石齒金昆。收拾甲乙品，莊嚴可款門。

有竹軒

前身豈汲直，枉尺天所難。賢哉耐久朋，結盟同歲寒。

斑　竹

帝子登湘岸，臨風粉淚彈。梨花多少雨，點點透琅玕。

紫　竹

拾青容色混，著紫寵光偏。幽逕留風月，行多屐易穿。

方　竹

體方如就矩，幹直匪從繩。杖有削圜厄，提携先摸稜。

人面竹

怪奇存相法，妍醜出天真。此君無二貌，正是葛天民。

猫頭竹

穹枝迴鳳尾，健筍进猫頭。安得真致此，勿為羣鼠羞。

慈　竹

義居傳九世，瑞物記三荆。何似同根竹，春風一死生。

笛竹

蘄産名天下，含颸别樣青。中郎如一見，應不數柯亭。

箭竹

美箭東南出，成林地不慳。禽胡如有將，寄與定天山。

洗心閣

餐霞吞沆瀣，一吸千頃湖。默坐更深省，心塵今有無。

橘友亭

倚楹歌橘頌，巡圃款甘林。更待商山老，於斯朋盍簪。

繡橘

后皇權植物，奴婢偏江干。繡蹙一林橘，高擎黄玉團。

脆橙

謂橘不盈握，勝橙顓進皮。香齏難共擣，遮莫蟹螯持。

金橘道州者

朱襦千里變，金彈一分增。入口蜜相避，懷歸誰不能。

羅甘

羅包肌理細，霜顆輔車香。封殖貴瀕水，踰淮非我鄉。

常棣徑

已廢蓼莪篇，難荒常棣徑。步屧不思歸，共看花弄影。

花信亭

時時風報信，處處雨催粧。大賫一年景，均輸萬斛香。

牡丹

綺席偏宜晝，香霞獨占春。洛陽荆棘久，誰是惜花人。

勺藥

名標溱洧贈，根自廣陵分。所欠盤盂玉，黄樓儘不群。

丹桂

無癖不譽兒，有詩非責子。丹桂幾枝芳，對之空頽泚。

瑞香

紫苞楊柳葉，奇絶錦熏籠。香氣闐襟袖，清尊為汝空。

白山茶亦曰玉茗

自讀文成賦，經營巧作難。涪翁真溢美，何似鶴頭丹。

白榴

耻上舞裙帶，願依九琳窗。韶顔今换骨，阿措便心降。

末利

膚瑩過凝脂，香濃遠隨步。應有看花人，入園心見妬。

素馨

繁盛閩南粤，潛藏霜雪天。素雲生寶髻，賸馥借龍涎。

含笑

自有嫣然態，風前欲笑人。涓涓朝泣露，盎盎夜生春。

木犀

逋客敢欺桂，秋巖曾遺風。古香吹一再，如到廣寒宫。

文官花

破白便懷青，紆朱旋著紫。鼎鼎一春忙，浮榮均夢蟻。

聚八仙

圓整裝花蘂，周遭列飲仙。瓊英難上僭，簇蝶不同年。

衮繡毬

流蘇團小蝶，伯仲聚仙花。衮繡名非是，瑶琨未足誇。

水桅鲜支即支子，出《子虚賦》

鮮支形相小，石罅解蟠根。香凑芝蘭室，居便水月村。

重杏

重英迷宿雨，巧笑聘春風。壽汝一巵酒，勿嫌肌太紅。

紫薇

十年三雁序，接翅紫微垣。花下哦前什，難酬明主恩。

木蘭

未識春風面，先聞樂府名。洗粧儂出塞，進艇客登瀛。

荼蘼

青條散蛟螭，素艶欺瓊玖。體薰塵外香，骨醉壺中酒。

玉瓏鬆此花得之臨川，謂之玉堂春。或云閩中謂之玉瓏鬆，浙中謂之睡梅。唐人有《霧淞花詩》云：園林初日静無風，霧淞花開處處同。記得集英深殿裏，舞鬟原缺，據四庫本補齊插玉瓏鬆。疑即此花也

品軋酴醾架，名疑霧淞花。□將□假借，可但鄙金沙。

山茶平泉有番禺山，□□□録載平泉詩：隴右諸侯供語鳥，日南太守送名花

平泉窮勝事，南守送名花。寓意懲多愛，勞人召怨嗟。

黄薔薇

彤闕收紅綬，金門賜鞠衣。若無纖刺罥，一摘便須稀。

紅蕉

嶺外花無數，分移頗歷年。破除猩血染，舒卷蜀城牋。

海仙本名錦帶

人來認海棠，却訝枝條弱。嫩蘂不勝春，生怕東風惡。

繡帶

蜀艷停針久，柔荑着意描。五文縈色線，百寶簇芳腰。

荳蔻花

冶葉擁香苞，盈盈二月交。相思意安在，試去想花梢。

麗春

纖莛小作罌，瘦殼元無粟。色麗品少雙，詩成看未足。

長春

四季花長發，朝朝得細看。絳英能受暑，緑刺更禁寒。

水仙

龍宮陳酒器，金盞白銀臺。欲結塤篪伴，無踰緑萼梅。

翦春羅

巧翦鮫綃碎，深塗絳蠟勻。殘英枝上隱，踰月逞鮮新。

玉簪

月娥新琢玉，何夕忽遺簪。斜插風鬟濕，蟾宮底處尋。

麝萱

手撚雛鶯羽，鼻參香麝臍。千憂何處散，芳徑酒争携。

玉燈

葉如薏苡長，花比金燈白。一簇蘂宫仙，銀燈臧與獲。

鬬日紅一名落地錦

紅英鬬日開，暮落錦成堆。不藉西風力，孤根委草萊。

佛　桑

展葉柔桑沃，裝叢醉纈繁。定應西域到，略不耐輕寒。

木芙蓉

《離騷》采薜荔兮水中，搴芙蓉兮木末。蓋言水中無薜荔可采，木末無芙蓉可搴，猶緣木求魚之意。與古詩涉江采芙蓉，皆指藕花也。韓文公《木芙蓉詩》云采江官渡晚，搴木古祠空，乃誤用耳

川陸有芙蓉，名同物不同。采江搴木句，作麽誤韓公。

黄拒霜

芳林秋冷落，木末改黄裳。可笑名虚忝，何曾拒得霜。

小黄葵

拂金鋪細靨，騎鵲墮新翎。花小也傾日，芒寒猶聚星。

金　鳳

九苞滋雨露，五采燭軒楹。奉送歸丹穴，朝陽幸一鳴。

鷄　冠

未覩金距鬬，已怪左輪殷。一夜風霜作，垂頭急挂冠。

石　竹　文與可詩：蜂醫紅藥爛，蟲啼碧叢短

藹紅蜂好醫，路細麝來眠。若也栽幽處，踰冬色不蔫。

黄鶯兒

鸝庚翻柳去，拾羽漬輕花。戰戰枝如壓，無風勢亦斜。

真　珠

細簇盤洲岸，初驚合浦還。娉婷邀十斛，惜取買青山。

鼓　子

抽蔓類牽牛，含芳伍萱草。上上不知休，高柯厭纏繞。

金　錢

鑪熾陰陽炭，金錢滿地流。何人能點鐵，笑覓富民侯。

以上《盤洲文集》卷八

全宋詩卷二〇八三

洪适九

雜詠下

金燈

燈焰既埋光，幽蕤不露黄。阿誰驢唤狗，為我問花王。

百結

體輕難受雨，枝軟不禁風。全賴結蟠力，能超造化功。

後庭花

月滿臨春閣，雲隨張麗華。隔江雖度曲，破國不因花。

凌霄

天借憑依便，雲霄若可凌。莫教風拔木。却羨水飄萍。

杜鵑花

山深啼杜宇，濺血染花心。閬苑未歸去，不妨留鶴林。

玉胡蝶

贊皇褒簇蝶，京洛古來希。一陣雄風起，穿林粉翅飛。

苔亦名緑錢，陸龜蒙《石竹詩》：而今莫共金錢鬬，買斷秋天是此花

赤憎賓舍滿，雅稱落花留。縱使金錢好，如何買斷秋。

虞美人草

尤物鍾芳草，虞兮柰若何。動摇緣體弱，非是感悲歌。

睡足亭

露重宿妝凝，地偏春睡足。卜夜到横參，却須高舉燭。

黄海棠

漢宫嬌半額，雅淡稱花仙。天與温柔態，妝成取次妍。

垂絲海棠

脈脈似崔徽，朝朝長看地。誰能解倒懸，扶起雲鬟墜。

孤　松

昂霄蒼鬣五，獨立幾寒暑。不肯在鷄群，自然羞噲伍。

菱　灣

食芹知獻君，嗜芰不忘親。大節全忠孝，勞心思古人。

芡　曲

芡槃平羃水，雁喙飽呑風。剖蚌珠驚坐，清談拳屢空。

林珍亭

主林時獻供，它壤昔移根。秋後收梨栗，傾奩得弄孫。

櫻桃

園官來獻孰，萬顆滴階紅。緑李高名品，須知論未公。

蒲萄

虺蔓奮長須，纍纍明月珠。休傳釀酒法，萬一誤分符。

雪梨

魁然飣坐珍，落刃雪分身。酒渴思吞海，加籩縱臾人。

鵝梨

新鵝借顔色，甘蜜添滋味。憶得賞花時，闌干帶春淚。

林禽

蒙潤碧千顆，迎曦紅半頰。閲古憩鵝池，牽連青李帖。

竹村

一任筍侵疆，何防鞭礙道。千户廣侯封，三家結村保。

竹屋

楝梁無一木，眼底盡龍孫。千畝清陰合，出門人灌園。

灌園亭

好手善和羹，非才當抱甕。加點苜蓿盤，丁寧及時種。

西　瓜癸亥年，先公自北方帶歸

萬里隨膚使，分留三十年。甘棠遺愛在，一見一潸然。

罌　粟

美體亞群花，千罌倒儲粟。飲客醍醐漿，可以代醽醁。

瓊報亭

珍物再三投，英瓊修永好。以兹君子德，不作衆人報。

木　瓜

碩果宣城得，花膚易地無。上樓要脚健，不假瘦藤扶。

矮　桃

結子卑枝繁，成蹊長策捨。飽殺騶侏儒，誰牽果下馬。

崑崙桃

滿樹鳩自注：上聲。盤茶，曾開勝錦花。奪胎春薄相，刻畫攪詩家。

朝天李

長柯渾直上，茂葉不横生。縞夜心傾藿，朝天荷美名。

破核李

葦綃欹鼠穴，翠質臨螬井。自破核不鑽，通行冠可整。

嘉慶子壬午年，仲弟使虜，遇此果熟，帶其核歸種

雪艷燕脂萼，京都核遠來。遊人初識面，不作李花猜。

繭甕亭

倚檻課條桑，作繭看成甕。我亦效吴蠶，踏破愁清夢。

沃桑陌

植桑非一日，斬伐良不忍。亦欲後人知，愛奇仍務本。

六枳關

分付司花女，誰何六枳關。少年輕薄子，驅去勿教還。

碧鮮里

勁節舊捎雲，新添老大根。何年居此里，著處長兒孫。

柞林

柞樹何人種，成林不亂行。漢家全盛日，宫殿對長楊。

桃李蹊

粲爛九張機，交加五雜組。蜂蝶勝於人，東來又西去。

凌風臺

老根呈冷艷，鼎立傲剛風。危坐曾臺久，衰顔得酒紅。

蒼鶴

吭赤羽毛蒼，華亭雪羞比。昂昂警露仙，翻作遼東豕。

馴鹿

呦呦忘野性，掉尾草中眠。寄語射生户，深山空歲年。

猿

擲果心頻喜，攀條臂暗通。有懷清遠峽，雲斷玉環空。

野緑堂

緣流排勁草，盈野鞠長蘆。烟樹高低見，如開平遠圖。

壁立萬仞野緑五石屏

立壁無蹊徑，纖塵不可留。若知心匪石，那復為身謀。

千巖萬壑

屏開山弄巧，巖秀壑争流。漫作剡中夢，難尋雪夜舟。

横坤一練

滄浪東入海，神禹了天功。誰解聞鷄舞，來招擊楫風。

疊嶂

愚公移疊嶂，神助到盤洲。細問昭亭路，今非風馬牛。

月娥留照

星稀天隕露，山静谷生風。萬古雲中月，炎涼無異同。

隱霧軒

平昔慕文豹，管窺纔一斑。誰言披宿霧，吾欲老兹山。

豹巖

九仞基人力，千峰奪地靈。日長頻拄頰，霧暗可藏形。

楚望樓

魯脅尊岱嶽，楚望指江流。地占山川勝，小哉雲夢游。

巢雲軒

羌廬騰爽氣，非霧擁樓居。夜鶴能知我，鵷鶵甚起予。

駐屐亭

長林勞屐齒，植杖解冠衣。覓句題青竹，不知孤鶩飛。

郊扉

尺五蠙洲境，繩樞每日開。抱關無約束，俗駕望風迴。

濠上

大魚緩揚波，小魚輕觸芰。魚樂我能知，我來魚不避。

野航

短蓬收輯濯，欄楯占濠梁。受得兩三客，更添垂釣郎。

龜巢

眼看蓮葉巢，藏六可論交。但得滄洲趣，何嫌蝘蜓嘲。

魚

心嫌大吞小，不忍喚漁蓑。皺月年年減，潛淵漸漸多。

白　龜張籍詩：天欲雨有東南風，南溪白龜鳴窟中

往作清江使，身遭七十鑽。南溪今自在，魚鼈報平安。

綠毛龜

青髯千歲壽，綠髮九江希。巢葉相漸染，沙邊曳水衣。

澤芝亭

花開常比兩，葉巧或盈千。獨步南風裏，繁英媿在前。

雙頭蓮

駢花先總角，一體素同心。可是鴛鴦瑞，于飛幻碧潯。

重臺白蓮

綠房韜紫的，玉片踴重葩。公論評優劣，難私解語花。

多葉紅蓮

步有凌波襪，掌為承露盤。尚嫌花片少，千葉映朱欄。

槐

花黄秋欲半，昔歲一番忙。謬應魁三象，深慚王氏堂。

流憩庵

日日來無數，周流足也疲。安排憩策地，準擬曲肱時。

欣對亭

臨清莫三歎，對景非一欣。緩踏溪南路，怕驚鷗鷺群。

錦鷄

冠距山雌比，誰來斷蜀機。爛斑兼衆采，似戲老萊衣。

鸂鶒瀨

籠寬毛不損，境熟意能馴。自得寒江樂，何憂采捕人。

拔葵亭

廛中饒菜把，足以給盤餐。不逐露葵去，定遭修竹彈。

容膝齋

寸地有別天，斗牖無長物。吾身容易安，此膝不可屈。

芥納寮

地戰兩蠻觸，氣吞九雲夢。何以納須彌，是中甚空洞。

夢窟

世事一場夢，山棲冬復春。花邊侶胡蝶，不省宰官身。

棕

剖心青掌露，蓬首紫髯垂。花孕魚堪饌，枝重鳥不窺。

木竹

竹葉木枝柯，葱青光可鑑。桃竹最名浮，自知蕭洒欠。

蘭

清馥畏人知，辭山便泣岐。請將紉雜佩，不去傍蛾眉。

藥　畹

自笑桑榆景，猶貪草木滋。烟霞成痼疾，良藥豈能醫。

仙　茅臨江許仙觀所出，庾嶺亦有之。羊食之者為乳羊

許仙初拔宅，靈草迸香茅。能使羊無血，云何命在庖。

黄　精一名鹿竹，亦名菟竹

葉細渾疑竹，叢輕却象花。果然能辟穀，誰不護萌芽。

蘼　蕪其根芎

菲菲芳襲予，采采葉敷碧。捐軀陸羽經，箝口陳琳檄。

芷

為愛草中香，靈均詠藥房。行山踏蛇虺，繫肘有名方。

地　簣

塞耳可治聾，下咽多去病。九曝不辭勞，蚤衰諳藥性。

茱　萸

覽盡輞川圖，擊節茱萸沜。九日秋子來，黃花為酒伴。

玉虹洞

天晴玉連蜷，洞邃香吞吐。趁逐牡原作壯，據四庫本改丹時，游人推不去。

緑沈谷杜詩：苔臥緑沈槍。皮日休竹詩：一架三百本，緑沈森冥冥

塞翁馬論谷，山房谷名竹。千駟後無聞，一竿清亦足。

聚螢齋

廣野螢如織，凉郊書好觀。借光須繼晷，莫遣案頭乾。

螢

得夜不韜藏，飛星亂草塘。都緣光影誤，無路出書囊。

美可茹亭

勿誇萬錢食，可畏五鼎烹。采山逃後悔，碧澗有芹羹。

蕨

塊破擎拳出，盤行轉眼空。救荒非小補，粉骨不言功。自注：辛卯大荒，村人掘蕨根搗粉，謂之烏糯，賴以脱死者甚衆。

薺

犯寒青匝野，信手各盈襜。不與草爭長，聽教荼比甘。

筍

出殺瘞五皮，獲麟髡一角。煮簀太憨生，非關渠善謔。

雲起亭

水窮雲四起，出岫本無心。莫負蒼生望，須為旱歲霖。

西　戶

行樂惜分陰，或風雨有疾。細數一年中，户開能幾日。

山居二十詠

山　居

經始得山居，幽尋跡不疏。自開溪上徑，花露泣前魚。

竹　坡

有圃無修竹，其如借宅何。寧忘三月味，不厭此君多。

芝　樹

築樹芝山麓，仍年再産芝。欲求茹芝法，已與赤松期。

樵　徑

松釵藏曲徑，林浪積枯枝。足了園炊用，何須壞庾廋。

茶　丘

半世別玉州，夢憶仙人掌。經丘獲鎗旗，清思飄雲上。

栗　嶺

霜栗大如拳，皺開穰獻熟。借問嘉卉山，何如白鴉谷。

茅軒

翦茅聊復爾，步屧欲何之。風捲三重去，危簷雀護兒。

蜂廬

分自注：去聲。窠能擇地，識路自尋花。不候譙門鼓，群飛晚趁衙。

情話齋

意到非饒舌，情親易解頤。或時鐺脚坐，不效劍頭炊。

榴花城

榴艷對枯笻，西來解后同。折花羞鬢白，未插已顔紅。

錦被堆

錦衾鋪緑野，山麝可曾眠。蕙帳塵凝席，花殘鶴惘然。

頳桐一名百日紅

花涵百日紅，色到三秋重。葉大好題詩，叢卑難集鳳。

雙魚

犀角透魚龍，石肌藴星斗。亦有無情花，枝頭魚貫柳。

薔薇

竹外霞為幄，花間錦作籬。離宫多怨女，吃吃竟亡隋。

迎春一名黄雀兒

桃杏正酣酣，光春當仲月。吐艷既後時，嘉名安可竊。

長生草

經時久枯槁，得水即青葱。起死醫無藥，返魂香有功。

雲松關

葉生新易舊，歲寒凋獨後。不改四時柯，賢言非聖耦。

山樊

蘂碎葉傷多，風韻弗娱目。獨抱絶塵香，無心出幽谷。

躑躅崦

一氣浹群芳，漫山躑躅黄。有誰相領略，自解度春光。

草野

發生寧有種，滋蔓妨人路。不得十月霜，掃除難盡去。

以上《盤洲文集》卷九

全宋詩卷二〇八四

洪适一〇

錢仲仲挽詩二首

佩蘭扈芷楚三閭，騁祕抽妍漢子虛。甘向黑頭辭印綬，肯將白眼對圖書。清規盡入先賢傳，繐帳空馳長者車。千里纏悲付虞殯，西風吹淚著襟裾。

秋來鴻羽得新文，不謂回封限九原。起起若為償歲夢，嘻嘻無復對朝言。一編徒挂延陵劍，三徑誰開靖節樽。塵迹蓋棺渾莫問，墓頭黄石拜兒孫。

程通判挽詩二首

力行先孝友，潛處伴耕樵。日奉斑衣戲，風移尺布謠。白頭方得禄，朱紱便登朝。車作驊騮折，松烟喝鼓簫。

日游通德里，會面蓋先傾。我作南垂去，君成東蓼行。忽持芻束奠，忍聽薤歌聲。為看三珠樹，門高莫與京。

熊直閣挽詩二首

文石榮三接，君王膝屢前。蒲鞭如漢日，鹽筴有蘇天。未上甘泉道，俄開京兆阡。傳家文史足，不在一囊錢。

居巷相南北，登門久歲時。温言流肺腑，和氣見須眉。日昃長沙傅，年凋絳縣師。春雲冒丹旐，同會袂成帷。

中大族伯挽詩二首

笑談登月窟，轉盼戛天池。十載董狐筆，兩州龔遂祠。文章傳古法，名姓畏人知。忽作龍蛇夢，今無甲子疑。

久矣宫盤谷，皤然築大逵。方瞻烏亦好，已問鵩何之。無復竹林會，忍聞蒿里期。行行遡西日，有淚若連絲。

朱承事挽詩

鄉關聞德耀，子姓有佳聲。五十貴不驗，三千功已成。山幽雙劍合，桂近一枝榮。他日先賢傳，求之月旦評。

臧縣尉挽詩

共在鄉人後，相高君子前。家聲郜大鼎，利器楚龍淵。不相買臣貴，竟傳梅福仙。只令空漬酒，落筆更悽然。

程參政挽詩三首

身近長安日，官無州縣勞。黄麻襲姚姒，赤舄等伊咎。量與南溟闊，名如北斗高。十年蟠緑野，軒冕一秋毫。

聖主更琴瑟，真儒政事參。上階占兩兩，東第得潭潭。忽卧漳濱疾，虚傳澠水談。驊騮好千里，底事學吴蠶。

一顧駑增價，兼收雁作行。篇章非子墨，藻鑒誤雌黄。雲淡番君國，年荒陸氏莊。眼看飛旐出，雨泣漫淋浪。

李沅州挽詩二首

籍籍臺郎日，皐蘇遠拍肩。疏陳三尺法，制可九重天。不使金横帶，俄驚酒漬綿。平亭知有報，高蓋拂修椽。

朱轓今素幔，歸路乃長迷。露菊荒三逕，春棠叠五溪。新丘悲寓馬，陳迹記談犀。淚迸無乾袖，重雲入望低。

程司户挽詩

把酒論詩日，高標迥絶塵。那知三語掾，便作百年人。山霧銘旌濕，松風挽鐸頻。流光須有後，何必在其身。

程樞母永嘉郡夫人挽詩二首

華族鳴徽久，閨風藹德門。鴻樞看子貴，象揥拜君恩。純孝纏吹棘，端憂隕得萱。板輿無復御，舊迹識家園。

赫奕家聲振，吾鄉今所稀。北堂黄髮壽，西府黑頭歸。方羨含飴樂，俄聞侍膳非。萬家旁置處，空愴白雲飛。

郭太尉挽詩

閒適珍臺典舊儀，趣歸方俟詔封泥。人生七十古猶少，執政二三今與齊。忽見墓門陳石馬，空懷賓閣奉金犀。不須知識方流涕，處處俱成桃李蹊。

羅尚書挽詩三首

周旋儀禁路，契合本孤忠。帝識尚書履，人驚御史驄。貴名青史上，讜論皁囊中。不入三台志，鹽梅事竟空。

當年持從橐，白髮奉親闈。安否君王問，尊榮簡策稀。祥琴曾未御，丹旐已同飛。蕭瑟千章柏，深藏五彩衣。

連蹇魚符忝，宗師藻鑑亡。但瞻楊子宅，莫避蓋公堂。遠水松區對，東風紼路長。九原精爽在，遺恨一莊荒。

向通判挽詩二首

屢薦聲名白，低飛鬢髮蒼。平生幾朱紱，夢寐一黃粱。利刃盤根出，明珠後乘光。洪都囚不死，陰德未渠央。

里社承顏舊，情非數面親。令名高月旦，和氣藹陽春。乍闊談揮麈，俄驚冢卧麟。濡毫記遺事，顧我不如人。

俞淑人挽詩

名父尹京日，移天冠柏臺。齊眉豐俎豆，繼踵蛻塵埃。德比人如玉，情鍾子在梅。山高雲不去，虞殯有餘哀。

何宜人挽詩

心了金剛偈，身膺石窌封。靈津雙劍合，平壤萬家容。感慕風吹棘，悲凉霧喝松。鄉人清淚落，可但輟鄰春。

魏恭人挽詩

儒門傳禮法，婦道有初終。石窌重封貴，金章上壽同。含飴談往日，吹棘愴來風。紼路芻靈隘，春朝里巷空。

沈淑人挽詩

尊章歡二姓，八座對厖眉。井井傳家法，繩繩賴母儀。川靈雙劍躍，壤吉萬家移。多少龍灣樹，雲藏不盡悲。

余吏部挽詩三首

石月顯門學，儒林譽翕然。盩䀉家有塾，菽水坐無氈。孝永趨庭日，名成佩韘年。流芳千載下，不減漢韋賢。

入臺光六察，言事過同寮。可畏觸邪豸，元非開口椒。召來仍襆被，老去但乘軺。未報蒲輪聘，巫陽已下招。

清音扁新閣，山色送溪聲。尚欠題詩債，難尋把酒盟。囊空無長物，甑墮底浮名。紼路它州遠，臨風淚睫横。

章通判挽詩二首

泉下齎遺恨，絲綸趣丹霄。翔鸞說秋浦，展驥到新安。涉世無圭角，論交出肺肝。籍薦口，白首滯微官。千里佳城閉，哀笳不挂冠。遺書成挂劍，揮涕屢霑巾。翠竹曾留我，紅梅獨對君。富州春再見，風月款平分。得聞。

陳左相挽詩三首

盛德波千頃，清風偃俊躔。兩朝隆柱石，四海入陶甄。致主唐虞上，齊名房杜前。期頤慳上壽，底處問蒼天。

往昔旄頭起，群心共震驚。指麾戎幕固，談笑虜巢傾。繡黼重當國，氈裘即歛兵。巖巖謝安石，不數晉公卿。

天意尊黃髮，人扶上玉墀。傳呼晝接後，邂逅日斜時。瞻仰三台坼，淪亡一鑑悲。千秋名不朽，奎畫在豐碑。

楊和王挽詩二首

矍鑠猶軈出，魁梧玉帶輕。良家三世將，幕府萬人英。長嘯臨天塹，妖氛散虜營。黃壚有遺恨，不見朔方平。

三紀羽林衛，千秋彝鼎銘。拔材多男爵，教子寶遺經。淮上開王社，雲邊落將星。後來思燕頷，麟閣仰丹青。

許倩幼失所恃得地辦葬名其亭曰棘風求詩紀事

擇鄰傳懿範，負土踵前規。回首樹萱録，動心吹棘詩。幽亭三鼎變，吉壤萬家隨。度曲薰絃絶，臨風淚滿頤。

汪德邵挽詩

監郡能名播，分符治行高。俄驚駒過隙，不見鶴鳴皋。三徑賓朋散，重樓柱石牢。傷心丹旐舉，舊事記松醪。

彭叔容挽詩

襟宇無畦町，鄉評有譽言。宦途材智出，名閥典刑存。未試牛刀手，俄招馬鬣魂。有懷尊酒日，揮淚北山昏。

章令人挽詩

肥家尊淑範，閱世悟浮漚。風棘慈顔隔，堂萱子舍憂。六珈齊上壽，一劍躍中流。紼路傾鄰曲，凄其松露秋。

梁竑夫挽詩二首

材高易盤錯，語妙出波瀾。和氣如春暖，交情耐歲寒。牧民千里治，奉使五刑寬。杖屨懷陳迹，琴亡曲罷彈。

向來持國秉，貢禹合彈冠。予節緣心計，飛章或面謾。開陳疑已釋，騰躍事非難。覆餗長緘恨，何知便蓋棺。

魏彦誠挽詩三首

星文推獨步，風采偃先聲。沉慮千人廢，高談一坐傾。蘇枯崇治效，去草折姦萌。春霧新阡暗，裁詩淚睫橫。

偃月欺天日，淫刑及反脣。程論傳學者，粵嶺作流人。貽後端無憾，瞻前詎有鄰。太剛終齟齬，袖手老江濱。

昔年同攬轡，累日到門闌。題竹飛松管，觀魚走玉槃。著鞭顏有媿，推轂力何難。翻坐葭莩累，塵凝貢氏冠。

汪樞使挽詩二首

兩朝尊輔拂，一德贊規恢。簡劾人所畏，囊封天可回。指揮兵事密，談笑塞氛開。尺五魁三象，俄驚山嶽頹。

天陛黃麻出，同時拜寵榮。薦賢窺汲引，謀國冀升平。睽闊仍寒暑，吁嗟隔死生。門人有碑誄，不數漢公卿。

榮國李夫人挽詩

斗樞光梓里，壼德講魚軒。教子詩書足，齊家禮法尊。相隨雙劍逝，來弔一芻存。松霧銘旌暗，悲歌塞墓門。

許碩人挽詩

敬蘭光相閫，采藻助儒宗。偕老金犀貴，增封石窌重。川深雙劍合，壤吉萬家容。遥想銘旌舉，悲風暍霧松。

向侍郎挽詩二首

策足王城日，聲名顯妙年。剸裁無肯綮，施置不拘牽。驚坐瞻揮麈，豐財賴算鞭。中興良吏盛，佳傳壓甘泉。

沃轡環天下，澄清今范滂。帶牛姦破穴，問馬智盈囊。踰七春秋足，尊三爵德光。鄉閭失耆舊，緋路送車忙。

余文特挽詩

決科榮彩服，諸仕振芳埃。金玉胸懷好，珠璣言語堆。一麾臨白首，八載厄黄能。情話今陳迹，悲悰衮衮來。

張待制挽詩

松關辭舊隱，平步漢甘泉。破虜資長策，豐財簡細旃。救荒陰德大，尚齒達尊全。觴豆懷陳迹，風悲馬鬣阡。

彭仲光挽詩

吉德傳鄉黨，家聲企大儒。九霄欣得路，五馬議分符。歎息人琴逝，凄凉鄰曲孤。霜風丹旐舉，松霧暗黄壚。

樞弟挽詩三首

少小猶朋友，陳編晝夜開。同時題雁塔，旬月聚麟臺。詞掖君先達，臺階我後來。傷心今古隔，楚挽不勝哀。

投老開三逕，聯翩北郭門。嘲花詩插架，對竹酒盈尊。歎息千秋宅，荒凉十畝園。談叢鐺折脚，雲暗脊原作即，據四庫本改令原。

静鎮多遺愛，存橋有遠謀。禁林傳大册，宥地簡前旒。疾也勞心得，生乎撒手休。三年棠棣徑，倚杖淚争流。

陳公秀吏部挽詩

頃陟詞壇日，初瞻雁塔名。坐氈甘獨冷，揭節守真清。蘧蘽能陰中，驊騮使却行。佳城千里外，無處送銘旌。

張龍學挽詩二首

今代風雲會，何人善論兵。丹墀凝睿想，黄石踵家聲。瑞國儀千仞，籌邊妙兩楹。重泉有遺恨，不見復神京。

中臺雙挈橐，重鎮四分符。井地觀佳政，林巒鑠異圖。犁添長樂犢，鞭截豫章蒲。處處甘棠淚，黄童白叟俱。

周尚書挽詩二首

九師迷易説，皇極倡先天。學苦韋編絶，名高雁塔懸。朱轓多惠露，紫橐表甘泉。歎息佳城閟，喬松鎖暮烟。

憶昨登瀛日，官曹幸接聯。再來聞國論，及見上經筵。淵識闚靈憲，嘉謨凑細旃。生芻千里奠，覓句一潸然。

姚參政挽詩二首

發軔詞壇日，曾同蕭寺盟。望洋呑渤澥，歷塊指幽并。不競二三策，難淹九萬程。君王顓賜第，千佛漫聯名。

晉晝光三接，霜臺肅紀綱。栽培指佞草，重叠上書囊。筆橐留施設，鈞樞憶贊襄。傷心左溪路，松檜已成行。

周知郡挽詩

德比圭璋潤，言如布帛温。休心馳官路，寓意傲家園。侯國思遺愛，吾鄉欠達尊。佳城鄰别墅，松霧望中昏。

葉提刑挽詩

冠帶橋門擁，曾披星斗文。屬鞬尋耿賈，投筆遠淵雲。獻納頻三接，平反自一欣。凄凉真率會，鷗鷺也離群。

彭叔陽挽詩

買鄰喬木近，不隔一牛鳴。甲第夸新作，高樓待落成。未教長縱壑，亦合且專城。矯首天難問，傷哉挽鐸聲。

參議弟挽詩

新築久同隱，崇桃存舊栽。壺中春漫别，花下我頻來。議幕三年隔，喪舟千里回。琴亡情話絶，淚落有餘哀。　以上《盤洲集》卷一〇

全宋詩卷二〇八五

洪 适 一一

台州會太守致語口號

子墨聲名滿上都，同時曾喜得相如。二年寧俟棠陰久，一日先看薤本除。已向雲霄班玉筍，却思風月佩銅魚。百川莫靳長鯨吸，會即泥封虎爪書。

秋閱致語口號為廣帥作

使星兩兩下人間，南伯來臨黃木灣。蓋海旌幢龍户集，折衝樽俎豹韜閒。銛鋒似雪摇銀海，美酒如澠倒玉山。賓主一時皆偉望，璇霄不日侍天顏。

又歸路

風動旌旗熊虎開，喧轟鼓吹隱晴雷。襟裾夾道邦人出，介胄填郛方伯來。按轡傳聲真烜赫，鋪茵呈舞少徘徊。林巒洞壑皆心譬，共看威伸講武臺。

設蕃樂語口號

海山樓下水朝東，此去瀰漫拍太空。稛載寧尋蕞爾國，舟行好趁快哉風。往來雲漢經星外，出入魚龍巨浪中。拜手君王零湛露，舉觴須似吸川虹。

會肇慶新守樂語口號

元戎好客過當時，喜報江頭鷁首飛。款曲西賓香作陣，安排南食妓分圍。甘醪不必金貂换，清話頻看玉麈揮。祇隔嵩臺衣帶水，未須輕賦醉言歸。

會肇慶舊守樂語口號

再歲專城屈令才，西江人至説清埃。瓜時解組飄飄去，雪夜乘舟得得來。一笑坐間桑落酒，幾聲樂奏越王臺。元戎預起陽關恨，不放譙門玉漏催。

會黄雷州樂語口號

二難辭藻琢瓊瑰，入洛當年擅軼才。五嶺達官今寂寞，九齡高躅久塵埃。分符有此二千石，投轄中之三百杯。衣繡還鄉真罕見，戲魚同隊幾駑駘。

平齊孫致語口號

山越逋誅歲屢更，元戎指縱有奇兵。長歌壯士歸三箭，必勝良籌妙兩楹。兔窟已空春草碧，鯨波無事暮潮平。干戈便挽天河洗，桴鼓從今不復鳴。

會南恩守傅侍郎致語口號

向來烽火起邊塵，虜使南翔譽益振。肯為魚符臨海角，合歸鷺序映朝紳。高情如泛陰山雪，喜氣能添澤國春。一斗百篇推敏捷，醉中端有語驚人。

韓提舶解印致語口號

萬户封侯識面難，南來清譽落諸蠻。指揮浪舶風帆了，談笑木牛流馬間。回牡言歸光帳餞，一杯相屬看弓彎。行行日遠長安近，平步逍遥玉筍班。

韓提舶餞行致語口號

激濁揚清有渭涇，鞭鸞歸去侍天庭。文星持節光南斗，巨翼摩空擊北溟。黄木灣頭波湛碧，陽關聲裏柳吹青。莫辭更盡一杯酒，明日相思過短亭。

衆官餞提舶樂語口號

泰山英譽冠當時，五嶺人人説繡衣。平步便應持紫橐，它年何止到黄扉。遲遲暖日離筵啟，渺渺澄江畫航歸。若問越裝無一物，篋中寶唾盡珠璣。

廣東春教致語口號

高管嗽嘈疊鼓忙，春雲輕覆饗軍堂。二星光動狐狸伏，六纛威騰貔虎良。海孽向來如薙草，射夫無有不穿楊。時平已卧邊庭鼓，不廢蒐田謹舊章。

歸路致語口號

轅門返旆到康莊，甚寵傳呼實鮮雙。麗錦輕翻青玉案，高牙旁聳碧油幢。令行遏嶠真無事，盜息潢池不受降。會見追鋒歸禁密，獨留威譽紀南邦。

以上《盤洲文集》卷六五

天中節道場所回欄階白語口號

濯冠沐浴意能虔，已萃緇黄介萬年。樂備八音浮喜氣，香飄九陌凝祥烟。雙旌未用催茸纛，四牡何妨款著鞭。夾道邦人方屬目，試教舞袖略回旋。

前筵祝聖致語口號

帝暉咫尺照龍楹，繞殿嵩呼若震霆。朝士班齊鸞步武，仙官瑞集鶴儀形。奉觴亦有單于使，秉筆應書南極星。遐嶠莫瞻天日表，願將湛露等滄溟。

對廳致語口號

時逢化國日舒長，解愠風來宇宙凉。飛鵲閨祥瞻北極，頒魚錫宴暨南方。紛紛人贊元侯德，兩兩星舒使者光。來歲廣庭班玉筍，斯辰同奉萬年觴。

王母隊祝聖致語口號

六幕紛紛啟瑞篇，非烟深處下芝軿。穆王擾擾不謀治，武帝區區空學仙。今代一人真間世，昔時五老與疑年。歡呼亦有南山頌，誰解吹噓上九天。

對廳致語口號

天街蹀躞跨連錢，帝念遐萌輟雋賢。玉節繡衣三絶席，翠樽瓊斝再開筵。管弦聲動宫商叶，雨露恩均草木妍。定有千秋金鑑録，明年親奏御牀前。

廣西春教致語口號

元戎堂上有奇兵，樓堞旌旗未易名。光接二星瞻使節，令行八桂暢軍聲。指揮已定熊羆肅，什伍纔分鵝鸛成。威烈遠超銅柱外，雕題交趾盡魂驚。

道上致語口號

廣陌無風柳絮藏，輕塵不起整戎裝。洞丁纍化青春寂，師乙諧聲白晝長。無數冠裳雲塞道，兩行鈇鉞雪摇光。英英如此桂林伯，四庫本作帥便令腰金上玉堂。

歸府致語口號

凝笳叠鼓壓天南，從此邦人作美談。北里聲名皆擢秀，東州歌舞總懷慚。輕裘坐嘯青油幕，積甲高齊碧玉簪。聞道家家賣釵釧，武夫歸去亦醺酣。

水教致語口號

元戎虜使憩胡牀，寓目舟師夏日長。捷比黄頭能輯濯，勇於長鬣取餘皇。水中劍影蛟龍避，帳下兵威狐兔藏。見説潢池毁多楙，新來歸去事耕桑。

歸路致語口號

油幢紅旆届通衢，共聽歌詩我不誣。弭盗初無沈命法，應時誰用辟兵符。翻然奮袖回羅綺，觀者駢肩足袴襦。早晚天書頒瑞錦，好書樂石遺番禺。

會肇慶黄通判樂語口號

古錦銜標户户知，瀛洲準擬上雲逵。當今便便五經笥，自昔汪汪千頃陂。肯向江邊留鷁首，莫辭花底罄鴟夷。康沂成詠頒歸詔，剥啄相尋後會期。

會鄭韓二守樂語口號

江别東西説二賢，魚書同拜喜聯翩。穉卿風采齊龔遂，延壽規模載潁川。玉麈揮談飛玉屑，金龜换酒泛金船。莫辭痛飲娱清夜，對此中秋璧月天。

廣東秋教致語口號

清秋大試斧尋柯，嗷咷誰言用楚歌。帥閫威名傳籍籍，使臺材業辦多多。兵機總是師黄石，酒令同看卷白波。見説鄰偷蜂蟻聚，遠聞軍政已投戈。

歸路致語口號

旌旗獵獵戰西風，介胄精明霜與同。擁道共瞻元帥至，折衝誰許十賢功。夸銀拖綵征師喜，迴袖垂螺舞女工。已向黄樞贊籌畫，便應歸侍大明宫。

設蕃致語口號

艫人指日欲開檣，洽此需雲寵遠商。奇物試求師子國，去帆穩過大蛇洋。銀杯更盡金杯飲，黑暗仍兼白暗將。方伯使華清澈底，不聞私有橐中藏。

會廣西田提刑致語口號

北斗南邊雲物明，燁然天節仰祥星。朝端獬豸曾張膽，道上狐狸已匿形。欲奉三章仁遠嶠，定知五管迓虚囹。迂程肯顧交情厚，莫惜花前倒緑醽。

廣東春教致語口號

豪竹繁弦振粵臺，鬬場雨過净纖埃。台符款曲三揮麈，軍令分明屢舉杯。兔窟久空春草出，鯨波無事早潮來。已知樽俎遐衝折，且欲班勞激趫材。

歸路致語口號

旌旆摇摇卷碧雲，元戎振旅入城闉。蜚騰廣譽孚朝野，講肄强兵動鬼神。無數冠裳聲聒耳，兩行羅綺艷嬌春。看看夜半朝宣室，便把金犀换玉麟。以上《磐洲文集》卷六六

天中節道場回欄階白語口號

垂魚擁笏萃官僚，黄宅緇廬再祝堯。九夏正中調玉燭，五雲為瑞爛璇霄。無勞廣陌張戎幕，且駐高牙挽

使軺。觀者如牆汗成雨，為呼歌舞相歡謡。

前筵祝聖致語口號

薰風濯熱自南來，陛戟傳聲殿繞雷。九奏鳴球陳露甕，八珍登俎奉天杯。爐烟結篆狻猊噴，扇影分行孔雀開。海角無階就堯日，但知長曝報恩腮。

對廳致語口號

填然歌頌沸康莊，郁郁捎雲晝漏長。禮浹三行盈緑醑，樂催百戲擁黄堂。挹泉清節推吴隱，攬轡威聲小范滂。來歲同稱千萬壽，天顔有喜舉瑶觴。自注：捎雲，瑞雲也。見《江賦》。

王母隊祝聖致語口號

想像編星拱紫微，龍蛇日暖動旌旗。恭維虹瑞生虞帝，遠以鸞驂會宓妃。雲氣先飛三足使，風紋不皺六銖衣。君王若問蟠桃木，溜雨霜皮幾萬圍。

對廳致語口號

心傾葵藿斗南邊，秩秩簪紳再就筵。方伯舉杯均舜酒，外臺連璧頌堯年。望雲鼇抃躍三百，自注：音陌。指日鵷行官九遷。祕殿此時同廣宴，宫花深處拜傳宣。

廣東水教致語口號

水戰横江一百舟，海山樓裏坐元侯。偷兒已罷三年伎，猛士聊因五月秋。不用辟兵酬令節，從今行客但安流。將軍盡列長安第，留取樓船震海頭。

歸路致語口號

州民争看使君歸，千騎闐闐此一時。鼠子已知焚大棹，馬人又是建豐碑。但將海閤嚴軍政，不比湖亭習水嬉。赤壁功成八十萬，小橋應奏舞腰支。

會江正字樂語口號

一鳴曾使萬人驚，亘地馳聲若建瓴。此日東州披宿霧，幾年南斗避魁星。共看騏驥騰夷路，便接夔龍侍楚廷。千里尋盟須舉白，海珍無謝五侯鯖。

廣東秋教致語口號

八月師田不失時，武鼜赳赳震雕題。耳批秋竹圖騏驥，鋒瑩朝霜拭鷺鶿。連率名高方叔後，外臺志與范滂齊。向來佩犢潢池子，一一腰鐮走稻畦。

歸路致語口號

旌旆照海塞通逵，共説元戎校武歸。三歲麟符寬遠顧，一方鼠子讋英威。征袍劍立嚴師律，舞袖弓彎有妓圍。頃刻連營俱解甲，室中寧復歎蚰蜮。

鹿鳴宴致語口號

采芹東魯浪歌僖，領海儒風異昔時。學有淵源能貫通，文如藻繡總紬奇。軒然西笑騰三級，對此南烹舉一卮。勳業權輿自今日，廣寒折取最高枝。

會肇慶章守致語口號

風翼翔嬉雲路輕，合班玉筍直承明。鱷溪已作思棠雅，龍邸先馳拔薤聲。皂蓋朱轓仍斂惠，青簾白舫豈争程。元戎政欲傾家釀，唤取佳人進麯生。

福州會權府趙提刑致語口號

三山分鼎肖蓬瀛，仰首雲逵上使星。綬帶一年聊疊組，破觚八郡久虚囹。元戎自喜聯高躅，勝日何妨醉渌醽。雅望不應長攬轡，便須筆橐侍天庭。

會交代趙知郡致語口號

雪意商量未肯忙，使君歸騎已騰驤。二年治行留襦袴，萬户生涯足稻粱。便去峨冠登要路，誰能截鐙款行裝。胸中久矣吞雲夢，一舉瓊彝有别腸。

以上《盤洲文集》卷六七

全宋詩卷二〇八六

洪适一二

适兩日小疾謁告聞知府郎中丈有東湖之游而不果陪遂蒙佳句寵問輒趁韵以謝

佳時行樂阻追陪，喜得詩筒手自開。雲岫送涼隨皂蓋，風漪獻狀屬金罍。也知萍底魚相得，更有荷閒蝶鼎來。不識重游在何日，便須扶病走輿臺。

臘雪應祈因成鄙語呈使君

黄雲仰首聚還飛，臘雪今年故作遲。涓日朱幡方有請，因風縞帶即如期。寒梅正爾慚五出，茂麥懸知頌兩岐。千室一辭欣響答，直須書事付歌詩。

開歲五日使君見約同宫使尚書諸丈觀山宫梅花因成拙詩

天知風月主人賢，况是江梅望著鞭。已報兵厨招客醉，故教晴日作春妍。一年行樂能多少，十騎聯飛相後先。好向山宫記名氏，它時嘉話踵斜川。

至寧海縣有懷曾守

郊行十日天宇清，回首静鎮薰鑪凝。寄聲已為謝亭長，去甚復且容聾丞。自注：邑丞病不能任職。萬牛策勳場可滌，一犬徹警門無譍。呼農來前問所自，歸之刺史南豐曾。

以上宋林表民《天台續集别編》卷二

次酬曾守分繡閣

城隅喬木可怡顔，小閣初成尺五間。好客飛觴同嘯傲，新詩銜袖莫追攀。片時凉雨洗疏竹，向晚輕雲留遠山。坐想清香凝燕寢，也思一笑十眉彎。

中巖寺

覽勝尋幽性所耽，不教騶哄滓�杉。霞城散綺留仙袂，露磴凝珠拂客衫。曾有金龍潛邃洞，却因赤蟻遠崇巖。來遊無復從容計，自笑羸驂束轡銜。自注：《圖經》云：天寶中，常投金龍於赤城洞中。巖下有赤蟻，僧行不精者蟻則嚙之，咸以為病，乃移寺去巖一里許。

贈崇教寺顔上人

禪窟夸金碧，經行失舊踪。鐘聲穿茂竹，轍迹蔭長松。遠到水常瑩，前陳山更重。勤勤紫藤杖，一覽為從容。

以上同上書卷三

送劉元忠學士還南京

昔見相公登瀛洲，今見公子為校讎。鯤鵬變化三十載，我生安得不白頭。君前拜恩父前慶，暫向南都秉順流。南都留守頗為喜，將吏入賀靴聲遒。酒舁銀甕羊臠炙，上下和煦移凉秋。歸來却上柳堤路，西風健馬控花虬。

《永樂大典》卷七七〇一引《盤洲集》

賦孤雁

雲飛水宿過炎凉，回想來時道路長。夜月照驚唯吊影，朔風吹斷不成行。人間無處逃矰繳，歲晚何曾飽稻粱。儻以能鳴免烹殺，繫書猶可到衡陽。

影印《詩淵》册四頁二八〇三

題清芬閣

先生此地舊眠雲，喬木森然數百春。海内多傳詩弟子，壁間曾記欒君臣。仙廬隱瀨跡皆古，柏寺蓬山代有人。今日耳孫尤烜赫，慶源須信渺無垠。　同上書册四頁三〇三五

雨中泊舟蕭山縣驛

端居無策散閑愁，聊作人間汗漫遊。晚笛隨風來倦枕，春潮帶雨送孤舟。店家菰飯香初熟，市檜尊絲滑欲流。自笑勞生成底事，黄塵陌上雪蒙頭。　同上書册五頁三六二二

壽秦太師

北斗回春半浹辰，秦淮衮衮灩精神。六朝舊鬱興王業，千載猶鍾命世人。便與斯文生羽翼，懸知上聖倚經綸。形容盛德非常事，再拜寒儒請具陳。
竹帛班班社稷臣，陳編窺讀已成塵。聖朝置相超三代，輿議推公第一人。夾日豫章蟠厚地，回天大冶轉洪鈞。后皇當宁年盈萬，長向璇霄侍玉宸。
彬彬文物悉□張，大厦扶持有棟梁。今日典刑新漢閣，舊時耆老拜虞庠。夙臨壇陛皇儀究，載祚城闉常藉荒。公有禪天五色石，指揮餘事亦晶光。
恨無官職可酬公，□□寰區寵數隆。甲第益高丞相府，多儀新出大明宫。九重禮絶恩三顧，一德名尊報兩崇。安得奇才來學賦，試令給札命揚雄。
十載操持將相權，親提四海入陶甄。周公禮樂未墜地，伊尹勤勞真格天。青海不傳南下箭，黄河長渡北歸船。濟時毫髮無遺力，數盡名臣孰與肩。

聖皇問孝日東朝，報德流恩冠百僚。九命袞衣蟬插首，萬釘寶帶玉圍腰。渠渠廣厦開黄道，圉圉鳴珂下紫霄。宇宙人間榮至此，榆枋無地著扶摇。

左弧垂慶記南州，日轉天旋歲一周。風入江梅香暗度，霜滿翠柏景深留。定知與國同箕翼，不用占星問斗牛。却使松喬羡眉壽，大椿何啻八千秋。　同上書册六頁四四九五

壽太師益公

四海十年無武功，邊人歲下還耕農。向來紛紜戰争地，方今不見旌旗紅。東窮滄溟西盡蜀，道路行歌鎮相續。奇祥異瑞□莫論，但道年豐萬家足。固知至治天相之，朝廷清明本無為。問誰始終主張是，一德享天維太師。太師勳業青冥上，丹青已揭蓬山象。大鴻力牧空耳聞，未似身逢真聖相。九重日侍慈祥宫，雞鳴問寢聲融融。人間快樂直餘事，都在指揮談笑中。太師少保各開府，玉帶金魚行按武。同時兩相父子間，此事古今誰得數。今年臘尾春全回，江梅正為生朝開。化工暗與人意合，更送雪花浮玉杯。内中數出黄封酒，紫衣飛鞚無停手。跪奉傳觴再拜頻，天子勸公千萬壽。賤生魯鈍何足程，六年眼繫文昌星。冷官無路報恩地，孤負翹林畫姓名。惡詩寄將千里遠，引領南州望英袞。青芝赤箭儻可庸，此身許人良未晚。

自從麟閣雲臺後，直到凌烟不乏人。唐突漢唐今日是，元勳唯有一師臣。向來群議幾紛紜，決策和戎斷若神。談笑之間了天下，誠方前古有何人。淮北淮南應戰場，只今春草飽牛羊。時平不假金湯固，淮水湯湯一葦航。聖皇日日侍庭闈，七十春秋自古稀。不是相公平國後，誰令六驥得南歸。

晉公貌狀誰能畫，曹霸丹青與世殊。頭上進賢何足道，至尊書贊古來無。
六龍齋潔疑圓壇，百辟奔趨列後先。華髮都人驚未見，一門兩使並貂蟬。
慶源衮衮益光華，聞道諸孫總稱家。活却生靈千百萬，陰功天報的無差。
不論南北與西東，道路歌謡觸處同。要識太平真面目，豐年長入頌聲中。
年年臘尾慶生申，共祝槐庭過萬春。天使長生輔真主，人間不用説莊椿。
殘生無似辱甄收，正作儒官已過優。只有望雲朝夕念，恩波儻得下炎洲。　同上書頁四四九七

壽張侍郎

少日聲名滿學宫，中年遭遇冠群公。一言坐決興邦策，學世誰知料敵功。上見嚴安方恨晚，人推汲黯盍居中。由來大用須詳試，出處之間本自同。

三吴政化捷如神，八桂威名逐日新。此地只今煩督護，一方何足費經綸。清心省事真無訟，約己豐財祇為民。聞道潢池總安堵，新來不見弄兵人。　同上書頁四五一八

壽孫提刑

溪山擢秀稱陽羨，族望推高獨富春。潄石風流宜有後，擲金詞翰不無人。聲名已覺寰區滿，事業方看日夜新。今代太平難藻繪，須公提筆侍楓宸。　同上書頁四五三三

壽王饒州

淮水湯湯自古傳，王家衮衮更多賢。人門秀出烏衣右，時論誰居鳳閣先。已有聲名騰衆口，故應勳業在長年。安知今代文章伯，定是前身李謫仙。

憶曾簪筆侍明光，細細熏香拱御床。正掌絲綸開畫省，忽嚴兵衛坐黄堂。一時童子能騎竹，三郡詞人總詠棠。漢世公卿盡良吏，趣歸須著紫荷囊。

南風一夜入虞絃，帝遣文星下斗邊。冠蓋鼎來詩殷篋，兒孫羅立酒明船。掃除霜髮三千□，笑傲銅人五百年。再拜願公如許壽，幾看滄海變桑田。　同上書頁四五六三

壽施徽州

苕溪出天日，青雲相鮮新。春風舞緑净，鏡滑無埃塵。江山有英姿，生此第一人。公貴當自致，名聲誰與鄰。

文章妙機杼，作吏非雪清。召見天歎晚，豸冠振臺評。騂騮丁漢苑，萬里方長鳴。翻成一麾去，何用慰蒼生。

新安誰云小，領縣數過五。異時廟堂人，剖竹來接武。斯民亦何幸，父母□召杜。大惠先一州，要知非久處。

兒童擁道邊，父老拜車下。使君為我至，歡喜不勝寫。壽公生朝重，滿酌白玉斝。明年更好在，璽詔來金馬。

銅人五百年，大椿八千歲。寓言了無實，木石何足貴。公身有仙骨，坐閱此塵世。汗漫真可期，高揖浮丘袂。　同上書頁四五六五

送陸務觀福建提倉

舣船相對百分空，京口追隨一夢中。落紙雲烟君似舊，盈巾霜雪我成翁。春來茗葉還争白，臘近梅梢近

放紅。領略溪山須妙語，小迂旌節上凌風。清汪景龍《宋詩略》卷一一

（王德保、康笑菲整理）

書　　名：全 宋 詩 第 三 七 册
著作責任者：北京大學古文獻研究所
責 任 編 輯：馬辛民
標 準 書 號：ISBN 7-301-03909-3/I・0497
出　版　者：北京大學出版社出版
地　　址：北京市海淀區中關村北京大學校内　100871
電　　話：出版部 62752015　發行部 62559712　編輯部 62752032
排　印　者：中国科学院印刷厂
發　行　者：北京大學出版社
經　銷　者：新華書店
850×1168 毫米　32 開本　19.25 印張　444 千字
1998 年 11 月第一版　1998 年 11 月第一次印刷
定　　價：40.00 元

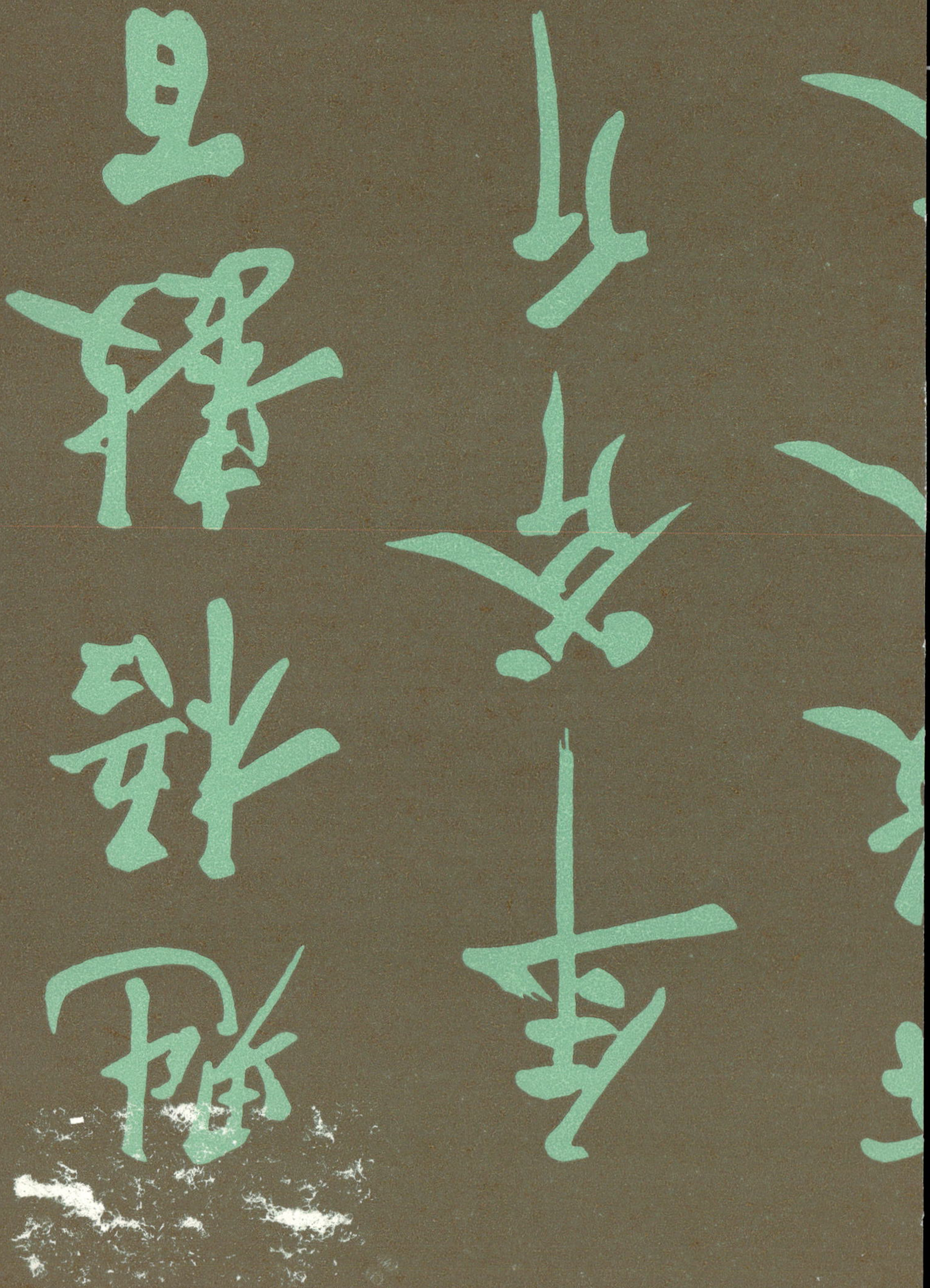